浍水

董家坤 | 著

人民日报出版社
·北 京·

图书在版编目（CIP）数据

浍水之南 / 董家坤著 . -- 北京 : 人民日报出版社，2025.6
ISBN 978-7-5115-8562-2

Ⅰ I247.5

中国版本图书馆 CIP 数据核字第 2024JW9497 号

书　　　名：浍水之南
　　　　　　HUISHUIZHINAN
作　　　者：董家坤

责任编辑：郭晓飞
封面设计：金　刚

出版发行：人民日报出版社
社　　址：北京金台西路2号
邮政编码：100733
发行热线：（010）65369527　　　65369846　　　65369509　　　65369510
邮购热线：（010）65369530　　　65363527
编辑热线：（010）65363486
网　　址：www.peopledailypress.com
经　　销：新华书店
印　　刷：北京博海升彩色印刷有限公司
法律顾问：北京科宇律师事务所　　　（010）83622312

开　　本：710mm×1000mm　　　1/16
字　　数：637千字
印　　张：32.5
版　　次：2025年6月第1版　　　2025年6月第1次印刷

书　　号：ISBN 978-7-5115-8562-2
定　　价：78.00元

CONTENTS 目录

序

《百年孤独》中有言："生命中真正重要的不是你遭遇了什么，而是你记住了哪些事，又是如何铭记的。"《洺水之南》成书，应是铭记的产物，虽是人为，更像天意。

十多年前，我参与京沪高铁建设，突然的一场车祸，让我九死一生。从手术室出来，刚恢复些意识，我对朋友说："我的车内有一个皮包，去拿来。"朋友诧异地说："老兄啊，你知不知道自己伤得有多重？肋骨断了几根，脖子上的伤已经看见喉管了，还惦记什么包啊！"我说不出话，只是用哀求的眼神看着他。他看懂了，无奈地说："就算包里都是金子，还能比你的命重要？哥，咱不要了，行吗？"看着他，我眼角流下了泪水。朋友心软了，说："车还在河水里，什么时候打捞还不知道。"

车在水里，我是知道的。我一次次幻想，父亲的六本日记包在塑料袋里，塑料袋放在包里，包在车里，虽然车在水里，但六本日记还不至于完全毁坏。

几天后，朋友告诉我，交警说车内是有一个皮包，里面有几本被水泡透的本子，纸张已经泡得拿不起来了，只能扔在路边。

这个结果，犹如一记闷棍，瞬间让我的大脑一片空白。

一个多月前，父亲离世，他留给我的就是这六本日记和两枚"淮海战役勋章"。这六本日记，父亲珍藏了六十多年，每一本每一页都承载着厚重的历史，尘封着战火纷飞的岁月，和独属于父亲的深情记忆……

终于熬到出院，我直奔车祸现场，心中暗自乞求上苍：日记本还在，就算所有的字都模糊了，只要本子还在，哪怕只剩少许碎片，父亲寄托其中的灵魂依旧可以依存。然而，又是一个残忍的结果——现场已看不到日记本的痕迹，哪怕一纸残屑。

我木然地驾着车，一时竟不知该去向何方，漫无目的地开了一百多公里，蓦然发现来到一处似曾来过的地方——双堆集，浍河南岸！

记得，在我很小的时候，父亲曾骑着单车带我来过这里。那是一个冬天的黄昏，父亲牵着我的手走进麦田，到了一个地方便席地而坐，说："儿子，过来睡一会儿，爸要在这里过夜。"

大亮了，我在父亲怀里醒来，懵懂地问："爸，你干嘛在这里坐了一夜，是在等谁吗？"父亲一怔，说："儿子，说对了。"

返回的路上，父亲告诉我："那片地下，埋葬着很多我的战友……"

也许是失去日记的打击过于强烈，我停下车，愣了一会儿，决定去附近的双堆集买一把铁锹，等天黑后去看看"那片地下"有没有父亲战友的遗骨，父亲那一夜的等待是不是真的。

深夜，月光下，一个孤影在一米见方的麦田里不停地挖着，不时伸出颤抖的手摸索探寻……

黎明前，我坐在松软的土堆旁，看着土坑中的骸骨，耳边似乎传来父亲的声音："儿子，日记没了没啥大不了，比起长眠在这里的几十万名淮海战役的英魂，这才是更值得你惦记和追寻的……"

回来后，我陷入了一种奇怪的境地，白天魂不守舍，晚上彻夜难眠，好不容易入睡，梦中，父亲日记里记载的战争场景一幕幕闪现，我时常被梦中的险境惊醒。几次三番，备受折磨。父亲到底想传递给我怎样的信息？与其被动地煎熬，不如主动地寻找。我买了自行车和野外宿营的帐篷，按照记忆中父亲日记里提到的地点，逐一寻访。白天，静坐在田间、河岸，在头脑中反复品味父亲日记中的每行字迹；夜晚，燃起一堆篝火，仰望苍穹，在浩瀚的夜空寻觅，希望与父亲和他战友飘游的灵魂相遇。

一次，我找到了父亲第一次与宿县地区党组织负责人谢子言见面的地方。日记中是这样描述的："我就是在浍河边遇见了谢子言同志，他告诉我，为了吸引敌人的注意力，掩护刘邓部队过淮河时失散的伤员，组织决定，成立怀远县武装部，你任部长——"

如今的浍河，草木葱茏，水清岸绿。如果不是父亲的日记，我真的难以相信，曾经在国民党重兵盘踞的宿怀地区，有一支让敌人闻风丧胆的游击队就是从这里启程。他们一次又一次舍生忘死地战斗，只是为了战友能有一个安全养伤的住所。

我还在淮海战役纪念馆看见了父亲的名字。原来，他和无数战友的名字已经镌刻在共和国的丰碑上！

历史在某一个重要的转折点所展现的悲壮与辉煌，即便是很小的一角，其展现的生命状态也是值得讴歌与铭记的。

在结束寻访的那一天，我再次来到父亲静坐过的麦田，向着这片土地叩头发誓："前辈们，你们血与火的岁月，父亲记下了；日记虽然丢了，但晚辈发誓，日记所记载的一切，一定会重见天日！"

为了这个誓言，我放弃所有，专心写作。历经十余年笔耕不辍，付梓四部。我想，时候到了。

去年清明，我再次去了那片麦田，打开一瓶酒，虔诚地祭奠："前辈——我可以兑现誓言了！"

《浍水之南》遂成。

亲爱的读者，您说，这不是天意吗？假如，父亲没有亲历淮海战役；又假如，父亲没有写那六本日记；抑或，我没有发生车祸，父亲的日记还在，也许我的生活会一直走在既定的轨道上，那又怎么可能有《浍水之南》？

还要说明的是，这部书不是记录历史，而是以历史为底版，表达一个儿子对父亲的怀念，一个晚辈对先烈的致敬，一个生命个体对革命年代的崇高敬意！

2024年10月11日夜
完稿于凤阳县殷涧镇润泽山庄

第一章

一

一九四八年冬的上海明显比往年寒冷。刚进入十一月，一场小雨过后气温骤降，致使生活在经济萧条、物价飞涨、黑恶势力横行的上海的市民更加苦不堪言。

然而，苦难和幸福也是有范围的，就像居住在临汾路一〇九号"林家潇院"的人并没有受到影响，每天过着简单无忧、重复安详的生活。

"林家潇院"听起来很阔气，其实不过是一栋三层小楼，外加楼前一百多平方米的院子。三年前，这里的主人是祖籍余杭的一个国民党军长的姨太太，据说因红杏出墙被发现、赶走，楼房被卖给余杭航运巨头林远航。

凑巧，林远航的女儿林潇苒考上了上海音乐学院，于是，他便让跟随自己多年的保镖兼助手郭齐明带着郭家人一起来到上海，伺候大小姐读书。

平日里，郭齐明和妻子住在一楼大厅东侧的卧室，西侧是会客厅。二楼共有五间房，两间是大小姐的卧室和琴房，两间是郭凤的卧室和习武房，中间那间是两个女孩子聊天说话的地方。郭齐明很少过问大小姐的生活，主要的精力放在余杭至上海的航运业务上，妻子操持家务，女儿陪伴大小姐。

大门北侧有两间平房，其中一间住的是郭齐明的徒弟，叫刘湘子，年龄二十多岁。刘湘子自从来到上海，从没进过主楼，连吃饭都在平房里。

他们的生活就这样周而复始。

这天晚上，林潇苒正在琴房练琴，忽听两声轻微的敲门声。一般情况下，在她练琴时，郭凤不会打扰。一丝潜在的警觉让琴声戛然而止，她起身快步一把拉开房门，眼里忍住惊诧，问："怎么啦？"

"刚才电话响了一下，我拿起来，对方却不说话；刚把电话放下，没一会儿它又响了，可对方还是不说话，又挂了。"

林潇苒不等郭凤说完，眼里闪过一丝急迫说："凤姐，我要出去一趟。"

十七岁的郭凤比林潇苒大一岁。记不清从什么时候开始两人淡化了主仆身份，虽然郭凤嘴上改不了"大小姐"的称谓，但心里已经当她是自己的亲妹妹了。

"你知道是谁呀，这么晚了。"郭凤跟着林潇苒进了卧室，从衣柜里取出一件黑色的毛呢大衣，又从鞋柜里取出一双皮靴。

林潇苒接过说："凤姐，告诉清妈，说我有事去学校一趟。"

清妈是郭凤的妈妈，也是林潇苒的奶娘。林潇苒开口说的第一句就是"清妈"，清妈也待林潇苒胜过自己的亲生女儿。

郭凤答应着，把一条墨绿色的围巾围在林潇苒的脖子上，转身离开。

半年前，林潇苒在老师赵红英的引领下成为一名共产党员。宣誓仪式是在老师宿舍进行的。面对鲜红的上面带有黄色的镰刀、斧头图案的党旗时，她感觉有一块烧红的烙铁在心上烙下了一方生命的印记。

从此，她不再属于父母、家人，而是属于这方烙印。

赵红英收起党旗，拿出一块银圆说："这是你的信物！有一天，我若为党牺牲了，这是你找到组织后唯一的信物。从某种意义上说，它代表着你的身份。"

"老师，我不要任何信物。你在，我就在！"林潇苒发自内心地说。

"个人服从组织。刚发过的誓言就忘了？"

林潇苒恍然接过银圆，捏着它举至眼前说："这就是一枚普通的银圆呀，如何承载一个身份？"

"若是一眼能看出来，就不叫信物了。还有，以后为了安全起见，你不可以像往常那样接近我。敌后斗争复杂、残酷，稍不留意就有可能暴露。万一遇到紧急情况，我会向你发出紧急约见的信号：白天，我宿舍的窗帘会拉开半边；若是晚上，我会在一处安全的电话亭给你打电话。你要记住，电话响了，不说话，过会儿再次拨通还是不说话——这是紧急约见的信号，见面的地点在女生宿舍楼。另一种警示是，电话通了，无论什么人在电话里说'你要的唱片《秋日私语》找到了'，收到这个信号表示危险，你要立刻撤离！"

选择女生宿舍的原因是，楼里有女子浴室，每天二十四小时对学生开放。那里不会被特务跟踪，相对安全。

正是这个原因，虽然在家可以舒适洗浴，可为了约会，林潇苒还是不定期地去学校洗浴。

清妈伫立在楼梯前，见林潇苒下了楼，一脸慈祥、隐忧地说："大小姐，这么晚了还出去呀？"

"呃，有一份作业忘拿了。清妈放心，有凤姐呢。"林潇苒说着，外面传来轿车的启动声。

郭齐明一把把院门打开，冲着开车的郭凤说："快去快回！"

郭凤从车窗探出头说："知道了！"

林潇苒上车后对郭齐明说："郭叔，你们先睡吧。"

出了门，车缓慢行驶着，快出巷道时忽然看见一个熟悉的身影，林潇苒的心骤然跳了几下，脱口而出："老师！凤姐，不要停车，开慢一点儿！"说着，打开老师那侧的车门，想喊老师快上车，话到嘴边又咽下，意识中与老师有某种契合——也许这正是她期待的上车方式。

车前两只大灯发出刺眼的光亮，从老师身边漫过，直射在巷口外面的街道上。郭凤会意地按出两声短促的喇叭声。赵红英缓慢地走到敞开的车门前，身子一闪跃上车，轻轻关上车门，同时发出一句"心有灵犀呀"，接着告诉郭凤："出了巷道往左转，去黄浦江码头！"

郭凤"嗯"了一声，驾车驶出巷道。这时，林潇苒发现巷口两侧几个闪躲的身影，不禁紧张起来："老师，您暴露了啊！"

"是啊，不然，我不会让你冒这么大的风险。"

"这话说得，为了您的安全，我会毫不犹豫地以命相搏！老师放心，巷子里到处是居民，别说只有几个特务，就算调来一个连挨家挨户搜也得搜到天亮。您是要乘船离开吗？"林潇苒握着老师一只冰冷的手。

"不，我是来给你布置任务的。潇苒，我说的每一句话你务必记住。"

"嗯，您说。"

"我暴露了，因此，不能继续执行任务。经过慎重考虑，我决定让你代替我完成组织交传的特殊任务。你同意吗？"

"不不！老师，您听我说！您虽然暴露了，可是此刻是安全的，请相信我有把握送您离开上海，然后，我们一起去执行任务！"

赵红英突然严厉起来："在我布置任务的时候，不许打断！"

"是，老师。"林潇苒心里骤然隐痛——一旦错过这次逃生的机会，再想撤离就更加难了，等待老师的只能是被捕。

"上午，我接到上级通知，要我以国民党八十五军一一〇师中尉机要员的身份，前往新组建的十二兵团驻武汉军需转运站，协助我方潜伏在该站同志的工作。可是，我刚返回学校就发现周围出现了行为异常的陌生面孔。为了印证这些人是否是特务，我在校园里转悠了一圈，发现所到之处都有人尾随。显然，我暴露了。根据这种情况判断，暴露的时间应该是我接头时，原因不在我，而在于与我接头的同志。更严重的是，与我接头的同志还是我党一位区域领导。假如他叛变或者暴露，那么，对我党在上海的地下组织将会造成重大损失。因此，我必须留下来，通过另一个与组织联系的渠道向上级汇报情况，以尽快避免或减轻损失。所以，我决定由你代替我去武汉完成上级交传的任务！林潇苒，你愿意吗？"

林潇苒的心提到了喉头，含混不清地冒出一句："我，做什么都愿意。可是，老师，您怎么办啊！我们一起走吧，去武汉。"

"你那么聪明，怎么还能说出这样的话？显而易见，我在哪儿，危险就会跟到哪儿！时间紧迫，你看一下八十五军一一〇师这位名叫花一枝的中尉的简历。"

因为车内光线暗淡，林潇苒接过赵红英递过来的信封，急切地说："待会儿再看。老师，我走以后，您打算怎么办？我的意思，前面开车的凤姐，她会帮您的！"

话音刚落，郭凤言辞凿凿地说："大小姐，你去哪儿，我就去哪儿！"

"凤姐！此时此刻，我的老师需要你，我的组织更需要你啊！"林潇苒身体前倾，伸出一只手，紧紧抓住郭凤的肩膀。

"我什么都不管，只管为大小姐做事！"

赵红英握着林潇苒的手腕用力拉回来，斩钉截铁地说："现在，谁也帮不了我——多一个人出现，等于多一个人牺牲！我留下只有一个任务：向上级组织发出危险信号！有一点需要说明，前往武汉只能是你一人，这位凤姐不可以跟着！"

郭凤猛地踩下油门，车飞快地冲了起来，伴随一声低吼："你是谁，做什么，我不想知道！大小姐要做什么，我也不想知道！我只知道，保护大小姐是我活着的全部意义！"

"凤姐，冷静，你的想法过会儿再说！时间宝贵，现在听老师说！"

赵红英握着林潇苒的手舍不得放开，思忖着说："潇苒，我说，你记住。到了武汉之后，你先拿着调令去十二兵团物资转运站报到。本来，上级为我准备好了军装、随行物品还有证件，可是，那份证件上有我的照片。为了安全，我已经把证件和军装等物品销毁了，你只能穿便衣去报到。至于穿便衣的原因，以你的智慧不难有个合理的解释。你到了汉口之后，不能先进兵站，要在汉口码头留言板上留下这么一句话，'大舅，我已到，等见过三舅再去看你'。之后，你若发现贴的这张留言被撕掉，上面写着'老贾，你欠的××钱何时还'。务必记住了，钱数就是联系电话。你按号码打电话过去，第一句是'我是来还钱的'。对方说：'欠我钱的人有七八位，你是哪一位？'你说：'既然你都记不起来了，那就等你想起来再说吧。'对方会说：'噢，想起来了，你是钟小川。'你回答'是'。接下来，他会告诉你见面的地方。这个人就是你要接头的人。见面后，你要拿出我先前给你的那枚银圆。对方发火说：'你耍我！欠那么多钱就还一个大头？'随后，对方把银圆丢在地上。你捡起来说：'不要拉倒，下次连一个大头也没有。'至此，接头暗号完成。你可以把调令交给这位同志，他会安排你进入兵站。这期间，若是暗号错误，说明对方是特务。潇苒，重复一遍。"

没等林潇苒开口，郭凤一边开着车，一边准确流利、一字不漏地把赵红英说过的话重复了一遍。

赵红英听着，着实惊讶："这位小妹，好记性啊！"

林潇苒随即说："凤姐不但记性好，功夫更好！老师，我想让她跟着，等到了武汉再见机行事分开。您放心，随便找一个理由我俩就可以经常见面。否则，我是拗不过她的。"

"好吧，以后你会面对许多危险，身边有一个贴心的人未必不是一件好事。还有一件事，你见到自己的同志后，告诉他，'上海〇〇四区组织内部出现了叛徒，重点嫌疑是石门二路一三二八号'。记住了吗？"

"记住了，老师。"

"那，小妹，掉头吧，朝学校方向开。我在那里下车。"

林潇苒猛地拥抱着赵红英，悲从心来，哭着说："老师，您这是要拿生命掩护我啊！"

"潇苒，别为我难过呀！为了我们的信念，为了全中国劳苦大众，个人的生命无足轻重。遗憾的是，党组织交传的任务我不能亲自完成，但是，欣慰的是，由我的学生替我去完成！此时此刻，我心里安详、宁静！别哭……"赵红英说着，自己反而泪如雨下。

"老师，您就不能听我一句吗，不要回学校！我把您送出去——我家在码头有航运业务，可以安全地把您送出去！好吗？"

"不好！"赵红英推开林潇苒，双手用力抹去脸上的泪水，用冷静、悲壮的口吻说，"我是脱险了，你也走了，可保密局自然把注意力转向你，那样，岂不是把我个人的危险直接转嫁给你了？接下来，组织交传的任务非但不能完成，反而把潜伏在敌营的同志暴露了。换了你，何去何从？还有，你此去危险重重，稍有不慎，就会给组织带来难以料想的损失。因此，你务必要振作起来，全力以赴应对各种危险。你明白吗？"

"老师，放心啊！学生不会辜负组织和您的重托，一定完成任务！"

"大小姐，学校就在前面，要进去吗？"郭凤问。

赵红英斩钉截铁："不可以！停车！我就在这里下车，你们继续往前开！"

林潇苒想说什么，一时不知道该怎么说，只能眼睁睁看着车停下，看着老师把藏在衣服里的手雷小心揣好，瞬间明白了：假如老师在见到自己的学生之前失去自由，那么，她会引爆手雷，把随身携带的重要文件连同自己一起消失！

赵红英下了车，身子一闪消失在车后。郭凤启动了车，缓缓向前。

林潇苒哭喊着："凤姐，怎么可以丢下老师啊！"

"大小姐，在武汉等待咱们的还不知死活呢，眼下最要紧的是不要让你的老师遗憾——不丢下她，难不成与她一起死吗？"说着，郭凤加快了车速。

长这么大，林潇苒还没有过生死离别的经历，这一刻，心骤然被一张怪兽的大口咬住，痛得肝肠寸断，身子在车靠背上猛烈撞击，同时发出呼吸困难的"啊啊"喊叫声。

剧痛的心在怪兽上下牙齿间被咀嚼，接着一点儿一点儿向着灼热、窒息的通道下面滑动，林潇苒终于忍不住发出一声绝望的呐喊："没有什么比老师生命更重要的事了！凤姐，回去！"见车速不减，狠狠地说，"你若怕死，下去！我开！"

郭凤依然无动于衷。

"再不停，我跳车！"

还没等握住车把手，车一个急转弯，把她甩倒在座位上。郭凤歇斯底里地喊着："大小姐，你根本不是一个做大事的人！你老师真是瞎眼了，眼睁睁地用死证明了一个失望！懊悔！"

怒骂让林潇莳脑子一蒙，她哭着说："直接开过去吧！"

林潇莳学着老师的动作，双手用力把脸上的泪水抹去。她撩开车帘，瞪大眼睛向外看着。就在距离校门不到二十米的地方，一个孤零零的身影出现了，紧接着，门内蹿出十几个敏捷的身影，把走近大门的赵红英围住。林潇莳的心一下抽搐着，声音卡在了喉头，还没等她喊出"老师"，一声巨响，一团火焰闪耀在大门前，大地发出微微的震动，火焰之后，夜更加黑暗。

车戛然而止，林潇莳心里闪过一声巨响，接着升腾起一团火焰，久久不熄。她意识到，老师看见了她的车掉头回来，担心她做出错误的选择，才引爆了手雷。

老师！您没有死，住在学生心里了！

"凤姐！开车！"

二

车缓慢行驶着，犹如行驶在一条通往另一个生命状态的道路上，往日那些熟悉的街道也随之改变。林潇莳看不出究竟是什么被改变了，总之，被车灯扫过的街景再也没有了之前的感觉，而是一个被火焰燃烧过的旧址。

"大小姐，去哪儿？"耳边传来郭凤悲戚的声音。

"回家。"赵红英的声音在心底响起，不受控制地漫过喉咙，从唇齿间发出。接着，林潇莳在心里划出一个讲台，只见赵红英站在上面，神色自若、态度和蔼地说："潇莳，从这一刻起，你不再是林潇莳，而是花一枝。回去后，一定要静下心想一想，如何走进花一枝生命的本体，而不是只用这个人的名字继续当林潇莳。关于花一枝，我知道的都在那张简历上。你要仔细研究一下，然后延伸开来，从中发现这个人的性格、爱好和知识结构，这样，你才能活出花一枝的样子来。"

"知道了，老师。"林潇莳脱口而出。

郭凤回过头来，骇然道："大小姐，你说什么呀？"

"没事，专心开车，见到郭叔和清妈什么也不要说。"林潇莳双手按着剧烈跳动的太阳穴，在心里说，"老师，我不想，也不能活出那个花一枝来，只能借着她的名字，活成您！这，我很有信心。您看，您像我这个年龄也在音乐学院上学，所不同的是，我上的是上海音乐学院，您上的是莫斯科柴可夫斯基音乐学院；您毕业后去了前线，参加了苏联的卫国战争，而我只是差一年毕业，也弃琴从戎，参加中国的解放战争。因此，我不用伪装就能活出您的未尽人生。当然，我会按照您说的，用心研究一下花一枝的简历，探寻出文字之外那部分看不见的生活。"

车停在了院门外，郭凤按了一下喇叭，院里传出刘湘子的应答，接着他默不出声地开门。车刚进院，郭齐明和妻子先后出来，问了几句关切的话。林潇苒应声后，说"郭叔、清妈，早点儿睡吧"，径直进了楼门，缓慢上楼。

回到卧室，林潇苒打开梳妆台上的台灯，无力地瘫在椅子上，听见郭凤在门外小声喊："大小姐！"

"凤姐，有话明天再说。"林潇苒没有起身，而是从衣兜里掏出信封，手指颤抖地抽出手写的简历。

花一枝，女，二十四岁，一九四四年毕业于武昌艺术专科学校，专业绘画。在校期间，作品《大江东去》发表在《中央日报》副刊。爱好音乐，精通各种乐器。一九四五年加入国军，在八十五军一一〇师任机要员。

父亲花旅程，曾任国民党中将，一九三七年八月于淞沪会战中阵亡。

母亲卢迪秋，曾任武昌艺专教员，作品有油画《东海之火》，内容反映淞沪会战的惨烈。丈夫殉国后，带着二女儿花满枝去香港定居。

妹妹花满枝，二十岁，曾就读于武昌艺校，现留学法国巴黎。

林潇苒连续看了三遍，感觉花一枝的生活仿佛在另一个世界，自己无论如何也走不进去。那么，组织为何要以这样的方式派老师前往？

这里存在着两种可能：一是花一枝是打入敌营的同志，可能在前往武汉的途中发生了意外，组织不得不借用她的名字将任务进行下去；二是花一枝不是自己的同志，眼下已经离开了部队，去了香港或者什么地方，只是在一一〇师留下一个身份和空缺。

假如这样，一一〇师内部一定会有潜伏的同志，在收到保密局核对身份的信函时提供周全的掩护。甚至，花一枝在部队档案上的照片已经换成了老师的照片。否则，组织不可能让老师冒着随时暴露的风险前往武汉。

现在，老师已经暴露，好在暴露的只是地下党的身份，没有牵扯出花一枝任何信息，这样一来，自己以花一枝的身份去武汉是安全的。可是，如果兵站向一一〇师核实，自己必然暴露；就算暂时不暴露，自己对一一〇师的基本情况一无所知，即便兵站有人随便一问，自己都不知道如何回答。这怎么可以！

还有，自己看上去根本不像二十四岁。最致命的是，花一枝是一个绘画高手，而自己对绘画一窍不通，万一有人要自己作画，只能拒绝——要知道，拒绝的同时必定埋下怀疑！

"怎么办，老师？"林潇苒轻吐一句。

想想吧，再想想。若没有绝对的安全而贸然前往，暴露的不只是自己，殃及的可是潜伏在敌营的同志。这种事万万不能做！

唉，若是能与组织联系上就好了！可是，老师的暴露已经被证实组织内部出现了叛徒，况且老师已经牺牲，所有与老师联系的通道已经被切断了，找组织帮助是不可能的事了。眼下，唯一的选择就是靠自己冲破一道道险关，义无反顾地去执行老师以命相托的任务。

林潇苒把目光再次落在简历上，几乎是把每个字都收进心里，想用温热的心血把每个字浸透，看看能否长出意外的芽孢。

她不知道过了多久，却忽然感触到"花一枝"这三个字释放出微弱的意识——你不可以用我的名字，你的老师用了，本身就是冒险，假如你再用，等于二次冒险！做地下工作，容不得一而再地冒险！

"可是，我别无选择啊！"林潇苒回应着，心里忽然出现一张国色天香、灵秀水染的容颜，操着余杭话："何不以假乱真呢？"

林潇苒心里一颤，目光锁定在"花满枝"的名字上，惊呼道："老师，你在哪儿呢？我可否以花满枝的身份前往？"

冥冥之中，耳边传来赵红英的声音："不可以。以妹妹的身份前往，一定会被拒绝的。不过，可以作为退路……"

尽管话没有说完，可林潇苒明白了，自己还是要以花一枝的身份前往兵站，万一暴露了，可以说自己是花一枝的妹妹，因妈妈思念大女儿，所以姐姐决定脱离部队——自己为了姐姐才不得已冒名顶替。

对！就这样，进退有路！接下来，考虑如何动身。本来这不是一个问题，可是，就这么无声无息地离开，势必会引起保密局的注意。老师暴露了，保密局会对在校师生逐一审查，一旦发现有人离开，这个人就会成为最大的嫌疑人。

"老师，我不能戴着嫌疑人的帽子离开，那样，后患无穷。明天，我照常去学校，等审查完了再走。"

该考虑的问题都有了答案，失去老师的痛又开始在五脏六腑中发作。林潇苒躺到床上，回忆着与老师相识相知的过往，泪水止不住地流下。

过了很久，她猛地坐起来，急匆匆下床，打开衣柜，开始收拾衣物——似乎只有不停地做点儿什么，才能遏制内心的哀痛。明天还有重要的事情要办，绝对不能哭红眼睛。

凌晨三点，门外再次传来郭凤的声音："大小姐，我想和你说会儿话。"

林潇苒开了门，问："怎么没睡？"

"我一直在门外，听见了动静才喊你的。大小姐，我这些事怎么可以让你做呢？"郭凤说着，看了一眼床上还没装好箱的衣服，说，"我觉得不需要带这么多衣服，别忘了，你是什么身份。"

"也是。凤姐，坐下说话。"看着郭凤坐在梳妆台前，林潇苒用商量的口吻说，"我反复考虑，你还是不要跟着我了。"

"这事不容商量！大小姐，刚才在门外，我想了你要办的事，越想越觉得漏洞百出——仅凭一张介绍信就可以变成另外一个人了？这比小孩子过家家还不靠谱。我觉得，你的老师肯定是被突发的危险弄乱了脑子，才做出这样的安排。她这样，我理解，可你目前没有危险，应该冷静面对才是啊！"

"你什么意思？"林潇苒面带愠色。

"我的意思，眼下最要紧的事是通知你的组织，然后听从组织安排才是。"

"糊涂！组织内部出现了叛徒，这个时候找组织，无异于自投罗网！"

"我知道的，不是让你在这里找组织，而是去北方。报纸上不是说长江以北大部分已经解放了吗，我们过去是很容易找到组织的。"

林潇苒一愣，不得不承认去北方找党组织是一个安全、可行的办法。

"大小姐，咱们家是从事航运的，去北方应该不难。假如找到了组织，把这边发生的事如实报告，组织会做出指示的，若是依然让你前往武汉，至少，我们也会知道更多的情况，不至于像现在，简直就是闭着眼睛捉虎。"

林潇苒听着，心里闪出赵红英的面容，义愤地对她说："这分明是逃命，哪里是执行任务啊！"霎时，她站起来，思忖着说："凤姐，你的话倒是提醒我了。这样吧，你我分开行动：我去武汉兵站；你去北方，找到解放军报告这里的情况，然后再去武汉找我。"

郭凤侧过脸："算我什么都没说。大小姐，何时走？"

"上午。"

"为何不立刻走呢？"

"走之前，还需去学校一趟。"林潇苒沉思着说。

"莫非？"郭凤的眼里溢出泪，"走之前，大小姐要见一下在校的同志？"

"那倒不是，只是觉得不能给特务留下任何嫌疑。要知道，武汉也在保密局的掌控中。他们只需向各个站发出通告，无论我走到哪里都会被逮捕。凤姐，你去睡一会儿吧。"

"知道了。大小姐，你也睡一会儿吧，还不晓得明天学校会是什么情况呢。"郭凤说着，悄然离开。

林潇苒躺下，在心里与赵红英对话："老师，为何组织让你去武汉，难道说那里有我们的组织？"

幻觉中置身校园的音乐楼内，赵红英端坐在钢琴前，侧过深思的脸："可能是我长得有点儿像花一枝吧。再就是，这项任务很重要，为了完成它，不惜调动了很多同志。兵站——你擅长逻辑思维，想一下，为何是兵站？"

林潇苒脑洞顿开："我知道了！前不久，国民党报纸大肆宣扬把刘邓部赶出了大别山，想来不全是虚假宣传。至于刘邓部是被赶走还是主动出山，这不是外界能一下说清楚的。只是有一点可以认定，这一年多来，刘邓部在大别山打的都是消耗战，再坚持下去只能更加艰难，所以不得不出山打几场歼灭战补充装备。兵站是干什么的，不就是给部队运送武器装备的吗？假如组织掌握了运送弹药的准确信息，岂不是比打仗来得更快？"

"嗯，是这样。潇苒，不，你已经不是林潇苒了，是花一枝。你睡一会儿吧，我会一直陪伴着你。"

林潇苒"嗯"了一声，意识中靠在老师胸前，不知不觉进入梦乡。梦中，她穿上了苏联士兵的服装，跟着老师在枪林弹雨中向敌人的阵地冲锋……

一觉醒来，到了该上学的时间。她开了门，看见郭凤在过道里徘徊，问："凤姐，怎么不叫我呀？"

郭凤凄楚地摇头，眼里噙满泪水，一脸难以割舍的表情："这一去，还不知道能不能回来呢。"

"要不，你留下？"

郭凤睫毛一颤，恍然地说："让我一个人替大小姐去吧。"

"大小姐，下来吃早点。"清妈在楼下喊。

"唉。"林潇苒返身进了卧室，走进卫生间洗漱。

早餐后，林潇苒像往常一样坐车去学校。车快出巷口时，她眼前出现了幻觉，只见赵红英站在巷口一边微笑一边向她招手。她下意识用双手捂着胸膛，心里说："老师，你不可以离开啊！""没有离开，我会一直住在你心里的。"林潇苒默然点头，想着进了校园之后如何光明正大地离开。

车距离校门越来越近，郭凤说："大小姐，门前站着许多宪兵，怎么办？"

"别想这么多，像往常一样，直接进。"林潇苒满腔悲愤。

车被拦在了大门外，郭凤霸气地质问："干什么，你们？"

一名宪兵呵斥道："下车！出示证件！"

林潇苒打开车门，镇静地说："怎么啦，长官？"

宪兵看了林潇苒一眼，匪气顿消，问道："大小姐，您是音乐学院的？"

"是呀。"林潇苒指了一下左胸上的校徽。

"那你可以进，她和车不能进。"宪兵收敛了语气。车旁陆续有紧张兮兮的学生接受盘问，战战兢兢地走进校门。

另一名宪兵说："你们学院发现了共党。大小姐，请进吧。"

林潇苒对郭凤说："把车停在附近等着。"

"唉。"郭凤随即倒车。

校园甬路两侧扎堆聚集着各个年级的同学。几名同班同学见了林潇苒主动迎上来，说着一些道听途说的事。有人惊恐说："没想到音乐学府也会有共党，太可怕了啊！这共党究竟是谁呀，弄得我都不敢上学了！"

说这话的是一名国军上将的女儿。林潇苒灵光一闪说："对呀，方桂香，我们一起去找校长。这个学校没有安全感，咱不上学了。哎，不如找你爸，我们一起当兵算了。"

"是呀，我爸一直不让我鼓弄乐器想让我当兵。不过，当兵有什么意思呀。"

"再没意思，也比在这里被共党暗杀好啊！你想一下，你爸是上将，我爸是资本家，共党要暗杀首选的就是你我。哎，共党抓到了没？"

方桂香吓傻了，眼睛四处窥视，嘴唇轻微颤抖："林潇苒，你说得对。就算不去当兵，在共党没抓到之前，我们还是在家里避几天。走，我们一起去找校长！"

周围投来嗤之以鼻的眼神，有的同学索性愤然离去。方桂香不顾众人的神情，拉着林潇苒的手傲慢地向教学楼走去。

两名宪兵拦住她们说："不许进！"

"滚开！你们司令员见我都客客气气的，你算什么东西！"方桂香骂着，直接闯了进去。林潇苒急忙跟上去。

上了楼，听见一间会议室里隐约传来校长的说话声，方桂香毫不犹豫把门推开。里面开会的都是教师，还有几张陌生的面孔。

校长急忙站起来说："方桂香、林潇苒，你们怎么进来了？"

一张陌生的面孔眯着审视的眼睛，对校长以命令的口吻呵斥："坐下！"

方桂香不屑地看着说话的人，反击道："你谁呀，敢这么对我们校长说话！"

校长低头在那人耳边嘀咕了几句，那个人站起来，缓慢地走过来说："方大小姐，我是保密局上海站的。你有事吗？"

"管你是谁，有事也犯不着告诉你。校长，听说昨晚共党在校园里杀了很多人，下一个目标可能就是我和林潇苒。我们来就是告诉你一声，什么时候把学校里的共党全部抓了，我们再来上学。走，林潇苒！"

一阵窃窃私语传来，林潇苒急忙向校长点头，眼里释放出歉意，跟着方桂香快步往外走。一路走着，她的内心仿佛飘过一片白云，看来，此去武汉也不是龙潭虎穴，凡事都存在着可以利用的条件，就像计划如何离开校园，来的路上还一筹莫展，怎么也没想到会遇见上将的女儿。

出大门再次被拦，方桂香再次发威："刚才见了保密局的笨蛋，他都不敢在我面前放肆，更别说你们这些小兵仔了！"

"大小姐，我们也是受保密局的派遣。他们说过，放走了一个学生等同于放走共党。您看这样行不行，容我去请示一下。不然，我们可不敢拿脑袋孝敬您。"

说话间，走过来一个便衣，命令道："处长有令，两位大小姐可以离开，其他人一律不得放行！"

"是！"宪兵对两人敬礼，"两位大小姐，刚才多有得罪，你们请吧。"

出了门，方桂香拉着林潇苒的手央求道："潇苒，坐我的车去我家吧。不然，我一个人回家多没意思。"

"改天吧，我想趁不能上学回老家看看。要不，你跟我一起去余杭吧。"

"那还是算了，我妈不会同意的。潇苒，其实，在音乐学院你是我唯一羡慕的人。真的，我早就想与你交往了，只是觉得你有点儿看不起我。"

"没有哇，你长得这么漂亮，又是将军的千金，我哪能看不起你呢。"

"那说好了，你一从余杭回来就给我打电话，届时我去你家看你，好吗？"

"嗯。"林潇苒愉快地点头。听到方桂香报出家里的电话号码，林潇苒说声"记住了"，摆手离开。

三

郭齐明去了码头，清妈外出买菜，只有刘湘子一人在家扫院子。林潇苒内心轻松了许多——回来的路上一直发愁为"离开"找不到理由，这下省去了揪心的告别。

郭凤把车停好，看着满眼疑惑的刘湘子说："哥，我和大小姐要回老家一趟，你送我们去码头。"

刘湘子想说什么却没说，只是默然点头。

林潇苒回到房间，打开书柜里的保险柜，把里面一百多块银圆全部拿出来。

郭凤拎着一个皮箱进来说："大小姐，不要带太多的衣服，如果需要的话，等到了武汉再买就是了。"说着，把放在床上的银圆装进自己只有几件内衣的皮箱里。

"你总得多带几件吧？"林潇苒想到自己到了兵站自然会有军装，"你穿一件外衣怎么可以？"

郭凤说："或许我也能混一身军装，凡事皆有可能。"

"嗯。"林潇苒用手摸了一下胸前，感触到贴身的"信物"，接着从保险柜里拿出派遣证，看了又看才装进大衣里侧的衣兜里。

郭凤拿着别针，小心翼翼帮她把衣兜口封上。

"凤姐，看来，我身边真的不能没有你。"

"就是！你还想把我甩了，现在别想，以后也别想！"郭凤把林潇苒的大衣合上，扣好扣子，又从衣柜里拿出一条白色的围巾围在她脖子上。

等到两人出来，刘湘子已经把车停到了院门外。他站在车门前，终于忍不住问："郭凤，师傅回来问，我该怎么说？"

郭凤看着林潇苒，用眼神示意她回答。

"你就说，昨晚学校发现了共产党，还打死了好多人，许多同学都不敢上学了，我也不想去。与其待在这里，不如回老家住几天。"

郭凤忙说："大小姐，你刚才不是说要去参军吗，干吗不说实话？"

"哎呀，不是怕他们担心吗？总之，有凤姐一道，不用担心。行了，走吧。"林潇苒上了车。郭凤紧跟着。

刘湘子心事重重地上了车，缓慢地开着，那表情露出期盼——巷道里突然出现他想见到的身影。

郭凤看着，忍不住说："停车，我开！你怎么像蜗牛似的！"

"不用。我就是觉得，大小姐走得这么突然，不要说师傅和师娘了，就是我心里也慌。"刘湘子说着，加快了车速。

一路上，林潇苒看着熟悉的街道，心里不免一阵五味杂陈，不知道此去是否还能回来。老师曾经让她看过一篇文章，里面有一句话刻骨铭心："要奋斗就会有牺牲，死人的事是难免发生的，只要我们为了人民的利益而死，就重于泰山。"当时读着，她只觉得心潮澎湃，感觉到一种远在天边的豪迈，没想到，自己最敬爱的老师不幸践行了。

一路想着，不知不觉到了码头。刘湘子说："大小姐，你们在车里等着，我去买船票。"

郭凤打开车门说："不用，我去。大小姐，让他回去吧。这以后，所有的事都得自己面对。"

"刘哥。"这是林潇苒第一次与刘湘子说话。

刘湘子的脸刷地一下红到脖子，连连摆手："大小姐，我只是个下人，怎么担得起啊！"

"行啦，别啰唆了，快回去吧。"郭凤说。

林潇苒接着说："给郭叔捎句话，就说我和凤姐出行是为了国家、民族，没有个人的原因。请他转告我爸爸，不要四处打听我的去向，要相信他的女儿绝对做不出负国负家的事。"

刘湘子听着，脸色变得煞白，嘴唇哆嗦着说："我好像猜到了一点儿，那可否让我也跟着？不是，我的意思是，你们要去什么地方，我第一个赶过去。无论大小姐做什么，我都愿意为你舍命。"

林潇苒摇头说："不可以。你一定要把我的话带到。凤姐，咱们走吧。"

随郭凤到了售票窗口，林潇苒依稀听到售票员说："去武汉的普通铺没有了，只有贵宾票，要吗？""要的。"郭凤从衣兜里掏出银圆，接过两张船票，冲林潇苒晃了一下："大小姐，走吧。"

乘船，林潇苒并不陌生。两人进了候船大厅，径直走向贵宾室，被服务生引领着来到靠窗的沙发前。

"大小姐，离开船还有四十分钟，你先睡一会儿吧。"郭凤说。

"嗯。"林潇莘靠在沙发背上，闭上眼睛在心里逐字逐句重复着老师牺牲前交代过的每句话。不知不觉，有人过来招呼她们上船。

走上跳板，看见邮轮上面镶嵌着"东方红109号客轮"的红字，林潇莘心里不禁泛起一阵难言的酸楚："老师，咱们要上船了啊！"

贵宾舱在三层，入口楼梯上写着"贵宾舱，闲人免入"。郭凤上前递过船票，守卫恭敬地放行。到了自己的包间，林潇莘说："凤姐，我想上去看一眼上海。"

"别看了，无论走到哪里，上海始终会在这里。"郭凤眼里释放着——不用看，我们一定会回来的。

"知道，就是想看一眼。"林潇莘说着，目光落在床上的皮包上，眼里传递着——拎着包出去有点儿招眼，你还是待在包间里吧。

郭凤不再劝阻，开始整理铺盖。

林潇莘悄然出了包间，来到只有贵宾才有资格享受的顶层观览台，找了一个靠近船头的座位，看着岸上长长的普客队伍争先恐后地上船，接着移动目光，眺望着出海口，心中涌起一阵悲壮，默然说："也许，这是黄浦江留给我的最后一眼。浊酒一杯家万里，燕然未勒归无计。"

难以言表的情愫在心里汇聚成一条河流，漫过身体汇入涌动的江水，这种人与自然的交融悄然越过年轮，让林潇莘一瞬间觉得赵红英的灵魂取代了自己，她以自己的身体代替老师活在人世间。

一声船笛突然响起，客轮开始晃动，徐徐离开码头逆流而上。水面上，风卷起粼粼碧波，向船两边滚去，波浪冲出密密麻麻的气泡，层层叠叠地在江面上散开，不时翻卷出些许水藻。

过了一会儿，偌大的城市变得越来越小，江岸两边出现零散的建筑，水面也变窄了，以至于能听见客轮推出的波浪冲向岸边扑打在石块上发出的轻微沙沙声。

岸上的建筑被远远地抛离，船身被波浪轻轻摇晃着，河面上不时掠过阵阵冷风，几只水鸟闪动着翅膀，贴着懒洋洋的波浪逆流而飞，江对岸陡斜的岸上笼罩着几处烟筒冒出的烟雾，更远的水面在阳光下闪着暗淡的光芒，一个崭新的生命在她体内复活。她知道，是老师的灵魂替代了生命的本体。

忽然下面传来怒骂声："老子想上去看一下怎么啦？他娘的贵宾算个球，不就是有几个臭钱吗？若不是老子在前线拼命流血，你这条船都是共军的！"

林潇莘听着，潜意识中萌动着一个模糊契机，虽然看不清这个机会有什么作用，还是忍不住快步走下观光台，对挡在楼梯处的船员说："请让他上来吧。"

船员昂头看着她，眼里露出"不能坏了规矩"的坚持。林潇莘走下几个阶梯，从衣兜里取出四块银圆，用央求的目光分别与两名船员对视了一下说："他说得没错，没有前方将士的浴血奋战，就没有贫穷富贵之分。让这位长官上来吧，若是有人问起，你们就说是我邀请的，好吗？"

一名船员默默接过银圆，另一名船员打开栅栏，发怒的军官顿时像小鬼见到了神仙，竟然犹豫了。

"长官，我邀请您上来。"林潇苒微笑着说。话音刚落，模糊的思想忽然清晰了——原来，她是想向他请教部队的层级结构，还有，如果可能，她还想让这个人教她枪械常识。

军官二十五六岁，瘦小，皮肤黝黑，小脑袋，粗脖子，五官聚拢，让人想起耗子。

林潇苒只看了一眼，一阵厌恶便在心里蔓延，忍不住转身上去，担心下面的"耗子"贴近。

"这位大小姐，谢谢你刚才说的。我虽然只是一个营长，但也是一个读过书的人。敢问大小姐尊姓大名？"

声音从背后传来，在风中时隐时现。林潇苒竭力克制内心的厌恶说："呀，没想到你是一位营长呀。那请问，一个营有多少人？"

"不一样，有的三百多，有的五百多。大小姐，一看您就是出身名门贵族。在下叫赖一天，现任国军十二兵团第十师第二旅第一团一营营长。"

林潇苒心头一颤——十二兵团，不正是自己要去的部队吗！她不禁转身，眼里炸出崇拜的目光："呀，没想到在船上遇到真正的军人了！"

赖一天受宠若惊、手足无措，表面强装英豪，眼里藏着自卑、猥琐："大小姐言语高深莫测，不知何意，还望赐教。"

"我的意思是，有的人虽然穿上军装却长期待在大都市，腰间也配有枪支可能从来没开过一枪，不像你们，千军万马驰骋疆场。哎，你的部队呢？"

赖一天脸上泛出尴尬，手扶栏杆，轻轻拍了一下："在河南驻马店。"

"那长官此行是公差？"

"唉，一言难尽。"

"噢，知道了，军事秘密。"话里含着"不说算了，我还不屑听呢"。

"大小姐，是这样，我舅舅是位国军中将，驻防上海，和我们兵团司令员黄维是黄埔同期。他在没有征求我意见的情况下，把我调到了上海任团参谋长。我这次来上海就是办手续的——不承想，马上就变成你说的不是真正军人的那一类人了。"

"呀，对不起。我刚才口无遮拦，冒犯了长官，请恕罪。"

接下来，林潇苒故作好奇地问了些部队常识。赖一天渐渐有了自信，卖弄地逐一回答。到了该分手的时候，她提出自己也想参军，可否教自己如何使用手枪。赖一天遗憾地说："我当然愿意为大小姐效劳，可是，上来一次不容易。""这没问题。中午我们一起用餐，然后教我？"林潇苒说着，眼里闪出楚楚清波。

三天两夜的航行，林潇苒从赖一天那里完全掌握了国军各个阶层的结构，同时学习了拆卸、使用手枪。更令人欣慰的是，她知道了十二兵团物资站的地址。客轮开到汉口时，赖一天早已在两位女子温情的恭维中迷失了自己，甚至几次想对林潇苒表达难以割舍的爱意，却每次都被郭凤不经意打断。无奈之下，他只能写下自己在上海的地址，眼里游动着泪光："大小姐，回到上海后一定要与我联系啊！"

到了下船的时候，赖一天和所有的普客一样，被封堵在船舱内，而贵宾们却优雅从容地下船。郭凤走在前面，脚刚一沾地，两人便快步走出查票口。

林潇苒抬头望了一下，只见候船大厅外的空地边立着一块留言板，陆续有人上前查看、粘贴。"凤姐，我们进候船大厅把留言写好，然后，我留下来观察，你去办入住手续。"

"你就不怕被那个癞蛤蟆发现？"

"不会的，我说了下船后去黄鹤楼，他只能往那边赶。"说着，两人进了候船大厅，找了一处僻静的座位。郭凤打开皮箱取出纸笔，林潇苒垫着皮箱写留言。

郭凤去外面的小卖部买回一瓶糨糊，蹲到林潇苒身边，心有余悸地说："差点儿被那只癞蛤蟆发现了。"

"就说了不要这么急着出去。后来呢？"

"上了一辆黄包车走了。"郭凤说着，接过留言仔细看，"嗯，一字不差。大小姐，你在这里等着，我去贴上，然后去街道对面的汉江宾馆开房间。那里距离码头近，查看留言方便。"

郭凤离开后，林潇苒走到靠近窗户的座位，侧身看着郭凤在留言板上粘贴纸条，心里期盼着老师描述的场景随即出现。

留言板前行人往返，伫立看留言的多，贴留言的寥寥无几。林潇苒内心焦躁不安，想着前来接头的同志不可能长时间逗留，万一来了没发现留言，那么，今天的接头就不会实现。

"这怎么可以呀！"她在心里说，接着想，从老师的言语中判断，这个接头的同志应该在兵站。自己若是先去兵站报到自然会引起潜伏同志的注意，接下来，这位同志行动的第一步就是来留言板前查看留言，然后发出接头的信号。

"是，一定是这样，那么不可以在这里徒劳守候！"林潇苒下了决心，走出候船大厅，在距离留言板二十多米的空地上若无其事地徘徊。

不一会儿，郭凤走近她小声问："大小姐，怎么出来了？"

"我觉得这么等很被动。房间开好了？"

"嗯。"

"走，回房间再说。"

汉江宾馆一共三层，进了大门，发现内部环境远不如外观那么高档。郭凤宽慰地说："大小姐，委屈一下吧。""没事。"

房间里面的设施又降了一个档次。林潇苒顾不得这些说："凤姐，我想先去兵站报到，你留下来每隔半小时去看一下留言。"

"可是？"郭凤眼里溢出多重疑虑，只是一时不知道哪一个疑虑更重要。

林潇苒胸有成竹地说："老师之所以让我先接头，多半是担心我对十二兵团的情况一无所知，报到时被问出破绽。她不会想到，我们在船上遇到了赖一天，不但对十二兵团的情况有了基本了解，还知道了八十五军一一〇师各位主官的姓名、驻地。因此，我去报到没有问题。"

"那我和你一起去。"

"不可以。多一个人等于多一分破绽，你的去留只有与同志接上头才可以定。"

郭凤急了，言辞凿凿地说："你怎么想，你的同志怎么想，对我来说什么也不算！我是大小姐身边从小跟到大的丫鬟，谁也不能把我和大小姐分开！你告诉接头的人，想让我走，只有一个办法，就是把我杀了！"

"好啦，我争取就是了！"说着，林潇苒转身出了门。

没想到郭凤拎着皮箱也跟了出来，瞪着一双不容商量的眼睛说："一块去。"

"你！想要我的命啊！"林潇苒气急地说。

"放心，我只是跟着你到兵站，不进去就是了。"郭凤说着，径直而去，林潇苒只能跟着。

到了街边，郭凤拦下一辆黄包车，随口报出："汉江西路，四百三十一号。"

"是那个新成立的兵站吧？"车夫问。

"是。"林潇苒应声上车。郭凤挤上来，林潇苒只能把位置让出来。

黄包车走了十几分钟，停在街边，车夫说："两位大小姐，前面就是。""怎么不走呢？"郭凤问。"兵站门前不准停车。没多远了，你们走过去吧。"

下了车，郭凤往座位上扔了一块银圆，说不用找了。车夫喜出望外，连连鞠躬致谢。

林潇苒对郭凤说："凤姐，求你了，你就在这里等我吧。"

"不可以，我这么站着就不怕引起他们怀疑？我在路边溜达。你若是半小时不出来，我只能闯进去。"

"唉，真不知你是来保护我还是来害我。"林潇苒第一次对郭凤说这样的重话。

林潇苒忐忑不安地朝前走，想着如何向这里的长官解释自己没穿军装的原因，快到岗亭旁的大门前时，发现对面林荫道上走动的郭凤，忽然有了理由，不禁哑然一笑。

刚到岗亭前，一声断喝劈头而来："站住！不得靠近！"

林潇苒一愣，默然从大衣内兜里取出"调令"，展开举着说："看清楚。"她想说"看清楚了再说话"，可是，话到了嘴边觉得力度不够，不由得想起了方桂香那飞扬跋扈的气势，遂上前几步，厉声斥责："放肆！我是中尉花一枝！"

站岗的四名士兵上下打量，其中一个走上前看了一眼，顿时立正敬礼："长官，对不起！上峰有令，进入兵站须有通行证！"

"我来报到，哪有什么通行证？给我让开！"林潇苒再次在心里积聚着霸气，径直往门内走。士兵不敢阻拦，只能打电话通报。

院内到处停着兵车，一些兵懒散地围在一起打牌、抽烟，看样子像等着装载物资。透过停在路边的车与车的间隙，林潇苒看见一排青砖红瓦的房子，中间的过道两边有两名持枪的士兵，猜想那里可能就是兵站长官的办公场所，于是从车距间穿过。

这时从过道走过来一名军官，她坦然迎上去。走近了，看清来人的肩章与赖一天的相同，军衔应该是上尉。她本想敬礼，因心里慌乱而不能，只好矜持地站着行注目礼。

上尉到了近前，满眼疑窦，问："闯进来的就是你？"

"对不起长官，这是我的'调令'。"林潇苒双手递上千斤重的纸。

上尉眼里掠过一丝欣喜，接过"调令"看着，目光再次送来："我叫曹——振——海——"三个字拖出很长的音，仿佛释放着某种提示。

林潇苒顾不得猜想，马上说："曹长官好！"

曹振海微微吸了一口气，随口问："你是从师部直接过来的吗？"

"不，从上海。"林潇苒开始心慌。

"哦，是这样。我说呢，怎么没穿军装。那好，随我来吧。"曹振海转身大步向前。

这人中等身材，皮肤黑中透红，长着一张椭圆形的脸，眼睛不大，显得悠然自得，松弛的脸颊几乎看不出表情，嘴唇厚而且有点儿歪嘴唇的缺陷中隐藏着淡定，甚至成为整个脸部最突出的特征。

这就是林潇苒初见曹振海的第一印象。

四

穿过通道，里面是几座别院。林潇苒跟着曹振海进了最东边的院子，这是一个四合院。院内站立着十几名神色不宁的军官，好像在等候那扇雕花木门内传来的召唤。

军官们看着林潇苒，原本沮丧、忧虑的眼睛顿时亮了起来。一名军官刚把烟送进嘴，嘴唇一动，烟落在脚上，轻微地弹了一下滚落在地上。他急切开口："哎，哎，老曹。"

"一边去！"曹振海冲了一句，语气带着兄弟之间才有的那种嘲弄。

这名军官目光罩着林潇苒，痴呆地冒出一句："玉容寂寞泪阑干，梨花一枝春带雨。此女只应天上有，为何乘云落别院？"

另一名军官看到林潇苒，一口气一直憋着，这时终于透过气来："刘参谋，来这里都是要去送死的人，莫非哪个有背景的人搬了后台？"

曹振海走到门前，底气十足地喊："报告！"

"娘的！发生了这么大的事，黄长官不毙了你们就算祖坟冒青烟了，别他娘的蹬鼻子上脸！"

"齐站长，一一〇师来了一位叫花一枝的中尉。"曹振海说。

"花什么？进来吧！"里面传出声音，门随即开了。

曹振海示意她先进去。林潇苒进了门，看见两侧站着两名卫兵，靠西墙宽大的办公桌前堆满了文件，桌后一张白净的脸昂起来，两只疑虑的眼睛越过一摞文件射了过来。曹振海走上前，递上"调令"。林潇苒跟了几步，心一下悬了起来。

齐站长看着"调令"，自言自语"来得可真不是时候啊"，说着放下"调令"，缓缓站起，问："为何不穿军装？"

"报告长官，因为家里出了点儿麻烦，所以——"林潇苒欲言又止。

"听廖师长说过，你是老长官的女儿。你母亲不是去了香港吗？"

"是，长官。我妈一直反对我从军，尤其是抗战胜利后，更是变本加厉地逼我去香港。这不，前些天派人过来，逼着我去香港。就在昨天夜里，为了阻止我来武汉，竟然趁我熟睡的时候把我随行物品，包括配枪、证件都扔到江里，所以，我才这样的。"

齐站长离开座位，示意林潇苒坐在沙发上，对曹振海说"你也坐下吧"，接着看着林潇苒说："早听说廖师长麾下有一位绝世美女，原来是老长官的女儿，今日一见，果然名不虚传。花中尉，你为何违背母亲的意志，执意留下来呢？"

"我不想让父亲的在天之灵失望，更不想在国家危难的时候当逃兵。长官，我恳请你一件事，可以吗？"

"说。"

"把我妈派来的那个人赶走，不然她会一直跟着我的——临行之前，我妈说了，若不把我带回去，她就不要回香港了。"

齐站长犹豫着说："这不合适吧？你母亲可是著名的画家，军队中许多中将、上将都曾经是你父亲的老部下，我一个小小的少将怎么可以对她不敬？要不，曹参谋，你找中尉的人谈一下，尽量说服。"

"是！"曹振海站起身，问，"花中尉，你说的人现在在哪里？"

"就在兵站大门附近，我和你一块去吧。"林潇苒站起来。

"花中尉，坐下，我有话问你。"齐站长伸手示意。

林潇苒坐下，意识中响起老师的警告，这么问下去难免露出破绽，情急之下，脸上泛出单纯的好奇，转移话题说道："长官，您刚才说我来得不是时候。恕一枝愚钝，莫非长官不欢迎？"

"这个，给花中尉倒水。"齐站长双手交叉，用力活动着，"这个物资转运站是新组建的，所有人员都是从兵团临时抽调的，只有我一人是联勤总部派来的。按照黄长官的意思，一旦兵团完成物资补给，站里的人仍然回原单位。没想到，就在今天早上忽然传来不好的消息：马副站长带着二十多车武器弹药在罗山地区遭到刘邓部队袭击，全部物资都被共军掳去，随行人员也下落不明，估计被俘虏了。眼下，徐州方面出现共军，华东、中原两大野战军，黄百韬兵团已经被困碾庄一带，一场中原大战已经拉开序幕。在这个关键的时候，我们的武器弹药被劫，若是传到国防部，一些本来就不看好黄长官的人就会借此向校长发难，甚至有可能要临阵换将。因此，黄长官电令严格保密，借此撤销兵团物资站，这个时候你却来了，你说来得是时候吗？"

"那——"林潇苒脑子嗡地一下，如同站在一处断崖边。

勤务兵把一杯茶放在林潇苒面前。齐站长移动一下自己的杯子，问："你不想回去？"

"不回去又能去哪儿呀。反正，我是不能当逃兵去香港的。"

"依我的意见，你最好不要回去。"齐站长的语气意味深长。

"请长官赐教。"

"听说十二兵团已经接到国防部命令，东进徐州，参加徐蚌会战。廖师长在出发前把你送到武汉，用心良苦啊！一场大战，胜负难料，他不想把老长官的女儿置身大战中。你若回去，廖师长会记恨我齐某的。可是，留在武汉，我也没有这个通天的手段。这事，让我着实为难啊！"

林潇苒意识到，之前，花一枝一直在一一〇师，可能大战在即，廖师长为了保护老长官的女儿，秘密把她送往香港与家人团聚。为了掩人耳目，只能使用金蝉脱壳这一招；而党组织巧妙地利用了这一招，用自己的同志顶替这个空缺。鉴于这种情况，她不可以回到一一〇师。

想到这儿，她鼓起勇气说："长官，我可以跟着你吗？"

"这，你若不是花一枝，我可以考虑，可因为你身份特殊，我无能为力。花中尉，你还是回去吧，相信廖师长一定会有办法重新安排的。"

门被关死了，剩下的一线希望就是与组织尽快联系上，听从组织安排。

这时，门外有人大声喊："站长，我有重要情况报告！"

齐站长不耐烦地站起来，气冲冲走到门前，猛地把门打开："刘营副，什么重要情况？说！"

"我要单独说。"

"老子没有工夫，有屁当着他们说！"齐站长一步跨出门槛，直挺挺站立。

"我怀疑马副站长是共军的卧底。"话音一落，引起一阵惊呼。

"你有什么证据？"齐站长声音里含着——这事还用你说？马副站长不知下落，是又怎样，不是又怎样？黄长官不追是为了兵团的名誉；你这个不知趣的家伙，在这里抖什么智慧。

那人说："证据没有，只是觉得，原定押送任务是我的。临出发前，马副站长忽然请喝酒，说是饯行，结果把我灌醉了，他带着车队走了。这事难道没有蹊跷？"

"老刘，这话若是传到保密局那里，第一个受审的就是你！不信，待会儿我陪你去保密局武汉站？"曹振海的声音。

"振海兄，你什么意思？"说话的人没了底气。

齐站长命令的口吻："散了！等物资船一到，你们装了车立刻归队！这一次，有一个营护送，保证不会发生意外！"

众人纷纷说着不想回去的话，齐站长呵斥着："卫兵，把他们统统赶走！"两名卫兵应声出去。齐站长返身进来，对身后的曹振海说："人离开了？"

曹振海进了门，示意齐站长移步说话。两人到了办公桌前，曹振海小声说着什么。林潇苒如坐针毡，猜想曹振海见到郭凤可能发生的情况。刚才在这里说过的一些话，虽然在船上反复对郭凤说过，怕只怕曹振海问起香港相关的问题，那样就超出了郭凤的应对能力。

"管不了这么多，要奋斗就会有牺牲。大不了一死！"林潇苒暗暗下决心。

曹振海还在小声嘀咕着，齐站长听着频频点头，深深吐出一口气："老弟，这事仰仗了。我去安抚一下那些不识时务的家伙。"接着对林潇苒客气地说，"花中尉，曹参谋有事与你商量。当然，也是替你排忧解难。"

林潇苒的心这才放下，慌忙站起说："谨遵长官吩咐。"

齐站长冲卫兵挥手示意离开，出去后亲自把门带上。

曹振海走过来，坐在林潇苒对面，用斟酌的语气说："花中尉，你的那个人是位练家子呀？"

林潇苒不语，生怕言多与郭凤的话发生矛盾，看着曹振海一脸商榷的表情，才故作漫不经心地说："烦死了，懒得说她。"

"这件事，烦是解决不了的，还需面对才是。你说呢？"

林潇苒看得出，曹振海已经有了办法，而且得到了齐站长的认可，于是满面愁容地说："我若有办法，就不能让她跟到兵站。"

"你应该从她的角度去想一下：一边是你母亲，一边是大小姐，她一个下人夹在中间左右为难。你说是不是？"

"这还用说吗，换了别人，凭她的个性早把我强行带走了！"

"我有个办法，暂时可以既不让你烦心也不让她为难，不知道你这个大小姐是否配合？"

林潇苒嘴角微翘，略带讥笑："呵，不可能的。"这么说，心里已经有了决定，就是让郭凤回上海。别看郭凤平时任性，到了林潇苒下定决心的时候，她还得听从。尤其是此刻，自己已经安全地进入兵站，郭凤没有必要再跟着。

"你听我说，她叫什么？"

林潇苒一愣："你不是见过了吗？"

"见是见过了，可问她叫什么，她回答'关你什么事？我家大小姐呢'，接下来问什么都不说，时不时眼里冒出杀气，让我不敢多问。"

"长官，我的事还是自己解决吧，相信会有办法的。"

"噢，是这样呀。我有一个不情之请，可否一说？"曹振海眼里露出一丝失望。

"你是长官，没有什么不可以说的。"

"刚才你也看见了，这事若是能成，等于帮了他一个大忙。"

林潇苒顿时警觉起来，莫非曹振海想替齐站长打郭凤的坏主意？喊，自不量力的蠢货，也不看一下郭凤是什么人，也敢有非分之想！

"我也不称呼你中尉了，直接喊大小姐吧，这样才适合彼此的身份。我的意思是，既然你的下人不愿意一个人回去，何不考虑把她留在你身边呢？"

这话惊到了林潇苒："什么意思，让郭凤留在我身边？她只是一个老百姓呀，军装也是随便穿的？万一弄出事来，岂不把她害了？"

"大小姐别生气，听我说。军装当然不可能随便穿——一个社会人到军人是需要一套完整的履历——只要有完整的履历就是一名军人。"

"长官的意思是要郭凤履行参军的手续？"

"也可以这么说吧，只是履历倒是现成的，这件事关乎另一个人。这个人叫熊冬梅，年龄和郭凤差不多，是兵站一名内勤。她因为不便说的原因要脱离军籍，所以才需要一个人冒名顶替。"曹振海说话时脸上浮动着难言之隐，有的话到了嘴边又明显改变了内容。

"长官，你的意思是这个叫熊冬梅的人是去执行什么特殊任务吧？这期间隐藏着多少危险？尽管我带来的人身份卑微，可毕竟从小就在我妈身边长大，我不可能让她陷进去。"

"唉，实话说了吧！熊冬梅是齐站长最信任的内勤，本来不想离开的，可是她怀孕了，孩子是谁的，我不用明说。齐站长开始劝熊冬梅去医院把孩子做了，可是她死活不同意，而齐站长的岳父身居党国要职，一旦两人的事情传出来，后果不是齐站长能承受的。这种情况下，齐站长要我找一个女子代替熊冬梅，好在上海安一个家。说心里话，我本来不想替他做这种见不得人的事，是念在他替我在上峰那里说话、许我一个营长的职务才同意的。大小姐，你转过来替自己想一下，兵站马上就要解散了，站里所有人都有了接收单位，你这个时候来，只有两种选择，一是回一一〇师，二是由站里另行安排。如果你选择回一一〇师，那当我的话没说；如果让站里安排，我的话请你考虑一下。"曹振海说完，站起来欲走，眼里释放出——别以为你不同意，就能难倒站长。

"长官，让我考虑一下，可以吗？"林潇苒站起身，想立刻回去看接头的同志是否留下信息。

"大小姐，稍等片刻。"曹振海出了门，接着把门关上。

从这个动作可以看出，齐站长一直在院内等结果。林潇苒只能按捺住焦急的情绪，坐在沙发上等候，想着曹振海提出的要求中潜在的利弊。毋庸置疑，如果长期潜伏下来，这是一个难得的机遇；若组织另有安排，再好的机遇也得舍弃。

"组织啊，您在哪里啊！"她在心里呼喊着，泪水冲破眼帘。

"潇苒，组织在你心里！这是什么地方，怎么可以流泪啊！"心里响起老师的警告。林潇苒掏出手绢，迅速擦干泪水，端起茶杯咽下一口冷茶。

不一会儿，门开了，齐站长走进来。林潇苒急忙站起来打招呼："站长！"

"花中尉，明人不说暗话，廖师长调你来武汉，目的是想让你脱离徐蚌会战。他没想到的是，兵站因为发生了物资被劫的意外而解散。我的意思是，廖师长能做的事我一样能做！我的下一个职务是联勤总部驻蚌埠兵站站长。你可以去蚌埠兵站。何去何从，你自己掂量吧。"

"知道了长官，我这就去和郭凤商量一下。"

"让曹营长送你。"

林潇苒出了门，曹振海迎上来："大小姐，我送你们回去。"

"谢谢！"

林潇苒跟着曹振海上了一辆敞篷吉普车，在众目睽睽之下驶向兵站大门。

郭凤站在大门对面，看见吉普车出来，快步迎上。曹振海和蔼地说："让你久等了。上车，送你们回住地。"

郭凤上车，喊道："大小姐！"

林潇苒悄然伸出手，在郭凤大腿上轻轻按了一下，传递着——有话回去说。

此刻，一个惊心动魄的计划在脑海中浮现：老师牺牲已经是第四天了，组织已经获悉，因为不知道老师把不能完成的任务交给了自己的学生，只能当机立断派其他同志把任务继续下去。根据时间推断，组织立刻启动第二套行动方案，于是才有了马副站长亲自执行任务。就是说，假如老师不暴露，那么，运送弹药将由她来完成，那样，马副站长就不会暴露，而是继续潜伏下来。

"你分析得对，就是这样。"心里再次响起老师的声音。

如果这个分析成立，在武汉就没有同志接头了，接下来何去何从，没有人可以告诉自己。

忽然车停下了，曹振海说："大小姐，我就不上去了，这是我的电话，有了结果给我打电话，我来接你们。"

林潇苒接过一张折叠的纸，心里黯然发声："他若是自己的同志该多好啊！"

下了车，林潇苒站在路边目送曹振海。看着吉普车快速离开，她的心不住地往下沉，对郭凤说："凤姐，你去看一下留言，我先上去了。"

郭凤似乎有许多话想说，看着林潇苒心意沉沉地朝宾馆大门走去，犹豫了片刻，急匆匆穿过街道。

林潇苒上了三楼才发现，房门钥匙在郭凤那里，只好顺着过道往前走，到了尽头，站在一扇门前沉思。

从安全的角度，应该回上海继续上学。这个念头刚冒出来，一个幻觉出现在眼前：学校门前，一声巨响后出现一团火焰。

"老师，我该怎么办啊！"

冥冥之中，赵红英的声音仿佛从很远的地方传来："潇苒，不能回上海呀！你想一下，那天夜间，我是在你居住的区域消失的，过了一刻钟却出现在音乐学院门前。依当时的环境，没有交通工具根本是不可能的。特务当天没有追查，那是因为跟踪我的特务还没反应过来。如果我猜得不错，上海的特务已经查到了是你的车出现在巷口，然后我才消失了，由此推断出，我是乘坐你的车离开的。你若这个时候回去，不是自投罗网吗？听老师的，潜伏下来，一是等待时机为党工作，二是随解散的兵站人员去十二兵团，然后伺机脱离，找到自己的队伍，凭信物与华东局特工部取得联系，听从组织安排。"

忽然，身后传来熟悉的声音："大小姐，都怪我，只顾去看留言了，忘了把房门钥匙给你。"

"有留言吗？"

郭凤失望、沮丧的表情已经给出了答案。

五

回到房间，林潇苒把短暂分开后发生的事简要地告诉了郭凤，最后提出一个明知道她不能接受的要求："凤姐，你也看见了，我目前是安全的，至于让你顶替熊冬梅，我觉得不妥。"说着，眼里传递着——你还是回上海吧。

郭凤眼神坚毅地说:"大小姐,别想着让我离开,这是不可能的!你不知道,在兵站门外等候时,我好像站在鬼门关前等死一样难受,想着,你成功地打入兵站,我怎么办?思前想后,只能到时在附近找一个地方住下来,让里面的人知道,你有一位贴身丫鬟不离不弃。没想到老天可怜我一颗苦心,给了我一个名正言顺和你在一起的身份。你怎么能再让我离开啊,你就说下一步该怎么走吧!"

"问题是,齐站长不可能让你和我在一起的,十之八九把你派遣到下面哪支部队。与其这样,何苦还要助纣为虐!"

"大小姐的意思是他们让我跟着那个姓齐的?"郭凤的眼里炸出了火星。

"这怎么可能呢,我不过是不想让你跟着冒险而已。"林潇苒心里说。

两人意见还没达成统一,忽听门外响起曹振海的声音:"花中尉,在吗?"

"在的。"

林潇苒应声的同时,郭凤已经把门打开,抢着说:"长官,我答应顶替。"

"凤姐!"林潇苒气恼地喊了一声。

"呃,'凤姐',好听。可否让我进去说话?"曹振海如释重负的语气。

"请进。"郭凤后退一步,侧身用眼神向林潇苒哀求,"原谅我擅自做主啊。"

曹振海进来,一副主人自居的神色坐在藤椅上:"两位请坐,咱们长话短说。从南京运来的军火已经靠岸,站里正在组织装运。大约三小时后,我就要随车去河南驻马店十师一团一营任营长。齐站长吩咐,在这之前一定要把顶替熊冬梅的事办好。来之前,还想着万一你们不同意,我还得留下来接着找人。现在好了。开门见山地说,什么条件?"

郭凤再次主动表态:"条件是,我和大小姐不能分开!"

"这算什么条件,齐站长可是愿意出钱的。"

"谁要他的钱!我愿意顶替,只是为了能和大小姐在一起!"郭凤不屑的语气。

"大小姐,你什么意见?"曹振海眼角掠过一丝轻蔑的猜度。

一句"十师一团一营"让林潇苒脑海中闪出在船上邂逅的赖一天。哦,原来,曹振海也是顶替呀,只不过是实名实职接替一位倚仗舅舅的权势堂而皇之脱离战场的下级军官。看见他眼里掠过的轻蔑,林潇苒知道他认定自己来武汉也是同样贪生怕死之辈,于是说:"长官,记得你说过自己的部队在一一〇师,为何去十师了呢?"

"为何?还不是因为之前的那个营长有背景。大战在即,生死难料,动用权势,把生留给自己,把死留给我们这些普通的军官。唉,这就是党国啊!"

"那我是不是可以称呼你曹营长呀?"

"任命已经下来,当然可以。不过,像我等军人,充其量就是一个替死鬼而已。说句实话,我对打共军一点儿没信心,此去无异于送死。好啦,多说无益,我这就去回齐站长的话。"曹振海说着站起身。

"曹营长，稍等片刻。请转告齐站长，我不想去蚌埠兵站，想去作战部队。"

曹振海一愣："你是说回——○师？"

"不，这样回去，只怕廖师长又会想出别的办法让我去后方。所以，我可否去你的部队？"

"我的部队？那只是一个营级单位，没有女兵编制。大小姐，还是去联勤下面的兵站合适。"

郭凤接过话："不想和那个姓齐的在一起。"尽管这话没完全表达出想说的意思，林潇苒却听出来，郭凤的意思是，自己顶替的是齐站长的情妇，若是随齐站长一起，一是担心齐站长妻子早有耳闻，说不定哪一天发难。再就是，熊冬梅虽然去了上海，可齐站长身边还有一个"熊冬梅"，谁知道他心里会滋生出什么样的歹念。以郭凤的个性，不可能置身于这么肮脏的环境中。这么想着，林潇苒却不知该如何把这个意思说出来。好在曹振海从郭凤的表情上看出了端倪，思忖着说："理解，理解，让我与站长商量一下。"

曹振海离开后，林潇苒心里感到一阵莫名的不安："凤姐，想办法买一张地图，我要知道十二兵团和蚌埠、徐州具体的位置。"

"嗯，大小姐一个人要小心啊！"

"没事的，快去快回。"

房间里静了下来，只有过道里不时传来住宿客人的走动声。林潇苒站在窗前，望着西半天一片淡紫色的晚霞。晚霞落在把一座城市分割的宽阔的长江上，从岸边吹送的阵阵寒风，在水面泛着耀眼的金黄。对岸的码头，几艘货船像僵尸一样浮在水边，偶然不知道从什么地方传来一声船笛，发出忧伤的告别。她清楚地意识到，下一步的目标是尽快回到组织怀抱，然后才能接受新的任务。若是随齐站长去蚌埠兵站，很难与组织取得联系，毕竟自己现在是一只孤雁。

万一齐站长坚持让自己去兵站呢？不，不是万一，而是一定的。通过短暂的接触，明显感到齐站长眼睛深处隐藏着鬼祟，尽管还不清楚他真实的面目，至少有一点可以肯定，他会不择手段地追逐随处可取的欲望。

有这样一种男人，永远不会满足。

"老师，我该怎么办呢？"她在心里说。

"实在不行，你可以坚持回——○师，然后伺机脱离部队。"赵红英的声音在心中某一处传来。

"大小姐！"

"这么快呀？"林潇苒开门，看着郭凤手里拿着卷起来的厚纸问。

"从前台拿的。我打听哪里能买到地图，一个伙计说自己有一张，是客人丢弃的，只是旧了点儿。"

林潇苒如获至宝地接过地图，在床上展开，最先找到了驻马店，接着找到蚌埠，再就是徐州。听赖一天说过，十二兵团完成弹药补给后直接向徐州挺进。

　　她指着地图说："驻马店在这里，蚌埠在这里，徐州在这里，是一个长三角。三角形的一边是敌占区，另一边是解放区。如果去蚌埠，再想脱身就难了。若是去了驻马店，离解放区更近，尤其在东进的途中，想脱离部队就简单多了。"

　　"我们跟着曹营长回十二兵团就是了。"郭凤说。

　　"别忘了，赖一天说过一句话，'军人以服从命令为天职'，一切不可能随心所欲。我们只能表面上装作服从，然后再见机行事。比如，说在去蚌埠之前想回一一〇师一趟，看望一下廖师长？"

　　话音刚落，敲门声响起。林潇苒以为是曹振海，不料门口站着一个女中尉。

　　"找谁呀？"郭凤挡住门问。

　　"我是熊冬梅，奉站长之命送军装来了。"女中尉说着，回头呵斥，"还不把东西送进去！"这话明着是冲身后的士兵，暗着是发泄对挡着门的郭凤的不满。

　　郭凤冷笑："噢，原来是让我——"

　　"凤姐，让他们进来！"林潇苒担心郭凤说出下面的话，急忙制止。

　　熊冬梅看上去已经没有了女儿家的清纯，虽然五官端正，却满脸怨妇的晦暗。她进门看着林潇苒，眼睛像看见了太阳，瞬间躲开了："果然呢。"

　　"中尉，送来的可是军装？"郭凤随口一问。

　　"不是军装，难道是嫁妆不成？"熊冬梅瞥了郭凤一眼，让人看出了隐藏的含义——让一个丫鬟顶替分明是对她本人的羞辱。

　　"呵，看样你是穿过嫁妆的人了？"郭凤冷冷地笑着。

　　"凤姐，怎么说话的？熊中尉，请坐。"林潇苒亲切的声音中略带感谢。

　　"这种地方——呐，东西是送来了，你们好自为之吧。"熊冬梅说着，心里装满世仇一般悻悻而去。

　　两名士兵惶恐地把一个帆布拎包放在藤椅上，紧张地离开。

　　"嘁，这等货色，也能当上中尉，恶心！"郭凤小声说着，上前打开帆布包，顿时发火，"这什么呀，都是穿过的衣服！"说着捂着鼻子，"这味道，熏死人了。"

　　"倒出来，看是否有证件之类的东西。"林潇苒隔着几步，被一股刺鼻的香水味阻住了上前的脚步。

　　郭凤把军装取出来逐件检查，没有发现任何东西。林潇苒看着说："她是故意的，把咱们想得和她一样了。"

　　"这衣服怎么穿？"

　　"不穿，等见了曹营长看他怎么说。"林潇苒说着把地图折叠起来，"这地图我想带着，你去问一下多少钱。"

　　郭凤出去后，林潇苒全神贯注地看着驻马店至徐州途经的每一处县城和河流，用心寻找着适合脱离的地段。

不一会儿，郭凤和曹振海一道进来。从曹振海的表情上，林潇苒看出他已经知道了熊冬梅来过的事。曹振海看着堆在藤椅上的旧军装，连连告罪的口吻："大小姐，不要与那个人计较。一个市井小人而已，我们都习惯了。"

"没事。曹营长，齐站长怎么说？"

"他的意思，这位凤姐可以不去蚌埠兵站，你必须去。"

"为何？"林潇苒忍不住问。

"站长的意思是，廖师长既然让你来武汉，一定有说不出来的原因，若是这么让你回去，日后不好交代。呃，总之，他们都是为你好。"

"曹营长，你也见了，熊冬梅还在站长身边，对我怀着莫名的敌意，我不想让任何人不舒服。就算要去兵站，我也得先回一一〇师一趟，看看廖师长是否同意。你说呢？"

"这应该不是问题。一一〇师目前还在河南驻马店，这么远的路乘汽车，你受得了？"

"曹营长有所不知，我晕船呀，从上海到武汉，比害一场大病还难受。拜托了，让我搭乘你的车先到驻马店，然后再去蚌埠，好吗？"

"好。你这一声'好吗'，谁都无法拒绝。那你们再等一会儿，我回站里拿几套军装来。"曹振海说完离开。

一颗悬着的心终于落下来，林潇苒急忙说："凤姐，再去留言板看一下。"

"嗯。"

现在要认真想一想，这一路如此顺利，每一个环节有没有留下过隐患。林潇苒在房间里踱步，从上船的那一刻开始检索，想到唯一可能出现麻烦的就是遇见的赖一天。事情过于巧合，曹振海要去一团一营与这个人交接，万一自己和他遇见了肯定会引起怀疑。最坏的一种情况就是，赖一天也乘坐曹振海的车。嗯，必须抢先向曹振海声明，当然，还要找一个不让赖一天随车的理由。

正想着，郭凤进来了，看着林潇苒默然摇头。

"凤姐，如果我没猜错的话，与我们接头的同志就是兵站的副站长。也不知道这位同志如今怎么样了。"

"大小姐，这一切都过去了，多想无益。以后你不能再喊我凤姐了，要喊就喊熊冬梅吧。"

林潇苒取笑道："真难听。唉，这也是没办法的事。要不，我喊你熊中尉吧。"

"不好，听见这个姓就想起那张可恶的嘴脸，不如直接喊中尉吧。大小姐，喊一声试试。"

林潇苒翕动着嘴唇，心里莫名涌起一阵隔世相逢的激动——一个人，无论出身有多卑微，一旦把个人的命运交给了国家，就有了脱胎换骨的变化。

"大小姐，怎么啦？你愿意怎么喊就怎么喊，无论何时何地，我永远是你的贴身丫鬟！"

"你误会了。"林潇苒眼里溢出激动的泪水，"一瞬间发现，从我们遇见老师的那一刻，你就参加革命了，再不是什么丫鬟，而是我的同志！这几天，我内心始终被孤独的囚笼禁锢，几乎透不过气来。此刻发现，我并不孤独，因为身边有同志！"

郭凤不以为然："才不当你的同志，我就是你一辈子的丫鬟！"

"那可不行，国民革命军人人平等，怎么可以有丫鬟呢。"曹振海推开门说。

简短交流后，曹振海把两张派遣证交给林潇苒。一张证件上写着"兹有十二兵团驻武汉兵站——中尉花一枝前往国防部联勤总部驻蚌埠兵站，任兵站机要秘书"，另一张派遣证写着"兹有十二兵团驻武汉兵站——中尉熊冬梅前往国防部联勤总部驻蚌埠兵站，任兵站物资统计员"，证件下面盖着兵站的钢印。

"两位中尉，尽快换衣服。二十分钟后，我派人来接你们。对了，箱子下面有两把勃朗宁手枪。熊中尉可能不会用，还需花中尉教一下，免得走火。"

"曹营长，还有一事想说一下，就是你要接替的那个赖一天营长我认识，是个令人厌恶的家伙，我不想与他同车。"

"哦，那个家伙，在你没到兵站之前就离开了，事前用站里的电话跟一团通话，请团长同意他在兵站直接与我办理交接手续。这会儿，他可能已经上了去上海的客船了。"曹振海说着，回头示意站在门外扛着木箱的士兵进来，"你们的背包、日用品都放在站里，上车时再带上。这个箱子里是两套内外衣服、鞋子，还有一件毛呢大衣。我先告辞了。"

见郭凤送曹振海和士兵出了门，林潇苒打开箱子，立刻闻到新衣服散发出的清香。

郭凤急乎乎进来，看着崭新的军装，不禁拿出一顶帽子戴上，还没等林潇苒称赞，脸一下红到脖子。她把两套军装分开，替林潇苒换装。

"不用，从今以后，我的事不许你动手——梅中尉。"

郭凤一愣，连连点头："这个称呼好，大小姐。"

"你是不是也得改口了呀？"林潇苒脱下外衣，扣着内衣纽扣说。

"改不了的，大小姐。"郭凤脱衣的速度极快，转眼间上身只剩下裹胸的一条白丝绸，低头看着，"这个不能脱了。"

一阵手忙脚乱，两人都换上了戎装。林潇苒看着郭凤，惊愕得说不出话来，心里只有连续不断地赞叹——简直不敢相信啊，站在面前的竟然是郭凤！

郭凤看着林潇苒，忘了自己身上的军装，抿着欣赏、崇拜的嘴唇，脸颊上的红晕向笔挺的鼻梁蔓延，醉痴痴地说："若是老爷他们看见了，心里该多高兴啊！大小姐啊，什么仙女、狐仙呀，与大小姐一比就什么都不是了。"

"梅姐，当了中尉就敢骂人了？谁是狐仙？"

"噢，罪过，罪过。我是狐仙，大小姐是仙女。"郭凤这才意识到自己也换了个人，羞臊顿时在眼圈四周扩散，低头看着换下的衣服，眼里溢出难舍："我去把给我们地图的伙计叫来，把这身衣服送人了吧。"

林潇苒点头，看着郭凤两腿不听使唤的样子，心里发出一声警告："这有什么，不就是国民党的一套衣服吗，怎么就心态失衡了啊！记住，每时每刻都得记住，你是一名共产党员！你的敌人就是许许多多穿着这套军装的人！"

奇迹出现了，心一下沉静下来。林潇苒转过身，迈着结实的步伐走出房门，下楼时遇见郭凤和伙计，随口丢下一句："退房！"

郭凤瞪着疑惑的眼睛，小声对身后的伙计说："房间里的东西都不要了。"

林潇苒浑身释放着巨大的能量，几乎爆满了整个大厅，在众目睽睽之下昂然走出宾馆大门，站在台阶上眺望长江。

不一会儿，郭凤慌然走来，怯生生问："大小姐，怎么啦？"

林潇苒走下台阶说："就是穿着这身狗皮的人杀害了我的老师。可悲的是，我竟然为了这套狗屁衣服感到心慌意乱！"

"是啊，不过——"

"别说了！你只须记住，我们穿上这身衣服，如同当年八路军、新四军穿上国民党衣服一样，就是为了打败所有穿这身衣服的人！"

"记住了，大小姐！"

六

兵站内乱得不能再乱了，到处停放着蒙上篷布的运输车，沮丧的士兵三三两两地聚在一起拿着酒瓶嘴对着瓶口喝着，喝足了的士兵坐在木箱上抽烟，说着不堪入耳的脏话。

林潇苒和郭凤站在院内一辆重载车旁等候。周围的士兵好像地狱的鬼看见了天使，既不敢靠近又不愿意拉开距离，无形中形成一个不规则的椭圆，有大胆的军官哼着家乡小调，音律间夹杂着令人作呕的淫邪。

院内的曹振海忙得像只无头苍蝇，好像什么事都与他有关。

这时，一辆重卡开进来，径直向林潇苒她们驶来。到了近前，从驾驶室跳下一位中尉，二十四五岁，中等个头，人很消瘦，一双隐忍的大眼睛，眉宇间露出萎靡、失落，脸颊上泛着郁闷。还没等他说话，不远处有人大声喊："邵连长，难怪你要跟曹营长走呢，原来是贪恋美色。可惜了，你的军衔太低，别白日做梦了。"

"别听他们的，我叫邵正杰。听曹营长说了，你们要随车。你就是花中尉吧？"

林潇苒亲切地说："您好！邵连长，我是——"她差点儿说出是林潇苒了。

邵正杰从上衣兜掏出一张清单说："按曹营长吩咐，车内的武器弹药都在清单上。"

林潇苒扫了一眼，上面写着"轻机枪：二十挺。卡宾枪：六十支。迫击炮：二十门。手雷：二十箱"，下面赫然写着"此批武器弹药由花一枝负责送至蚌埠兵站，站长齐克俭"，不禁露出疑惑的眼神。

"噢，我猜，曹营长是装备一营的，为了避免节外生枝才如此安排。总之，不会给你带来任何麻烦。"邵正杰说。

林潇苒点头说"知道了"，心里闪出一个念头：若是把这车上的武器带走该多好啊！

"本来老师派我过来就是为了给中野解决武器，可惜没能赶上；这点儿武器虽然少了点儿，也算不负老师的重托啊！"

"也不知道曹营长在忙什么，眼看天就要黑了。"郭凤说。

林潇苒意识到，可能邵正杰发现她表情异常，郭凤才不得不说话转移注意力。

邵正杰解释说："南京方面连续来电，督促齐站长尽快赶往蚌埠。徐蚌地区聚集着七个兵团，七八十万人都等着补给。所以，站长把未了的事都交给了曹营长，自己上船先走了。"

说话间，远处传来曹振海的喊声："以团为单位。带队的长官过来，我说一下行军事项。"人群中陆续有军官走过去，骂骂咧咧地说什么的都有，其中有一句："有什么事项？我巴不得路上遇到共军，然后领几块大洋回家过日子。"

林潇苒听着，装出胆怯的样子问："邵连长，真的有这种可能吗？"

"不好说，前天副站长不是就遇到了吗？一个运送车队，整整上百车武器弹药，全部送给了共军。说句砍头的话，我当时是想跟着副站长走的，可是他却劝我们开着空车回来，理由是他们的队伍用不上汽车。就这样，我带着汽车连开着空车回来，没想到，人家都没要我们的命，可兵团长官让站长把我们连三百多人都关起来，准备统统就地处决。若不是曹营长给站长出谋划策，我和汽车连三百多名弟兄已经做鬼了。冲着曹营长的救命之恩，我这个连长不当也罢，索性跟着他去一营！"

林潇苒强忍内心的喜悦，却装出惊愕的样子："呀，真的不可思议啊！按说车队被解决了，就算对方优待俘虏，也不该把车留给对方，为何不炸了呢？"

"人家的心胸，岂是我们这边的人能理解的？当时，我看见一眼看不到边的士兵排着队，每个人扛着一箱武器弹药，虽说个个面黄肌瘦、衣衫单薄，有人穿的衣服甚至补丁摞补丁，可脸上都洋溢着喜悦。打个不恰当的比喻，好像扛着一个心爱的新娘。看见那个场面，我第一感觉，这是一支天下无敌的队伍！"

林潇苒听着，心里滚过一阵暖流——这个人，有可能成为自己的同志！

"聊什么呢，这么投入？"曹振海走过来问。

"营长，没聊什么，只是向花中尉说清单的事。"邵正杰说。

"出发！我们的六辆车走在前面，其余的车紧随其后。"曹振海把话题岔开，看着林潇苒炫耀地说，"我的眼光还不错，军装好像量身定制的那么合适。邵连长，发现没，同样的军装穿在她们身上，好像自带光芒。"

"不是军装，是人。"邵正杰面带羞怯地上了驾驶室。

没等关上车门，曹振海伸手示意他下来："弄两个空箱子来。"

"干吗？"邵正杰不解地问。

"车厢这么高，两位中尉如何上去？"

"呀，还是营长想得周到。"邵正杰下车找来两个空木箱。还没等他放下，郭凤撩起车后的帆布，一只手抓住车后板上沿，身子一纵，另一只手向上抓住车顶棚，如同影子一般上了车，露出半张脸，喊道："大小姐，把手伸过来！"

曹振海和邵正杰看得目瞪口呆。林潇苒接过箱子放在地上，说"我可没有你这本事"，踩着箱子，一只脚蹬在牵引钩上，伸出手抓住车后板，也上去了。

"营长，熊中尉是位练家子呀，而且，功夫十分了得！"邵正杰说着，动手系好车后的篷布。

"花中尉，车厢右边拐角有一个箱子，里面是面包、糕点，还有一些水果。若是有事，用力击打车厢。"邵正杰的声音隔着帆布传来。

"知道了。"郭凤应了一声。

环视四周，整个车厢只在后面留出五分之一的空间，前面堆着大小不等的木箱。为了固定木箱，上中下拦了毛线粗的铁丝。空地上铺了很多层被褥，坐在上面软软的。

车启动了，紧贴着木箱有两个捆得结结实实的背包，箱子上搭着两件崭新的棉大衣。郭凤取下一件，嘱咐道："大小姐，坐好。"

林潇苒靠着背包坐下。郭凤把大衣盖在她身上，接着坐下来，把脑袋缩进肩膀里，身体扭动一下说："还行，挺舒服的。"接着长舒一口气，"真好，感觉比坐船踏实多了。大小姐，我有一个感觉，人一旦选对了方向，每一步都是光明。"

"呵，身份变了，说话也有哲理了。"林潇苒欣慰地看着郭凤，心里笑道。

"大小姐，要不要吃点儿东西？"

"忍着点儿吧，毕竟在路上，上厕所也不方便。"林潇苒说着，微微闭上眼睛。几天来，她几乎没有睡过一个安稳觉，白天要应酬赖一天，到了晚上忧心忡忡，犹如一个人走在迷雾中，不知道哪一步会落空，坠入万丈悬崖。

此刻，她虽然十分困倦，无奈一个新的计划在悄然修改着北上的初衷。她不能否认，找到组织是第一目标，可是，那又怎么样呢，还不是一事无成地走了许多路而已。这也不是老师的托付。显而易见，老师未了的任务是从兵站内为中野搞到武器弹药。谁又能知道这个任务是一次性的还是长期的？如果上级的任务是长期潜伏，那么，自己就这样回去岂不是辜负了组织、辜负了老师！

怎么办啊？

围绕着这个问题，她久久不能入睡，直到听见郭凤发出均匀的呼吸声，才进入半梦半醒的状态。

时间不知不觉过去，她终于迷迷糊糊地入睡。梦中，周围全都是国民党的部队。她贴近郭凤耳边说："你要一个人逃走，去找组织，告诉党所发生的一切，请示下一步该怎么办。若是组织需要我继续潜伏在兵站，我坚决服从；若是组织另有任务，你就不要回来，我一个人是可以安全离开的。"可是无论怎么说，郭凤死活都不答应，气得她拔枪对着自己的额头，大声喊："你要不同意，我就开枪了！"

"大小姐，大小姐，醒醒啊！"

林潇苒猛然醒来，车内黑黢黢的什么也看不见，只能感觉到自己躺在郭凤怀里，刚要说话，车停了。

外面传来曹振海的呼喊声："休息一刻钟，该干吗干吗，抓紧了啊！"有人回应："老曹，你以前可不是这么说的，为何改口了？"又有人扯着嗓子喊："拉屎的拉屎，撒尿的撒尿，放屁的就不要下车了，想女人的直接把眼睛闭上。""哈哈哈，呜呜呜，想女人啊。"黑暗中传来一阵混杂口音的狂笑。

"什么人，臭瘪三！"郭凤骂道。

"我要下车。"林潇苒小声说。

还没等郭凤回应，邵正杰隔着帆布说："两位中尉，下车活动一下。"

郭凤用手撩了一下车后的帆布，发现绳子已经解开，身子一闪跳了下去，接着伸出胳膊，轻轻拍了一下车挡板。林潇苒会意，先把一条腿伸下去。郭凤用手将其移到牵引钩上，然后双手在她腰间若即若离。这样，林潇苒几乎是自己安全落地。

夜色中，后面的车没有了轮廓，像伏在路面的怪兽，面目不时冒出星星点点的亮光，隐约露出模糊的脸庞。

郭凤牵着林潇苒的手，用脚尖试探着走下公路。两人在沟底解决了内急。

回到路上，林潇苒昂头看着乌黑的夜空。杂乱的浓厚云团拥挤着，偶然闪出的云隙有一颗孤星，发出灰暗的光，只是那么一刹那，又被乌云遮挡了。再远的北方天际，从地面折射着犹如火灾过后留下的那种暗红，看着让人心慌意乱。

"凤姐，我有一个计划，需要你配合才能完成。你愿意吗？"林潇苒轻声说。

"只要不离开你，我做什么都可以。"

林潇苒意识到，说了也白说，不由得仰天哀叹："唉！"

"说吧。"郭凤直面过来。

虽然看不清面容,但她的坚毅已经让人了然。林潇苒迟疑片刻说:"知道你心里只有我的安全,可你想过没有,如果我一事无成,这种安全比死亡还要可怕!现在我不想多说,等你认真地想清楚这个问题,我再把计划告诉你。"

黑暗中走来一个身影说:"两位中尉,辛苦了。"

"邵连长,辛苦的是你。到什么地方了?"林潇苒问。

"刚过了黄土关。大约走了三分之一。"

郭凤说:"咱们就这么停着,不怕有人劫车?"

"管它,听天由命吧!我上车眯一会儿。"

"嗯。"林潇苒目送邵正杰,心里萌生一个期盼——这次行军,若是能与组织联系上,这十几车的武器弹药就会轻而易举地落在自己人手中。

"唉。"她再次仰天长叹。

"不是说休息一刻钟吗?该走啦!"郭凤意味深长地说。

看情形,曹振海一点儿不担心遇到突发情况。也许,他和邵正杰一样——听天由命。林潇苒这么想着,在路边慢悠悠地溜达。

大约过了四十分钟,沉寂的车队忽然响起哨声,曹振海喊着:"出发!所有驾驶员把车灯打开,检查车况!"

车灯一亮,照得林潇苒睁不开眼,只好背过身,喊:"凤姐,上车!"

上车坐稳后,郭凤说:"大小姐,说吧。"

"我想,到了驻地后你先离开。你功夫好,遇到麻烦可以凭一己之力解决,多了我,不但没有帮助反而分散了你的精力。你找到解放军后,告诉他们要见华东局特工部领导,然后把情况如实汇报,请示我下一步的任务。可以吗?"

"可是我离开了,你如何向他们解释?"

"我就说熊冬梅怀孕了,必须亲自找齐站长。凤姐啊,只有与组织取得联系,我们才知道下一步该怎么走。就像此刻,假如我们能联系到组织,车里的这些军火就会用来消灭敌人,而不是在敌人手里打我们!还有,如果组织需要长期潜伏,我就这么离开了,再想回来就难了啊!"

"这,让我想一下再说吧。"郭凤背过身,悄然躺下。

汽车启动,路况较之前明显差了许多。郭凤躺着的身体不时晃动,过了很长时间还是一句话不说。林潇苒知道,这对她来说是一种打破观念的艰难选择,于是默不作声地靠在背包上,想着郭凤一个人脱离后会遇到什么险境,越想越为她担心,若是她实在不想一个人单独行动,那就算了。

随着车身不停地摇晃,林潇苒不知不觉中再次进入梦乡。

再次停车时已是第二天上午,车队停在了信阳郊外。两人下车后,见路边到处都是国军士兵，横七竖八地释放着不尽的疲惫。

邵正杰拎着水桶去找水，其他驾驶员也拎着水桶跟着。曹振海过来指着路边一所房子说："我跟房主说了，你们可以去他家院子。"

下面的话没说，林潇莤明白他没说出的意思，于是向郭凤递了一个"去吗"的眼神，郭凤说："倒是想喝点儿热水。"

曹振海忙说："稍等，我去去就来。"接着，进了驾驶室拎着两个水壶快步朝不远处的房子走去。

这时，懒散的路边士兵看着林潇莤，立刻像打了鸡血似的围了过来，说着一些听不懂的方言。

郭凤沉下脸来："滚开，否则我对你们不客气！"

"呦呵，来吧，老子跑这么远的路沿途保护你们，不领情也就算了，还不客气，那我倒要领教怎么不客气！"

郭凤刚要动手，邵正杰拎着水桶跑过来，厉声呵斥："军火重地，任何人不得靠近，否则就地处决！"说着，拔出手枪对准撒泼的一位排长。

呵斥声惊动了对方的长官，看军衔是营长。邵正杰立正敬礼："报告长官，这些士兵想闹事！"

对方不客气地说："闹个屁的事，不就常年没见过美女吗？看一眼还能少二两怎么的？来来，弟兄们站好了，只许看，不许说话，更不许动手。哎呀呀，这两位都是美女呀！老子自从娘胎出来就没见过这么俊俏、鲜嫩的女子。他奶奶的，也不知道便宜了哪个龟孙王八羔子，能娶了她们。"

"高老兄，说什么呢？"曹振海走过来，扫了一眼，瞬间明白发生了什么事，冲对方招手。

高营长走过去，曹振海凑近他耳边说着什么，只见他眼睛一亮："真的？"

"咱们兄弟这关系，我会骗你？"

高营长大声说："兄弟们，护送任务结束，抓紧时间上车，打道回营！"刚要移步，忽然想起，"你答应我们团座的东西呢？"

曹振海恍然从衣兜掏出钥匙："东西在十四号仓库。"

高营长接过钥匙，心有余悸地说："这一路，我们弟兄可是把脑袋当给了阎王爷，幸亏没有遇到共军，不然，这颗脑袋就赎不回来了。"

林潇莤听着，之前对曹振海的好印象一扫而光——原来，这是一条死心塌地为国民党尽忠的走狗！想着，愤然上车。

郭凤跟着上来。隔着帆布外面传来一阵混乱的脚步声，还有邵正杰压低的询问："营长，你刚才对那家伙说什么了？""我说那边一大户人家，想出高价买些枪。两位中尉，放心用吧，都是新的。"接着，两只绿色水壶从帆布间塞进来。

"呀，真烫。"郭凤接过来，看着林潇莤，蹲下来宽慰她，"跟这些臭当兵的置哪门子气，犯不上。来，慢慢喝吧。"

"不想喝。凤姐，打开箱子，看有什么水果。"

郭凤打开木箱，拿出一个苹果，晃了一下："还有橘子，想吃什么？"

"苹果吧。"

郭凤把帆布撩开一道缝隙，欣喜地说："这个邵连长，想得真周到。"说着，拿出水果刀小心翼翼地削皮。

林潇苒吃了一个苹果，看着喝水的郭凤说："少喝一点儿，还有一段路呢。"

郭凤点头，从木箱里拿出油纸裹着的面包递过来。

<h1 style="text-align:center">七</h1>

记不清多少次走走停停，傍晚，终于到达十二兵团十师一团驻地。

曹振海隔着帆布说："花中尉，我去团部报到。你们就不要下车了，等到了一营驻地再下来。我让邵正杰守在这里，你们放心休息。"

"好的。"林潇苒应了一声，接着耳边传来一阵马达声。

郭凤用两根手指撩开帆布，看见有四辆车向前驶去，自言自语地说："大小姐，曹营长会不会把我们跟着的事告诉团里的长官？"

"可能不会吧。"林潇苒嘴上说着，心里却觉得两个女兵不是一个营级单位能藏得了的，最好还是对团里明说，这本来就没什么可隐瞒的，何必作茧自缚呢。

时间在烦躁中停滞一般，林潇苒越想越觉得躲着无异于此地无银三百两，于是大声喊："邵连长，打开篷布，我要下车！"

"好的。"邵正杰应声打开车后帆布，身子挡在车后，昂着羞赧的脸，眼睛眯成一条线，结结巴巴地说，"营长的意思是，两位中尉的编制不在一团，只是随着一营前往蚌埠，没有必要见团长等人。我也觉得营长这个考虑较为周全。"

"大小姐，还是别下车了吧。"

林潇苒默然点头。

过了大约半小时，外面隐约传来吉普车的声音。邵正杰隔着帆布说："营长回来了！"

话音刚落，吉普车停在了车前，曹振海的声音传来："钱参谋长，这位就是邵正杰。"

"长官，原十二军汽车营二连连长邵正杰向你报告。"

一个操着山西方言、音色细弱的男声传来："你为何不愿意回原来的部队？"

"长官，我带的一个连前几天被共军俘虏过，又被放了；回到兵站后，上峰要把全连的官兵统统枪毙，是曹营长说情，谎报上峰，说我们都被毙了。所以，不能再回原部队。本来连里许多人都离开了，可我没有家。"

"明白了。不过，现在团里连级军官暂时没有空缺，你只能在一营作为候补，愿意吗？"

"当不当官无所谓，只要能跟着曹营长就行。"

"难得的一位义士！振海老弟，恭喜你呀！刚才当着团座的面有些话不方便说。看在你我都是黄埔出身的分上，我不得不推心置腹地说几句。"

"学长，请赐教。"曹振海恭维的声音。

"你知道赖一天为何在一营待不下去了吗？当然，一场恶战在即，有关系的谁不想离开呀？这是一个原因。还有一个原因，他对一营早已失去了管控。先说你接手的这个一营的大概情况吧。刚才在团部，一营的副营长、三位连长你都见过了。副营长蔡佳奇平常不善言语，却是一个足智多谋的军事人才，由于与赖一天不和，营里的事基本上不问，成天沉迷于书中。一连长李政，毕业于南京陆军军官学校，军事素质极高，同样也瞧不起不学无术、凭有个好舅舅一张纸条就当上营长的赖一天。再说二连长陈云鹏，这个人和团座同出身绿林，算是小弟，而且两人有着相同的爱好——贪财好色，成天倒卖军火。每次参战，弹药几乎没有什么消耗，战后却漫天上报。团长对此心照不宣，要多少就给多少，武器弹药到手后直接倒卖，所得的不义之财就不便说了。一营有这么一个连长，谁去了也无可奈何。再就是三连长许真诚。这个人虽说白丁一个，可打仗勇敢、为人正直，深受全连官兵拥戴。他对赖一天也是一百个不服。现在你来了，单从军事修养上能压过三位连长，只是陈连长需要包容。有件事我本来不想说的，看在黄埔情分上还得说：在赖一天要调离的时候，团长力推陈云鹏当营长，李政和许真诚坚决反对，发誓说，陈云鹏若当营长，就把事闹到国防部。这么一闹，逼得团长不得不请师部出面平息，这才把你调来。不过，对李政也得提防，这个人思想上有点儿问题。陈云鹏反映，一连军训搞得特别严格。当然，当兵的严格训练是本分，关键是在训练的空隙经常开会，分析国际、国内一些敏感的话题，以及军人与国家的关系，虽说没有亲共言论，可也没有一句是效忠党国、效忠领袖的。为了这个问题，我多次提醒团长，可他不以为意，说只要能把兵带好，管他说什么。团长这么说，我理解，因为他脑子里除了钱、女人什么也没有；而你就不一样了，在这方面一定要留心观察，一旦发现危险的苗头，及时向我汇报。"

林潇苒听着，心里激情澎湃，大胆猜测，李政说不定是潜伏在敌营的同志！要尽快见到他！

钱参谋长下面说了什么，林潇苒没有细听，依稀看见一个激动人心的前景——她与李政、许真诚达成共识，带领两个连战场起义！

"两位中尉，营长请你们下来参见钱参谋长。"邵正杰解着绳子说。

郭凤先下车，接着护着林潇苒下车。林潇苒回眸之际，只见眼前的陌生人中等身材，白净方脸，眼睛间距明显失调，一时难辨是因为一只眼睛大还是眉心凹陷，鼻梁扁平，嘴唇薄得露出上下整齐洁白的牙齿，好像从未长过胡须。单从五官看，会误以为是位市井女人。

"这位——这位——"钱参谋长看着林潇苒，脑子暂时短路，想说什么一时忘了似的，下眼帘不停颤抖着。

曹振海忙说："这位是花一枝，武汉兵站机要秘书；这位是熊冬梅，兵站统计员。"

林潇苒立正敬礼："长官好！"

钱参谋长忘了还礼，挠了一下三七开的分头说："这容貌，只怕前无古人后无来者。噢，在下钱进庄。名字听起来有点儿俗。没办法，家父是做小本生意的。听曹营长说，你们打算随队去蚌埠兵站？"

"是呀，也不知齐站长为哪位大员带了些物资，船运不放心，正好我和梅中尉都晕船，才连人带物资都托付给了曹营长。参谋长，给一团添麻烦了。"

"不麻烦，一点儿也不麻烦！这以后，我们的物资还得仰仗两位多关照啊！"说着，钱进庄向曹振海使了一个眼色，对林潇苒歉意地笑着，"我与曹营长借一步说话。"

"正好，我们也活动一下。"林潇苒说着向车后方走去。郭凤紧跟着。

太阳已经落下，西天涌起的几片乌云仿佛已经站了很长时间，下垂的云脚紧落在迷离恍惚的村落上。尽管寒冷的北风时紧时慢地吹着，天边的云却纹丝不动。公路的两边是刚出土的麦田，纤细地贴着松软的土壤。北方的天空飞来一群大雁，拖着引人忧伤的"人"字形，从麦田高空飞过。

林潇苒合上毛呢大衣说："这里的冬天真冷啊！"

郭凤思忖着说："大小姐，你说这参谋长避开我们会说些什么？"

"嗯，可能是想打车上武器弹药的主意吧。"林潇苒嘴上这么说，心里想，"不能交出去！若是李政连长愿意战场起义，我才不介意曹振海留着这批武器做什么，到时直接给一连！"

"花中尉，别走远了。"邵正杰走过来。

林潇苒停下脚步，等邵正杰走到近前，很随便地问："邵连长，副站长真的是那边的卧底？"

"这我说不准，只是出发前，他让护送的一个营全部换上了清一色的卡宾枪，可是途中遇到共军伏击，所有的枪都打不响。结果，人家上来连人带枪一起押走了。你说是不是？"

"那怎么事先没有露出什么破绽？"林潇苒忍住内心巨大的欣喜。

"人家无论做人做事，都让人打心里敬佩，有谁会怀疑？在他们身上，有一种让人敬仰的气场，不像那些党国的大员，一脸的官气，满心都是见不得人的利己主义。我当了几年的汽车连长，不知道为那些当官的运了多少武器弹药。大官不必说，就是齐站长也不是东西，有一次竟然倒卖了十万发子弹。不然，他哪来的钱养了十多个姨太太？"

"听你这么说，对党国挺失望的？"林潇苒单刀直入。

"岂止是失望！我真后悔，不该听马副站长的话回来，险些丢了性命。"

"马副站长叫什么？"林潇苒想记住这位同志。

"叫马山河，是齐站长一位姨太太介绍过来的，之前在白崇禧的部队当团参谋长。事发后，上峰不许外传，担心有人借此向校长发难，指责校长不该用黄维。上峰也没放过齐站长的那位姨太太，派人前去抓捕，结果人早走了。至于齐站长，因为他岳父位高权重，兵团也不敢把他怎么样，只能宣布解散兵站了事。"

林潇苒有心聊一下邵正杰对曹振海的看法，忽见吉普车开了过来，只好把话咽下去。车到近前缓缓停下，钱进庄下车，一脸的歉意："花中尉，按说我该尽地主之谊，请两位到团部做客，但由于难以启齿的原因，只能失礼了。不过，在你离开之前，我一定要补上。"

"长官不必客气，毕竟来日方长。"林潇苒说。

"说得好，来日方长！明早七点，兵团要东进，路上由曹营长照顾你们吧。"钱进庄说着上车离去。

回到车旁，邵正杰忍不住说："营长，以前我觉得汽车营乱，没想到作战部队更乱，你这个营长可不好当。"

"无所谓的，国军内部就没有干净、舒心的地方。我习惯了。大小姐，有件事想与你商量一下。"

"曹营长，有事只管吩咐。"

"刚才钱参谋长建议，明天队伍东进，你们两位最好跟随师部走，这样会安全些。你看呢？"

见林潇苒眼里射出"为何"，曹振海接着说："他是考虑到，二连长与团座关系特殊，你们跟着一营行动是瞒不过团长的，因此担心车上的物资被团长强行扣下。"

"这样好了，让邵连长跟着师部走，我们随一营东进。"

曹振海苦笑："若没有你们二位押车，就是放头老虎也保不住车里的物资。这样吧，若是有人问起车里装的是什么，咱们统一口径，就说装的是一五〇榴弹炮弹——这种炮弹是卖不出去的。"

林潇苒频频点头。

"走，去咱们自己的地盘！正杰，开车先走，就是前面那个小村庄。我陪着两位中尉走走。"曹振海看着不远处一个横在田野上的村庄，精神抖擞，仿佛回到了日思夜想的故乡。

邵正杰驾车离开，林潇苒这才注意到，路的另一半也有一个村庄。根据钱进庄离去的方向，判断那里驻扎着团部。

走在乡间的土路上，呼吸着清冷的寒风，林潇苒心里泛起对一营莫名的亲切。

"花中尉，到了营地后，可愿意学发报？"曹振海忽然问。

林潇苒听着，一阵警觉从心头漫过——他这么说，是认定我不会使用电台，还是借此试探什么？于是沉吟片刻说："对那东西不感兴趣。"

"噢，知道了。不过，以后到了兵站，说不定什么时候能派上用场。俗话说，艺多不压身。"

"如果需要的话，到了兵站再学也不迟。"林潇苒不清楚曹振海的用意，但本着少说话、少接触的原则，婉言拒绝了。从邵正杰对马山河的认知上，她得出一个警示——人不可以凭表面断定身份。既然国军高层认可了曹振海这个人，谁又知道他是什么人，万一是军统的人，自己岂不是自投罗网？

曹振海不再说话，掏出烟来背过身点着，抽了一口说："大小姐，说句冒犯的话，你怎么看都不像军人——这么说没有半点冒犯的意思，而是想提醒一声，在军中很难安身立命，尤其是女兵，没有结实的靠山，结果只有一个，那就是随波逐流。就拿熊冬梅来说，她本来是一名报社记者，不知怎么鬼迷心窍被齐站长骗了，于是也来了个投笔从戎，结果穿上军装没到三个月，就变成现在这个样子。"

郭凤冷冷地回击："你什么意思？人与人能一样吗？若是一样了，那还打什么仗？我家大小姐的事用不着别人说三道四！"

曹振海连连赔笑："是，是，我多嘴了。"

"曹营长，凤姐就这脾气，请原谅。"

"哎，怎么还叫凤姐？万一露馅了，兵站是回不去了，而且有杀头之祸。"

"对不起！不过，我这么叫，你能听出来，其他人就听不出来了。'凤姐'这个名字嘛，若是有人问起，我有的是答案。"

说着话，不觉来到村头。村子南面一块麦田里停着十几辆汽车，依稀看见邵正杰在与站岗的士兵说着什么。村子很安静，没有村民，没有家畜，也没有炊烟。

忽然从一座宅院的大门里跑出来两个身影，本来不足百米，到了近前已是气喘吁吁。两人二十多岁，一个白白胖胖，另一个瘦得像猴子。

"报告营长，警卫班长孙来旺前来接应！"

胖子话音刚落，瘦子随即跟着敬礼："报告营长，通信兵周全前来接应！"

曹振海回礼："前面带路。安排两间干净的房间给两位中尉。"

"是！"两人齐声回应。

这时，宅院里又出来一个人，一路小跑过来："营长，我和蔡副营长——"话音未落，一看见林潇苒，想说的话化在了嘴边，两眼直勾勾地愣在了原地。

"陈连长！休得无礼！"曹振海低声呵斥。

郭凤刚要上前，林潇苒急忙拦住："你——认识我？"

陈云鹏这才回过神来，恍然摇头，想说什么，嘴唇哆嗦着没说出来。没见陈云鹏之前，林潇苒觉得他应该是一个五大三粗的彪形大汉，没想到原来身高还不及郭凤，看上去一副小偷小摸的样子，不由得让人想起偷鸡摸狗的毛贼。

进了院子，从正堂走出来一个二十六七岁的人，佩戴少校军衔，中等身材，面容清瘦，目光锐利，嘴角抿着浅浅的轻蔑。这位是副营长蔡佳奇。

一番寒暄后，众人进入正堂。曹振海扫了一眼八仙桌上丰盛的佳肴，问："李连长和许连长呢？"

陈云鹏看了一眼蔡佳奇，欲言又止。蔡佳奇嘴角一挑说："通知了，可能有事耽搁了吧。曹营长，咱们不等了。你们这一路奔波，早该饿了。我先声明，这一桌的美酒佳肴全是陈连长的心意。我呢，只有廉价的香烟一包。"说着，把一包红梅拍在了桌面上。

陈云鹏看了一眼，随手拿起扔给了门外站岗的士兵，接着从长条案上拿过一个挎包，嗖地一下抽出一条万宝路，举起来晃了一下："包里还有两条，是兄弟孝敬曹营长的。"然后又从衣兜里掏出两包希尔顿，拆着封口说，"我这个人就是想得开，扛枪打仗，死了那是命短，活着就得享受。当兵的嘛，身边没有女人，但不能没有烟酒。"

蔡佳奇低声斥责："也不看看今天是什么场合，不许信口开河。"

"我没有呀。"陈云鹏说着，看了林潇苒一眼，懊恼地抽了自己一个嘴巴，"这张破嘴。两位贵客，坐，坐。"

林潇苒实在不想与陈云鹏这种人同桌就餐，歉意地对曹振海说："抱歉，我有点儿晕车，看着大鱼大肉就反胃。为了不扫各位长官的兴致，我想到外面走走。"

没等曹振海说话，陈云鹏冒出一句："那怎么行，你若这样，就是看不起我陈云鹏！"

郭凤冷笑："你说得没错，还真的看不起你！走！"

一句话震得陈云鹏说不出话，脸一下黑到了脖子，嘴唇抖着僵在原地。

曹振海忙说："大小姐既然这么说了，我等不敢违拗。蔡营长，派两位弟兄保护，千万不能有半点闪失。否则，我纵有一百个脑袋也不够砍的！"

蔡佳奇惶然地冲着门外喊："孙来旺！周全！"

"到！"门前闪出两个身影。

蔡佳奇命令的口吻："保护好两位——长官！"

林潇苒朝蔡佳奇点头致谢，淡然离开，出了院门，心里对曹振海暗自佩服，若没有他刚才的那番话，陈云鹏肯定不肯善罢甘休，结果会是什么样，她想象不出，回头对郭凤说："犯得着吗，以后不许任性了。"

"两位长官，想去什么地方？"孙来旺怯生生地问。

"去一连。"林潇苒说。

"好的，那我在前面走，两位长官跟着，让周全跟在后面。周全，不要跟得太近。"

"我知道了，留出一段长官说话听不见的距离。"周全哆嗦着两腿，忽然想起什么似的说，"对了，半小时前，一连来电话说晚上全连搞活动，也没说内容，只怕这么去了会慢待两位长官。"

"何来的慢待，我们就是随便走走。"

八

一连驻扎在赵圆村外一块堆满麦秸的空场四周，许多帐篷围着麦场搭建，整齐划一，帐篷间距不差分毫。

麦场上悬挂着一盏汽油灯，灯前整齐地坐着全连的官兵，等着什么。

"长官，我去通报一下。"孙来旺说。

"不用，我们不要靠近，看他们搞什么活动。"林潇苒站在一棵大树下看着，心里不由得赞叹。一个连队，坐着竟然一动不动，而且没有一点儿声音——仅凭这一点，对李政不由得肃然起敬。

过了十几分钟，汽油灯被放下来，落地时熄灭。霎时，麦场、帐篷和一百多名官兵被夜色吞噬。

"他们要干吗？"郭凤小声说。

忽然一道亮光射出，直落在麦场边的帐篷上，映出一张军事作战图，上面圈圈点点，有许多红黑箭头，图的最上面有一行字，因为距离远看不清楚。

一个声音传来，音色中带着厚重文化底蕴的磁性："你们看见的是国共两军在碾庄战场的攻防图，红箭头包围的地方是碾庄，我第七兵团黄百韬部被围。就在今天上午，绥靖区副司令员官何基沣、张克侠在贾汪起义。由此，徐州东大门洞开。原本增援黄百韬的刘汝明、孙元良部改变了增援计划，向徐州靠拢。这么一来，黄百韬部岌岌可危。因此，国防部电令我们十二兵团驰援。问题来了，十二兵团参战任务是什么？驰援黄百韬吗？如果是这样，岂不是舍近求远？等我们赶到，只怕碾庄的战斗已经结束了。如果不是，八十万大军看着一个兵团被吃掉而见死不救，那接下来的仗怎么打？还有，宿县已被共军攻陷，同时徐州至蚌埠的津浦铁路将被拦腰切断。先不说我们去救黄百韬，只怕想进徐州还需打一场恶仗。要知道，宿县以南的南坪集一带驻防的可是陈赓的部队。两军相遇，鹿死谁手，只有天知道。以上就是我们即将面对的战场。今天的军情分析就到这里。"

投影变成了白色，汽油灯随即亮了，缓缓升起。夜幕被光亮驱赶，现出军营的画面。有人气急地喊："这他娘的不是瞎指挥吗？"有人接着说："对啊！我们不是被共军打败，而是被国防部打败的！""我们到了这里，当地老乡把我们当鬼子看！一村子男女老幼，男人肩上扛着粮食、手里牵着牛驴，妇女赶着猪羊，小孩抱着鸡鸭——这场面我们并不陌生，那可是打鬼子的时候，为何现在国军到了这个地步？连长！""住口！你们忘了，只需说军情，不许议政！"一个二十多岁英气袭人的军官站在灯影下说话。

"这人是谁？"林潇苒问旁边的孙来旺。

"李政连长。"

孙来旺话音刚落，后面忽然传来一声断喝："站住，不许动！"

周全回头道："一班长，休得无礼！两位长官是随营长一块来的！"

林潇苒转身，发现几名战士不知何时站在身后，忙说："辛苦了！不要声张，我们就是随便看一下！"

"长官，对不起，我只听连长的！你是跟我去见连长，还是让连长来见你？"班长说。

说话间，忽听有人喊："让连长表演节目好不好？"一片响亮的应和声："连长，来一个！来一个！小提琴！"

李政缓慢地转动身体，灯影中散下愧疚："兄弟们，实在不好意思，我对小提琴爱得死去活来，可它讨厌我也是死去活来，恐怕这辈子无缘了。这样吧，我还是用手风琴演奏，演奏《送别》好吗？"

"好！大家鼓励！"有人喊着。

林潇苒心里一动，兴致盎然地对身边的班长说："你可不可以把连长的小提琴拿来，我会呀！"

班长眼里放光："你会？那太好了！连长许过大愿，许诺能找一个会拉小提琴的人来，他给就地升级，而且奖励十块大洋！长官，等着，我去连部把小提琴拿来！"说着，对另外几名战士说，"先别声张，等领了赏大家都有份！"

这时，灯影中走出一人，李政指着他说："你又来捣乱！要不，你先来一个节目！"

下面呼喊："许连长，来一个！来一个，许连长！"

许真诚冲着灯圈之外招手："你们几个家伙怎么到下面坐着，躲什么？"话音一落，光圈外走出十几名军官，忽听一声口令："一连都有了，起立！"

坐着的官兵唰地一下站起，伴随一声"敬礼"的口令，齐刷刷向走到近前的军官敬礼。军官回礼。

短暂的动作令林潇苒感到震撼，原来，这才是军人啊！"我一定，一定要把他们带到解放军的阵营！这也许是老师在天之灵给我的使命！"

"坐下！"一声令下，包括刚来的军官同时席地而坐。

许真诚沉思片刻，脸上越发义愤："我哪有心情上节目，而是想对你们一连的弟兄说，上峰今天给了一团整整五车弹药，可是团里一粒子弹也不发，说是到了徐州再发。这也没什么，可是，刚刚我的外围警戒看见，有三辆重载车离开了我们的防区，带车的竟然是团长的警卫排长王家裕！你们说，这事怎么办？"

"告他！"有人低声喊道。

李政急忙伸手示意："安静！许连长，说你来捣乱还不承认？你说的这些破事关我们一连屁事！再说，你知道上面都是什么人吗？告？告谁呀！你，副连长，你先来说个笑话。"

"听了许连长的话，我满肚子都是屁，哪来的笑话？"副连长话音一落，惹来一阵哄笑。

这时，班长捧着一把小提琴过来，抱怨地说："这个许连长，每次来都给一连添堵。长官，要不你上去吧。"

想着此刻只有音乐才能直达这些热血官兵的心灵，林潇茗接过小提琴说："不用，我就在这里演奏。"

举起小提琴的瞬间，老师出现在心里，做出开始的手势，接着，琴声响起，《送别》深情、悠扬的旋律像幽灵一样从琴弦上发出灵魂的倾诉。老师在心里唱着："长亭外，古道边，芳草碧连天，晚风拂柳笛声残，夕阳山外山。天之涯，地之角，战火何时落，一杆长缨横心上，今宵别梦寒。长亭外，古道边，芳草碧连天。问君此去几时来，来时莫徘徊。天之涯，地之角，战火何时落，人生难得是欢聚，唯有别离多。"词略有改动，并不是她的意思，而是老师的声音。

演奏的时候，林潇茗大脑空灵，灵魂脱离的躯体与老师琴唱合一。她没有发现，面前不知何时肃立了一百多名官兵，那盏雪亮的提灯依旧挂在灯杆上，只是把不尽的柔光漫了过来。官兵们逆光而立，让林潇茗看不清哪一个是李政，只是有一点她清楚，自己的面容正在接受灯光的洗涤，让雕塑般的官兵观望着。

"能，能唱吗？"一声哽咽的声音，让她不能确认是不是李政，于是默然点头，再次举起小提琴，一边演奏，一边徐缓悠长地唱着。她像老师一样，唱出"战火何时落，一杆长缨横心上"。

歌声结束，琴声未了，官兵们依然愣在原地，好像怕惊扰还在耳边的余音。

"天籁之音啊！"许真诚从喉咙深处冒出一句。

一阵雷鸣般的掌声在夜幕中响起，久久不息。

"大家好！"林潇茗发出了老师的音质，这让她感到惊诧。

"停！停下！"李政大声喊。

林潇茗接着说："我叫花一枝，之前在武汉兵站，现在属于蚌埠兵站，过来的原因是随你们一营一起东进。"

"兵站？这怎么可能啊！你刚才唱的歌，怎么可能是兵站的？"

"你？你是？反正，再唱一首吧，你把我的魂唱丢了。"

孙来旺挡在林潇苒面前，炫耀地说："李连长、许连长，中尉可是大户人家的千金大小姐。曹营长说了，若她有个好歹，我一百个脑袋都不够砍的。你们这么围着可不行，大小姐只是出来转转，该回去了。"

李政上前，一把推开孙来旺，呵斥道："滚一边去！她在一连是最安全的！大小姐，可否再为我们这些弟兄唱一首歌？"

林潇苒犹豫着，因为不知道唱什么，忽然老师在心里说："唱苏联的《神圣的战争》吧，用俄语。士兵听不懂歌词，但可以感受到神圣的力量！你要相信，正义的力量可以引领心灵，向着我们共产党人前进的方向。"

李政恳请："大小姐，我们这些当兵的整天活在地狱中，难得听见圣洁的声音。你刚才唱的歌，我们连的官兵都会唱，可是你的声音犹如圣洁的溪流从我们心里流过，这种感觉注定会留在每个人的血液中，然后生长出新的生命！所以，恳请你再唱一首吧！"

"好吧。你刚才不是说用手风琴吗？"

没等林潇苒说完，李政羞怯地摆手："我那两下子哪敢给你伴奏？"

"那我自己伴奏。"

李政听着，恍然地说："所有人，各就各位，请大小姐去灯下，好让一连的兄弟看清你天使般的容颜。"

随着副连长一声口令，聚集在大树周围的官兵轰然争抢最前面的座位。推搡中，有人竟然被摔在地上，场面乱作一团。

林潇苒在两位连长的引领下走到队伍前面。尽管副连长喊了几声"坐下"，可是大家都充耳不闻，气得副连长大喊："三连、一连的几位排长站在最前面，发现有人拥挤都给我记下来，秋后算账！"

又是一阵骚动，场面才安静下来。

林潇苒接过手风琴。郭凤帮她把带子放在脖子上合适的位置，表情露出从未有过的兴奋，同时用眼睛传递出一丝忧虑——大小姐，别乐极生悲啊！

林潇苒暗自吸了一口气，默然点头。

郭凤退下。明亮的汽油灯发出吱吱的声音，犹如星球行走的声音。林潇苒心里呼喊："老师，我们开始！"

手风琴突然发出暴风雨般的强劲旋律，林潇苒眼前再次出现老师的身影：她在异国他乡，身穿苏联红军的军装，跨上一匹战马，手持一把军刀，挥舞着冲向敌人的阵地……林潇苒内心风起云涌，尽量控制排山倒海的气息，用俄语唱着《神圣的战争》。

这一刻，她忘了身在何处，忘了老师已经在天堂，忘了自己的使命，灵魂像一片洁白的云朵，在硝烟弥漫的战场上空飞翔。

唱出最后一个音节，她不禁潸然泪下，抹去泪水时，发现站在最前面的军官包括两位连长都流泪了。

李政愣了片刻转过身，异常激动地说："弟兄们，一直以来，我们都是心无所归的军人！刚才，我们听到的不只是一首令人荡气回肠的歌，而是有一处家园在召唤！我知道你们没听够，说实话，这样的天籁之音就是听到人生的尽头也听不够啊！可是，我不得不命令你们——解散！因为，我有更重要的事向大小姐请教！"

副连长说："连长，你请大小姐去连部说话，我和弟兄们在这里待一会儿——也不知道怎么了，舍不得离开这里。"

"是呀，让我们在这里坐一会儿吧。"许多士兵应和道。

"好吧。许兄，请回吧，待会儿我去三连找你。"李政说着，示意林潇苒跟着走。

孙来旺急了："李连长，大小姐该回了！"

一班长瞪了他一眼："再多嘴把你捆起来！"

副连长说："孙班长，你先回去，对营长说李连长与大小姐以前就认识，大小姐被留下叙旧。去吧，就这么说。"

"那好吧。"孙来旺不情愿地说。

连部近在咫尺。进入帐篷，李政点了一根蜡烛，然后诚惶诚恐地请林潇苒、郭凤坐在主位上，自己坐在对面，似有千言万语般，一时不知道该怎么说。

"李连长，有何指教？"林潇苒心里也有话要说，只是不愿意先开口。

李政越发紧张，一只手不停地在脸上乱摸着，当手指摸到衣领时，颤抖着扣上了衬衣领口，扭了几下脖子，仿佛透不过气来，随后又把领子解开，先前脸色因过于激动而涨满血色，此刻渐渐褪去，但嘴唇一刻也安静不下来，时而哆嗦，时而欲言又止，终于眼里再次闪出泪光，低声从肺腑发出哼唱："起来，伟大的国家，作决死斗争！要消灭法西斯强盗，消灭万恶的匪帮！让正义的愤怒像巨浪滚滚沸腾，进行人民的战争，神圣的战争。"

林潇苒听着，激动地站起来，心里喊着："同志啊！"就在呼喊快要冲出喉咙时，老师在心里一声断喝："不可以！"

林潇苒稳住了身子，脸上装出惊讶："你原来会唱呀！"

李政庄重地点头："我会，三年前就会了！大小姐，我不用问你什么身份，只请你相信，一个把神圣的战争藏在心里的人绝对不是一个没有民族、没有灵魂的军人！"

林潇苒尽管内心无比激动，还是克制了如潮水般的情感，淡淡地说："李连长怎么会唱这首歌的？"

"在南京中央军校，跟一位教官学的。他叫王友明，是一名共产党员。"

"噢，他现在还在军校？"林潇苒谨慎地问。

"他不在了，身份暴露后就离开了。假如他不离开，我现在穿的绝不是这身军装！大小姐，我请你过来，不为别的，就是觉得你身份特殊——别误会，我指的是你肯定认识很多上层的大人物。请你帮我打听一下，王友明的下落。"

"然后呢？"林潇苒不动声色。

"然后，无论他在哪里，我都要去找他！"说着，李政抹了一下眼角的泪，"太想念他了！"

"你凭什么认为我可以帮你，或者说，相信我不会把你的这个想法向军统告密？"

"凭我们心里唱着同一首歌！还有，你高看军统的那些货色了。他（她）们也许有着一张楚楚动人的脸，有一双精于暗杀的手，可是，他（她）们绝对不会有一双清澈、干净得像天使一般的眼睛！"

"谢谢你的信任。可是，若想打听你说的那位教官，不是一件容易的事。这事，与其求人，不如求己。"

"我不是没想过——直说了吧，我也曾多次与许连长商量过战场起义，可总觉得两个连很难成事。就像今天在贾汪地区起义的，那可是兵团一级的大员，动辄率领几万人过去。我们两个连，加起来才三百多人，人家根本看不上啊！还有一个关乎成败的原因，战场起义需要对方知晓，然后才能给予支持。否则，在对方不知情的状况下，迎接的只能是子弹。这就是我们迟迟不能行动的原因。大小姐，帮帮我们两个连三百多号弟兄吧！我知道，你一定能帮的！"

"我，我真的帮不了啊！"林潇苒难过地说。

"那有一件事，你可以帮上忙的，不知道是否愿意？"

"只要我能做到的。"林潇苒猜李政想要车上的武器弹药。

李政眼里充满渴望："我想借你身份一用。"

"没听明白。"林潇苒隐约意识到，李政可能会对许真诚等人说找到党组织了，这个人就是林潇苒。

"是这样，起义的事迟迟不能推进，关键是许连长和蔡副营长坚持要先与党组织取得联系，然后才能进行。他们相信，在国军内部，肯定有潜伏的那边的人，尤其是听到何基沣、张克侠在贾汪起义，大家更坚定了这个看法。所以，我想借用你的名义。"

"这——"林潇苒想说不可以，但李政的眼神让她把到了嘴边的话咽下去。

"你放心。到了前线，我派人过去与对方联系，然后就没你的事了，你该去兵站还是可以去。你帮我们的事绝对不会泄露，我拿命担保！"

"让我考虑一下，好吗？"

"你考虑你的，我只能这么办了。大小姐，徐蚌一战，国军必败无疑，不信你会看到，国军这边想起义的绝对不止我等这些小人物，一定会有更高级别的将领。这与胜败无关，是跟国民党内部腐败、只为少数权贵利益而战有关。我知道，你们有严格的纪律，就像我的教官从未承认自己的身份，直到身份暴露也没亲口对我说。对此，我理解。因此，对你，我坚信不疑！”

李政话音未落，外面传来警卫班长的声音："蔡副营长，你怎么来了？”

林潇苒有些心慌："李连长，你怎么做，我无法左右。只是，这样的谈话不可以当着第三人！你能做到吗？”

"没问题。"

帐帘开了，蔡佳奇走进来说："听说大小姐是李连长的熟人，这才过来看看。"

林潇苒忙说："也不是太熟，在上海有过一面之交而已。那你们说公务，我该回去了。"

"嗨，看样子，我不该来的呀！要不，我先回去？"蔡佳奇尴尬地笑着说。

"我们一起回吧。"林潇苒说。

"也好，正好路上说说话。"蔡佳奇看了李政一眼，似乎想让他说句挽留的话，可是李政的注意力都在林潇苒身上，只好遗憾地送林潇苒、郭凤出帐。

深一脚浅一脚地走在麦田里，她不想说话，全部的精力都被一连官兵所释放的激情燃烧了。走在右边的蔡佳奇说了句什么，她没有听清，之后再也没有了声音，只有杂乱的脚步踩在松土上的轻微声音。

进了村，发现许多人家亮着昏暗的灯，不时传出打牌发出的喊叫声，偶尔能听见酗酒猜拳的怪叫。

这是二连的驻地，占据着整个赵圆村。

到了营部附近，一股刺鼻的酒气扑面而至。林潇苒侧脸对蔡佳奇说："蔡副营长，我们就不进去了，今晚在车上宿营。"

蔡佳奇没有挽留说："也好。孙班长，把两位中尉送到车场。你留下负责她们的安全。"

"是！"

林潇苒长舒一口气，想认真梳理一下今晚发生的一切。

第二章

九

这一夜,林潇莁没有合眼,有一个无法破解的难题重重地压在心上——对李政投奔光明的意愿,她发自内心地想参与,可万一组织派老师进兵站是为了长期潜伏呢?老师虽然牺牲了,却把任务交给了她。假如她参加了李政的行动,那么岂不是违背了组织的意愿?作为一名党员怎么可以违抗组织啊!

可是,一营的一连、三连早已具备起义的条件,这是一支三百多人,曾经与日寇拼杀多年,有着极强作战能力的部队啊,怎么能眼睁睁看着他们一个个倒在解放军的枪下?

不可以!我要帮他们!

问题来了,自己一个与党失联的人又如何给予实质上的帮助?忽然,老师在心里发声:"他们现在需要的不是力量,而是一盏引路的明灯!你可以给予他们凝聚力、智慧和决心!有了这些,他们的目的一定会达到!"

林潇莁顿觉眼前一亮,欣喜得在心里娇嗔地喊:"老师,怎么不早告诉我啊,害得学生一夜无眠!"

她翻了下身,看了一下手表,已是早晨六点多。她对看着自己的郭凤问:"凤姐,你醒了?"

"大小姐不睡,我睡得着吗?"

一阵号声传来,林潇莁兴奋地坐起来,情深意切地倾听:"这才是人间最美的音符啊!凤姐,下车!"说着,撩开车后面的篷布,只见苍茫的麦田一望无际,寒风呼啸着从麦苗上掠过,一行伫立在田边的树木在风中摇曳着赤裸的枝条。

"这就是广袤的中原大地啊!"她学着郭凤下车的动作,单手按在车挡板上沿,身子一纵跳了下去。

郭凤在身后惊呼:"大小姐!"

林潇莁稳稳地站着,炫耀地冲一脸惊吓的郭凤说:"我也可以的!"

几名士兵闻声跑了过来,拘谨、害羞地向林潇莁敬礼:"长官好!"

"辛苦了,你们!"

孙来旺从一辆车的驾驶室内出来,小跑着过来,想说什么又不好意思开口的样子,一声吭哧堵在了喉头。

一个士兵忍不住说："这有什么不好说的，我说。报告长官，邵连长昨夜一宿没睡，在那边挖了一个地坑，说是给你们用的。"

郭凤瞪着眼睛："什么意思？"

说话的士兵满脸涨红、张口结舌。这时，驾驶室的门开了，邵正杰跳下来说："都是老兵油子了，连话也不会说。两位中尉，那边，有土堆的地方，是女生专用厕所。"

郭凤的脸刷地红到脖子："谁让你挖的？需要的话去村里就是了！"

一个士兵小声嘀咕："村里的那叫厕所？"

孙来旺上前踢了他一脚："滚！你们可以下岗了，这里交给我！"

见士兵不愿意离开，邵正杰说："别都聚在这里，该站哪儿站哪儿。"

似乎有一种说不出的迷离的关爱、温馨在弥漫，林潇莤眼角润着对邵正杰感激的微笑："邵连长，我们想随便走走。"

"那就往南走吧。不远处有一条河，景色不错。"邵正杰往远处指着。

"唉。"郭凤应了一声。两人向南走去。

走出了麦田，走上一条小路，林潇莤低头看着。路边长满了野草，有的一半枯黄，一半残绿弥留在根部，看上去是凄楚可怜的状态。相比之下，麦苗就不一样了，虽然经过严寒霜打，反倒呈现出极强的生命力，把根须深深地扎进土壤，在劲风中翻卷着弥天翠绿。

她们走上堤坝，在树林中解决了内急。一条只有十多米宽的河沟横在面前，水面散发着寒气，靠近岸边结了一层薄冰，一些枯萎的芦苇从冰面穿过，在风中摇晃。河中间，水流缓慢地挨着凌脆的冰片流过，或快或慢，千变万化，形成无数的涡纹，悠然流淌着。河流上游，月亮悬挂在河岸一片杨树梢上，洒下白色的冷艳，落在寒风吹皱的河面上，让人一时间忽略了是早晨还是夜晚。

一阵急促的号声传来。"可能是要出发了吧。"郭凤说着，目光凝固了。

"怎么啦？"林潇莤问。

"大小姐，这可是离开的最佳时机呀！要不，我——"

"不可以，不知道会引来什么样的麻烦；即便是离开，也该有一个理由。"林潇莤想把内心的犹豫告诉郭凤，因军号声声催得心慌，只好上了河堤。

两人回到车场，一营已集结完毕，在一片秋天翻耕过的松土上待命。

邵正杰从队列中跑出来迎接她们，到了近前说："两位中尉，咱们的车停在路上了，我带你们过去。"

一营的车不多，只有十几辆，就是说大部分士兵需要步行。

林潇莤乘坐的车后面停着两辆卡车，一辆载着炊事班的士兵，还有炊具、粮食和蔬菜，另一辆装满弹药。

不远处的另一条公路上，行进着一眼望不到尽头的人车、炮马间隔的队伍。

忽然大地开始颤动，轰隆隆的马达声由远而近地传来。郭凤循声望去，不禁惊呼："大小姐，你看这是什么车？"

邵正杰说："坦克！这些浑蛋，怎么可以在麦田里开！"

林潇苒看着十几辆坦克扬起泥土从田野上轰鸣驶过，一阵忧虑袭上心头："天啊！听说解放军的武器装备十分落后，若是遇到了这种怪兽，不知道是什么样的后果！"

这时队伍后面跑来一个身影，邵正杰迎上去，边和来人说着什么，边接递过来的挎包，打开看了一下，惊喜地说："鸡蛋！这么多！谢谢你们连长！"

听见"鸡蛋、连长"四个字，林潇苒猜是李政派人送来的，心中泛起一阵温暖——要知道，长途行军，鸡蛋可是最好的食物。

曹振海站在队伍前训话。因为逆风，他的声音全被风带走了。

"两位大小姐，外面太冷了，你们还是上车吧。"

郭凤斜了他一眼说："乱喊！我是丫鬟！"

邵正杰眼里掠过惊鸿一瞥，忙说"记住了，中尉"，走到车后把篷布解开。

林潇苒先上了车。郭凤上车后弯着腰说："邵连长，干吗要把篷布从外面系上，我们从里面系可以吗？"

林潇苒知道郭凤这是故意找话说，意在抵消刚才的那一瞥。

"中尉，也可以，不过需要你自己动手，而且不好系，还是从外面系的好。"

林潇苒刚要坐下，发现木箱旁边多了一个保温瓶。郭凤打开盖子，想把邵正杰刚才给她的挎包里的鸡蛋放进去，发现里面放着一个鼓鼓的白布袋子，里面裹着大饼、鸡蛋，还有一小盆咸菜。箱子旁边竟然放了一卷草纸！她探出身子把挎包里的鸡蛋递出去："这个你留着吃，路上你最辛苦。"还没等邵正杰回答，像做了一件见不得人的事，急忙把撩开的篷布放下，背过脸去，声音颤颤地，"这个人——不该想的乱想——真不害臊。"

这句掩饰的话让林潇苒意识到，这个从小一起长大、表面是主仆实则姐妹的凤姐对邵正杰一见钟情了，于是忍着欣慰，窃喜说："就是呢，哪有女孩子出门不做准备的。"

郭凤羞得不敢抬头，翻动袋子里的食物，看上去好像是专心挑吃的。"大小姐，你吃啥？"

"等饿了再说吧。凤姐，相信命运吗？"林潇苒想探视郭凤内心对邵正杰有几分情意，担心这么一路走下去，情感会在心里潜滋暗长——万一邵正杰心里已经有了人，这会给郭凤造成极大的伤害；假如郭凤发自内心地看上了对方，那么自己会找个机会问一下邵正杰的情感状况。

郭凤默然穿上棉大衣，看着棉帽沉思着，忽然放下帽子，双手把脑后扎拢的长发拧紧，盘在头顶，用头绳固定后再戴上棉帽。帽子坠下的护耳遮住了半边脸。

她双手捂着脸颊，欣喜地看着林潇苒说："怎么样，还能看出是一个女人吗？"

"我当然能看出来了。不过，那些兵不一定能看出来。行吧，我们再下车就这么戴帽子。"

外面传来一声呼喊："出发了啊！"林潇苒不知为何，心里恍惚不宁，一种莫名的担忧好像突然窜了出来，顺着寒冷的空气瞬间进入肺腑，在血脉中肆意游走。她嘴唇哆嗦着："唉，也不知道李政和他们是怎么商量的。"

"大小姐不用担心，做这么大的事，他们才是主心骨。"郭凤把另一件棉大衣披在林潇苒身上，眼神沉静，好像一个猎人外出狩猎，一心想着猎场。

"营长，所有的车都加满了油，也做了全面检查，请您放心。"是邵正杰的声音。

"哈，有你这位运输连长，我心里踏实多了。"接着，传来两声拍篷布的声音，伴随曹振海极低的声音，"大小姐，昨夜我被那个浑蛋灌醉了，对你多有慢待啊。"

"哪里呀。"林潇苒轻声回答。

卡车启动，摇摇晃晃地走走停停，较来时速度简直像马车一样。大约走了一小时，忽然大雨滂沱，车篷在急雨的洗打下发出击鼓般的响声。

林潇苒想着外面的李政、许连长，心中按捺不住焦虑，不禁说："这么大的雨怎么得了啊！"

郭凤扒开车后的篷布，看着外面说："他们都穿了雨衣，只是走得十分吃力。"

过了一会儿，雨越下越大，车子停下来没了动静。曹振海大声指挥着推车，接着一阵阵的呐喊声遮盖了雨声，而车只是前后移动了几下。

"营长，这样不行啊！"邵正杰的声音。

"你说怎么办？难道弃车？"

"不是，我建议砍一些树枝之类的垫在烂泥上，只有靠车的动力才能移动。"

沉默片刻，曹振海气愤地说："这路上好像垫过树枝、木棍的，可是怎么就没了呢？"

"这不明摆着，他们的车过去了，把东西都带走了，等着需要时接着用。这群王八蛋，只顾自己——若都这么做，只怕一天也走不了十里路。"

"既然各人顾各人，那咱们也这么干！一连长！"伴随曹振海的喊声，李政应声："到！"

"带着你的人去砍树，不要太粗的，也不要过长。等我们的车过后把能带的都带走，以备下一处泥坑使用！"

"是！一连的全体都有，放下背包、枪械，跟我走！"

李政话音刚落，引起一阵嗡然叫骂，多半是叫苦，其间夹杂着"被子潮了怎么办""淋雨感冒了怎么办"之类的怨言。

"被子潮了，老子给你们发新的！"曹振海大声训斥。

一阵堆放枪械、乱喊乱叫的混杂声过后，嘈杂声突然戛然而止，只听曹振海喊道："报告参谋长，车被陷了，我正在想办法！"

"你还想个鬼啊！黄司令员下了死命令，今天六点之前，凡是不能按时抵达正阳地区的部队，长官就地免职，交由兵团军法处，以贻误战机论处！看看你们前面，连个鬼影都没有了，还在这里磨蹭！"

"我这不正安排砍些树枝之类的东西吗？靠人根本推不动！"

钱进庄的声音更加严厉："砍个鬼啊！你命令士兵把被子垫在下面不就结了！给你十分钟，再不前进，先把你送兵团依法严惩！"

"一连一排，把背包解开，垫车轮！"李政发出沙哑的呐喊。

不一会儿，听见邵正杰大声喊："这里垫一床！这里垫两床！"

林潇苒的心一下提到嗓子眼儿，真切感到作为一名军人的艰辛和委屈。

卡车再次启动，前后晃动了几下，随着一阵推车的呐喊声，终于缓慢地往前行进，大约走了一公里又停下来。

林潇苒迫不及待地掀起后车篷，发现一营的另外两辆车缓慢地跟了过来，车后面一群士兵冒雨跑步跟着。

郭凤长舒一口气："多亏曹营长带了这么多被褥，不然到了夜间没有被子还不被冻死呀？这些当大官的，怎么选了这么一条路，还竟然下什么死命令！这么着，哪里还用别人打，自己人就把自己给整死了！"

外面的雨还在下着，车辆走了一会儿又停下了，接着重复着上一次的做法——垫被、推车。一时间，叫骂声、惶恐的焦虑声和着众人的怨气混杂在雨声中。

越往前走停顿的次数越发减少，明显感觉到路面的泥坑被前面的部队垫上的树枝或者被褥不再收起，第一种可能是时间急迫，来不及收走；另一种可能是上面下了命令，为了保证后续部队正常行走，不得破坏路况。

正阳在哪里？还有多远的路程？一营是否能按时到达？这些本来不该关心的事，禁不住在心里翻来覆去，然而没有答案，一种听天由命的无奈代替了所思所想，林潇苒只能躺在温暖的被子里把一切交给未知。

郭凤不知什么时候睡着了。林潇苒看着她宁静的脸庞，不由得想起正在驾车的邵正杰，一时浮想联翩——人是要靠缘分的，就像郭凤——这么想的时候，一刹那心被击中，脸红了，心激动得怦怦直跳。

郭凤在见到邵正杰之前，满心忧虑，愁眉聚拢；见到邵正杰之后，仿佛愁云散尽，丢下生死的忧愁，一刹那变得这么美丽、宁静，面对未知的前方还能持有一心向往的笃定。

思绪像春天野地的花儿一样开放。卡车又一次停了下来，而且迟迟没有动静。外面的雨还在下着，好像是老天在阻挡这支庞大的队伍前行。过了一会儿，外面传来一阵哨声，一个陌生的山西口音大声喊："原地待命，抓紧时间吃饭！所有人不得离开公路！"

郭凤被喊声惊醒，抬起头懵懂地问："到了吗？"

"谁知道呢。不过，我得下去一趟。"林潇苒已经忍了好久的内急。

"我也想去。"郭凤戴上棉帽，眼里露出"要不要告诉他们一声"的为难，稍微想了一下，说，"我先下去说一声。"

见林潇苒点头，郭凤整理一下大衣，弯着腰走到车后想扒开篷布，刚一动手，外面传来邵正杰的声音："你们需要下车吗？"

"是！"林潇苒急忙回答。

后车篷布被解开，郭凤顺利下了车，转过身伸出双手接应林潇苒。

这时，曹振海从车前走了过来，惊讶地看着林潇苒，微笑着说："只是鞋子不合适。邵连长，找两双合适的鞋子，这样就不会轻易被看出是女兵了。"

邵正杰目光一颤说："准备好了呀，在木桶底下。"说着，身子一翻上车，很快递出两双土黄色的羊毛鞋。他拿着鞋跳下来，本想递给郭凤，却身不由己地递给了林潇苒。

曹振海看了后车一眼，发现驾驶兵趴在方向盘上睡觉，转头用眼神督促两个人换鞋。

郭凤的动作很快，林潇苒在邵正杰的帮助下也换下了皮鞋。她在泥泞路面上走了两步，想的不是合不合脚，而是找一个地方解决内急。

曹振海似乎看出来了，大声喊："李连长，带两个人到路边树林里搜索一下，防止有共军的探子。"

"是！"李政应了一声从后面队伍中跑过来，向林潇苒使了一个"跟着走"的眼神。

两人刚要走，邵正杰急忙脱下雨衣，曹振海也脱下雨衣递过来。林潇苒昂头看着细雨蒙蒙的天空说："不用了吧。"

"穿上，干啥要像啥。你见过穿着呢子大衣在雨里走的军人吗？"

李政帮林潇苒穿好雨衣，邵正杰想帮郭凤却不敢伸手。

林潇苒望了一眼公路两端，前后路面挤满了穿着雨衣的士兵，有的士兵在啃大饼之类的食物，有的在喝水，有的围在一起抽烟，有的相互背靠着低头打瞌睡，看上去就感觉饥寒交迫、寸步难行。

林潇苒只顾左右看着，走下公路，不小心滑了一下，险些摔倒。李政急忙扶着她，低声说："不要乱看。我有许多事要与你商量。"

"知道了。"

三个人走进了树林。李政回头看了一眼公路说："我在前面等着。"

林潇苒目送李政渐远，刚要对郭凤说"快点儿"，只见郭凤极快地解下腰带，用大衣挡着臀部，蹲了下来。

两人用最短的时间解决了内急，踏着地上的衰草向李政走去。到了近前发现，不到一天的工夫他已经显得疲惫不堪。由于在雨中长时间行走，清癯的脸颊变得灰暗，肌肉无力支撑从内心发出的感触，两只失去光泽的眼睛从深陷的眼眶里疲倦地望着林潇苒。

"不可以坐车吗？"林潇苒心疼地问。

李政苦笑一下说："连长坐车了，全连一百多号人怎么想？不说这些。行进中我与许连长交谈，认为三连没问题，连里的兵大多是河南人，多年受共军影响，都不想与共军打仗。只有二连长是个顽固分子，因为自己的几个所谓兄弟前不久与共军打仗战死，一心想着到了战场为兄弟报仇。这个人是我们最大的障碍。"

"还有一个关键的人——曹营长。"林潇苒忧心忡忡。

"他不足为虑，名义上是营长，实质上已经被架空。"

"最好还是找个时机与他谈一下，不要说别的，只说陈云鹏种种恶习，建议邵正杰接替二连连长，看他什么态度。这么说的目的是试探。"林潇苒淡定自若。

"我有一个主意，在行军的途中干掉陈云鹏，以绝后患！否则，有他在，一营起义就是一锅夹生饭。至于如何行动，你不用放在心上，我和许连长有把握完成。不过，你说的邵正杰可靠吗？"

"可靠。他前不久被解放军俘虏过，被释放后差点儿死在国军手里。他不会死心塌地替蒋介石卖命的。"

林潇苒和郭凤跟着李政走了一会儿，前面出现一条河。"这是涡河。"李政望着湍急的河水说。

夜幕在河面上若隐若现，雨明显大了起来，褐色的浓云笼罩着河对岸，忽紧忽慢的风在河面上时而掀起波浪时而拍打着河岸，周围的树林中忽然传来一阵马蹄声。林潇苒随着李政的目光望去，只见树林中有一队骑兵极快地往前奔驰。

"他们为何不走大路？"林潇苒警觉地问。

"大路上都是兵，再说树林里没人踩踏，反而好走。看样子，前面出现状况了，共军是不会让我们顺利去解救黄百韬的。走吧，我想上面不会让我们在这里过夜。"

林潇苒看着总也过不完的骑兵，内心惊骇——这么多的兵怎么打得完啊！

十

雨还在下着，上车后感觉有些饥饿，两人取出一些食物充饥。郭凤吃着，眼里泛出牵挂："也不知道他们是否有吃的？"

林潇苒知道郭凤说的"他们"是指驾驶室里的曹振海和邵正杰，接过话说：

"上车之前应该问一下的。"

"我想着呢，给了你几次眼神，可你只顾与蔡副营长说话。"郭凤羞怯地躲闪着目光。

车走走停停，林潇苒不禁联想，若不是这一场连续不断的大雨，说不定十八兵团已经到了徐州，难道说老天也在帮共产党？听曹振海说，若是按照这样的行军速度，黄百韬部早被共军消灭了。令曹振海不解的是，徐州附近有几十万国军，为何蒋介石非得舍近求远让黄维兵团长途奔袭呢？仅从这一违反军事常识的行为，已经预兆了这场决定国共生死的战争胜败。曹振海对林潇苒意味深长地说："大小姐，不要为一营担心，我们有老天的护佑。"

一路想着，随着卡车的摇晃，林潇苒睡着了。

黎明时分，忽然传来一阵密集的枪炮声，林潇苒猛然醒来，问："到了吗？""应该不会吧。"郭凤早早醒来，正扒着车篷布往外窥视。

车后面的篷布被解开，曹振海昂着一张疲惫不堪的脸，整个身体都在颤抖："下来吧，雨停了。"

林潇苒随郭凤下了车，惶然地问："曹营长，这是什么地方？怎么会？"说着，看了一眼枪炮声大作的东方。灰色黎明的天地，弥漫着大片的硝烟，风从肃杀的田野上吹来，雾气中含着淡淡的火药味随风而过，在路边一带河岸树林的斜坡上聚集、盘旋。

曹振海脸上露出一无所知的表情，自言自语："听枪声，是遇到共军大部队的阻击了。他们的战术让人无法想象——这里到处都是国军，无论如何不该在这里打阻击的，难道就不怕被包饺子？"话音未落，一个被雨衣遮住面部的军官急匆匆走来。曹振海迎上一步，问："蔡副营长，什么情况？"

蔡佳奇撩开脸上的雨衣，露出一张娃娃脸。他先看了林潇苒和郭凤一眼，眼里露出问候的表情说："先头部队遇到了共军杨勇部的阻击。看这样，还不知道要等多久。"

曹振海思忖着说："我觉得，一时半会儿走不了。杨勇部可是赫赫有名地能打，而我们只是一门心思想着解救黄百韬。若是他们层层设伏，只怕不等我们到徐州，碾庄的战事就已经结束了。这仗打的，处处被动。老蔡，炊事班不是让你带着吗，干吗要冒雨走路？这一路走得十分辛苦。趁着这个时候，你找个地方睡一会儿，总是这么熬，身体可吃不消。"

蔡佳奇抹了一下眼睛上的雨水说："坐车的滋味也不好受，不如走着心里踏实。"

林潇苒看出蔡佳奇有话要与曹振海说，温润地微笑，说"我们到河边走走"，挽着郭凤的手离开了公路。

穿过一片杂树林来到河边，郭凤看着涨到岸堤的河水说："大小姐，洗一下吧。"

林潇苒应了一声，见河水有些混浊，犹豫了一下，还是学着郭凤的样子蹲下来，双手捧着彻骨凉的河水往脸上贴。"呀，好凉啊。"

身后传来脚步声，接着有人说话："狗日的连长，雨下了一整夜，这河水能做饭吗？"

林潇苒扭过头，看见身后不远处有三个解腰带的士兵，脸顿时红了，轻声说："别回头，他们正在解手。"

郭凤愣了一下，双手伸进水里，一动不动。林潇苒也不敢动，目光投向河对岸。

雨后的清晨，河岸好像裹在一片薄纱中，远处隆隆的枪炮声非但没有打破这里的宁静，反而像天外巨仙哼唱的催眠曲，让河流两岸更加安详。

"哎，班长，水边有人！"一声惊呼，尽管声音不大，却立刻划破了寂静。河对岸树林中一些宿鸟被惊飞，一群不认识的鸟儿顺着林梢，伴着不间断的、低沉激烈的枪炮声，沿着河岸向东飞去。

"嗨，你们是哪个连的？"身后传来更大的声音。

林潇苒不得不缓慢地站起来，还没等开口，树林中一个拎着空水桶的士兵惊讶地叫了一声，用木桶挡着脸："是女的！"

"女的怎么啦，我们又不是故意的。你们怎么会在这里？"

"齐班长，打你的水。她们也是你该问的吗？"李政走过来。

"一连长，你来得正好。这水能煮粥吗？我们连长非得让用这水不可。你看，看看，这水浑的。哎，你们连用什么做饭？"拿水桶的士兵问。

"我们有备用的水，你们没有吗？"李政问。

"备用水？连长就知道备酒，连里吃喝拉撒的事从来不管，若不是连副操心，一天都活不下去。"士兵说着，看着林潇苒傻傻地笑。

"大小姐，我们到前面去看看。"李政说。

"我想一个人待一会儿。"郭凤说着，转身往东走去。

林潇苒刚想说话，手突然被一只冰冷的手握着，低下头，见李政的手在抖，心里惊呼："这是做什么？"刚要喊出来，树林中走过一个身影。

李政压低声音说："是陈云鹏！对不起，这是做给他看的，不然，我没有理由频繁地接近你。"

林潇苒第一次与异性接触，顿时紧张得透不过气来，只能浑身麻酥酥地跟着他走。

河岸上生长着一层厚厚的表面枯黄的茎秆，长长的草叶在雨水的浸透下显得格外柔软，踩在上面像一层厚厚的地毯。

天已经大亮，透过树林间露出的缝隙，远近大小不等的村庄还处在朦胧的僻静中。沿河望去，乌云密布，感觉天空的雨只是暂时歇息，或者正在聚集，要不了多久就会再落下来。南岸树林的上空，一整块漆黑的阴云肆无忌惮地伸展开来，阴森可怕。偶尔从公路北面的田野上吹过寒冷的风，让一些杨树的梢头不时飘来荡去。

"不能再往前走了，好像已经走出了你们营停歇的地段了。"林潇苒实在不能接受手指渗入肌肤的麻躁，用力把手抽离出来。

"哎，前面有一个草房子，我们过去看看。"李政快步地往前走。

到了近前，发现草房子不像有人居住的迹象。一扇破旧的木门用一根麻绳拴合，在风中发出咯吱咯吱的响声。

"看，下面还有一条小船。看样子这里是无人看守的渡口。"林潇苒说。

李政身子瞬间僵直，愣愣地看着水面，若有所思："这么小的船，水面又这么宽，若是有人想过河，肯定会落水。"

"谁会这么傻呢？"林潇苒恍惚察觉李政没说出来的突发计谋。

"进房子里看看。"李政伸出抖动的手，把麻绳解开。

门被推开，里面有限的空间只摆着一张用麻绳襻制的软床，上面铺了一层厚厚的麦草。李政用脚轻轻踢了一下床框，忽然几条花斑蛇窜出，吓得林潇苒尖叫一声向后闪躲几步，眼看着蛇窜入水中。

床边盘着一条粗壮大蛇，冲着门昂着头，不停地吐出鲜红闪动的信子，圆圆凸起的眼睛充满挑衅。

"噢，它莫不是在等陈云鹏吧！"

林潇苒浑身抖得不成样子："快点儿躲开啊！"

"不可！这蛇不动，是在等机会；我一动，它一定会发起攻击的。你别动，我要把它干掉！"说着，李政上前想用脚踩住蛇，可那蛇身子一翻，从他脚边窜了过去，眨眼钻进水里，在几米外的水面昂着头向对岸游去。

李政朝着床帮踢了几脚，震得麦草上下颠簸，再没发现任何异物，这才上前拔出匕首从头到尾一寸不落地翻了一遍，然后坐下来试了试说："不错，陈云鹏会喜欢的。"

"你想让他今晚在这里睡？那蛇会回来吗？"林潇苒骇然地问。

"这个人，忒迷信。蛇的别名叫小龙，龙待过的地方就是风水宝地。陈云鹏注定要在这里睡一宿。当然，蛇不会来，有人会来。"

"你小心点儿，万一还有蛇呢！"林潇苒不敢进门。

李政坐下，身体蜷缩着，面孔被情欲扭曲着，让林潇苒不敢正视，她依稀意识到刚才牵手滋生的感觉已经在他血脉中生成一阵翻江倒海的巨浪，理智被淹没。这种情况对一个单独与之相处的女性来说不亚于毒蛇。

"你刚才的理由，恕我不能接受。至于如何解决陈云鹏，还需与许连长和蔡副营长商量。"林潇苒静静地说，音色含着理性的提醒。

李政垂下头，发出模糊不清的声音："前面会发生什么，我不知道，只知道一半生、一半死——若是死了，此生白来一趟。我没有过多的奢求，只求一个拥抱。"

"对不起，你的话让我错愕！在我看来，拥抱与生死无关——生死属于肉体，而拥抱属于感情！两者不可以混淆！李连长，原谅我这样直白。"

李政慢慢抬起头，满脸羞愧说："唉，不知道怎么回事，从见到你那一刻，多年茫然的思念、向往以及对生命的追求在一瞬间聚合了，以致无意冒犯了你。"

"我多少有点儿理解——也不算冒犯，权当是对向往、信念、人生、友情的一次探讨吧。"

李政站起来，沮丧、失落地说："你的话，不由得让我想起教官——每次我思想糊涂的时候，他总能三言两语拨云见日。由此，我更加坚信，你是王教官的同志！走吧，去找许真诚聊聊如何解决那个家伙。"

在回去途中，林潇苒隐约看见一个人坐在水边抽烟，另一只手上拿着一瓶酒，不时地喝一口。

"陈云鹏。"李政警觉地说。

"这么远，你怎么能认出来？"林潇苒的目光透过树林，只能看见岸边坐着一个身影，河水上面有一道淡淡的青烟。

"只有这个酒鬼，才会一大早躲到这里喝酒。"

李政说着，正想绕开，不料陈云鹏扭过脸来厉声问："什么人？"

李政随口回应："酒鬼，一个人躲到这里喝上了。"

陈云鹏起身，把一个空酒瓶往河水中间一扔。酒瓶沉浮在波浪荡漾的水面，时隐时现，渐渐消失在水面。

林潇苒正想着如何解释这样的邂逅，陈云鹏已径直迎上来，先是与李政对视了一下，接着紧盯着林潇苒："你们怎么会在一起？"

"你平时喝酒不这样，怎么了？"李政看着有几分醉意的陈云鹏，把话岔开。

陈云鹏往路上张望了一番，带着醉意逼问："先说你们怎么会在一起的？"

林潇苒淡然地说："李政在中央军校上学时，我们就认识了。我跟着曹营长过来，多半原因是看望一下故友。"

"噢，我说呢，像你这样的千金大小姐，怎么会搭理一个小小的连长。在你们这些贵族大小姐的眼里，我们这些当连长的就是蛤蟆。"

李政不想搭理他，刚要移步，陈云鹏上前一步挡住。"李连长，不是我喝了点儿酒胡言乱语，就是不喝酒，我也得找你单独聊聊。"陈云鹏说着，靠在一棵树干上，哆哆嗦嗦地从衣兜里掏出一包烟来，蠢笨地抽出一支递过来。李政接过，掏出火柴正要给他点烟，陈云鹏摇头说有，说着用打火机点上烟，狠狠地抽了一口，眼睛射出忍无可忍的挑衅："你昨天不愿意给曹营长接风是对的，他这个人表面上看起来文质彬彬，其实一肚子坏水。他娘的，昨晚我好心为他接风，可他呢，趁机把我灌醉，套出了许多不该说的话。他娘的。"骂着，恶狠狠地扇了自己几个嘴巴，"说起来，你和许真诚都不是东西！"

李政厉声说："再出言不逊，别怪我对你不客气！"

"听我把话说完，说得不对你再动手。本来，大哥让我当营长，可你们两个小子都不同意，结果，让曹振海占了便宜。"

"你喝醉了，我不想搭理你！"

李政要走，被陈云鹏再次拦住。"我告诉你，姓曹的这个人不能留，比他娘的赖一天还要坏！我想好了，上了战场先一枪把他毙了，然后，你当营长，老子还当连长，只是把你的一连交给我，把我的副连长提上来。这么一来，一营从此就是我们兄弟二人的。等打完了这一仗，我让大哥把你调到团里当副团长。你看如何？"

李政猛抽了一口烟，看着他说："你这酒话，莫不是想套我吧。"说着，哈哈一笑，用烟点着陈云鹏，揶揄的口吻，"想与我换连，直接说就是了，我无所谓的。"

陈云鹏愣了一下，眨着眼说："不想？等着瞧！"

"瞧个鬼。问一下你大哥，什么时候走。"

李政话音刚落，陈云鹏手一挥："问过了。大哥说，没这么快把阻击的共军打跑。对方是一个纵队。我看，今晚要在这个鬼地方宿营了。"说着看了林潇苒一眼，眼睛周围散布着淫邪。

林潇苒觉得一盆污水泼了过来，说"你们说话，我回去了"，转身离开。

回到车前，看见曹振海孤零零一人靠着车冥想，林潇苒不禁心头掠过一丝怜悯。为了不打扰他，她转过身信步往河岸走去，想着郭凤应该就在附近。

到了水边，她脑子里一刻不停地闪过与曹振海相识的每个细节，最后得出结论——他应该不是敌人。

"大小姐，想什么呢，这么专注？"

林潇苒回头，看见曹振海不知何时站在身后，一时有些不知所措："噢，营长啊！"

"可以聊聊吗？"曹振海靠在树干上。

"可以呀。营长请出题。"

"出题？不敢。大小姐刚才遇见李连长了？"

"嗯，不期而遇吧，就像此刻——与您一样。"林潇苒谨慎地回答。

"听说昨晚去了一连，还表演了才艺。效果不错呀。"

"哪里是才艺呀。您听蔡副营长说的？"

"不是。别忘了，你有姐妹，我也有兄弟的。"

林潇苒目光一闪，意识到，昨晚出门被邵正杰跟踪了，于是不悦地说："营长是怪罪了？"

"怎么会呢？用邵连长的话说，从来没听过那么好听的歌，听得他热血沸腾，心里好像有一座沉积多年的火山突然间爆发了。我问是什么歌，这个笨蛋说是外国的，听不懂。我就奇怪了，外国也会有让中国人心头火山爆发的歌？大小姐，可否明示，什么歌？"

林潇苒心里漫过一阵硝烟，如果这个人是敌人，反正自己昨晚的表现都在他眼里；如果是自己人，借助这首歌可以表明自己的身份。她稍做迟疑，轻声用俄语哼唱《神圣的战争》。刚唱了一半，只见郭凤顺着水岸走来，她这才停止。

当目光从曹振海脸上掠过时，她发现一张激动的脸，眼角溢出两行泪水，心里顿时漫过一阵春潮般的巨浪——这么说，他纵然不是同志，也绝对不是敌人！

曹振海侧过脸，偷偷抹了一下眼角的泪水，声音穿过内心的风云："帮我一个忙，好吗？"

这时郭凤已走到近前，接过话说："我家大小姐能帮你什么？有事请说，我可以帮忙。"

"知道你的厉害，可这事只有大小姐出面才可以。"曹振海背对着郭凤说。

"营长请吩咐。"林潇苒用眼神暗示郭凤不要说话。

"告诉李连长，干掉陈云鹏！他去二连，一连交给邵正杰！"曹振海说完，决然离开。

林潇苒激动地冲着他的背影说："遵命！"她上前握住郭凤的手，用力摇晃着："凤姐，他可能是我们要找的同志啊！"

郭凤挣脱，抹着额头说："别别，我有点儿晕。万一他是借刀杀人呢？"

"你胡说什么呀，那他这么做是何目的？"

"目的是让邵正杰当连长啊，还把李连长调到了一个垃圾连，反而让他的人接手一个战斗力强大的连。这么一来，整个营就被他控制了啊！大小姐，你仔细想一下。"

"不用想。一个心术不正的人，听见红色战歌是不会流泪的。有时候，人可以用谎言掩饰自己的内心，可是，音乐可以直抵心灵。若不信，让陈云鹏听我们的音乐，他肯定无动于衷。"

"这么说也对啊。杀鸡焉用牛刀，我就可以把这事办了。"见林潇苒急了，郭凤摆摆手继续说，"大小姐，听我解释。李连长他们做了，万一露出破绽，那可是得不偿失——我们这边不但丢了一个连，说不定邵正杰也当不上连长。这么一来，等于一下丢了两个连。这种赔钱的买卖是不能做的。我就不一样了，别说不能暴露，就算暴露了，我也有一百个理由，而他们呢，连一个理由都没有。"

林潇茜听着不得不点头，同时为郭凤担忧："万一你不是他的对手呢？"

"不会的。练家子都知道，有心的杀无心的。只要找个单独在一起的机会，我是不会失手的。"

十一

两人蹲在水边，经过长时间的商量，林潇茜终于下了决心："好吧。不过，行动时我要在场。"

"不可以的！"郭凤声音很低，带着不容商量的决绝。

林潇茜态度更加坚定："我绝对不允许你一个人冒险！要么，这事你别做了，让李政或者邵正杰来做！"

郭凤吸了几口气，没出声，面朝涌动的河水，眼睛润满遐想，脸颊布上一层无计可施的焦急，嘴唇偶尔默然翕动。她把一只手放在膝盖上，另一只手下意识地拨弄着水边干枯的花草枝茎，当手指触碰到根蒂时，用手指轻轻拔起，聚拢在眼前。看着白嫩的根须，她慢慢抬起手把它们送到鼻子下面闻着。在手指的捻动下，水藻的根须缓慢地转动着，似乎有释放不完的灵气。

林潇茜看着，也下意识地拔出一丛水藻的根茎，放在鼻子下专心致志地嗅着。最开始没有什么味道，闻了几下，一股淡淡的泥土混合着浊水的气息幽灵一般潜入鼻孔，清凉地在心肺内萦绕、游荡。

这是一种特殊的味道，是青翠的枝叶失去水分后一些尚未消失的物质吸足了水分以后发酵生出的气息。她被这种味道感动了，不禁想多采集一些，感觉这些不死的根须承载着生命中最困难的一个抉择。

她用手拨开水边的衰草，找到几丛粗壮的根须，刚一用力，根须发出清脆的舍弃。断茎离开水面，成线的水滴如同泪水一般地落下。刹那间，林潇茜热泪盈眶，透过泪光看着白分分的尚有一息生命的断根，想象着，如果刚才不出手，过不了几个月，春暖花开的时节，河水退去，这些不知名的野花就会生长在杂草丛中。也许，它们天生喜欢水，才生长在河坡上，在稠密的草丛中随时迎接着一场暴雨的到来，以其强大的生命力，把根牢牢扎在泥土之中；而那些贪得无厌从泥土表面吸收阳光和养分的花花草草，有的随波逐流，有的窒息在水中。只有这种宁愿断裂也要留住根须的植物，才能长久地生存下来。

"大小姐，你别这样啊。"郭凤心疼地说。

林潇茜抬起头，看见郭凤难受的样子，沉吟片刻说："就是觉得心里恍惚，不知道该不该让你做这件事。"

郭凤胳膊突然一抖，决然地说："大小姐，你刚才不是说，那个人今晚可能要在西面的茅屋过夜吗？"

"是呀，是李政的计划。"

"谁的计划不重要，我会先一步把那个人干掉的！"

林潇苒刚要说话，听到公路上传来一阵哨声，心一下收紧了："呀，不是说前面的阻击战要打很长时间吗？这么快就结束了呀？"她内心期盼能多打几天，因为阻击战的时间长短预示着另一场战争的胜败。

"开饭了——"一声洪亮的喊声传来，穿过树林消失在水面上。

"原来是开饭呀。"郭凤也松了一口气，接着说，"大小姐，你就别过去了，我去弄过来，就在这里吃。"话音未落，只见几个士兵抬着帐篷进了林子，其中一个士兵走过来敬礼："长官，营长吩咐，让你们稍等片刻，等帐篷搭起来再用餐。"

林潇苒还没开口，只见郭凤回了一个军礼，伴随着一声："知道了，谢谢！"

士兵离开后，林潇苒瞪大了双眼，释放出——你还会敬礼了呢，什么时候学的？

郭凤羞怯地笑着说："就是你和李连长往西面散步的时候，邵连长来了——是找你的。我说你和李连长往西走了，他就说这以后还要在一营待一段时间，身为中尉不会敬礼可不行，士兵敬礼若不回礼会引起怀疑。后来，后来他就教我如何敬礼了。"

林潇苒欣喜地笑着说："啊，真好。遗憾的是，我是跟着一个逃兵、无赖学的，每次敬礼都觉得脏兮兮的。"

郭凤脸颊羞红，四处看了一下说："大小姐，你看一下，是否真像那么回事。"说着举手敬礼，动作干净利落。

"嗯。还是有功夫的人，做起动作来如行云流水，令人赏心悦目。"

"嘿嘿，他也是这个意思，只是说得过于直白。"

林潇苒看着郭凤满脸洋溢着幸福，感到说不出的欣慰，想着邵正杰也许会手把手教郭凤，一声嘱咐不由得在心中回荡。

忽然响起掌声，林潇苒扭头一看，曹振海边走边鼓掌。郭凤气恼地冲了一句："什么长官呀，偷窥！"

"熊中尉，你的动作煞是优美，比我们这些老兵还标准！"

"营长——"郭凤眼里胀满豁出去的无畏，立正敬礼。

曹振海看着她，竟然忘了回礼，由衷地感慨："你真是个深不可测的奇女子！我早上才随口对邵正杰说了一句，'熊中尉不会敬礼可不行啊'，没想到转眼工夫你就学会了。大小姐，你教的？"

李政在这时走来，警觉地回头观望说："曹营长，有句话我想了好久，还是要对你说。"

"说吧。"

"有人要打你的黑枪。这事，大小姐也知道。"李政静静观察着。

"不会吧，我刚来，跟任何人都没有过节。"曹振海若无其事的表情。

"我的话你可以不信，那你问大小姐吧。"李政说完不悦而去。

目送李政走远，曹振海眼里带着疑问。林潇苒说："我没有告诉他。"

曹振海疑惑地"哦"了一声，说"知道了"，转身欲走，听到一声"营长等一下"，止步，背对林潇苒说："其实，我说过就后悔了，不该让你传话，我可以直接做的。"

郭凤气恼地说："转过身来！还营长呢，就这么一点儿气量啊！"

"呵呵，第一次有人这么对我说话。熊中尉，看清楚了，我可是少校！你的上司！"

"狗屁！有本事接我一招，然后再说话！"

"凤姐，休得无礼！营长，凤姐就这个脾气，一点儿不顺就是这样，请你原谅。"

曹振海仿佛没听见，看着郭凤，眼里闪出跃跃欲试："我可是军校毕业，虽然称不上功夫好，可擒拿格斗还有几招的。"

郭凤附在林潇苒耳边低语："他是要测试一下，我是否有本事除掉那个人。"

"怎么啦？不敢吗？"曹振海说着，从腰间拔出佩剑，胳膊一扬，佩剑嗖的一声飞了出去，扎在十米远的一棵树干上，微微颤抖。

"雕虫小技。"郭凤说着，身子一晃，身体下沉，仰体向上，一只脚弯曲撑着地面，一只脚踢在曹振海的大腿上，接着，身体一翻，双手撑着地面，双脚合拢，重重地踹在曹振海的胸膛上。曹振海先是身体前倾，然后仰面重重倒地。

林潇苒看着，惊吓得捂住嘴。

曹振海忍痛坐起来，昂头看着郭凤，眼里露出甘拜下风的心悦诚服，嘴里禁不住赞赏："厉害！果真功夫了得！"

林潇苒这才吐出一口气："营长，没事吧？"

曹振海站起来说："没事。那行吧，交你办的事，我不过问了。这等高手，不试不知道。不过，还是不能掉以轻心，你要对付的可不是一般人，是一个高手。不然，一营这个状况，邱忠林也不会全然不放在心上，就是因为有这个拜把子的兄弟替他震着。走吧，吃饭去。"

营帐搭建在路边树林一片空地上。

她们跟着曹振海来到营帐前，帐篷外已经摆放了两张折叠长桌、十几张折叠椅，桌上几个铝制盆装满死面饼、稀粥，有一盆是白菜、粉条炖猪肉。

蔡佳奇从帐篷内迎出来："营长，两位中尉，请到里面用餐。"

曹振海看着桌上冒着热气的菜，含着口水笑道："有人说人随姓氏，开始我还不信，今儿见了你才知道有点儿道理。"

林潇苒听着，眼里晃动着猜疑，还好这位副营长姓蔡（菜），若是姓朱（猪）或者姓杨（羊），这话就得罪人了，于是抿嘴笑了一下，不为别的，只因为自己在军中姓花。

蔡佳奇瞟了林潇苒一眼，似乎看出点儿什么，说："你还别说，这话好像有点儿道理。你看人家中尉，姓花——所以这么花容月貌。只是营长的姓不好比对。"

"怎么不好比？曹，古代管事的小衙门。你看我现在的状况，可不就是一个管事的。噢？"曹振海说着，侧过脸来对林潇苒，"副营长也是军校出身，比我晚了两年。说起来不可思议，同一个老师教出的学生，彼此间就是很容易沟通，刚见面便有一见如故的感觉。"

帐篷内十多平方米，中间摆放着两张合并的折叠长条桌，桌面铺了一块深绿色的毛毯，上面是一张展开的行军地图。几名士兵站在一侧摆放的长条桌前，一副恭敬肃然的神色。桌上放着电台、电话之类的通信器材。另一侧的折叠方桌作为餐桌，中间摆着一盘硬菜，一盘肉炒芹菜、一盘豆芽、一盘切开的鸡蛋摆放在四周。

蔡佳奇对士兵说"你们到外面用餐"，他们应声离开。

曹振海说："老蔡呀，能与你搭档真是三生有幸。"

"你别这么说，我们都该感谢共军——若不是他们玩命地阻击，别说吃口热乎的，只怕连一口水都喝不上。"蔡佳奇说着示意大家坐下。

一个士兵从门外进来，刚要伸手拿碗，郭凤急忙站起来说："这事怎么能让你动手呢？"

蔡佳奇一愣，忙说"噢噢，我来吧"，接着对进退不决的士兵说："去吧，以后饭桌上的事不用你了。"

蔡佳奇一一盛饭，郭凤争不过他，只好坐下。

曹振海随口问道："上面可有先头部队战况？"

蔡佳奇摇头说："不用他们说也猜得出来。你想一下，杨勇的纵队那多能打，何况在这样的水网地区，我们的武器优势一点儿也用不上——很像一条巨蟒钻进一条巷道内，纵有天大的本事也施展不开。再说了，不要说是杨勇纵队那样的虎狼之师，就是换上我们师去堵截任何一个部队，少说也能打个三五天。"

曹振海点头说："有道理。先头部队距我们十几里，他们人再多也上不去。若是包抄过去，共军也不会恋战，而是且战且退——前面的战壕失手，退到后面的战壕再战。想过去，不容易。"

饭菜很可口，林潇苒想着李政，不知道他们连队能否吃上这样可口的饭菜，又想起邵正杰，不禁问："营长，邵连长怎么没来吃饭？"

"他最缺的是睡觉。别管了，有蔡营长在，谁也饿不着。"曹振海说。

蔡佳奇悄然看了一下门外，小声说："还是把他叫醒，让他吃点儿东西吧，吃饱了再睡不是更有精神吗？"

曹振海想了一下，点点头。

林潇苒目送蔡佳奇出了营帐，有心想问点儿什么，嘴上没发声却被曹振海看出来了。他说："河岸有一个茅舍，那里可是一个合适的地方。吃了饭，你就在帐篷里休息，尽量不要出来，有事我会到你帐内说话。"

过了一会儿，蔡佳奇和邵正杰一块进来。林潇苒放下碗筷说："我吃好了，你们慢用。"

郭凤跟着站起身，出了营帐，小声说："去茅屋看一下。"

来到茅屋，林潇苒的心脏猛跳了几下——李政留下的那种麻酥再次从心里漫过，眼前出现那张跌入千年深谷寂寞而隐忍的脸——一丝恻隐在中和麻酥。唉，不该对他说那些冷冰冰的话。抛开男女之情不说，看在他一心向往光明，也该给他一个同志之间的拥抱——共产党员怎么啦，也是血肉之躯啊！

"李政，我欠你一个拥抱，等到你换上我们的军装，我一定还你一个拥抱！"

郭凤一直站在门前，看着河水思忖着。

"怎么了，茅屋不合适？"林潇苒问。

"忽然觉得，用武力不合适。那个人既然是高手，若是死于击打，必然会引起他的大哥——那个狗屁团长的怀疑。就算在李连长、许连长这里查不出证据，以土匪的德行，怀疑就是证据。接下来，极有可能不分青红皂白地把兄弟的死算在他们头上，把他们直接击毙。要知道，土匪什么事都干得出来，我们不得不防。"

"凤姐，我赞同。那可不可以把他灌醉，直接扔进河里？"

"也不可以，万一他在河里醒过来呢？"

林潇苒忽然想起，一次坐船时就有个船工喝醉酒掉进河里，没被淹死反倒醒酒了。她稍微沉思一下猛然说道："干脆把他灌醉后弄死再扔进河里，以绝后患。"

"大小姐，这事我有主意了，不用你费心了。干掉一个好色之徒，女人具有天选的优势，何况我从小习武，若是连这点儿事都办砸了，岂不枉吃林家二十多年的饭。"

"说什么呢！"

"实话！走，我们去河边溜达，守株待兔。"郭凤信心满满地拉起林潇苒的手，哼着家乡小调，悠然地朝前走。

刚走到二连的驻地，就发现林中有人窥视。郭凤小声说："别看，猎物一定会出现的。"

林潇苒惊骇："不是说晚上吗？这个时候到处都是人，到底谁才是猎物呀？"

"大小姐，这事要做在明处才不会让人有丝毫怀疑——我就是要让人看见那个人是主动找过来的，省得我解释。"

林潇苒心嚯嚯地跳着："你这胆儿太大了啊！"

"有些事，胆儿越大，风险越小。大小姐，本来想让你回避的，现在反而不用了，这样多自然呀！我就不信那个土匪团长敢对我动杀心——若是他敢这么做，我就不客气，直接把他除掉再离开。别忘了，这里还有李政、邵正杰和曹营长。"

林潇苒听着，顿时精神抖擞，"嗯"了一声，侧身的瞬间，见陈云鹏晃悠悠地走过来，眼里闪着猥琐。"这么巧，仙女！"喊声刚出了嘴唇，他猛然发现猎物似的，盯着郭凤，故作惊诧，"哎，我好像在哪里见过你的，让我想一下——"说着，用力拍着脑袋，"噢，想起来了，在梦里，就是——"

郭凤绷起脸说："你这人就是欠抽！大小姐，咱们走！"拉着林潇苒的手朝茅屋走去。

陈云鹏吐出一口酒气，一副想说又隐忍的样子，终于还是没忍住地吐出口："真让你说对了，我就是欠抽。来，赏一个巴掌过来！"

郭凤回头嗔怒："再不滚开，小心真的抽你！"

"嗨，我就不信了！"陈云鹏本来不想跟着，此时却身不由己地跟了过来。

郭凤一副不想再搭理地回头瞪了一眼，忽然喷笑："大小姐，可觉得像在上海一样，出门后面也跟着——阿黄。"

"别瞎说，怎么着人家也是连长。"林潇苒走着，觉得每一步都踩在陷阱边缘，心跳越来越快。

"阿黄是你们的保镖吧？"陈云鹏搭讪着。

"是呢，只是比你多两条腿。"郭凤取笑着，不等对方做出反应，歪过头对林潇苒说，"大小姐，曹营长说部队要在这里宿营。你不是说前面有一条船吗？咱让李连长送我们到河对岸看看，进村找一户人家让老乡弄些热水，洗个澡。这几天都在车里，难受死了。"

陈云鹏听了，急走几步："那你可找错人了，就是借给李政十个胆，他也不敢擅自离队。"

郭凤转身，一边的嘴角向上翘了几下："他不敢，你敢喽？"

"我当然敢！我是谁，团长的拜把子兄弟！别说过河了，就是——你想不想过河吧？"

"废话！"郭凤冲了一句。

陈云鹏被酒精烧红的眼睛仿佛冒出火星，眉毛不停颤动，嘴唇动了几下，随即目光暗了下来："我送你们过去，有什么奖励？"

林潇苒听出来，这是要找个拒绝的理由，非但没有感到失望，反而一颗悬着的心落了下来。不料，郭凤眨着眼说："你想要什么奖励？"

"想要的多了，只怕你不愿给。"

郭凤脸色突变，慌兮兮地说："大小姐，他怎么知道我们车里装着东西呢？"

"东西？什么东西？"陈云鹏瞪大了眼睛。

林潇苒明白了郭凤的意思，只能配合地怪罪道："你怎么这样啊！曹营长那么信任你，才把那些东西交给你保管。你倒好，随便就说出来，还想着过河。万一有人趁机上车把东西拿走，看你如何交代！走吧，回车上去！"

陈云鹏脖子不停扭动着，好像看见一只断翅的凤凰在眼前扑打，慌乱地伸出胳膊，拦住她们的去路，语无伦次地说："谁敢上营部的车啊！放心好了，你们看，过了河不到一里路就是村子，来回也用不了多少时间。我送你们过去，多小的一件事。"说着，中了邪似的，急不可待地往西一指，"那儿就有一条船，过河洗个澡不会耽搁多长时间。再说，部队今晚要在这里宿营的。"

"大小姐，要么你别去了，我一个人去。"郭凤说着，看了陈云鹏一眼，"你还担心他把我卖了不成？"

"唉，唉。"陈云鹏连连摆手。

"要去就一起去吧。"林潇苒的心再次悬了起来。

陈云鹏听了，头上好像顶着一团火，身子猛地一跃，顺着水边一路小跑。

林潇苒惊骇地看着，大口喘息着，体内好像严重缺氧，结实、挺拔的身躯微微颤抖，高挺的乳房随着喘息起伏，脸颊凝成了冰霜，眼睛里燃烧着殊死一搏的决绝，从喉咙深处发出颤抖的声音："为了一营三百多人的重生，我们拼死一搏！"

"干吗这么紧张，一个匪徒而已！"郭凤岿然地昂起头，眼里释放出必胜的笃定。

十二

"大小姐，你就站在这里别动。"郭凤微笑着说完，转身离去。

林潇苒一时没反应过来，看着郭凤稳健的背影顺着湍急的水岸渐行渐远，恍然意识到，接下来河面将会出现怎样惊心动魄的场面，不禁侧过身面对汹涌的河面，估量着一旦郭凤与陈云鹏同时落入水中，会有什么样的后果。

她昂起脸来，此刻黑云密布，一些零星的小雨落在眼睫毛上，湿漉漉的雾气笼罩着河对岸不远处的村庄。河面两百多米宽，上游的水面横推过来一道道泛着气泡的波浪，从岸边拖着树枝、野草，瞬间被裹入急速的流水中。几根小树枝不时从漩涡中冒出来，转了几圈后再次消失。下游几十米处，河道形成一个弯弓状态，大量从上游裹挟的杂物接连不断地被推到河岸上，震撼着向堤岸扩散。当堆积的断木、树枝以为到了终点，却被偶尔扑上来的洪水收了回去，互相冲撞着涌向下游。

林潇苒看着，心头不禁一颤："我的天啊！这么大的水，天气又这么冷，光凭水性好是远远不够的！不可以！我不能让凤姐冒生命危险！"她紧紧追了上去。

茅草屋前，气喘吁吁的林潇苒终于追上了郭凤，伸手抓住她的一只手："我不能让你一个人——"

郭凤转过身，满脸的杀气，想说什么一时找不到合适的语言，侧身看了一眼水面，眼睛里闪着不屑和令人不安的赴死执念："大小姐，走到了这一步都身不由己，何况更大的凶险还在后面。若能为他们做点儿什么，就算我们都死了也心中无憾！"

"我是同意的，就是不能让你一个人去！"林潇苒的身子晃了一下，翕动着鼻翼，等待着应允。

"我俩一起学的游泳，我的水性比你好，身子也比你结实。大小——"

郭凤的话还没说完，陈云鹏已解开缆绳，回头看过来："哎，你们是不是怕了？若是不敢去，我看就算了。"

郭凤急了，低声说："听出来没，他已经后悔了，不能再耽误了！"说着，突然对林潇苒大声呵斥，"我知道你什么心思，不就是想把我推给一个营长吗？在你面前，我是下人，可在其他人面前，我就是公主！想洗个澡怎么啦？"说完，气冲冲转身离开，对着陈云鹏露出欣喜、享受刺激的冲动，"谁不敢呀！有你这么一个绿林好汉在，我才不怕呢！"

林潇苒跟了两步，不由得收住脚步，心想，那一叶扁舟不可能承载三人，不上船也好，若是凤姐真的出现危险，再下水也不迟。忽然间，潜意识里冒出一个意念——这个时候，该推陈云鹏一把才是！她用古怪的语气说："凤姐，早知道你穿上军装就变成这样，当初就不该把你留在身边。我的话你可以不听，曹营长让你不要离开车太久，你也敢不听？"

"喊！不就是在兵站倒卖了一盒子金条吗？我才不给他保管，谁爱拿谁拿，反正都是些不义之财。哎，山贼，上来咱们过河。"郭凤说着就要上船。

"哎，哎，等一下，我把船固定了再上。"陈云鹏一只手拉紧缆绳，另一只手想抓住船头上面的锚桩，没想到郭凤一手按着他的肩膀，身子一纵，稳稳地落在船舱里，瞬间蹲下伸开胳膊，另一只手紧紧地抓着船帮。小船左右摇晃了几下，渐渐平稳了。

若没有过硬的上下船经验，仅这一跳就根本做不到。也就是这稳稳的一跳，让本来还在犹豫是否上船的陈云鹏打消了疑虑，双腿颤抖地把身体往前倾，那样子是想爬上去。

林潇苒见状急忙说："等一下，我帮你拉紧缆绳。"

陈云鹏这才直起腰，略微尴尬地笑着："我们先过去——若是能洗澡，再让李连长陪你过去。"

"这还差不多。"林潇苒接过缆绳，用力拉紧了。

陈云鹏把一只脚搭在船头，想做出一个潇洒的上船动作，无奈身体不允许，只好再次弯下腰，先单腿跪着，双手按在船头的板面上。

在他把身体重量半压在船头时，郭凤蹲着缓慢地往船尾移动，以保持船体稳定。

陈云鹏双膝跪上船头，神经紧绷，双手哆哆嗦嗦地抓紧舱沿，身体蠢笨、进退不决的时候，郭凤给林潇苒递上一个"撒手"的眼神。

林潇苒由于用力极度紧张，脸色变得雪一样苍白，眼神里流露出犹豫，看着陈云鹏的身子在往后缩，关乎众人的生死袭上心头，恍然间眼前掠过赵红英消失在一团火光中的情景。她下了决心，眼睛一闭，松开了手中的缆绳。

"啊——啊！别松手啊——我要下去——"陈云鹏趴在船头，两条腿落在水中。

小船失去平衡，一头高高翘起，另一头沉入水中，紧接着被一道横扫而来的波浪推转着。趴在船头的陈云鹏，半个身子已经沉到混浊的河中，惊恐之下，大声疾呼："来人啊！救命啊——"

船身不停地旋转，郭凤抓起船舱里的一个木桨，伸向陈云鹏："抓住——我拉你上来！"

在岸上休息的官兵听见呼救声蜂拥赶过来，看着水面被激流肆虐的小船，一个个惊若木鸡，没有人敢下水施救。

小船急速向下游漂移。林潇苒推开拥挤过来的士兵，跟随小船向下游跑去。众人也纷纷跟上。

眼看船就要沉没，林潇苒大声呼喊："凤姐，弃船啊！从前面的河湾处上岸！"只要郭凤弃船，岌岌可危的小木船立刻就会沉入水中，以她的水性，加上激流的推涌，极有可能会靠近岸边。

陈云鹏几次想伸手抓住面前的木桨，可终究腾不出手。

岸上聚集了越来越多的人，所有人都在惊呼："完啦！完啦！这么大的水反正都是一个死！"

忽然人群中响起枪声，只听曹振海大声疾呼："谁会游泳？谁会啊？"

"报告！我会！"邵正杰的声音。

林潇苒循声望去，看见邵正杰脱下了棉衣，身上只有一条短裤。她知道，邵正杰下河是为了救郭凤，心头不禁一热。她不知道他水性如何，看着跑过来的邵正杰，情急之下对郭凤大喊："跳船啊！过了弯处水流更急！"

郭凤显然看见了奔跑在人群中的邵正杰，就在船快要接近弯处的堤岸时，趁着船尾冲着岸边，猛地站起来，双脚用力一蹬，木船瞬间被蹬离岸边，加上重力失衡，瞬间翻过来底朝上地向下游急速漂移——陈云鹏随之沉入汹涌的激流中。

没有人在意船会漂向哪里，更没人关心沉入水中的那个身影，所有的目光都盯着在激流中挣扎的郭凤。

林潇苒脑子里电闪雷鸣，为了避开拥挤的人群，双脚挨着河水向前奔跑，在距离河湾不到三十米的地方，被一双有力的手拉住。"不要命了啊！"李政惊恐地看着她。

"放开！我要救凤姐啊！"她挣扎着。

"有我们这些当兵的在，用得着你啊？你看——看！"

顺着手指的方向，只见邵正杰已经靠近了郭凤，只是因水流太急始终不能挨近，好在流水正把他们推向河湾处的堤岸。

一道巨浪推过，把两人送到岸边。邵正杰忽地从水中站起身，猛地扑向郭凤，不容她有任何反应，一下拦腰抱了起来。岸上顿时响起一阵欢呼。

邵正杰抱着郭凤上了岸，大声呼喊："闪开！李连长，让炊事班多烧些热水，熊中尉要洗个热水澡！"

李政扯开嗓子命令："一连的弟兄，把熊中尉的帐篷围起来，任何人不得靠近！"

话音一落，人群中一阵混乱，站出来一百多名官兵。一位排长向李政请示："报告连长，一连集合完毕！请问——哪座帐篷？"

李政指着一个独立的营帐："这个——距离营帐二十米，严格警戒！"

众官兵齐声回应："是！"接着排长命令："一排在北，二排在东，三排在西和南！"伴随一声连着一声的指令，树林中的帐篷被无缝隙地合围。

林潇苒跟着邵正杰直奔营帐。进了帐门，郭凤忽地一下挣脱了，稳稳地站在地上，羞怯、气恼地看着邵正杰："我用得着你救吗？就你这两下子，若激流直奔弯堤，说不准谁救谁呢？"

"我——"邵正杰想说什么，因气息不足没能说出来，大口喘息了几下才说，"你先把湿衣服脱下来，这么冷的天——"

"你快出去吧，我们知道该怎么做。"林潇苒这才松了一口气。

邵正杰听话地离开。林潇苒看着浑身颤抖、脸色发青的郭凤，顾不得多想，动手帮她解衣扣。

"大小姐，怎么能让你动手？我没事的，在水里那样是装的，不然早就上岸了。"郭凤躲开，自己动手脱衣服。

林潇苒伸不上手，急忙把折叠床上的被子展开，大声说："快点儿，进被窝里！"

"不用，这一身的黄泥水，把床弄脏了，晚上如何睡？穿上棉大衣就好。"郭凤赤裸着水淋淋的身子，从林潇苒手中接过大衣，哆嗦着穿在身上，双脚不停地跺着，用眼睛示意——看一下外面是否安全？

林潇苒走到帐门前，悄然撩开一道缝隙，回头对郭凤点头。

"大小姐，接下来会发生什么？"郭凤用一条白毛巾擦着头脸，眼神惊恐，颤抖的嘴唇微微张开，露出洁白、不安的牙齿，没等林潇苒想好该怎么回答，胳膊忽然瘫软了，任毛巾落在脚边，浑身越发哆嗦起来。她在原地转了两圈，过了片刻，身体又硬起来，恢复了原来的样子，用力甩了一下潮湿的长发，两眼冷冷地望着帐门，脸上掠过挑衅的笑容："随他！"接着把脑袋缩进肩膀里，身体缩成了一团，胳膊环抱在胸前，等着林潇苒说话。

"这事，先听曹营长他们怎么说。只要有一个可以撇清责任的理由，上面也不至于不问青红皂白地把我们怎么样。"林潇苒思忖着说。

这时帐外传来李政的声音："可以进去吗？"

郭凤急忙转过身，小声说："别让他们进来。热水放在外面，我可以拎进来。"

林潇苒看着郭凤的背影，犹豫着应了一声"稍等一下"，让郭凤坐在床沿上，拿过一件大衣把她露在外面的小腿肚和脚盖上，这才说："进来吧。"

帐门开了，李政和蔡佳奇各拎着一桶冒着热气的水进来，接过门外递进来的门板。两人都低着头，小心翼翼地把两桶水放在门板上。

李政从怀中掏出一块香皂，从嗓子深处发出微弱的声音："帐里不怕水的，待会儿再给你们换个地方。"说着满面赤红地往外走，到了帐门处，背对着林潇苒说，"抓紧时间，团部的人马上就到。"快步离开了。

郭凤起身，紧张地看着林潇苒说："大小姐，我们的衣服都在车里呢。"

"是呀。你快点儿洗，我去拿衣服。"林潇苒出了帐篷，看见士兵们一律面朝外肃然站立，宛如一道铜墙铁壁，内心不禁一热："多好的队伍啊！我一定要让你们安全地脱离黑暗、走向光明！"

刚走出人墙，就见曹振海迎了上来，不等他开口，林潇苒马上说："我去车上拿衣服。"

曹振海跟着，离开人墙后把帽子取下来在手里揉着，脸色煞白，嘴唇哆嗦着露出莫名其妙的傻笑，想说什么又不忍说的表情，嘴唇不由自主地歪了歪，露出责怪和不尽的余悸。

"曹营长，对不起，这事应该向你汇报的，可是担心你不同意，就擅自行动了。"林潇苒边走边说。

"不说这个了，好在有惊无险。你说河水那么急，真是凶险万分啊！万一郭凤出事了，我还有什么脸面待在一营啊！"说话间，到了车前，他上了车，拎着箱子递给林潇苒，跳下车后接着说，"一定要快啊！在团部的人赶到之前，我们必须统一口径，不然麻烦就大了。"

"我知道。"林潇苒拎着箱子急匆匆回到营帐，只见门板、地面一片潮湿，郭凤裹着大衣站着等候。

两人急忙打开箱子。待林潇苒取出衣服，郭凤极快地穿上，还没等扣完扣子，忙说："大小姐，让他们进来吧。"

林潇苒出了门，看见曹振海、蔡佳奇、许真诚、邵正杰等人焦急等着，忙说："请进。"

众人鱼贯而入，各自找合适的地方站着。

曹振海明显镇静了许多，说："熊中尉，你把事情的整个过程说一下。"

林潇苒心里一阵紧张，担心郭凤实话实说。郭凤一脸余悸的样子，说："事情的原委是这样的。当时，我和大小姐在河边说话，陈连长走过来，说了几句下流话。大小姐听不下去要走，我担心陈连长跟着，就想把他拦下来。他对我说，赖营长离开时曾经承诺提拔他当营长，因为曹营长的到来让他彻底死心了。我说干吗要对我们说这些。他说你看我们一个兵团都打不过共军一个纵队，若是真到了战场，说不准会被共军吃掉。别看这么多人，去了都是一个死。你这么年轻，干嘛要白白送死？说自己这些年倒卖武器赚了不少钱，让我不如跟他走，保我过上荣华富贵的生活。我气得说不出话，打了他一个耳光。没想到他拔枪威逼，说若不从就枪毙我。我害怕，结果被他用枪逼上船。后面的事，所有人都看见了。"说完，一双忧虑的眼睛盯着曹振海。

"这个浑蛋！"曹振海怒骂一声。

"报告，团座和参谋长到了！"帐外传来声音。

"知道了。"曹振海示意副营长蔡佳奇和他一同去见团长，然后对李政和许真诚说，"你们各自回自己的连队。哦，警戒线不要撤。"

众人离开后，林潇苒用共赴危难的目光看着郭凤说："凤姐，不要怕！我们身后有这么多兄弟，大不了就此起义！"

郭凤顾不得回答，猛然想起来："大小姐，若是他们问起我之前是做什么的，该怎么说？"

"让我想一下——"林潇苒心里不禁一阵慌乱，因为这个问题包含着诸多疑点，比如，什么时候从军的？在兵站具体做什么？何时提拔为中尉的？

她越想越担心，脑子顿时发热，嗡嗡作响。

"大小姐，别急呀！若是他们问这些，我就装出惊吓过度的样子，一问三不知，让曹营长回答吧，我想他一定能说清楚的。"

"只能这样了。"林潇苒忧心忡忡。

外面传来邵正杰的声音："熊中尉，营长让你过去。"

林潇苒情不自禁地上前拥抱着郭凤："凤姐，那么湍急的河水你都过来了，难道还怕几个问题吗？妹妹生死与你同在！"

"大小姐，放心啊，我不会被他们难住的！"郭凤说完，慢慢推开林潇苒，毅然离开。

帐篷内霎时被抽空了，以至于让林潇苒感觉到周身的血液不停地顺着双腿往下沉，流到双脚时接着渗入地面，混入郭凤洗澡留下的一地水渍中。

她环视四周，平生第一次感觉到孤独，在原地站了一会儿，心也开始融化，顺着血液往下沉。

忽然间，她双腿发软，缓缓跪下，虔诚地双手合十，轻声祈求："老师，我遇到危险了，你得救我啊！你说过的，人由三个部分组成，一部分是身体，一部分是情感系统，还有一部分是精神系统。这三种系统的区别在于，身体和情感随着身体的消失而终结，唯有精神可以脱离身体独自存活下来。如今，我就是活在你的精神系统中，在这生死攸关的时刻，唯有你能帮我渡过难关。"说着，热泪盈眶，霎时感觉大地深处有一股强大的能量传递上来。

十三

雨又下大了，犹如密集的幽灵落下的泪水敲打着帐篷顶，发出瘆人的轰鸣声。

林潇苒坐在床沿上，感觉被陈云鹏的阴魂控制了。

原来，死亡不是消失，而是转化成另一种存在的形式。老师牺牲了，没有离开，已经住在了心里。同样，陈云鹏死了，却化成恐惧围绕在周围。

老师的存在是引领我完成未了的事业，而陈云鹏这个恶鬼呢？无非是阴魂不散而已。

"潇苒，你的分析出现了问题——对于陈云鹏的死，你依据兄弟情义推断，团长会因为兄弟的死而丧失理性，对相关人进行报复。殊不知，所有恶人的情义都建立在相互利用上，不可能有穿透心灵的伤痛。因此，郭凤没有生命危险。"

"是，应该是这样。"她轻吐一声，从床头取下雨衣想去打探一下情况。

掀开帐门，雨淅淅沥沥地将天地连成一体，树林中空无一人，只有错落的帐篷占满整个烟雨迷茫的树林。

她踩着泥泞的草地向水岸走去，忽然左前方传来一声断喝："站住！上司有令，任何人不许靠近水岸！"

隔着雨，对方没有认出她，林潇苒只好转身往回走。距离帐篷十几米，一个穿着雨衣的身影向她走来，从体型上应该是李政。林潇苒急忙迎上去，问："凤姐呢？"

李政没有回答，而是转身进了帐篷。林潇苒小跑着一头扎进帐门，不料一下与李政撞个正着。两人的雨帽同时被甩落，她看见一双迷失前世般的眼睛。

林潇苒退了一步，借助脱雨衣回避李政眼里的那片迷失，问："什么情况？"

"团长、参谋长，还有政训处的王处长——"李政好像才透过气来。

"你估计会把凤姐怎么——"

李政还没回答，帐门开了，曹振海、邵正杰、许真诚和蔡佳奇进来了。蔡佳奇一头的雨水，上身几乎湿透，脸上虽然水淋淋的却遮不住内心的野性，一只手不停地抹着脸上的雨水，另一只手摸着腰间的配枪，歪着脑袋，哆嗦着铁一般坚硬的粗硬手指，把手枪掏出来，用忍无可忍的愤怒眼神看着曹振海。

曹振海不得不说话了："兄弟，再等等吧。"

邵正杰突然发作，厉声道："再等，他们就要把熊中尉带走了！长官，我不该这么对你说话，可是我必须说——他们若是把熊中尉带走，我只能用自己的方式处置！"

蔡佳奇凶狠地应了一声："对！算我一个！"

"我也是！"李政跟着。

曹振海冷冷地看着许真诚，问："你呢？"

许真诚毫不隐讳地说："曹营长，到了这个份上，也不想瞒你——在你来之前，我们已经做好了选择。与其稀里糊涂地走到战场去送死，不如另谋生路！今天遇到这样的事，那是陈云鹏应得的报应！就算他今天不死，我们也不会让他活到明天！在这里，你是营长没错；若是见死不救，那你什么都不是！"

邵正杰恼怒问道："你什么意思？"

许真诚昂起铁青的脸，颧骨下面的肌肉在颤抖，两道野性发作的目光直视过来："我的意思还不清楚吗？"

蔡佳奇深思熟虑的语气："老曹，人各有志。我们不想穿这身衣服了。与其优柔寡断等机会，不如自己创造一个机会——带两个连向北撤退，那边可是共军的地盘。十二兵团的人再多，也不敢一直追下去！"

曹振海默然摇头，吸了一口气，动作迟缓地从怀中掏出一包烟，给每人递上一支。李政没有接，眼睛里溢出——不抽！

曹振海点上烟，似乎忘了抽，思忖着说："各位可能还不知道吧，是我让大小姐给李连长传话，干掉这个该死的家伙。"

李政等人听着，眼里炸出疑惑，不约而同地看过来。

林潇苒马上回应："是的。"

"那你为何不通知？"蔡佳奇问。

林潇苒说："考虑到陈云鹏被处决，团长首先怀疑的就是你们。接下来，他会做出什么反应，你们比我还清楚。为了大家的安全，熊中尉才冒死挺身而出。这事过去了，不用再说。刚才，听了你们的建议，我可以说一下自己的看法吗？"

李政犹豫一下，目光炯炯，语气坚定地说："你是我们黑夜中的一盏灯，当然要说的！"

林潇苒看出，除曹振海和邵正杰之外，所有人都知道了她的身份，此刻再做任何解释都是多余的，于是冷静地说："副营长，行军打仗我是外行，可是我喜欢下围棋，从围棋的布局分析我们的处境，大致是这样：我们周围没有一处活眼，这种情况下持子突围，出去的可能微乎其微。当然，集中两个连，可以出其不意地脱离，可能走多远呢？说是一路向北，那有没有想过追击的不是步兵而是骑兵？一场大战在即，有哪位指挥官会容忍部下逃离？好！就算骑兵不来，那这种行为算什么？是战场起义吗？不是！准确地说，在没有与对方军队联系的情况下行动，只能说是一伙逃兵！一旦与任何武装遭遇了，对方会毫不犹豫地就地把我们消灭了！恕我直言，我反对逃跑！"

"这——怎么是逃跑呢？是主动脱离，然后——"李政气得说不下去。

林潇茛心中的老师通过她的喉舌说话了："盲目脱离就是逃跑！大家的心情我理解，这么大的行动，起因只是担心熊中尉个人安全，你们不觉得因果极不对称吗？至于熊中尉，我比你们任何人都担心她的安全，可是我宁肯和她一块为陈云鹏的事丢掉性命，也绝对不能拿三百多名士兵的性命作为决断的前提！"

曹振海被震撼了，脸上起了一层沙粒，仰面"啊"了一声："只有——只有——大小姐能说出这样的话啊！"

"不！我觉得，她的话像我以前的教官说的！既然大家的目标是一致的，还是推选一位指挥员吧。"

"同意。"曹振海说。

其他人相互看着，纷纷点头。

曹振海直言不讳："我推举大小姐！她刚才的一席话，纵观全局、大气磅礴、取舍有度，令我心服口服。"

林潇茛满脸羞臊地说："不可以的！对军事，我一窍不通。你们都是军校出身，还是由其中一位担任指挥员。"

蔡佳奇虔诚地说："听说那边的统帅也没上过军校，却成了指挥众多军校毕业的将领。大小姐，这个位置非你莫属！"

"是，就这么定吧。"李政说完，其他人异口同声地赞同。

许真诚反思的口吻："刚才只是觉得打死团长易如反掌，接着想派人去通知后面的两个营，就说我们一营奉命执行任务。我想，至少在一小时内我们是安全的。也想过，师部一旦失去与团长的联系，肯定要与我们联系，到那时我们已经走远了，可怎么就把骑兵忽略了呢，这会儿才觉得后怕。"

曹振海感慨地说："所以我说大小姐是我们的魂魄，既然我们选择了她，那无所谓生死，一切听从大小姐的指挥！"

林潇茛的头好像一下被巨斧劈开，全身的血直往上喷，身体跟跄了一下，一只手按压额头，感觉帐篷被大风吹到了天空中，面前的人影像幽灵一样晃动，心里呐喊着："这么大的事，关乎几百人的生死，要我一个弱女子如何决断啊！"

邵正杰说："话又说回来了，熊中尉怎么办？要知道，她之所以那么做，就是要用个人的性命来换取我们的安全！现在，她有事了，我们这些人如何放之不管？"

　　林潇苒这才深思熟虑地说："首先，陈云鹏的死与任何人无关，熊中尉只是个受害者。就算邱忠林执意要给他死去的兄弟一个交代，也得权衡一下熊中尉的身份——我和熊中尉毕竟不是一团的人，隶属国防部下辖的蚌埠兵站，他一个团长无权处置！最坏的结果是，熊中尉一个人逃离！这一点，请你们相信，熊中尉无须任何人的帮助就可以安全撤离。"

　　"嗯，我信。"曹振海松了一口气。

　　这时帐篷外传来报告声，说团长要见花中尉。曹振海身体一抖，回应着"知道了"，接着猛地举起一只手，眉头紧皱，最终手静止在肩上："等一下，听我说——邵正杰！"

　　"在！"

　　"大家都知道，邱忠林就是一个土匪，什么事都干得出来。只要发现他对大小姐有不轨之心，看我手势，当即把团部来的人全部干掉！然后，你向北面逃，蔡副营长带人边打边追，我留下来向师部汇报！"

　　"是！"邵正杰精神抖擞。

　　"好！完全赞同！"蔡佳奇跃跃欲试。

　　林潇苒心里响起老师的责怪："幼稚，义气，盲目！"她见所有人都在等着她表态，眼里掠过失望："这么说，我这个指挥员只是名义上的了？"

　　曹振海急了："大小姐！你的安全高于一切！"

　　"你是对我没有信心，还是对熊中尉没有信心？你们若是承认我是你们中的一员，那就取消这样的行动。"林潇苒说着，拿起椅子上的雨衣，边穿边走出营帐。

　　营部的帐篷内，密不透风，浓烈的烟雾无处可去，沉闷地蓄积着。透过烟雾，林潇苒看见长条桌前坐着三个人，一个是她见过的钱进庄参谋长，坐在中间的显然是团长邱忠林，坐在另一边的是个年轻人，瘦长脸，左边的眉毛边长着一个豆粒大暗红色的瘊子，眼睛细长，似乎因为困倦眯缝着眼睛，高挺鼻梁显得格外别扭。

　　邱忠林长得不堪入目，乍一看活脱脱一张猢狲脸，虽然坐着，却矮了钱进庄半头。当林潇苒走进来时，他左右歪着头，想看清来人的面容，可是帐内光线太暗，不由得站起来，习惯性地做了一个双手搭裆往上一提的动作，气急地喊："把帐帘扯了！"

　　几个卫兵慌忙把帐帘拉开，随即一道昏暗的光涌了进来。

　　"长官，我叫花一枝，国防部联勤总部驻蚌埠兵站机要秘书。在此处，只不过与曹营长结伴而行。"林潇苒从内心鄙视这个团长，所以先声夺人。

邱忠林伸过头，闷闷地发出"嗯呀""噫嘻"的赞同声，对钱进庄说："你早知道她们在一营，为何要瞒着我？否则，云鹏这小子也不会成了水鬼！"

钱进庄把手里的大半截烟丢进面前的烟灰缸内，清理一下嗓子："团长，你这么站着让我等坐立不安呀。听你这话，陈连长的死，我也有责任？"

"都别他妈的太较真了，不就是死个连长吗？"邱忠林说着，走过来站在林潇苒一侧，昂头看着，"这么高？比参谋长还高？这女孩子个头高就是好看！"

钱进庄忧心忡忡地站起来："早说了，陈连长这样下去早晚会出事。你就是护犊子。幸亏他淹死了，不然的话，你如何向上峰交代？"

邱忠林头一歪："不是没事吗？你去安慰一下那位中尉，以后没人再敢，那个啥。"

一直沉默不语的王处长这时也站了起来，呻吟的语调："团座，陈云鹏的死——"

邱忠林不耐烦地一挥手："他娘的，别没事找事！就刚才那个小女人，还以为是你们军统的那些女魔头，杀人跟宰小鸡似的？这么大的水，她会上船吗？若不是陈云鹏这个杂种——行啦，此事到此为止！还真是的，这些都是秃子头上的虱子，明摆着的，为啥非得问个没完？别说了，你的心思老子知道，别学陈云鹏！"

"团长英明，对陈云鹏这个死法，我十分理解。有句话本不该说的，为了打消王处长的疑虑，还是说一下吧。本来一营长调走后，团座和我打算让陈云鹏接任的，可是，这个——"钱进庄还没想好下面的称谓，邱忠林接上："狗杂种。"

"对，狗杂种！就在曹振海的委任状送达的前一天，这个狗杂种竟然光天化日下在附近小镇把一个商店女店员给糟蹋了。若不是大战在即，团长非办了他不可！你想一下，在大街上他都把持不住，更别说遇到像熊中尉这样的江南女子了！"

"哎呀，说这么多干吗，接下来——"邱忠林昂头看着帐顶，一只手摸着下巴。

钱进庄转动着眼珠，迟疑地说："团长，正如你说的，这件事到此为止，没必要向上面汇报。"

王处长摇头说："欺瞒上司，万一这事让上面知道了，我们会落下一个隐瞒不报的罪过。"

邱忠林空打一拳："去他娘的罪过吧！过几天开打，还不知道要死多少人！这个狗杂种怎么死的，我是不知道，你们知道吗？"

钱进庄摇头说："不知道。"

邱忠林斜眼看着王处长："你知道吗？"说着把帽子摘下来拿着，眼睛直勾勾地看着。

王处长急忙笑道："团长不知道的事，我怎么会知道？"

"把曹营长和他手下的连长都叫进来，老子有话说！"

话音刚落，曹振海出现在门外："团座，我等一直在外面候命。"

"进来，进来——他娘的！"

曹振海、蔡佳奇、李政、许真诚鱼贯而入，并排站在林潇苒身后。林潇苒急忙移步道："团座，我告退。"

"告什么退。"邱忠林再次提了一下裤裆，嘿嘿地笑着回到座位上坐下，"这个事，过去了，云鹏这小子该死。接下来，二连让谁当连长？我的意思是让副连长上位，你看如何？"

"报告团座，我从兵站带来一个汽车连的连长，本来看不上的，只是今天陈连长和熊中尉落水，岸上的人都眼睁睁地看着，只有这个叫邵正杰的连长跳下河救人——不然，淹死的就不是一个了。熊中尉若是有个好歹，齐站长一定会追究的。这个齐站长，我是了解的，可是一个有背景的人物。再说了，咱们日后到了徐蚌地区，我还想着找他给团里弄些装备呢。"

邱忠林听着，两眼放光，双手一合："你是营长，听你的。散熊，就这么地吧。两位中尉不能再留在你们营了，免得再出事。"

林潇苒担心曹振海说出不能离开的理由，忙说："谢谢团座！我觉得在哪里都一样，还不是在路上？"

曹振海只得回应："既然大小姐这么说了，我也没什么可说的。"

"大小姐？怎么回事？"邱忠林惊诧地问。

"报告团座，花中尉是在淞沪战役中殉国的花中将的千金。在武汉，许多将军见了她都这么叫。所以，在兵站，我们也这么称呼她。"

"哦！可敬！可敬！那我这个团长也叫你大小姐吧。"

"团座，属下不敢。您还是叫我一枝——军队有很多前辈都这么叫。"

"那大小姐，请吧，随我回团部。"

林潇苒"嗯"了一声，宽慰的目光与李政等人交互，跟着邱忠林、钱进庄走出营帐。

"一营全体——立正！"随着蔡佳奇一声洪钟般的令下，树林中列队的官兵齐刷刷向邱忠林等人敬礼。邱忠林随意地回礼，笑呵呵地说："他娘的，到底是老子带出来的一营，这精气神——"路过卡车时忽然想起似的，"听云鹏说，你从兵站带回一辆车，为何不上交？"

曹振海张口结舌，一时不知道如何回答。钱进庄竖起大拇指："团座英明！曹营长车里装着满满的被褥。哎，我不是故意瞒着团座，只是想在需要的时候再做打算。"

"需要！这大冷的天不用，难道要等到夏天？曹营长，连车带物资全部上缴！"邱忠林本来想撩开后车篷看一下，姿势刚做出，可能觉得个头不够高，双手掏裆，猛地提了一下——这动作给林潇苒的感觉是，这个人跟没系裤子似的。

曹振海嬉笑着："团长，好歹留下点儿，怎么说一营也是你的长子呀。"

邱忠林舒心地晃了一下脑袋："你会说话。这样吧，留下三分之一。"

"是！"曹振海敬礼，接着做出一个送行的姿势。

"团座，我带着车去团部吧。"林潇苒请示。

"好！那这辆车还是留给你俩用！"

"谢团座！"林潇苒敬礼。

邱忠林昂头看着，小眼眯成一条缝，嘿嘿地笑着："这礼敬的，漫天的仙气！"

钱进庄看了曹振海一眼，忧虑、无奈地摇头。

十四

曹振海目送邱忠林一行人离开，对李政说："让你的人上车，被褥下面全是美式武器，一件也不留地搬到一连车上。"

"都有什么？"李政满眼的期待。

"你就大胆地想吧。这么跟你说吧，仅凭车上的装备，打一个团不成问题。"

李政听着，内心的惊喜聚集在眉梢，突然伸出拳头往邵正杰肩上打了过去："哥们，我说呢，跟这车寸步不离的。"

林潇苒忽然想起郭凤，惊异地问："熊中尉呢？"

"被团长的警卫送到团部卫生队了。可能被河水冻的，浑身不停地哆嗦，再加上惊吓，不管团长问什么她都是摇头——别担心。"蔡佳奇说。

李政冲着树林中的士兵招手："全都过来！"

话音一落，呼啦一下，跑出来上百名官兵，把卡车团团围住。

"一排长，把被褥下面的武器全部搬到连部的车上！其他东西一律不要！"

身材高大的一排长应声而去。

曹振海略作沉思："我们到帐内说话。"

林潇苒跟在李政身后，随着曹振海等人进了营部帐内。众人围坐在长条桌前。曹振海刚把烟掏出来，余光看了一下林潇苒又把烟装了回去，说："这下，总算有惊无险，只是——"

蔡佳奇说："大小姐有一句话说得对，'在哪里还不都是在路上'。再说，一营紧随团部，前面稍有风吹草动，我们立刻就会感知到，应该不会发生意外的。"

李政点头说："我想也是。团部下面有一个通信连、一个卫生队，有十来个女兵。大小姐去了，身边多叫上几个女兵。"

曹振海说："大小姐，我想让李政去二连，邵正杰担任一连连长。你看如何？"

"同意。只是李连长的压力加重了。"林潇苒看着李政，见他面带犹豫，接着说，"可否考虑，把三个连打乱，从一连抽调一些骨干去二连，把二连的两位排长一人调到一连任副连长，另一人调到三连任副连长。这样，全营就此形成一个整体。"

蔡佳奇听着，与李政对视一眼，同声说："好！"

许真诚心悦诚服："大小姐，不愧是名将之后。这一招，妙啊！"

林潇苒没有回应，思忖着说："行军路上，李连长的主要精力放在二连士兵身上，着重发现品质好的士兵加以重用，将品行恶劣、不愿意跟我们走的士兵集中成一个班或一个排，调到一连严加防范。"

"好，大小姐！"李政应声。

林潇苒转向曹振海："营长，进入战场之后，先派人潜入对方阵地，争取见到前线师级以上的指挥员，表明一个团起义的诉求。"

众人听着，面面相觑。蔡佳奇恍然说："我明白大小姐的意思，说一个营怕对方看不上，所以——"

林潇苒目光笃定："不！我们要做把一个团带走的决心！下这样的决心，并不是一厢情愿，而是从一个营官兵的精神状况推论出另外两个营对待未来命运与一营大同小异。因此，一同起义的条件是具备的。"

曹振海面露难色："可是，我刚来，对另外两个营长不熟悉，沟通有困难啊！"

"是。"众人点头。

"我是这么想的。你们看，十二兵团的主要战略目标是什么，是攻克宿县、打通徐蚌。那么试想一下，解放军占了宿城，目的就是阻断徐州与蚌埠的通道，然后围困徐州，最终予以消耗，直至消灭。由此可以断定，刘邓大军会不惜一切阻击。你们都是身经百战的军人，应该知道这是一个什么规格的战场——"林潇苒说到这里停下，留给曹振海等人思考的时间。

蔡佳奇思索着说："那，肯定是整团、整师发起进攻。大小姐的意思是？"

李政恍然说："我明白了。大小姐的意思是干掉两个营长，强迫士兵起义？"

"这么听着有点儿可能，可实施起来没有绝对的把握呀，尤其是进攻的时候，一营的人不可能跑到二营、三营的阵地上行动。大小姐——"

林潇苒说："要是有一个理由让一营的人出现在另外两个营阵地上呢？"

"那就没问题了！不过，除非你能说服邱忠林！"曹振海说完，蔡佳奇接着说："干掉了营长，随即呼喊：'师部有令，一团全体战场起义，违令者就地正法！'我想，那些连长、排长只要能活命才不会多想，跟着一营就过去了。"

林潇苒站起身，到了营帐门前，背对众人从上衣兜里掏出一张武器清单，转身举着说："上面有个数字，卡宾枪六十支！"

"啊？"蔡佳奇、李政、许真诚惊得合不拢嘴。

林潇苒接着说："如果李连长有一个排，全部换上清一色的卡宾枪，其他两个营会有什么反应？"

李政急了："大小姐，曹营长带来的装备绝对不能暴露！这些武器等到了行动的最后一刻才能拿出来使用！若是提前暴露了，先别说二营、三营不干，团长也不会答应的！我坚决反对！"

许真诚按捺不住地走过去，接过清单，念着："二十门迫击炮，十二挺轻机枪，六门反坦克火箭筒，六十支卡宾枪。好家伙！还有十箱手雷——"话还没说完，在场的人一下炸开了，一个个摩拳擦掌。

曹振海伸手示意："安静！安静！听大小姐说！"

李政抢着说："还说什么呀！六十支卡宾枪，一支也不能外露！弟兄们，你们试想一下，到了那边——"

"李政！"林潇苒低声、严肃地说，"有一位统帅在撤离时说过这样一句话：'丢地留人，人地皆留！丢人留地，人地皆失！'同理，对军人来说，'留枪丢人，人枪皆失；留人丢枪，人枪皆存'。何况，我没说要丢枪。"

"那你说吧。"李政顺服地坐下。

林潇苒接着说："枪的事，我见到邱忠林这么对他说：'齐站长让我携带六十支卡宾枪，命我亲自交给杜聿明长官。念在邵正杰冒死救了熊中尉一命，我想把六十支枪暂时借给一连使用，等攻克宿县到达徐州时再禀报杜长官，想他不会为难我的。因为此事不能确定，只能是我借给一连用的，与武器配置无关。'你们想，他会怎么样？"

蔡佳奇连连摆手："等一下，我好像明白了些，只是一时不清晰。邱忠林开始同意，后来两位营长闹了起来，再后来——"说着，猛地昂头，惊讶地看着林潇苒，"大小姐，人说高手下棋走一步看三步，你这一步下去，究竟看了多少步呀！"

李政也欣喜地说："我总算明白了，一边是大小姐的坚持，一边是两位营长吵闹，最后只能人不离枪、枪不离人地分成三拨。大小姐，你是——"

曹振海感慨万千："服！五体投地地佩服！这一生能遇到大小姐这等奇女子，真乃三生有幸啊！"

这时外面传来报告声："营长，团长问大小姐怎么还没去？"

蔡佳奇回道："这就去！老丘八，这么急！大小姐，还有什么吩咐？"

"对军事行动，我没有什么可说的，只是想说一点儿观念上的问题。我们对士兵们可以说'为了活命，只能起义'，而我们这些核心成员，想的可不能这么简单。因为，若只是为了这么一个理念，一旦遇到困难、危险，就会自然地选择个人的生存——我不想在这里说大道理，只想说，'我们的行动是为了一个崭新的中国'，唯有这样，才不会在任何突发事件前左顾右盼。"

曹振海等人霎时被感染，相互点头、称赞。

蔡佳奇激动地站起来："大小姐，这是我从军以来听到的最入心的一番话！大有醍醐灌顶之感！你放心，我会转变观念的，同时相信这几位兄弟也和我一样！我——发誓——"说着，举起拳头，"我们的选择，不是为了个人苟且偷生，而是为了一个崭新的国家，在任何困难、危险面前，绝不改变！"

李政、许真诚等人被感染了，一起站起来，举起拳头发誓："我发誓，我们的选择，不是为了个人苟且偷生，而是为了一个崭新的国家，在任何困难、危险面前，绝不改变！"

林潇苒不由得想起入党时刻，跟随老师举起拳头，"我志愿加入中国共产党——"顿时热泪盈眶，冥冥之中一个声音传来："当一个人的追求一旦融入人民的利益，那这个人就不怕困难、不怕牺牲——"情不自禁地伸出手，满眼热烈："让我们的手合在一起，为了明天而奋斗！"

曹振海等人先后把手逐层放在林潇苒手心上。霎时，一股巨大的力量从手心传遍全身，她在心里对老师说："一个人加入组织，可以在形式上。我想说的是，让灵魂加入组织才是最神圣的！"

几个人收回手，好像心里有许多话想说，每个人脸上都洋溢着坚贞、从容。

曹振海嘴唇动了动，低声下令："弟兄们，什么也不用说，用军礼向我们的魂魄表达一营官兵的决心！都有了，敬礼！"

刷的一声，在场所有的人同时向林潇苒敬礼。

林潇苒情绪激昂，情不自禁地还了一个军礼，让在场的人目瞪口呆。

"送我去团部吧。"

林潇苒忽然想起来，邵正杰担任连长了，谁来开车呀？话没有明说，只是用目光瞟了一下。

曹振海会意，急忙叫来邵正杰，简单说了一下刚才大家商议的内容，接着命令道："邵连长，你先把大小姐送过去，回来后从你连里挑一名可靠的驾驶员过去。"

李政接过话："邵连长，我帮你挑吧。"

冒雨到了车前，车启动后，后轮有些打滑，曹振海命令士兵推车。一阵呐喊声过后，车才歪歪斜斜地往前行。

蔡佳奇说："营长，你送李连长去二连吧，估计这会儿不知乱成什么样了。我陪着大小姐去团部。"

邵正杰把车停在一处有树枝的路段后，林潇苒上了车，对蔡佳奇说："副营长，有邵连长送就行了，营里那么多的事，你还是别去了。"

"那大小姐多保重啊！"蔡佳奇不舍地举起手。

邵正杰谨慎驾车，嘴里说："大小姐，不是我多嘴，那个狗屁团长本身就是土匪，对他切不可掉以轻心啊。"

"有凤姐在，没事的。"

"她有能力保护你吗？"

林潇苒微笑说："有没有能力，你问一下曹营长就知道了。"

说话间，到了几辆卡车后面，邵正杰停下车："大小姐，卡宾枪计划什么时候执行？"

"你的意见呢？"

"我觉得应该立刻执行，主要是考虑到士兵需要一个熟悉武器的时间。"

"不，熟练使用不是目的，我们的目的是逼迫另外两个营跟着一营起义。如果过早启动计划，等于给邱忠林留下处置的时间。万一他匪性发作、强行分配，那非但不能实现我们的目的，甚至会影响一营的行动。我建议在发起进攻之前再启动计划，不给对手留下处置的时间。"

"我明白了，回去后把你的指示转达给曹营长他们。大小姐，我先去团部报告一下，就说你到了。"

林潇苒透过车窗望着，感觉团部与营部没有多大的区别，只是大帐篷多了些，还有路边树上缠绕的电线多了些。"好的，顺便对他说一下，我和熊中尉与团长只是结伴同行的客人，没事不会去打扰他的。"

邵正杰离开了。林潇苒刚下车，从河岸树林中忽然冒出许多官兵，到了路边拥挤着，有的想上前搭讪却没有勇气，后面的人透过挡在前面不停移动的身体，跳跃着投来大饱眼福的激动。

林潇苒迎上几步，温和地问："卫生队在哪儿？"

前面的几个士兵殷勤地说："就在东边！"

"谢谢！"

林潇苒刚要移步，人群后面忽然传来一声断喝："看啥呢？"众人回头，见一个彪形大汉走过来，急忙躲闪。

有人低声回应："王排长呀，你看——"

王排长粗暴地推搡挡在面前的士兵，当手触碰到一位上尉时同时看到了林潇苒，触电般地缩了回去，语调不失傲慢："孟连长，怎么带的兵？你看你通信连的兵，不就是一个女——"

林潇苒猜测这个王排长是团长的亲信，否则不敢对上级军官如此无理，顿时生出一股怒火。她将怒火强压在心头，对配着上尉军衔的孟连长立正、敬礼："长官，中尉花一枝奉命随团部一起行动！刚才没看见您，请宽恕！"

孟连长受宠若惊，惶恐还礼："在下——孟乃胜，通信连长！"

王排长晃了晃身子，一副主人的口吻，可脸上的傲慢消失了："大家都是熟人，用不着拘礼。我叫王家裕，警卫——"

林潇苒不等他说完，当即沉下脸来，厉声质问："见了长官为何不敬礼？"

王家裕鼻子一歪："我没有这个习惯。"

林潇苒嗖地拔出手枪指了过去："身为一名军人，你必须习惯！"

王家裕愣了一下，一脸的讥笑："吓唬谁？你先打听一下我是谁，再——"

林潇苒果断扣动扳机，只是枪口抬高了一寸。场面顿时乱开，王家裕吓得魂飞魄散，蹲下抱着头，斜过眼看着近在咫尺冒着淡淡青烟的枪口，浑身颤抖地说："长官息怒，息怒啊！"

混乱的人群后面传来惊呼声："谁开的枪？"人群顿时安定下来，纷纷避让。

孟乃胜从惊吓中反应过来，迎上前："报告团座、参谋长，是——"

林潇苒见邱忠林和钱进庄过来，急忙收起枪，上前立正敬礼："报告团长，是我开的枪！"

邱忠林看了一眼蹲着的王家裕，似乎明白了，阴沉着脸问："怎么回事，竟然动枪了？"

林潇苒不语，等着王家裕说话，忽然从西面飞奔涌来无数手持枪械的官兵。钱进庄看着说："不错，听到了枪声能如此迅速赶来，看来，曹营长比那个赖一天强多了。"

邱忠林气恼地踢了王家裕一脚："给老子站起来！"

王家裕忽地一下站起来，指着林潇苒说："团座，她分明是冲你来的！"

孟乃胜鼓起勇气上前："报告团座，事情是这样的。我等兄弟见来了一位女长官，围过来看看而已。王排长来了，一阵推搡，连我也要推。这位女长官先给我行礼，然后问王排长见了长官为何不敬礼。"

说到这里，蔡佳奇、李政等人已经冲了过来，气喘吁吁地看着。

王家裕恼怒，指着孟乃胜，嘴唇翕动说："你他娘的竟敢替外人说话！"

邱忠林呵斥道："住嘴！孟连长接着说！"

"是。这位女长官问他见了长官为何不敬礼，他说没这个习惯。女长官就拔出枪命令他敬礼。王排长说：'吓唬谁，你先打听一下我是谁。'女长官这才鸣枪。"

不等邱忠林说话，蔡佳奇说："大小姐教训得对！王排长给谁敬过礼？对我这个副营长不敬礼也就算了，那营长呢？"

邱忠林挥手："蔡老弟，别跟着起哄。参谋长，你看这——"

钱进庄眼角带着幸灾乐祸："我能怎么看？他可是你的干儿子！不过呢，大小姐，恕钱某说句实话，您是从上面来的，习惯军规军纪，而我们团不讲究这个，所以才发生不愉快。枪也开了，这小子也吓得够呛，依我看就当什么也没发生，你看如何？"

"原来下面的部队是不讲究军规的？等到了徐州见了杜叔叔，我问问他是否知道这个情况。"林潇苒寒着脸说。

邱忠林慌了："参谋长说得不对！一团只是这个浑蛋不懂军规！"说着，冲王家裕斥责，"从今儿起，学着敬礼！以后，见了比你高的长官再不敬礼，那我发出话来，不敬礼就开枪！听清楚了吗？"

"知道了。"王家裕低下脑袋。

这时有人报告，说师部来电话问为何开枪。邱忠林说："我教训不懂规矩的属下。"接着对一营的官兵说，"都回吧。他娘的，老子看见你们过来，心里舒服多了。晚上，让人赏你们半扇猪肉！"

"谢团座！一营都有了，敬礼！"随着蔡佳奇的口令，官兵们齐刷刷地敬礼。

林潇苒心里说："同志们，我不是欠忍让，而是觉得该给邱忠林一个下马威，让他不敢轻易冒犯我和凤姐。有时候，看似危险的举动可以铸就安全的围城。"

十五

通信连的官兵在孟乃胜的指挥下列队进了树林，邱忠林看着一肚子屈辱无处发泄的王家裕，嘿嘿地笑着："别他娘的不知好歹，被这么一个天下无双的美人教训一下怎么啦，分明是哪辈子修来的福分。给老子滚蛋！"

林潇苒带着歉意说："对不起，团长、参谋长，原谅我任性，刚到团部就给二位长官添堵。"

"哎，你也看见了，王排长这个德行怎么说都没有用，大小姐今天是帮团长给身边的人立规矩，哪里是添堵。"钱进庄说。

"是，说什么客气话。走，回团部！"邱忠林说着提了一下裤裆。

"团座，我想先看一下熊中尉。另外，请参谋长给南京联勤总部的齐站长发一封电报，就说我和熊中尉随八十五军二十三师一团向徐州方向行进，原定去蚌的计划略有改变，打算先去徐州，拜见杜长官后再去蚌。可否？发报人——熊冬梅。"

邱忠林听着，不由得肃然起敬，讨好地说："为何只署一个名字？"

"这我不能说，你还是问曹营长吧。"林潇苒本来可以直接挑明熊中尉与齐站长的特殊关系，但考虑到留下悬念会消除可能产生的怀疑，从而把注意力都集中在这个悬念上。她推断，曹振海听说发电报的事，自然明白此举是警告邱忠林，她俩的身份不容侵犯，然后告之熊中尉是齐站长不便带在身边的姨太太。同时，她相信齐站长收到电报后会回电"同意"，因为林潇苒身份特殊，认识战区杜长官在情理之中。无论他同意或不同意，对林潇苒来说效果是一样的。

钱进庄频频点头："一定照办。团座先回吧，我陪大小姐去卫生队。"

邱忠林从鼻孔发出一声沉闷的"嗯"，挥挥手，踩着泥水中的树枝扑哧扑哧地走了。

卫生队在路北一块麦地里。林潇苒跟着钱进庄下了公路，顺着长满衰草的田埂往北走。一路上，钱进庄思忖着想说什么，林潇苒猜想他不太可能质疑她的身份，可能想问她什么时候参军的、为何去了兵站等诸如此类的闲话。

"大小姐，我忽然明白了王队长为何要选在麦田宿营。"钱进庄突然说。

"这——请参谋长赐教。"

"因为这是条长满野草的小路——你不觉得走着一点儿不泥泞吗？"钱进庄说着，向不远处的几顶帐篷张望。

"嗯，还有吧，可能是为了独处。"她想说，卫生队有女兵，最忌讳的是被骚扰，可这话不宜明说。

"独处？我懂了！大小姐，在下有一个不情之请，可否说？"

"相遇自带缘分。说吧，只要我能做到的。"

"在下虽然不是黄埔出身，可当年也算是投笔从戎的热血青年，不幸误入八十五军。虽说同属国军序列，可在国防部眼里终究是杂牌。抗日期间，八十五军忍辱负重、流血牺牲，全军将士从不计较。可是，内战以来，杂牌军处处受排挤、刁难，才造成今天这个人人寒心、纪律松懈的局面。你可能有所耳闻，邱忠林私下倒卖武器弹药。说句不该说的话，都是被上面逼的！一团已经有半年没发军饷了。没有军饷，就是神仙也带不动兵，没办法只能靠倒卖军需维持下去。我说这些不是想借你之口向杜长官诉苦，其实这种情况自上而下不是什么秘密，他一个战区长官也无能为力。我只想说，能否在杜长官面前替在下说句话，把我调到其他部队？"

"这——"林潇苒觉得爽快答应反而有违常理。

"我知道官大不办小事的道理，只是刚才听说大小姐要去徐州见杜长官，可否让我护送？只要能和你一起去，就算帮在下大忙了。"

"到了徐州还需要护送吗？在杜叔叔面前，我从来不提要求。这样吧，你的事倒可以对他的副官说，就说这一路多亏你照顾，也不知该如何感谢。看他怎么说。"

"大小姐，这情商令在下望尘莫及啊！"

林潇苒刚要说话，不觉已来到一顶涂有红十字的帐篷前。一个女兵刚露头，一下缩了回去，帐内同时传来一声惊呼："王医生——来——来——"

钱进庄站在帐帘外疑惑地说："这个祝春妮，怎么回事？"

紧张的声音传出来："来伤员了？"

"不是，不是，是一个女长官。你出去看一下就知道了。"

钱进庄默然一笑，低声说："大小姐，我以为你的容貌让男兵惊魂，没想到女兵见了也惊艳到说不出话来。"

"谁呀，这是？"随着一声疑问，帐帘开了，一个身穿白大褂的女军官愣在了帘下。她二十四五岁，头戴一顶大檐帽，鼻梁上架着一副眼镜，脸型稍长，表情呆板，嘴边散发着冷漠。她看了钱进庄一眼，没有出声，转而上下盯着林潇苒，鼻子翕动推着眼镜微微晃动，发出惊呼："天啊，女子竟然能长成这样啊！"

林潇苒敬礼："王医生好！我叫花一枝，来看熊中尉，给你添麻烦了。"

"哦呀，你敬礼的姿势真的是太迷人了啊！那我就不还礼了，太难看了。呀，参谋长，您也来啦？"

"王医生，花中尉和熊中尉都是联勤总部的，随我们团去徐州。为了两位中尉在行军中有人照应，我把她们交给你了。"

"好的呀，参谋长。"王军医带着上海口音。

林潇苒见她看钱进庄的眼神闪过一丝哀怨，忙说："王医生，你们说话，我去看熊中尉。"

"西边第一个帐篷。我待会儿就过去。"

林潇苒对钱进庄点头致谢，侧身向西走去，刚走到第二个帐篷前，身后传来一个女兵的声音："报告参谋长，团部打来电话，命令十分钟之后出发。"接着，钱进庄的声音传来："大小姐，你和熊中尉立刻回到车上，准备出发。"

"是，我这就对熊中尉说！"林潇苒转身应了一声，再次转身，发现郭凤快步向她走来。

郭凤到了近前，眼里溢满隔着几个春秋的牵挂："大小姐！"

林潇苒看出郭凤满心的话，一时不知从何说起。这时一阵急促的哨声响起，从帐内传来杂乱的哀怨声。"凤姐，跟我走！"

离开一段距离后，两人诉说着短暂分开后各自发生的事。说起王家裕，郭凤勃然大怒："他就是个畜生！在卫生队帐篷内，他竟然对我动手动脚！当时，若不是担心大小姐安危，我会给他一个大嘴巴！大小姐这一枪打得好！"

一路说着话，林潇苒看出郭凤依旧心事重重，不用问，她心空上仿佛也悬着一块摇摇欲坠的巨石，担心李政、曹振海他们的起义计划难免走漏风声。

不觉到了车前，从驾驶室内跳下一名士兵，迎上来说："长官，孔大卫——孔圣人的孔，大海的大，保卫国家的卫——奉蔡副营长之命为长官效力。"

"好名字！"钱进庄走过来夸赞说，接着关切地看着郭凤，"熊中尉受惊了！"

"谢谢长官！"郭凤弱弱的样子。

远远走过来两位女兵，见了林潇苒惶然敬礼："长官好！报务员周小燕，报务员谢霞飞。"

林潇苒回礼，恍然说："是要坐这辆车吗？"

"是，长官！"两人同声回应。

钱进庄说："大小姐，我在前面带车，带着她们便于与师部联系。你不会介意吧？"

"不会的。"

这时男兵送来电台，两个女兵急忙上车接应。

一阵忙乱后，部队并没有在规定的时间出发，而是延误了大约二十分钟。邱忠林扯着嗓子喊："他娘的，上车！没装上车的东西不要了，等到了徐州再领新的！"

树林中忙碌的官兵听后，索性把抬着的湿漉漉的帐篷往地上一丢，飞快地上了各自的卡车。

林潇苒看着，感觉他们不像赶往战场，反倒像溃败似的。有的帐篷还没来得及收起，一些桌椅、凳子被丢弃在树林中，似乎预示着归期。

林潇苒和郭凤上了车，见两个报务员抱着报话机一副不知所措的样子，问："为何不放下呀？"

周小燕紧张地说："等两位长官坐下后，我们再放下。"

"你们在前面，我和熊中尉在后面。"林潇苒说着，坐在一个背包上，看着郭凤整理睡觉的地方。

两个女兵放下了报话机，刚开机，一声呼叫传来："一团！一团！为何没跟上？"报话机发出一阵电流声，周小燕回答："师部，我团已经出发！"

"大小姐，吃点儿东西吧。"郭凤拿出鸡蛋，给女兵每人两个。

周小燕欢喜地接过，感激不尽："长官，谢谢你们！"

林潇苒吃了一个鸡蛋、一个苹果，想躺下睡一会儿，报话机又响了，邱忠林气急败坏的声音传来："参谋长，你说这打的什么熊仗？邱清泉离黄百韬那么近，老头子干吗非得要我们十二兵团赶过去，还下了死令——四十八小时必须赶到！我们要跑两百多公里，难道老头子不知道？那邱清泉不足三十里，就是爬也用不了四十八小时！"

"邱清泉被挡住了——究竟是被什么挡住的，只有天知道。"钱进庄漠然的声音。

"我们不是同样被挡住了？不但被共军挡住，连老天也使绊子——这雨下得——莫非共军会呼风唤雨不成？照这个熊样，别说四十八小时，就是四百八十小时也到不了碾庄！参谋长——"

林潇苒不想听两人的牢骚，想着下一步到了战场，曹振海、李政会采取什么办法与解放军取得联系。两军对垒，生死分明，对方会相信？还有就是，十二兵团千军万马，一个营混在其中，就算对方相信一营起义，那又如何在洪水般的阵营中分清哪一支部队是一营？

越想越觉得困难重重。

一路上，车队停的时候多，走的时候少。尽管走走停停，毕竟比原地不动让人心安。到了夜间，雨停了，车速也快了起来，只是寒冷不断加剧，好在几个人挤在一起，身上盖着几床被褥，把凛冽的寒风挡在了体外。天刚亮，队伍又停了下来，过了半小时，通知可以下车活动。

林潇苒和郭凤下了车，看见公路两边间隔着冒起炊烟，估计前方部队再次遭遇了更猛烈的阻击。

郭凤左右看了一下，用目光示意林潇苒进树林，下了公路说："找一个安静的地方说话。一个晚上，快要把我憋死了。"

穿过树林，再次与湍急的河流相遇，林潇苒心有余悸："也不知道那个陈连长现在漂到哪里了，怎么没有一点儿消息？"

"这么大的水，那个人一刻不停地漂流，早就漂远了。大小姐，我杀人了，会不会遭报应啊？"

"不会的。前面的枪炮声中，每一分钟都会死人，战争就是要死人的，何况那个人该死！听说，部队出发前，这个人竟然把一个良家女子给强暴了！你那么做是替天行道！"

两人站在水边，一时都不再说话。

清晨的河对岸沉没在一片薄纱中，只有激流发出的低沉的涌动声默然在两岸扩散，非但没能打破清冷的寂静，反而增加了些许空旷。树林间不时传来几声飞惊的鸟鸣。这些飞鸟本来是奔着河边的树林而来，大概是看见了炊烟和路上停滞的大部队，只能慌不择向地飞去。

一阵冷风吹过，裹挟着路边的炊烟漫过河面，留下木柴燃烧后的余烬和刺鼻的烟味。

向河对岸一片低矮的灌木丛望去，一个个村庄都罩着朦胧的僻静，间隔无序地分守在泛着淡淡绿色的麦田上，彼此之间隔着寂静，隔着荒凉。河流下游的天空乌云密布，阴沉、墨黑的云翼肆意地伸展开去，不停地变幻着阴森。

"大小姐，我想了一夜，越想越觉得这么下去太危险了。"郭凤打破沉静。

"开弓没有回头箭呀。"

话音未落，一阵哨声响起，两人急忙回到车上。

依然走走停停，不过停留的时间越来越短，雨也停了，行进的速度明显快了许多。

大约过了一个星期，部队过了蒙城不久，先头部队再次受到大规模的阻击。

"花中尉，团长让你过去。"一个陌生的声音传进来。

林潇苒下了车，发现四周全是展开的部队，之前的行军队伍全都离开公路，后面的军车、大炮还有几辆坦克源源不断地发出隆隆的声音，向前方急速驶去。她的心悬了起来——这么多的重型武器，解放军能打得过吗？

在麦田地临时搭建的帐篷内，十几名军官正围着地上展开的一张地图看。邱忠林在众人的合围中扯着嘶哑的嗓子说："我们在这里——陈集，从现在开始就算是正式与共军开战了。根据情报，在距离我们不到十公里的南坪集，聚集了大量的共军，主力就是大名鼎鼎的陈赓的纵队。从目前的兵力部署上看，陈赓部是想利用浍河把我们阻击在南边。国防部下了死令，必须在今晚突破共军阵地，于明日六时抵达宿县，过了宿县再东进与邱清泉部会合，然后合围华野粟裕部。黄长官把进攻陈赓的任务交给了我们八十五师。师座的意思是让我们团打头阵。下面该怎么办，不用我说了吧。"

十几名军官唏嘘不已："陈赓部可不好打。"

邱忠林厉声说："二营长，你狗日的没开打就泄气了？我告诉你，黄长官说了，今夜过不了南坪集，他要师长的脑袋；师长说了，今夜凌晨三点过不了浍河，他要我的脑袋！我的脑袋保不住，在场所有人的脑袋都得搬家！"

二营长用挑衅的眼神看了眼曹振海，满面胡须的脸胀满憋屈，随即对着邱忠林充满戾气的眼睛小声说："不是我尿了，而是团长做事不公——三个营还分亲疏。"

邱忠林一愣，张口骂道："放你娘的屁，这次不是上的上、看的看，一呼啦一个团全都得上，有什么疏远？我告诉你们，老子也得上！我就在你们后面，看哪个敢装孬种！"

"不是，团长，我说的不是这个。"二营长申辩着，可看看曹振海欲言又止。

曹振海恼怒地说："你不就是来的时候看见几把卡宾枪吗？这是老子发配时顺手带回来的！怎么的，咱们团也实行了共产？"

邱忠林恍然，看着曹振海紧紧抿着嘴，沉闷地点头："我就说你小子怎么会带一车被褥来，原来绵里藏针呀！"说着手一指，"给老子说实话，究竟带来多少装备？"

"没有多少，就是几支卡宾枪。"曹振海气恼地说，"我还是实话实说吧。我哪有那么大的胆敢私带卡宾枪，是齐站长托花中尉送给徐州剿总杜长官的见面礼。花中尉念邵正杰救了熊中尉的命，特别把卡宾枪借给一营一用。所以，卡宾枪的确不属于团里管理。你们有想法去找大小姐，只要她同意，我一支不留都可以！"

"曹营长，老子会信吗？我警告你，现在大战在即，任何人不能影响军心！你带回来好东西，一个人独吞了，这不是谁有、谁没有的事，而是影响军心！"说着，手指头哆嗦着，"你这样，你这样，怎么说东西是带回来的，按说该交给团里，你不交，老子也不追究了，但是，你不能独吞！曹振海！"邱忠林大声喊。

"到！"

"老子命令你，把擅自带来的武器一件不少地交上来，由老子平均分配！"

"团长，我说的都是真的。你还是问大小姐。"

钱进庄压低声音，一脸商量的表情："团长，是不是——"

邱忠林一挥手："老子知道你和曹营长关系不错，但这事没得商量！就算是临时给你们用的，那也得三个营分着用！散了，回去准备，二十分钟后各营派人来领装备！走！走！他娘的！"

三营长暗自向二营长悄然竖起大拇指。

等众人离开后，钱进庄说："团长，这么做就不怕影响一营的军心？这么说，二营、三营加起来也抵不过一营的战斗力。"

邱忠林沉下脸来："再能打，也就是一个营！三个营如同三个儿子，当老子的绝不能偏心。花中尉怎么还没来？"

"报告！"林潇苒在帐篷外喊。

"进来！进来！就等你大小姐了！"邱忠林迎了出来，替林潇苒掀起帐帘。

林潇苒径直进入，对他们敬礼。

"不必客气。花中尉，刚才的话你都听见了？"

"是，团座。"林潇苒轻描淡写的语气。

"卡宾枪是怎么回事？"

"团座，杜长官直接向联勤总部要了六十支卡宾枪，装配他的警卫团。齐站长把这项任务交给了我。情况就是这样。"

邱忠林惊得目瞪口呆："呐呐，六十支啊！那枪呢，还在车里？"

"没有呀，都给曹营长了。等你们攻下宿城，我要一支不少地收回来；即便不能悉数收回，齐站长也不会怪罪的，毕竟他和曹营长私交甚厚。"林潇苒说着，大脑发出提示：找一个理由去一营，有许多事情需要商议。

"是这样啊，那我想一下。"邱忠林的眼神转着孤注一掷的疯癫。

十六

"团座，我回了。"林潇苒意识到，卡宾枪计划自己不可以多言，一切交由曹振海执行。

邱忠林忙说："事情没解决，等等，让我想一下。呐，我是这么想的，一场恶仗马上就要打响，你带的六十支卡宾枪，不管给谁的都不该闲着。你既然随本部行动，就不该瞒着我这个当团长的。你说是不是这个理？"

"邱团长若是这么说，我立刻把枪收回，直接去找黄长官，随兵团本部行军！"林潇苒说着立刻就走。

钱进庄慌忙上前拦着："大小姐误会了，团长没有怪罪的意思。"

"我没有误会！钱参谋长，我之所以跟随一营，是因为与曹营长曾同在一处共事，而不是一团！借枪给他，也不是我情愿，而是熊中尉念在邵连长救命的情分上许他一个要求。邵正杰知道车里装的武器，还就提出来了，理由是，报答曹营长知遇之恩，豁出命也要打好这一仗，因此提出借枪的要求。你们说，熊中尉能不答应吗？就算事后被站长知道了，我也有话可说。再说了，借枪给曹营长是基于对他这个人的信任，他答应攻下了宿城就悉数归还。因此，借枪的事与任何人无关！假如有人执意要扣留，那不妨试试！国有国法，军有军规！兵站差的不过是几十支枪，而有些人只差一项私自抢劫国防部军械的罪名！告辞！"

林潇苒说着就要离开，恰巧进来一个参谋："电报，联勤总部来的。"说着向邱忠林报告，"团座、参谋长，联勤总部蚌埠兵站复电。"

钱进庄接过电文念道："来电收悉。联勤总部任命：兹委任花一枝为蚌埠站驻徐州剿总军需上尉特派员、熊冬梅为特勤。"接着，殷勤地把电文递给林潇苒说，"恭喜大小姐晋升。"

"呵呵，恭喜！花特派员，我这个脑子就是一根筋，说话不会拐弯，刚才听你这么一说才明白过来。那好，卡宾枪的事就按照你的意思办，给一营用。"

林潇苒看着电文，顿感满心疑惑，不明白齐站长为何让她和郭凤离开兵站，发现邱忠林等着她说话，急忙客气地说："团座，刚才说话多有得罪，请包涵。"

"哪里的话，今后一团还仰仗上尉关照呢。"邱忠林双手抱拳。

"不过，团座考虑的是全团，而我只限于个人的感觉。这样吧，我去一趟一营，看有什么办法既照顾到另外两个营的情绪又确保武器最终完璧归赵，您看呢？"

"好好，那——"邱忠林说着，看了一眼钱进庄。

林潇苒说："不用。大战在即，参谋长怎么能离开呢。"说着出了帐篷。

天空下起了零散的小雪，远处麦田里集结了上千名整装待命的官兵。勤杂人员、卫生队、通信连和警卫排一百多名官兵列队在营帐一侧，保持着随时跟进的状态。

林潇苒的目光从队列中扫过，没有看见郭凤的身影，猜她还在车上。

所有的卡车一字排开，脚下的麦田被碾压得没有一点儿生机。

林潇苒来到第一辆车前，看见郭凤在与驾驶员孔大卫说话。两人见了她，不约而同地迎上来。郭凤说："刚才曹营长来过，很急的样子，见你不在，什么也没说就走了。"

看着远处集结的队伍，林潇苒心急如焚，虽然要求去一营是经过邱忠林同意的，可又觉得在众目睽睽之下过去必定会引起不必要的猜疑，想对郭凤说"你去把邵正杰叫来"，话到嘴边却没说出来。

"大小姐，怎么啦？"郭凤看出了什么。

林潇苒心想，让孔大卫去呢？也不妥。唉，把想见的人聚在一目之内，怎么就找不出一个理由呢？

孔大卫终于忍不住说："大小姐有何吩咐，我可以去办。"

"你——"林潇苒看着营帐一侧的队伍，脑子一闪，"去把王排长请来。"

"这——是！"孔大卫转身向团部跑去。

郭凤诧异地问："找他干吗？"

林潇苒没有回答，目光投向东边一块空出来的麦田。北风裹挟着雪花，忽紧忽慢地掠过绿色的麦田，在不远处几块秋天耕翻的田地上把没来得及落稳的雪花再次吹得弥漫开来，消失在光滑的麦田上。

"大小姐，我心慌得很，总觉得他们的计划只是一个想法而已。"

"我心里也没底，但我知道只有两军相遇，他们才能找到机会，就是担心他们心里放不下我们，不能果断行动。"林潇苒抑郁的语气。

"就是。他们过去了，你我怎么办？必须想个办法随他们一起行动。"

林潇苒这才想起来："齐站长发来一封电报，任命我和你分别为驻徐州剿总军需特派员、特勤。"

"什么这员那勤的，眼下你我面对的是，起义一旦成功，我们就不是被怀疑那么简单了。要不这样，等进攻开始，若是一营撤下来，就说明他们取消了行动；若是过去了，团部的人自然会乱作一团，我们趁乱脱离。"

"我也想过，枪炮一响，邱忠林的注意力全在战况上，无暇顾及更多。可是，我们跟上去肯定会被发现的，若是往其他的方向走也走不脱呀，这里到处都是人。"

说话间，只见王家裕和孔大卫并肩跑步过来。郭凤看着恨恨地说："这畜生！有机会，我一定干掉他！"

王家裕跑到近前，规矩地敬礼："报告上尉，排长王家裕奉命赶到！请长官训话！"

林潇苒还礼道："王排长，去把一营长请来。"

"是！"王家裕话音刚落，突然东面传来一声信号弹发射的声音，循声望去，雪花纷纷的天空炸出三团红色的火光。

王家裕脱口而出："进攻开始了！"

"那你回吧。熊中尉，跟着王排长给我拿一个望远镜来。"

看着郭凤跟着王家裕离开，林潇苒原本悬着的心骤然坚硬了，在心里对赵红英说："只能顺其自然了！一营起义成功，首当问罪的应该是邱忠林，我只不过是随行的外人；就算与曹营长曾经共事，那又怎么样？我若是他们的同伙，为何还留下？"赵红英在心里回应着："话是这么说，还是不能掉以轻心，若是能脱离还是脱离了好。""不，老师！有句话叫置之死地而后生！"

林潇苒轻吐一声，迎着风雪，迈着稳健的步伐向团部走去。快到近前，见王家裕拿着一个望远镜出来，她迎上前接过，走到营帐前，用笃定的声音说："团座，可以进去吗？"

"大小姐，进！请进！"帐篷内传来邱忠林打了鸡血的声音。

林潇苒给了郭凤一个"留在外面"的眼神。

钱进庄打开帐帘说："听王家裕说，你没来得及见曹营长？"

"是呀。"林潇苒边走边说，眼里溢出歉意。

邱忠林站在一张地图前，吭哧了几声："大小姐，来来，看一下。"说着，指着军事攻防图，"这师部送来的什么东西！前面连个鬼影子都没有，进什么攻！这里离南坪集还有多远？"

钱进庄回应："不到一公里。师部估计共军不可能在南坪集附近阻击，而是一定利用浍河这条天然的屏障玩命地阻击。因为，我军一旦过了浍河就可以直达宿县。"

"那就下命令，三个营齐头并进，先到浍河的赏大洋！"邱忠林说着伸出巴掌。

"五十？"钱进庄脸上露出"太少"的神色。

"五百,五百大洋！"

钱进庄点头离开。

林潇苒自从遇见了赵红英，对军事有着浓厚的兴趣，尤其喜欢看地图。此刻看着地图上标出的一道蓝色的河流，心里不禁一阵紧张，她预感，解放军若是死守浍河，注定会付出巨大的伤亡，因为十二兵团拥有大量的重武器。

这时钱进庄返回来，兴奋地说："团座，进攻顺利，势如破竹啊！"

"参谋长，一团离浍河有多远？"林潇苒不禁问。

钱进庄愣了一下："还有一千多米。"

林潇苒冷静地自言自语："这个时候，师部、军部的长官都在密切关注各部的进攻状态，团部应该跟进，让长官们看见一团进攻的决心。"

邱忠林眨着眼，还未悟透，钱进庄眼睛一亮，拍了一下额头，惊喜地说："不愧是名将之后啊！团座请下令：'团部所有的人员、车辆迅速跟进！'让上峰看清楚谁是英雄！"

"是啊，大小姐高明！命令全体跟进！"

林潇苒提出建议的潜意是，按照这样的态势，一团进攻到了河岸势必会遭到强大的反击，但冒进成为孤军，也是曹振海、李政他们战场起义的绝佳时机。此时，一营凭借手中强大的武器，很容易在短时间内击溃剩下的两个营。这样一来，紧随其后的团部非战斗人员就会仓皇后退，她和郭凤可以利用这个机会迅速与一营会合。

钱进庄率先对帐篷内的人员下令："留下与师部联系的电台，其余人轻装前移！"

邱忠林发疯似的冲了出去，对王家裕喊着："老子给你一个任务，带领一班跟在我后面保护大小姐！她若掉了一根头发，老子就断你一根手指！"接着对孟乃胜喊，"他娘的！老子在后面督战，给我往前冲！"

集结待命的官兵不知道发生了什么事，乱哄哄地跟着钱进庄指挥的两个班警卫踏着麦田往北冲。

林潇苒牵着郭凤的手跟在邱忠林身后，迎着雪花一路小跑着。王家裕和十几名警卫护在左右跟随。

忽然，前面的枪声停了下来。林潇苒举起望远镜，看见的全是弥漫的雪花，猜测着进攻的部队已经到了浍河南岸，没有发现阻击才停了下来。钱进庄精神抖擞，回头兴奋地喊着："团座，弟兄们打下浍河了啊！"

邱忠林气喘吁吁地回答："我怎么觉得浍河好像没有设防呀！先别管它，到了河边就知道了！弟兄们，加快速度！让长官们看一下，一团是第一个打到浍河的！王家裕，把你的人带回去，把帐篷、物资全部前移！"

警卫排的人返回，突然的安静在林潇苒心里化作一块巨石压得她透不过气来——解放军为何要舍弃浍河？如此一来，十二兵团一旦过了浍河，前面将是一马平川的田野——难道陈赓的部队已经做好了放弃宿城的准备？

郭凤的手时紧时松，彼此都能感觉到对方的惶恐与不安。

林潇苒不想跟着邱忠林了，渐渐放慢了脚步。两人很快就与快速前行的队伍拉开了距离。林潇苒再次举起望远镜，希望能从风雪中捕捉到一线希望——对岸的解放军突然发起反攻，激战中越过浍河，把南岸的国军打退；而一营趁机反戈一击，把二营、三营不服从的人就地歼灭。

终于，在茫茫的风雪下隐约出现了许多移动的身影。她不停地移动望远镜，看见的全是不成队形、在麦田里移动的身影。

是进还是退，她看不清。天空飘落的雪片，像一道令人窒息的屏障，昭示出不祥的气息。她心里越发慌乱，每一次心跳，都会在心灵的台阶上炸出一阵巨大的枪炮声，然而，一连串的心跳都落在心崖，坠入无底的黑洞中。

她无力地放下望远镜，沮丧地对郭凤说："我们的人放弃了啊！"

"大小姐看见什么了？"

"看见浍河无人防守！接下来，十二兵团就会过河，然后长驱直入。凤姐，看来我们想不去徐州也不行了。好在齐站长发来一封委任状，我们可以名正言顺地打入徐州剿总，只是曹营长他们的起义又要无限期延长。我担心夜长梦多啊！"

"大小姐，且走且看，见机行事。"郭凤昂头看着灰蒙蒙的天说。

一辆卡车远远开了过来。郭凤弯腰拿着林潇苒胸前的望远镜看着说："是我们的车。"

卡车很快到了近前，孔大卫从车窗伸出头来："大小姐，上车吧。"

林潇苒不想进驾驶室，预感到途中会遇见邱忠林，说："凤姐，我们上车厢。"

两人上了车，卡车追上北进的队伍后停下了。孔大卫的声音传来："花上尉和熊中尉在车厢里，她们请您上车！"郭凤听着，嘴一撇："小马屁精，真会说话。"刚说完，马上传来邱忠林喘息的喊叫："女兵上车！参谋长，我俩也上车！"

郭凤闻声撩开后篷布，只见十几名女兵闹闹哄哄地抢着上车，可谁也上不来。郭凤伸出双手，把她们一一拉上来。

卫生队的王军医上来后，惊讶地看着郭凤说："你好大的力气啊，一下就把我拎起来了。"

林潇苒招手道："王医生，过来坐下。"

除了卫生队的女兵，还有六名通信班的女兵。她们都认识，叽叽喳喳地你推我搡地找着坐的地方。

车动了，坐在郭凤身边的报务员怀中的报话机此时响了，传来陌生的声音："一团，据空军侦察，南坪集附近没有发现共军。当心共军有诈。你们暂时停下来，等左右两个团跟上。"

报务员急了："怎么办呀？"

林潇苒命令的口吻："回答：收到！"

报务员一脸的惶恐："就这？"

"对，待会儿我再向团长解释。"林潇苒冷冷地说。

报务员按照吩咐回复："师部，一团收到。"

大约走了十分钟，车停下了，外面传来曹振海的声音："报告团座，共军没有在浍河设防。"

"他娘的，不设防，这他娘的打的什么仗？报务员，给老子下来！"

等车里的人下去后，林潇苒最后下车，对邱忠林说了刚才与师部通话的事。邱忠林"嗯嗯"地点头，对报务员说："问师部，我部是否过河？"

林潇苒离开，在纷乱的人群中寻找曹振海。

风雪中，远处露出一片民房，看上去不像集镇也不像村庄，林潇苒猜测这里可能是南坪集外围的乡下人的住所。北面横着一道河堤，上面长满了树林，河堤上下不时有人出没。

邱忠林举起望远镜看着："孟连长，派几个侦察兵进集镇看一下，顺便带些吃的。他娘的，今夜是过不了浍河了，要过也是明天的事。"

不一会儿，三个营长来到近前。林潇苒与曹振海对视一下，见他默然摇头才放下心来，说："团座，我到河边看一下。"

邱忠林愣了一下："不用吧。通信班的女兵们有办法，找她们。"

林潇苒没听明白，钱进庄伸手指着："大小姐，看！"

林潇苒顺着他的手势，只见几个女兵在一片空地上用帆布围挡成临时的厕所，几个男兵在边上挖坑，脸霎时红了，说"您误会了"，头也不回地离开，身后传来邱忠林尴尬的笑声："可不是误会了？忘了，她可是名将之后，喜欢琢磨打仗。"

林潇苒走着，这才发现夜幕悄然降临。前方不远的河堤上，一道被风雪掠去树叶的林子成为褐色的屏障，横亘在天地间。麦田上落了一层白雪，映衬着四处游荡的迷离恍惚的身影。尽管四周全是忙碌的士兵，林潇苒依然感觉天地如此寂静。

接近河堤时，一些士兵认出了林潇苒，欢呼着"大小姐"围了上来。看着一个个亲切、激动的面孔，她不停地报以温和的笑容。

忽然传来李政的声音："二连集合！"

一声令下，围在四周的士兵紧张有序地列队。李政站在队列前说："请大小姐训话！"

"什么呀，我只是想到河岸观察一下。李连长可愿一同观望？"

李政心照不宣地点头，接着命令："一排在河堤下、二排在左、三排在右，确保大小姐安全！"

"是！"一阵洪亮的应答声在风雪中传开。

第三章

十七

二连官兵迅速到达指定位置，左右两个排留出百米的距离，麦田里的一个排与河堤保持五十米。

林潇苒缓步走上河堤，嘴里说："感觉还是你的一连呀。"

"是，不完全。一营把三个连拆分了，过去的二连一个排去了一连、一个排去了三连，只留下一个排。整个营已经牢牢地掌握在我们手中。"

河堤上生长的大多是杨树，也有少量槐树。树干大小不等，显现着自然的生态。树根下原本生长着杂乱的野草、荆棘，由于反复踩踏已经伏贴在地面上，不屈的枝条上落下一层白雪。

林潇苒望着对岸，见大片的雪花被风吹着在苍茫的原野上飞来飞去，树枝上都挂着一层天鹅绒般的白雪。一阵劲风过后，积雪被吹落，随风飞散。

几天的大雨灌满了整条河流，水势湍急，令人生畏。尽管河面上的雪不停地下，可落在水中就不见了。

"什么也看不见啊！"李政焦虑地说。

"你怎么看？"林潇苒隔着雪花看着李政的眼睛。

"我想，对岸可能要放弃宿城吧。"

"理由？"

"实力就是理由。对面是刘邓的中野，从人数上看，不过十余万人，还不一定比十二兵团多。武器就不用说了——这一年在大别山打游击，重装备全丢了。单从武器衡量，抵不过这边一个军。你说他们敢打阵地战吗？另外，在蚌埠地区还有国军两个兵团，听说已经打到固镇了，离这儿不过三十多里，一旦突破粟裕部的阻击阵地，要不了一小时就可以与十二兵团会合。大小姐，我们的计划可能要延迟了。"

林潇苒听着，心空下起了雪："你认为陈赓会将宿城拱手相让吗？"

"我研究过对岸领袖的军事思想，他们从不把一地一城的得失作为战略目的。因此，我分析，他们之所以打下宿城，目的是把整个徐蚌地区的国军全部吸引过来，而真实的目的就是吃掉黄百韬兵团。就在今天上午传来消息，黄兵团已在碾庄被全歼。所以，对岸没有必要再死守宿城。"

"李政，你分析得也许有道理。我们现在该何去何从？"

"行动绝对不能拖！现在最关键是与对岸取得联系，哪怕对方仅仅是一个当地的组织者，我们就有了行动的策应。可是，这个人上哪儿去找啊？"

林潇苒深吸一口冷气："过河！只有过河才能找到！"

"过河？不可能！你看一下，全团已经开始安营扎寨了。届时，整个河岸都会被封锁，想过去几乎不可能。"

李政话音未落，堤下传来一声："连长，有人过河，是否阻拦？"

林潇苒抢先回答："不用。李政，我们一起去团部。"

下了河堤，王家裕迎上来，看也不看李政，对林潇苒说："长官，团长请你过去。"

"王排长，团长一定备了好吃的，我可以去吗？"李政问。

"团座没说，我不能做主，你去不去与我没关系。"

林潇苒笑道："想吃，难不成还想让团长送？走吧！"

"你们先去，我安排一下就过去。"

回到团部驻地，见营帐前停着一辆吉普车，几处搭起的帐篷内亮着灯光，邱忠林和钱进庄等人却围坐在十几米之外的一堆篝火前。

林潇苒走近不解地问："团座，下着雪，干吗不进帐篷？"

邱忠林坐在一个马扎上，嬉笑着说："大小姐有所不知。若在帐内，一个炮弹过来，还不把我们全报销了？来，来，坐下，我们边吃边说。"

火堆上，一个特制的烧烤架上摆满了烧鸡、卤肉，被火烤出的油不时落在一堆死火上，冒出短暂的火苗，散发着诱人的香气。

曹振海给林潇苒让了座，自己蹲在一旁，嘴里含着口水："团长，这都是哪里弄来的？"

二营长伸手扯了一条鸡腿，咬了一口，含糊不清地说："跟着咱们团长，有酒、有肉，就是没有女人。"话刚出口，看着旁边的林潇苒和郭凤，急忙改口，"我，我无意冒犯两位大小姐。"

邱忠林喝着酒，笑骂："八成陈云鹏这小子的阴魂附在你身上了！"

"我开玩笑呢。"二营长身子往后一缩，对林潇苒客气地说，"别介意，我是有口无心。"

"你们吃吧，我不饿，想回去看一下地图。"林潇苒从河堤来的路上已经想出了一个过河的理由。

"不许去。叫几位营长过来不是填饱肚子，而是商量下一步如何进攻。大小姐看见了什么，想说什么，但说无妨。"邱忠林说着离开火堆，招手示意大家围坐过来，问，"你们怎么看？"

三营长埋头吃着，问："看什么？哦，知道了，团长问的是为何共军拱手把这条河让出来。是吧，团座？"

"按照常规作战，无论如何也不该放弃这道唯一的天然屏障。难道对面的陈赓不知道，过了这条河前面就是一马平川？而且在兵力、装备都不占优势的情况下，如何阻挡我们？除非——"钱进庄把话留在了嘴边。

邱忠林瞪了他一眼，骂道："有屁就放！你一个人憋着，让大家着急！"

"除非陈赓是咱们校长的一枚棋子，在这个关键的时候被起用了。"

"你还真放屁了！他娘的，我若是校长安置在共军内部的棋子，这个时候被起用还差不多！那陈赓是什么人？就是骨头生锈了冒出的粉渣还是共产主义！哎，曹营长，你好像有心事？"

曹振海把手上一个没吃完的鸡翅扔了，双手在地上比画着："你们看，这是浍河，我们在这边，共军呢，一点儿踪影也没有！从目前的态势上明显看出，这条河是故意让我们过的！这是为何？我也是黄埔出身，虽然是陈赓的学弟，但对他的军事思路多少有点儿了解。经过我和李政在前沿侦察，确认两公里以内没有任何防守。问题来了，他这么做目的何在？"

钱进庄思忖着说："我分析，共军有可能连宿城也放弃了，理由是，阻击我们就是为了粟裕部围攻黄百韬兵团于碾庄。现在，黄百韬完了，所以陈赓的阻击任务也完成了，因此连宿城一起让了。"

邱忠林默然摇头，看着林潇苒说："大小姐，看你心里有话呀，说来听听。"

林潇苒蹲下来，手指在雪地上画着："首先，我不认为共军会舍弃宿城。稍有军事常识的人都知道，得天下必得中原！共军攻占宿城绝非为了阻击我们驰援黄百韬的十二兵团，而是要拦腰切断京浦铁路大动脉，致使徐州成为孤城，然后围而歼之。我提醒诸位长官，浍河对面目前只是刘邓十余万人，可是，粟裕部不下五十万人，而且大胜之后气势如虹——从碾庄到这里，不足两天的时间！接下来，谁还能说我们对面只有十多万共军呢？因此，共军绝对不会放弃宿城！"

"高见！真乃一语惊醒梦中人啊！以往我军屡次败给共军，都犯下一叶障目的毛病。大小姐——"

钱进庄话还没说完，就被急不可耐的邱忠林打断："你打什么岔，听大小姐说！照这么说，既然共军不会放弃宿城，那为何不守浍河？"

林潇苒稍做停顿，按了一下胸口说："我现在是共军指挥官——开始考察地形，第一感觉就是死守浍河，绝不让国军过河。那么问题来了，在这样广袤的平原上，双方都没有秘密可言，一切行动都在对方的视线内。正如刚才长官们分析的那样，论装备，共军整个中野也抵不过十二兵团一个军。重炮之下，有多少人可以生还？好，就算采取添油战术，又有多少人可以填充进来？因此，我不会死守。可是，我可以利用这条河流，把劣势转换为优势。请看——"指着雪地上画出的河流，继续说，"我把部队后撤，撤到国军炮火射程之外，在这里修筑隐蔽战壕，静候国军第一轮炮火打击。之后，国军发起地面攻势。单等国军过河抵达前沿阵地，我先是用炮火覆盖，然后来一个反冲锋——结果是什么样，不用我说了吧。这还不算完，那些隐蔽在战壕里的伏兵突然出击，国军进攻部队在炮火中死伤大半，哪里还有还手的机会。接下来，我命令部队以极快的速度打扫战场。一个交锋下来，非但没有伤亡，而且缴获了大量武器弹药。"

众人听着，一个个瞠目结舌。钱进庄片刻回过神来："大小姐的意思是重武器过河？"

"这正是共军希望的，因为他们打击的重点就是重武器——放弃这道天然的屏障不守，等的就是重武器过河。届时，国军的重武器没有展开，只有挨打的份；一旦所有的重武器被摧毁，共军立刻会扑过来扼守浍河。"林潇苒笃定地说。

邱忠林听着，手中的酒壶掉下，忽地站起来："走！去师部！"

林潇苒急忙起身拦住："团座，听我把话说完，再做决断也不迟。"

二营长把地上的酒壶捡起来，刚要喝却被邱忠林一把夺下："娘的，就知道吃喝，简直活脱脱一个猪脑子！你，你，还有你，你们都用心听着。接着说！"

"团座，你去见师长只是说出对目前战势的分析，要知道，长官们不缺分析，缺的是眼见为实的情报。"

林潇苒刚要把话题引向侦察上，钱进庄把话接过来："团座，你若这么直接向师部汇报，师长会再向军长或者直接向黄长官汇报，那这么重要的军事分析与一团就没有半毛钱关系了。"

邱忠林用疑惑的目光盯着钱进庄说："仗打赢了对谁都好，想这么多！不过，你说的也是实话！可你想过没有，老子就是一个团长，动不得一兵一卒，更别说如何排兵布阵了。"

钱进庄晃着一只举起的手："大小姐分析得有道理。师长那人，团座还不清楚？他听了你的话，十之八九会说'你管好一团就行了，共军怎么想的，上面什么打法用得着你考虑'，然后，把你撵走之后再向兵团汇报。团座，先别急，听大小姐把话说完。"

曹振海激动地掏出烟来，给每人递了一支，精神抖擞地说："孙子说：'知己知彼，百战不殆。'我们现在说的仅是一种猜测，若想进攻顺利，必须要派人过去实地侦察。"

邱忠林还没听完，手一挥："拉倒吧，你怎么来共军这一套了？对方是什么意图，明天枪炮一响什么都知道了！"

曹振海忽地站起来说："我们以往的失败就是不想知道对方的真实意图，等一旦知道了，不是变成鬼就是成为人家的俘虏了。团长既然这么想，那这个营长老子还不干了！你另选高人吧！"说完转身就走。

"站住！你他娘的敢对老子这么说话，信不信老子一枪崩了你！"

钱进庄急忙起身拉住曹振海："你也是，怎么可以如此无礼？坐下，大家再商量一下！"

"商量个屁！派人过去侦察，这是老子能做主的吗？狗拿耗子多管闲事！"邱忠林气得用力踢了一下摆在地上的食物。

"团座，曹营长毕竟在上层混过，有些想法可以理解。不过，我觉得他说的话多少有点儿道理。我知道你此刻的心情，想及时把大家的分析上报。不过，若是再拿着一份对方的炮兵阵地图，那上面会怎么想？"钱进庄搅和的口吻。

邱忠林气得笑出了声："奶奶的，还没睡就做梦了。"

"团座，你都认为是做梦，那共军也一定会这么想——国军怎么可能偷偷摸摸地过来侦察？这也是他们做梦都没想到的事。我们就是要在双方都认为不可能的情况下，做一回真实的梦让黄长官看看。"李政不知何时站在了旁边。

邱忠林为难地挠头："他娘的，梦成了，老子就是神！不成呢？只怕连鬼都做不成了！"

李政双脚合拢，敬礼："团座，梦成了，你成神！不成，我做鬼！我愿意前往！"

"你，你小子不会另有所图吧？"邱忠林眯着眼。

这一刻，所有人似乎都停止了呼吸。

李政冷笑了一下："也许吧，你该等我提出要求之后再这么说。"

"你他娘的还有什么要求？说！说！"

"我请求王家裕与我一同前往。"李政看着正在啃骨头的王家裕说。

邱忠林也歪过头来看了一眼王家裕，身体松了下来："也是，别人去，老子还真不放心，你李政去老子一百个放心。咱先把话说好了，万一你回不来，老子还会像对待陈云鹏一样，当什么事也没发生。"说着，见王家裕无动于衷，抓起一把雪掷了过去，"耳朵塞驴毛了？"

王家裕把骨头丢下，拿起地上的酒壶大口喝了几口，咬牙切齿地说："我当兵这么久，还没服过谁。刚才听了大小姐一番话，打心里佩服！佩服到骨子里了！团座，我在你眼里只不过是一个会拳脚的卫兵，可你知道我心里想的是什么？这个仗若是还照以前的样子打，打成什么结果我不知道，只知道什么结果都与您无关。团座啊，我们兄弟跟着你干，图的不只是酒肉，而是升官晋级啊！那怎么升？前提是你得升，兄弟们才有机会。说了这么多，就是一句：从小就听长辈说'不入虎穴，焉得虎子'，兄弟我愿意跟李政连长一起过河！"

钱进庄目光异样："王家裕，没看出来，你也是位胸怀大志的汉子啊！"

二营长急忙端起酒杯冲着王家裕："兄弟我敬一个！来！"说着，一口把半茶杯酒干了，抹着嘴唇，"若是团座同意，我愿意与你一起过河！"

邱忠林双手揉着脸："他娘的，老子豁出去了！李政，老子还有一句话，这次若是成功了，老子把团长的位子让给你！若是回不来——"说着看着王家裕，"我权当什么事都没发生！"

李政深吸一口气："属下明白！王排长，我们先研究一下行动方案，之后再向团座报告。"

钱进庄摆手："就在这里说吧，我和团座还有三位营长都可以出谋划策。"

邱忠林看着一言不发的林潇苒，问："大小姐什么意见？"

林潇苒眼见事情按照自己的构想进展，一颗悬着的心终于有了着落，同时对李政提出让王家裕参加行动感到惶恐不安，推辞说："我只会纸上谈兵，对具体的行动不敢妄言。"

"话不能这么说，你思路开阔、缜密，尤其是这次侦察行动更需要慎之又慎。大小姐一定要不吝赐教。"钱进庄说。

邱忠林一脸反感："你拽什么拽？大小姐，你的话我愿意听，说！"

"那我就说了。侦察最要紧的是隐秘，去的人不宜多，而在于精。说到隐蔽，首先要乔装，不能穿军装前往。乔装的好处在于，对方一旦发现，不会直接开火，这样就留下足够的应对时间。其次，要有接应。就是说，当侦察被发现后，可以边还击边撤退；如果没有接应，很难安全撤离。我只有这两点建议。"林潇苒这么说，心里想的是，李政带两名自己的人换装侦察，王家裕负责接应。如此一来，李政既可以背着王家裕与解放军接头，同时，有王家裕的参与又可以消除邱忠林的疑虑。

"好主意！他娘的！王家裕，带几个弟兄，去南坪集弄几身老百姓的衣服！"

"是，团座！"王家裕猛地从马扎上跳起来，转瞬消失在火光之外。

"李政，说，接着说。"邱忠林督促着。

"我带两名身手不错的排长化装成当地的老乡，若是遇到共军就说路过，或者找别的理由。不过，待会儿我要熟悉一下周围村庄的名字，看地图怕不准确。"

"这样吧，你带人去一趟附近的村子，找老乡了解一下，这样比较可靠。"钱进庄说。

邱忠林看了一下手表说："时间还早，来得及。李政，按照参谋长说的去吧。老子靠这一仗翻身！"

这时有人过来报告，说师部通知团长、参谋长去开会。

十八

邱忠林刚站起来，二营长也跟着站起来："团座，卡宾枪的事还没解决，正好曹营长和三营长都在，你说句话吧。"

邱忠林摘下帽子，用力挠着短密的头发，看着曹振海，嘴唇翕动几下却没出声。

钱进庄灵机一动："卡宾枪不属于配置，是大小姐临时借给邵正杰的。你们有什么想法跟团长说没用，这事只有大小姐说了算。是吧，大小姐？"

邱忠林恍然大悟地说："对呀！你们两个营长明白了吧？"说着向钱进庄递了一个眼神。两人匆匆上吉普车走了。

曹振海脸上泛出躲避的表情："大小姐，我回了。"

三营长急忙上前拦住他："枪的事没说好，你不能走。"

林潇苒感觉分兵的时机已到，话在心里斟酌着，却总觉得有些突兀，忽然想起来似的："曹营长，我正好有事问你呢。"

"大小姐请说，只是不要提枪的事。"曹振海一脸防范的表情。

"我听说你的一营重组了？别误会，我不关心什么原因，只关心兵站的六十支卡宾枪是否也被分散了？"

二营长听了，一声怪叫："什么？六十支啊！曹振海，不是说只有十支吗？"

曹振海恼怒地说："多少关你什么事？再多也是借的，攻下了宿城是要还的！你们跟着掺和什么？"

林潇苒追问："我问你呢。"

曹振海一脸为难的样子："大小姐有所不知，你指令是借给邵正杰一连的，可是另外几个连不干呀！尤其是李政，我也是没办法才从一连连人带枪调二十名去二连、二十名去三连，然后，二连、三连各调二十人补充给一连。说好了，攻下宿城再各归各的连队。"

"噢，原来是这样。早知道给你带来这么多麻烦，我就不多事了。"林潇苒淡然地说。

三营长似乎看见一线希望："大小姐，虽然你认识曹振海比认识我们早，可大家都是国军呀，你不能太偏心了！你也看见了，一个营为了枪都闹得重组，何况一个团呢！明天的仗不能只靠一营上吧？三个营一起上，哪有武器悬殊这么大的道理？"

二营长急了："大小姐用得着你说大道理吗？我的意思是，一营有六十支卡宾枪，为了全团武器配备合理，不妨学一下曹营长，连人带枪调出四十人，分给我们两个营，我们再补他四十人——不，六十人！规矩不变，打下了宿城再各回各的窝，这样总可以吧？"

"赞成！一百个赞成！"三营长迫切地说。

"这事我无权过问，我只关心借出的枪一支不少地收回来！"林潇苒犹豫的口吻。

"那就好办了！等团长回来，看你曹营长还有什么话说！"二营长如释重负地拍了一下曹振海的肩膀。

这时黑夜里走来几个身影，因篝火已被落雪熄灭，曹振海警觉地问："谁？"

"我！"

林潇苒听出是王家裕的声音，问："衣服弄到了？"

"这么点儿小事，不费吹灰之力。大小姐，进帐内看是否满意。"王家裕说。

三营长说："我们就不过去了，回去等团长。"说着，与二营长一同离开。

林潇苒进了团部营帐，见几名值班的参谋、电信人员伏案瞌睡，小声说："王排长，咱们去一营吧。"

回到一营，见蔡佳奇、邵正杰和许真诚围坐在帐篷内说话，林潇苒关切地问："还没休息呀？"

蔡佳奇看见王家裕手里拎着一个蓝花大包裹，诧异地问："什么东西？"

王家裕没有搭理，把包裹放在桌上打开，拎起其中一件黑色粗布缝制的棉袄，抖了一下说："大小姐，老百姓家里没有多余的棉袄，这三件还是逼着他们脱下来的，有点儿脏，而且一股臭烘烘的味道。"

邵正杰与许真诚交换着费解的目光，接着同时望向曹振海。

"一会儿就知道了。"曹振海说，"大小姐，背过身去，我穿上看是否合适。"

"不用试，我们先研究一下行动方案。"林潇苒坐下说。

邵正杰眼里炸开了烟火，林潇苒知道他是因为王家裕在场，伸手示意众人先坐下。"曹营长，你先说吧。"林潇苒因为王家裕在场而不能畅所欲言。

"呃，团座的意思是由我们营派出一个侦察小分队今夜过河，任务是侦察共军的防御体系。李政连长请王排长参加。情况就是这样。"

蔡佳奇愣了几秒钟，忽然发作："狗日的李政，我看他就是想立功想疯了！今夜过河？为何要我们营去执行这么一个有去无回的送命差事？"

曹振海委屈地说："老蔡，你冲我发什么火，有脾气冲团座发去！大小姐，不是我消极，而是这事本来就不该常规部队做。当时那种情况，我不能说别的。这李政也是，就是一个连长，上峰要怎么打就怎么打，也不知他受了什么刺激，越过我直接向团长报告。"

林潇苒听出曹振海的弦外之音，当即沉下脸来："曹营长！我觉得你自从下部队，整个人都变了！既然你这个态度，我也无话可说。王排长！"

"在！"王家裕肃然站起。

"我还就不信了，死了张屠夫就得吃带毛猪了？咱们走！"

王家裕蔑视的目光从曹振海等人脸上掠过，愤然地把散开的包裹重新包好，拎起时，林潇苒已走出帐篷。

走在雪地上，林潇苒由衷地敬佩蔡佳奇、邵正杰等人的智慧，意识到只有在对邱忠林了解的基础上才敢如此发挥，同时预感到，当王家裕汇报刚才发生的场面后，他一定会雷霆大怒，说："他娘的，翻天了嗨，连老子的话都不听了！"

一路走着，王家裕忍不住说："大小姐，恕我直言，国军之所以一败再败，归根到底就是基层官兵贪生怕死、消极畏战。所以，你也不要生气。"

"我主要是想早一天到徐州上任呀！否则，共军如何布防，我才懒得管呢。"

"大小姐，请放心，只要李政不是孬种，侦察的事不用一营其他人参与也照样能完成！"

林潇苒内心提高了防范，思索的语气："你对李政了解，他这个人怎么样？"

"呃，不好说，以前只觉得这个人古怪、傲慢，谁也瞧不起，唯一的优点就是会带兵。在一团，他带的连战斗力最强，每次战役几乎是零伤亡。不过，自从你来了之后，好像他有些变化，具体怎么回事我也说不清，只是听团座和参谋长闲聊时说起，参谋长原话是这么说的，'李政这小子有变化是因为要讨好一个人——至于这个人是谁，就不用我明说了吧'。团座说：'他娘的，就是癞蛤蟆想吃天鹅肉！'反正了解一个人很难。"

说着话，到了团部营帐前，林潇苒说："我回车里睡一会儿。等团长回来，若是有事你再喊我。"

"我送你过去吧。"王家裕说。

"不用，就这几步路，而且到处都是我们的人。"

林潇苒转身向停车场走去，快到时忽然隐约看见风雪中有一个身影，以为是哨兵，问："怎么在这里放哨呀？"

"大小姐，我在这里等你。"

听出是李政的声音，林潇苒快步迎上去："你回来了？"

"我们过去说话。"李政说着侧身往东走。

林潇苒跟着，小声问："附近村庄的名字都问清楚了？"

"我根本就没去。之所以那么说，就是要找个单独与你说话的机会。"

雪很大，麦田上都是积雪，踩上去发出咯吱的响声。走了三百多米，前面被一条排水沟拦住了去路。

李政停下来问："王家裕回来了吧？"

"是。你为何建议他一道过河？"

"邱忠林这个人生性多疑，如果不让他的心腹参与，想过河根本不可能。大小姐放心，他跟着非但不影响我们与对岸取得联系，反而会起到掩护的作用。"

"你都想好了？"林潇苒惴惴不安地问。

"我写了一封信装在衣兜里，见到那边的人趁机塞给他们。我相信接到信的人不会声张，只能送到附近的指挥所里。信中，我详细说明了一营在第一波进攻时会起义，并且标明了一营的方位。具体做法是在发起进攻的开始，我们会抬高枪口射击，等接近对方前沿阵地，突然向二营、三营军官开火，迫使全团起义。还在信中说明，前来侦察的人当中只有我一人是起义组织的内部人，其余人都是用来做掩护的，请他们一律放我们回去。"

"不过，其中有诸多不确定因素啊！稍有不慎，后果难以预料！"

"这个我和曹营长他们反复研究过了，就算任务失败，王家裕也是注定回不来的！直接的后果是，邱忠林说我是假借侦察实则投敌，接下来对一营可能会采取打散、重组等措施。至于曹振海、邵正杰、蔡佳奇等人，不会有太大的影响，因为他们事先仅知是过河侦察的。大小姐，起义关乎上千人的生死，哪有不冒险的道理。用我一个人的冒险，换得上千人的安全，这个险值得冒啊！"

"道理是这样，可我心里总是忐忑不安啊！"

"我心里也是这样，倒不是因为自己，毕竟我是走进光明，放不下的就是你啊！如果不出意外，明天我们就与国民党分道扬镳了，可你怎么办啊？我站在雪中，拼命地想，怎么能找一个理由让你随进攻的队伍一起上去！可是，脑袋都想得要爆炸了也没想出来！看来，我只能把这个难题交给对岸的长官了。"

"李政啊，别为我担心，毕竟我和熊中尉有护身符。"

话音刚落，隐约传来王家裕的呵斥声："花上尉呢？没见到？不可能！找！给我找！大小姐若是有个好歹，你们一个都别想活！"

李政忙说："你快回吧。我顺着沟岸往南走，绕个大圈再回来。"说着，快步向南走去。

林潇苒本想往回走一段再回应，但担心多一分钟就会增加一分不必要的恐慌，于是双手在嘴上合拢，大声喊："我在这儿呢。"

"王排长，大小姐在东面，你听！"

一个声音隐隐传来，接着停车场亮起一道手电筒发出的光亮，摇晃着向她移动。

"熊中尉，地上有脚印，顺着过去。"王家裕的声音清晰地传来。

林潇苒心里一颤，急忙顺着李政踏出的脚印往南走了几十米再返回。雪地上的脚印出现了徘徊的印记。

郭凤手持电筒，如同在茫茫的大雪中撕开一道裂缝，到了林潇苒近前说："大小姐——"喊声一落，看到地上的印记急忙关了电筒，急切说，"大小姐，为何一个人出来啊？"

王家裕到了近前，忙说："大小姐，刚才我的魂都被吓掉了！"

"关你什么事，滚一边去！"郭凤冲了一句。

"凤姐，怎么不分好歹呀。王排长，是李政回来了？"

"没有，也不知道这小子进村会不会出事，按说早该回来了。刚才参谋长从师部打来电话，说不用等他和团座回来，立刻执行侦察计划。还没等我回话，电话就挂了。大小姐，参谋长这么安排是什么意思？"

林潇苒心里清楚，邱忠林这是想给自己推卸责任提前布局——侦察有了重大发现，功劳是他的；若是失误了，他可以说自己在师部开会，什么也不知道。感觉王家裕在等着回答，她发出一声讥笑："喊，天晓得。"

王家裕思忖的口吻："可能是团长在会上说了侦察的事，得到了师长的赞同？这些缩头乌龟，该杀！唉，急死了，李政到现在还没回来，我恨不得带着警卫排立刻过河！"

"大小姐你看，有一盏马灯好像朝停车场过来了，是不是来找——"郭凤把"王排长"三个字扣在了嘴边。

"我过去看一下。"王家裕说着，身子一闪消失在夜色中。

"大小姐，我发现你对这个畜生的态度来了个一百八十度的转弯，啥意思？"

"李政要过河与咱们的人联系，为了消除邱忠林的疑心，要他跟着。"

"这，这岂不是揣着毒蛇去拜佛吗？"郭凤压低惊诧的声音。

"什么比喻？走吧，是李政回来了。"

"走什么走，你不在的时候，我越想越觉得不对劲儿。呐，明天他们都过去了，我们怎么办？大小姐想过吗？"

林潇莔无心回答，看着风雪中静止的光亮，知道王家裕在与李政说曹振海等人对侦察任务的态度，也大致猜出李政会怎么说——待两人意见达成再一同过来与她商议。

这时郭凤用胳膊肘轻轻碰了她一下："想什么呢？"

"噢，你不是说过吗，'且行且看，见机行事'。"林潇莔说着，见灯开始往团部的帐篷方向移动。

看来，李政不想让她参与过多。林潇莔对郭凤说："回车里睡觉。这冰天雪地的，真冷。"

到了停车场，士兵正从车上卸东西。有个哨兵问："大半夜的卸皮筏艇干吗？""王排长带着警卫排要过河。""过河？干吗？""谁知道呢，找死呗。"

雪夜中一问一答，让林潇莔推测出，李政和王家裕是带着整个警卫排过河。带这么多人不可能深入对方阵地，多半是留在途中接应。林潇莔对这样的安排感到欣慰——邱忠林的心腹去得多，非但不会影响李政与对岸的联系，反而会让侦察行动更加隐秘。

车上卫生队的王军医和另外三个女护士还没入睡，见林潇莔上来纷纷让出地方。

郭凤帮林潇莔脱下大衣，站在车后抖着雪："头一次遇到这么大的雪，等到了天亮，外面还不知是什么样子。"

林潇莔的马靴刚脱下，王军医摸了过来说："棉裤也要脱。上尉，你这车上这么多被子，可暖和了。"

一番忙碌后，林潇莔和郭凤躺下。郭凤小声说："王医生，我觉得有点儿不舒服，像感冒一样。"

林潇苒心里一惊，莫非是下河受凉了？

王军医问："说一下都有什么感觉？"

"嗯，浑身无力，头有些晕，不想吃东西，肚子也不舒服。"

"天呐，别不是得了伤寒吧？"

林潇苒忙问："有药吗？"

"医治伤寒需要麻黄，部队哪有这种药？也有用针灸的。我们这些军医只擅长医治创伤，对内科病几乎是外行。不过，也别担心，等攻下宿县肯定能找到治愈的药物。"王军医话音刚落，外面就响起紧急集合的哨声。

女兵们急忙摸衣服，郭凤说："大小姐，我俩又不是一团的人，不管它。"

林潇苒犹豫片刻说："你身体不舒服，躺着吧。我下去看一下。怎么说也是军人呀。"

王军医第一个跳下车，两个护士也跟着下去了。林潇苒一阵忙乱，还是比她们晚了五六分钟。

团部帐篷外亮起十几盏汽油灯，映照着弥天的大雪。被落雪扰乱的灯影下站着几百人的队伍。

邱忠林身披一件黄色的披风，站在队列前来回踱步，钱进庄在一根灯柱下不时看着表。林潇苒忽然觉得，进没有自己的位置，退丢失军人的品质，只好站在光圈之外，静观静候。

又有一支队列从风雪中跑来。站稳后，二营长上前敬礼："报告团座，二营一连奉命向您报到！"

钱进庄说："你又晚了。"

"属下——"

邱忠林手一挥："也熊吧，不想听你的理由！兄弟们，师部命令：明天七时，向共军发起全面进攻！为了重装备及时跟进，上峰要求每个团要连夜搭建一座桥！一座能过汽车、大炮的桥！叫你们来就是建桥的！具体分工由参谋长下达！"

"一营！"

"到！"曹振海回答。

"喊'到'的各部听着就行了：一营负责水下作业，就是打木桩；二营负责砍树；三营负责运输。听清楚了吗？"

沉默片刻，曹振海说："这黑天半夜的，雪又这么大，天这么冷，水下作业的活不能总让一营干！"

邱忠林冷冷地说："曹营长，你刚来一团，不知道一团的规矩。团部的命令不允许更改！天亮之前，若不能把桥架起来，你这个营长就别干了！解散，执行去吧！"

十九

队伍在一阵口令声中散开。溯光中走来几个身影，隔着风雪传来女兵们抱怨的声音："集合也不说清楚，我们还得跟着挨冻。""这些当官的就知道张嘴下命令，这么冷的天如何架桥？"

"哎，大小姐，你怎么站在这里呀？"王军医走上前问。

林潇苒说："本该过去的，却不知道该站哪儿。"

说话间，一支队伍举着火把从后面跑过来。王军医看着说："这是到车上拿工具的。"

女兵们让开一条通道，让官兵们先过去。

队伍从林潇苒面前经过时，有人忽然惊喜地喊："大小姐！""在哪儿？"许多人异口同声地问。

林潇苒猜测这是李政之前带的一连，有心打招呼却不知道该说什么，只好点头目送队伍离开。

王军医忍不住打了一个寒战说："受不了，赶紧上车！"刚到车前，郭凤探出头来喊："大小姐！"

两个护士刚要上车，抬头看着郭凤，急忙松开搭在车厢板上的手，后退着说："大小姐先上！"

这一说让郭凤反而不好意思了，说："谁先上还不是一样。来吧，我拉你们上来。"

一个护士把手伸过去，不禁惊讶地说："熊中尉，你的手有点儿烫，肯定是发烧了。"

"没事，拉你们上来的力气还是有的。"郭凤说着，把两人拉了上去。

王军医说："我不用，上车上出经验了。"说着，手脚并用上了车。

林潇苒迟疑地昂着脸，借着远处穿过雪花的光亮想看清郭凤发烧的脸，可是只能看见脸的轮廓，担心地问："凤姐，可怎么办啊？"

"没事，就是有些不舒服。大小姐，上来吧。"

林潇苒握着郭凤的手，感觉没有担心的那么烫，说："凤姐，我可以自己上的。"

郭凤撩开后篷布，让微弱的光照进来，好让王军医和护士整理被子。

"好了，大小姐，过来躺下吧。"王军医说着，挪开身子接着整理自己的被褥。

林潇苒看了一眼河堤，纷纷扬扬的大雪中到处亮着汽油灯、马灯，还有几处燃起的大火。

躺下后，林潇苒担心地问："王军医，之前部队搭建过桥吗？"

"建过的。"

"是冬天吗？我担心，这么冷的天，士兵们如何下水作业？"

王军医说："不用下水。开始在水边打下几个木桩，上面搭上树木，然后人站在上面往前延伸打桩，就这么逐渐向河中间延伸。看着挺费劲儿的，真的干起来也很快。别担心他们了，咱们睡吧，明天还不知是死是活呢。"

林潇苒不再说话，要想的事有许多，只是一时不知道该想什么。感觉中，外面的风雪夜下，许多事都在进展中，然而最担心的还是李政去解放军阵地送情报的事。她并不担心李政的安全，担心的是解放军不会相信一个偷着闯过来的敌方连长，理由是诈降。

是呀，一旦一个团的兵力在阵地诈降，等于把阵地撕开一个口子，随之而来的是阵地破防。不用说那些身经百战的指挥员，就是自己也不会轻信的。

看来，在黑暗中待久了，就算一心投奔光明也不是一件容易的事。

林潇苒顿时懊悔起来，正确的做法是自己先过河，见到自己的同志后亮明身份，然后再把曹振海、李政起义的计划向组织报告，这样才能获得组织的信任。

没错，自己离开后就不可能再回来。那又怎么样啊？邱忠林最多怀疑曹振海一人，对蔡佳奇、李政、许真诚等人是不会怀疑的，一团起义会照样进行。

林潇苒难过地在心里对老师说："我犯了一个不可饶恕的错误啊，有可能会让一千多名士兵永远留在黑暗中！"

外面该下的雪一直下着，李政该冒的险还在进行，该砍的树在砍，该架的桥在架，所有的一切都在按照不同的意愿进展，唯有自己的心无处安顿。

几个女兵早已进入梦乡，沉睡中发出的此起彼伏的呼吸声在林潇苒耳边循环不已，渐渐让她有些困顿。她刚迷糊着，外面传来一声呼喊："花上尉，团座请你过去！"

"知道了。"她小声应了一声，然后轻轻地穿衣。

"大小姐，我和你一起去吧。"听声音，郭凤一直没睡。

"不用。"林潇苒期盼是李政回来了。

下了车，林潇苒问车后站着的士兵："团座可说是什么事？"

"没说。王排长他们回来了，可能就是这个事吧。"

林潇苒思想陡然松弛，看了一下河岸，依旧灯火通明，只是砍树的声音没有了，而打木桩的声音显得格外清晰。

走进团部帐篷，一眼看见李政穿着从老乡家弄来的粗布棉衣，正向邱忠林说什么，她忍住内心的激动，怯声地上前："团座，您叫我？"

"大喜事啊！让你过来听一下，帮我分析分析。"邱忠林喝了一口酒，看着坐在桌前苦思冥想的钱进庄，"有屁就放，闷着不难受呀？"

钱进庄愣怔地抬起头，对林潇苒点点头："大小姐请坐。李政，你把侦察的过程再说一遍，不要漏掉任何细节。"

"哎呀，说说说。"邱忠林有些不耐烦。

林潇苒忙说："回来了就好，可有收获？"

"有，只是不太理想，只侦察到，共军阻击阵地设在距离河岸三公里处，更多的就无法侦察。"

钱进庄见邱忠林不住口地喝酒，一脸急切的样子说："过程以后再说。就说那个叫王广财的，怎么能证明他是十二军特务营的营长？"

"证明个球呀！让家裕把他带进来，老子亲自审！卫兵，让王排长把那个自称是营长的家伙带进来！"

"是！"

一声回应，如同惊雷般在林潇苒心里炸响。她隐隐意识到，这位特务营的营长可能是组织派来协助起义的同志！霎时，心潮起伏，激动不已。

帐帘开启，一个二十来岁的人进来。他身材修长、面容清癯、眼若星辰、仪表飘逸，身穿摘去佩章的国军服装，没戴帽子，留着乌黑稠密的青年头型，神色既有军人的气质，又有几分学者气度，而眉宇间荡漾着侠士的味道。

"长官，十二军特务营长王广财！"来人给邱忠林敬了一个标准的军礼。

刹那间，林潇苒精神恍惚了，意识深处一个朦胧的期盼和幻觉突然揭开神秘的面纱——这人似曾相识啊！

邱忠林缓慢地站起，端着一杯烈酒走到王广财近前，上下打量着，胳膊突然前伸，杯中的酒一下泼在他脸上，厉声呵斥："来人！把这个人毙了！"

外面忽地冲进四名卫兵，围上来拉动枪栓。还没等把枪端平，眼前一晃，四人倒在地上，四支冲锋枪全被王广财掠在怀中，随即哗啦几声响过，弹夹落地，枪也落下。

"你就一个小小的团长，没有权力处置我堂堂十二军特务营长！"

邱忠林不动声色："身手不错。"

王家裕闻声带着一群卫兵一窝蜂冲进来："不管你是什么人，都不得在团座面前撒野！"

王广财冷笑："你就是排长？蠢货！难怪你的兵那么熊！"

王家裕被激怒，伸手将枪抵在王广财的额头上："信不信老子一枪打死你！"

"团座，看在党国的情分上，让我给十二军军部打个电话，完了任你处置。"说着，王广财一个反手下了王家裕的手枪，轻蔑地扔在地上。

林潇苒看着，心惊肉跳，忙说："团座，让他打吧，听他说什么。"

钱进庄用眼神向邱忠林示意——让他打电话。

邱忠林朝王家裕摆头："给他要十二军军部。"

帐篷一侧，一名参谋摇动电话。林潇苒感到一阵眩晕，难道这个人真的是国民党的营长？

一个天大的疑问挂在心上，她觉得自己与生俱来的高贵和傲气绽放的从未凋谢的花朵瞬间凋落了，信心满满的花瓣落在地上，随风而去。

"老师，我这是怎么啦？"她在心里呼喊。

王广财走过去拿起电话，带着苏州方言的普通话："你是哪位？我是特务营的王广财。是。你是谁？江副参谋长？我听着怎么不像？你到底是谁？我有重要事情向长官汇报。明白了，是雪天信号不好，那我说话你能听见吗？那好，江参谋长，我的特务营被俘，不是我和弟兄们贪生怕死，而是被自己人出卖了！他妈的，我带着特务营到了武汉兵站，副站长马山河让全营换上清一色的美国造M3冲锋枪，说是为了确保武器弹药路上安全，我们当时高兴得恨不能给他磕头，可怎么也没想到途中遇到了埋伏！我和弟兄们还击，竟然所有的枪都打不响！共军蜂拥而上！马山河这才说：'国军弟兄们，你们枪里的子弹都打不响。'江参谋长，我们国军里究竟有多少共军啊？老子拼了命逃回来，就是要告诉军长——他的特务营不是孬种！也不是饭桶！而是被自己的人出卖了！"

说到这儿，王广财停下来，听着对方说话，片刻后，语气坚定："不！我不能就这么回去！要回也要把我特务营的兄弟一个不少地带回来！是，他们现在都被集中看押在浍河以北大约六公里一个叫李家圩的村子。您说的我也知道，就算是带不回来，那我这个营长死也要和弟兄们在一起！我逃回来的路上遇到了八十五军一团的弟兄，发生误会，我把他们打了——谁知道他们是干吗的！好，好吧。"说着，对邱忠林说，"江副参谋长让你接电话。"

邱忠林上前接起电话，此刻林潇苒心上如同落下一只秃鹫——怎么了啊！你这样的人怎么可以是国民党的走狗啊？你可是第一个把灵魂打碎在地上的人啊！耳边传来邱忠林卑微、献媚的声音："是！是！长官请放心！我一定谨遵你的命令！好，一定的！"

放下电话，邱忠林换了一副嘴脸，嘿嘿地笑着看王广财："老弟，刚才多有得罪。"

"理解。团座刚才那酒味道不错，可惜了啊！"王广财说着，整理着脏兮兮的军装。

"哈哈哈，想必老弟这些日子吃了不少苦头。"邱忠林笑道。

"可不是吗。老共每天只给一个窝头、几粒干豇豆——吃的真他妈的连猪狗都不如。"

钱进庄恍如梦醒："王排长，还愣着干吗？赶紧弄些好吃的，为我们王营长接风！"

王家裕也换了一副嘴脸："一家子，兄弟一直以为功夫不差。"

邱忠林一挥胳膊："拉倒吧你，就你那几下三脚猫功夫，也能算功夫？去弄，把最好的菜都弄来，我要与王老弟一醉方休。"

王家裕退出，林潇苒站起，愤然地说："李连长，陪我去检验一下我带来的那些卡宾枪，别也是都打不响的！"

王广财目光一闪，惊讶地说："呦呵，团座身边竟然有如此靓丽的女兵？"

邱忠林把到嘴边的话咽下，嘿嘿地笑着："来来来，我介绍一下。"

"不用了！团座，你不担心枪打不响，我还担心呢。这个突然冒出来的营长说的话有几分道理，国军里究竟有多少共产党？"

林潇苒说完，愤然离开，身后传来钱进庄的声音："团座，大小姐的脾气你还不了解？她要验枪就让她验吧。李政，去吧。"

出了帐门，林潇苒的心被那只秃鹫叼走了，只觉得满心的污血，昂头看着天，发现雪不知道何时停了。

"走吧，大小姐。"李政出来，先行向西走。

过了通信连的驻地，林潇苒忍不住问："这个人怎么回事？"

"不知道呀。我和王家裕带着警卫排过河后，拉开了距离向北搜索前进。到了两公里处，警卫排的人停下来埋伏，等待接应我们。我和王家裕继续前行，大约走了一公里，不想被埋伏的共军逮个正着。当时上来二十多人，在手电光下，看见我们穿的是老百姓的衣服，才放开了我们。按照事先与王家裕商量好的，若被共军抓住，先送上几块大洋，然后再解释。我借着对方的手电光，背着王家裕把信掏出一半，用手拍了拍，然后装回去。对方一个当官的看着，急忙把手电筒灭了，把手伸过来拿了信，问：'你们是干什么的？'我说是北面李家村的。这时有人呵斥：'胡说！老实点儿！'那个拿了信的人说：'把他们带到指挥部，让首长们审问。'后来，我们被带到一处地下指挥部，王家裕被带到另一处。我进去后，几个长官客气地让我坐下，其中一人说'看了你写的信了，我代表六纵欢迎你们弃暗投明'，接着让我说一下起义发起过程、有哪些人参与、行动方案。我一一说了。另外，我把这次联系的过程，还有距离浍河北岸大约两公里处有一个排的接应兵力都如实报告了。首长听了就没多问，只是说：'为了你的安全，不可轻易放了，先让两名战士看押，大约两小时后，趁着哨兵换岗的时候你们再逃。'后来，我们被押到一处盖着茅草的地坑里。王家裕问什么时候放人，哨兵说：'首长派人去李家村了，证实了你们身份才能放人。'等待的期间，王家裕几次要逃都被我制止了。他说再晚就来不及了。我说放心吧，李家村离这有五公里，这么大的雪来回需要三小时。我看着手表，两小时快到时，听见外面哨兵说换岗，我才对王家裕说行动。上了地坑，看见站岗的士兵刚离开，换岗的还没到，我们这才慌忙逃离，到了警卫排设伏的地方，才听说抓住了一个从共军那里逃回来的人。"

林潇苒听着，一颗沉甸甸的心骤然浮动："李政，有没有一种可能——王广财是组织派来协助我们的同志？"

"这不可能，如果是，他们会告诉我的。你不是亲眼看见了吗，他和十二军的一位副参谋长通了电话。噢，我向组织汇报你是中共党员，一营的起义是在你策划、指挥下进行的。他们问了你的名字。"

林潇苒心里说："老师，您看呢？"

赵红英的面容浮现在心头，略带思索的表情："这个人有可能是组织派来的同志，之所以没告诉李政，是不能确定他的话是真的。一个团战前起义当然是组织所期望的，可是，万一有诈，后果不堪设想。"

林潇苒问："那为何派人过来，而且对李政保密？"

"万一李政说的是真的，而起义之后却把你一个人丢下了岂不意味着舍弃了同志？派人过来，主要是与你联系，其次深入敌营甄别真假。根据我对组织的认知，绝对不会置自己的同志于危难之中而弃之不理的。"

李政说什么，林潇苒没听进去，直到他停下脚步说："你有顾虑直接说，可以吗？"

"就是觉得，王广财若是自己的同志该多好啊！"林潇苒发自肺腑的语气。

"他有什么本事，不就是会点儿功夫吗？战场上，比的不是谁的功夫好，而是枪用得好！"李政不屑地说。

到了一营的驻地，林潇苒看着亮着灯的帐篷，对李政说："他们都在等你呢，你简明扼要地把经过告诉他们。我就不进去了，免得被人看见。"

"好的，那你不要走远了，待会儿还要验枪。"

"这样吧，为了避免产生嫌疑，我这就回去，对他们说，你和曹振海等人吵了起来，我听不下去就回来了。"

林潇苒真实的想法是设法找一个与王广财单独说话的机会——他若是组织派来的同志，一定会向她表明身份的。

回去的路上，林潇苒心潮起伏，想着见到自己的同志后该说些什么，赵红英忽然在她心里说："潇苒呀，不知道怎么回事啊，我忽然觉得这个人可能不是自己的同志。"

"怎么啦，老师？"

"你不觉得他与十二军的通话足以证明他的身份吗？"

林潇苒难过地说："会不会有这种可能，王广财已经关押在我们那边，首长就是利用他的身份让自己人过来的。电话里通话，只要口音有点儿像就不会引起对方怀疑——这个人就是发现了可以利用的这一点。老师啊，就算他不是自己的同志，单凭他对国民党军队的失望，我也想接近他，说服他成为自己的同志。"

"你这样很危险啊！"

赵红英说完，容颜在心头消失，顿时内心一片黑暗。

"大小姐，您回来啦？"王家裕问。

"嗯，你对团座说一声，李政回去后就与曹营长他们发生了激烈的争执，我只好回来。枪不用验了，天亮之后，我统统收回！告诉他们，我回车上睡觉了，谁也别再打扰。"说完，林潇苒径直朝停车场走去。

二十

一阵急促的哨声将林潇苒从梦中惊醒，她忽地一下坐起来，看着坐在身边静静看着自己的郭凤，心疼地问："什么时候醒的啊？为何不叫我？"再看车厢内，王军医和护士们不知何时下去了。

郭凤拿过棉衣披在林潇苒身上，说："她们刚下去。你回来时，周围村里的鸡都叫了。我想让你多睡一会儿就没说话。大小姐，你好像有心事。那事进展得不顺利？"

林潇苒穿着棉衣小声说："顺利，可是我心里总是不安。凤姐——"

"大小姐，什么都不要说了，命就在这里，丢在哪儿算哪儿吧。"

"说什么呢。"林潇苒蹬上棉裤、穿上皮靴，说，"你别下去了，身体不舒服就躺着吧。我下去给你弄些吃的。"

"不，还是下去吧，看不见你急得更难受。"郭凤说着，撩开了篷布。外面白茫茫的，让人睁不开眼。

下了车，林潇苒昂头看了一下灰蒙蒙的天空。雪停了，北风比昨夜更大，一阵追着一阵吹着麦地里结成薄冰的积雪。脚踩着冰雪，发出咯吱的清脆声音。停车场上的雪已被士兵踏出许多脚印，清新的脚印下依稀露着微弱生机。一些在冰雪中苦苦挣扎的纤细翠绿的麦苗，在风雪的蹂躏下把富有生命力的根须扎进了土壤，吮吸着大地蕴藏的温暖。让人联想到，冰雪融化，太阳出来，无边无际的麦苗就会直起身。

"此刻的一营不正如大地上的麦苗吗？所不同的是，麦子的春天还在天际，他们的春天只隔着一条河流。"林潇苒轻声对郭凤说。

这时迎面跑来一名勤务兵，到了近前敬礼说："长官，团座有请。"

林潇苒的思绪被打断了，回了一声："知道了。"

两人到了营帐前，门外的士兵冲着里面喊："团座，两位女长官到了！""进来！"邱忠林的声音传出来。

林潇苒进去后，见邱忠林正在和王家裕说话，犹豫片刻走上前："团座，这么早有何吩咐？"

"坐吧，我让炊事班熬了点儿粥，凉了就不好吃了。来人，把粥端上来。"

"谢谢团座。"林潇苒坐下。

郭凤从卫兵手中接过冒着热气的搪瓷钵，发现王家裕有些紧张，随口问道："听说你去了那边。看不出，你还有这个胆量啊！"

林潇苒发现邱忠林眼圈发黑，困顿得几乎睁不开眼睛，关切地问："团座好像——"

"不是好像，就是一夜没合眼。昨夜听说一营出了点儿问题。大战在即，营长与连长不和是大忌，当即跟参谋长商量一下，把曹振海调到团部任副团长，将蔡佳奇扶正。李政侦察有功，升为副营长。还有王家裕，也是立了大功的，就让他去一营接替李政的二连。你想，这么折腾下来，哪儿还有合眼的工夫。"

林潇苒听着，心猛地一颤——邱忠林这么临时调动，多半是对曹振海起了疑心，或者对他拒绝过河侦察十分不满，才如此明升暗降。

"怎么了？有什么不妥？"邱忠林不经意的语气。

"嗯，不好说。就觉得曹营长晋升了，会不会影响另外两个营长的情绪？"

这时钱进庄进来，见邱忠林一脸呆滞、半睡半醒的样子，说："不会。其实，军官之间为了事务意见不一很正常，说明都用心了。把曹振海提上来是师长的意思，原因是师长与齐克俭站长是同乡，其中的原因就不用明说了。"

邱忠林听着，突然发作，猛地拍了一下桌面："当了副团长也得上！进攻的时候，我当着全团宣布：'由曹振海副团长亲自率队进攻！'"

"行吧，您是团座，一切都听您的。来，吃饭吧。"钱进庄说着，看着王家裕，"怎么不把你那个一家子叫来？"

"他喝多了，醉得不省人事。"王家裕说。

邱忠林用力揉了揉眼睛："这个王广财啊，老子喜欢！王家裕，我可是答应他了，击溃共军后直接扑向李家圩，把关押在那里的特务营救出来！"

王家裕说："团座，我那一家子说的醉话你也信？哦，他说你救出了特务营，他就带着一个营跟你干，这话你也信？"

"我信！别人说的话我可能不信，这个人说的话我信！不说了，吃饭。哎，家裕，我让你去师部领装备的事办了吗？"

林潇苒听着，没当回事。在以后的岁月里，她时常想起这一刻，懊恼得只想一头撞死。假如饭后悄悄跟着王家裕，看见他领的是什么装备，那么，自己的人生将会改写，绝不会遭受那么多的苦难和心酸。

早餐过后，师部传来进攻的时间。邱忠林看着手表，习惯地双手提了一下裤裆："他娘的，老子这一仗是上天赐予的机会，直接决定你我还有一团兄弟后半生的荣华富贵！参谋长，下命令，各营准备进攻！"

钱进庄应声离开，外面一片浑厚、杂乱的喊叫声。

"小陈，你负责团部通信，有了情况，立刻报告。"

小陈坐在另一张摆满通信设备的桌前，立正回应："是！"

邱忠林看了林潇苒一眼说："你跟着，负责接听电话。王家裕，去一营上任前先把王广财喊起来，一起去河堤观战。一旦攻克了共军阵地，就让他带着几辆卡车过去。你们一营全上去，一定要把特务营给我救出来！"

"团座，我早就在帐外等候了。"外面传来王广财沉静的声音。

林潇苒出了营帐，只见王广财一身崭新的戎装，腰间扎着宽厚的牛皮带，上面别着手枪，胸前挂着望远镜，外面披着棉大衣，目光炯炯，精神抖擞，周身散发着不尽的威严，与站在旁边几个缩头缩脑的参谋和指挥连的连长形成鲜明的对比。

邱忠林看了王广财几秒钟，呵呵笑道："天生的将才！走，跟我上河堤！"说着手一挥，率先向前走去。

见一个通信兵背着电台跟在身后，郭凤呵斥："走你的，干嘛跟着？"

"团长说过，花上尉负责这部电台。若是离得太远，一旦上面来了命令，会耽误事的。"

"那就跟着吧。"林潇苒说。

走了大约两百米，距离河岸还有一半的距离，忽听一阵震耳欲聋的炮声响起，大地骤然颤动。还没等林潇苒反应过来，头顶漫过刺耳的呼啸声，吓得她双手捂着头，蹲下来发出惊恐的尖叫。

郭凤先是倒在地上，接着爬起来扑向林潇苒，用身体挡着从头顶飞过的密集的炮弹。

邱忠林见了，哈哈大笑，紧接着大声呵斥："站起来！哪里像个军人！"

尊严、人格在头顶呼啸而过的飞弹中消失了，林潇苒意识中只有一个感觉：下一秒就要被炮弹炸死！"这——这就是战场啊——"瘫痪的意识中冒出一个疑惑。

忽然，一只大手抓住她的肩膀，迫使她身不由己地站了起来。看见是王广财，她想说什么却失去能量的支撑，只能瞪着绝望的眼睛看着他。

"没事的，是咱们国军的大炮，向那边打的，只是从我们头顶掠过而已。"王广财若无其事地说。

林潇苒这才透了一口气，昂头看着。之前的天空不见了，只见急雨般的流星向北飞去，好像漫天的巨大蝗虫。

"啊，他们的啊！"郭凤昂头看着，一时失口。

林潇苒发现身边一个参谋用怪异的眼神看着郭凤，心里不由得咯噔一下，正不知道如何补救，只听王广财大声斥责："你什么眼神？看清了，炮弹是往北面飞的！还'他们的'！他们若有这么强大的火炮，你早回姥姥家了！"

参谋劝解着："长官，跟一个小女人较什么真？走吧，团长已经到河堤上了。"

郭凤意识到刚才的话有多严重，装着惊魂未定的样子，指着飞弹结结巴巴地说："你看，明明有打过来的呀。"

参谋套近乎地上前，伸出双手扶住郭凤的一只胳膊，说："你这是被吓得，看花眼了。也难怪，第一次看到这么大的场面，别说是你了，连我都是第一次。"

"别说废话了！大家跑步前进！"王广财说着，严厉的眼神逼了过来。众人见了，不由自主地往前跑。

炮火还在头顶飞着，林潇苒挽着背通信器材士兵的胳膊，用尽全力往前跑。到了河堤下她已经累得上气不接下气，还没等稳定下来，只见十几米处众多工兵在河堤上挖出一个缺口，不禁疑惑地问："这是干嘛呀？"

钱进庄从河堤上下来，取笑的口吻："吓坏了吧？"

林潇苒羞怯地说："没有。"

"还没有？我和团长都看见了。不错，还能跑路。"钱进庄说着，伸出手要拉林潇苒上堤。

"我自己可以的。"林潇苒谢绝了好意，自己上了河堤。

河堤两岸生长着一排树木，虽然不算茂密，却能遮挡视线，让人看不到对岸的情况。她看着，心里生出一丝喜悦，这样，邱忠林就看不到一营了，可目光从树林上方掠过时，猛然惊觉对岸广袤的麦田一览无余。

炮声戛然而止，大地死一样沉静。林潇苒只觉得耳朵嗡嗡发鸣，看见邱忠林对钱进庄说话，就是听不到声音。这就怪了，刚才炮声那么大，说话的声音还能听见，为何炮声没了，耳朵却失聪了？

郭凤看着她，说着什么。她指了一下耳朵，摇头。王广财走过来，伸出双手用手指捂着自己的耳朵，反复按压。她学着他的动作做了几下，果然有效。

这时，见邱忠林向王广财招手，她不由得跟了过去，隐约听见邱忠林说："老弟，看见了没，共军的炮火哑巴了，全他娘的被我们的炮火摧毁了。你很快就要与弟兄们见面了。昨夜说的话还算吗？"

"算。大丈夫一言既出，驷马难追。都是国军。再说，我与团座一见如故，怎么会食言？"

刚才郭凤失言，多亏王广财打圆场，林潇苒心里再次燃起希望之火，现在看着他与邱忠林亲密的样子，心霎时又凉了。

林潇苒不相信对岸炮火不予以还击是被摧毁了，宁愿相信是为了掩护起义的一营官兵。转身之际，见不远处河面横着一座木桥，堤岸边一下冒出许多树木捆扎的方块，士兵们把方木块放在水面上，转眼间，树林中冒出乌压压的士兵。

忽然顺着河岸跑来一个身影，邱忠林用望远镜看着，脱口而出："奶奶的！眼看总攻就要开始了，二营长跑来做什么？"

钱进庄看着说："可能还是为了卡宾枪的事吧。"

"他娘的！昨晚不是都说好了，一个营二十支！"邱忠林恼怒地骂着。

不一会儿，二营长气喘吁吁地跑到近前："团座，这个仗没法打了。"

"他娘的，不就是二十支卡宾枪吗？没有枪难道就不打仗了？给老子滚回去！"

"不是。刚才，一营突然冒出了三十挺轻机枪，还有二十多个掷弹筒。这还不算，每个士兵都携带几枚手雷。团座啊，你知道这些装备吗？"

邱忠林眼珠子快要瞪出来了，伸手拔出手枪。

没等他说话，林潇苒同时也拔出了枪，恨恨地骂道："曹振海好大的胆子，竟敢擅自动用兵站的装备！熊中尉，跟我走，把这个曹振海就地正法！"

这个举动把在场的人都镇住了，钱进庄率先缓过神来，上前拦住："大小姐息怒，究竟是怎么回事？"

林潇苒怒喊："本来我要将所有的装备随车看护，曹振海这个那个的，说带着会节外生枝，让放在一营，由他负责保管，还趁机提出借卡宾枪的要求。我是看着同僚的情面才勉强答应的，没想到他竟如此胆大！"

"大小姐，我劝过你的，可你不信，这下知道了吧？别跟这些人啰唆，先把那个姓曹的毙了再说。"郭凤冷漠地拔出手枪。

邱忠林傻眼了："嗳嗳，息怒！怎么说曹振海现在也是副团长，我都没权力毙，你们怎么可以啊？"

郭凤胳膊一挥，指向邱忠林，接着一声枪响，吓得他坐在了地上，气急败坏地想拔枪。

林潇苒头一蒙，决心为了一营起义成功，拼死也要把邱忠林打死。不料没等她抬起胳膊，只觉得手一抖，枪落在了王广财手中。郭凤刚要转过枪口，手中的枪被王广财一脚踢飞，扑通一声落在河面上。

有人上前扶起发疯的邱忠林，只见他拔出枪，却被王广财用胸膛挡住："团长，听我说一句，行吗？"

"说说说！"邱忠林满脸肌肉颤抖。

"两位女长官不属于你管吧？她们既然负责那么多精锐武器，想来也不是一般的身份。再说，是你下面的人有错在前，而你不论青红皂白就杀人？是，杀两个女人很爽，可你想过没有，自己的脑袋交给谁？再说了，总攻就要开始了，她们发火，你听着就是了。怎么说那么多精锐武器还不是派上用场了吗？"

邱忠林挺了一下裆："老弟说得有道理。大小姐，恕在下管教无方，冒犯了尊驾，等打完了这一仗，我把曹振海捆了任你处置。来人！送大小姐、熊中尉回帐内休息！"说着，上前狠狠地踢了二营长一脚，"还不给老子滚！"

二营长惶然离开。

这时进攻的命令传来，只见在堤岸树林中待命的士兵蜂拥而下，呐喊着冲上木桥，接着登上对岸。

很快，河对岸涌上大批的士兵。林潇苒看不出哪一片士兵属于一营，更看不出自己熟悉的身影。

三发红色信号弹在上游升空，炸出耀眼的光芒。对岸河堤上的士兵呐喊着冲下河堤，在白雪皑皑的麦田上向前冲去。

林潇苒的心骤然紧张起来，河的上下游一眼望不到尽头，到处是铺天盖地的士兵，一如决堤的洪水——对面的解放军如何阻挡得住啊？

冲锋的队伍继续向前，如入无人之境，仿佛前面根本无人阻击。

钱进庄忍不住了，看着不停提裤裆的邱忠林，疑惑地说："对方怎么还没有反应？"

"这才是最可怕的。共军留出这么一片开阔地就是想让我们的人冲过去，脱离后援，然后再阻击。"邱忠林的身体发抖，气急地骂道，"他娘的，老子建议趁着第一波进攻的时机抓紧时间把重炮移至北岸，可那些老爷们就是不听，担心立足未稳遭到共军炮火打击。这下好了，人家不打炮了，我们尽放空炮——"

话音刚落，北面传来一阵轰隆的炮声，伴随着刺耳炮弹飞行发出的"嗖——嗖"声音。钱进庄惊叫："不好！共军的炮弹向河南岸打来了！"

轰隆几声巨响，河面落下一排炮弹，把河水掀起十几米高的滔天巨浪。

"撤！撤！"邱忠林不再淡定，带头往堤下跑，到了麦地继续逃着。

河岸上所有人都自顾不暇地逃命，林潇苒心里说："太好了，这是我们的大炮掩护起义的一营了啊！"

这时一发炮弹落在距离不足十米的水面上，一道巨浪腾空而起，大量的水花向四面散开。她刚想伸手护着头，却被一只强壮的胳膊拦腰携起，身子快速地移动，但还是没能躲过落下的水花，忍不住"啊"了一声。河水太凉，落在脖子上有着刺骨之感，一瞬间，她还以为自己被击中了。

王广财放下她，拉着她的手向南跑着。

"大小姐——"郭凤倒在河堤下面，浑身湿漉漉的，像刚从河水中爬上来一样。

"我回去，你继续往南跑！炮弹不长眼的！快啊！"王广财吼叫着。

林潇苒担心郭凤被弹片击中，本想回去救她，看着王广财眼里炸出了火星，只好转身朝众多逃命的身影追了过去，一口气跑到团部的营帐前才停下，喘息着看着河岸。

"天啊！她果真受伤了啊！"

看见王广财背着郭凤快速地跑来，林潇苒惊吓地迎了上去。这时，炮声停了，大地安静下来。

"放我下来啊！"郭凤气恼地喊着。

林潇苒扑上去："凤姐，怎么了？"

王广财把郭凤放下说："没什么大碍，只是脚崴了。"

林潇苒扶着郭凤，伸出手抹去她脸上的水，还没来得及说话，从帐篷方向冲过来十几名端着枪的士兵，大声喊着："不许动！谁敢动就地正法！"

二十一

林潇苒的心抽搐了一下，看了一眼王广财，只见他的眼角剧烈地颤了一下，说："这是干什么？都把枪放下！"

指挥连的孟乃胜连长冷笑道："你给我老实点儿，不然就直接开枪！给我绑了！"

王广财扫了一眼围在身边十几名如临大敌的士兵，小声对林潇苒说："没事，肯定是发生了什么误会。先别动手，等见了团长再说，不然——"说着，看了一眼身边的林潇苒，浑身一松，默然伸出手。

两名士兵畏畏缩缩地上前把绳子搭在王广财的肩上，确认他不会反抗，才极快地把绳子胡乱地绕在他身上。

"把这两个女共党也绑了。"孟乃胜下令。

林潇苒担心郭凤反抗，镇静地说："凤姐，让他们绑！我倒要看看，这个邱忠林凭什么说我们是共党？"话虽然这么说，内心害怕到了极点，刚刚还闪在心里的希望像被风刮走了，看着帐篷，感觉面前卧着一头受伤的野兽，正瞪着两只血淋淋的眼睛等着她出现。

这时河对岸东西两侧传来密集的枪炮声，她知道，那些没有起义的部队正在遭受解放军猛烈的打击。

明白了，邱忠林一定是发现一团的进攻区域没有发生激战而心生疑虑。"是，就是这样！不就是一死吗！"她下了决心，忍不住地哆嗦了一下，仰面看着天空，心里悲凉地喊着，"老师！终于要在天上相逢了！"

在捆绑林潇苒和郭凤的时候，王广财回头看了一眼北岸，气恼地说："兄弟，我丑话说在前面，若是因为有了误会就乱来，老子可要加倍奉还的！"

"在下只是执行团座的命令，有什么误会也与我无关。带走！"孟乃胜说。

王广财走着，脸上却毫无惧色："哎，两位是共党？"

郭凤晃了一下身子，想踢王广财，没想到伤了的脚一软跪在地上。两名士兵上前想扶却又不敢伸手，郭凤挣扎着站了起来。

王广财退了两步说："我在那边认识好多共党，对待俘虏可好了。看你凶巴巴的样子一点儿也不像。"

孟乃胜讥笑道："长官，你还有脸说这话——好像当俘虏很光荣似的。"

"呵呵，怎么没脸说。不是吹，被逮住的当天，那边一个大官对我说，'你只要愿意弃暗投明，还可以当营长；你若不信，改天当了俘虏就知道我不是吹了'。"

"我觉得你也是共党——想策反？"孟乃胜一本正经。

说着到了团部帐前，孟乃胜喊"报告"，里面却传来邱忠林哭丧般的声音："师座，我对党国可是忠心耿耿啊！下面人投诚的事，我一点儿也没察觉到，不然的话，您想想，我干吗不跟着过去啊？师座，你得救小弟啊！"

帐帘开了，钱进庄面如死灰地出来，浑身哆嗦地看着林潇苒："好一个大小姐，藏得可够深的！若不是王家裕冒死通报，打死我也不会相信你是共党！"

王广财大吃一惊："参谋长，她是共党，我可不是！为何对我也这样？"

"上峰说，虽然不能证实你是共党派来的，只是来得十分蹊跷。所以，要把你交给十二军，由他们处置。老弟，暂时得受点儿委屈。"说着，看着林潇苒，"不得不说你十分厉害，用分卡宾枪的方式，在同一时间内打死了二营、三营正副营长，逼迫全团战场起义。这还不算，竟然用掷弹筒向左右两翼友军展开打击，造成进攻部队大量伤亡——"

钱进庄话还没说完，邱忠林怪叫一声："跟这个娘们说个屁啊！孟连长，把这两个娘们押到旁边的帐篷，等候师部来人处置。"

"哎，团座！我可不是共党，干吗绑着我？"王广财喊着，一头冲了进去。

帐内传来一声枪声，帐门一侧冒出一丝蓝烟，露出一个弹孔。子弹擦着钱进庄的帽檐飞过，吓得他急忙躲闪。邱忠林歇斯底里地喊着："蹲下！再敢动一下，老子才不管你真假，一枪毙了！"

钱进庄冲孟乃胜挥手。

林潇苒忽然觉得心安稳了，起义的不是一个营，而是一个团！尤其是在没编入解放军序列的情形下，已经给了敌人致命一击！

在众多士兵的押解下，林潇苒和郭凤被反绑胳膊推进了通信连部。帐内只有一张折叠桌子、一张折叠床。孟乃胜安排一个班在外面站岗，帐内留下三名士兵，其中一名是班长。

林潇苒看郭凤一条腿不停抖，说："她腿受伤了，可以让她坐下吗？"班长点头，可郭凤不愿意坐。

林潇苒一心向死的状态开始复苏，看着一脸死灰的郭凤，难过地说："凤姐，我们终于走到了尽头。我是无所谓了，只是把你给害了。"

郭凤蜡黄的脸上就像冬天挂在树枝上的叶子微微颤动一下，终于轻飘飘地落了下来，苦笑一下。这些天刀尖上的生活，再加上疾病，早已耗尽体内的能量，她那明显消瘦的脸上已经没有了水分，眼睛里流露出一种从来没有过的苍凉。

她刚想说话，却被外面的声音打断了："怎么把他也送来了？不是说单独看管的吗？"另一个声音回道："警卫排的人被王排长带走了三个，这里就差不多一个班，团部还要一个班守卫，哪来的人看他？反正两个人也是看，多一个人也是看。"

林潇苒听出来了，被送进来的是王广财。对此人，她已心灰意冷，就算他是组织派过来的，那又怎么样呢？何况，从他暧昧不清的态度看，他不可能是。

帐门开启，被乱绳捆绑的王广财进来了。

郭凤看了他一眼，眼里溢出鄙视，想说什么又觉得多余，把脸侧向一边。

"哎，外面的兄弟，我想抽烟。"王广财把头探出去，"老子和她们不一样，老子是国军的营长，她们不是。你们要对我客气一点儿，不然十二军的人来了，老子才不管三七二十一，先给你们几个巴掌。"

"你都这样了，还敢这么狂？信不信我一枪把你毙了，就说你想逃跑。"班长说。

王广财忽地一下蹿过去，抬起一只脚："来，毙了我！你个狗娘养的，老子一脚踢死你！"

班长并不示弱，把枪递给旁边一个士兵说："还就不信了！"说着动手要打，还没等伸出拳头，王广财身子一顿，一个扫堂腿把他撂倒，上前踏着他说："再动——老子脚只需一动，脖子就不是你的了！"

另外两个士兵慌忙逃了出去，外面乱糟糟地喊着："长官息怒，班长不是故意与你为难，只是职责所在。""别别，我给你烟抽。"

帐帘一动，两名士兵拿着烟进来。王广财余怒未消地往折叠床上一坐，对倒在地上的班长喝道："把老子的绳子解开！"

外面大声呼喊："班长，不能解！""绑着都这样，若是解开了，还不知道会怎么样！"

眼前的卫兵左右为难说："别让小弟为难。这样，让班长伺候你抽，如何？"

"也行吧。"

班长爬起来，小心翼翼地把一根烟送进王广财嘴里，然后划了一根火柴凑上去。

王广财抽了一口说："你小子懂事。等十二军的人来了，你跟我走。"

"谢谢长官提携。"班长被彻底降服了。

"兄弟，你们一团这么一弄，整个十二兵团就全完了。"王广财借着班长的手又抽了一口烟。

"怎么可能！十二兵团有十多万人，我们不过千八百人，怎么就完了？"一个士兵忍不住说。

"小兵蛋子，懂个屁！假如今天一团凭借着强大的火力往前硬冲，结果会怎么样？就凭共军刘邓部下的那些破枪，如何挡得住？一个阵地被攻破，全线都守不住。接下来，整个兵团十几万人就会潮水般地涌过去。我估计，下午就可以夺回宿城。由于你们团的起义——不对，应该叫反水——进攻受阻，黄长官被气得吐血，哪还有心情立刻发起进攻？殊不知，人家等的就是一天的时间——知道为什么？来，来，怎么没有眼色，再抽一口。"

班长急忙拿过剩下的半截烟，再次送到王广财嘴边，急着问："为何？"

"因为呀，他们在等粟裕的五十万大军！华东野战军知道？"

"听说过，前不久把七十四师都干掉了。"班长说。

"你只知道点儿皮毛。那粟裕，硬是把张将军的七十四师从几十万大军中像钓鱼一样给钓到孟良崮上，一个不留地收拾了。还有，就在前几天，把黄百韬兵团围在了碾庄，结果也是一个都没跑出来。收拾了黄百韬后，下一个是谁？算了，你们啥也不懂，说了也是白费口舌。"

"说吧，反正闲着也没事。"门外嚷嚷着。

小半截烟刚被送到王广财嘴边，他立刻猛抽几口。班长重新点了一支烟递了过去。

"看在你懂事的分上，我就告诉你吧。下一个就是咱们！你们还别不信，不然，刘邓为何明知道火力不及我们反而拼死阻击呢？目的就在等粟裕的五十万大军上来。你们可不能小看粟裕的五十万大军，论装备一点儿不比十二兵团差，而且远远超过我们。呵呵，用你们团长一句口头禅：'他娘的！'早知道这样，老子就不逃了，在那儿还不是当营长？"

外面的士兵挤进来，有人想说什么，只是相互看着都不愿意先开口。林潇茜意识到王广财在引导这个班的士兵，这才从心里确信，这个王广财不是敌人而是组织派来的同志。

她看着王广财在思忖着，忍不住参与进来："就你？解放军会用你当营长？"

王广财扭过脸："我一看你就不是共党。人家那边，官兵平等，士兵之间亲如兄弟，而且，官越大态度越和蔼。"

班长好奇地问："王营长，你见过多大的官？是团长还是师长？"

"嗨！我见过陈赓！"

林潇茜小声嘟囔："吹吧你。"

"我没吹！当时，他说他是陈赓，我就翻脸了，骂他忘恩负义，说：'蒋校长对你那么好，你被逮住非但不杀还放你了，如今党国有难，你竟然领兵来打！你就是一个不忠不义的小人！'"

"啊？你不怕他毙了你？"有人问。

"我就是想激怒他，然后把我毙了。可是，没想到人家一点儿不生气，说，'你只知其一不知其二，我当年也救过他的命，我与他谁也不欠谁的'。"

"王营长，那陈赓和总统有过命的交情，为何非得离开？"班长瞪着疑惑的眼睛。

"我也是这么想的，就问了。陈赓说，在广西攻打陈久明的时候，北伐军在前面拼命，他发现蒋校长竟然在收听上海的股票是涨还是落，心里就凉了，觉得一个人一旦爱钱，心里怎么可能有家国情怀，当时就下决心要离开。哎呀，跟你们这些小鱼小虾说什么家国情怀。他妈的，说句心里话，老子后悔了，不该逃回来的！"

班长的脸瞬间绷紧了："想不想回去？"

"什么意思？老子都被你们绑了，还想个屁！想的也是等十二军的人来接我！哦，想起来了，刚才在团部，听见团长与师部通话，师长说要把一团剩下的人全毙了才能向国防部交代。你们呐，想着如何留着吃饭的家伙吧。"

班长听着，愤怒地拍了一下床沿："有我们这些当兵的什么事？日他娘的，我若是知道，肯定跟过去了。哎，长官，我们兄弟都打内心佩服你，可不可以把我等带走？"

"去哪儿？"王广财心不在焉地问。

"你去哪儿，我们就去哪儿！"班长和几个士兵异口同声。

这时外面进来一个士兵，慌兮兮地说："我发现孟连长和几位排长在一起商议什么，我估计可能是——"说着，嘴向北歪了歪。

班长恳请地说："长官，你过去吧。我听得出，你也不想回十二军了，怎么说也是被俘过的。我听说十二军对待被俘的士兵就是一个字——死！"说着，动手要解王广财身上的绳子。

"哎，别动，这绳子对我来说就是个样子！孟连长若是看我松绑了，还不吓得拔枪？我就这么过去。"说着，对林潇苒正经地说，"女共党，你都看见了，我过来可没做一件对不起你的事，到了那边可得给我说句公道话。"

林潇苒激动地说："时间紧迫，快去快回啊！"说着，泪水潸然落下。

王广财想说什么又忍住了，瞥下惊鸿的目光离开。

班长歉疚地说："长官，你们还得委屈一下。"

"没事，你们最好出去吧，尽量不要让邱忠林的人看出什么。"林潇苒说。

班长听着，示意七八名士兵离开，刚想说话，外面突然传来密集的响声，不禁问："怎么回事？"

外面回应："咱们东西两翼又开始进攻了。"

郭凤忍住脚疼，说："还商量什么呀，一刀把邱忠林宰了，咱们过河就是了！"

班长说："这事不能急，只要孟连长一声令下，河边警卫排那几个人不够我一梭子打的。"

这时外面传来脚步声，班长警觉地问："什么人？"

"警卫排的——两人。"

班长小声说："长官放心，若是来带你们的，我直接干掉他们！"

脚步声停在了帐外。一个声音问："你们来做什么？"

"钱参谋长让来的。"陌生的口音。

"怪了，你们不是团长的贴身警卫吗，怎么听参谋长的了？"

"你们不了解团里的情况，表面上看，参谋长对团长毕恭毕敬，可私下里尽往灶里塞湿柴火。就在团长与王家裕通话的时候，他悄悄派了亲信，直接去军部汇报这里的情况。"

林潇苒听着，大吃一惊，附身在班长耳边窃语："军部离这儿不到三里地，那个报信的半小时就到。军部一旦听了汇报，立刻会派人过来抓人——赶紧把这个消息告诉王营长。"

班长惊慌地站起，出去说："去撒尿。你们看着！"

帐内静得让人窒息，凭直觉，就算立刻逃走也不一定能安全归队，原因是，北进的国民党军队照样会被击溃，接着往河南撤退。万一遇上了，不是万一，而是一定会遇上，那将是什么结果？

帐内再次安静下来，郭凤恢复了活力，脸上泛着一层红晕，凑近了说："大小姐，转过身，看可能把绳子解开？"

林潇苒刚要转身，外面传来一声惊呼："团长！"

林潇苒的心一下悬了起来，这个人怎么来了？两人只能坐在床沿上。

邱忠林的声音传来："你们几个都上河岸，防止有人偷袭。"

"是！"一阵混合的回应，接着传来离开的脚步声。

邱忠林的声音再次传来："参谋长，我们分开问话。你问熊中尉，花上尉交给我！"

一瞬间，帐内的空气被抽空了，林潇苒意识中闯入一个可怕的意念——坏了！

帐帘开启，邱忠林阴沉着脸进来，对郭凤说："你出去！参谋长问你话，你要老实回答！"

郭凤怒斥："有什么话就在这里问，我哪儿也不去！"

外面一声断喝："把这个女共党带出来！"

钱进庄话音刚落，进来两名刚换岗的士兵，不由分说上来抓郭凤。

"我跟你们拼了！"郭凤拐着一条腿与士兵厮打。林潇苒站起来，无奈双手被绑住，想用脚踢却被邱忠林拦住。几个挣扎过后，郭凤喊叫着被拖了出去。

邱忠林脸上的肌肉开始发颤，抖出了一地的淫邪。

林潇苒心里呐喊："同志啊！你聪明一世却糊涂一时，怎么可以丢下我啊！"

邱忠林揉了一下胸口，扭过头对外面说："不管里面发生什么事，你们只管站岗！若是有人上前，不用报告，当即射杀！"

"是！"听回声，外面有十几人。

"这也许就是命中注定了的。"林潇苒心里对自己说。可是，自己可以死，绝对不能接受侮辱！硬拼显然无济于事，唯一能做的就是拖延时间，等待王广财营救。她强迫自己镇静下来，对正在脱衣服的邱忠林说："团长，我知道在劫难逃，别无他求，只想说几句心里话。"

"说破了天也没用！你把老子逼到了绝路上，临死也得快活一下。"邱忠林说着，把裤子脱下来。

林潇苒大声喊："外面的弟兄，你们家里也有姐妹，难道能看着被畜生不如的东西糟蹋吗？"

邱忠林扑过来，一下把林潇苒按在身下，脸上肌肉抖擞，双手颤抖，急吼吼解开她的腰带。

林潇苒凄惨地喊着："救我啊！我可以死，但不能被这个畜生糟蹋！"

外面有了异动，邱忠林大声喊："兄弟们，这事过了，每人赏二十大洋！"

林潇苒奋力反抗，无奈双手被绑，只能用嘴趁机啃咬，可是被一条有力的膝盖压在胸前，不管如何挣扎，始终不能阻止一双脱她裤子的手。

就在她耗尽全身力气的时候，外面突然传来一阵枪声。

二十二

林潇苒头一蒙，第一次有了灵魂出窍的感觉。脱离身体的灵魂仿佛一道光束向帐外飞去，看见王广财被一阵乱枪击中，胸口、腹部被子弹穿透，鲜血从弹孔内喷出来，身体开始摇晃，哐然倒下。

她的灵魂扑过去，呼喊着想把他抱起来，可是感觉自己如同一阵轻风，只能伏在他身上，钻入冒着血浆的弹孔内。

"啊！"她终于听见了自己的声音，只不过是一个没有灵魂的肉体发出的哀鸣。

忽然压在身上巨大的石头离开了，她大口吸足一口气，那缕游离的灵魂随着进入胸腔的气息回到体内，依稀听见一声喷血的怒斥："你这个畜生！"

是他——王广财的声音！

她睁开眼睛，看清了——

她已经没有能量供自己分辨闯进来的王广财是人还是鬼，只想看他如何制服这个光着屁股的畜生。

邱忠林顾不得穿衣服，跪在地上求饶："兄弟，饶了我！我有钱，我给你拿，就在上衣兜里！五百万大洋，存在武汉银行！都给你！放了我！"

还冒着青烟的枪口抵在邱忠林的脑门上，林潇苒心里喷出一股火焰：开枪啊！开枪！

遗憾的是，声音没能穿过喉咙，只能在心里炸开。

邱忠林双手摆着："留我一条命，我送你们过河！"

林潇苒再吸一口气，终于发出声音："把枪给我啊！"

王广财刚要把枪递过来，邱忠林身体一滚，双手在地上的衣服上摸索。王广财纵身一跳，双腿夹住他的上身，两只手卡着他的头用力一扭，只听一声断骨的脆响，畜生的头歪了下来。

"郭凤呢？"王广财惊呼起来。

林潇苒刚想下床，忽然发现自己光着下身，羞恼地斥责："出去啊！"

王广财慌忙蹿了出去。林潇苒胳膊一动才意识到双手还被绑着，羞极而泣，喊道："进来啊——呜呜——"

王广财慌张进来，压低了头："你——转过身去——"

林潇苒起身跪着转过身，担心臀部暴露，急忙跪坐着等王广财过来解开绳子，接着，胳膊一阵被绳子勒紧的剧痛，绳子从背后断开，可是她不敢动，气恼地说："凤姐被参谋长带走了，你快去救她啊！"

身后没有回应，林潇苒心头一颤，慢慢地扭过身，只见帐帘在轻微晃动。她想尽快把衣服穿上，可是两只胳膊失去了知觉，怎么也动不了，于是拼命地扭动上身，焦虑的意识中泛出羞怯的懊悔——该让这个冤家帮我一下，反正他什么都看了——

"也不知道凤姐怎么样了。"她在心里哭问。

一阵焦急在血液中激荡，忽然间，胳膊有了知觉，手也开始有了麻痛的感觉。她咬住牙，开始穿裤子。下地的这一刻，一只脚踩在了邱忠林的手上，霎时吓得跳开，知道躺着的是一个死人，心里还是感到一阵惊凉，一会儿担心他死而复生，一会儿担心他的鬼魂还在。她勒紧腰带后，看见他一只手旁露出枪把儿，头皮吱吱作响，积蓄全身的能量，弯腰拿起手枪，指向一动不动的躯体，闭上眼睛用力扣动扳机，可是没有打响，这才想起赖一天教过的，"开枪之前要打开保险——就这个"，于是把保险打开再次开枪。

一声枪响，子弹打在了哪里，她没看见，反而退了几步坐到了床沿上。这一声枪响让她筋骨寸断，原来，杀人和被杀都在同一个声音里。看着邱忠林，发现他前面的棉衣冒着烟火，不由得想起他死前说过的话，说不出是什么力量促使她走近了，用枪管挑开棉衣，发现里面有一个衣兜。她把手指伸进去，触碰到一个皮质的夹子，急忙掏出来，脑子里泛出——五百万大洋都是兵血，我代表组织没收了！

她把皮夹塞进大衣兜，刚要离开，一口恶气再次顶了上来，双手握着枪，对着尸体一连开了三枪。

这次她没有闭上眼睛，看见子弹打在一条赤裸的大腿上，炸开的弹孔不停地往外冒血。

"这是你罪有应得的下场！"说着，她把枪扔下。

出了帐门，发现周围站了许多人，看表情都没有敌意，她惊吓的心安稳下来，说："我们一团已经成为解放军独立旅下属的一个团，团长是曹振海。我希望一团的人不要分开！"

通信连的孟乃胜连长和几名排长小声交流了几句，问："长官，我们现在还算起义吗？"

"算！我用党性和生命保证，此刻留在这里的所有一团官兵都和已经过去的官兵一样！"

顿时七嘴八舌，说什么的都有，其中让林潇苒无法回答的是："北岸到处都是在撤退的国军，而且军部对这里的情况已经了如指掌，就这么百十号人，如何能安全脱身？"

正当不知如何解答时，王广财扶着郭凤过来，看上去她受伤了，处于半昏半醒的状态。林潇苒急忙迎上去说："这个问题让王广财答复。"

"哇，原来，他也是共党啊！""难怪这么厉害。"

"你公开身份了吗？他们也想起义，只是有些问题我回答不了。"她一边说一边急着扶郭凤。

王广财手一松，郭凤的身子软软地坠了下去。林潇苒惊呼"凤姐"，跪坐在地上，紧紧搂着她不住地呼喊。

郭凤眼泪涌了出来，面如死灰，像临死之人最后的遗言："大小姐，你没事吧？我没对不起老爷的托付。"

"姐啊，别这样啊。你伤到哪儿了啊？"

"伤？还不如死了干净！大小姐，我不能再伺候你了！对不起！"

"你告诉我伤哪儿了？那边卫生队的人都在，她们可以救你的。"

林潇苒说着要喊人，却被郭凤伸手挡住嘴，说："我，我是不想活了，也不能再活下去了——"

"你？"林潇苒恍然，想问"你被糟蹋了"，忍了一下，说，"这怎么可能啊！你会武功的，我都没有，你怎么会啊！"

郭凤有气无力地说："都怪我这只脚不争气，偏偏崴着了，用不上力气。那个畜生用枪把猛击我的头，我昏过去了。"

林潇苒悲愤交集，哭着说："姐，其他话都不想说也无须说，你若不想活，妹妹会跟着你走的。"说着把脸压在郭凤胸前，失声恸哭。

哭声引来了王广财。他蹲下来紧张地问："怎么啦？"

林潇茛昂着告别人生的扭曲泪脸，说："你，不要管我们了，你带他们走吧。"

王广财吐出一口闷气，蹲下来抓过郭凤那只崴了的脚。郭凤竭力想抽回来，无奈被一双铁钳一般的手钳制住。王广财把她的鞋子脱下来，接着扯下袜子，露出一只莲藕般白净的脚。他的手指在脚踝骨处摸了几下，厉声道："你是一名战士，所有的一切都交给了国家、人民！因此，革命战士可以承受伤痛、失望，包括侮辱！否则——"

林潇茛只顾听他说话，没注意到他手腕一动，发出一声骨骼碰擦的声音，接着看他为郭凤穿好袜子、鞋子。

"没事了，可能肌肉还会有些痛，但不影响走路。"

孟乃胜过来，惊讶地说："长官，你怎么什么都会呀？"

一名参谋说："对功夫绝顶的人来说，这算什么。"

话音未落，正南方一千多米的雪原上移动着一队身影。孟乃胜望着说："师部派的一个加强营来接管一团的防区。王长官，你到底是什么人？"

王广财站挺了身体，神色笃定、语气庄严："本人杨德简，现任淮海游击支队队长。我奉六纵首长命令，假借'王广财'之名潜入过来，任务是保护花一枝、熊冬梅两位同志。现在，她们尚且在危险之中，我的任务还没完成，所以暂时要与你们分开。"

"不可以！你不管了，那我们怎么办？"

一个参谋说："刚才花长官都说了，我们这些人也算起义——共产党说话得算话啊！"

孟乃胜低声呵斥："安静！我替杨——杨队长说。刚才，我和几个排长听了杨队长的分析，这个时候我们不能有任何行动，因为两侧都是敌人，我们又不是作战人员，只要一有行动就会被人发现意图。我们这些人打没有战斗力，跑也跑不过作战人员——结果就是死！杨队长指示，我们先以静制动，接受外来兵力的管理，等待时机！"

杨德简动情地说："弟兄们！我以共产党的信誉担保，一旦两位同志脱离险境，我会回来的！"

孟乃胜看了一眼四周："杨队长，恕我直言，河面的桥被炸了，所有的皮划艇都在北岸，你们根本过不去，不如留下来。两位女长官就当是报务员、护士，你——也没关系的——十二军的人来了，我就说你又逃走了！"

"对呀！"三位排长、一位参谋纷纷点头。

杨德简胸有成竹地说："不用过河，我对这一带非常熟悉。孟连长，诸位弟兄，后会有期。"说着，给林潇茛、郭凤使了一个"跟着走"的眼神，就要往河堤走。

孟乃胜一脸的担心："不可以的。刚才我让人去河岸看了一下，到处都是边打边撤的国军，先不说如何过河，就算过去了也是凶多吉少！"

"孟连长放心，我不会让两位同志冒险的。"

林潇苒刚要扶郭凤，只见郭凤腰一挺，试着跺了几下脚，眼里掠过一丝惊讶，用极低的声音说："真的能走了。"

孟乃胜取下挂在脖子上的冲锋枪，双手递过来说："你用得上。"几名排长也纷纷掏出手雷递了过来。

郭凤主动接过来，把两个大衣袋装得满满当当的。

"弟兄们，大家原地不要动，这样才不会引起附近国军的注意。等军部的人到了，他们问什么，你们都如实回答。"

孟乃胜问："若问你们三人的去向呢？"

"一样如实回答，说我们过河了。"杨德简说着，招手往河岸走去。林潇苒和郭凤紧随其后。

林潇苒边走边观察郭凤崴的那只脚，发现开始有点儿异常，走了不到两百米基本上恢复了正常，不由自言自语："这个队长呀，他既然能治，早干嘛了？"

"大小姐别怪他，是我不好意思，在河边他就让我脱鞋，我还骂了他。唉，我后悔得都想一头撞死！若是让他治——"郭凤话说不下去了，泪水止不住往下流。

"快点儿！"杨德简已经上了河岸，站在树林中向北眺望。

林潇苒拉着郭凤的手跑上了堤岸，抬头北望，一眼望不到尽头的麦田里散乱地走动着往回收缩的败兵，有的被担架抬着，有的被同伴架着，还有的被中途丢下，不知道是伤势太重死在了途中，还是因伤痛不能再坚持行走。

"哎，杨——你说这个时候，若是我们的队伍杀过来，这些残兵败将还能回得来吗？"

"国军巴不得让我们追过来，然后一阵炮火覆盖，让我们有来无回。"

"呀！"林潇苒不知道该怎么说，目光投向宽阔的河面。刚才架起的浮桥都被炮火摧毁了。不远处，上百个工兵正在不紧不慢地重新架桥，一些早早退下来的士兵在河北岸或站或坐或躺，有几处竟然在赌博，嘴里大声喊着点数。

"走吧，我们往东走！"杨德简四周查看了一番说。

"我觉得还是这个地段比较安全。再说，大白天的，我们只能从浮桥上过去。"林潇苒总觉得过河基本没有希望，至少现在。

"别说了，速度要快！一旦接防的那个加强营赶到，不久就会过来搜索，我们就没有脱身的机会了！"杨德简说着，看了郭凤一眼，命令的口吻，"你们把大衣脱了给我！"

林潇苒已经感觉到郭凤大衣里的手雷太重，见她很不情愿的样子，说："脱！"郭凤这才顺从地脱下大衣。林潇苒也脱下大衣。两人同时把大衣递给了杨德简。

跑了一千多米，前面被一条支流挡住。林潇苒气喘吁吁，看着支流的对岸，不由得倒吸一口凉气——隔着十几米的水面，站着三十多名端着冲锋枪的士兵。

杨德简装着没看见，指着林潇苒大声怪罪："你不是说看见她往这边跑了吗？人哪？"转脸一看，镇静自若，"兄弟，有没有看见一个女兵往这边跑？"

对岸士兵这才放松警惕，一个少尉嬉笑着说："嗨嗨，长官，我怎么觉得是你想带着两位女兵私奔？"

郭凤出其不意地掏出枪指着他："放肆！"

对方骤然紧张，做出防范的姿势。

杨德简忙拦住郭凤："中尉息怒，就算这个报务员跑了，责任也由我承担。"转过身说，"兄弟，你们也是八十五军的吧？是这样，电台的一个女兵不见了，有人看见往这边跑了。情况万分紧急，她身上带着密码本，万一投共，我们这边就没有任何秘密了。"

少尉骇然，认真地说："真没看见。半小时之前还见你们防区有人巡逻，不知道为何都撤了。"

杨德简焦急的样子："不多说了。她会不会顺着这条小沟往南面跑了？"

"不可能，南面是八十五军军部，她既然想跑一定是往北面跑。"少尉说。

杨德简急得搓着双手，傻傻地问林潇苒："你看下一步该怎么办？若是现在回去，那军部的人过来，还不——"说着，用眼神向南面示意。

林潇苒恍然，泄气的口吻说："既然不能回去，那就找呗。反正你说了，责任你负。"

"那，"杨德简对小溪对岸的士兵说，"兄弟们，帮我看着点儿，若是发现女兵，一定把她给我逮住。"

"哎呀，逮谁呀？"少尉问。

杨德简唉声叹气地顺着小溪往南走，走了一百多米，回头看着小溪口那边的士兵不见了，急忙让林潇苒和郭凤下来，弓着腰，挨着冰面跑。

这样跑了一会儿，林潇苒开始发慌，因为已经听见了南面军马的嘶鸣声，还有一阵急促的哨声，忍不住说："杨——不能再往前面跑了呀。"

"接着跑！"杨德简一边跑一边不时抬起头往两边查看，到了前面一条更小更窄类似于田间排水沟的沟前，急速地往右拐了过去。这是往西的方向，至于是否安全，林潇苒心里没底，可至少这样会撇开军部。

排水沟太浅，为了不暴露，杨德简尽量压低身子，几乎是跪着往前爬。林潇苒和郭凤跟着，照着他的动作往前移动。

过了两百多米，杨德简停下来，谨慎地向四面观望，然后缩回来坐下说："北面六十多米处有一片坟地，那里有我们挖的地下室。只要安全进入坟地，我们就脱离险境了。注意，待会儿不要一起走。我先走，过三分钟再走一个。走的时候不要太快、太急，什么事也没发生的样子，像去方便。明白了吗？"

林潇苒突然紧张起来，"嗯"了一声说："知道了。"

杨德简站起身，站在沟边伸了下懒腰，然后晃悠悠地走开。林潇苒在心里读秒，到了两百下说："姐，你上吧。"

"不！我断后！"郭凤说着推了她一下。

林潇苒站起来，两腿发抖，想故作镇静地四处看一眼，却没有足够的勇气，只能直视前方，踉跄地踩着厚雪覆盖的麦苗，向着不远处一片生长着茂密杂树林的坟地走去。

接近坟地时，她的心几乎跳出来，走过一道越冬的低矮的松柏树围成的屏障，看着一座座高大排列有序的坟墓，一股神秘的力量突然袭来，无形中冲淡了对四面敌情的恐惧。

"安全了！不要怕，快过来！"杨德简从一座坟头边探出半个身子向她招手。

说不清什么原因，林潇苒眼前出现邱忠林死后的样子，只觉头皮在吱吱作响，心里冒出一句："那个死鬼不会也找到这里吧？"

她走过去，看见一片杂乱的草丛中露出黑黢黢的洞口，冒着温热的气体。

"等郭凤过来再下去。"杨德简说着，警惕地向四周观看。

林潇苒不由得向外观望着，目光透过稠密的树丛，外面的一切被切割成零星的碎片，就连郭凤过来的身影也模糊不清。

郭凤走过来，担心地说："周围全是敌人，我好像看见几个人往这边来了。"

杨德简笑了一下说："尽管过来。我先下去，你们接着下。"

郭凤看着洞口问："这里有多大呀？"

"放心，大着呢。有一次，我带着二十多名队员在这里整整过了三天。"杨德简说着，双手按着洞口边沿，身子一纵，两脚伸入洞内。转眼间，整个人消失了。

二十三

片刻，洞内传出杨德简的声音："下吧，照着我刚才的动作，双手按着洞口，把脚放在梯子上，很安全的。"

郭凤说："我先下。"

林潇苒看着她干净利落地下去了，低头往下看，竟然有了微弱的亮光，映出立在洞壁一个窄窄的木梯，抬头向四周巡视着，一座座坟堆释放着摄魂的寂静，想说"下面不会有棺材吧"，话到了嘴边，换成"我不会盖洞口呀"。

"你先下来，我上去盖。"杨德简仰着半人半鬼的脸。她不清楚为何有了"半鬼"的意识，浑身散发着凉气，忘了标准动作，坐在洞口把颤抖的双腿伸下去。

"哎哎，等一下。"下面传来杨德简含着责怪的声音。

林潇苒知道自己双臂撑不起身体，只能用双肘代替，支在洞沿上，用脚尖触碰梯子。忽然，一双手抓住了她的双脚。

"放心下！"杨德简说。

林潇苒感觉到一双手托着自己的双脚，索性把两只手举起来，任由身体往下坠，接着一下失控，顺着梯子直落落坠下。

"呀，大小姐！你没事吧？"黑暗中传来郭凤的惊呼。

林潇苒吓蒙了，一动不动地等候惊飞的魂灵归来，当感觉身下是趴在地上的杨德简时，霎时电击一般地跳了起来。

杨德简翻了个身慢慢坐起来，歪头看着受惊的林潇苒，欣慰地说："看样子没摔着。"

"对，对不起！"林潇苒发出的声音连自己都没听见。

杨德简活动一下双臂，从地上跃起，噌噌地踩着木梯上去，探出半截身子，然后小心翼翼地把洞口上的盖子盖上，洞内涌下的一道亮光也随之消失，眼前一片黑暗。

"好了，我们安全啦！你们先别动，等我把过道里的灯点上。"

郭凤摸索着过来，双手抓着林潇苒的一只胳膊："大小姐——"然后没了下文。林潇苒知道她想说"外面的人不会发现我们的"，或者想说"今天若不是他，我们还不知道是什么下场，有一点是肯定的——活下去是不可能的"。

黑暗中传来一声火柴的摩擦声，接着，一豆火苗在一只大手上亮起。几米处的地隧中，一个身影在地上拉出一道长长的影子。第一根火柴灭了，黑暗再次吞没了一切。当第二根火柴闪烁时，地隧的砖墙上露出一个方形的台面，上面放着一个黑色的碗，碗口上伸出一条棉絮。当燃烧的火柴靠上棉絮，棉絮犹如从沉睡中被唤醒，炸着火星，渐渐亮了起来。

"等下，我把里面的灯也点着。"杨德简说着，慢步往前走。

林潇苒和郭凤好奇地走近洞壁台面上的油灯，看见半碗灯油、一条棉絮、一豆亮光。她嗅着淡淡的灯油燃烧过发出的香气，心里说："简直就是另一个世纪。"

"大小姐，你看！地道壁上，还有下面铺的，全是陈年旧砖——这里是一座古墓吧？"

林潇苒顿觉毛骨悚然，点头说："不然哪里弄这么多古代的砖头？"

"你们过来吧。"地隧深处传来杨德简的声音。

郭凤声音颤颤地说："大小姐，不怕！我们连死都不怕，还怕什么古墓！"

走了十多米，地隧的右边有一个岔道口。杨德简站在三米开外，身后是宽敞的地室。室内的灯光再次把他的身影投放在地隧里。

看见了地室，林潇苒更加紧张，害怕里面摆放着的棺椁里面的亡灵，每走一步，都有种灵魂被抽离的感觉。

"进来吧，我去把壁室的门关上。"

"还有门呀？"林潇苒不敢进地室，转过身看着杨德简走到地隧的岔口处，从一侧拉出一扇沉重的木门。

门被拉出了一半，竟然像被卡住了似的。郭凤见了急忙过去帮忙，林潇苒不由得跟上前。木门外面是一层薄薄的古砖，看上去像每一块砖都被切成两半。若是把门关上，从地隧中根本看不出这里藏着一个地室。尽管两人用尽全力，终究没能把封门关上。

"算了，这门从来没关过，下面估计锈住了。"杨德简想把门推回去，一个人怎么也推不动，郭凤和林潇苒上前助力。三人费了很大的力气才把门推回隐蔽的壁内。

内室让林潇苒目瞪口呆：大约六十平方米的长方形房间，四壁全是古砖砌成，房顶的下檐与砖墙连成一体，看不出衔接的痕迹。墙高两米，厚度让人难以揣测，站在墙下如同被一堵坚固的城墙挡住去路。

林潇苒左右看着。古砖虽然大小不等，其间镶嵌着长短不一的青石条，但相互间严丝无缝，像一座从远古遗传下来的城堡，盘踞沉睡了千年，不事张扬，但细瞧又显庄严，有凛然的禅意藏在里头。

拱形的房顶显得巍峨，先由低向高，再转低，造型透着峥嵘、轩峻，与墙体合拢后反而略显粗朴。墙根由大块岩石随势而砌，形似虎皮，得自然之气，丝毫不见穿凿，朴拙而不落俗套。

林潇苒疑心，这座古墓的修建者一定是位世外高人，或者是在古寺名刹修炼过的人，不然，怎么可能在一顶之下、四壁之上汇聚出一种饱含禅意、原始苍凉的意境。

林潇苒的灵魂出窍了，在室内游荡，耳边传来郭凤的声音："杨队长，这里以前是古墓吧？"

"不是，是前辈们修建的。"

杨德简的回答让林潇苒震撼，有点儿不敢相信地说："怎么可能啊。"

"大小姐，这是做什么用的呀？"郭凤走到一个古砖砌成的大约三米长的台子前问。

"可能是睡觉的炕吧。"林潇苒也没见过，只是听有位北方同学描述过"炕"的形状。

"没错，是睡觉的大通铺。"杨德简说着，蹲下来打开炕壁上一个小木门，从里面掏出用雨衣包裹的东西。透过重量和鼓囊的形状，林潇苒猜出是类似被褥的物品。

一包接着一包，连续掏出四包，杨德简才站起来说："打开吧，晚上全靠它了。"

"没关系的，我们不是有棉大衣吗？"郭凤虽然这么说，还是动手打开了。

林潇苒转过身，发现正对着炕是砖头砌成的类似长条桌，台面铺了几块拼接而成的石板，条纹宛转，乍一看以为是画出的图案，不禁问道："你说的前辈是？"

杨德简跳下炕，走到东墙下，打开靠墙一个长条矮柜，看着里面说："是我父亲那一辈。"

好像话题太沉重，无需对外人说详细，他愣了一下，转移话题说："这里面备着水、干粮，饿了可以充饥。"接着走到西墙边摸着，在某处用力一推，露出一个窄小的空间，"这里面放着一个马桶——"

"哎，都是狗皮褥子啊！"郭凤抖开一块狗皮褥子，展示着。林潇苒听得出，她是要掩盖"马桶"的提示。

杨德简仿佛被一柄无形的利剑刺了一下，恍然走过来将褥子紧紧抱在怀中，整个人被哀痛击中。"这个不能用。"他说着把狗皮褥子放在炕上虔诚地折叠起来。

"怎么啦？"林潇苒看着另外几条褥子，愣愣地问。

"这些褥子，是我们杨氏家族的女人们一针一线缝制的——一次也没用过。"杨德简鼻梁突然一阵抽搐，眼里全是辛酸难忍，忽然意识回归似的，歉意地看了林潇苒一眼，"不说了，还是用吧。你们上炕休息吧，我上去看一下周围的情况。"

林潇苒脱口而出："我们跟你一块去。"

"不用。我要沿着刚才进来的地隧一直往前走，打开一扇暗门，再进入另外一个地道，然后从西面的那片坟地上出去看一下。"

"就是说，这里不止一个出口了？"郭凤欣喜。

"是。你们就在这里休息吧，我看一下就回来。"

看着杨德简离去，林潇苒当即冒出一层冷汗，看着墙壁上的油灯惊颤颤地说："这灯会不会灭啊？"

郭凤也露出胆怯的神色，缓缓走上前想看看碗里还有多少灯油。"大小姐——"话还没说完，灯头忽悠地闪动了几下，吓得她急忙捂着嘴，后退了几步才敢说话，"还有大半碗油。只是，不能靠近了，不然，一不小心就会灭的。"

林潇苒浑身发抖，慢慢地坐下，忽然臀部感觉到一个硬物，站起来撩起皮褥子，一个手工缝制的本子露了出来。本子外面是一层牛皮纸，打开扉页，刚劲有力的一行毛笔小楷字闪入眼帘——"杨氏家族修建藏身室事记"。

"什么呀？"郭凤凑了过来。

林潇苒捧着本子，自言自语道："还真的是近代修建的呀。"因为光线灰暗，字迹有些模糊。两人慢慢走近油灯，打开第一页，上面写着：

民国二十七年，五月十九日。日寇动用大炮轰炸宿县。当日，宿城沦陷。据传，日寇入城，奸杀掠夺，无恶不作，满城尸骨，血染护城河。

第二页：

五月二十日。杨氏家族齐聚祠堂，商量应对国难之策。经过商议，一致同意掌门杨继业提议，修建地下藏身之处，以供日寇来犯时，杨家妇孺免遭淫辱、涂炭。

五月二十五日。经多方勘查，决定从炸毁的宿县城墙处，用十辆马车运输砖头、石块，用于修建地下室。

六月一日。地室动工。初想只是为杨氏家族避难，因全体村民强烈建议，扩大地下规模，以供全村妇孺藏身。杨家接受建议。

六月二日。动用二十辆马车、四十辆人力平板车从宿城拉运砖石。一天之内，运来的砖头堆积成山，极为壮观。

两人正聚精会神看着，忽有脚步声传来。林潇苒急忙合上记事本，走到炕前，将本子送进下面的储藏柜里，抬头看着室门，之前那种麦毛的惊悸消失了。

杨德简进来，有惊无险的神色："还真有敌军过来搜寻。他们到处找了一会儿，想放火来着，因为有雪才没燃起来。"

"呀，那洞口会不会暴露啊？"林潇苒紧张地问。同时，脑子里出现一个画面：杨德简从另一处坟地上打开洞口，透过茂密的杂草窥视着一队敌军在他们头顶的坟地间搜寻，手里握着枪，随时准备把敌军引开。

"没事了，上炕休息一会儿吧。"杨德简说着，鞋子也不脱，直接上炕，靠着东面的砖墙闭目养神。

郭凤与林潇苒对视一眼，也不脱鞋，上了炕靠北墙坐着。霎时，室内静了下来，静得唯有各自的心跳声。

"杨——我们是不是就这样一直等到这次战役结束？"林潇苒忍不住问。

"不会的。这么一场千载难逢的战役，岂能躲在这里？"

林潇苒侧过脸，问："你的意思是等天黑之后，我们再想办法过河？"这是她心中期盼的，此刻迫切想见到起义后的一团官兵，于是接着说，"不要担心我和凤姐，我们过这条河不在话下。就在前几天，凤姐在湍急的河水中把二营的一个连长扔进激流中淹死了。她不是从河水中安全上来了吗？这浍河不比那条河宽，而且水流缓慢。只要你能过去，我们就一定能过。"

杨德简惊讶地坐直了，问："是吗？"

"当然啦！"郭凤自豪的口吻。

林潇苒这才想着郭凤还在病中，伸出手想摸一下她的额头，却被郭凤挡住：

"大小姐，我没事的。"

"这么冷的天，我不会让你们下水的。我是这么想的，等天黑以后，我一个人先过去，召集我的游击队对敌军发起攻击，是那种真打。你们不了解，我的队伍有一千多人，个个都是身经百战的能手，搞夜袭更是我们的看家本领。经过这两天的观察，黄维兵团的装备虽然一流，可战斗力连三流都算不上。我的队伍过来一打，敌军立刻会乱成一锅粥。这样，你们就可以上船安全地过河了。"

林潇苒急了："哎呀，不要如此大动干戈！你既然能过去，我们跟着你一起过去就行了啊！"

"不，我这么做不单是为了你们的安全，也是想让我的队员在这次战役中大显身手。行啦，就这么定了！"说完，杨德简背靠墙闭上了眼睛。

沉默了片刻，林潇苒忍不住说："杨——不是有了这么一处藏身之所吗？为何你刚才神情那么凄凉？"

杨德简仰起脸，愣愣地看着室顶说："这不是一句话能说清的，决定这个结果的直接原因是日寇的扫荡，间接原因是渗入杨家人骨子的性格。"

随着杨德简的讲述，在林潇苒脑海中展现出铁血柔情的画面。

一九四一年秋，驻扎在徐州的日军对淮北地区进行了惨绝人寰的大扫荡。当日军在南坪集肆意烧杀、奸淫的时候，小王村村民开始行动起来。杨家人建议妇孺进入地下室，男人留下来保卫村子，可是就在生死攸关的时候，一些村民不同意让男人留下来与日军拼命。由于地下室空间有限，容纳不下更多的人，杨家的女人们决定留下，让十岁以下的孩子进地下室。即便是这样，也不能让全村的孩子都躲进地下室，于是，矛盾越发尖锐，几个家族谁也不妥协、让步，直到日军围上来，所有的商量、妥协都化作空气随风而去。

村民开始四处逃散，多少人还没来得及跑出村子就被日军用刺刀捅死，一些年轻的女人除了死亡的命运还多了被糟蹋的痛苦过程。

杨家人殊死与日军展开各自为战的行动。杨德简的父亲杨继贤把妻子和儿子强行关在自家红薯窖里，在地窖口向妻子叩头："道英，求你，给杨家留下一条血脉吧！我来世做牛做马报答你！记住了，躲在侧洞内不要出来！"随后，用一把大刀与日军拼杀。由于杨家人个个武艺高超，没过多久，把进村的三十多名鬼子全部杀死。可是，很多村民惨遭杀戮。

杨家人在搏斗中有九人战死，多为女人和孩子。掌门杨继业让人清点人数，把躲藏起来的村民集中在一起，准备前往地下室躲避，没想到日军的增援部队乘五辆卡车赶来，这种情况下想全部撤离等于集体自杀。杨继业让杨德简的母亲张道英带领村民从村后伺机撤离，自己率领杨家人主动向尚未进村的日军展开进攻。还没等他们冲出村口，一阵密集的枪声过后，村头倒下二十多名杨家人。剩下的人退回村里，准备与日军展开肉搏战。

后来，村里人经常提起，若不是那样的冒死冲杀，张道英根本没有时间带领五十多名村民出村。当时，日军看见眼前突然冒出一群敢死的乡民，一时不敢贸然进村，正是这个短暂的犹豫，给了小王村劫后余生的人一个逃生的机会。

正值高粱红、玉米熟的季节，张道英带着村民从高粱地穿过，顺利地进入地下室。

说到这里，杨德简低下头，一串泪水落下，接着一拳重重地砸在炕上，震得林潇苒身子一颤。他抹了一下泪水，恨恨地说："当时，若不是那些村民只顾自己的性命，争执不下，杨家人也不至于死得那么干净！"

郭凤忍不住应和："就是呀。"

"小王村的大多数男人都练就了一身功夫，只是没有胆量而已。当时若听从我大伯的安排，让妇孺躲在这里，然后组织起来与日军搏杀，肯定会在极短的时间把进村的三十几名鬼子干掉，然后撤离村子，在庄稼地里与增援的日军周旋。每每想起这些，我就觉得人性的恶远远大于敌人的侵犯。更让我不能释怀的是，那些平时霸气十足的男人，见了日军连路都不能走，两腿软得只能跪地求饶。算了，不说这些了。你们饿吗？"杨德简说着，跳下炕。

林潇苒摇头，忍了又忍还是问："后来呢？"

杨德简昂头看着室顶说："后来，村里人动用了所有的木料，几乎家家把门板都卸了，连天加夜赶制了六十六口棺材，把杨家人安葬在这里。"

"啊？"林潇苒和郭凤同时惊讶地跳下炕，抬头看着室顶。瞬间，灵魂脱离躯体，在室内游荡。

"别怕，杨家人不会伤害你们的。"

"我——哪里是怕啊，是感觉遇见他们的灵魂了啊！杨——"林潇苒转动着身子。

"小王村的人之所以把他们安葬在这里，是因为修建地下室产生大量的泥土，为了掩人耳目，才堆成几十座坟堆。没想到，原本是空坟，到头来却用来安葬了自己。这些坟堆里，有我三个哥哥、两个姐姐、二十一位堂兄、十三位堂姐。他们最大的十九岁，最小的只有十四岁。"

林潇苒听着，不禁潸然泪下："他们都是民族的英雄啊！杨——我为你们杨家人感到骄傲！更为能进入这个英灵安息的宫殿感到荣幸！只觉得，自己的灵魂得到了一次圣洁的洗礼！"

杨德简脸上露出虔诚的静默，说："哪来的洗礼，只不过是为了逃生不得已而已。"

第四章

二十四

闲聊中，林潇苒大致了解到，杨德简今年二十二岁，当地人，家在双堆集南两公里外的小王村；祖父是山西人，以行走江湖教人打拳习武为生。

那一年，到底是哪一年，杨德简的父亲也说不清，因此，记忆里就是那一年——一家七口路过小王村时，正好赶上土匪进村，见东西就抢，见了姑娘、小媳妇先绑了，再扛到房里糟践。

祖父看不下去，带着他祖母、他爹和三个大爷、两个姑姑上前让土匪放人，说东西可以带走、女人不能糟蹋。

土匪大怒，动起手来。

这一打，没用几个回合，三十几个土匪全被打倒，而他们一家七口毫发无损。土匪逃离时发了毒誓：不血洗小王村就是狗娘养的！全村人都吓傻了，几个大户人家更是吓得哭天喊地。就在祖父一家要离开时，全村三百户老老少少全跪在地上，哀求多住些日子。

村里的首富相中了杨德简的父亲、时年二八的杨继贤，当众宣布，愿将在徐州女子中学读书的女儿许给他，接着动员邻村几个大户，每家出二亩良田送给杨家人。共有六家大户凑成了十二亩良田。为了便于耕种，在村里族长的主持下，原本十二亩分散的地集中在一起，分散的地调给其他农户。另外，没有出地的富裕农户也写下承诺书：杨家的十二亩土地由三十多家农户承担所有的农活。

如此盛情，终于留下了杨家。

小王村的安全有了保障，非但如此，附近几个村几乎所有的后生都来杨家拜师习武。从此，南坪之南，罗家以东，几年之间成为习武之乡，土匪乡霸、泼皮无赖销声匿迹。

交流中，林潇苒把自己的家境做了简单的介绍。杨德简听着，恍然地说："我说呢，他们怎么都称呼你大小姐。"

"他们？是曹振海、李政他们？我可没明确告诉他们我的真实身份，只是他们凭感觉认定而已。"林潇苒说。

"那可以对我明确吗？"

"当然可以。"林潇苒进而把入党的时间、老师牺牲的过程以及接受指派去武汉完成潜伏任务的事全对杨德简说了。忽然，她想起了信物，下意识地用手摸了一下腰间，顿时蒙了，惊吓地说："杨——请你避开，我——"

杨德简误以为她要方便，急忙跳下炕离开。

"怎么啦，大小姐？"

"天啊，我与组织联系的信物不见了啊！"她带着哭声解开腰带，慌乱地把棉裤脱下来，看着短裤上缝着的方布，半边不知何时炸线了，惊骇地一下把方布扯下——那枚隐藏的银圆真不见了！

林潇苒"啊"的一声，跪下大哭。

杨德简猛地冲了进来，郭凤愣了一下，急忙用身体挡住，脱口骂了一句："不要脸，滚出去啊！"

杨德简贼一般地转过头，逃命般出了地室。

"大小姐，哭有什么用啊，这活人还不如一个信物？快把衣服穿好！"

林潇苒哭声戛然而止，眼里喷出仇恨，咬牙切齿地骂："邱忠林，你这个畜生，对我怎么样都可以忍受，可就是不能弄丢了我的信物！不可以！我要回去找，死也要找回来！"说着，整个人犹如一团燃烧的火焰，急火火地穿上棉裤，用力扎紧腰带，一下跳下炕往外冲。

郭凤跟着下地，到了地室外，被杨德简挡住了去路，问："什么事？"

林潇苒吼着："你别问！"

杨德简严肃地说："林潇苒，不，林潇苒同志，我们现在是一个战斗整体，我受组织派遣来保护你归队，有什么事，我必须知道！"

林潇苒哭着说："杨——组织给我的一枚银圆，是特殊的——我的身份要靠它证明，可是丢了啊！我能不找吗？"

"就这事？我以为什么重要的机密丢了呢。若是关乎地下组织的安全，我不但同意去找，而且会动用整个支队的力量过来，不惜一切代价去找。原来只是证明你的身份？林潇苒同志，你的行动就是最有力的证明！再说了，那枚银圆仅限于隐蔽战线，现在你已经回到被我们解放了的地域了，那个信物已经失去了存在的意义。听我的，不能出去！"

"可是，话虽这么说，我如何向组织证明？"

"你怎么就不明白？这样吧，归队以后，你加入我们支队。我提请党委，任命你为女子中队教导员！如何？我现在以淮海支队党委副书记的名义命令你，一切行动听指挥！"

"你还有女子中队呀？"林潇苒问。

"有，而且她们个个擅长马背作战，若是夜袭，她们六十人的战力可以虐杀国军一个团！行啦，你的身份我担保了，回去吃点儿东西吧。"

林潇苒听着，心稍稍安定下来，同时也意识到，此刻出去等同于送命。

回到地室，杨德简从柜子里拿出一些林潇苒从未吃过的食物——主食是生红薯，辅食有炒制的黄豆、蚕豆、花生，还有芝麻盐。

郭凤看着，轻声道："就这？怎么吃呀？"说着，伸出两个指头捏起一颗蚕豆放进嘴里，轻轻咬了一下，发出清脆的嘎巴声，"嗯，好吃，味道不错。大小姐你尝一下。"随即捏起一颗送进林潇苒嘴里。

原以为很坚硬的蚕豆，没想到如此清脆。

杨德简拿起一把刀削红薯皮。看着红嫩嫩去了皮的红薯，郭凤眼里溢出"一定很好吃"的光亮，还没等皮削完便伸出手说："我尝一下。"她接过红薯轻轻咬了一点儿，嚼了一下，只觉一阵甘甜水汁溢满整个舌尖，不禁欣喜地点头，连声道："好吃，好吃，像水果一样！来——"对林潇苒宽慰地说，"大小姐，吃点儿吧，不然，出去后如何过河呀？"

杨德简削好了第二个红薯递给林潇苒，放下刀，用手指捏着黄豆，嘎嘣地吃着。"只要能吃得下东西就能耐下心来。哎，你们喝酒吗？"

"我从不喝酒。"林潇苒摇头。

"其实不是纯粹喝酒，主要是这些食物放了很长时间，喝点儿酒可以杀菌，而且能防止拉肚子。真的。"

郭凤动心了，晃动着眼神："也是呀，我本来肚子疼，生怕影响我们过河。大小姐，要不少喝一点儿吧。"

说起过河，林潇苒恨不得生出一双翅膀，立刻飞到杨德简的女子中队，不禁茫然地点头。

杨德简从柜子里拿出三个土窑烧制的黑碗，一个西瓜大的白瓷坛，打开木质的盖子，先倒了盖碗底的酒，在手上晃动着，让酒沾遍碗内，接着把酒倒进第二个碗内，晃了晃把酒泼在地上。

"这酒劲儿大，给你们少来点儿吧。"说着，他往空碗里倒酒，眼看倒了小半碗才问，"可以吗？"

"啊，还以为是你的呢。我们怎么能喝下这么多？"郭凤说着，把小半碗酒分成两碗，端起来递到林潇苒鼻子下面。林潇苒嗅了一下，顿时一股浓烈的酒精气冲入肺腑，止不住咳嗽。"这哪里是杀菌呀——"她想说"分明是杀人"，不知为何却说不出口。

郭凤看着酒，运了一下气："我先来——"说着端起酒，好像喝药一样，闭上眼睛一口喝下，接着，体内好像胀满了气体，不住地张嘴吐气，"大小姐，为了过河，喝吧！"

林潇苒惊慌地看着她，问："什么感觉呀？"

"烧得难受，像着火一样。不过，我难受，想必体内的病菌更难受。"

"既然这样，那我豁出去了。"林潇苒端起酒，也想学郭凤一口喝下，可酒刚到嘴里感觉轰地一下烧了起来，禁不住全吐了出来。"水！水！"她捂着嘴喊。

杨德简掏出另一个稍大些的坛子，倒了半碗水。林潇苒看着疑惑地问："不会是酒吧？"

"不是。"杨德简把半碗水递过来。她接过碗嗅了一下，先小口抿了一点儿，感觉到水的甘甜才一口接一口喝下，回头想问郭凤要不要喝水，却见她跪在地上，把脸埋在胳膊间好似睡着了一样。

"她不会是醉了吧？"林潇苒问。

"大小姐，我没事的，就是头昏昏的，脸发烧，胃里像烧火一样难受。"

"听她说话的声音没事，过一会儿就好了。"杨德简盘腿而坐，像个打坐的出家人——不协调的是，他给自己倒了满满一碗酒，一边喝着，一边就着黄豆。

林潇苒靠着炕沿，随口问道："杨——你是如何参加革命的？"

这一问，引出一段往事，随着诉说，在她的脑海中浮现出活生生的画面。

一九四六年秋，十九岁的杨德简正在浍河边捕鱼，忽然传来枪声。他丢下渔网上岸观望，只见从西面跑来一个身影，后面两百米外追来十几名保安团的人，一边追一边鸣枪。忽然，一颗子弹打在他前面的树干上。他看着冒着白烟的弹孔，顿时怒气横生，想教训一下保安团这些无恶不作的匪兵。

逃跑的人到了近前，看了他一眼。杨德简也看他。这人好像教书先生，三十来岁，脖子上围着一条黑色的围巾。两人对视了几秒钟，杨德简发现他肩膀在流血，还没等他说话，对方取下围巾走过来："小兄弟，求你把这条围巾收好，千万不能落在后面的追兵手中。我死之后，有人会来取的。"

杨德简脱口而出："不就十几个兵痞子嘛，干嘛要死呢？围巾你戴着，后面这些人交给我。"

可能是流血过多，被追的人靠在一棵树干上，眼里露出绝望的神情。

追兵到了近前，刚要拿人，杨德简不动声色地说："等一下，没看到这里不止他一个吗？"

为首的头目这才发现杨德简，刚要发火，定神一看，急忙走过来："呦，这不是师弟吗？"

一听声音，杨德简才认出来，此人叫孙明远，南坪集人，曾经拜杨继贤为师。虽然多年不见，但靠声音认出了彼此。

"师兄呀，你怎么干了这个差事了？"

"师弟，哥现在是保安团长了！"孙明远拽着身子，猛地看向被追捕的人，大声呵斥，"给我绑了！"

几个团丁正要动手，杨德简镇静地说："慢，师兄，这个人不能绑！"

"为何？"

"他是我二姐的老师，专程来找我的。你说，我能让你把他带走吗？"

孙明远面带愠色："师弟，这话只能对我说。你知道这是什么人吗？中共派往怀远县的县委书记，大名鼎鼎的王友明！他来找你，莫非你是共党不成？"

"什么党不党的，我只知道他是我二姐的老师！"

林潇苒听着"王友明"三个字，心一下狂跳起来——会不会是李政的教官啊？她不想打断杨德简，继续听他说。

"你胡说什么，你二姐死了多少年了？她在宿城女子中学读书的时候，王友明那时潜伏在中央军校当教官，怎么可能是我二妹的老师？好，就算是，可他现在是政府要犯，别说你一介乡民，就是我这个保安团长也不敢放了他。绑了！"

几个团丁还没等把绳子掏出来，杨德简闪电一般一顿拳脚把几个人放倒，然后拍了一下手，挑衅的口吻："师兄，多有得罪。"

"浑蛋！你找死啊！"随着话音，孙明远的手枪指了过来。

让他意外的是，杨德简飞起一脚把枪踢飞了，不客气地说："若不念你是我师兄，直接把你弄死！敢拿枪指我，是你找死！"

孙明远自知不是对手，软了下来："师弟呀，别为一个共党要犯伤了和气。"

"不客气地说，我早就想伤了！这十里八乡的，哪个村没被你们保安团祸害过？如果不是我娘拦着，我早就找你们算账了，今天在这里遇见了算是天意！我不管这个人是什么党，看着就不像坏人，所以，为了这个人，我豁出去了！你若不服，可以！我们都把师门忘了，生死各有天命！"说着，杨德简一掌打在一棵碗口粗的树干上，只听咯嗒一声，树干断裂了半边。

孙明远吓得大气不敢出："既然师弟坚持，当哥的也不能伤了和气。嗨，不就是一个共党吗？算了，哥听你的。"说着，体内的恶气越发膨胀，从一个团丁背上抽出一把大刀，恶狠狠地对吓得发抖的手下说，"今天这事，若有人敢说出去，下场——"话音未落，手起刀落，断了半边的树干被砍成两截。随着树干倒下的轰然一声，所有人唯唯诺诺，表示什么也没看见。

之后，杨德简把王友明带回家。他娘见了也没怪罪，只是说了一句："担心什么偏来什么！"

杨德简说到这里神色一变，问："几点了？来的时候，我把手表交给副队长了。"

林潇苒看了一下手表，惊讶地说："啊，时间过得好快呀，已经是下午四点二十分了。哎，李政你见过吧？"见杨德简摇头，接着说，"就是昨晚去和组织联系的那个连长。"

"没有。纵队首长并没有完全相信李连长，所以才派我过来一看究竟。我来，首长没有告诉他，我主要是以第三方的身份介入：假如李政所说有诈，我立刻回去，如实向团长汇报；如果起义属实，首长们考虑到你的安全，也需要保护，这才决定派我来的。还好——"

"杨——我要告诉你，李政之所以起义，不是我的原因，而是你救过的王友明同志。"

"这不可能！王友明现在是宿县专区地委书记，也是我的直接领导。这两年我们朝夕相处，从没听说他在国军内部发展过同志。"

"没错，李政还不是我们的同志，但是，在中央军校时，王友明是他的教官，对他影响很大。哎，太好了啊！李政终于能见到朝思暮想的教官了！"林潇苒欣喜地说，接着抑制不住地恳求，"杨——要不，我们上去看一下？"

"我也去。"郭凤身子动了一下，抬起头却不愿意转过来。

"姐，你没睡着呀？"林潇苒走过去。

郭凤双手捂着脸，羞怯地说："哎呀，你别看我。"

"我看一下，不就是脸红吗，有什么不好意思的。"林潇苒握着郭凤一只手，看见一张红得像西红柿一样的脸庞，不由得嬉笑，"这脸像化了妆一样，可好看了。没事的，这里没有别人，让杨——看一下你就自然了。"

"不，不许他看，都是被他害的。"

杨德简站起来，面朝地室门说："好，不看。我在前面走，你们跟着。"

"我想到另一个出口看一下，行吗？"林潇苒说。

"那要走几十米的地道，阴森森地只能走一个人。我担心你们害怕。"

"有你在前面，我们不怕。对吧，姐？"

"就是。刚进来时的确害怕，就觉得毛骨悚然的，现在一点也不怕了，感觉就像前世待过的地方。"郭凤的声音从未有过的温柔。

林潇苒心里一颤，心里说："姐，你不会喜欢上了他吧？嗯，也难怪，一个女子那样，被一个男人看了，大概有一种归属的感觉在不断地发酵吧。"

这样想着，林潇苒心嚯嚯地跳，自己也是那样。"他说没看，谁信呀？我哪辈子欠你的，跑这么远被你看了？"

出了直对着地室的过道，拐入另一条地道。杨德简不知何时弄了个火把，举着往前走。走了不足十米，前面无路了。他转过身，把火把递给郭凤，手在地隧壁上摸着，然后拉出一节粗绳，脚蹬着墙壁用力拽，随着一阵吱吱的声音传出，挡在地道前的墙壁边闪开一道缝隙。随着一下接一下拉动，逐渐闪出一道窄窄的可以过人的豁口。

　　郭凤举着火把侧身而过，林潇苒跟着过去，惊奇地看着这扇隐蔽的门。"杨家的前辈真的是了不起——唉！"

　　走了一会儿，感觉在地心中穿行。林潇苒不免有些紧张："还有多远呀？"

　　"等一下，我在前面走。"

　　这边的地道要比主道窄了许多，一个人走略显宽裕，两个人过空间就不够用了。林潇苒侧着身后背紧贴在墙壁上，以为杨德简也会贴着墙壁紧挨着她的前胸过去，于是闭上眼睛强迫意识脱离，可只感觉小腿被摩碰了一下，听见郭凤问"你怎么过去的"，这才睁开眼睛，看见他已经站在郭凤前面，手里举着火把。

　　"哎呀，过来就行了呗。走吧。"

　　林潇苒低头看了一下脚下，猜测着他一定是侧身匍匐在地，挨着墙根过去的，心里散着不尽的欣慰——看他这个动作，也许那个时候他真的没看。可是，另一种莫名的遗憾弥散在心里——不看，活该前世不欠。

二十五

　　地隧狭窄、阴森，走着，猛然前面闪出另一条岔道。郭凤问："杨队长，这条道通向哪里？"

　　"前边也是一处地室，面积比那边的小了些。"

　　"呀，那我们进去看一下吧。"郭凤说着，轻轻扯了一下林潇苒的衣袖。她只好应了一声："嗯，反正天黑还早呢。"

　　"好吧，只是里面堆满了武器弹药等物资。"杨德简折过来拐进去，打开暗门，用身体挡着说："火把只能放在外面，里面全是军火，万一不小心——"说着将手里的火把递给郭凤，"你就不要进去了。"

　　林潇苒跟着他进去，看见地室里堆满了深蓝色的木质弹药箱，靠着南面的石桌上排放着十几门迫击炮，不禁惊讶地问："哪来的呀？"

　　"这一下说不清。总之，这两年我们游击队与国民党军队周旋，从来没打过败仗。这些弹药，还是徐州剿总动用两个师对我们合围时'奉送'的。当时，敌人非但没能消灭我们，我们反而跳出去，到了兵力空虚的宿城，打掉了银行，端掉了一处军火仓库，然后把物资放进我们设在城里的地下室，趁着敌军回援时绕回去，顺便打掉了他们一个营。从那以后，国民党徐州剿总再也不敢冒犯。"

　　"杨——"林潇苒想说"你真的了不起"，可还有一句话缺乏意识支撑——"若不是你足智多谋，我已经不在人间了！"

　　杨德简用猜度的眼神看着她："你是不是想要一把手枪？"

　　"是呀！"林潇苒脸上露出哀求的微笑。

"可以，我给你们取。"杨德简侧着身子，从高高堆起的狭窄缝隙间挤进去，登上箱子顶，几乎趴在上面，打开一个箱子的盖子，从里面取出两把油纸包裹的手枪，再从另一个箱子里拿出一盒子弹，然后慢慢返回。

林潇苒看着乌黑锃亮的手枪，发自内心地喜悦："这么精致呀！什么枪？"

"勃朗宁M1910。怎么样？我自己都舍不得用。"杨德简说着，用一块擦枪的专用布仔细地擦着，接着从子弹盒子里取出子弹装满弹夹，"小心，别走火。"

"我也要呀！"郭凤在室外说。

"姐，我不要，都得给你。"林潇苒接过枪，爱不释手地看着，乞求的眼神看着近在咫尺的杨德简，"杨——算不算正式发给我们的呀？"

"算。不过，还需要一张支队签发的正式持枪证。等过河后，我一定补上。"

"太好了，我也是一个正式有枪的人了！哎，总不能就这样拿着呀。"

"枪套？真的没有。"杨德简略带遗憾的口吻。

出了地室，郭凤急着把手里的火把递给了杨德简，从林潇苒手里接过枪，红晕稍退的脸上泛着百感交集："若是早有一把枪就好了。"

林潇苒听出她话里的意思，想着那种情况下有了枪也用不上呀。想到被侮辱的场面，几人同时沉默，各自心里有着不同的懊悔和羞怯。

到了出口，杨德简从墙壁一处窄窄的缝隙间抽出木梯，这才说话："你们先在下面等着，我上去看一下。"说着蹬上梯子，先侧耳听了片刻，然后小心翼翼地把盖子举起来，往四周看了一下，这才放心上去。

郭凤跟着上去，回身伸着胳膊想拉林潇苒。

"不用。"林潇苒迫不及待手脚并用爬上来。当她把头伸出洞外的一瞬间，一阵清冷的风吹来，眼前的景色一下把她融化了。

眼前是一片更大的坟场，每座坟头上都长着茂密的枯草，周围是不认识的树，有的像碗口一般粗，把赤裸的树枝指向灰色的天空。

杨德简就近坐在坟边的草地上抽烟，郭凤警惕地四处张望。林潇苒不想上来，觉得身子一半留在地下一半露出地面更有安全感。她的目光在稠密的杂树间搜寻，想看一下外面的情况，终于，透过一道缝隙看见了坟场外面的景色。

天色渐晚，西半边天染上一片红紫相融的晚霞，从北方吹来的寒风在蒙上一层白雪的麦苗上掠过，一大片类似乌鸦的鸟儿在百米外的雪地上蜷缩着身子，朝着风的身子在风中颤抖着，不时被旋风掀起黑色的羽毛。她不由得转过身向北方眺望，虽然视线被树丛阻隔，但远处的河流仿佛就在眼前，不禁自言自语："一团啊，你们现在怎么样了啊？"

杨德简一根烟抽完，低头看着林潇苒说："别这样，我相信一团没有太多的伤亡。回去，静下心来养精蓄锐，夜里还要行动！"

"杨——这些坟下面都是什么人？"

"是被日本鬼子屠杀的小王村村民，一共两百多口，有十几户被灭门。唉，这眼下中原逐鹿，不知道得死多少人啊。想想就心痛。"

"杨——你说一团的人过去了，上级会让他们打仗吗？"郭凤迟疑地问。

"不会的，上级会把他们调到后方，休整、教育，必须让他们知道为何打仗，然后才可以参加战斗。"

三人说了一会儿话，夜幕不知何时降临，只见一轮发红的月亮从一棵高大的光秃秃的树后面托上来，冷酷、耀眼的月光好似闪着硝烟和死亡的折光，照耀在白雪皑皑的原野上。

"真静啊。我先送你们下去，然后再上来。"

"杨——让我们一起去好吗？"林潇苒哀求。

"不可以，绝对不可以！我要对你们的安全负责！请你们一定要记住，在我没有回来之前，你们不可以离开！直说了吧，若是我回不来了，你们只能在这里等！一直等到这次战役结束！"

"明知道有危险，你为何要离开呢？不如一起等吧！"林潇苒惶恐地说。

"我担心起义的一团迟迟没有你的消息着急焦虑，极有可能不顾一切过来营救。那样，后果不堪设想。你们——我求你们啦，别给我本来就沉重的心增加负担了！"

林潇苒双手捂着脸，呜呜哭泣。至于为什么哭，她不知道原因，只是从心底泛滥着巨大的哀伤、忧虑，让她不得不哭。

"别哭，别哭，让我想一下。"杨德简坐下来，低头沉思。

林潇苒忍住了哭泣，委屈地说："先不说这里有多可怕，就这四周驻扎的全是豺狼虎豹——想着，就生不如死。杨——别丢下我们啊！"说着单腿跪下来，仰着一张凄楚的哀求的泪脸。

"好吧。不过，答应我几个条件。"

"你说，你说，我们全都答应！"郭凤蓦然蹲下来，眼巴巴看着杨德简。

"待会儿要尽可能地多吃点儿东西，因为——"

郭凤接过话："因为过河要耗费很多体力，我们懂得。"

"听他说。"林潇苒略带责怪的口吻。

"夜间，国军的渡河工具肯定严加看管，如果夺船，势必引来更多的敌人，那样就算有了渡河工具也过不去了。最安全的方式是游过去。"

林潇苒点头："放心，我们可以的。"

"还有，下水之前，外衣全部脱了，只能穿内衣。"

林潇苒觉得郭凤身子动了一下，知道她把想说的话咽了下去，默然点头说："杨——我们保证，一切行动安排都无条件服从！"

"那好，下去进行第一项，若是不能让我满意，还是要把你们留下。"杨德简站起来，朝着南边走了几步留下一句，"我到坟边看一下情况。你们先把内部问题解决了，十分钟之后再下去。"

郭凤愣了一下，傻傻地问："什么意思？我一切都听大小姐的，哪里有什么内部问题？"

林潇苒破涕为笑："他是说，给十分钟的时间——方便。"

郭凤一下捂住脸，轻骂一声："不要脸，什么事都想着。我不要，你去吧。"

林潇苒侧脸看着郭凤，心里笑道："他不要脸，你干吗把脸捂着？"

郭凤忽然说："大小姐，不如我们也到坟边看一下吧。"

"嗯。"

林潇苒刚要移步，却见郭凤一下跨出了几大步，不由得说："不可以的。"

郭凤回过身问："怎么啦？"

林潇苒想说"人家过去说不定是想方便呢，我们过去了多尴尬"，可说不出口，只好说"不想往南看，想看北面"，说着就要绕过坟头，刚走了几步，树林间影影绰绰的坟头似乎在颤动，霎时，强烈的恐惧从四周合围过来，吓得两腿发软。

郭凤靠了过来，声音抖尽了内心的惊惧："别怕，这里的人生前都是善良的村民——"一个"死"字没能说出来，突然蹲了下来。

与此同时，前面的一棵大树上"噗"的一声，发出翅膀扇动的声音，其间夹杂着树枝被撞断的声音，林潇苒"啊"的一声靠在树上，双手紧紧抱着头，一动也不敢动。

郭凤坐在地上，昂头看着林潇苒，安慰道："是鸟！大小姐别怕！"

林潇苒背靠树干，身子慢慢滑下来坐在地上，伸出一只手："姐——"

郭凤坐着挪过来，身子紧靠林潇苒，惊魂未定地骂着："不要脸的，可是故意的？"

林潇苒心里明白郭凤为何这么骂，原因是杨德简帮她穿上了衣服——一个女孩最私密的地方怎么可以让另一个异性一览无余？由此想到了自己，忍不住脱口而出："就是——不要脸！"

羞辱力量是强大的，在这种力量的驱使下，一个人可以舍弃所有，包括生命。当羞辱在林潇苒心里复发时，环境造成的恐惧顿时荡然无存。郭凤也是这样，身子渐渐离开林潇苒，后脑勺猛地在树干上撞了几下："不如死在这里算了！"

林潇苒听着，猛然感受到郭凤此刻的心情，望着繁星点缀的夜空，望着头顶飘浮的一片透明薄云，猜想郭凤是纠结该不该把这个耻辱告诉邵正杰。不说，这叫隐瞒，真正相爱的人是不可以有任何隐瞒的，一旦有了，等于在心灵放养了一只妖魔，随着时间会繁衍、滋生出更多同类，无休止地侵蚀着未来的心境；说了，等于把心中的妖魔放养在爱人心里。总之，世上几乎没有任何良药可以医治。

至于她本人，心灵也闯进一只妖魔，种类与郭凤截然不同，而是因为干净的身体被一个畜生污染了——杨德简会怎么看？怎么想？

"姐，什么也不要想，等过河之后，再想一下何去何从吧。大不了，我们离开这里，权当这里发生的一切是一场噩梦。"林潇苒站起来，伸手挽着郭凤的一只胳膊，用力把她拉起来。

杨德简已经在地道口等候。看他沉默不语，林潇苒猜想他一定是听到了自己对郭凤说的那句话。

杨德简下去了，很快洞口亮出一束亮光。林潇苒跟着郭凤下去。沉默中，杨德简把手中的火把交给了林潇苒。按照以前，他应该把火把交给郭凤，随口说一声"拿着"，而这一刻他什么也没说，默然上去把洞口盖好，默然下来，拐进弹药室，留下一坑道猜疑。

身影消失后，郭凤小声问："是不是听见我骂他了？"

"可能吧，夜这么静。"

"一个大男人，这么小气。"郭凤嘟囔着。

不一会儿，杨德简怀里抱着棉衣、棉裤和一些内衣，另一只手拎着一个装弹药的木箱出来。两人看着，瞪着疑惑的眼睛，想问却不能开口的神色。

杨德简面无表情地往前走，郭凤急忙从林潇苒手中接过火把，紧跟着，走动的姿势抖落着谨慎、讨好和后悔。

林潇苒跟在他们后面，好像走在迷茫的荒野中，所有的感觉都被遗忘在洞口外那片坟堆间，心里懊恼地埋怨自己和凤姐："他当时那样，有什么不对的？难道要他视而不见，任由我们裸着下身在那里挣扎，直到更多的士兵看见？可是，凤姐骂不要脸，不是针对你的，而是对那样一个场面——不要脸的不只是你，还有我们两个未婚女子。就算这话有点儿冤枉你，但绝对不是怪罪。"

这样想着，不知不觉进了地室。杨德简再次取出食物，自己却不吃，一个人走到室外抽烟。

郭凤捏起一片红薯干，赌气地送进嘴里，似乎要把所有的情绪都嚼碎，咯吱咯吱地吃着。

林潇苒看着，捏起一片尝了一下，实在难以下咽，眼里滋生出情绪——"不就是救过我们的命吗，至于这么使性子？等过了河，谁认识谁呀，还不是为了革命才遇到了？"这个念头刚从心里溜过，心骤然一阵酸楚。

郭凤一连吃了十片红薯干，接着也不挑拣，蚕豆、花生、黄豆不停地往嘴里送，直到吃得有点儿要呕吐的感觉才站起来，不卑不亢地说："我们吃好了，什么时候走？"

没有回应，却传来脚步声。

杨德简到了炕前，用心把两套军用棉衣叠起来摞在一起，接着把两套内衣也叠好，然后装进拎来的弹药箱内。因为棉衣太虚，露出箱沿许多，他想了一下，从柜子里取出一根长长的背包带，再把棉衣取出来，用背包带像打背包一样捆成面积与箱子差不多长宽的形状，双手捧起来看了看，这次轻松地放进弹药箱内。

为了打破窒息的尴尬，林潇苒故作轻松道："杨——这个，就不要带了吧？"

"不带？过了河，你们穿什么？"这声音好像在梦里不知道对什么人说的。

郭凤抓住了时机："那——我们到了河边把脱下的衣服装进去，何必先带着。"

见杨德简没有搭理，林潇苒想着，那时候争分夺秒的，哪里有时间叠衣服再装进箱子里？"你这不是自找没趣吗？"

"你们休息半小时，我上去看一下。"杨德简说着，冷漠地离开。

室内骤然死一样沉静，过了片刻，隐约传来洞口盖子的移动声。郭凤真的恼了，举起箱子就要摔，林潇苒急忙拦住："干吗啊，你骂了人家，难道还要他向你道歉？"她把箱子接过来，看了看，忽然说，"姐，你说，过河时假如体力不支，这个箱子会不会起到救生圈的作用？"

郭凤想了一下："嗯，完全可以的。这个不要脸的，心里一定也这么想的。"

"哎，你怎么又骂了？就不怕惹恼了他，一个人离开，把我们扔在这里呀？"

郭凤一下跳了几跳，歇斯底里地哭喊："巴不得他离开，那样我多拿一些枪上去，鸣枪让敌人过来，好把所有的屈辱都释放出来，打死一个够本，打死两个、三个、四个——四十个——我死也愿意！"

"小声一点儿。"林潇苒急忙上前捂住郭凤的嘴。

郭凤一下把林潇苒甩开，喊着："你跟他走吧，我哪儿也不去！剩下一口气就想与这些匪军拼命！"

"姐，姐，都怪我。"林潇苒难过地坐在地上，伤心地哭着。

郭凤过来，跪着拥抱林潇苒："妹，我一个下人，能听到你喊一声'姐'，也不枉来人间一趟。可是我真的不想活了——就算过了河，我也会找一处干净的地方把自己解决了。"

林潇苒起身，跪着拥抱郭凤，抽泣着说："妹不是和你一样吗，可是我不想死，也不能死——这么多人为了一个新中国流血牺牲，为的不就是一个崭新的人间吗？我要看一眼这个新世界，究竟值不值这么多条人命。至于那件事，影响的只是婚姻、家庭，大不了此生不结婚，一个人过就是了。"

郭凤愣了一下，重复着"一个人过"，接着缓了一口气说："也是呀。不过，你不是说那个畜生没得逞吗？"

"这么说，你被畜生得逞了？"林潇苒心头一颤，这话不能出口，可眼神里已经流露出来。

郭凤把目光闪开，侧过脸说："我若不是被打昏，也不至于——"

"可是你被打昏了，怎么就认定被——"林潇苒找不到合适的语言。

"被打昏之前，我已经被那个畜生脱了衣服，醒来后，衣服已经穿好了——

还有，我下身有血。这些，都被上面的那个不要脸的看见了。你说，我怎么还有脸活着？"

"我也被——看见了。姐，咱就这么想，前生，这个不要脸的是我们的冤家，这辈子还他一眼，有什么呢！再说了，过了河大家各走各的路，天南地北的谁也见不到谁了，权当这个人从未出现过。"

"嗯，打了这一仗，我们会跟着部队走的，这里的生、这里的死、这里的血、这里的一切都会被掩埋的。好啦，这么一说心里好受多了。大小姐起来，我们在炕上躺一会儿，养足体力，过河！"

两人上了炕，脸对着躺下。郭凤思忖着说："这个不要脸的，怎么如此小气，一句话就跟我们急了？"

林潇莓想了一下说："人家可能还没结婚吧，哪里看过什么？乍一看了，心里无法承受。还有就是，人家是武术世家，讲究尊严，受不了被辱骂。"

郭凤一下翻过身去，嘟囔着："其实，哪里是骂呀，就是觉得有了那样的场面，他已经不是陌生人了，就像两滴水撞在了一起。哎呀，也不是，反正就觉得他在我这里不是以前的他，我在他那里也不是以前的自己。骂他，因为他该骂——臭不要脸的！"

"姐，你不是以心相许了吧？"林潇莓心里五味杂陈，想着郭凤对邵正杰有好感，而且两个人也心心相印，不会因此移情别恋了吧？不过，也没什么，毕竟两人没有感情基础，而自己就不同了，没对任何异性真正动心过，可是与他已经不是心动，而是心中相遇。

带着一种苍凉、缠绵的心情，林潇莓起身出了地道口，看到杨德简把通口封好，感觉生命中的一个长亭被埋葬了。

二十六

北风不紧不慢地吹着，麦苗和积雪早已冻结成一体，一脚踩上去发出清脆的咯吱声，四周燃起无数堆大小不等的篝火，东南方向不时传来军马的嘶鸣，再远的地方隐约显示出村庄的轮廓，整个原野在寒冷的笼罩下显得寂静、肃然。

杨德简扛着木箱在前面走，好像身后跟着的是两个幽灵。

"我们——不从沟底下走吗？"林潇莓忍不住问。

"跟着走就是了。"一声阴郁的声音随风而过。

林潇莓听着，犹如吸入一股难以忍受的浊气，难受地想着："不管怎么说，你都不该如此冷漠，你知道这样对我们两个女孩子来说意味着什么吗？你难道真的体会不到那句骂带着浓浓的亲昵吗？"想着，泪水扑簌地落下。

"唉！"郭凤发出一声揪心的哀叹。

夜色中，不需要隐蔽，也不需要观察，好似没赶上落脚点的行路人，三个人一言不发地顺着来时的沟沿走着。在距离浍河不到两百米的时候，隐约听见沟口处有哼唱声传来。杨德简止住脚步，侧耳倾听。林潇苒也在倾听。随着一阵风吹过，她分辨出唱歌的是女兵。

　　杨德简忽然恢复之前的态度："听不太清，再靠近一点儿。"

　　林潇苒鼻子一酸，感觉压在心头的一块巨石突然被移开，"嗯"了一声，看着杨德简下了沟底，伸手拉着郭凤跟着下去。站稳之后，她觉得手被郭凤紧紧握着，突然松开，接着又握紧了，从手指发出的力度，感受到了情绪的松弛与欣慰。

　　走了一半，林潇苒禁不住惊喜："是小陈她们！"

　　"对，我也听出来了，是团部通信班的女兵！"凤姐紧跟着说。

　　杨德简显然也听出来了，蹲下来说："你们待在这里不要动，我过去抓一个过来，问清楚了再行动。"

　　郭凤懵懂地问："抓女兵呀！"

　　夜色中，杨德简面对着郭凤，只是几秒钟，林潇苒依稀看见一双锐利、责怪的眼睛，急忙说："姐！这是战场！"

　　"若是听见了枪声，你们要毫不犹豫地返回地室！这是命令！我摆脱敌人后再去找你们！若是回不来，那你们一定要在地室等到这场战役结束！"

　　后面的一句话犹如一只恶鸟直接把内心一盏微弱的灯扑灭了，林潇苒心里霎时一片黑暗，那些被理智压抑的悲痛骤然被扇动，胸腔内喷出哭泣："我想跟着你——"

　　郭凤也哭了："我也想——"

　　"别哭别哭，我只是这么说说而已。这样的环境，别说捉一个舌头，就是去干掉一个师长也是有可能的。行啦，在这儿等着。"杨德简说完，身子一闪冲了出去，转眼间消失在夜色中。林潇苒久久地望着他消失的方向，感觉自己的心也跟了过去，在白雪覆盖的麦苗上、在松软的土地上、在僵硬的河岸上、在厚厚的衰草上一路滚动。

　　时间消失了，意识消失了，潮湿的沟底只剩一个跪着的身子，还有身边跪着的双手合十默默祈祷的郭凤。

　　冥冥之中，从沟北方走来一个身影，依稀是赵红英。她俯下身，抚摸着林潇苒的额头，轻柔地说："潇苒呀，生命最坚实的支撑往往是隐形的，平常从不显露，只有在即将失去或者失去之后，你才知道这个支柱有多重要。"说完飘然而去。

　　过了多久，林潇苒不知道，只是耳边传来说话的声音，魂魄才从遥远的夜空回归。她倾听了片刻，说："他——她们来了啊——"身子一下歪倒了。

　　郭凤不顾一切地站起来，说了句什么没听见，余光中，一个身影跃上了沟岸，随即消失。

沟岸边，坚硬的小路上坐着林潇苒、孟乃胜、杨德简，两边各坐着两个一团通信班的女兵。小陈紧挨着杨德简，不时歪过头倾听他说话。其他人坐在稍远处。

　　杨德简编了一个故事，说离开后没有过河，而是往南走，途中遇到了一些巡逻队的盘问，没有引起对方注意，本来想一直往南走，到罗圩村就安全了，可是不巧赶上一支预备部队调动，留下许多还没来得及拆除的帐篷，加上两位女同志身心疲惫就进了帐内休息，谁知这一觉竟然睡到了天黑。

　　林潇苒听着，心里明白，这是对指挥连的孟乃胜连长和三排长存有戒心，随口搪塞，可是语速、音色听不出一点儿破绽，不由得心里骂道："不要脸的，说起假话就像真的。"

　　孟乃胜等人听得入神，不时发出由衷的赞同："杨队长，你真了不起，深入敌营，如入无人之境！"

　　林潇苒忍不住开口："孟乃胜，说说你们的情况吧。"

　　孟乃胜抽着烟，兴奋地说："你们离开不久，上午第一个回合，八十五师三个团几乎被打光了。之前驻扎在我们南面的八十五军一一〇师一个加强营过来，先是把我们集合了，宣布一团残部划归加强营管。之后，并没有为难我们。过了一会儿，也不知道谁告的密，说一团不是被打败，而是被一营挟持，集体战场起义。紧接着，我们这些人全被控制了，然后对排长以上的军官进行审问。我当时想，已经有人告密了，再加上这么多人被审问，不说实话肯定要被定为同伙，于是就如实地招了。问起你们三个的情况，我也实话实说，可是他们不信。河岸守军看见你们顺着河沟往南去了。后来，师长的副官亲自来审问，我把知道的全都告诉了他。他当即对营长下令，无论如何要找到你们三位——把你们安全地带到师部——"

　　孟乃胜后面的话有些颠倒，说过了前面的，忽然想起被漏掉的重要细节，不得不把正说的话停下来补充。

　　听着，林潇苒意识中形成完整的画面。

　　审查结束后，师部后勤送来大鱼大肉，这让所有的人感到疑惑："怎么啦？难道说这是最后的断头饭，一团的人会被集体处决？"

　　男兵们迟疑了一会儿，索性想开了，大喊大叫，说没有酒算什么断头饭。女兵们围坐在一起哭。

　　孟乃胜看着周围并没有警戒，动了逃生的念头，与两个参谋、一个副连长商量后，决定趁河岸守军不备渡河求生。所有人都赞同，可说到如何过河都没了主意。正当一筹莫展时，一个排长过来报告，说河岸有很多电线，不妨把几根电线扭在一起，找一个水性好的人过河，把电线拴在对岸的树上。若是一根不够，就多扯几根过去，然后大家抓住电线过去。

说到十几个女兵，大家又犯愁了。有人建议不要管女兵，可孟乃胜不同意，说："你看人家杨队长，为了两个女兵，一个人不顾生死留下来。若是我们把女兵丢下，就算到了那边，一团的人也会对我们冷眼相看的。"一个姓朱的参谋说："这会儿对我们几乎不存在戒备，不如到河堤上把炮弹炸断的树用电线绑在一起，让女兵坐在木筏上，让对岸的人拉过河。"

决议形成后，众人分别向各自的下属传达。不一会儿，所有人的脸上都有了生机，大口吃饭。

午饭后，孟连长带着通信连上了河岸。守军见了也不多问，而且没有一点儿防范的意思。副连长看着岸上的断木还有水边被炮弹打散的浮桥木头，主动对守军说："我们这些人初来乍到，闲着没事，就想为一一〇师的弟兄们做点儿力所能及的事。你看这么多的木头，不如收集起来，做一些木筏，以便过河使用。"守军说："上面说了，对你们的任何行为不得干预，想做什么只管做好了。"

这句话如同上帝的福音，通信连的官兵放开手脚扎木筏。不到两小时，十个木筏扎好，足以一次性供全体人过河。正当大家惶惶不安等待时机，忽然上来一支端着冲锋枪的卫队，带队的师长副官身后竟然站着朱参谋。孟乃胜头一蒙，知道朱参谋告密了，胸腔内的血直往上涌，可是因为只顾扎木筏，全连的枪械都放在了一边，想反抗几乎没有机会，索性发出一声爽朗的大笑："哈哈哈，人算不如天算，天算不如小人算。朱参谋，你这内奸！"

朱参谋颐指气使地冲过来，狠狠地给了孟乃胜一个耳光："你才是内奸！党国的叛徒！还有你，你们都是！"

所有的人都意识到死亡就在瞬间，纷纷发出怒吼，呐喊着准备夺枪。

孟乃胜说："弟兄们！我们是一团的人，他们就在北岸！听我口令，转过身，面向北方！人可以留在南岸，可我们的心、我们的灵魂一定要归队！都有了，立正！向后转！"

一百多名站立不正的士兵队伍先后转过身，几个女兵开始哭泣。孟乃胜安慰的语气："别哭——"接着大声吼着，"长官，念在我们曾经同在一面军旗下行过军、打过仗，可否允许我对通信连的弟兄们说几句话？"

听到身后传来"可以"，孟乃胜语气凝沉，每一个音节都发自肺腑："我是山东临沂人，为了抗战投笔从戎，报考了中央军校，原想终于可以与日寇真刀真枪地拼杀了，没想到参军第一次打的不是日寇，而是驻扎在皖南的新四军——既然穿了这身军装，就得履行军人的职责，于是和多数士兵一样，管不了为何要打自己的同胞，只能听从上级命令，向撤退中的新四军大开杀戒。

"一次，我们营把二十多名新四军女兵追到悬崖边，营长命令，'捉活的，先犒劳一下排以上的弟兄，然后犒劳士兵，能活下来的一律就地处决'。我当时是一名排长，听了简直不敢相信，这话出自一位国军的营长！还没等反应过来，对面的悬崖边响起了新四军军歌。二十多名女兵，面对侮辱、死亡毫无惧色。歌唱到一半，耐不住的营长下令抓人，就在这一刻，女兵们刷地转身，手拉手跳了下去！

"这个场面，一群消失的声音，瞬间抽空了我对党国的认知——如果因为政见不同、各为其主，完全可以让她们有尊严地死去，但绝对不能像日寇那样没有人性。你们知道这位营长是谁吗，就是要玷污花中尉的邱忠林，现在的邱团长！

"也许你们会以为，这只是国军中的个别现象，那我就说一下眼前吧。自从十二兵团开过来，所到村空无一人，连鸡鸭猫狗都没留下。百姓去哪里了？他们拖着粮食、赶着牲口、扶老携幼都过了浍河，去帮助解放军修工事、抬担架、照护伤员。再说我们一团吧，为何起义成功？是因为来了一名女学生的共党吗？不是，她只不过是一个火种，一点就把一营官兵的心给点亮了！不要说是人了，世上任何一种生物都会追逐光明！这是生命的自然属性！

"论武器、人数，十二兵团远远胜过对面的陈赓部，可是，为何两军刚一接触，国军败得那么惨？是因为一团战场起义吗？不是，真正打败我们的不是实力，而是军心、民心！我们虽然死了，可是，一团的弟兄打过来的时候，看见我们是背部中弹，一定会知道我们为何而死！"

孟乃胜说到这里失声痛哭："死，我不难过，难过的是没有尽早与花上尉、曹营长他们交心，否则，也不至于把你们带入绝境！我难受、懊恼，没有杨队长那样的胆识、智慧，却操之过急。他临走前明明告诉我，静下心来，等待这次战役结束，届时，我们这些人仍然享有起义的荣誉！可是，我没听他的。"

小陈接过话说："不是你的错，而是我们之中出现了叛徒！孟连长，我们不怕死，可惜的是也想唱歌却没有歌可以唱。下令吧，我们不怕死！"

孟乃胜扯开喉咙，大声呼喊："一团指挥连——立正——向后转！"

随着一声口令，一百多人整齐地转向河面。忽然，身后传来师长副官的质问："你们为何不转身？"孟连长回过头，只见通信班的班长还有指挥连的十几个士兵扑通一声跪下求饶，说不想背叛党国，因当官的说了谁不同意就地处决，才跟着的。

副官说："那好吧，你们面朝南站成一排。"

下跪的人急忙爬起来，慌乱地站成一排。

副官再问："面朝北的人都听着，后悔的还来得及，马上站过去！"

队伍中又有二十多人迟疑地转身，排在之前那些人身后。

副官说："朱参谋，你也站过去！"

"是！长官！"朱参谋很不情愿地站了过去。

孟乃胜发自内心地说："弟兄们，孟某无能，没有把你们带走！"

话还没说完，副官下令："开枪！"

一阵密集的枪声响起，震撼着河水两岸。孟乃胜两腿一颤，却没倒下，再看身边几个女兵倒在了河岸上。开始他怀疑子弹打偏了，下意识地做了一次深呼吸，可身体没有任何不良反应，低头看地上的女兵，身体在扭动，不禁转过身，只见面朝南站立的人全都倒在血泊中。他以为是死后的自己，所看见的一切都灵魂。

这时有人发出惊异声，副官走近了说："兄弟，别费事了，若想过去，我用皮筏送你们。"

孟乃胜用力晃了晃脑袋，说了句什么自己也不知道。副官对身边的一个上尉说："报告军部，原一团有二十多人扎木筏准备过河，被就地处决。"

副官一挥手，带着三十多名卫兵列队离开。孟乃胜如梦初醒，急忙追上去："长官，这是怎么回事啊？"

副官说："你不都看见了，还需多问吗？送你们过河没问题，但有个条件。"

孟乃胜忙说："您说。"

副官一脸的牵挂："帮我找到那三个人。找到了，送你们一起过去。"

说到这里，孟乃胜自嘲地说："开始我以为他使的是苦肉计，目的就是想通过我们找到你们，然后一起处决。等他们离开后，所有人都聚在一起商量对策，多数人认为副官是潜伏的共产党，可有人不同意，说'一个副官敢如此决断，除非连师长也是共党的卧底'。但有一点让我们看到了希望，就是你们还没过河！只要有你们在，我们就有希望！为了能引起你们的注意，我想到了花上尉曾经在李政那个连唱过歌，就让女兵不停地唱，想着只要你们能听见，就一定会过来见面的——果真啊！我们重逢了！"

杨德简抑制不住内心的激动，说："孟连长，你和通信连弟兄的行为令我感动，也让我对国军的弟兄有了崭新的认识！能在战场上相遇、相识，我感到荣幸！"

"杨队长，见外的话不必说了，说一下我们如何过河吧？"孟乃胜语气凝重，接着说，"我总觉得那个副官深藏不露——若是他真的用我们引你们出来，咱们想过河根本不可能。"

一个姓赵的作战参谋咳嗽了几声，林潇苒觉得他有话想说，便示意："有话不妨直说。"

"我这人在这次行动中一直保持着麻木的状态，之所以愿意和通信连的弟兄死在一起，主要原因是觉得十二兵团没希望了。反正都是死，与其被共军打死，还不如死在国军枪口下，那样，等一团的弟兄过来还能为我收尸。当时听了孟连长一席话，原来心里懵懵懂懂的东西一下就清晰了。我说这个是想说，那个副官是不是也和我一样，本来心里就有悲观的情绪，听了孟连长的话茅塞顿开，临时改变了杀谁的主意。假如是这样，那我们可以相信他。当然，我这人特别简单，容易相信别人。"

"让我想一下——"杨德简说着，顺手拿起一根木棍，在即将熄灭的死火上挑了几下，让其复燃。

他举着冒着红光的树枝把烟点燃，抽了几口，忽然问："通信连的武器如何？"

孟乃胜哀叹一声："全团唯独我们连武器差。因为不执行作战任务，平常连武器都不摸，一半以上的士兵连靶子都打不上，根本谈不上作战能力。杨队长，靠硬拼肯定不行。我看得出来，一一〇师无论是军容、军纪和士兵素质都不一般，远远超过一团，尤其是副官带领的卫队，个个身手不凡。我们若想从他们的防区冲杀过去，只怕——"

赵参谋点头："若是脱离一一〇师的防区是否可行？"

杨德简默然摇头："只怕到了别的防区，我们连坐在一起的机会都没有。这样，把我交出去——掀开他的底牌！"

"不可以！"林潇苒和其他人异口同声。

二十七

"那你们说有什么办法？"杨德简缓慢的语气。

林潇苒脑子里闪出湮没在夜色中那边的坟场，想着那里可以隐藏。"虽然地室里只能容下三十多人，不是还有长长的地下通道吗？"话在嘴边，却不知道为何不能说出来。

孟乃胜身体往后昂着，眼睛望着冷凝的夜空。林潇苒忍不住也抬起头，看着云层中偶尔闪出一颗孤星，闪耀着微弱的亮光，刹那隐去了，喃喃自语地说："应该有办法隐藏的。"

赵参谋犹豫的口吻："花上尉说的不是没有可能。我认为，趁现在他们对我们毫无防备，不如分散了进入周围的部队，就说自己是一团的，因为全团被打完了，团部内部出了点儿问题，团长也被部下打死，所以才各自逃离。"

孟乃胜低声斥责："老赵，之前我们可以这样，现在已经找到了组织，怎么可以说出'散了'的话！"

"你说怎么办？在这重兵之中，还有选择吗？说句心里话，我担心这么多人会拖累杨队长他们。反正，我们的身份是明摆着的，可他们不一样啊！"

杨德简轻声说："大家冷静一下，听我说。"

"你说。"几个声音同时说。

"由于我长期从事地下斗争，思维方式与单纯的军人略有不同。根据你们说的种种现象，不像是设了这么一个大陷阱来抓捕我们三个。从这么大的战役来看，三名潜入人员对这么大一个兵团根本构不成威胁，干吗下令枪杀那么多对党国顺从的官兵？这明显违反最基本的逻辑。那么，他们这么做的目的何在？我想只有一种可能，就是一一〇师的上层有起义的意愿，这么急于找到我们就是商量一下起义是否可行。鉴于有这样一个可能，我必须前往，哪怕有去无回。为了这场战役的胜利，为了减少更多人的伤亡，也避免几万国军官兵惨死在这个战场上，我别无选择！"

"我同意！"林潇苒恍然想起，老师给她派往武汉兵站的介绍信就出在一一〇师，这更加让她相信一一〇师的主要长官是潜伏人员。

在场所有人都沉默了。过了片刻，孟乃胜感慨地说："我终于知道了什么是共产党了！那好吧，通信连一切听从党的指挥！你说吧，该如何行动？"

"走吧，我们去和所有的人见面，把我们的行动计划告诉他们。同时，做好两种准备：一、为了新中国牺牲；二、争取一一〇师起义，我们顺利过河与一团的兄弟们会合！"

"啊！啊！"孟连长"啊"了两声，欣慰中夹杂着酸楚，"这种感觉从来没有过！"

"我也是！"小陈激动地上前拥抱着林潇苒，"上尉姐姐，您是我们的救星啊！"

其他几个女兵也扑了过来，相拥在一起，发出的声音说不清是哭还是笑。

孟乃胜说："杨队长、花上尉，还有大家，你们稍等，我去向一一〇师报告。如果发现就是他们设下的陷阱，我会在距离你们一百米处鸣枪示警。杨队长你们立刻撤退！"

"好吧。"杨德简站起来，目送孟乃胜越过浅沟，向东边一一〇师的防区走去。

林潇苒也站起来，看着静静的浍河。

深夜，浍河南岸的树林中到处燃起一堆堆篝火，饥寒交迫的士兵围坐在篝火周围取暖。河面上，挨着岸边结了一层薄冰，映出篝火的倒影。河水中间，在火光微弱的亮光中，粼粼波纹被风卷起，散乱地扩散。几根被炮弹炸飞的长木，一半落在岸边，另一半伏在水面上。流水不时冲破岸边的薄冰，发出清脆的声音。被流水带走的薄冰，折射着篝火旋转着向下游漂去。偶尔从上游漂来的薄冰撞在木头上，翻动着闪出亮光瞬间消失。

孟乃胜的身影完全消失后，杨德简与赵参谋和三名排长为了要不要做好战斗准备发生了争执。排长们坚持做好最坏的准备——一旦发现对方动用武力，通信连全体人员应当予以坚决反击；就算没有胜算，至少可以打死一些敌人。

杨德简不同意的理由是：反击虽能造成敌方伤亡，可是改变不了我方的结果。有时候，杀人者看似是强者，殊不知被杀者失去的生命，唤醒的是人心！就像孟连长，若不是亲眼见到邱忠林惨无人性的暴行，怎么可能与国民党离心离德！

在他们说话的河堤下，通信班和卫生队十几名女兵围坐在林潇苒周围。

听了一会儿堤上的争论，小陈忍不住说："杨队长可真有耐心，若是换了这边，只要长官发号施令，哪有下级说话的权利。"

另一个女兵说："哎呀，不想听他们说了。几个榆木脑袋，懂什么？哎，花上尉，我们现在的心情难以形容，可能是整个下午都在唱歌。这会儿，我们相聚了就更想唱了。听说你唱歌非常好听，想必会唱很多歌，不如唱一首给我们听。就算今夜死了，灵魂也会唱着离开的。"

这一说，立刻引起其他人的兴致。王军医深情地说："就是，管它是死还是活，总之，此时此刻的心情是快乐的。"

林潇苒犹豫片刻，不由想起一团的官兵，不知道再见面会少了哪一位，心一下有些悲凉，看着面前一张张明知道生死未卜却怀着向死而歌的脸庞，内心骤然温暖了，说："之前唱过的所有歌都不能表达我们此时此刻的心情。我是学音乐的，从来没想过作词作曲，可在这个生死未卜的时刻，我要即兴哼唱出心里的感觉。"

女兵们一下惊呆了，一个个正襟危坐，看着思忖中的林潇苒静静地屏住呼吸，激动、期待的目光穿透夜色。片刻，一阵委婉、深情的歌声响起。

> 洁白的雪花亲吻着翠绿的麦苗，
> 静静的河水在夜幕下流淌。
> 无际的田野闪烁着篝火，
> 茂密的树林中有几位女兵，
> 坐在水岸边思念家乡。
>
> 啊，清凌的河水呀，
> 是否经过我的村庄？
> 带来亲人的问候，
> 带走我的牵挂。
> 漫长的黑夜就要过去，
> 姑娘的心像一条船儿，
> 在冰冷的河水上漂荡。
>
> 假如不能再见到明天的太阳，
> 待到春天来临，
> 河畔到处开满鲜花，

我就是其中的一朵——

林潇苒唱完，沉静从夜空降落，十几位女兵像雕塑一样一动不动，感觉中四周围满了厚厚的身影。忽然，人群中传来："太好听啦！姑娘——"接着声音湮没在一阵雷鸣般的掌声中。其间，一个声音传来："姑娘，有我们一一〇师的人，没有人敢动你们一根指头！"

"姑娘，你们就是鲜花，就是太阳！"激情骤然爆发，各种赞誉不绝于耳。

林潇苒被感动了，正不知如何收场，忽听一声马鸣，有人喊："长官来了！"

马蹄声越来越近，在一堆篝火旁，一个矫健的身影从马背上跳下来，快步走过来，声音亲切："唱歌的一定是花一枝同志吧。"

这时，一名军官举着马灯过来说："胡副官，没想到，我们四处寻找都找不到他们，不知怎么就自己冒出来了。"

说话间，两名卫兵跳下马。胡副官看了一下问："孟连长呢？"

一名卫兵笑道："估计不会骑马，可能摔下去了。"

"那你们怎么只顾自己跑来了？回去，看孟连长伤着没有！"

林潇苒看了一眼胡副官。此人瘦高的身子，三十来岁，眼睛不大，稍长的脸型，看着气场强大，给人一种无形的威慑。

她主动上前打招呼："您好！"

胡副官抑制着激动，想说什么，忽然想起："杨德简同志呢？"

林潇苒听了心里不由得一颤——这里可是敌军的驻地，怎么可以贸然称呼"同志"？

这么一想，感觉有些异常，她正想着如何让杨德简躲开，不料人群中响起："我在！"

杨德简走出人群，还没说话，只见孟乃胜从马背上下来，额头全是汗："长官，我可是第一次骑马。来——"

胡副官取笑的口吻："不用你介绍了，老远听见了歌声就知道是自己人，也只有自己人才能唱出这样的歌——"说着走近杨德简，愣愣看了几秒，忽然上前拥抱着，用一只手轻轻拍他的后背，发自内心地说，"终于见到你了！"

两人身体离开。杨德简谨慎地说："长官，我有点儿蒙。"

"你蒙，那就对了！我比你还要蒙！就你一个人，竟然弄走了国军一个团！走吧，去见廖师长。你不知道，找不到你们，师长急得嘴上起了几个血泡，说，'这么优秀的同志，绝对不能损失在我们的眼皮底下。否则，无颜见组织'。"

"同志""组织"——林潇苒听着感觉像在梦中。在国民党的重兵之中，即便是自己的同志也不能如此毫不忌讳，这种反常的行为一定有着另一种图谋。那是什么呢？诱捕？不可能。此刻，她和杨德简、郭凤包括一团的残部都在掌控之中，还用得着诱捕吗？

"你和郭凤在此等候，我随胡副官去见师长。"杨德简说着，对林潇苒露出恋恋不舍的神情，慢慢贴近，伸出胳膊若即若离地拥抱着，在她耳边轻声说，"一小时，我没回来，你一定要带着孟连长过河！我代表党组织命令你！"

"不！我要跟你一起去！"这话听起来释放着恋情。说话的同时，林潇苒用拳头用力地捶了一下他的后背，以示没得商量。

杨德简愣了一下说："我知道你不放心。不如这样吧，我看着你和孟连长还有一团的人现在就过河，可以在河对岸等着我。这样，胡副官也会同意的。"说着，转身对一只脚伸进马镫的身影说。

"可以！赵营长，立刻送他们过河！"胡副官不假思索地说。

"哎呀，干嘛这么着急？我们虽然刚认识，还真舍不得就这么离开。长官，我们团长说了，这个指挥连他要了！"身材高大、嗓音沙哑的赵营长说。

胡副官快步走过来，低声命令："别再耽误时间！军情紧急，说不定，兵团正在考虑着新的计划。那样，我们还不知道什么时候能归队！服从命令！"

"是！"赵营长敬礼。

让林潇苒意外的是，孟乃胜以激动而坚决的语气说："杨队长不走，我们谁也不走！长官、杨队长，面对这么一个宏大的兵势，区区百十人的生命微不足道！若你此去有什么意外，我们甘愿陪着你！"

胡副官长舒一口气："我不管你们过不过河，杨德简必须立刻跟我走！"说着，身子一跃上了马背。那马扬起前蹄，被缰绳勒住。他问："杨队长，会骑马吗？若不会，我俩合骑。"

"会。"

站在旁边一名牵着马的卫兵说："长官，让他骑我的马。"说着把缰绳递过来。

杨德简刚要上马，被林潇苒一把拉住衣襟。

她在心里说："我依稀感觉这就是一个大阴谋，你这是被他们的迷魂阵弄昏了头，万一落入他们设下的陷阱，那剩下我一人怎么办？"可是，这样的话说不出来，只能用肢体动作予以阻止。

"卫兵，还愣着干吗！"胡副官大声呵斥。

"是！"一名卫兵快步过来，单腿跪下，双手撑地，背部如同上马的台阶。

林潇苒急了："不！我不！"

她说"不"意思是她不去、谁也不去，可是杨德简突然伸出双手，抓住她的腰带，用力将她举起来。战马只是晃了一下，还没等她明白过来，杨德简单手按着马背，一条腿从马背上飞过，稳稳地坐在马鞍上，一只胳膊搂着她的腰，一只手扯着缰绳，双腿一抖，马儿立刻前冲几步，踏着麦地上的积雪不紧不慢地跑着。

"杨队长，骑术不错。"朦胧的夜色里传来胡副官的声音。

转眼间，六匹战马驰骋在夜色中。林潇苒的焦虑在马背上渐渐消失，一种奇妙的感觉从马蹄声、腰间有力的胳膊、耳边嗖嗖而过的寒风还有背后紧贴着的胸膛中源源不断地滋生，以至于让她觉得，此去就算直奔黄泉也不枉来世上一遭。

　　在学校时，每当女生们说起心中的白马王子，她的脑海里就会出现满河霞光、一片白云，心中人和儒雅的骑士同骑一匹骏马，沿着河岸驰骋。此刻，满河寒风，一片夜色，在万重敌营中，她和一个人踏着雪地，奔向生死未卜的敌营。

　　"师部是在罗圩村吗？"耳边传来杨德简的声音。

　　旁边的马背上传来胡副官的回应："是。杨队长，还可以再快点儿吗？"

　　"没问题。"杨德简说着，双腿猛地用力一夹。身下的马像追魂一般，撒开四蹄狂奔起来。林潇苒身子紧紧往后靠着，开始吓得不敢睁眼，却不知马飞奔起来反而更平稳，这才慢慢睁开眼睛，侧脸看了一下，大声说："你把他们甩开了啊！若不是河岸还有人，咱们可以冲出敌营的！"

　　"他们对这里地势不熟，不敢放开！"

　　林潇苒想解释为何跟他一起，还没开口，一个村庄隐约横在面前。马放慢速度，渐渐停下来。杨德简跳下马，伸手抓着她一只脚送进马镫里："踩着，下。"

　　林潇苒双手抓住马鞍，试了几次也不敢下来。杨德简发出窃笑声，双手卡在她的腰间，轻松地将她举起，慢慢落下。

　　"你还好意思笑我，殊不知等着你的是一个惊天阴谋！"

　　她的话还没说完，周围忽然围上来许多人，一个声音从人群中传出来："是胡长官吗？"

　　"你们的胡长官在后面，马上就到！"

　　杨德简回应的同时，一阵枪栓声齐刷刷响起，跟着一声警告："站着别动！你哪部分的？"

　　杨德简说："兄弟，有烟吗？我有，可是你不让动，只好抽你们的了。"

　　"去，给他，下了他的武器。"

　　话音刚落，一阵马蹄声传来。杨德简说："行啦，不抽你的烟了，也别下我的枪。我最讨厌有人对我说这种话，但凡说过这话的人只有两种结果——要么死，要么缴枪。"

　　"是钱队长吗？"伴随马蹄声，胡副官的声音传来。

　　"是，长官。我们截住两个人。"

　　钱队长话音未落，胡副官跳下马，顾不得与杨德简说话，走近拦在前面的人问："人都到齐了吗？"

　　"到齐了！"

　　胡副官这才对杨德简说："走吧。"

　　一名卫兵在前面打着手电筒照路。杨德简跟着胡副官，边走边看，终于忍不住问："你们干吗把老乡的房子都毁了？"

"没办法，这么多人要吃饭，没烧的怎么行？再说了，这笔账让老乡们记在老蒋的头上吧。"

两人说着话，进了一个大户人家的院子。

杨德简问："这家人还在？"

"谁知道。"胡副官心不在焉地应了一声，上了正堂的台阶，大声说，"报告！我回来啦！"

隔着门传来喜悦的声音："听这声音，是把人找到了？进来！请进吧！"

双扇门咯吱一声敞开，展现在眼前的是两间宽敞的正堂，四张八仙桌东西摆放，北墙上挂着"徐蚌战役国共兵力布防图"。桌子两边坐满了军官。坐在最东面首席上的是一位四十多岁佩戴中将肩章的人，脸型稍长，没有一点儿多余的肌肉，颧骨微微凸起。他目光沉静，先是心不在焉地看了过来，声音低沉、略带质疑问："你就是杨德简？"

"是。"杨德简应了一声。

坐在南边的几位军官先后转过身，惊讶、亲切的目光看了过来。

一位四十来岁，身材微胖、面上透着红光，佩戴少将军衔的人缓慢地站起，眼角藏着质疑："就你？怎么看也不像，是刚从什么狗日的特训班毕业的特务吧？"

"这位长官，不是我要来的，是胡副官请我来的，若是看我不顺眼，那我离开就是了。"杨德简镇静地说。

坐在中将身边的一位军官刚要制止，却被中将伸手拍了一下。

少将围着杨德简转了一圈，突然出手，被杨德简轻松躲开，接着双拳打来，杨德简只用一只手挡了几下。

少将感到了疼痛，活动了一下手腕，看着在场所有人脸上露出的惊讶，好像受到了侮辱，脸色一沉，发狠道："果然是特务！"

杨德简双手抱拳道："谦让了，我不与你动手。呵呵，用拳脚来验证身份，在下闻所未闻！"

"我管你怎么说。"少将喊着"再打"，杨德简一动不动地伸手挨了几拳。

林潇苒看不下去，冲了过去，正巧一个重拳袭来，众人发出制止的呵斥，可是打出的拳头用力过猛无法收回，就在刹那间，杨德简飞起一脚把对方踢倒。众人大惊失色。

二十八

少将坐在地上，双手捂着肚子，脸上反而露出痛苦的笑容："我信了——难怪在这边如入无人之境，还真是一个高手。"

中将脸上露出一丝笑容："高团长，早跟你说过，山外有山、人外有人，你偏不信，这下遇到高手了吧？起来，让胡副官给客人介绍一下。"

胡副官先把高团长拉起来，扶他坐回座位，然后说："这位就是组织派过来协助一团起义的杨德简同志；这位是武汉兵站过来的花一枝同志，仅靠一个人的胆识、智慧，成功策划了一团战场起义。"

杨德简听着，脸上露出茫然。中将解释道："你还不知道组织指派你协助一一○师起义？"

众军官不住点头，纷纷投来热情、亲切、赞许的目光。

胡副官走到中将近前，介绍道："这位是一一○师廖师长，坐在师长旁边的是张参谋长，之后是李副师长、程副师长、牛团长、耿团长，这位——与你交手的是冯团长，另外三位是师部直属营长、骑兵营长，最后一位是警卫连长。杨队长，介绍一下自己吧。"

"你都介绍过了，我没什么可说的。敢问，组织是通过什么方式给我下达任务的？"

张参谋长笑道："看样子，这是对我们不信任呀。没关系，来日方长。师座，时间紧迫，我们先开会。"

直属营长和骑兵营长起身，让出了各自的座位，坐到了西边最末的两个位置上。杨德简、林潇苒递过一个"既来之，则安之"的眼神，先后落座。

张参谋长对着东面的房门喊："秦秘书！"

"到！"一声纯正普通话的女声回应着，随后从房门走出一位手拿厚厚笔记本的女子。

她的年龄与林潇苒相差不多，佩戴上尉军衔，容貌姣好、气质优雅、容光焕发、仪容高贵，让林潇苒心里第一次萌生自愧不如的感觉。

上尉先是不经意地看了杨德简一眼，接着走向会议桌与师长对面的位置，瞟了一眼林潇苒，轻声道："准备好了。"说话间打开笔记本，将手里的钢笔取下笔帽。

廖师长把手上的烟掐灭，说道："开会期间不许抽烟。"话音一落，几名正在抽烟的人同时把烟灭了，正襟危坐。

廖师长用低沉、缓慢的语速说："今天是一九四八年十一月二十一日，晚，地点罗圩村。一一○师召开临时党委会。参加人员：师党委全体党员。另外，淮海游击支队长杨德简、武汉兵站潜伏中共党员花一枝列席会议。"

林潇苒听见自己被一位师长确认为中共党员，心里暗自激动，但这个过程很短，如同冰冷的心河上注入一股温泉，转瞬凉了下来——这绝不可能！在国民党一个师部，竟然召开共产党的党委会——你们拿我和杨德简当三岁孩子呢？

想着，她悄然伸出手，摸着杨德简的手，用力握了一下，传递着——小心啊！这一定是演给我们看的假戏！

张参谋长手里拿着一根细长的可以伸缩、弯曲的铁管，站在北墙挂着的地图旁说："目前，十二兵团被阻击在双堆集，单从局部上看，处于被动，可是从整个徐蚌战场全局看，未必是被动。大家请看——"拉长了铁管，指着徐州说，"我们东面已经被粟裕部控制，随时都有增援的可能，因为这一点，这才导致十二兵团处在随时被包围的态势。目前态势，双方兵力：十二兵团十二万人，中野七个纵队，约十四万人。单从兵力上看，双方相差无几，可在武器配置上，十二兵团一个军的火力要超过中野全部武器的攻击能力。因此，从双方实力对比上衡量，不存在谁包围谁。庆幸的是，十二兵团不可能被包围，这已经成了国军上下共同的认知，这一点对我们绝对有利。鉴于目前战况，徐州以东援救的邱兵团向宿县发起进攻，这样，徐蚌会战将会发生更多重变化。"

"我插一句，杜聿明又从东北被调回徐州，他的作战思路远比刘峙难对付。"廖师长说。

张参谋长接着说："是，正因为徐州剿总换将，我们面临更多的不确定因素。我先给出一个假设：如果杜聿明命令邱清泉部六个军、第八兵团刘汝明部两个军、第十三兵团李弥部四个军、第十六兵团孙元良部两个军，倾巢出动，甚至舍弃徐州，连总部直属两个军也出动，总兵力达三十多万人，还有已经到达固镇的孙元良兵团十万人再围过来，国军凭借具有绝对优势的火力直接扑过来，这边十二兵团十多万人，两边形成两面夹击战况，那样一来，兵力对比发生逆转，形成五十万对十四万。就算加上后期赶来的华野七纵、十纵和十三纵总兵力也不过二十万。同志们，一旦出现这个战况，中野刘邓部可能会遭到前所未有的灭顶之灾啊！如果再按照这个思路延伸，解决了中野之后，回过头来对付华野——结果只能是把粟裕赶过黄河。这个态势很严重啊！那么，避免这种事态唯一的也是最有效的方式就是迅速、干净地把黄维兵团就地歼灭，让中野腾出手来与华野一起对付杜聿明集团！同志们，我们一一〇师在敌营潜伏多年，在这个关系到我们党重大战役的时刻，我们该行动了！"

"同意！"所有参会人都同时举手。

"好！"廖师长站起来，喊，"马参谋！"

"到！"一位军官手里拿着地图过来，极快地把地图挂起来。

廖师长示意张参谋长回到座位，然后用手指着地图说："这是一张战事图。"

尽管林潇苒不能完全看懂地图，但图上标出的蓝红两军还是一目了然。

"下次突击，我们师申请打头阵。前提是，要让刘邓首长知道我们的行动意图、时间和路线，让解放军提前布好一个口袋阵，等我们师过去后，解放军立刻堵住通道，给后续的敌军予以出其不意的痛击，最好能一下吃掉敌方两到三个师。如此一来，十二兵团将会失去突围的实力。随后，我军发起总攻，敌军势必被全歼！杜聿明想全力驰援也晚了！"

"好！这个计划可行！"

参会的人激动不已，个个按捺不住地跃跃欲试。

"噢，忘了，还有两位同志没表态。杨德简、花一枝同志，你们有什么说的？"

林潇苒看了杨德简一眼，眼光传递"你就是我，我就是你"。

"堪称缜密。同意！"

杨德简话音一落，林潇苒紧随："同意！"

"我宣布，此次师党委会结束！"

廖师长说完，记录员起身，捧着笔记本读着刚才每个人的发言。见在场所有人没有异议，记录员走到廖师长面前，递过笔和记录本。廖师长在记录本上签字。

等所有人都签了字，廖师长说："各位，回去连夜把党委会上的决议传达到每个支部，每个支部在明天中午之前把落实情况报上来，不得延误！"

"是！"所有人起立，齐声回答。

林潇苒见杨德简站起身，不由得也跟着站起来。参会的人争着离开。

高团长走到杨德简面前，面带严肃、认真的表情说："同志跟我干吧，我给你一个营。如何？"

廖师长与张参谋长对视一眼，抢着说："你的庙太小，等我见了首长，请示了再说吧。"

"那我先挂号，不行他到我那里当团长，我给他当助手。这家伙，打眼一看就是文武全才。我喜欢。"

"走吧你。"张参谋长挥手，高团长这才不舍地离去。

廖师长指着旁边的一把椅子说："过来，坐下说话。"

杨德简走了过去，林潇苒坐回原位，若无其事地倾听廖师长想说些什么。

"德简同志，知道我为何要苦苦地找你们吗？"廖师长递过一支烟，坚持要替杨德简点上，然后给自己也点了一支烟。

"请师长明示。"

"我入党的时候，你可能还没出生呢。听说有一位同志过来，一下带走了一个团，我心里又激动又惭愧啊！我在敌营潜伏了二十多年，身边拥有上百名自己的同志，可惜，只能带走三个团——由此，我对你们感到无比亲切。还有就是，假如你们牺牲在我的眼皮底下，不日见到刘邓首长，我没法交代啊！最后一点，你们年轻人是党和国家最宝贵的财富，为这场战役立下卓越的功劳，怎么可以牺牲啊！这就是我给胡副官下达死命令要找到你们的原因。"

"谢谢师长。"杨德简感激的口吻，可林潇苒听出来这是刻意的。

"那，作为同志，你没有什么想说的吗？"廖师长用温润的目光看着。

"我资历太浅，一下容纳不了这样的场面，所以没什么想说的。"

廖师长微微摇头说："看到你这样，我既欣慰又难受、委屈——面对朝思暮想在阳光下工作的同志，对方却没有坦诚以待的感觉；欣慰的是，看你这么年轻，还能保持如此高的警惕性。好了，不多解释了，有句话叫'路遥知马力，日久见人心，'何况，我们只隔着一条河。一旦组织批准了我们的计划，那你今天欠下的，明日一定加倍偿还。如何？"

张参谋长忍不住说："德简同志，我发现你看地图的时候，眼里藏着忧虑。哎，别说你没有——我跟着师长在敌营潜伏这么多年，别的本事没有，察言观色的本领还是有的。能说一下吗，担心什么？"

"我看不懂地图，只是想着在河边等待的一团通信连的那些弟兄，想着师长和参谋长是否同意他们现在过河。"

廖师长笑道："老张，看不出来，人家心里隔着一道墙呢。小同志，我替你说吧。你看着地图心里想，假如这是诈降，一旦解放军放开通道，让他们过去，等后面的部队进入通道，诈降的师突然杀过来，那么，解放军的阻击阵地就会被撕开一个口子——是不是呀？"

"师长，我真的不懂军事。其实，一团战场起义不是我的功劳，而是——在这场战役打响之后，潜生在大多数国军官兵内心那种向往光明的认知被唤醒了。还有就是，决定这场战役的不单是兵力和武器配置，而是军心、民心。比如，张参谋长说的，杜聿明集体倾巢出动，也未必能把中野怎么样。不说正规军了，就我一个游击队，两年多来活动在淮河流域，论兵力，我是他们的千分之几；论武器，我们从大刀起家，逐渐从敌人手里获取许多精良武器，从最初三人到目前一千多人，就算长期打下去，我们游击支队一定会日益强大，国民党军只能是处处挨打——这就是我听了张参谋长的话心里的所思所想。"

林潇苒为这番话折服——他借着对方的话题做起了引向光明的思想工作，不显山、不露水，从大处着眼，让对方看清更大的形势。

廖师长愣愣地听着，突然懊恼地拍了一下额头："哎呀，你刚才为何不在会上说这番话啊！秦秘书！"

"到！"显然，秦秘书被杨德简的话打动了，声音带着激动。她走过来，用敬佩、崇拜的目光看着杨德简，等待廖师长的吩咐。

"杨德简同志刚才一番话你听见了？"

"是。"

"把内容一字不落地记下来，连夜发到各支部，然后再补充一下，这次师党委会犯了一个严重的错误，就是单纯的军事意识。如果我们不能及时纠正，那样就会让一些本来动摇的官兵，从心理上误以为是一一〇师扭转了整个战局，甚至会幻想，一一〇师不起义，中野就会被歼灭，东野就会被赶过黄河，中原大地就会被国民党收复。因此，这次会议明显犯了单纯军事主义的错误。因此，党委书记廖运周、副书记张天云向各支部及全师党员做出深刻检讨，并将会议记录和杨德简同志的发言，一并交给上级组织，请求处分。廖运周、张天云。"

听了这段话，林潇苒的心骤然热了。她不敢相信，一个国民党的师长能说出这么一段感人肺腑、声声入耳的话来。

门外有人喊"报告"，进来后说："师长，军部通知，让您和参谋长去兵团开会。"

"知道了。"廖师长站起来，手伸向杨德简，"真想与你彻夜长谈，可惜军情不允许。"说完，冲东边的房门喊，"胡副官！"

胡副官应声出来，手里拿着一个精巧的公文包："师长，准备好了。"

廖师长看了一眼北墙上的"突围示意图"说："把这张图也带过去，以供首长们参考。"

"是。"胡副官去摘墙上的示意图，廖师长走过去轻声说了几句。林潇苒侧耳倾听，只听到最后一句："就说，这是我们师党委的意见。"

"是。"胡副官把示意图折叠起来，小心翼翼放进公文包里。

林潇苒正想问"我们可以一起走吗"，就听廖师长对杨德简说："有你陪同，胡副官此行我就放心了。小伙子——"说着，上前拥抱了一下，之后对林潇苒点头，"你很了不起！我会向上级为你请功的！再见，小同志！"

"再见！师长、参谋长同志！"林潇苒的这句话发自内心。

院门外停着两辆吉普车，一辆刚刚离开。直觉告诉林潇苒，上面坐着廖师长和张参谋长；另一辆已经启动，胡副官请林潇苒先上。

"若不是师长吩咐乘车，还想骑马的是不是呀，杨队长？"胡副官打趣道。

林潇苒的脸骤然红了，好在夜色很浓，没人能看见，才故作天真地问："胡长官笑话我呢。不过，过了河之后，我一定要学会骑马。"

杨德简脸上是什么表情林潇苒看不见，凭直觉一定也是满面羞红——一个男子汉，竟然搂着一个女子策马奔驰——这次是真真的不要脸！

吉普车在麦田边的小路上飞驰，两道车灯射出的亮光让夜色更浓，眼前除了刺破前路的光柱，周围一片黢黑。可能是在师部会议室开会，精神高度紧张，这会儿被冷风一吹，脑子里一片空白，心事全压在心里，体内没有足够的能量提供支撑，林潇苒索性闭上眼睛，给大脑一点儿休息。

两公里的路程转眼就到。车刚停下，通信连的人一下围了上来。小陈和几个女兵和她犹如分开一个世纪，没等她下来就被堵在车门前，跺脚的、相互拥抱的，喊声混成一团。

杨德简从另一侧车门下去，与孟连长等人说着什么。胡副官对一个身影说：

"立刻过河。"

"是！"赵营长声音显得异常激动，对身边的人说，"终于等到这一天了！弟兄们，把十条充气船全部放下去，让通信连的弟兄一次过河。"

人群散开，朝河堤上跑过去。

林潇苒下了车，从几名女兵身后一眼认出郭凤的身影，不由轻轻推开面前的小陈，上前凑近了看郭凤。因为她迟迟不语，猜到她在哭泣，可天黑实在看不见，林潇苒伸手想摸一下她的脸，却被挡开。郭凤的声音忍着哭泣："若是再不回来，我就找过去了。"

林潇苒刚要说话，赵营长督促："同志们，上船。唉，真的羡慕你们哪！"

林潇苒和郭凤与几位女兵一道上了河堤，发现从水岸到河堤站着两排士兵，中间留出只能走一人的空间。乍一看不知道何意，走了几步，站在队列前的赵营长伸出手："再见——同志！"

林潇苒不由得伸出手，让对方握了一下，顿时，一阵颤抖瞬间渗入手心在血液中游荡——这是一种惜别，一种难舍难分！让她疑惑的是，彼此并不认识，若是到了白天，就算赵营长站在面前也不一定能认出来，然而，从手心传达的真情直抵心灵。她被这种奇妙、神圣的情意感动了。几十只手握完之后，她莫名地落泪——莫非这才是赵红英说的"同志"？是，应该是吧。

等她走到水边，胡副官和杨德简站在水面上轮廓模糊的皮筏船前同时发声："小心。"接着，杨德简对她说："你和郭凤会水，照顾好船上的女兵。"

"嗯。"她先上了船，尽管船不停摇晃，还是很快站稳了。等郭凤上来后，两人在船头接应女兵们上船。船因为有了载重，稳了许多。两名负责划船的士兵挨个扶着女兵蹲下。很快，通信班的女兵全上来，林潇苒见还有空位，说："你们也上来吧。"

左右两边几乎是同时登船。杨德简刚上来，赵营长低声喊："还有人吗？"

"有——"水边上百人压低声音同时回应。

不知为何，林潇苒鼻子一酸，眼角溢出泪水。

不到两百米的河面很快被留在身后。

二十九

杨德简和胡副官刚下了船，忽听岸上黢黑的树林中传来几声古怪的鸟叫声，杨德简低声呵斥："王少君——出来！"

林潇苒还没反应过来，从树林中呼啦冒出密集的身影。杨德简回头说："这是我的队员。"说着，快步上岸，走到一个人面前，厉声质问，"谁让你们来的？王友明同志知道吗？"

"哇，原来，这边岸上隐藏了这么多人啊！我们一点儿也没察觉。"小陈惊讶地说。

林潇苒下了船，拉着郭凤上来，只见堤岸树林中挤满了端着冲锋枪的人，有的手上端着机枪，地上还有几门迫击炮。

胡副官上来，看着说："好家伙，这么多精锐的武器！幸亏没打起来，不然，死的都是自己人啊！"

因为夜色太浓，林潇苒看不清王少君的面容，依稀是一个身材魁梧、声音洪亮、气量十足的男人。

杨德简语气越来越重："好大的胆子，擅自调动队伍，谁给你的权力？"

王少君身后几个人争着说话："这还要谁同意——"

"我们知道你被困在了敌营，急都急死了，还管它什么纪律！你若有个好歹，天王老子说话也没用，我们肯定过来拼命！"

"闭嘴！"王少君吼了一声，众人止住，他这才欣喜地说，"队长，你也别发火，该怎么处分我认了。不过，把队伍带过来绝对不是单纯拼一下，而是猜你肯定躲了起来，如果没有外援，光是你一个人还好说，听说还有两位女同志。你带着她们很难出来。所以，我才擅自决定先打一下，把敌人的注意力全吸引过来，然后过去几个人把你们营救过来。谁知，正要打的时候，听见对岸说话，感觉有点儿不对劲，这才按着没动——"

"行了，你这行为以后再说。现在给你一个任务，把——哎——孟连长——"

"杨队长，我在。"孟乃胜从郭凤身后站出来。

杨德简对他说："这位——王少君同志，由他负责把通信连带到一团驻地。我和胡副官一起去见首长，有时间一定去看你们。"说着，对王少君说，"通信连的弟兄这几天受苦了，到了驻地，一定要弄些吃的。"

"那弄一大锅羊肉汤呗。"

"就是这个意思。抓紧时间走吧。"

"队长——""大小姐——""那，我们先走啦——"上百张嘴同时发声，直扑林潇苒内心，让她再一次感受到人间的情意，宛如冬夜里吹过的春风。

水岸边的人开始上岸，杨德简看着他们，对站在身边的林潇苒说："你暂时还不能去看——"

林潇苒等了片刻，却不见下文，说："我知道的，该先向组织报到。"

郭凤急着说："那——大小姐，我先随他们一道，去见——大小姐，有句话不得不告诉你，李政连长牺牲了！"

"听谁说的？"林潇苒头一蒙。

"那个姓钱的畜生说的——但愿他是胡说的——"

林潇苒脑子一下空了，以至于不知道郭凤是何时离开的，听到身边的杨德简说了一声"走"，才失魂落魄地跟着。

走在清冷夜色中，林潇茞内心沉沉的黑暗成为内应，不知道哪边更冷、更暗，亡人的气息不断地伴随迎面吹来的冷风进入肺腑，每一次呼吸都感觉犹如一阵血风吹动聚集在心空的哀伤，眼睛周围的泪被风吹干，开始撕裂的疼痛。

走在前面的杨德简和胡副官一直在说着什么，她一句也没听进去。忽然，耳边依稀传来李政的声音："大小姐——"

林潇茞浑身一颤，"啊"的一声，内心恍惚出现了清晰而神秘的精神家园——偌大的一处山庄，院内大多是梦中曾经去过的庭院，有亲人、老师、同学，还有在街上偶尔遇见过让自己内心为之怦然一动的异性。随着脚步的行走，在后院一处假山旁，她看见一个身影——李政向她走来。她眼睛一颤，整个山庄消失了，一下回到了河边那处茅舍的门前——他的眼睛大得像万里长空，一片阴郁的厚云下裂出一道缝隙，绽放出温润的朝阳，羞涩、温馨。遗憾的是，阳光落在了一座石山上，没有交互、没有融通。

此刻，看着她的眼睛再次被厚云遮挡，悲凉地说："你是我第一个想拥抱的人，可惜，你让我高不可攀——"说完，身体化作一道淡淡的云飘然而去。

她望着云，想说"可以的啊"，可是，话还是没说出来，那片云已经汇入了高空上的厚云。她忽然明白了，人世间有一种懵懂的情愫，美若朝露，尽管寿命极短，却比大江大河更珍贵、难得。

"李政啊，谢谢你！你把人生仅有一次的朝露给了我，虽然没有得到我及时的馈赠，但是它会永远地滋润我的心灵！"

杨德简止步，转过身来，关切地问："怎么了？"

林潇茞忍着哀伤，一连发出几声"我——我——"潜意识里想说"听见李政说话的声音了"，可是这话怎么能说出口，囧急之下急忙蹲下来，把脸埋在弯曲的胳膊里"呜呜"地哭泣。

杨德简蹲下来说："这里是战场，战争还没结束，死亡随时发生，这不是对于某一个人，而是奋斗着的一个群体！走吧！"

林潇茞缓缓站起，这时迎面过来几个身影，隔着几十米传来亲切的问候："是杨队长吗？"

"吆，郑团长，怎么把您惊动了？"杨德简说着，对身边的胡副官小声说："六纵十七师三团的——"

来人逐渐清晰，一共六个。走在最前面的军人上来与杨德简握手说："听说你被困在河南岸了，急得我坐立不安，多次找师长请示要过河找你，都被骂了。刚才听说从河那边过来一支队伍，一猜就是你，我能不过来吗？这两位？"

"这位是一一〇师胡副官，自己的同志，过来向组织汇报情况；这位是林潇茞同志，一团起义的组织者。"

郑团长急忙向林潇苒敬礼："同志！你是我们十七师的恩人，若不是一团起义，今天这一仗，我们会有很大的伤亡。哎，只顾自己说话，柴政委，来！老柴，你与杨队长可是老交情了。"

后面的一位军人上前，先与胡副官握手："同志，欢迎您！"手刚离开胡副官，猛地打了杨德简一拳，"这是利息！"

杨德简捂着胸口："你这个柴胡棒子，我欠你什么了？"

"欠什么，以后再说。胡副官肩负重任，不能耽误时间。"柴政委说。

"哎哎，等两分钟，我跟杨兄弟说句话。兄弟，长话短说：刚才过去的那么多人——我说的不是起义的国军，是你手下的那些人。好家伙，好几百人，个个脖子上挂着冲锋枪，还有十几挺轻机枪。哎——"郑团长迫切地说。

柴政委插话："还有十几门迫击炮——"

"对！对对！都是从河南边弄来的吧？我的意思是，上缴之前能不能扣些下来？也不瞒你，我衣兜里的子弹比手指头还少，下面的部队更不用说了，有的战士只有三发子弹。依照我的经验，明天会有一场恶仗。你总不能看着我挨打吧？"

"什么呀？我的人手上的武器都是自己的，从那边只带回一个通信连。他们电台倒是有，你要不要？"

"你——你——可不能欺上瞒下，这样会犯错误的。你一个游击支队要那么好的家伙干吗？"郑团长压抑着内心的喜悦，说话时嘴唇有些颤抖。

"团长，不知道就别瞎说，这批武器怎么来的我知道。当年挺进大别山过淮河时，我负伤，和两百多名伤员不得不留下。当时，掩护我们转移的就是杨兄弟。后来，从徐州过来两个师对淮北地区进行清剿，杨兄弟带着我们伤愈的同志，加上他们的几百名游击队员，那时一共五百多人吧，分批进了宿城，没怎么费劲儿就拿下了一处弹药库。当时，我建议能带走的都带走，不能带走的全部炸了。杨兄弟不同意，而是把弹药全部转移到距离仓库不足五百米的一处居民区，然后开着几辆汽车往永城方向跑，结果大批敌人全部追了过去。留下来的人全部换上敌军的衣服，用二十多辆马车，公开把弹药运了出来。我说这些，就是提个醒，你的武器至少有我们的一半，是吧？"柴政委向杨德简扬了扬头。

郑团长一下跳了起来："老柴，这话怎么不早说！杨队长，该我们的你必须拿出来！我也不多要，刚才过去的人携带的武器全部留下！呀，赶紧走，边走边说！"

胡副官终于忍不住："两位，我是十六旅的，过汝河承担后卫任务……"说着，泣不成声。

"啊，尤旅长的部队啊！我们俩是四十八团的。老天啊！你不是被俘虏了啊？"郑团长拉着胡副官边走边歪头想看清他的脸，亲切的声音里夹杂着责怨。

"我当时担任一营副营长，身负重伤，周围到处都是不能行走的伤员，后来统计有六百多人。当然，有的是子弹打完了，被俘。旅长挨个与我们握手，反复说着一句话，'好好养伤啊'。他一边说一边流泪。大家都知道这是最后的告别。之后，旅长扶着两名勉强能行走的伤员过了浮桥，到了河对岸，双手高高举起来，拜了又拜。随后，桥面发出一声巨响，桥被炸了。河岸这边，许多人哭着喊着，有的把头重重地叩在地上，哭喊着'来生再见'。

"那时，我才知道，一个人想死不是一件容易的事，何况我们都身负重伤，有的已经奄奄一息。可就在这个时候，敌八十五旅冲了上来。本以为他们会把我们一个个打死，没想到，却得到精心的呵护、治疗。你们知道这个旅长是谁吗？"

郑团长脱口而出："廖运周——你们一一○师的师长！"

"是。后来，我因在被俘人员中职务最高，廖师长找我密谈，说出了自己的身份。原来，早在一九二七年在黄埔军校期间他就入党了，受组织安排，长期潜伏。我这才明白，为何被如此善待。之后，他命令我把所有的党员组织起来，成立若干个支部，然后组建一个团，先后又调来一些潜伏同志，要求我们适应新的生活，等待组织命令。"

"我说呢，在国民党军营里怎么会出现这种反常的现象。胡副官，对不起，在这之前，我对你们一直存有戒心！"杨德简歉疚的声音。

"你若没戒心，反让我觉得不正常了。"

说着话，前面被几名卫兵拦住，一位上前敬礼："郑团长，你们还是别进去了，刚才来了几位师长都挨骂了。"

"为何？"郑团长问。

"他们是来要子弹的，说了一些抱怨的话。司令员生气了，骂道：'我让你们当师长就是让你们当讨债鬼的吗？要子弹是吧，我手枪里只有一发，是准备你们都被打光了，老子用来自杀的！'"

郑团长突然想起："杨队长，先别急——你们的事再大，也得把刚才说好的事给办了。"

杨德简沉吟着："让我的人把武器全给了你，这没问题，可你想过没有，这些冒失的家伙，在你们装备这么奇缺的情况下，像一个地主老财捧着一个元宝箱子满街招摇，难道惦记的只是你们？我敢说，这事早有人向王司令员汇报了，而王司令员立刻上报，请总前委向地方党组织负责人要这些装备。你以为都像你，不讲究一点儿组织原则？"

"他说得对不？"郑团长问柴政委。

"老郑，装备的事，等我见了王司令员出来再说。好吧。"

"好，我和老柴就在这里等你！"

"哦，杨队长回来了，这下好了！"卫兵喜出望外。

一名卫兵拎着马灯跑过来，林潇苒这才发现，原来前面是一个地下掩体的通道，心里想，怎么不住进村子里呢？

走进坑道的小门，里面是一处宽敞的指挥室，林潇苒脑子里之所以冒出"指挥"两个字，是因为墙壁上挂满了地图，还有中间长条桌上摆放着简单的沙盘。

"报告！"杨德简大声喊道。

"滚！"坐在沙盘旁低垂着脑袋的人冒出一句，瞬间抬起头，忽地站起来，快步走过来，一脸的欢喜，"你小子，总算回来啦！"说着，看了胡副官一眼，用打发的口吻说，"你跟着干吗？回去，该找谁找谁去！"

一张方正的脸，浓眉大眼，端正的五官，严肃的表情下面游离着一丝不易察觉的腼腆——林潇苒站在胡副官身后看着说话的人，心里想，就这——纵队司令员？怎么觉得都不像，论起修养与廖师长相差甚远，连杨德简都不如。

"司令员，他可是廖师长派来的。"杨德简说。

"啊？廖运周？来来，进来说话！陈司令员指示，这几天一定要关注——〇师，说廖运周该有所行动了。"说着，目光投了过来，"怎么还带一个女同志？这黑天瞎火的，多不安全。"

"司令员，她叫林潇苒，一团起义的组织者。"杨德简说。

"哦，大功臣呀，进来说话。"王司令员对门外喊，"小李子，弄三碗面条，带荷包蛋的，一个碗里放——放两个！"

通道边传来声音："司令员，你这不是难为我吗？我上哪儿弄六个鸡蛋？"

"我不管，反正你得弄来！但是，有言在先，若是犯了纪律，你就自认倒霉！"

"哎，你自己说的，谁要吃鸡蛋就把牙给拔了，成为伤员才能吃，所以，炊事班哪里敢放鸡蛋？"

"哎呀，小李呀，你真是个死脑筋，不会去就近的医院借几个，赶明儿加倍还上！去，去，去吧！"

走进室内，胡副官显得有些激动，说："好久没听见这样的话了。司令员，师长派我来——"

"哎，你别急，你说的事我做不了主。待会儿吃了面，我让政委陪你去见陈司令员，有什么话就跟他说。"

"那我立刻去见陈司令员。"

胡副官话刚落，进来一个身影。王司令员急忙招手说："杜政委，你来得正是时候，这个同志是廖运周派来的，可能是想动了，劳驾你带他去见陈司令员。"

因为隔着胡副官，林潇苒没看见杜政委的面容，只听杜政委说："你不去？"

"这个小同志不是刚回来吗，我有点儿事想问一下。"王司令员嬉笑着说。

"老王，游击支队的装备，陈司令员已经知道了，你可不能打主意。"

王司令员脸骤然一沉，立刻克制了，说："这么大的事你不急，竟唠叨些小事。"

胡副官急于要走，向王司令员敬礼。王司令员摆手说："等你换上咱们的军装，我再还礼。"说着，送胡副官和杜政委出去，回来挠着后脑勺，嘿嘿地笑着。

"司令员有话请指示。"杨德简投去猜测的目光。

"你也该知道，明天将会有一场恶仗，我六纵穷呀！这一年多，整天在大别山里转悠，周围确实吸引了不少敌人。可是，仗经常打，都是些赔本的生意，这突然到平原上打阻击，而且打的还是国民党最精锐的十二兵团，这不是让饿汉子上山打虎吗？"

"司令员，我懂你的意思。可是，杜政委的话不是没有道理。"杨德简眼里竟然释放着诱惑。

"这个我懂。你看，武器是瞒不住了。可是，子弹具体有多少，谁能说得清。是不是？咱俩交情这么深，你能不帮我吗？"

杨德简笑着说："等吃了你的鸡蛋面再说吧。"

"这没问题。"王司令员高兴得像一个孩子，站起来双手搭在杨德简肩上，"你没回来，他们都担心，连政委都打来电话。哦，差点儿忘了。等下。"说着，走到桌子前拿起电话，"要总前委，政委。"

趁着王司令员打电话，林潇苒小声说："你问一下一团的情况——问——"

那边电话通了，王司令员高兴的口吻："政委，小杨队长回来了。是，就在我这里。好。"接着，扭过身，"队长同志，政委要你接电话。"

杨德简急忙过去，接过电话，激动地立正说："首长，我是杨德简。"

王司令员用羡慕中略带算计的眼神看着接电话的杨德简，忽然想起什么，回到沙盘前之前坐的位置上，伸着脖子小声说："你这个大学生，不是我夸你，真的很了不起！"

林潇苒拘谨地说："司令员，其实，我只是有了这个愿望，恰好与曹营长和李政他们不谋而合而已，真正了不起的是他们，还有这位杨队长——若不是他机智勇敢、胆大心细，我早已经不在了。"说这话的时候，她心里想的是如何把话题引到一团的曹振海、李政他们身上。

"你这个评价很客观，我们首长也这么说过。这小子，我真是打心里喜欢。"

"司令员，我有一个建议，不知当讲不当讲？"

"都是同志，有什么不当讲的。"王司令员开始抽烟，眼里明显藏着心事。

"其实，一团几位谋划起义的军官也都很尊敬他。所以，我想是否可以让他到一团担任什么职务，那样的话——"

王司令员连连摆手，回头看了一眼小声说："你不知道，一年多前，中野挺进大别山，过淮河时，有三百多名伤员不能过河，政委指示把这些伤员留下来交给地方上的同志，当时有一位叫王友明的县委书记，带着一个文质彬彬的书生来接受任务。政委说，这些受伤的同志，大多数是基层指挥员，有的从瑞金一路走来，他们个个身经百战，是党的宝贵财富，一定要保护好他们。王友明不敢表态，看了眼书生。书生说，首长，我用这颗脑袋向您保证，半年以后，我会一个不少地把这些同志交给您！政委说好，问他叫什么名字。书生说他叫杨德简。当时，我以为这个书生说大话。在敌占区的平原上，你拿什么保证？可是，半年的时间还没到，我们刚转移到金寨山区，忽然有人报告，说山下来了一支国民党部队。我急忙过去，一看就觉得奇怪，前面的队伍个个精气神十足，中间七八百人却垂头丧气的，很多人肩上还扛着武器，看着就像一群俘虏。在他们后面是十几匹军马，马上的人忽前忽后地沿着路边巡视，一看就是担心有人逃跑。"

那边杨德简还在接听电话，林潇苒猜想，大概说的是一一〇师的事。这边的王司令员兴致勃勃地说着，她想问的话根本没有机会说出来，只能作出聆听的神色。

"我用望远镜一看，当时便号啕大哭。你知道为何吗？我看见骑马的人中有一个是我手下的团长！以为早就牺牲的那么多同志突然出现在眼前，而且，个个膘肥体胖的，就像做梦一样啊。再后来，当着首长的面，我提议把杨德简留下来当团长，没想到政委发火了，说，地方上的同志们帮我们照顾伤员，不知道多大的付出！尤其是在敌占区的平原上，每一天都活在刀尖上，他们的处境远远比我们要凶险！可是，他们还是兑现了承诺，把三百多名伤员一个不少地送了回来，你不感恩也就算了，竟然提出如此自私的要求！刘司令员也生气了，说，你这分明是吃了人家的饭，直接端锅！要知道，中国每一寸土地都需要优秀的同志，尤其是在敌占区，更需要像杨德简这样机智勇敢、胆大心细的同志——"

王司令员说到这里，杨德简走过来："司令员，政委要我陪你立刻到总前委。"

王司令员忽地站起，想了一下说："子弹的事怎么说？"

"司令员，不瞒你说，小王村有一处地下室，存放了几万发子弹，这事回来再说。"

王司令员一把抓住杨德简双肩："几万发！！"

"是，还有不少装备，就是你们看见的那些装备，游击队只拿了三分之一。"

王司令员突然拥抱着杨德简："你，你真沉得住气啊！走，走！我们边走边说！哎，这位同志要不要去？"

杨德简犹豫片刻说："还是去吧。"

林潇苒听出来了，上级首长没有明确指示让她去，加之急于想去一团，忙说："我想去一团看一下——"

话音未落，警卫员端着一块弹药箱盖板，上面放着三碗热气腾腾的鸡蛋面进来。

三十

乌黑的夜空上布满浓厚的阴云，偶尔有一颗孤星在云隙中出现，闪耀着追魂的冷光，虽然只是一刹那，却犹如李政的眼睛在引导着林潇苒前行。

走在她身边的三个身影，除了六纵的一位参谋，另一位是警卫营的教导员，还有一位是拎着马灯的警卫员。

林潇苒的精神被哀伤的幽灵俘获，以致参谋与她说话，有的话根本听不见，有的话虽然听见了却没有意识地回答，于是，参谋转而去与教导员说起了什么。

马灯光线幽暗，可能是灯罩上半边很久没擦了，已被油烟熏染，因此发出的光呈现暗黄色。看着一摇一晃的灯，林潇苒脑子里跳出"招魂灯"三个字。

"首长小心，这个跳板很窄。"马灯停下，警卫员站在一道四米多宽的壕沟边，伸直了拎着马灯的胳膊。

两位领导让林潇苒先过，她看看左右，竟然是一条空荡黢黑的暗影，深度无法看清。她小心翼翼过去，向北眺望，除了无边的夜幕什么也看不到。身后传来教导员的疑问："战壕内怎么不见一个人影？万一敌人摸上来怎么办？"

"这你就不懂了，看着没人，其实，战士们都躲在战壕一侧的地下室内睡觉呢。这个杨德简，别看没打过正规战役，可对阵地战一点儿不陌生。本来上面要求挖一道战壕即可，可他却坚持让民工在战壕一侧每隔十米挖一个能容纳一个连的地下室。开始，我们都觉得多余，可人家指挥自己的人挖，我们也不好阻止。这不，炮火一响，才知道地下室的好处。"

教导员惊喜地接过话："我觉得还有一个好处——保暖！这个鬼天，冷得要死，若是蹲在战壕内还不被冻个半死？"

警卫员过来后，参谋问："还有多远？"

警卫员指着远处一处忽明忽暗的亮光："有光的地方就是。"

林潇苒看着夜色深处的那处亮光，泪水一下流了下来，悲凉从心底涌上来，喉头不住地痉挛，就在她忍不住失声哭泣的时候，耳边忽然传来杨德简宽慰的声音："这里是战场——"

一句话让周身的血脉畅通，她在心里说："是，若不是你，我和郭凤已经不在人世了。"

她不由得加快步伐，超过陪同的参谋。其他人不约而同加快了行走的速度。

越走越近，逐渐看清那是一堆篝火；再近了，看见篝火四周坐满了身影。她不禁跑了过去，向着篝火边站起的一个身影跑去，等到了能看清篝火轮廓的时候，猛地发现在篝火的另一边躺着一个身躯。火光从一个白色的床单漫过，折射出一种不祥的朦胧。她只看了一眼，两腿一软跪下来，昂着头，全部的知觉凝聚成一声呼喊："李——政——啊！"她被自己的声音吓着了，意识伴随着声音消失在茫茫的夜色中。

透过厚泪，她看见篝火四周哗然跃起一片身影，发出各种声音向她涌来。她把头戳在地上，拼命地想往地下钻，让人生就此终结了！

她被人架起来的时候，借着灰暗的马灯散出的亮光，看见郭凤，看见小陈，看见一团通信班的所有女兵，她们都在哭。

站在女兵身后的一个身影突然跪下，声泪俱下："大小姐，对不起！"听出来是邵正杰。她拨开两名女兵，上前蹲下："邵连长，起来啊！他——他——"她想问李政是怎么死的。

"正杰，起来！大小姐，您终于安全回来了啊！我们——"蔡佳奇哽咽得说不下去。

许真诚站在一边说："我几次要带人过河去救你，可是都被拦下来了。大小姐，你已经是我们一团的灵魂了！"

潜意识中忽然闪过一丝疑问，林潇苒的目光从面前每个人的脸上掠过，惊惧的声音："曹振海呢？"

"营长只是受了伤，没大碍的。"蔡佳奇说。

送林潇苒来的参谋说："花同志，那我们先回去了，听说地方上领导要来看你。如果有需要，随时可以去六纵找我们。"

"谢谢你们！"林潇苒哀叹中带着感激说。

参谋等人离开后，林潇苒在众多士兵的簇拥下来到篝火边。有人把躺在地上的李政身上的白布掀开，篝火映出一张僵硬的面容。林潇苒挣脱了郭凤等人的手，一下扑过去，跪在地上拥抱着李政，把脸颊贴在冰冷的脸上。

过了多久她不知道，等意识回归之后，才听见蔡佳奇在身边说："我们一团进入解放军的战壕，一位指挥员说：'兄弟们，欢迎你们！你们先在这里待命，我们要到右翼支援兄弟部队。'正当大家松了口气的时候，曹振海发现王家裕不见了，有人说看见他往左边走了。曹振海对李连长说：'你们在这守着，我去找他。若是他不想留下来，我可以当场放了他。'营长走后不久，李政觉得不放心，说过去看一下，正杰连长说也过去。可是，谁也没想到王家裕随身带了一部小型报话机。李政到了后，看见曹振海正在与邱忠林通话，可就在这个时候，王家裕突然拉响了一个手雷，李连长一下摔倒他，接着喊了一声'营长'，用身体掩护了曹振海。我们到的时候，只见李连长背后全是血，曹营长腹部受伤。后来，正杰连长追上了企图逃跑的王家裕，把他就地解决了。"

林潇苒听着，忍不住欠起身来想看一下李政受伤的部位，这才发现，李政身穿一身崭新的解放军制服，帽徽上一枚红星折射着篝火的亮光，衣领上两面鲜红的领章，胸前缝着一面胸章，上面写着黑体字"中国人民解放军华野"，再看周围的人，全都是统一的着装。她低头看着，先从李政头上看起，慢慢地脱下他的帽子，手指抖索着伸向稠密的头发，用手指触摸每一寸头皮，直到摸着脖子也没发现异样，之后，双手顺着两鬓往下抚摸，到了胸前，忽然觉得手指沾上一丝凉意，举在眼前细看，手指出现一层暗红，不禁轻吐一声："不是说背部受伤吗？"

"是弹片穿过了身体，才导致前胸出血。"蔡佳奇握着李政的一只手回答。

林潇苒闭上眼睛，耳边响着李政发出的最后一声呐喊，脑海中闪出那一刻手雷爆炸的瞬间，凄凉地说出："你的教官找到了，可惜，没能见面；我会把你的思念转达的。"

这时一阵急促的马蹄声传来，蔡佳奇对邵正杰说："看一下，是不是杨队长来了？"

林潇苒心里明白，这个时候杨德简可能陪陈司令员去见总前委的首长，不可能这么快赶过来。

"大小姐，你回来了，一团就有了主心骨，很多事情需要你决定。"蔡佳奇说。

"我的任务已经完成，一团所有的事情理应由上级决定。"

"别的都可以，就是连长如何安葬，这个该你决定吧？"

林潇苒看着李政的遗体，心里说："还能怎么样啊，青山处处埋忠骨，何须马革裹尸还。"

忽然，周围有人泣声喊道："无论怎么说，都不能把李连长那样埋了！别人怎么样，我们管不着，李连长必须单独安葬。否则，老子宁可回家种地也不当他们的兵！"

"对！大家商量过了，是李连长带着我们过来的，如果他自己最后连个葬身之地都没有，我们就散伙！反正他们说了，去留自由！"

几百张嘴说着类似的话。

林潇苒愣愣地问："蔡佳奇，我没听明白。"

蔡佳奇忽地站起，大声呵斥："立正！都给我闭嘴！"

一声马嘶在人群后面响起，接着传来一个浑厚的声音："闭嘴是哪国的条例？"

话音落地，人群分开，径直走过来一位三十来岁的人，威严的国字脸，浓眉，大眼睛，嘴唇线条分明，隔着几步远，浓情谆谆地问："哪位是林潇苒呀？"

林潇苒想回应，嗓子有些僵硬，一时不能发声。蔡佳奇忙说："请问您是？"

一个从后面赶过来的人说："蔡营长，这位是谢政委！"

蔡佳奇立刻立正，大声呼喊："全体都有！立正！"

周围一声整齐的立正声。蔡佳奇敬礼："报告谢政委，一团全体人员一共一千二百一十三人，请您训话！"

谢政委还礼，转过身对立正的人群说："同志们，听地委的王友明书记说，六纵的王司令员代表总前委已经为你们开过欢迎仪式了。遗憾的是，我和陈司令员因工作原因没能赶过来。为此，我表示歉意。听口令，稍息！"

整齐的稍息声音过后，谢政委接着说："我们来自五湖四海，为了一个共同的目标走到一起了。早来与晚来都是革命队伍中的一员。我们早来的同志要关心晚来的同志，帮助晚来的同志改掉过去的习惯，尽快适应新的环境、新的制度，提升新的思想境界。给你们引路的同志是一位年轻的同志，而帮助你们，与你们一起生活、一起战斗的是许许多多像你们引路人一样的共产党员！我希望，你们要像相信林潇苒一样，相信我们所有的老同志。至于你们向组织提出的要求，我们没有给出答案。因为，我们想听取一下林潇苒同志的意见再做决定。现在，我请你们休息，等待上级的通知。蔡佳奇同志，让大家返回各自的住地。"

"是！全体都有，各营立刻返回住地，没有命令，任何人不得走动！"

"是！"几个声音同时回答，接着传来各营发出的口令，随即，周围发出一阵震动大地的脚步声。

郭凤用眼睛传递"大小姐，我想留下来"，林潇苒轻轻摇头，用眼神示意所有的女兵离开。

场面立刻安静下来。

"大小姐，这位是宿县地委书记王友明。"蔡佳奇介绍一位二十七八岁穿便装的男士。他身材瘦弱，脸型稍长，五官释放着仙风道骨，眼睛不大却炯炯有神。

林潇苒急忙上前，握着王友明伸出的一只手："我听杨队长说起过您。您好，王书记。"

王友明握着林潇苒的手："谢政委时间紧迫，我们抓紧时间把几件事定下来。"说着，在篝火边席地而坐。谢政委也坐下，林潇苒和蔡佳奇也跟着坐下。

谢政委顺手拿起一根冒火的木棍，点了烟说："先说第一件事。昨天，你们一团排级以上的军官联名写了一封信，提出两个要求：一是保持一团建制不被打散；二是要求林潇苒同志担任团政治委员。对于这两个要求，我和陈司令员商量过，保持原来的建制没问题；至于谁来当政治委员，我想听一下林潇苒同志的意见。"

林潇苒觉得头一蒙："首长，请允许我向组织如实汇报。"接着，把赵红英牺牲前后发生的事，以及自己受委派前往武汉兵站的经过做了详细的汇报。

谢政委沉思着说："这样说来，你的组织关系目前还在华东局。王友明同志，由你向华东局汇报，林潇苒同志的工作需要华东局决定。从军事工作这个角度说，一个女同志不适合做指挥员。来之前，我就此事向总前委做了汇报。政委明确指示说，找一位合适的团政委不难，而找一位音乐家、艺术家就难了！林潇苒同志是我党的宝贵财富，我们不能大材小用！我觉得，这个同志暂时不要参与部队的工作，而先在地方工作，等我们解放了上海，她还是要回去完成学业，为新中国做更大的贡献！因此，我把王友明同志叫来，共同商量你的工作。假如——"

林潇苒知道，政委嘴边的"假如"是想说，假如你坚持留在一团，那我和陈司令员还得向政委请示。

她沉思片刻说："首长，政委说得对，我一个学音乐的，对打仗一窍不通。我想，暂时留下来听从王书记安排。"

"好，就这么定了！还有，林潇苒同志，一团是你带过来的，对于干部任命有什么建议？"

"我，我没想过，觉得也不该想，还是由首长决定吧。"

谢政委把烟蒂丢进火堆里说："本来想让曹振海担任团长的，可他受伤住院了。陈司令员说没关系，住院不影响当团长。我去医院说起这事，他态度坚决，说自己无颜当团长，竭力推荐蔡佳奇担任团长、邵正杰当参谋长。最后，他问起你和杨德简是否安全回来，我说没有，他当即崩溃了，哭着说若是你们不能回来，他会以死谢罪！林潇苒同志，明天你是否抽个时间看看他，顺便劝他一下，还是回到一团吧。"

"是，政委！我一定说服他回到一团！"

谢政委起身："估计陈司令员已经从总前委回来了，我得赶回去。"

林潇苒急忙起身，王友明和蔡佳奇也站起来。谢政委从警卫员手里接过缰绳，一边上马一边说："潇苒同志，上海见！"

"嗯，首长，上海见！"

三匹战马转眼消失在夜幕中。蔡佳奇歉疚的语气："王书记、大小姐，你们先说工作。我立刻召集连以上人员，传达谢政委指示，待会儿再向你们汇报。"

"你忙吧，正好我有事要与林潇苒同志商量。"

篝火边只剩下两个活人、一具遗体。王友明看着李政的遗体，感慨地说："为有牺牲多壮志，敢教日月换新天！李政同志，你死得其所！我们这些活下来的人，一定会继承你的意志，迎接一个崭新的中国，并建成一个没有剥削、没有压迫、平等自由、富强伟大的国家！"

"王书记，还记得您在中央军校任教官时，有个叫李政的学员吗？"

王友明好像被锐器刺了一下，身子一颤："啊！想起来了！李政啊！"喊着，单腿跪下，双手捧起李政的头，借着篝火仔细看着，"是！是我的学生啊！"接着，猛地拥抱着，"假如我晚几天再暴露，你早就是同志了——光明之下，没有先后啊！地委会把你的名字列入淮海战役烈士名录！你知道，仅昨天一仗，我们有多少战士献出了宝贵生命吗？"

林潇苒瞪大眼睛，屏住呼吸。

王友明痛切地说："全线——三万多人啊！"

"啊，怎么会有这么多人啊？"林潇苒被震撼了。

"为了这些牺牲的烈士，我向地委建议把烈士分别掩埋到周边几个县境内。当我把这个想法向总前委汇报时，几位首长都沉默了。过了很长时间，政委问其他几位首长什么意见。司令员说，这只是第一个回合，接下来的仗会更凶、更险，伤亡人数会成倍增加！几十万人——就是说要几十万个坟头，那样一来，淮海这个平原就不能叫平原了，就该叫淮海大坟场！政委说，我们共产党人，流血、牺牲不是为了个人，而是为了全国人民能过上好日子！人死了，还要占一席之地，这不符合我们的宗旨！王友明同志，我代表总前委表态，所有牺牲的烈士，一个也不能留坟头！集体就地掩埋——不管牺牲的是什么人，团长、师长，包括我们总前委的人，牺牲了一律集体掩埋，绝对不允许留下一个坟头！"

听到这里，林潇苒的心止不住地往下沉，就是说，从此以后，祭拜李政都没地方了？她禁不住低下头哭泣，"服从——服从——"悲声从心底往上涌，直冲得上身不停地抖动。

"还有一事，关于工作上的——"

林潇苒点头，表示在听。

王友明说："过两天，从山东过来一批地方干部，是准备南下的。据说，这批干部是为解放上海准备的。总前委要求我们组织人员对他们进行培训。考虑到你是一位受过高等教育的人，所以，想聘请你当教员。你个人什么意见？"

"我没有，就是，离开之前，能否见一下杨德简？我没别的意思，就是请他帮我记住埋葬李政的位置。可以吗？"

"这个不用我说，他一定会来的，最晚也就在明天早晨。林潇苒同志，我也得回去了。"

送走了王友明，郭凤和女兵们立刻围了过来。

三十一

黎明时分，李政遗体前面的篝火不知何时熄灭了。郭凤与几位女兵挤靠在一起。她们往头上盖了几件大衣。林潇苒依旧握着李政冰冷的手，眼睛一刻也不曾离开那张僵硬的面孔。

王军医悄然过来，怜悯的口吻："大小姐，你们是不是喜欢上了啊？"

"没有。"林潇苒低声说。她看着李政，心里内疚地说："原谅我这么说。"

"那可以告诉我为何如此不舍地守在遗体旁吗？"

"可以。这是灵魂之间的对话，没有任何禁忌。在这之前，我不知何为恋情，自然就不懂你。可是，遇到了杨德简，我懂了。原来，恋情就是一瞬间发生的，一眼千年的感觉！如同一个行走在沙漠中的人，谁会问你怎么会在一刹那就喜欢上水了？有了这样的体验，才知道我对你造成了巨大的伤害。这么说不是后悔，而是意识到，我在他那里如同你在我这里一样，我爱上了水，水却爱上了云，我守在这里不单单是守着你，同时也是守着自己。"林潇莓再次在心里说。

王军医把林潇莓的手与李政的手分开："松开吧。"话音里含着当心细菌之类的忠告。

林潇莓淡淡地说："就是觉得，作为战友，这是人世间最后的一面，多看一眼等同多在一起一年一样，今后再见将会是一个在坟内、一个在坟外——不，不是的，连坟头也看不见，只能对着一片茫茫的土地——"

郭凤从大衣边探出头来："大小姐，你睡一会儿吧，让我来守着。"

林潇莓刚想拒绝，忽然脑子里闪出一件事，目光迎着郭凤："你好点儿了吗？"

郭凤没有直接回答，说："你去睡吧，几个人挤在一起一点儿也不冷。"说着席地而坐，禁不住瑟瑟发抖。

"姐，我有一件事想托付你。"

"大小姐，你有什么话就说吧。"

"姐，我有一件事不知道该怎么办。"

"只要不让我离开，什么事我都愿意去做。"郭凤如释重负地说。

林潇莓从衣兜里掏出一个皮夹，打开，抽出一张五百万的银票。

郭凤看着，不禁瞪大眼睛："哪来的啊！"

林潇莓本来不想提起邱忠林，可是银票上写着"邱忠林"三个字，不得不说："这是那个畜生身上掉下来的，我想交给组织。我想让你去一趟武汉，顺便把伤寒病治好。"

郭凤听着，开始不住点头，最后难过地说："可我不能离开大小姐啊。离开了大小姐，我一天也过不安宁。"

"可是明显你体力不支了，再这么拖下去，万一倒下了，你让我怎么办啊！"林潇莓这么做真实的意图是想让郭凤换一个生活环境，以便尽快摆脱那个畜生给她身体上、心理上造成的阴影。

究竟为何自己不走，她没有明确的答案，只是依稀觉得离不开这里了。因为，有了初恋的地方就是故乡；而郭凤不一样，这里只是让她受屈辱的地方，早一天离开就早一天解脱。

她见郭凤还是不肯，只好说："姐若是不愿意，那我只好跟你一起回上海了。"

"别别！我去！大小姐这个时候回上海不是自投罗网吗？可是，我到了武汉，那银行的人会兑付吗？"

"这个我想过了，应该没问题。通常情况下，银行只认银票不认人，就算问起来，你也有话可答。他们问什么，你就答什么。毕竟我们是在一团待过的。到了武汉，你还得穿上这身衣服。"林潇苒指着自己身上的国军军装。

郭凤忽然想起："哦，对了，我给你领了一套解放军的服装。"说着，坚持着起身去拿。

林潇苒看着李政的面容，不知为何，眼前突然出现幻觉——杨德简愤怒地指着她说："你还是不是一名共产党员？有什么权力派遣人去武汉处置缴获的资产？"

她理直气壮地回答："我的组织关系不在你这里，而是在华东局。我理应把缴获的资金交给我所在的组织！你知道他们在敌后有多需要资金吗？再说，郭凤不是我们的同志。为了新中国，把健康甚至一个女子最神圣的贞洁搭进去了，为此，让她去武汉治病，还需要权力吗？"

杨德简暴跳如雷："总之，你这么做是党的纪律绝对不能允许的！"

"我问心无愧！"这句话忍不住从抖动的嘴唇冒了出来，她立刻意识到，这种幻觉来自杨德简透露的一句话，"我的支队下面有一支女子中队——"用不着联想了，杨德简早有归宿。

从此以后，她将永远活在孤独中！

"怎么啦，大小姐？"郭凤抱着衣服过来，蹲下身紧张地问。

"哦，没什么，就是刚才精神有点儿恍惚，出现了幻觉，李政他——呀，这么多衣服。"说着，林潇苒站起来，四周查看了一下，开始动手脱下国军的服装，只留下内衣，在寒风中瑟瑟发抖地换上崭新的棉衣、棉裤，还有棉鞋。

郭凤帮她扣上扣子，系上鞋带。顿时，浑身有了暖意，她由衷地说："真暖和啊！唉，可惜也穿不了几天。"

郭凤抱怨的口吻："大小姐就不该答应当什么教员，先不说冷了一团人的心，就是自己九死一生的，到头来连一官半职也没有，太不公平了！"

"说到公平，那李政呢，把命舍弃了，到头来连个葬身之所也没有——这就是我们这代人为了一个新中国必须付出的代价。"

"唉，反正我什么也不懂，就知道大小姐怎么说我就怎么做。我什么时候动身？"郭凤蹲在地上叠着林潇苒换下的衣服。

"这——可能要等这场战役结束，之后，我向组织汇报，说你要回上海，请组织帮助。至于怎么走，我想组织会有办法的。若是组织直接把你送往余杭，你跟着走就是了，然后再折回来，从南京乘船去武汉。等我见到华东局的领导，让他们与你联系。"

"嗯，我知道了。我取了钱换上自己的名字，交给你的组织，然后就回来找你。"

"别，等上海解放了，我会去找你的。"

"大小姐，我已经答应他了。"郭凤低下头，发出羞怯的声音。

林潇苒沉默了，看着李政的遗体，想说："姐啊，今后的战争会更加残酷、激烈，你不会知道突然之间失去所爱的人心里有多苦啊！"可是，这话没能说出来。

"重逢之后，我因为已经不是过去的自己了，就没打算再搭理他，可到底没能忍住，索性把在那边发生的事都对他说了。他说别说这件事了，就算我只剩下一个手指头，他都陪我过一辈子。"

"姐，我不知道该说什么。感情这个东西本质上是折磨人的，甜也罢、苦也罢，谁也说不清啊！"

忽然远处传来一阵马蹄声，林潇苒不由得站起来，依稀觉得应该是杨德简来了。远处晨曦中，几匹战马飞奔而来，惊动了整个寂静的原野。

不远处响起一阵急促的哨声，北风中传来邵正杰大声呼喊："各营集合！"接着，一连串的哨声响起，沉睡的士兵纷纷从麦田里站起来，片刻，几个队伍同时向一处聚拢。

蔡佳奇跑过来说："大小姐，纵队首长过来宣布任命，您也参加吧。"

"好的。"林潇苒整理一下衣帽，跟着蔡佳奇走近队伍。全团的士兵顿时群情激奋，纷纷喊着"大小姐""党代表"，其间夹杂着"一团的弟兄不能没有你"的真情表白。

这一刻，在林潇苒心里，所有的付出都滋生着一份淡淡的补偿。她流着感激的泪水，站在队伍前深深鞠躬，然后走到队伍最后一排。

首长们隔着几十米下马，走在前面的有三人，他们身后紧跟着一支二十多人的队伍。

蔡佳奇发出洪亮的呐喊："立正！"随之转身朝着首长跑步迎上，立正敬礼，"首长！一团起义官兵集合完毕，请您指示！"

首长们还礼，其中一位说："稍息！"

蔡佳奇转身走过来，大声呼喊："稍息！"

三位首长来到队列前。林潇苒因站在最后，看不清他们的脸，心里泛出一个浅浅的希望——王司令员应该在的。

她觉得王司令员来了，那么杨德简也该回来，至于为何这么想，心里找不到准确的答案，只是觉得他应该来的。

一位首长说："同志们好，我这是第二次与大家见面了。这位是六纵政治部主任梁一鸣同志。下面，由他宣布中野政治部对一团的干部任命。"

整齐、威严的队列瞬间安静了，仿佛融入了静静的黎明。片刻后，一个声音响彻原野："中野政治部任命：原国民党十二兵团第八十五军第二旅第一团自今日起，被授予中国人民解放军中原六纵十六旅新编一团。任命：蔡佳奇为团长；任命：邵正杰为参谋长；任命：许真诚为副团长；任命——"

林潇苒听着这些熟悉的名字，不由得想起李政——他若还在，那么团长就是曹振海，李政有可能是参谋长。想着，心里不禁一阵绞痛。接下来，谁是营长，谁是连长，她已经无心听下去，耳边伴随着冷风夹杂着一些名字，其中有政委、政治部主任，还有教导员、指导员的名字。

她侧过脸看着不远处静静躺着的李政，心里抽搐着："你若在该多好啊！"

这一刻，她体会到灵魂也在哭泣。

突然，一阵巨响震动着大地，脚下松软的土地开始剧烈地震动，朦胧的天空传来炮弹飞行的声音，队列顷刻慌乱了，只听政委笑呵呵地说："不就是打炮吗？在我看来，这是你们的黄司令员为新一团发出的礼炮啊！"

队列中有人大声呼喊："首长，我们一团请求立刻参战！为李政报仇！"顿时，上千人同声呐喊："我们要参战！""为李连长报仇！"

炮弹落下，虽然落在千米之外，依然感觉到一股强大威力，麦田上接连不断地炸出一片片冲天的泥土，随之一团团硝烟成团地上升。

炮火声中传来政委的声音："你们是否可以参战，由你们的旅长尤太忠来决定。新一团的同志们，战役已经打响，我命令你们立刻赶往十六旅，接受任务！"

"是！"蔡佳奇激动地喊着，"全体都有，跟随政委归队！"

队伍开始出发，没有人向林潇苒告别，甚至六纵的首长何时离开的她都不知道。之前，众多士兵的麦田上只剩下她和郭凤，还有不远处的李政。一阵孤独、空旷袭来，她茫然四望，整个原野除了隆隆的炮声，仿佛都已死去，炮火声成为吞噬天地的内应。寒风依然吹着，在白雪覆盖的麦苗上盘旋、悲鸣。

黎明即将过去，东方的天际呈现粉红色，炮声还在继续，猛烈地与旷野抗衡，密集的炮弹一排一排地延伸着，把地表掀起来，把泥土抛向空中，然而，无论炮弹如何肆虐，也动摇不了她周围的肃穆。硝烟中冒出一支骑兵，迎着她飞奔而来。林潇苒眼泪一下涌了出来："你终于来了啊！"

"谁呀？不会是那个不要脸的吧？"郭凤站在旁边轻声说。

马队近了，还没等她细想，十几匹战马停在了面前。郭凤脱口而出："王队长，怎么是你呀？"

十几名精明强干的战士纷纷下马。王少君走近了说："林潇苒同志，我奉杨队长命令，前来安葬李政同志。"

"那他呢？"林潇苒遗憾的口吻。

王少君气恼地说："还不是又过那边了。你说部队这么多人，干吗老是派我们队长去冒险！算了，不说了，我们得抓紧时间，不然会耽误事的。"说着，对身边的队员说，"还愣着干吗，把李政同志的遗体抬走。"

一名战士从马背上取下一副担架，几名队员跟着过去。林潇苒身不由己地跟着。到了近前，几名战士根本不给她告别的机会，四个人把遗体抬上担架直接离开。林潇苒急忙跟着，却被王少君拦住："队长说了，你不能跟着。"

"凭什么？"郭凤吼着。

"这——不知道，我只知道服从命令。"王少君严肃的表情。

"那就是说，从此，我无法知道他的葬身之所？"林潇苒顿感悲从心来。

"你，你把我们队长当什么人了？都怪我没把话说清楚。队长说了，等战役结束，他会带着你祭拜李连长的。"

"既然这样，我为何不能跟着？不管怎么说，也不管如何下葬，他身边总该有个亲人吧？"

王少君胳膊一挥，激动地说："昨天，你知道民工共计掩埋了多少牺牲的战士吗？这些烈士最后一程身边有自己的亲人吗？是，有血缘的亲人没有，可是，没血缘关系的十万民工，个个都是流着眼泪把他们成排地掩埋了。你知道吗，一条坑有上百米长，具体有多少这样的长坑，我都不知道。烈士们的遗体一个挨着一个，等待全部掩埋完了，那一片土地整整高出了一米！李连长有你们，难道那么多烈士就没有战友吗？有！不但有，而且，我们从烈士怀里发现成千上万张妻子、儿子的照片。假如他们都有你这样的要求，那结果是什么样？"

林潇苒被这番话感动了，望着渐行渐远的担架，难过得背过身。

"林潇苒同志，杨队长让我带你去见曹振海同志，还吩咐，请你务必劝他尽早归队。"

她转过身，抹去眼角的泪水："曹营长在什么地方？"

"也不算太远，离这里不过三里地吧。"王少君说着，指着抬担架战士留下的马说，"队长说了，让你骑他的马。你放心，我们不会走得太快。在麦地上骑马，就算摔下来也无大碍。"

林潇苒毫不犹豫地走近那匹深红的马，双手抓住马鞍，脚伸进马镫。听着隆隆的炮声，想着随着每一声炮声不知道又有多少人等待下葬，一股无名的力量把她托起来，上了马背。她学着杨德简的动作，双腿微微一夹。马身子一纵，朝着南面的炮火一路小跑。她被吓蒙了，双腿再次一夹，马立刻飞奔起来。她闭上眼睛，心里只有一个念头——即便摔死在他的马背下也是天意。

感觉距离炮弹落下的地方越来越近，忽听一声马嘶，身体一下被抛向空中。她以为被炮弹击中，脑子霎时空了，紧接着身体落地，却没有剧痛，睁眼一看，身下压着两名战士。

她一个翻滚，还没等站起，被压的战士忍着疼痛怒斥："你哪个部队的？不会骑马就不要骑，逞能也找个地方！这里是战场，不是操场！"

王少君从马背上跳下来，赔着笑脸："范团长，对不起！不怪她，怪我！"

范团长看了王少君一眼，怒气全消："王队长，谢谢你昨夜给我送来那么好的装备，还有子弹。你看战士们手上的家伙。不是吹，这一仗一定要给他们一点儿颜色看。哎，你这是干吗？要不要我帮忙？"

王少君小声说："范团长，我告诉你一个秘密。"说着，看了林潇苒一眼，欲言又止。

范团长好像悟出点儿什么，立正向林潇苒敬礼："同志！对不住，刚才是我态度不好，请你原谅！"

林潇苒羞红了脸："哪里呀，本来就是我不对。何况，若不是你把马拦下，我这会儿已经是炮灰了。"

范团长转向王少君："我道歉了，你说吧。"

"我不敢说，怕被杨队长处分；还是让她说吧，反正杨队长管不着她。"

范团长再次向林潇苒敬礼："同志，王队长说的秘密是指弹药的隐藏地。他不敢说，请你务必告诉我——我是十六旅的，等这场仗打完，我送你一把最好的手枪，还有一匹战马。我说的马是优良马，你今后想去哪儿就去哪儿。"

林潇苒听到十六旅，心头一热，情不自禁说："告诉你可以，但有一个条件。"

"你说，只要我能做到的，都答应！"

"杨德简同志有一处弹药库，里面具体存放了多少弹药，我不知道，总之，有很多。据他无意中透露，少说也有十万发子弹。"

"啊！我的亲娘啊！十万发啊！哎，在哪儿？"

"我的条件还没说呢。"

"你说吧，我都答应！"

"就在刚才，起义的一个团被编入你们旅了，叫新一团。我的要求是，那些弹药，你们两个团平分。"

范团长忍痛割爱地说："听说他们的装备在整个中野也是一流精良，干吗还给他们？"

王少君这才说："你不知道，这个团是林潇苒同志带过来的。你若不答应，那可真的太可惜了。我告诉你，那个库里不单有子弹，还有美式冲锋枪、十几挺轻机枪，连掷弹筒都有。"

范团长身边的几位干部激动地说："团长，快答应啊！你想呀，装备人家不稀罕，不就是子弹吗？"

范团长这才痛下决心："好！答应了！"

林潇苒沉吟片刻，不得不说："浍河南岸，杨家坟地，下面是一处地下室——我和杨德简队长在那儿躲藏过。具体位置，让这位王少君带着即可。"

王少君连连摆手："我可不敢参与。"

范团长喜不胜收："不用你，我能找到的。你这是去哪儿，我让人开三轮摩托送你吧。"

"不用，这马，我骑定了！"林潇苒信心满满，对王少君说，"王队长，拜托你照顾一个叫郭凤的同志。她为了一团起义，不惜跳进河水中！"

第五章

三十二

郭凤说："我也可以骑马的！"说着，眼睛盯着王少君的白马。

在王少君的指点下，郭凤知道了一些骑马的基本要领，撑着病体上了马背，对林潇苒说："大小姐，应该没事，咱们走慢点儿。"

林潇苒坐在马背上，忽然感觉到自己与这匹枣红马有着前世之缘。马儿温顺地按照发出的指令或走、或停、或小跑、或奔驰，渐渐地人马合二为一。

郭凤因为练过功夫，上马之后，立刻英姿飒爽，一个人骑着马在麦田上驰骋，等跑成了一个小黑点，接着往回跑。

麦田上呈现一片透明的寂静。远处，错落有致的村庄上空冒着一缕缕炊烟，临近的一个村庄边走着一群扛着担架的农民。他们身后，跟着几条狗相互打斗，有时会朝着一个方向猛地追逐着什么，然后乱成一团，大概是捉到了野兔或别的动物，一场纷争后继续朝着已经走远的人群追去。

田埂上长满枯萎的矮蒿，叶子全被寒风掠走，只剩下光秃秃的茎秆，祈祷似的弯着腰独自承受着风的肆虐。

王少君一路护送地跟着，可能是对来回跑的郭凤不放心，说："林潇苒同志，你就朝着前面的那个村子走，慢一点儿，万一有什么闪失，我可担不起。"说完，策马飞奔而去。

南面的炮声停歇了，只是偶尔传来一声榴弹炮划过长空的刺耳声音。

林潇苒掉转马头，朝着硝烟弥漫的地方眺望，眼前出现一片宏大的幻觉——成千上万名国军开始渡河，上岸后，在长官的驱使下弓着腰向寂静的北方缓慢移动。

"杨——你在吗？小心啊！"她轻声说。

身后传来马蹄声，她扯着缰绳让马掉转过来，看见郭凤伏在马背上，犹如一道闪电飞奔而来，心里忽然泛起疑惑——若是宿城可以医治伤寒，不知道该不该让她离开。

马到了近前，猛地扬起前蹄发出嘶鸣，接着，郭凤从马背上落了下来。

"哎呀！"

林潇苒正要下马，只见郭凤身子一纵站了起来，兴奋地说："大小姐，没事。

哎呀，这感觉太好了，身体也轻松了许多，我都不想离开了。"

话音未落，从南面突然传来一阵铺天盖地的枪炮声。

一场前所未有的恶仗开始了。

王少君竟然又折过来，气咻咻地说："同志，我还有任务！我可是负责一个担架中队的队长！仗打得如此激烈，前线的伤员肯定不少，我哪有时间陪你们啊！对不起，我得上去了！六纵的医院就在周家圩子，你们自己去吧！"说完，纵马迎着漫天的硝烟飞驰而去。

"大小姐，我不想去医院。那个人有什么好看的。"郭凤双手扯着缰绳，让马儿原地打转，只等林潇苒一句话。

林潇苒心动了，可想着到了战场不但什么也干不了，反而影响战士作战，犹豫了片刻说："去看曹振海是组织交给的任务，不能不去。"说着，双腿微微一夹，马儿小跑起来。郭凤驾马紧跟上来。

不一会儿，一个村庄近在眼前。与周围村庄不同的是，整个村子弥漫在浓浓的雾气中，仿佛村子里到处散发着热气。与寒冷的北风相遇，热气迅速腾升，向村庄四周弥漫。

村边，几乎所有的树干之间都晾着白布床单、包扎布条，在朔风中不停地飘摆，昭示着悲壮、惨烈和生死瞬间的挣扎与拯救。

林潇苒看着，心抽搐着，不知道有多少人已经死在了担架上，更不知道有多少战士在这里与死神做一次最后的抗争。

进了村才知道，那些弥漫的雾气原来是家家门前都烧着一口大锅，锅内不停地冒着热气。她虽然不知道开水对伤员有什么疗效，但知道那些抬担架的成千上万名民工是要喝水的，还有战场上那些浴血奋战的将士，他们也需要喝水。

原来，一场战争的胜负是由多种因素构成的，仅此一点，国民党军队就做不到。

村里几乎都是女人，老的、少的，中年妇女居多。她们都知道自己该干什么，到处都是忙碌、有序的身影。为了不惊动这个忙碌而神圣的村庄，林潇苒把马拴在村子东头一户人家门前的树上。她走到一位担着食物的村妇近前："大姐，打听一下，六纵的医院在这里吗？"

"在呀，这里就是。"村妇把肩上的扁担从后脖颈转过，换到另一个肩膀上，一副急着要走的样子。

"那医院的领导在哪里？"

"哦，这事我不知道，我不是这个村的，是半铺的。你去前面麦场上问一下程雪竹，她是淮海游击支队的政委，我们都归她管。"说着，匆匆离开。

"哎——"林潇苒想问"是杨德简那个游击队吗"，可是挑着担子的村妇顾不上说话，已经急着往村子中间走去。

"姐，我们去麦场吧。"

郭凤好奇地四处看着，微红的脸上映出内心的震撼："天啊，这么多绷带呀，有的还带着血，为何不洗干净呢？"

一个十来岁的女孩不知从什么地方跑过来，天真地问："解放军姐姐，你们是派来的军医吗？住在我家的解放军叔叔不想吃饭，你能帮忙看一下吗？"

"小妹妹，姐姐不是医生。不过，你带我去见程政委，我会请她派医生的。"

"那好吧。"小女孩显然不想离开，但还是勉强朝前走，而且越走越快。

林潇苒紧随其后，来到村子中间，也没看见医院的迹象，只是不远处站着黑压压一片人群，几乎全是女人。

到了麦场，看见人群中间并排站着十几名英姿飒爽的女兵，在听一位身穿军装的女子说话。女子背对林潇苒，声音透着坚毅、果断："赵青，你是负责后勤的。我让你准备两百只鸡，你准备了多少？"

队列中一位女兵怯声回答："实在弄不够，我——"

"我问你准备了多少？"

"不到一百只吧。不过，程政委，我二舅说上午会送些来的。"

"王小丫，盐准备得怎么样了？"

另一位女兵回答："盐足够了，就怕洗伤口的时候，她们拿不准放多少。"

程雪竹想了一下说："这样，盐可以放进开水里，你们队只需要保证盐水供应即可。"

"知道了。"

"罗红，你们队培训得怎么样了？"

女兵罗红回应："经过上次的急救，我们队基本上掌握了清洗、止血和包扎要领，绝对不会出现上次的那些失误。"

程雪竹面向众多人，大声说："姐妹们！听到了吗？前线战斗打响了，每一分钟、每一秒，我们的战士都在流血。该说的，上次已经说过了，我不重复，只想说一句，凡是到了这里的，都是英雄！都是我们的兄弟！我们每个人都要用心呵护、照顾他们！尽管我们这里条件差，但我们要用心来弥补！姐妹们，能不能做到？"

"能！"女人们发出各种声音。

小女孩几次想上前，终究没敢打扰。那位叫罗红的女兵说："程政委，你身后有两位女同志——等了一会儿了。"

程雪竹急忙转身，一张椭圆形的脸，一双明亮、如同水中倒影的眼睛上下打探过来。她眉头稍微一展，整张脸如同一面迎风招展的旗帜，看着林潇苒，稍厚的嘴唇先抿了一下，嘴角微微翘起："我是程雪竹。请问，是找我吗？"

林潇苒急忙伸出手："您好！我叫林潇苒，受六纵首长指示来看望曹振海同志。"

　　程雪竹愣了一下，好像内心有许多疑虑需要过滤，舔了一下嘴唇，恍然地握了一下林潇苒的手，原本严肃的神色犹如被风吹走，露出含苞欲放的状态，脸上浮出热情："我知道你！林潇苒同志，你太了不起了，一个人瓦解了国军一个团！"接着，面向众人激动地说，"姐妹们，这位就是瓦解了敌军一个团的女英雄！大家欢迎！"

　　掌声骤然爆发，其间夹杂着各种称赞。

　　罗红激动上前："听说你是大学生啊？"见林潇苒羞怯地摇头，接着说，"怎么不是呢？我们都听起义的那个营长说了，说你是学唱歌的。哎，等这场仗打完了，唱一首给我们听啊。"

　　"嗯。"林潇苒被一拨接着一拨羡慕、崇拜的眼神推到了承受的岸边，想说点儿什么，却找不到合适的语言。

　　"好啦！你们这样，把人家弄得都不好意思了。"程雪竹解围的口吻，接着说，"大家分头准备吧。"

　　人群中传来一句："我就没见过这么好看的女孩子。这程政委就够好看了，今儿终于见到更好看的人了，仙女似的。"

　　"是啊，就是仙女呀。"

　　林潇苒满脸羞红，低声说："程政委，您有那么多事，我不能耽误您，请派一个人带我去见曹振海同志。"

　　程雪竹正要喊人，低头一看："这不是三妮吗，曹营长就住在她家。三妮，你怎么不直接把她们带到你家，还跑来找我？"

　　"噢，不怪三妮，是我没说。三妮，咱们走吧。程政委，我——"林潇苒想说，"看完了曹营长，是不是可以参与救护工作"。不料，她的心思被程雪竹看出来了，说："我听王友明同志说，组织安排你当南下干部培训班教员。你看了曹营长后还是直接去宿城吧，培训班急需教员。"

　　"嗯，我服从组织安排，待会儿直接去宿城找王友明同志。"

　　"他这会儿肯定在前线，你还是先到地委报到。他们会安排的。哎，三十几里路呢。要不，我派一辆马车送你们吧。"

　　"不用，我们是骑马来的，可以骑马去。"

　　程雪竹眼里炸出了羡慕："呀，会骑马呀！真的好羡慕！赶明儿，教我呀！"

　　"我也是刚学的。"

　　林潇苒想说："你不是游击队政委吗，那杨德简马术那么好，怎么不让他教你？"这话不能说，只能在心里润成一汪清澈。

　　忽然有人大声喊："伤员下来啦！"

　　"对不起，同志，我就不陪你过去了！"程雪竹精神抖擞，冲着众人挥动胳脯，"走啊！"

林潇苒还没来得及说声"谢谢"，程雪竹已经快步离开。

麦场的人开始朝着一个方向走，片刻，只剩下林潇苒、郭凤和那个叫三妮的小女孩。一直在麦场四周转悠的狗群也跟在人群后面，忽前忽后地跑着。

"三妮，咱们走吧。"

远处的枪炮声、漫卷的硝烟、奔赴救援的女人、空荡荡的麦场，还有寂静的村庄，在意识中定格。

一路上，林潇苒想得最多的是新一团这次参加战斗会有怎样的表现，牺牲是难免的，那几个熟悉的身影还能安然无恙地回来吗？她不禁侧脸看了一眼郭凤，发现她心事重重，一定在为邵正杰担心吧。

"要奋斗就会有牺牲——他们是为人民的利益而死，所以重于泰山！"林潇苒轻声地说着赵红英曾经说过的一句话，将它送给了身边的姐妹。

她们跟着女孩进了一处四合院。院内的房子是土坯墙，房顶盖着农村人家常用的那种白茅草，门窗都是原木的，生了一层黑黄的霉斑。

进了西房，靠山墙的床上躺着一个人，看上去似睡非睡，听见了脚步声不动声色地说："三妮。"

一听声音，林潇苒急忙走过去，带着生死重逢的悲喜："曹营长！"

曹振海身子一颤，慢慢睁开眼睛，愣愣地看了几秒，嘴一歪哭了，接着，用双手揉着眼睛，喃喃自语："这一次是真的。"

"是我啊。"林潇苒摘下帽子，眼里溢满泪水。

曹振海突然号啕大哭，双手不停地祈祷："老天，你终于显灵了啊！"

他这么一哭，让林潇苒不知所措。哭声引来了护士，上前斥责："你又怎么了！我们这里有数不清的伤员，有的把胳膊、腿都锯掉了也没像你这样——若不是领导吩咐，我们才不惯着你——别哭了，丢人！"护士说着，才发现林潇苒，抱歉地解释："同志，对不起。那你们说话。"

林潇苒见护士要走，忙说："同志，我想问一下曹营长的伤势。"

护士给林潇苒递了一个"出去说"的眼神，到了门外，看着郭凤，目光里藏着疑问——这个同志怎么不进去？

"同志，他伤在什么部位，严重吗？"林潇苒问。

"他的伤离严重远着呢，只不过小腹被弹片击穿，而且，那个弹片还是从掩护他的人背部穿过的。若是换了其他人，这点儿伤经过治疗早就离开了。请问您——"

"我是六纵首长派来的。"下面的话被内心巨大的伤痛压了下来，她不知道该怎么说。

"那好吧，我只能对你说，他这个人伤不在身体，而是在心上。"护士说完就离开了。

林潇苒看了郭凤一眼，想说"既然来了见一眼又何妨"，见郭凤不屑地转过身去，只好回到室内。

曹振海已经平静下来。她看着床前，连个坐的凳子都没有，只好坐在床尾，竭力克制内心的不满："曹营长，一团的情况你都知道了吧？"

"知道。他们的安排超出我的预料，参与起义的骨干都得到提升，也不辜负我和李政的一片——唉，我一想起李政牺牲的那一刻，就恨不能一头撞死！"

"我来不想说这个，只想问一下，你下一步是如何打算的？"本来，林潇苒想劝说他忘了过去、面向未来，服从组织安排，立刻投入新的战斗，可是看着他沮丧的样子什么也不想说了，只想有一个明确的结果好向上级领导交代。

曹振海木讷地摇头："我还有什么下一步啊！"

"怎么会没有呢？即便现在回不了一团，相信组织还会给你一个合适的位置。你想呀，这一仗下来，会有大批俘虏，这些兵总得有人领导、指挥吧。你曾经被六纵首长定为新一团的团长，下一步的岗位，我不好说，至少可以发挥你的能力。你说呢。"

"我本来想，若是你有个三长两短，我不等伤好就会到咱们曾经待过的地方自尽谢罪！现在你回来了，我的这个想法——"

"唉，怎么又绕回来了？我来，不是出于个人或者一起出生入死，而是受上级指示，劝你尽快振作起来，投入后面的战斗。你明白吗？"

"我明白。那，你下一步呢？我的意思是——昨天，蔡佳奇和邵正杰来看我，说你回来了。他们强烈要求你来一团当政委。我当时就说，那样的话立刻回去，什么都不当也回去。一大早，我急坏了，知道今天团里要宣布任命，就想知道什么情况，所以闹了情绪。你——"

"他们的要求没有被批准，组织考虑得更切合我的实际能力。"

"这么说，你从此脱离部队了？"曹振海紧张地看过来。

"是。"

"眼前，长江以南还在国民党手里，上海也回不去呀，你是不是被安排在地方工作了？"

"是。总前委考虑到南方长期被国民党统治，一旦解放，那么多城市都需要干部。所以，从老解放区抽调了大批干部，集中在宿城进行培训。王书记让我去当教员。曹振海同志，我们说了这么多，你总得给个答复呀！不然，见了王书记我没法交代。"

曹振海仿佛失忆了，目光呆滞地看着对面的土墙。

林潇苒的忍耐到了极限，起身说："你一个人好好想吧，我要去宿城地委报到。"说完，头也不回地走开。

三十三

两人牵着马出了村庄，谁也不说话。

林潇苒心里全是泪，想着手雷爆炸的那一刻，李政本来可以躲开，偏偏没有躲，反而用自己的身体为一个刚结识不久的人挡了死神。

这种舍己为人的精神从哪里来？

想起病床上那个精神颓废的人，表面的悲哀下可能掩藏着龌龊的心思，不免对李政有着强烈的怨恨——为了这么一个人，值得吗？

她止住脚步，朝着半边天底都在鏖战的南方，心里对李政说："也许这是一种与生俱来的精神，我虽然不能理解，可还是从心底感到悲凉、崇敬！"

林潇苒上了马，看了郭凤一眼，发现她的脸上蒙着一层憎恨，知道她的心里与自己一样，所以才不说话。两人信马由缰地走着。

走了没多远，上了一条由砂浆铺成的大路，可能是战事的原因，路上挤满了推着满载粮食、服装、鞋子之类的独轮车的民工，听口音不像当地人，禁不住问："老乡，你们是哪里人呀？"

一位面黄肌瘦、疲惫不堪的大嫂说："咱们是山东海阳县的。同志，请问，这里离陈司令员的部队还有多远？"

林潇苒歉疚地说："我也不知道啊。大嫂，车上有那么多鞋，你的鞋都破了，怎么不换一双？"

大嫂一脸的虔诚："咦，可不许的，车上都是军鞋，俺就是赤脚也不能穿。"

林潇苒心里一热，眼睛潮润了，想起赵红英说过的一句话，"大事看人格，小事看格局"。一双鞋究竟有多大的格局，她不知道，只是意识到，只怕这一车鞋全部走破了，也走不出老区人民的格局。

公路上的小车队源源不断，一眼望不到尽头，她不由得想起杨德简在八十五军说过的话，"这场战役胜负的主要原因不是武器、人数，而是人心，其中也包括国民党将士的心"。

"这个不要脸的，也不知道怎么样了。"林潇苒自言自语。

"大小姐，我们走下面吧。看着他们这么辛苦，我们骑着马，心里着实过意不去。"

"嗯。"林潇苒左右看着，发现路的右边是一条河流，河岸上是一些杂树，再往下，挨着水边是一条小路，指着说："下去，顺着水边走。"

路上的人、车过多，林潇苒下了马，趁着一辆独轮车留的空当牵着马到了路的另一边。还好，堤岸的树林中有一条小路，她看着说："姐，就走这里吧。"

两人上了马，在树林中不快不慢地走着。

河面不宽，只有三十来米。水面上结了一层薄冰，一些伸出水面的杂草外面裹了一层冰雪，呈现出晶莹剔透的造型。水边生长着茂密的水藻，也蒙上一层冰雪，看上去似乎经历了几千年。

河的对岸是一望无际的麦田，满地里跑动的不是抬着担架往回跑就是扛着担架奔向战场的青壮年。

再远的天底，弥漫着硝烟，形成缥缈的蜃气。

走了没多远，忽然看见很多人聚集着，有的在岸边，有的在水中，喊叫着，听声音多半是女兵。

林潇苒觉得好奇："这么冷的天，她们在干什么？"

"听喊叫声，好像有人落水了。大小姐，快点儿，咱们去救人！"郭凤说着，纵马前行。林潇苒紧跟着，到了近前才发现，女兵们不是救人，而是在捕鱼。她们捕鱼的方式很特别：二十多名女兵下到齐腰深的河中间，每人手里撑着竹子编制的挡板。挡板有一人高、一米多宽，一人伸出胳膊正好稳稳地撑住。她们把挡板放在前面，后面的人用一根竹子敲打挡板，发出震耳的声音，敲打数十下后，所有人齐声呐喊："走起——"

呼啦啦一阵水声，一道竹挡板形成的阻拦墙同时向前移动。

林潇苒抬头望去，很远的河面也有一道挡水竹板墙，只是固定在河里，将河道阻断。

"大小姐，我知道了，她们这是要把鱼赶过去，然后再捕捞。天啊！这么冷的天，水里还结了冰，等把鱼赶到那边，人也冻坏了。"

林潇苒听到一个熟悉的声音，就是在麦场上见到过的叫赵青的队长，只听她大声喊："三队，准备下河！快！上来的人立刻穿上棉裤，披上大衣，然后沿着河边跑。"

有人在水里喊："四嫂，上去还要跑那么远，还不如在水里待着。"

有人讥笑："可是裤裆里钻进泥鳅了，不愿意上来？"

"哈哈哈"，一阵哄笑飞向两岸。

郭凤忍着笑："这些女兵，大冬天的待在水里还能开出玩笑。"

更让人发笑的一句传来："四妹，小心呀，赶明年秋天你保不准生个泥鳅大小子！"

林潇苒脸一下红了："姐，咱们走开！"

两人刚上马，忽听有人大声喊："哎，那树林里骑马的不是两位仙女吗？"接着一片亲热的喊声："仙女，下马说会儿话吧。"

林潇苒激动地回应："姐妹们，小心别冻着！我有任务，改天一定来看你们！我记住你了，赵青姐姐！"说完，两腿一夹，放马奔驰。

迎着朔风，两匹骏马，两位佳丽，沿着静静的小河驰骋。

临近中午，两人赶到宿城。

城内没有想象中的闹市场面，街上行人稀少、店铺冷落，出现在大街上的多半是戴着袖章的市民，有的在清理街道，有的在清除墙上、门面上遗留下的旧迹，偶尔有几辆军车呼啸而过。

林潇苒下马，打听地委行署的位置，得知在小禹口东侧不到两百米，也是国民党政府待过的地方。

再次上马，沿街行走，不多会儿便来到小禹口，原来是一处十字路口，再次问了路人，那人手一指："街北有一处大门就是。"

接近大门时，林潇苒和郭凤下马，径直往里走，被卫兵拦下："同志，请出示证件。"

"我没有证件，是王友明同志让我来报到的。"林潇苒话还没说完，卫兵看着马，眼里炸出惊喜："枣儿！这是我们队长的马，你怎么骑来了？"

"杨德简？"林潇苒喜上眉梢，以为马上就可以见到他。

"是啊！同志，请进吧！"

林潇苒微笑道："你的意思是，这匹马可以当证件？"

"是啊！我叫王少卿，刚调过来的，之前在杨队长领导下打游击。"

"他在吗？"林潇苒心里空了，一个"调"字表示想见的人不在。

"不在。我自从调过来，再也没见过他了。哎，我们队长好吗？"

"不知道。这人，整天往敌军那边跑，神出鬼没的。"

话音未落，一辆吉普车停下来，司机大声呵斥："把马牵走！"

这一声把林潇苒激怒了，站在大门中间，厉声质问："什么人，好大的派头！"

吉普车另一侧的门开了，下来一位三十来岁的军人，晃动着健壮的身体，迈着稳健的步伐走过来，到了林潇苒面前，敬礼："对不起！刚才那位同志是刚解放过来的，身上还有许多旧习气，请您原谅。"

林潇苒不好意思地回礼："同志，刚才我的态度也不好，请你原谅！我叫林潇苒，前来行署报到！"

"巧了！我叫孟海洋，昨天还是海洋纵队一名师长，组织要我来行署工作。那——"说着从衣兜掏出一张介绍信递给卫兵，"小同志，你看我可以进去吗？"

卫兵肃然起敬，急忙敬礼："首长好！请进！"

"她们两位呢？"孟海洋笑容可掬地问。

"她们当然可以。"

孟海洋绷起脸来："这些天，陆续有同志前来报到，你们一定要热情接待！切不可把远道而来的同志拦在门外！"

"是！"卫兵敬礼。

"还有，这两位同志的马一定要喂好。对你的领导说，就说我孟海洋说的，凡是骑马来的同志，一定要把马喂好。"

说着话，来了一拨人，相互问了之后，一片欢迎之声不绝于耳。

负责接待林潇苒的是行署副书记，叫杨怀中。他问了一些情况，当即热情起来："欢迎啊，林潇苒同志！昨天我向王书记要人，他说起你，但不能确定你会不会来。嗨，你来了！我也不与王书记商量了，这个培训班就交给你了，不许推辞！"

林潇苒心里没底："杨书记，我本身还在上学，怎么可以担任这么重的责任？"

"同志，你都能把一个团的敌军收服了，这几百名自己的同志，还能难住你？你要知道，在我们组织内，想找一位知识分子太难了。就拿我说吧，一个给地主打长工的，一个大字不识，若不是遇到了王书记，这个时候可能还在地主家的地里干活呢。"

"那也得等王书记回来，你们领导研究一下再定吧？"

"什么事呀，我可以知道吗？"孟海洋进来了。

杨怀中急忙起身迎到门前，拉着孟海洋一只手，恭敬的口吻："孟专员，失礼了，严重失礼！你们——你和林同志同时进来，只好先让其他同志接待你了。"

孟海洋一点儿也不见外地把手甩开："今后都在一个稻草铺上睡——"说着看了林潇苒一眼，粗糙的脸竟然红了，自嘲地说，"我这个人带兵打仗还行，做地方工作还得从头做起。就拿说话来说吧，一不小心就跑调。这位同志，还得请你原谅。"

"没事，你说得挺好。"林潇苒有些拘谨。孟专员的气场异常强大，她有点儿不适应。

"你们刚才是不是在谈工作上的事？"孟海洋问。

"是呀！华东局从山东老区抽调了一批南下干部，安排在我们区培训。这本来没什么可说的，只是，只给我们学员，不给教员。华东局领导说可以在部队内挑选，无论选中了谁，一律服从。你看，仗打到这个份上，我怎么好向总前委要人啊！这不，林潇苒同志是王友明同志亲自挑选的，她本人又是大知识分子，所以，我就想把培训班这副担子放在她肩上。正好，孟专员，你看怎么办？"

"这还说什么，就这么定了！我临来时见过刘邓首长，他们指示，培训南下干部是我们党所有工作的重中之重，不得有一丝一毫的懈怠。这样，我们立刻去培训基地，见一下从老区过来的同志们。有什么话，路上说！"

"等一下，首长！"林潇苒说。

孟海洋纠正的口吻："从今以后，不许这么称呼，一律叫同志。你说呢，杨怀中同志？"

"关于称呼，王书记有过建议，说称职位比较合适。"

孟海洋沉思思片刻："也行，那林潇苒在培训基地应该属于什么职务？"

"南下干部培训基地主任，不知道是否合适？"杨怀中商榷的口吻。

"主任？听着有点儿别扭，不如叫培训基地总指挥吧，这样让人一听就明白，基地的事她说了算！林总指挥，你刚才想说什么？"

"我有一事，恳请两位领导，就是她——"林潇苒看向郭凤，"她叫郭凤，不在组织内。"

"大小姐，我说吧。我从小就是大小姐的丫鬟，这次过来就是照顾大小姐的，可是大小姐说，这里解放了，人人平等，不需要我照顾。所以，我和大小姐商量，我想回家。"

两位领导相互看着，用目光交换意见。杨怀中迟疑的语气："听王书记说起，你很优秀。一团的起义你是立了大功的，是不是考虑留下来工作？再说江南还没解放，你回去也不安全。"

孟海洋问了一些关于一团起义前后的情况，当即表态："你可是有功之臣，怎么可以走呢？郭凤同志，知道我们眼下缺的是什么吗，就是干部啊！这样，你留下来，具体的工作我来考虑。怎么样，杨书记？"

"我同意。"

"那就这样，我们去基地！"

培训基地设在西关原国民党一个军营里。他们乘坐的吉普车进了院子，发现操场上到处都是悠闲、懒散的农村人。

孟海洋跳下车，厉声质问："你们都是什么人？"

一个在操场边靠着大树打盹的人蓦然跳起来，跑步过来敬了一个难看的军礼，操着浓重的山东口音："报告首长，我们是南下第四支队的，在这里等候培训！"

"你、他，你们还支队哪！我看你们就是纸堆，而且是废纸堆！把这里的负责人叫来！"

"报告，我就是，张泰山！"

孟海洋一下把帽子摘了，吼着："还泰山，我看你太丢人了！丢我们山东老区的人！来之前你是做什么工作的？"

"海阳县组织部长，首长！"

孟海洋胳膊一挥，冲着操场上几百名不知所措的干部喊着："上级派你们南下是干什么？谁告诉我？"

沉默之后，几个瓮声瓮气的声音传来："南下接管城市。"

"你们是南下了，可你们彼此看看，一个个连这里的普通市民都不如，还有脸说接管！"

杨怀中小声说："孟专员，无论怎么说，他们也算客人。"

"什么客人？那我刚到，岂不也是客人了？在中国每一寸解放的土地上，大家走到哪里都是主人，都有义务、有责任！"

杨怀中尴尬得说不出话，看着林潇茞，希望她能劝说一下这位火暴脾气的专员。林潇茞虽然不认可孟海洋的态度，可不禁想起冰河里那些为了伤员捕鱼的女兵，还有浴血奋战的战士，情绪不禁激动起来，说："同志们，我也是刚到这里，说句心里话，乍走进这个城市，感到很陌生。可是，刚才孟师长，不，现在是行署专员，他的一句话让我茅塞顿开，就是在中国每一寸土地上，我们都是主人！来的路上，我看见几十名女兵泡在冰河里，为了给受伤的战士增加营养在捕鱼；我看见成千上万从你们家乡走来的父老乡亲，推着载满粮食的独轮车，朝着前线走去——我想，孟专员可能也在路上看见了这样的场面，因此，看着你们在这里悠闲的样子才忍不住发火。"

孟海洋忍不住鼓掌，而几百名干部低下头。

"同志们！集合！"张泰山眼里躲闪着羞怯的目光大声喊。

一阵混乱的跑动后，操场上呈现整齐的队列。张泰山向孟海洋发自内心地喊"报告"："孟师长！山东南下第四支队全体人员，强烈要求上前线！"

"请首长批准！"一片呐喊声感天动地。

孟海洋在队列前踱步。杨怀中为难地说："我们行署没有这个权力呀！"

林潇茞知道，这话看着是对她说的，实际上是说给孟海洋听的。就在孟海洋犹豫不决的时候，一辆吉普车开了进来。

林潇茞以为是王书记回来了，刚要迎上去，猛见程雪竹打开车门，下来后直奔杨怀中："杨书记，孟专员在哪儿？"

孟海洋背着胳膊："我是孟海洋。"

程雪竹急忙迎上去，敬了一个标准、优雅的军礼："专员同志，我奉总前委向你传达指示。"

"你是谁？"孟海洋诧异的目光。

"我叫程雪竹，战役前担任淮海游击大队政委，现任淮海战役民工副总指挥兼军地联络员。"

"了不起！上级有何指示？"孟海洋见程雪竹犹豫，督促着，"说吧，这里没有外人。"

"是！我口述总前委政委原话：'围歼黄维兵团的战役已经到了决定胜败的最后时刻，若是让黄维走脱了，后果是，整个中原战场将会出现我们不能掌控的态势。因此，就算把中原野战部队打光了，也绝不让黄维突围！目前，摆在我们面前的不单是正面的敌人，还有后方混乱的问题。上百万老区人民前来支援前线，可是，到了这里却无人接应，让很多老乡守着粮食饿肚子！这个局面必须彻底改变！因此，总前委要求地方政府，一手抓伤员救治，一手抓老区人民的返程工作。务必确保不饿死、冻伤一个支前老乡！'以上是政委原话。下面传达宿县地委书记王友明同志的指示：'一、王友明同志负责伤员救治；二、孟海洋同志负责支前老乡返程工作。'报告完毕！孟专员、杨书记，前线伤亡惨重，我得赶回去。"说完，不等孟专员说话就转身离开，上车后，从窗口闪出一个敬礼的姿势。

孟海洋一言不发，眼睛直勾勾地看着大门，忽然转身："杨怀中同志！"

"在！"

"你立刻回行署，召集所有人员——记住，所有人员——征用交通工具，尽快赶往前线！"

"是！"

孟海洋见杨怀中徒步往门口走，忙说"用我的车"，接着，对张泰山下达命令，"命令南下支队参与支前老乡返程工作。张泰山！"

"到！"

"把你的人分成二十组，每个组负责一个县，对这个县的老乡进行登记，不许漏掉一人，然后向后勤——嗯，到了再说吧。总之，有组织、有计划、保供应，安排老区人民有序撤离。"

"是！"张泰山和南下支队成员个个情绪激动，恨不得立刻就走。

"孟专员，请允许我们跑步前往！"张泰山恳求。

"可以！"孟海洋胳膊一挥。

几声口令声过后，南下支队三百多人跑步离开。在队伍后面，还有几十名年轻的女干部。

孟海洋看着空荡荡的楼房、院落，为难地说："这里没人看不行啊！林潇苒同志，还有这位女同志，这里就交给你们了！"

"可是，我对那里情况熟悉，怎么能不去啊！"林潇苒急了，本来还想着回去骑马，到了前线，说不定也能知道一团的情况。

"这是我安排不周，该让他们留下两个人的，既然这样了，也只能这样，总不能让他们带来的东西让人随便拿吧？就这样了！"孟海洋说完，竟走一般地离开了。

三十四

有一种空可以穿透身体。

这种感觉是林潇苒之前没有体会过的。院内，整座大楼孤零零的，好像空了几个轮回，离开的人再也没有回来。

操场西面是一排敞开门的房间，看着像集体宿舍。东院墙有一处较为低矮的房子，感觉像食堂或者伙房。郭凤转着身子，气恼地说："这算什么事呀，一句话就把我们扔在这里了！这个姓孟的八成是张飞转世吧，做事这么大大咧咧的！"

"现在说什么也没有用了，既然这样了，也只能这样了。"林潇苒学着孟海洋的山东语调，"进楼里，找一个住的地方再说。"

两人刚要往大楼里走，大门口进来三个拉着平板车的人，两女一男。一个女人拉车，另一个女人推着，男人却腋下夹着一个包悠哉地跟着，乍一看像雇主。

林潇苒看着他们自然地走进来，想着大概是来送菜的，因为车上堆着许多竹筐，筐里全是蔬菜，还有一扇猪肉。

中年男人看着林潇苒，略微诧异地问："哎，这些学员呢？不会是开课了吧？"

"你们是送菜的？"林潇苒问。

男人说："你是刚来的教员吧？我是这里管伙食的。哎，怎么这么静？"

"刚才行署专员来了，让这里的学员全部去前线。中午就不要做饭了。"

"啥？不做了？那这么多的菜怎么办？"推车的女人说。

拉车的女人接着说："你也不问一下晚上可回来，就说怎么办。还能怎么办，反正不能挨户退了。"

三人都看着林潇苒，等着她回答。

"天冷，菜放着没事。还有，你们不做饭了，就负责这里的安全吧。我们也要去前线。"林潇苒说。

管理员急了："这可不行！我们只是来做饭的，别的什么也不能管，尤其是楼里还有枪，万一丢了，我们可是要坐牢的。"说着，不等林潇苒说话，对两个女人说，"快把菜送到伙房，你们先回家等候通知。我也不能留在这里，万一出了状况，我就是长一百张嘴也说不清。"

郭凤忍不住说："你的意思是，我们的话你可以不听，莫非要行署的人来说才能听？"

"谁来说都不行！这么大的责任，我承担不起！"管理员说着，推着平板车朝东边走去。

林潇苒听说有枪，心里不免担忧起来——这座城市刚刚解放，万一有人闯进来抢劫，那后果就严重了。这一刻，她切实地意识到这个孟专员头脑简单，行事不假思考，若是王友明在，一定不会这么安排。

她静下心来想了一下说："姐，你去行署把负责门卫的战士叫来，就说是杨德简的命令。他们若是实在来不了，你就打电话到前线找杨副书记，将这里的情况如实汇报给他。我相信他会采取措施的。"

"你一个人在这里行吗？"

"没事，我有枪。而且，这里的人刚走，没人知道他们什么时候回来。快去吧。"

郭凤离开后，林潇苒一只手插在衣兜里，紧紧地握着枪，紧张地在操场边来回踱步。不一会儿，两个做饭的女人出了伙房。林潇苒知道她们要回家，想着挽留一会儿，至少让外面的人看见这里不是她一人。

"大姐，我向你们打听点事儿。"

一个稍胖的女人用羡慕的眼神看了过来："打听什么？"

"这些南下干部来几天了？"

"也就两天吧，反正我俩昨天才来。一开始是他们自己做饭，后来领导安排我们，这才过来的。"

"你们两人原来是做什么的？"

"原来也在这里做事，给那些国军当官的做小灶。他们跑了以后，我们就回家了。我们已经向政府交代过了，在军营干了几年，除了做饭什么坏事也没干过。"

这时，管理员匆匆走来，眼神中隐藏着游离，对林潇苒拘谨地笑着说："同志，我忽然想起，跟卖鱼的说好了，让他们送鱼的，既然大家都不在，那我去通知他今天不要送了。"说着，脚步有些凌乱地离开。两个女人也跟着走了。

林潇苒脑子里总是出现管理员游离的眼神，心里说："要静心想一下，为何觉得这个管理员行为有点儿不合情理。"

正常情况下，一个拥护共产党的百姓，面对这种情况忧虑是难免的，但一定会积极参与这里的守卫，绝对不会撒手离开。

那么——

林潇苒设想着有可能发生的状况，可是一时间脑子很乱，许多因素同时冒出来纠缠。她把所有的问题都清空，竭力想着杨德简，想着他若在会怎么说，接着，意识回到了那片坟墓下面的地室，想着杨德简坐在地上喝酒、吃红薯干的样子，不禁说："说话啊。"

幻觉中的杨德简说话了："首先，无论这个管理员有没有嫌疑，我们要从现有的条件分析。第一，这个地方是国民党军营，虽然宿城解放了，军营里当兵的也散了，问题是，他们都散到哪里去了？没有人说得清。有一种可能是存在的，在这个城市里，一定潜藏着脱下军装的敌人。第二，这些潜伏的军人，一旦知道军营空虚，而且有武器，那么，换了我是他们，一定会纠集一些散兵，去军营抢到武器去对付手无寸铁的支前民工，然后扮成返程的民工一路向北，回徐州向他们的党国邀功——"

"别说了！"林潇苒不禁失声喊出。

幻觉消失，林潇苒发现握着枪的手心全是汗水，于是掏出枪，对着南天发誓："杨，有我在，绝对不允许这样的事情发生！"

林潇苒越想越焦急，不时走到大门外张望——半小时竟然那么漫长！

终于街上飞奔来两匹战马，一白一红。林潇苒不觉一阵眩晕，不得不靠着墙恢复体力。郭凤跳下马，惊吓地问："大小姐，怎么啦？"

门卫也跳下来问："什么情况？"

林潇苒摇头："怎么就来你一个啊？"

"我们排只留下两个人，其余的人都上前线了。这里发生什么事了？"

"你叫什么？"林潇苒问。

"我叫王少卿。"

"好，王少卿同志，告诉我，城里有守卫部队吗？"

"有是有，可是，他们都在守卫弹药库、粮库，还有医院。我给他们打电话了，他们说自己人手都不够，实在抽不出人来，还说可以把武器送到弹药库。"

林潇苒听着，如释重负，瞬间又觉得不妥，万一在转运的时候遭到抢劫，后果岂不更严重？"不可以！这样，姐，你和王少卿同志在这里守卫，我去前线汇报，请求增援！"

"大小姐，我和你一块儿去吧！"

林潇苒摇头说："这里更需要你。"说完，从王少卿手里接过缰绳，纵身上马，回头说，"任何人都不得进入大门，违者就地正法！"

"是！"王少卿敬礼。

街道上行人稀落。林潇苒纵马奔驰，出了城区，发现通往南坪集的公路上涌满了过往的民工，本想顺着河岸走，又担心一不小心马失前蹄把自己扔进河里。她看着广袤的麦田，策马下了公路，在薄雪覆盖的田野上飞驰。

过了半晌，田野上出现了很多担架队。她停下来拦住一队人问："同志，你认识王少君吗？"

有个人摇头说："不认识。我们是北面赵家村的，过来抬分给我们村的伤员。"

"这些伤员是从哪里抬过来的？"

"罗家圩子。周围很多村都到那里领伤员。"

林潇苒看着担架上的伤员，发现大都不是重伤，本想说几句安慰的话，一时不知道该说什么，上马时大声喊："战友们，安心养伤啊！"

她再次策马奔驰，很快到了村子附近。看着村子四周全是进进出出的担架队，林潇苒停下来牵着马步行。她看见一副担架上抬着一名重伤员，可能是腹部中弹，鲜血顺着担架底部雨点般落下。走在前面的一名民工突然跪了下来，后面的老乡猝不及防直接扑倒在伤员身上。林潇苒急忙过去，发现跪着的担架队员头一歪，身子慢慢倒下去。她以为是老乡累得体力不支，伸手晃动伏在伤员头上一动不动的老乡："老乡，你压着伤员了啊！"

老乡上身微微动了一下，林潇苒双手抓着他的肩膀，用力拉了过来。老乡脸色煞白，没有一点儿血色，头发被汗水浸透，像刚刚从一场大雨中走来。见他身子晃了晃，林潇苒急忙用膝盖抵住他，安慰说："歇一下吧。"

老乡吃力地伸出手，想摸担架上的伤员。林潇苒猜他可能想知道有没有压到伤员的伤口，忙说："没事的，他的伤在腹部。"

"毛柱！毛柱！哎，你看一下，他怎么没有反应了？"后面两个民工凑上前说。

歪倒在前面的身影一动不动，老乡无力地说："这孩子又装了，上次就装，被我踢了一脚，这会儿又装。唉，到底是年纪太小，刚满十八岁。毛柱呀，看一下这位同志啊！"

"我来！"林潇苒蹲下，轻声喊着，"同志，同志，若不能说话，动一下眼睛。"

一张失血的脸没有反应，林潇苒伸出手指，慢慢地挨近他的鼻孔，没有感到一丝气息。她悲伤地说："老乡，他已经牺牲了。"说着，莫名地为歪倒在担架前面的毛柱担心。她移动几步，双手抚摸着他的额头，"毛柱，担架上的伤员不需要抬了，可不可以就放这儿？"顺着手指传递着一层浸透皮肤的凉意，她知道是汗水，猜测这个十八岁的男孩可能是累昏了，心里一颤，用力晃动着他的脑袋，"毛柱！毛柱！"

毛柱也死了——

林潇苒眺望硝烟滚滚的南面，看着身边过往的一个个气喘吁吁满头冒着热气的担架队员，再低头看着跪在地上、怀里抱着刚刚死去的毛柱的民工，悲伤被一阵从心灵吹过的狂风掠走，再也不顾及周围的一切，纵身上马从人群中穿过，一直狂奔到早上来过的麦场。

麦场上乱得不能再乱，很多担架只能在很远的地方等着进场。林潇苒把马拴在路边的一棵树上，双手不停推着挡在前面的人，意识里只有这样才能见到程雪竹。

好不容易挤到几名身穿白衣的军医近前，见她们一个个全都额头流着汗水，仔细查看每位伤员，然后在笔记本上写着，撕下纸交给担架队员，说送几号位置，接着查看另一位。

林潇苒想上前询问，还没开口就被军医训斥："离开！离开！"她几次想说话都不能开口，脑子霎时闪出一个可怕的场面——一群国民党散兵正在密谋！情急之下，她大声呼喊："程雪竹！程政委！"一连喊了几声，都没有回应，只是引来周围无数双诧异的眼睛。

"这样不行啊！"她急得自言自语，脑子一热，掏出手枪，毫不犹豫地对着天空开了两枪。麦场上顿时乱成一团。

几名年轻的担架队员冲开慌乱的人群，有的直接从躺着伤员的担架上跳了过来，围着她厉声问："你是什么人？竟敢在这里开枪？"

"我要找淮海支队的同志！我叫林潇苒，是与杨德简出生入死的战友，昨天刚从那边带来一个团！谁是游击队员？"

"我是！""我也是！"

"噢，原来就是你啊！同志，有什么事需要鸣枪？"

几个年轻人把伸向腰间的手抽回来，诧异、惊喜的目光围了过来。

"十万火急！我要找程雪竹，找王少君也行！"

周围的人一脸的难色，眼里露出"这个时候，谁也说不清他们在哪里"。

"这里的最高领导是谁？"林潇苒问。

忽然，人外面传来呵斥声："闪开啊！闪开！"

外围的人开始躁动，混乱中几名持枪的民兵冲了过来。还没等他们冲到近前，林潇苒一看王少君也端着冲锋枪扑了过来，禁不住大声喊："王少君，我是林潇苒啊！"

王少君冲到了近前，可能是从很远的地方跑过来的，看见林潇苒的一刻，一手掐着腰，一手捂着小腹，断断续续地问："你，你开的枪？"

"时间紧迫，你先听着！宿城一处国民党军营里，存放着三百多支枪。万一枪械被抢——"

王少君这才喘过气来，挥动着胳膊说："不就是几百支枪吗？抢就抢了！"

林潇苒上前严肃地说："你给我听清楚！万一那些散兵游勇抢了枪用来屠杀返程的老区人民，这是什么后果？我们能承受得起吗？王少君，你应该明白，这场战役若没有老区人民的支援，只怕失败的不是国民党，而是我们！"

王少君伸着头，一时蒙了："这，这——"

林潇苒急得直落泪："因为找不到行署的领导，只能找你们游击支队。若是杨德简在，他会比我还急，绝对不会不顾全局，给敌人可乘之机——那不是死多少老区人民，而是对整个战场的后勤支援造成无法挽回的影响，你知道吗！"

没想到王少君仰天号啕大哭："啊！啊！你让我怎么办啊！王友明同志给我下了死命令，不要怕担架队员累死，就算累死了也不能把流血的同志留在战场上！你知道前沿阵地有多少等着抢救的同志吗？你让我怎么办啊？"

看着王少君这个样子，林潇苒不好再说什么，正在为难之际，旁边一副担架上慢慢站起一名腿部受伤的军人，二十四五岁。

负责抬伤员的民工上前扶着他说："你怎么起来了？"

这名军人冲着人群大声喊："我是六纵十八旅七团的一名指导员！躺在担架上的同志们，刚才这位女同志的话你们也听见了，情况有多严重，我就不重复了，只想问一声：有能站起来的吗？"

"有！"

"有。"

人群中接连不断地传出回应。

接着，一些腿上受伤的战士纷纷站起来，有的被民工扶着，有的单腿跳着来到近前，各自报出自己的所属部队。

一名伤员头上裹着绷带，渗出来的血已经把半边脸染红，激动地说："我家是山东临沂的，我绝对不能让自己的亲人遭到杀害！指导员，你放心，我只是头部被弹片打伤，当时昏了过去，现在完全好了！"

一瞬间，二十多名伤员站了出来，有的在担架上躺着的伤员恳求着："我能打的，只要把我送过去，我一定能打的！"

林潇苒这才反应过来，上前说："指导员同志，这不可以！我没有权力让伤员接受任务！"

"你是党员吗？"指导员眼神闪亮。

"是，可是——"

"没有可是，只有党的需要！现在你听我的，立刻找一辆车把我们送到另一个战场！这是命令！"

林潇苒一时难住了，这个时候去哪里弄汽车？

王少君内疚、沮丧地说："马倒有，可是——"

"能骑吗？"林潇苒轻声问。

那名头部受伤的战士说："不就是马吗，以前没骑过，骑上去不就会了？"

这时，一名给伤员鉴定伤情的军医过来说："作为医生，尽管我不同意你们这么做；可身为党员，我不能反对。指导员同志，跟着走的伤员必须经过我同意。"

"好吧，我就不用检查了，给其他人看一下吧。"指导员说着，不等回应，对林潇苒说，"你先看马在什么地方，然后，我们坐着担架过去。"

王少君懊悔、纠结的眼神："林同志，我本该跟你去的，可是，可是——"

"我理解。你们的马在什么地方？"

"在村子西面的树林里。不过，是女子中队的，中队长叫赵青。"

林潇苒心头一喜："赵青姐姐？我认识。"说着拨开人群，朝着自己的马跑去。

三十五

林潇苒策马从村子南面往西跑到了村边，发现不远处小河沟岸上放养着一群颜色各异的战马，到了近前，大声喊着："有人吗？有——人——吗？"一连喊了十几声都无人应答，她本能地掏出手枪，举起的那一刻又放下了，心里说："干吗呀，总放枪。既然没人，把马牵了就是。"

她下了马，看见这三十多匹马并非放养，而是沿着河岸拴了一条长长的绳子，隔着几米系上一匹马，致使马儿若即若离，谁也挨不着谁。顺着河沟向远处遥望，两边长满一丛丛类似芦苇的长茎草，连一个人影子也没有，再远处就是激战中的战场。她把视线转向河对岸，树林赤条条的全是枝条，偶尔有几片枯黄的叶子在风中抖动。水边生长着稀落的芦苇，盛开的芦花让芦苇疲倦地弯下腰，垂到浅浅的水面上。

忽然，从雾气蒸腾的村子里闪出一匹奔驰的白马，裹着梦幻似的雾气，看上去好似从天宫而来，来捉拿她这个盗马贼。

还没等林潇苒想好该如何说服来者借马的事，那马已经冲上了河堤，在树林中向她奔来。隔着晃动的树干，她依稀看到马背上是一名女兵。

随着一声"吁——"跳下一个灵巧的身影，接着一声惊呼："仙女啊！怎么是你？"

林潇苒愣了一下，急忙跳下马："赵青姐姐！"

"你不是去宿城了吗，怎么又回来了啊？"赵青把贴在脸颊上的头发往后撩了一下，明亮的眼神里溢满猜疑、喜悦。

林潇苒不敢耽误时间，简明扼要把来意说了。赵青听到最后，已脸色涨红，急得翕动嘴唇，突然用手里的马鞭狠狠抽了一下树干说："绝对不能发生这样的事！"接着，向上伸出胳膊，昂天呐喊，"老天啊，赐给我五个人啊！五个就够了！"

这一声呐喊一下穿透林潇苒的胸膛，仰头看天的瞬间，忽然发现远处的公路两边聚集着黑压压的人群，心头一颤，脱口而出："姐姐，有了啊！姐姐上马，跟我走！"

时间不允许多解释，她上了马，顺着河岸往前飞奔。她要从村西那座小石桥上过去，动员那些等候交接支援物资的老区人民暂时接替女子中队的工作。

过了石桥，赵青策马大声喊："妹，我知道你的意思，可这不是你我能决定的！"

"除此之外，没有别的办法！"林潇苒喊着，双腿连续夹碰身下的马。枣红马好像知道了她的心思，放开四蹄飞奔起来，直到接近人群才慢了下来。

一眼望不到边的支前民工有的在打瞌睡，有的在烧饭，有的围坐一起打扑克，看见林潇苒和赵青过来动了起来，乱纷纷说着话。

"终于等来了啊！"

"再不来，我们非得急疯了！"

林潇苒喘息着，大声喊："谁是负责人？"

身边的一位小青年说："你问的是村长还是乡长？"

没等他把话说完，过来一位中年汉子说："同志，我是海阳县陈茂乡副乡长。请问？"

"海阳县？真巧啊！你们海阳县南下干部也来了，就住在宿城！"

话音一落，好多人激动起来，喊着要见自己的亲人。

"王县长来了，大家让一下。"人群中传来声音。围堵的人群闪开一道缝隙，一位年轻的女子从人群中走来。

林潇苒急忙跳下来，上前与王县长握手，接着说出来意。

王县长二十六七岁，宽大椭圆的脸型，身高高出一般女子，身穿蓝色棉衣，留着短发，戴着一顶军帽，一双焦虑的大眼睛，显得十分疲惫。听完了林潇苒的诉说，她回道："同志，我们来就是支前的，不甘心只是送物资。听着轰鸣的枪炮声，我们个个心急如焚！你说吧，需要我们做什么？哪怕上去跟敌人拼刺刀，老区人民也决不退缩！"

"你们县来了多少人？"林潇苒脑子里快速地编排下一步的工作。

"全县二十三个乡镇，共计一万五千多人。"王县长换了个人似的，浑身释放着精力。

"我建议，一千人组成前沿救护队，负责从前线往后方医院运输伤员；一千人组成疏散队，负责从这里向周边村子运输伤员；三千人在村里负责后勤保障，负责烧水、做饭；剩下的人作为机动人员。你看行吗？"

"这都没问题，这些工作我都做过。我建议给你两百人，随你进城以防敌特分子叛乱。"

赵青急忙说："县长同志，我们游击女子中队完全可以完成守卫宿城的任务！"

王县长用赞赏的目光看着赵青："看着你，不由得想起一年前的自己。听我的，人多更有胜算。"

"县长同志，这里的工作太需要人了。我们村有人累死了啊。我别的不想，就是想不要再累死人了。"赵青说着，忍声哭泣。

"好吧，别哭了，这里交给我们，你们只管放心。"王县长说着，用忧虑的眼神看着林潇苒，"后勤需要动用大量粮食的。"

林潇苒望着南面的硝烟，斩钉截铁地说："那就动用你们运来的物资吧！如果有人问起，你就说南下支队基地总指挥林潇苒传达杨德简命令；还可以说，没有杨德简本人到场，谁也无权停止你们的工作，包括地委任何领导在内！"

王县长吸足一口气："我明白了！非常时期，一切要服从战场！你们先回村里，我召集各级带队人开会，二十分钟后进村。"

林潇苒应了一声，转身上马。

走出一大片人群，赵青赶上来，与她并肩齐驱。走了一段路，赵青侧过脸来，说："妹妹，我知道你说的不是真的，因为这个时候杨队长在敌营，不可能下达指示。不过，这样也好，谁也无法证实什么。"

"面对这种情况，我只能这样了！至于有什么后果，我不在乎。看着死在担架上的伤员，看着累死的担架队员，再想一下每一秒钟就会有成千上万人受伤、牺牲，哪里顾得上个人什么责任！等打完了这一仗，哪怕把我枪毙了，我也绝不后悔！"

"妹妹，你是一个当大领导的料！真的，这一点上比我们政委要强得多！她呢，对上级的命令都是百分之百地服从，从来不敢越雷池半步。其实，看见那么多老区人闲着，她心里也有想法，可只会叹息，说这么多人若是本地人该多好啊！"

过了小石桥，林潇苒勒住缰绳说："姐姐，我就不跟过去了，到放马的地方等你们吧。"

"这里有我的六十二名队员，都去吧？"赵青纠结的眼神让人看出也该让她们歇一天了。

"留下两位给王县长当勤务，其余的人可以去宿城。"

"勤务，就是听王县长差遣？"

"不是，我觉得王县长是外地人，对这里可以说两眼一抹黑，身边没有两个熟悉当地情况的人不便于工作。姐，告诉你的人，最好找到那个可怜虫，就是王少君，让他不要只顾着抬担架，而是给王县长当好助手。"

"王队长啊，他——"赵青眼里泛出——怎么说他是可怜虫呢？

"他这个人，遇到困难只会号啕大哭——不是可怜虫是什么？"

赵青嘴角翘起一丝笑意："我知道了。给我半小时，可以吧？"

"好的，不过，尽可能快点儿。"林潇苒说完，看着赵青放马奔去。

上了河堤，枣红马时不时低下头。林潇苒猜它可能是想吃地上的枯草，于是下了马，背着双手，牵着缰绳，走走停停地让马儿吃草。过了十几分钟，只见公路两边的人群开始涌动，像一片死海发现了出口，先是冒出一群，接着，引出长长的队伍，推着独轮车，源源不断地向罗家圩子涌来。

林潇苒看着，心里激动不已，有一种莫名的豪迈在血脉中激荡，默默地说："杨，原谅我假借了你的大名，做了一件本来无权涉足的大事，可是，我不能眼睁睁地看着这个顾此失彼、一边累死一边闲置的场面持续下去。不过，你放心，事后我会向王友明同志解释清楚，天大的事都由我一人承担！"

距离马群还有一半的路程，老区支前的大批民工进村了。可能前面遇到了什么事，人群停了下来，后面的人不停大声督促着："走啊！"

"再耽误，这场仗只怕结束了！"类似的喊声此起彼伏，有等不及的人直接下了路，从麦田里往前走。

林潇莓似乎明白了，来的肯定不是她提出的人数，只怕海阳县全体支前民工都来了，一共一万五千多人！她意识到，人太多并非好事，万一管理不当，什么意外都有可能发生。

她不禁担心起来，若是老区人民在前线不幸牺牲了，那——

"我以死谢罪，这样不是心里所向往的吗？"她把目光丢到水面上，对水中的倒影说。

枣红马不停地啃着地上的干草，一边吃一边打着鼻气。远处的群马发出嘶鸣，枣红马抬起头，回应了一声，接着啃草。

半小时过去了，村子西面的人群还是没有动静。林潇莓急了，犹豫是否过去一看究竟，可看着枣红马急切啃草的样子实在于心不忍。人饿了、累了可以说出来，马儿却不能，只能把所有的不适留在躯体之内，任凭驱使。正当她左右为难的时候，村子后面出现了一匹黑马，不紧不慢地朝这边移动。她看了片刻，心里焦急："这是什么人呀，骑着马还这么慢悠悠的！"

她想大声喊"你能不能快一点儿啊"，声音在喉咙里上下了几次，终究没喊出来，直到看清了马背上不只是一个人还有许多东西，这才按下情绪，耐心等待。

过了十几分钟，人马到了近前。原来，马背上驮了一个帆布大包，看着很轻，可包袱下面挂着两桶水。

她迎上去问："村里怎么回事呀，总不见动静。"

马背上是一位十八九岁的女兵，军装外套着黑色粗布棉袄，下身是黑色的皮裤，腰间勒着一根皮带，留着两条又黑又粗的长辫子，额头上冒着汗说："仙女姐姐，等急了吧？我捕鱼时军装弄湿了，只能凑合。"

"没事。你这是？"

女兵跳下马，把布包举起来，笑着说："姐姐，你去那边扶着水桶，我先把它们卸下来。"

林潇莓从布包落地的声音听出是草料，那么水一定是用来饮马的，随口道："你想得可真周到啊。"

她绕到马的另一侧，双手拎着水桶上的绳子，以为女兵会先把那边的水桶卸下来，那样，这边水桶的重量全部要靠她用体力支撑，于是有些底气不足。不料，女兵解开马背上的绳子，说："不要拎着，扶住就行了。"接着，慢慢地松着绳子，水桶缓缓落下。

女兵顾不得说话，打开草料包，里面有一个用玉米秸秆编制的类似农家人用来装食物的筐，放在枣红马面前。马儿急不可待地嗅着布袋子，等一把草料放在筐内，立刻用贪婪的嘴唇裹进嘴里，大口吃了起来。

草料里掺了很多炒熟的黄豆瓣、大麦，咀嚼出来的香气一个劲往林潇茑鼻孔里窜。嗅着香味，她才觉得肚子实在太饿了。

女兵伺候好马儿，从草袋中掏出一个围裙裹着的东西，打开了说："来吧，吃点儿东西。"说着，席地而坐，把一个卷饼递了过来，"拿好了，里面有两个咸鸭蛋，还有烫熟的菠菜。本来四嫂要卷大葱的，赵青说：'人家是大家闺秀，吃你的大葱？'"

林潇茑接过来，想说感谢的话，发现村子西面的人群开始移动，拿着卷饼如释重负地说："终于有动静了啊！"

女兵说："也不能怪谁，这么大的阵势，谁见过？赵青姐急得团团转，不知道如何是好，再加上我哥来了，一听说动用了老区的支前民工，当时就吓傻了，问谁的决定。赵青说是你传达的杨队长的指示，我哥一听就急了，说不可能，一定是林潇茑个人决定的，她那人——什么事都敢做，可我们不能跟着乱来！动用老区民工，别说是杨队长，就是地委的王书记也没这个权力！"

林潇茑咬了一口卷饼，忽然想起来，问："你哥叫王少君吧？"

"你怎么知道的？"女子瞪着一双水灵灵的眼睛。

"我一听这话就像王少君说的。你接着说，后来呢？"

女兵拿出一个装酒的小坛子，打开了说："这是红糖水。"

林潇茑接过来先尝了一口，一股久违的甘甜滋润着心肺，接着喝了一大口，咽下说："说，说，快说！"

"正在他们争吵的时候，来了一位女干部。赵青姐喊了一声'王县长'，人家也不搭理，上前质问我哥的身份、职务，听了后很生气的样子，眼里冒着火星，大声说：'我是山东海阳县县委副书记、县长——我以上级党员的名义对你说话，你同意吗？'我哥哪里见过这样的领导，急得连声说同意。王县长说：'淮海战役虽然发生在此地，但这场战役关系到全党、全国人民的解放！任何人，无论担当什么职务，只要是一名共产党员，心里只能有一个信念，就是打破所有地域之分，打破所有组织建制，一心为了这场战役的胜利！我们虽然是外地人，但是，我们是解放区的人民，有权力为这场战役贡献所有！同志，你同意吗？'我哥说同意。接着，王县长问从这里距离战场有多远，我哥说大约一公里。王县长说：'那好，给你两千人，分别站在运输伤员的道路两侧，每两米一个人，一旦发现体力不支的担架员立刻上前替换。我说的话你明白吗？'我哥说好好。县长又问，一副担架需要几名担架队员。我哥说只有两个，县长说：'我给你增加四个，一副担架六个人轮抬。至于我们的人吃饭，不用你过问，由我们自己解决。还有其他问题吗？'我哥还没来得及回答，程政委不知道什么时候来了，刚想说话，人家问：'什么事？'程政委说出自己的职务，王县长当即发火，说：'你这个副总指挥怎么当的？这边累死了人，那边聚集着几十万从老区来的人，到了这里无人问津！

你什么话都不要说了，我受南下支队基地总指挥的命令，前来参加支前工作，任何人都不得干预！'嗨，没想到程政委当场哭了，说：'我什么也不说，只想当你的助手。'听到这儿，赵青姐姐担心你等急了，就让我准备点儿东西过来。哎，你吃啊！"

林潇苒吃不下，泪水夺眶而出："这位王县长真了不起！"

"就是，人家一说话，就像圣旨一样，让人不得不服。哎，她们来啦！"

顺着她的目光，林潇苒看见村西头跑出一队身影，问："你叫什么？"

"王霞。她们都叫我小霞，你也这么叫吧。"

队伍越来越近，每个队员身上都闪动着枪械发出的亮光。林潇苒不禁问："小霞，她们都带武器了，你怎么没带？"

"我从来不用武器，我用的东西在这儿。"王霞说着，掀开衣襟，腰间露出一排带着红缨的飞刀。

"这有枪好用吗？"

"姐姐，看着！"王霞说着，拔出三把飞刀，胳膊一甩，嗖嗖嗖三声轻微的声音，十多米外的树干上下整齐地插着三把飞刀。

林潇苒惊讶地看着说，"这么厉害啊！这功夫跟谁学的？"

"我师傅呗。"王霞说着，起身到树干前拔下飞刀。

"你师傅——"林潇苒心里说，"不会是杨德简吧？"

"我还能认谁做师傅？杨哥，只有杨哥才配做我的师傅。"王霞返回来，劝林潇苒喝糖水。

林潇苒让她喝，王霞舔了几下嘴唇说："那你别对我们队长说。"

见林潇苒点头，王霞喝了一口，用手指捂着两腮，舍不得咽，妩媚的眼睛润着天赐的享受。

"咽呀，再喝点儿。"

王霞咽下，舌头在嘴里搅着，咂摸着："原来，红糖是这个味道啊！"

"你以前没尝过？"

"我连见都没见过，这些糖是留给重伤员的，也不知道赵青姐怎么对你这么好，竟然偷了些给你。"

林潇苒本想再喝一口，听了这话不舍得喝了，想让每个队员都喝一口。

三十六

六十多名英姿飒爽的女兵顺着河堤来到近前，有的双手捂着小腹，有的搂着树，有的索性往草地上一躺，各自喘息着恢复体力。

赵青看着两桶水，上气不接下气地指着王霞说："死霞子。"

王霞恍然地赔着笑脸："见了仙女姐姐，只顾说话，什么都忘了。"说着，打开水桶上的盖子，露出冒着热气的清水，将桶拎到枣红马面前，顽皮的语调，"公子，请慢用。"

近前搂着树干的女兵笑道："改口了？不是一直都喊'相公'的吗？"

王霞小声说："四嫂，我喊什么都无所谓，你敢吗？哼，没出息，看见了'四哥'就喊你的麒麟叫畜生，'四哥'一走马上亲着麒麟叫'大哥'。"

四嫂二十六七岁，在女兵中可能是年龄最大的，听了王霞的话说："你懂什么？这男人要哄，马儿也一样，你不给它说点儿好听的，它凭什么让你骑？这个——等你出嫁后就知道了。"

"去去，快去亲你'大哥'几口吧，免得路上把你给甩了。"王霞说着，拎着水桶去饮其他马。

赵青把背上的冲锋枪取下来靠在树上，用眼神示意四嫂拎另一桶水去饮马。四嫂看着林潇苒，由衷地称赞："看这样子就是一个文弱的女子，心怎么那么大啊——一个主意把我们这些拿枪的女兵从灶台边解救了出来。"

这时过来一位叫秦秋的女兵，从四嫂手里接过水桶绳子说："四嫂，我来。"

四嫂说："别偏心眼，待会儿要跑路的，水饮多了不好。"

"我知道，谁像你，每一次喂马都偏心眼——看你'大哥'肥的。"秦秋边走边说。

这话立刻引来众多认同、讥笑。

赵青靠着树对大家说："气喘匀乎就行了，检查装备，尽量多带一些子弹，还有手雷也都带着。"

林潇苒这才看见，每个人身上除了枪，还有一个沉重的背包。

队员们纷纷走向自己的马儿，到了近前纷纷做着各种亲昵的动作。赵青解释的语气："我们这些人从感情上已经与自己的马合二为一了。不过，我觉得奇怪，杨队长的马儿怎么这么听你的话，好像你们前世有缘似的。"

"赵青姐姐——"林潇苒想问，是否知道王少君他们把李政埋在什么地方，话到了嘴边又觉得不合适。

"嗯，妹妹，想说什么？"赵青侧着脸问。

"可有他的消息？"话刚出口，她顿时懊悔不已。

"没有，估计一时半会儿不可能回来。不过，他这个人文武双全，不会有危险的。"赵青说着，蓦然昂起脸，"怎么又下雪了，好歹也等这一仗打完了再下。妹妹，来的时候程政委交代，一切都听你的。"

"打仗我是外行，等到了基地再商量。"

"好，咱们上马！嗨，不过二十里地，没等这些马跑出感觉就到了！"

林潇苒刚要移步，忽然心里闪过一丝忧虑——若是自己判断失误，这么多队员进了基地，可能会被潜伏的敌人发现，那样，敌人有可能取消行动。这样的结果从某种角度上看，这次行为会被行署的领导认定为不成熟，或者主观臆断。

"妹妹，哎，这么称呼不合适，还是按照一团的人称呼吧——大小姐，怎么啦？"赵青问。

"不好，还是称呼妹妹吧。我是这样想的，我们若是这样大张旗鼓地进驻基地，那些敌特分子极有可能另有图谋、放弃基地，转而把偷袭的目标转移到弹药库。那样，我们岂不照样蒙受损失？"

"那怎么办？要不，我们把人分开？"

"不可以。姐姐，可否到了城区找一处隐蔽的地方把马放在那里，我们分头零散进入基地，这样敌特就搞不清我们的实力。"

赵青双拳一击，道："妙！忽然觉得，你比我们杨队长还厉害！真的！"说着，大声说，"姐妹们，为了麻痹城里的敌特分子，我们到了城区立刻分开，到东关联络站集合，然后再从那里分头进入基地。"

"这主意好啊！"四嫂高兴地说，"说实话，就是觉得这么一队人马进了基地，特务肯定不会拿着脑袋往我们枪口上撞。那样，我们岂不成了进城偷懒了？"

王霞讥笑："这毛病，说犯就犯。以前每次我师傅布置任务，她都是这话。现在总指挥布置任务，她照样——"

不等说完，赵青严肃地说："听我说，这几天，我们每个人，头都没有挨过枕头。可是，马儿们一直在河边吃草，浑身都是力气。我想特别强调，上马以后不许打瞌睡，别到时候敌人还没见着自己先落马了。"说着，抑制不住地打了一个哈欠。

"哎呀，就想着待会儿趴在马背上睡一会儿，又不让。"几名女兵说着类似的话，纷纷打起了哈欠。

林潇苒见女兵们的脸上虽然浮动着一层激情、兴奋，可鲜活肌肤下掩藏着疲惫、困倦，想了一下说："队长，我觉得，对基地来说，我们担心，所以调兵遣将。同样，敌人上心，也需要谋划、联系、组织潜伏在城内的特务。这样一来，双方都需要时间。我估计，敌人是分散的，没那么快一呼百应。因此，我们也不要急于赶过去，如果大家可以在马背上打盹，不妨走慢一点儿，一边休息一边走路。我不困，可以在最前面掌握速度，即便有人从马上掉下来也不至于受伤。"

所有的女兵都热烈鼓掌。赵青捂着打哈欠的嘴说："那好吧，我听总指挥的。"随后，指着河岸说，"咱们就沿着这河堤走。前面大约三里地有一座桥，过桥——然后——好，走吧。"

女兵们纷纷上马，伏在马鞍上等候出发。林潇苒受一片哈欠影响，也忍不住打起哈欠，只是没人看见而已。

她看了一下丢在地上长长的绳子，正想过去解下来却被王霞发现。王霞立刻从马背上跳下来，用力拍着脸颊，强迫自己打起精神说："姐姐，我知道了，你想用这根绳子把马队连起来，这个办法好。"

在王霞的帮助下，那根长绳把所有的马串联起来。林潇苒只需握着绳头，整个马队就会跟着走。

几乎所有的女兵都睡着了。马队刚一动，有的被惊醒，抬头看了一眼，接着俯身搂着马脖子入睡。

难以想象啊，人可以累到这种程度。

林潇苒上马，回头看着驮着沉睡女兵的长长的马队，缓慢地往前走着。

还没等过桥，雪明显下大了。旷野显得灰蒙蒙的，看不见阴云，好像整个天空都被一块半透明的巨云笼罩着。麦田上冰雪聚集着寒气，接受着不断飘落的雪花。河面上很快落了一层被水浸透的白雪，像一条古代遗留的布带，呈现着半腐蚀的状态。北风吹着零散的雪花，不时贴在林潇苒眼帘上，瞬间化成了水往眼里渗，感觉像不经意流出的泪水。前面不远处有几棵大树，光溜溜的树枝上蹲着数不清的乌鸦之类的黑鸟，其中有几只扇动了一下翅膀却没飞起来，只是把树枝上的雪振落下来，纷洒在下面几只被冻得直哆嗦的乌鸦身上。不知道是落雪的惊扰还是越走越近的马队，让那些鸟儿呱呱地叫着飞离。

林潇苒看着，困意全无，觉得这么一个下雪的原野，自己牵着一支马队，如同牵着六十多个梦乡，行走的梦与静谧的原野谁也不影响谁。

过了一座木桥，前面依然像刚出发的样子，仿佛自己没有走动，只不过是从河东岸移到西岸，眼前依旧是河流、堤岸、树木、衰草、麦田，还有朔风中的雪花。

忽然传来一阵刺耳的响声，所有的女兵顿时被惊醒，相互看着，想知道究竟发生了什么事。有的女兵急忙把缰绳从长绳子上解开，勒住马转着圈向四面观望。

林潇苒顺着声音望去，南面飞来一架飞机，在公路上投下一串炸弹，接着传来一阵震耳的爆炸声。

公路上滞留了大批老区支前民工，浓烟翻卷处，很多人往麦田里跑。紧接着又飞来三架飞机，顺着公路不停地扔炸弹。

林潇苒脑子一热，大声疾呼："姐妹们，我们要把敌机引开啊！"

所有的队员一时间蒙了、傻了，几十双眼睛露出——如何引开？

林潇苒大声喊着："大家听着，我们编成一个方队，先向公路靠过去，距离公路五百米转向南边，这样就可以引起敌机注意。接下来，敌机就会掉转过来冲着马队飞来，估计不会扔炸弹，因为他们知道炸弹对飞奔的马几乎没有威胁，只有用机枪扫射。但是，这也没什么可怕的，因为飞机近距离不能转弯，我们等飞机过来时突然转弯。总之，敌机只能飞直线，不能急转弯。听我的，我在队列前面，我往哪个方向转，你们跟着就行了！"

赵青大声问："都明白了吗？"

远处，敌机还在不停地扔炸弹。四嫂急得脱口而出："啰唆什么，快走啊！"

"王霞！"赵青喊。

"在！"王霞纵马上前。

"你跟总指挥换一下马！"

"为什么？"王霞愣了一下，霎时明白了，跳下马，来到林潇苒近前，"大小姐下来！"

林潇苒蒙了，为了不耽误时间，只好下马。

让她意外的是，赵青突然变脸，女山大王似的："来时，程政委命令我们——就是女子中队人全死光了，也要保证你活着！你若有个闪失，程政委要提着脑袋向总前委谢罪！"接着冲王霞喊道，"王霞，明白了吗？"

"我，我，明白！可是，为何让我啊！"王霞很不情愿地挡在林潇苒和枣红马之间。

林潇苒看着赵青等人转眼离开，气得想推开王霞："闪开啊！"

"大小姐，你就是把我毙了也没用。"

"赵青她们不懂飞机的性能，闹不好会吃大亏的啊！王霞，听我的，上马追过去，不然就来不及了啊！"林潇苒几乎是哭着哀求。

"不！程政委交代赵青姐时，我也在场，所以我不能听你的！"

林潇苒意识到说什么也没用，只能全神贯注地看着麦田里飞驰的一方马队。还好，马队接近公路时突然转向南飞奔。穿过一阵浓烟，一方飞奔的铁骑，搅动了整个原野。

飞过去的飞机转了过来，朝着马队的方向俯冲过去。王霞高兴地喊着："大小姐，你太了不起了，敌人的飞机果真听你的！你看，追她们去了啊！"

林潇苒霎时两腿发抖、肝胆俱裂，不由得蹲下，双手捂着头恸哭。

"大小姐！姐姐，没事的！看啊，她们转弯了！太漂亮了！敌机扑了空，飞走了啊！"

林潇苒这才敢抬头，看着远处一方飞驰的马队，向东快速移动，快要接近河道时，转过来向公路方向奔驰。

天空中响起轰鸣声，这一次不是一架，而是三架！犹如三只巨大的恶鸟排成"一"字形飞过来。

马队开始往北跑。看着，林潇苒心里说："若是西面没河道该多好，这样，马队往西，飞机若想追她们，只能掉转过来，可是，这次是从背后俯冲，很容易给马队造成杀伤。"于是，扯开嗓子喊："转过来啊，转啊！"

一阵密集的机枪声传来，在马队后面溅起一片泥土。林潇苒一只手捂着胸膛，屏住呼吸，一只手伸进衣兜握着手枪，恍惚中，只要马队遭到机枪扫射，她就立刻拔枪，以死谢罪！

王霞突然跳了起来："转了啊！"接着，搂着林潇苒哭泣，"刚才好悬啊，子弹紧跟在马队后面——这该死的飞机何时罢休啊！"

林潇苒这才喘息道："只要保持这样，敌机再飞几个来回也奈何不了她们！"

马队到了河岸，出乎林潇苒预料，直接过了桥向东飞驰。林潇苒高兴地喊着："太好了啊，赵青姐姐！"

敌机飞向北面，正当林潇苒松口气的时候，又绕了过来。三架飞机飞得很低，摆出一副决战的架势。可是，当飞机从林潇苒头顶飞过时没有向东而是往南，看似要返航的样子。东面原野上的马队也转了过来，似乎意识到搏杀结束了。

林潇苒准备上马，还没等把脚抬起来，敌机突然冒了出来，这次不是冲着马队，而是她和王霞！

王霞发现了危险，想上马已经来不及了，顿时乱了方寸，拉着林潇苒的手想往河边树林中跑。还没等跑出麦田，地上炸起一团泥土，向她们卷过来。懵懂中，林潇苒看见枣红马站立起来发出嘶鸣，接着身边飞起一团泥土，让她感到脸上、身上多处有撞击的感觉。她没有惧怕，只想最后看一眼自己伤在何处，睁开眼睛，看见王霞趴在她身上，头上沾满了泥土。

她动了一下胳膊，还有知觉，脑子里一片混沌，一丝淡淡的死亡占据了意识，接着闭上眼睛，紧接着听见一阵撕心裂肺的呼喊："大小姐——""霞妹啊——"

她再次睁开眼睛，看见周围挤满了熟悉的面孔。赵青发疯一般抱起王霞："霞妹啊——啊——霞妹——"接着，搂着王霞在地上哀号。依稀听见有人说："看一下总指挥怎么样了，她若有个好歹，我们全体自杀——这还怎么活啊！"

林潇苒已经意识到了刚才发生的一切。从飞机扫射的密集度看，王霞身上多处中弹。子弹威力巨大，一定会穿透王霞的身体，也会击穿自己的内脏，不然，身上怎么会有撞击感？可是，呼吸越来越正常。

四嫂把她扶坐着，搂着她哭喊："妹妹，说句话啊！妹妹，你动一下眼睛啊！"

林潇苒慢慢吸了一口气，没等说话。四嫂一下把脸贴在她脸上，哭着说："她没事，她活着！"

林潇苒剧烈地咳嗽着，看到人群中间的枣红马倒在一片血泊中，霎时意识到，是枣红马救了自己，不然，就算身上再有两个人，身体照样会被击穿。

眼前不由得出现飞机俯冲的瞬间，枣红马在她和王霞面前，扬起前蹄，对天嘶鸣，接着，饱饮子弹，怆然倒下。

女兵们知道林潇苒还活着，一起围着王霞哭号。四嫂突然丢下林潇苒，发疯一般捶打哀号的女兵，把身边的人全都推开，弯腰抓住赵青，狠狠地扇了她几个耳光，号叫着："你这个魔鬼！蠢驴！谁要你让我们过桥的？谁让你把敌军引过来的？你不知道这里有我们以命保护的人吗！"

赵青鼻子流血，跪在王霞面前："妹，姐姐什么也不想说了，城里还有任务！你看，敌人为了破坏支前，连飞机都用上了，怎么会错过任何机会。等姐回来，怎么着全凭姐妹们决断！列队！"喊着跳了起来，眼神已经让人不敢直视，像巨兽发光的眼睛，看一眼，那凶狠的光就会穿透心灵。

女兵们开始列队，林潇苒毫无意识地坐在枣红马身边。

"四嫂，你把霞妹送回家，等我们把黄维兵团歼灭后再安葬。另外，见到队长，告诉他枣哥牺牲了，让他派几名队员过来，把枣哥安葬在河岸上的树林里，等我回来给它立碑！"

"我知道了，做完这些后，我去城里与你们会合！"

"可以，让总指挥骑黑子。"

黑子是王霞的马。有人牵过来，请林潇苒上马。

林潇苒这才哭出了声："我什么都不想做了——就想死在这儿！"说着，慢慢从腰间掏出枪，不是借此释放悲痛，而是从心里觉得活着实在没有意义。

四嫂眼疾手快，夺下她手中的枪，厉声道："你看一眼吧！若不是救你，别说这几架飞机，就算再来十架、一百架也休想伤她一根头发！面对敌人的机枪扫射，她一个跟头过去能直接把匕首插进机枪手喉咙，怎么可能死在飞机下面？这个时候，她为了你死了，而你却说不想活了，那你早干嘛去了？"

四嫂的话林潇苒根本听不进，冥冥之中，传来赵红英的声音："我们就是为了粉碎这个没有意义的世界而战斗！"

林潇苒跪着移到王霞身边，搂着一个浑身血染的身子，用尽全身的力气，恨不能与她合为一体，接着，跪着移向枣红马，用力抱起它的头，在它眼上周围亲吻。她用嘴唇收回马眼角溢出的泪水，一股淡淡的苦涩在舌尖扩散，悄然咽下。

三十七

河岸边的风雪中，几十匹战马向北面狂奔。林潇苒骑着王霞的马一路领先。

眼前所有的风景都不见了，只是反复出现四嫂把自己的马鞍卸下，让马儿卧倒。几个女兵抬着王霞，让她横着趴在马背上。当马儿站起的瞬间，所有的队员发出呼天抢地的哭声。她走过去，看见王霞后背一片弹孔，炸开的棉絮被血染红，不由得脱下军大衣盖在王霞身上。

四嫂牵着马走了。队员们追了几步，不得不停下来，有的跪着把头往地上撞，有的拥抱着相互捶打。

忽然，黑马发出一声哀鸣，直奔而去。

哭声戛然而止，女兵们抹着泪愣愣地看着，只见黑马围着王霞发疯般地转着，不断地发出哀鸣。

四嫂发了一会儿呆，上前抓住黑马的缰绳，双手搂着马脖子，头抵头地说着什么。

"秦秋，去把黑子弄回来，你骑！把你的马给大小姐！"赵青说。

秦秋刚要过去，只见黑马突然昂头，用嘴唇在王霞头上磨蹭了几下，身子向北，扭过头走过来。

女兵没忍住哭泣起来。秦秋扑过去，紧紧地搂着黑子的脖子。让人意外的是，黑子只在她胳膊里静了几秒钟，便挣脱了走过来。让林潇苒心跳的是，黑子走到她面前停下来，伸出脖子轻轻在她肩上蹭了几下。

赵青抽泣着说："黑子认你了啊！"

林潇苒只觉得心一下飞出了胸膛，直接贯入黑马体内。她紧紧搂着黑子，哽咽道："黑子！我的黑子！从今以后，我们三个再不分离！"

南面的枪炮声更加激烈，翻卷着的硝烟已经遮住了半壁天空，雪不知道何时大了许多，麦田上露出的稀落麦苗已消失殆尽。

"上马！"赵青喊了一声。

奔跑中，赵青追上林潇苒，大声喊着："别跑这么快，万一有个闪失怎么办？"

林潇苒心里回应："不是我要这么快，是黑子要这么跑。"

赵青突然抓过林潇苒手里的缰绳，哀求的语气："黑子，别这样啊。吁——"

黑子放慢了速度，逐渐回到行走的速度。

林潇苒看着不远处的城外郊区，想下马让黑马歇一下。

"不要下来，我们边走边说。黑子，你最懂事。大小姐，我们不能再这么走了，这么一支马队太扎眼了。我的意思是两人一组，分开进城。"

"好，听你的。"林潇苒说。

赵青勒住马，对后面的女兵说："我们分头进城，但不能从一个方向：一小队从城东绕到城北进城，二小队从城东进城，三小队正面进城。进城时还要分开，最好两人一组。每小组间隔十分钟。进城后绕到城东联络站集合。记住，任何人不管遇到任何事都不得擅自行动。因为，我们的任务是消灭偷袭的敌特，切不可打草惊蛇。"

"明白了。"秦秋和另外两名小队长回应。

"行动吧。"

马队瞬间分开，三支马队分别朝三个方向奔去。

"我俩可否直接去基地？"赵青问。

"不，不能骑着马进去。还有，人员进入基地不能露出武器。这一次，不是与明处的敌人开战，而是与暗处的敌特分子斗智斗勇。稍有不慎，我们的计划就会落空。"

"嗯，明白了。走吧。"

两匹马一白一黑下了河堤，两人信马由缰地走在麦田里。林潇苒举目远望，三支马队已经消失在原野上，雪地上被马蹄踏破的白雪露出绿油油的冬麦，把刚落下的雪花融化，雪水好像眼泪般顺着叶片往下流。

林潇苒抚摸着黑马高高昂起的脖子，随口问："姐姐，在敌占区这两年，你们支队是如何生存下来的？"

"我们呀，没有行动的时候都待在家里，装得像村里女子一样，在田里干农活，在家烧锅做饭，就是遇见进村的敌人，也装出害怕的样子；而我们的马也都养在自家的圈内，看着也像拉车犁地的牲口。一旦有了任务，战士们才露出真面目，个个能征善战。"

"那你们都会武功了？"

"那是。我们所有的女兵，最先是村里练武的，然后才有资格参加游击队。另外，我们游击支队在行动之前都做了周密的计划。一般情况下，不开枪就解决了战斗。这附近所有集镇上驻扎的国民党部队，只要听说是淮海游击支队，马上把枪放在地上，还真的做到了一切行动听指挥。"

"嗬，这个杨德简——"林潇苒想说，"这个杨德简原来是位教头。"

"大小姐，听说你和我们队长在那边经历了不少危险，都怎么过来的？"赵青歪过头问。

"稀里糊涂吧。"说完，林潇苒加快了速度。

"这边！跟着我走！"赵青喊了一声，纵马前行。

从城东上了一条公路，赵青往南一指："往南八十里就是国民党一个兵团，正在朝西南进攻。他们想解救黄维——这怎么可能！"

走了没多远，公路两边出现断续的民房。因为打仗的原因，公路上基本看不到人。赵青看着说："人呢？莫非都去支前了？"

来到一个十字路口，赵青说："往东六十里就是灵璧县城。两个月前，我们支队攻下县城一处粮库，整整运了一天也没运完。本来只想运一趟就算了，可是，县城的驻军听说我们来了立马往泗县方向溃败。我们队长说接着运，哪有白送不要的道理。"

说着话，两人来到一处写着"宿灵大车店"的大门前。看着招牌，林潇苒随口说："宿灵——怎么觉得像灵魂的宿地。"

赵青一愣："你这么一说，还真有点儿呀。我们经常来，怎么没想到呢？"

大门旁边开着几间店门，一个五十多岁的生意人走出来，看着赵青恍然说："你呀你！这会儿怎么有时间的？"

赵青跳下马说："谢麻子，赶紧把大门打开，一会儿我的人陆续进来。"

"你的人到这里来做什么？还陆续？怎么不一起过来？可是还不习惯光明正大？"

谢麻子说话时，林潇苒看了他一眼，果然此人脸上长着许多麻点。

林潇苒跟着赵青进了门，一股难闻的气味让她透不过气来，不由得从后门出来，发现有一处很大的院子，靠西墙是一处养马的大棚，棚内虽然没有马，可到处都是马粪，于是一个人往东走，避开难闻的马圈味。

还没等走到东墙，大门外传来马蹄声，接着进来两匹马，却不见人。林潇苒顿时紧张起来。这时，从门外跑进来一个伙计，追上马，一手牵一匹往马圈走。林潇苒边走边问："骑马的人呢？""进店了。"伙计傻傻地看着林潇苒说。

北面有二十多间宿舍，估计是住宿的地方。林潇苒不想过去，感觉那里的气味可能比马圈还难闻。

陆续进来些马匹，林潇苒不想到前店，只想等赵青把所有的事安排好直接走人。至于枪械如何运过去，她一点儿也不操心，这一切赵青会考虑的。

不一会儿，从后门进来十几名队员。有人身上挂着三支冲锋枪。

一个队员嘟囔着："秦秋真可恨，把枪一丢，说先走了，接着一个队的人都走了。"

另一名队员说："不就是把枪送到后面吗？回头咱们直接从大门走，免得再有啰唆事。"

说话的女兵看见林潇苒，上前问："大小姐，你怎么一个人在这里站着？"

"随便看一下。你们这是？"

"赵青让我们把枪送到后面，然后让谢麻子用马车送过去。别担心，听说马车上装的是烧火用的木材。大小姐放心，那谢麻子心眼比脸上的麻子还多。"

"柳迎春，怎么说话的？"

林潇苒闻声看去，只见谢麻子身后跟着一个伙计走过来。

柳迎春迎上去，笑着说："麻子大叔，你耳朵真好使。这几支枪你带过去吧。"

谢麻子刚要接过去，另一名队员极快地把枪一支接着一支挂在他脖子上，笑嘻嘻地挥手离开。

柳迎春看着，笑骂道："小蹄子。"

这时赵青牵着黑马过来，林潇苒知道她的意思，问："不是要走着过去吗？"

"她们走，你不能走。"

"不好，院子里不可以有马。"

"放心好了。你说现在看院子的是我们支队的人？"

"是，叫王少卿。"

林潇苒话音一落，几位队员发出惊喜声："少卿啊，我说这几天没见着了。"

"闭嘴！"赵青呵斥道，接着说，"你到了之后，把黑子交给少卿，让他送过来就行了。"

"不用了吧。"林潇苒不想特殊化。

"哎呀，你就听我的吧。"赵青说着，把缰绳递过来，接着说，"你离开这么久，我总是放心不下。"

林潇苒听了这话，不再坚持，上了马刚要走，谢麻子说："顺着这条街一直走，过了城西护城河没多远就到了。"

她道了一声谢，策马而去。

从东关到西关护城河，大约三公里。过了桥，林潇苒才意识到赵青的苦心，若真的步行，只怕要走一小时。

到了军营大门附近，看见王少卿一个人背着枪靠在门垛下打盹，林潇苒不免生出一股怨气。还没等她下马，王少卿忽地站起，先敬礼，接着惊叫起来："你怎么把我的马骑来了，你的马呢？"

林潇苒心想，王少卿肯定是认出了黑子，故意说给附近什么人听的，于是下了马，装着站不稳的样子，转动着身子，看见不远处一个卖菜的挑子。卖菜的人坐在地上把脸侧向另一边，给人的感觉是对这边发生的一切都漠不关心。她随口说："你这同志，怎么说话的！我哪里知道是你的马？我从行署出来，想骑自己的马，不知道被谁骑走了。给你！"说着，走近了递过缰绳，低声说，"送到城东客栈。"

"看把我的黑子气的，它最讨厌别人骑——"王少卿小声说，"周围有异常，我不能走。"

"走吧，走吧，行署那边需要人。"

王少卿不满地说："你怎么这样啊！我一个人在这里站了这么久，又渴、又饿、又冷，好歹给我一口热水喝吧！"

"谁不让你喝水了？这门有什么好看的，进去喝不就完了！"

门突然打开，郭凤瞪着隔世重逢的泪眼，心里忍着许多话，却装出生气的样子："是我不让他进来的，院内只有我一个女的，谁知道他是什么人！"

"真烦人。你在这儿站一会儿，让他进去喝口水。"

王少卿想要把枪递给郭凤，郭凤没接："我又不会用枪。"

林潇苒把缰绳递给郭凤，先进了大门，径直往大楼走去。

王少卿跟着问："怎么没带人过来？"

林潇苒不搭理他，进了大楼走进过道才说："少卿同志，辛苦了。简单说一下发现的情况。"

"你刚离开，那个管理员就来了，说是要把半扇猪肉退了。我不同意，警告他，领导交代过任何人不得踏进大门半步，违者就地处决。他说是自己人，我说不认识，反正你不能进。后来，不远处多了一个卖菜的，先是过来搭讪，说基地的菜都是他送的，我说人不在，不需要。他说自己离城十几里地，挑回去菜就蔫了，说是要等。我把他赶了出去，可他却把菜挑子摆在街边，说卖给别人。后来，不断有人过来买菜。我看得出，那些人根本不是买菜的，而是同伙。首长啊，这里非常危险，得尽快派人来啊。"

林潇苒听着，想的是女子中队的人不可以从大门进来，想说的话有很多，因时间紧迫不能细说，于是吩咐说："女子中队的人全部来了，只是不能从大门进来。你通知她们，让她们从后面翻墙进来。"

王少卿脸上露出喜悦："我明白。她们来，这下有好戏看了。"

"从东关过来，还有其他的桥吗？"林潇苒问。

"没有，我马上去桥头等她们。不过，我担心桥头附近会有敌特分子。我有办法了，这就去执行。"

林潇苒想问有什么办法，王少卿已经转身。从他从容不迫的身影，看出这是一位经验丰富的侦察员，不需要为他的"办法"忧虑，她不由得朝大门走去。

郭凤迎上来说："大小姐，这门有什么好看的，不妨关了，我们到楼里休息，若是有人来再开门也不迟。"

林潇苒看着郭凤一脸有话要说的样子，"嗯"了一声。等郭凤关上门，两人朝大楼走去。

一进楼，郭凤紧张地问："大小姐，发生什么事了？"

"没有。"眼下没时间回答，林潇苒望着门外的桥头。

"什么没有啊，不然，你怎么可能换马？是不是遇到了那个不要脸的，把他的马要回去了？"

"姐，"林潇苒忍不住哭了，"遇到了敌机，枣红马为我挡了子弹，还有一名叫王霞的女战士也为了我牺牲了。现在不说这些，走，带我看一下武器都放在什么地方。"

"我看过了，在二楼一处房间内。不过，大多是步枪。哦，还有一挺轻机枪、几箱手榴弹。"

上到二楼，最西边的门上贴着一张白纸条，上面用黑字写着"枪械室"。打开门，里面之前可能是会议室，四间联通。西面墙上靠着各种枪械，墙上贴着枪主人的名字。房子中间是四张长桌，上面放着一挺轻机枪，还有十几箱子弹和六箱手榴弹。

"大小姐，你说这些南下的干部为何要带这么多武器？"

"大概一路走来不知道会遇到多少国民党散兵游勇，还有土匪什么的，不带武器怎么可以？"

话音刚落，大门外传来喊叫声："开门，我是老谢，给你们送烧火用的木柴！"

"姐，这是我们的人。你去开门，但不能轻易让他进来，一定等我过去后再让他进。"

郭凤说"知道"，匆匆离去。

林潇苒走进二楼一间办公室，躲在窗户一侧朝大门窥视，看到郭凤到了院门前，隔着门说："喊什么呀。"

"送木柴的。"谢麻子的声音传来。

"不要，回去吧。"郭凤不耐烦的声音。

"那怎么可以，前几天你们管伙食的周自兴买菜的时候遇到我，说让我留意着，若有人送烧火用的木柴，让我替他收下，然后直接送过来。你怎么让我回去呢？"

"我说了，不要！"

"你说不要就不要了？我要找周自兴！老周，周管理，你给我出来！"

林潇苒记住了这个名字——"周自兴"，眼前闪过那双异样的眼睛。

"再喊，我对你不客气！"郭凤说。

"不客气能怎么着？你们不是说是人民的政府吗？说话不算话，还蛮不讲理！你今天非得把这一车柴火收了。咦，我还就不信了，过去国民党的部队也住这里，每次送东西也都客客气气的，你这还是解放军呢？开门，不开我就要砸门了！"

林潇苒觉得这戏演得差不多了，快步下楼。人还没到门前，声音先传了过去："吵什么呀？"她边走边说："跟你说了我两天没睡，刚在行署忙完，想睡一会儿也不让。"到了门前，斥责的语气，"把门打开。"

郭凤快速把门打开，见谢麻子双臂环抱着，一脸死磕到底的样子。

"老乡，今天情况特殊，这里只有我俩，不能让你进来。"林潇苒客气地说。

"你什么意思，说我是坏人？你这地方，我又不是第一次来，怎么今天就不能进了？不让进也行，信不信我把柴火卸在大门口？大不了，这钱我老谢不要了！"谢麻子说着就要动手。

林潇苒忙说："让他进来，卸了木材让他走人。"说着打了一个哈欠，返身往大楼走去。

谢麻子把马车赶进大门，气咻咻地问："还卸在原来的地方吗？"

郭凤关上门没好气地说："谁管你？爱卸哪儿卸哪儿！"

林潇苒进了大楼，快速地上了三楼，打开一间房门，透过窗户警惕地观察院外的情况，发现那个卖菜的慌忙挑起挑子，急匆匆离开了。

三十八

军营楼房后面是一条六米宽的石板路，路的东西两侧各有五排营房。林潇苒目测了一下，每一排兵营大约有二十间。算起来，一侧就有一百间营房。若每一间房子住六个人，那么整个后院的营房大概容纳一千多人，也就是说一个营兵力的容量。

她让郭凤守着前门，自己一个人在楼后的营区溜达。

所有的营房都经过了认真清理，应该是南下支队的同志到了这里以后做的第一件事。她来到最后一排营房时，隐约听见院墙外有动静，不由得吸了一口凉气，假若敌特分子这个时候从后院墙翻过来，仅凭她一人一枪是无论如何也挡不住的。

硬拼？显然不行。倒不是怕死，而是自己死了，敌人的阴谋就会得逞，大批的武器会被掠走。她眼前闪出一个惊骇的画面——在通往前线的公路上，成千上万的老区人民被屠杀。

她下意识地推开一扇窗户，双手按着窗沿，身子往上一跃，竟然一头倒在了室内。她靠墙坐着，心里不停地告诫自己："沉住气呀，先看清楚有多少人，然后再做决定！"

"站稳了，别这么笨！"一个熟悉的声音从耳际漫过。林潇苒骤然放松，体内的血好像被刚才的惊吓榨干，想站起来，浑身却没有一点儿力气。

唉，人在高度紧张的时候，思维往往缺失。

林潇苒悄然站起，身体毫不遮掩地站在窗户前。忽然，墙头上露出一双手，接着一个脑袋慢慢冒了出来，两只警惕的眼睛朝两边看了看。

"秦秋！"林潇苒在嗓子里喊了一声。

秦秋扭过头，小声说："没事，里面连个鬼影子都没有。你把绳子递给我。"

林潇苒想说："鬼是没有，可我一个大活人在呢。"

她没说话，担心吓着秦秋。绳子落了下来，秦秋骑上墙头，双手抓住绳子，身子一晃落了下来。

"好利索呀。"林潇苒赞许的口吻。

秦秋身子一闪，从腰间拔出匕首，恍然愣了一下："总指挥，你在哪儿呀？"

林潇苒把头伸出窗外："这儿呢。"

秦秋欢喜地走过来："你怎么躲在房间里呀，吓我一跳。"说着，扭头对着墙外低声喊，"没事，是总指挥。"

林潇苒把绳子拉过来，看着窗户说："怎么连凳子也没有，那就拴床腿上吧。"

还没等她走到床前，秦秋接过绳子，熟练地拴在床腿上，接着一只手按着窗沿，身子轻盈地翻到外面，然后双手拉住绳子说："好啦。"

林潇苒也想翻过窗户，试了两下，竟然上不了窗台。她觉得不可思议，刚才不知道怎么就翻过来了，现在却不行了。

墙头上出现一名队员的身影，一手按着墙头，身子轻盈地跳了下来。

"显摆。"秦秋斜眼看着她。

"嘁，就这墙，若不是担心弄出动静，我不用绳子也过来了。"队员说着翻进窗户，关切地看着林潇苒，"总指挥，谢麻子到了吧？"

"这位妹妹，你叫什么？"林潇苒看着她，不由得想起王霞。

"罗子慧。"

又一名队员跳下墙，稳稳站定了说："怎么不说叫丑丫呢。总指挥，就叫她丑丫——我们都这么叫。"

说话间，墙内已进来十几人。林潇苒看见了赵青，对罗子慧说："拉我一把。"

借着助力，林潇苒下了窗台，对走过来的赵青说："王少卿用什么办法通知你们的？"她担心王少卿一直站在桥头，这样会引起敌特的注意。

"西关桥头有一个常年卖烤红薯的。你不问，我差点儿忘了。"赵青说着，急忙从衣兜里掏出一个裹着的毛巾卷。

还没等把毛巾打开，林潇苒便闻到一股香甜的气息，看着两个焦黄软软的红薯，不由得伸出手，接过来送到嘴边咬了点儿顾不得称赞味道，只是"嗯嗯"地连连点头："接着说。"

"烤红薯的老头是我们支队的眼线。少卿借着买红薯交代了一番。"

"那你们这么一起翻墙，会不会被人发现呀？"

"不会。墙外是一个很大的水塘，周围全是芦苇。我们顺着墙根过来，根本没人看见。"

这时，墙外又有了动静。赵青小声说："过来吧，没事。"

话音刚落，连续翻进来七八名队员。赵青扫了一眼说："人都到齐了，我们分开走吧。"

林潇苒说："院内应该没事，只是不要说话，一起走过去就是了。"

一路走着，听林潇苒简单说了这里的情况，赵青握着拳头，发出咯叽的声音，沉稳地说："那就来吧！"

一行人从后门进入大楼。看了枪械室，大家都不屑一顾。

罗子慧打开一个手榴弹箱子说："土八路。哎，这挺机枪还行，给我用吧。"

"不可以，这里的一枪一弹都不许动，用我们带来的武器足以消灭他们一个团。总指挥，我们的武器放在什么地方了？"

"在楼前东面的伙房里，现在就去取吗？"

林潇苒想等到天黑以后再取。赵青看出了她的心思，立刻说："我们的武器不能离身。秦秋，带着你的人把武器全部取回来。"说着，打了一个哈欠，接着所有的女兵都打起了哈欠。

"等拿来武器，你们就去睡觉。我估计，敌人要等到天黑以后才能行动。"林潇苒说着，示意大家跟着走。

到了三楼，她指着过道横梁上写的"女生宿舍，男生止步"，说："我看过了，你们就睡女生的床吧。"

几名队员争着进了房间，看着室内整齐干净的床铺，各自找着位子。

赵青说："听少卿说，不是还有一个人吗？"

"她守着武器呢。你们抓紧时间睡吧，我去前面看着。"

林潇苒出了大楼，只见秦秋带着十几人抬着几个大筐走过来，上面盖着麻袋。郭凤跟在后面，见了林潇苒才止步。

"大小姐，你得睡一会儿啊！"

"那你呢？"林潇苒问。

"上午，你走了之后我就睡了，直到你回来才醒。"说着，鼻子翕动，"什么味儿，这么香？"

林潇苒急忙从衣兜里掏出红薯递给她："可好吃了。我吃过了，大家都吃过了。"

两人到了三楼，过道里没有一点儿声音，女兵们都睡着了，包括刚进来的秦秋的那个小队。她们蹑手蹑脚地找了一处空房间睡下。

睡梦中，林潇苒遇见了杨德简。他骑着枣红马闯入敌人阵地，可是周围没有一个人，躺在地上的全是死人，其中有许多一团的。她没有看到邵正杰、许真诚，忽然发现了李政，一下扑过去。李政身上全是弹孔。她急忙背他起来，一边跑一边说："没事的，医院就在罗圩子。你要坚持住啊！"

李政说："我不行了，活不了多久了。有句话我想对你说。"

"你说吧。"

"杨德简很优秀，你跟了他我就放心了。还有，你不要回上海。人这一生活在哪里不重要，重要的是与喜欢的人在一起。"

"这是不可能的啊。再说了，杨是有对象的，那人就是程政委。"

忽然李政摔倒了，两人一起滚落下一段长长的陡坡。林潇苒抓住了一棵树干搂着，呼喊着李政。

"大小姐，醒醒，起来吃点儿东西。"

是郭凤的声音。瞬间，梦被惊散。林潇苒骤然醒来，紧张地问："特务来了？"

赵青俯下身说："就知道你在做噩梦，身子不停地扭动，嘴里说什么也没听清。起来，尝尝我的手艺。"

林潇苒坐起来，问："什么手艺？"

"大小姐，赵青姐姐烧了一大锅猪肉炖粉条，还有撕面饼，可好吃了。"郭凤扶起林潇苒，给她穿好鞋。

两人和赵青一起出了宿舍，来到一间大会议室。所有的女兵都在津津有味地吃着。

"你们啊，一点儿也不讲究。我忙活了半天，怎么也该等着一起吃。"赵青说着，把林潇苒让到一个空位上坐下。

柳迎春眉眼聚着殷勤，端来一碗油亮的猪肉，笑嘻嘻地说："给。"

赵青一把端了过去说："没听见郭凤妹妹如何称呼的？大小姐。懂吗？大小姐哪像咱们，喜欢吃肥肉？"说着，回头看了一眼正在装菜的女兵说，"夏小禅，给咱们的大小姐盛点儿瘦肉。"

"你让她自己盛！好吃的还不自己留着？让人家郭凤妹妹干吧！"

林潇苒听了，循声望去，只见四嫂坐在一边低头吃饭，心顿时沉了下来，难过地喊了一声"四嫂——"声音还没离开嘴唇，泪水夺眶而出。

赵青埋怨地说："四嫂，叫你吃饭的时候别进来，偏不听。"

四嫂边吃饼边擦眼泪，嘴里狠狠地咀嚼着："不吃有用吗？吃饱了才有力气报仇！"

"嗯，嗯嗯。"许多队员应着，大口地吃着。

林潇苒也想吃，可是心里不停地翻卷着哀伤，联想起梦中的情景，看着冒着热气的猪肉炖粉条，没有一点儿胃口，只好接过夏小禅递过的一块撕面饼，放在嘴边咬了一点儿咀嚼。

为了转移大家的情绪，林潇苒看着容颜姣好的夏小禅说："你的名字真好，一个'禅'字脱俗空灵。看来，给你起名字的这个人一定饱读诗书。"

赵青忍着笑说："那是，咱们队长读的诗文，一个人都挑不起来。"

林潇苒"噢"了一声，心里想，他怎么会给一个与自己年龄相差无几的女子起名字？

夏小禅听了林潇苒的疑问说："我爹给我起的名字，只不过是虫字旁的蝉，杨队长说用衣部旁的禅。哎，你们这些没文化的，以后不要叫小蝉小蝉的，叫——"

四嫂抬起头说："叫衣部禅呗？"

众人偷笑，饭桌上的气氛有了缓和。四嫂放下碗筷说："赵青，我去把赵曼和罗子慧换回来吃饭。"

"你喝点儿面汤再走。"赵青说。

夏小禅端了一碗面汤过来说："这是面疙瘩汤，兴许喝下一碗就想吃饭了。"放下碗，发现赵青偷笑，脸顿时红了，嗔怪地说，"怎么啦？我就是崇拜总指挥——难道你不？"

"我什么也没说，吃你的饭吧。大家抓紧时间，吃了饭按照刚才的部署，各就各位，任何人不得擅自开枪。"

有人问："队长，你交个底，怎么个打法？"

大家都停下了，等着赵青回答。

"总指挥，是彻底消灭还是——"赵青侧脸问。

林潇苒没想过如何处置这些敌特分子，正沉吟着，有人拍案而起："小霞的魂还在呢，你竟然商量这种事！他们用飞机炸我们时想过怎么炸了吗？"

"对！一个都不留！"所有队员都放下碗筷站起来等着林潇苒回答。

她闭上眼睛，想起一团的官兵，想着假如他们不起义，这个时候多半不在人间了，不禁肃然站起，悲痛地说："请你们记住，我们不是为了报仇而战，是为了新中国、为了人民的幸福而战！我知道仇恨的滋味，可是，我们不能被仇恨左右！我的意见是——不，是决定！只要敌人放弃抵抗，愿意投降，我们绝对不可以射杀！"

一名队员愤怒地把半碗菜摔在地上，哭喊着："别忘了小霞是怎么死的！"

"鸣凤，你怎么说话的？"赵青呵斥。

林潇苒低下头，眼泪成串地落下。周围发出此起彼伏责怪鸣凤的声音。

林潇苒抽泣着说："如果我们共产党人心里连仇恨都装不下，怎么能装下一个新中国！我再次强调：不许大开杀戒！"

夏小禅不满地说："那有人想逃呢，难道也让他逃？"

林潇苒斩钉截铁地说："不听命令者，格杀勿论！"

"这还差不多。总指挥，你真是菩萨心肠。若是没有你，今夜来偷袭的敌人，一个也活不成！"赵青说。

"其实，你们心里已经有了犹豫，毕竟这些人大多是赤手空拳，打死他们用你们练武之人的话说叫'胜之不武'。不然，你们还商量什么？我只不过说了你们不能决定的犹豫而已。"

"嗯嗯，我觉得，总指挥说话比我们队长还让人信服。"夏小禅由衷地说。

"咦——"队员们发出一阵讥笑，相继出了会议室。

赵青喊住一名队员让她留下来收拾餐具，郭凤说不用，她一个人就可以。

"郭凤妹妹，你现在就守着电表箱，只要听见外面有动静，立刻把所有的开关都打开。"赵青说着，对林潇苒不好意思地笑道，"今天多亏了郭凤，若不是她，别说院内所有的灯了，就连室内的灯我们也不知道怎么打开。"

林潇苒跟着赵青到了楼梯处一个大厅内。赵青隔着窗户指着说："厨房那边守两人，西边那一排房子守三人，大楼北门两人，一楼四人，二楼六人，其余人在后墙伏击。若是没有发现人，她们就翻过墙，绕到大门前伏击逃跑的人。你看这么布置可以吗？"

"对打仗我一窍不通，听你的。那我呢？"

"你和郭凤守在枪械室。"

林潇苒心想，这分明是不让我俩参加战斗，低头沉思了一下说："这样吧，让凤姐一个人守在枪械室就行了。我想和你在一起，看你如何打仗。"

赵青笑着说："你还是对我不放心呗。行，你怎么说，我们就怎么打。你等一下。"

林潇苒以为赵青要去取一支长枪给她，却见她一手拎着一把椅子过来："坐着吧，也不知道这些该死的什么时候来。"

大厅没有开灯，外面也一片黢黑，整座大楼在沉沉的夜幕下显得格外安静。

赵青坐在林潇苒对面，似乎有什么话不好开口。林潇苒说："姐姐，是不是我刚才说的话不合适？"

"不是，她们让我问一下你。可是，我总觉得不好意思开口。"

"姐姐，虽然我们刚刚认识，可感觉像认识了好久，况且还经历了一场生死，哪有什么不好意思说的话呀？"

"那我可就说了。她们在女生宿舍睡觉的时候，发现学员们写的笔记啥的。那上面有许多错字，而且字写得七扭八歪，挑出一个最好的都不如我们队一个最差的，所以她们就想——能否也给我们一次这样的机会？"赵青见林潇苒不语，解释说，"眼看全国就要解放了，我们支队属于地方武装，何去何从谁也不知道。杨队长早有归处，程政委本来就是大城市来的，肯定也要回去的，就是我们这么多女兵无处可去。说句心里话，这两年姐妹们出生入死的，胜利后再回家种地，等着嫁给一个种地的，这比让我们死还难受——不是说出身农村就忘了本，而是经历过部队生活很难再回到过去。"

林潇苒静静地听着，打心里认同这种感受，想了一下说："这批南下干部，据说是等上海解放了去接管的，因为文化水平偏低才提前培训。不过，南方有那么多的城市，肯定需要更多的优秀干部去接管。以我的感觉，组织一定会妥善安排你们支队女兵的工作。等我见到王友明书记先请示一下，然后再答复你，好吗？"

"哎呀，我们就是这个意思。你真是我们的贵人啊！"

"我算什么贵人呀。哎，你怎么不问一下程政委呢？"

黑暗中一阵沉默，片刻才响起纠结的声音："她这个人，自以为上过大学，又在南京做了一年多地下工作，根本瞧不起我们这些乡下人——才不会问她。之前我们以为所有的大学生都是这么傲慢，可自从见到你之后才知道，从大学出来的也分人。"

"程政委是哪所大学毕业的？"

"中央大学——还不是国民党的大学，有什么了不起的？"

两人正在说话，楼下走上来一个人。"队长，"是夏小禅的声音，"墙外有动静了。"

赵青嗖地站起，问："可看清有多少人？"

"看不清，感觉不少，门外大街上都站不下，光发亮的烟头就有上百个。听到有人问什么时候动手，可总也没人回答。估计头目还没来。待会儿他们行动，我们什么时候开枪？"

"等院子里灯亮了以后，听到我开枪之后就可以了。你去吧。记着，无论他们从哪里进来，翻墙也好，破门而入也罢，只要不威胁到你们的安全，你们一定要沉住气。"

"知道了。总指挥，大家都担心你的安全。"

赵青没好气地说："去去！有我在，总指挥一根头发都不会少！"

夏小禅离开了，整个营区仿佛被死神的黑衣笼罩，寒冷的空气中散发着令人心跳的惊悚。

三十九

灰蒙蒙的天空下着大雪，沙沙的落雪声反而让夜更加宁静。院内像蒙上一层白纱，在夜色中若隐若现。

林潇苒和赵青站在二楼大厅靠西墙的窗口前，密切地关注院门两侧的动向。

忽然扑通几声落地声传来，林潇苒下意识地掏出手枪。

"哪能让你动手，看着就行了。"赵青哈了哈手说，"听声音，一共跳下四个人——估计是开院门的。"

片刻，大门被打开，白色的雪地上忽然被染黑了一片，一个个黑影从敞开的大门向大楼移动。看这架势，是想径直冲进楼内取走枪械。

"什么人？站住！不然我要开枪了！"赵青故意发出胆怯的声音。

大楼门外的一片黑影停止了移动，接着传来一个南方人的口音："里面的两位共军听着，我是国防部二厅保密局驻徐州站副站长，今天来这里只是为了取枪，不想杀人。但是，如果有人胆敢阻拦，那就格杀勿论。"

"取枪呀，取几支？"赵青依然用惊恐的声音问。

"站长，别跟她废话，她分明是想拖延时间。"

这个声音有点儿耳熟，林潇苒一下想起是周自兴，于是也装出害怕的语气说："管理员，你原来是特务呀？"

"你知道得太晚了！我最后一次警告你们：若想活命，趁早投降！就你们两个女人，我们不用一枪一弹就能要了你们的小命！弟兄们，直接进去取枪！"

"我可真的开枪了！"赵青喊了一声。

"女共军，你们只有两个人，我们来了四百多人，而且手里有十多支手枪，你们没有一点儿胜算——手里有家伙的弟兄跟我冲进去！"说话的是自称徐州站副站长的人。

赵青轻声说："总指挥，朝下面的人群打一枪。"

林潇苒知道，这是给郭凤传递打开所有灯的信号，于是举起手枪，朝着黑压压的人群开了一枪。霎时，大楼前所有的灯都亮了，在白雪的映衬下一览无余。

果然，纷纷扬扬的雪花中聚集了几百名慌乱的人，其中一人倒在地上。一个身影冲着人群大声喊："兄弟们不要怕，我再次承诺，完成了任务，到了徐州后每人官升三级外加十根金条！别看十二兵团被暂时困在南坪集，那是上面故意迷惑共军的。就在今晚，邱清泉兵团、李弥兵团和孙元良兵团已经打到了符离集；刘汝明兵团和李延年兵团已经分别从固镇、蒙城压了过来。假如我们打乱了共军的后方，阻断了大批的支前民工，切断阻击十二兵团的共军军需补给——共军如何能阻挡十二兵团北进，想想吧。"

赵青放下卡宾枪，端着狙击步枪，瞄准说话的副站长。随着一声清脆的枪声，副站长应声倒地。楼前更加混乱，有人吓得直接趴在雪地上装死。

楼下拿手枪的人一起朝赵青开枪的窗口射击。霎时，楼前枪声大作。林潇苒知道，所有的伏击队员同时开火了。

赵青弯着腰过来，用身体挡住林潇苒，把狙击步枪搭在窗台上，警惕地朝下面看着。

"没事，让我看一下。"林潇苒避开赵青，只见楼前躺下一大片，不禁问，"都死了？"

"不会的，多半是趴下了。"

枪声停止，赵青喊道："我警告过你们，非不听！我再给你们一次活命的机会！没死的一律蹲下，双手抱头！拒不听命的，即便是已经死了也要补枪！我数三下，然后对尸体补枪：——一——二——""三"字还没喊出来，许多趴在地上的人纷纷起身，照着命令完成动作。

"三小队，把俘虏押进饭厅！"

夏小禅从一楼回应："是！"

院子东侧三间房门打开，夏小禅带着七八名队员走出来，径直向蹲下的一片身影走过去。她们边走边隔十米的距离留下一人，背朝院墙、面向北方端着枪站立，形成一道戒备森严的警戒线。夏小禅走到距离俘虏五米远的地方停下。还没等她说话，赵青手里的枪响了，躲在俘虏中的一名敌特分子刚拿出手枪便应声倒地。

"还敢偷袭！你们的一举一动都在严密的监视下！若有人胆敢反抗，下一次被击毙的就不是一个人了！"

夏小禅上前，围着俘虏走着，喊话："解放军是不杀俘虏，可我们是淮海游击支队，杀与不杀完全取决于你们的表现！只要不按照我们的命令，一律击毙！再说了，你们也不是军人，而是潜伏下来的敌特分子，就算把你们全部杀光也不算违反纪律！"说着，转了一圈后回到之前的位置，"两个人一组，前面的人由南向北开始，依次走进饭厅。若是有人企图逃跑，下场不用我说了。你们两个，站起来！"

蹲在前排最南端的两个人战战兢兢地站起来，双手抱着头向饭厅走去。这时，饭厅大门又进来两名队员，端着卡宾枪站在门两侧。

饭厅是被清理过的，所有的桌椅板凳都靠墙堆放，把厅内六个窗户堵得严严实实。若想从窗户逃出去，必须费一番周折把障碍移开，可若要这么做，无异于送死。

等两个俘虏走到一半，夏小禅发话："后面的接着——"可是却无人听命。

赵青再次开枪。两声枪响过后，那两个本该站起的俘虏倒下了。

夏小禅说："我也不说话了，你们自己走，看见前面的人走到中间位置，轮到你们不走，就当反抗论处！"

话音一落，蹲在两具尸体两边的人争着站起来，可是，四个人相互看着对方，谁也不敢移步。

"行吧，你们四个一起走。"夏小禅说。

四个人畏缩地朝饭厅走，蹲下的人眼巴巴地看着，似乎生怕错过了该走的时间。

调整后的速度明显快了许多。不一会儿，上百名俘虏走进了饭厅。正当林潇苒暗暗松了一口气的时候，走到饭厅门前的四个俘虏突然扑向两名守门的队员，虽然被击毙三人，可是饭厅的人全部冲了出来，与两名队员扭打在一起。

大楼前面蹲着的人顿时炸了锅，有人疾呼："夺下这几个娘们的枪，冲进大楼！"也有人呼喊："快跑啊，被捉到也是被枪毙！"

林潇苒大惊失色，喊道："姐姐，绝不能让队员受到伤害！下令让她们还击啊！"

"没事，看着吧，是他们自己找死。"赵青说着，端着卡宾枪观望，只见夏小禅和四位女兵背靠背，向炸开的人群开火，另外两名负责警戒的队员到了饭厅门前，对扭斗中的队员置之不理，只对跑出来的敌人开火。一阵密集地扫射，连一些跑到墙根的人也纷纷倒下。

这时从一楼几个窗口跳进来六名队员，对着喊叫的人群开火，瞬间倒下一大片。一些跑到大门口的敌人被从西面冲出来的队员成群击毙。

不到一分钟，枪声停了下来。满院都是横七竖八的尸体，整个院落弥漫着一股血腥气息。再看大厅门外，两名女队员还在与几名企图夺枪的人厮打。饭厅内不时有人惊恐地喊："放手吧，不然我们都得死！"

赵青说："一小队负责监视，二、三小队负责处理饭厅里的敌人。只要不反抗，尽量不要杀！"

饭厅门前还在厮打，让林潇苒焦急的是，那么多队员竟然围着观看，无一人上前帮忙！

"夏小禅，怎么回事啊？"

灯光下，只见夏小禅把手里的枪递给了身边一名队员，赤手空拳要上前参战。忽然一名队员大声喊："杀鸡哪用宰牛刀？不玩了！"话音一落，两名队员大打出手，三拳两脚把十多名敌人击倒在地。

林潇苒心里咯噔一下，原来两名队员是故意留给敌人反击的机会，以便给更多的反击者打开死亡之门。

"总指挥，我们下去吧。"赵青拎着卡宾枪说。

林潇苒刚走出大楼，墙外晃过一束车灯，一阵马达声越来越近。赵青冲着大门喊："打开大门，是我们的人！"

活着的敌人被押进饭厅，受伤的敌人躺在地上呻吟，喊着求饶。

还没等把所有的俘虏全部收押，一辆卡车堵在了院门前。灯影中跑来一个身影："总指挥、赵青姐，都解决了啊？"

林潇苒听出是王少卿，回应说："怎么带了这么多人？"

王少卿身后跟着一位中等身材、穿着解放军制服的人，握着手枪，冲进院内四处望着，突然大声喊："同志们，有伤亡吗？"

赵青和林潇苒迎上去。

王少卿回应："郑团长，她们在这边。总指挥！"

来人闻声快步走过来，未开口先激动地向林潇苒和赵青敬礼："了不起啊！同志，我叫郑超，之前是海阳纵队团长，奉命来宿城负责守卫。"

赵青敬礼："团长同志，淮海游击支队女子中队长赵青向您报告！我们奉命前来守卫基地，成功击溃企图偷袭的敌特分子。敌人大约四百人，俘虏、击毙人数尚未清点。"

"是你们啊！我对淮海支队早有耳闻，今日一见，果真名不虚传！"郑超说着，回身大声喊，"潘排长！"

"到！"一名二十来岁的军人跑过来，"团长！"

"让你的人进来打扫战场，死了的立刻拉走，受伤的送去医治。记住，严加看管！活着的先押送到监狱去！"

"是！"潘排长转身离开。

"队长同志，你们没有伤亡吧？"郑超关切地问。

"没有。别说他们只带了十几把手枪，就是正规部队齐装满员的一个营，也休想达到目的。本来总指挥下令尽量不杀，可是这些特务都是亡命徒，不杀不能平息事态。"

"总指挥？"郑超这才把惊异的目光转向林潇苒，"您是？"

林潇苒急忙解释："我叫林潇苒，所谓总指挥不过——"

她想说"不过是新任专员随口说的而已"，不料郑超肃然起敬，再次立正敬礼："听说了，一位女大学生，只身一人率领敌军一个整编团起义！你实在让我敬佩！"

赵青看着装满尸体的一辆卡车缓缓驶出大门后，另一辆车开进来，悄悄扯了一下林潇苒的衣襟，暗示——既然他们来了，我们该走了！

"哪里呀，不是我一个人的功劳，是几名心向光明的军官。若不是他们，我连一个人也带不过来。"林潇苒说着，看到周围都是尸体，说，"团长同志，要不进楼让赵青队长向你汇报一下此次成功歼灭敌特分子的偷袭行动吧。之后，她们还要赶回前线的。"她知道，这个时候他不可能有时间坐下来说话。

"好，好。那，队长同志，把你的人集中一下，我要和这些巾帼英雄见见。"

赵青背对着郑超挤眉弄眼，脸上溢着想说不能说的着急，只好让夏小禅先集合，然后再说离开的话。

夏小禅从衣领抽出一个哨子，嘟嘟地吹了几下。分散在院落的队员急速地跑了过来。瞬间，三行整齐的队列出现在大楼前面。赵青喊了一声"立正"，接着向郑超报告："团长同志，淮海支队女子中队全体六十名，实到五十九人，请您指示。"

郑超回礼，不经意地问："怎么少了一名？"

话音刚落，队员们忍不住低下头，有人落泪，有人发出隐忍的哭泣。

郑超脸色突变："牺牲了啊？她在哪儿？"

"报告团长，来的路上，遇到敌机轰炸，我们为了掩护老区支前民工，用马队吸引敌机。结果，王霞同志牺牲了！"赵青掩面落泪。

郑超脱下帽子，仰面朝着夜空悲伤地说："看着你们，我能想象出那该是多么悲壮的场面啊！同志们，我为江淮大地有你们这样一支女子中队感到骄傲！我们不会忘了王霞同志，山东的老区更不会忘记的！我提议——"话还没说完，大门外传来一声马嘶。郑超愣了一下，惊喜地说了句"王书记来了"，跑出去迎接。

队列背对大门，赵青果断下达命令："向后转！"

林潇苒等人面朝大门，看见大门西侧有四匹马，郑超正向王友明、孟海洋和杨怀中汇报什么。从肢体动作上可以看出，说的是这里刚刚结束的守卫战。

王友明频频点头；孟海洋听得左顾右盼，浑身一刻也安静不下来；只有杨怀中一直伸着脖子，那样子生怕落了一个字。

几分钟过后，四位领导走过来。王友明从每个队员面前走过，逐一看了，然后站在队列前，用沙哑的声音说："同志们，我要为你们请功！褒奖的话没时间说，因为前线争斗异常惨烈！我要求你们立刻返回！"

"是！"所有的队员都发出响亮的回答。

赵青大声喊："都有了！向左转！跑步走！"

女子中队在整齐的脚步声中消失在大门外。

王友明身子跟跄地走到楼门墙垛边，靠着墙说："我们几位都是受华东局指派来宿城工作的，组织不健全，机构更是八字不见一撇，可是，我们首先要有组织观念、宿县行署意识。因此，我建议召开一次领导成员会议。"

"我同意。"孟海洋说。

"我也同意。"杨怀中点头。

"你说呢，林潇苒同志？"王友明有气无力地问。

"我——尚未接到组织明确分配，不好表态。"林潇苒从心里想参加这么一次重大的会议，可是考虑到自己的身份不得不这么说。

"怎么没有呢？你的工作还是总前委首长亲自定下的，然后由华东局正式下达指令，由你负责南下基地的培训工作。至于这项工作结束之后，你是随支队进驻上海，还是留下来工作，还需要华东局领导决定。因此，以你目前的身份，已经是行署领导成员了。怎么说不好表态呢？"

"我服从行署决定。"林潇苒说着，眼看王友明体力不支，急忙对站在不远处的郭凤说，"姐，去厨房给几位领导弄点儿吃的。"

"哎。"郭凤刚要转身，王友明摆手说："先给点儿水喝。"

林潇苒猛然想起，走近郭凤问："我给你的糖水呢？"

郭凤从大衣兜里掏出小坛子，林潇苒接过递给王友明："王书记，先喝一口吧。"

"酒啊？我从不喝这东西。"

"不是酒，你喝一口就知道了。"林潇苒打开盖子，将坛子递到王友明手上。

他接过喝了一口，霎时像喝了毒药一样，一下喷了出去，厉声道："哪来的？"

"怎么啦？"林潇苒以为之前的红糖水被郭凤调换了，冲郭凤瞪着质问的眼睛。郭凤吓得茫然摇头。

孟海洋伸手想拿过坛子尝尝是什么东西，竟然让温文尔雅的王书记大发雷霆。

王友明举着坛子不撒手，怒声质问："林潇苒同志，这红糖水哪里来的？"

"哎呀，您先喝了，我再解释。"

"喝？我喝得下吗？我若喝了，那就不是共产党员了！你说，究竟哪里来的？"

杨怀中急忙劝解："王书记，您先别发火，让林潇苒解释了再说。"

王友明一脸的痛苦："还需要解释吗？在这样的战场上，红糖比什么都金贵！这是专门供给重伤员的，每一小勺都得院长特批——你竟然弄了一坛子！"

林潇苒这才意识到问题的严重性，因此无论如何不能说出真相，那样对牺牲的王霞就是一块盖棺黑布，情急之下，顺口说出："首先，我不知道红糖这么重要。这点儿糖是在一团起义之前一位军医给的。王书记，我——"

王友明蓦然抱紧坛子，欣慰地看着林潇苒说："你吓死我了啊。"

"谁吓谁呀。"林潇苒泪水夺眶而出。

"我，我，先喝一口再说。"王友明双手捧着坛子，嘴对着坛口，小心地喝了一小口，长舒一口气，"来，来，你们都喝一口。"

孟海洋退着说："我不用。"

"我更不用。王书记，您就再喝点儿吧。"杨怀中劝着。

王友明脸上露出贪婪的孩子般的笑容："那，我就再来一口？"说着，捧起坛子忍不住喝了一大口，眼里释放着无限的满足，"这个东西可真太神奇了，刚喝下去，浑身就舒服多了。林潇苒同志，还给你。不，不能给你，待会儿我得带回前线，给那些需要的伤员。走，上楼，开会。哎，你这位凤姐，赶紧给我们弄点儿吃的，什么都行。"

院内还在清理中，郭凤直奔厨房，林潇苒和王友明等人进了大楼。

第六章

四十

林潇苒把王友明等人引进二楼一间会议室，说："三位领导先坐着，我去厨房打一壶开水来。"

王友明说："你快去快回，我们开了会还要赶回前线。"

"嗯。"林潇苒出来，见院内已被清理干净，楼前站着两名持枪的战士，随口问道，"你们留下多少人？"

"一个班。后院两名，其余的都在院墙外周围巡逻。首长，您有何吩咐？"一名战士问。

"没有。你们辛苦了。"说着，林潇苒拎着保温瓶朝伙房走去。

郭凤正在烧水，看见了林潇苒急忙迎上来："大小姐，知道你们要喝水，我先烧了点儿，马上就开了。"

林潇苒看着案板上的肉、菜说："姐，最好给他们下点儿肉丝面，想必这几天没吃上一口热乎饭。"

"我正为这事犯愁呢，一点儿红糖水都像犯了天条似的，若是看见了肉丝面还不知道会出现什么状况。"

"这是两码事。你做吧，有什么事我担着。"林潇苒看着郭凤往保温瓶内打开水，一脸有话想说的样子，知道她想问何时能动身，想了一下说："待会儿我向王书记汇报，看他怎么说再定吧。"

林潇苒拎着保温瓶回到大楼，还没上二楼就听见鼾声如雷，心想不会都睡着了吧，进了会议室，看见三个人都伏案呼呼大睡，犹豫了片刻不忍心喊醒他们，于是一个人在楼道里来回踱步。她莫名地想起了杨德简，猜着他这个时候在哪里。

"还能在哪里呀，只能待在八十五军，等待起义。"她担忧地看着外面的灯火说。走了一会儿，她感觉浑身无力，只好靠着墙打盹，不知道过了多久，耳边传来轻声呼喊："大小姐，面条煮好了，要不要把他们喊醒？"

林潇苒一个惊颤："要命，我怎么也睡着了？"刚往会议室走了几步，马上转过身，"走，我和你一起端面，也好再让他们睡几分钟。"

走进伙房，见几名战士端着碗呼啦啦地吃着，没等她说话，郭凤说："面煮好后，看见你们都睡着了，我就喊战士们来吃。谁知，面太少，只好又多煮了些，让这些战士都吃些。"

"姐呀，你想得真周到。"

林潇苒走到战士们面前，嘴里吃着面的战士纷纷向她敬礼。林潇苒点头："你们辛苦了，在这里执勤，需要什么只管找这位郭凤同志。"

战士们频频点头，眼里溢出感激。

郭凤把锅里散发着诱人香气的肉丝面装在一个陶瓷盆内，林潇苒拿着几个碗，两人匆匆走进会议室。

"各位领导，醒醒啊！"林潇苒轻声喊。

王友明一个惊颤抬起头，愣怔地问："怎么睡着了？哎，睡了多久？"说着挽起袖口看手表。

林潇苒做好了挨批评的准备，不料，王友明看着表，懊恼地说："怎么又停了？"说着用力拍了一下桌子。孟海洋和杨怀中同时被惊醒，两人相互看着，眼里露出歉疚。

孟海洋嗅了嗅，忽地站起身，问："什么味，这么香！"

郭凤这才把面端进来。三个人见了，个个哑动嘴唇，也顾不得说话，眼睛盯着郭凤往碗里装面条。

王友明吸了一下面盆散发的香气说："这味道，好多年没闻到了。哎，先给老孟——你看他，口水都要流出来了。"

孟海洋嘿嘿笑着，也不谦让，接过碗，用筷子夹起一团肉丝，说"不是在做梦吧"，随着送进嘴里："这这，太好吃了，就是切得太细了。"

王友明想说什么，看见杨怀中把到手的面递过来，急忙接过，先喝了一口汤，长舒一口气："啊！等这场战争结束，我请大家吃一顿猪肉炖粉条！"说着，挑起一团面塞进嘴里，看着林潇苒，用筷子指着面盆，传递着——吃！吃呀！你知道有多好吃吗？

林潇苒这才端起面前的碗，因不好意思看着他们狼吞虎咽，走到窗前望着对面灯火中的雪花，吃着可口的面条。刚吃了几口，忽然想起前线，想着那些浴血战斗的同志只怕连一口水也喝不上，泪水不住地落下，有几串落在碗里，不由得想起枣红马，想着它眼里的泪，巨大的伤痛终于冲破忍耐，她把碗放在窗台上，失声哭泣。

"潇苒同志，我们的心和你一样，面条刚入口就想起了前线。可是，我建议还是要吃，为了更好地工作——同志们，吃！"

林潇苒端起碗，强迫自己大口吞咽，当她满面泪痕地转过身来，看见三位领导面前的碗都空了，谁也没吃第二碗，不由得内疚地说："对不起，都怪我。"

"没事的，你只是哭出了声，我们的泪水从吃了第一口就开始倒流。咱们开会吧。"

王友明话音刚落，对面一间办公室响起电话铃声。林潇苒对刚要移步的郭凤说："姐，你收拾，我去接听。"

林潇苒走进办公室拿起电话，耳边传来郑超的声音："林潇苒同志，敌特分子把电话线割断了好几处，刚刚修好了。你那边情况如何？王书记他们还在吗？"

"在，要不要请王书记接听电话？"

"不用，我就是想告诉他，大门外停了一辆吉普车，是留给他用的。你那边留下一个班，应该没问题的。若是有了情况，可以打这个电话，号码是一〇〇。"

"我知道了。"

林潇苒回来，见三个人都捧着杯喝着开水。她把来电的内容说了，孟海洋欣慰地说："看来，我把这个郑超调来是对的。这人累一点儿没关系，马这么来回跑的确吃不消。"

"现在开会，林潇苒同志记录。"王友明说。

"好的，我去拿一个本子来。"她曾在一位南下女同志的枕头边看见一个没用过的笔记本，还有笔。

纸笔取回来后，她问："今天是几号？"

"一九四八年十一月二十五号。"王友明咳嗽了几声，接着说，"今天，是宿县行署领导班子成员第一次会议，内容是：检讨近几天的工作，明确参加会议同志的分工，部署下一步工作。我先说一下，自淮海战役开战以来，我们行署在华东局的直接领导下，动员了五百多万名民工，接收了老区送来的大批物资。由于我们组织不够严密，导致局部战场后勤保障严重失误，这个责任由我负责。"

接下来，王友明把各个战区存在的问题逐一列举出来，最后说到南坪集北面动用老区民工的事情："首先，总前委对动用山东海阳县民工一事给予肯定、表扬，可是我觉得，这是我们工作上的严重失误！在南坪集以东的防线上，我军伤亡较小，那里闲置了大量的本地民工，而南坪集以北是敌人重点进攻的防线，因此伤亡较大，以至于运送伤员的人员严重不足，导致十多名民工累死！究其原因，是我们教条地以县为单位划分责任区，这就造成了今天这个局面。对此，我有不可推卸的责任！"

"王友明同志，你不能把所有的责任都记在自己头上。"孟海洋说。

"那，接下来我说一下你的责任。孟海洋同志，之前你是一位师长，应该懂得一支有枪的队伍上前线不带枪是一个多么严重的错误！这里——"王友明手指点着桌面，"存放着三百多支枪。若不是林潇苒同志当机立断，去前线调兵遣将，整个宿城会是什么结果。你想过吗？反正我是不敢想，一想起来后背就直冒冷汗！宿城一旦乱了，那北面敌人的三个兵团就会士气大增，甚至有可能突破我军的防线，直接威胁阻击黄维兵团的我军防线。你知道总前委首长听了这件事是什么反应吗？政委把帽子一摔，说了句：'宿城若是被敌人攻破，这个师长该依法严惩！'司令员冲我拍桌子，骂：'胡闹！'当首长们知道林潇苒同志带着游击支队的女子中队赶往宿城，连声说：'要给这个女大学生请功！'这是首长们的原话。林潇苒同志，我们一定要为你请功。"

"我可以发言吗？"林潇苒感动地说。

"你还是不要谦虚了。时间紧迫，我下面说一下具体分工：我、孟海洋和杨怀中三人，负责前线支前工作。鉴于之前的工作失误，我们三人分别负责一个作战区域，每隔一小时相互通报情况，然后根据具体情况使用民工。你们两位有不同意见吗？"

"没有。"孟海洋和杨怀中异口同声回答。

接着，孟海洋懊悔地说："我犯下了严重的错误，因为时间紧，我不做检讨了，等这场战役胜利后，再向组织递交书面检讨，并请求组织给予严厉的处分。林潇苒同志，对你果断的处置，我心里非常感激，若没有你，我会以死谢罪的。"说着站起来，眼含泪水向林潇苒鞠躬。

"你们这样，让我无地自容。先不说这话，我的工作呢？"林潇苒问。

王友明思忖着说："我听大家都称呼你总指挥，这是怎么回事？"

孟海洋急忙解释："是我临时决定的，当时觉得，这么大一个基地，没有人指挥怎么可以，所以就这么决定了。"

"我们的职务都是上级组织任命的，尤其是这个培训基地，直接受华东局领导，我们没有权力任命任何职务。因此，我建议取消孟海洋同志关于林潇苒同志总指挥职务的决定。"

"同意。"林潇苒与孟海洋、杨怀中同时发声。

"至于林潇苒同志的职务，由华东局任命；让你来基地，也是华东局的决定。所以，你还是留在这里吧。"

"王友明同志，我认为，我们的中心是为了整个战役的胜利。对于目前的敌我胶着态势，主要原因是我军装备落后、弹药严重不足，导致我们不能向敌人发起冲锋。对前线来说，我最了解——让我去吧！"林潇苒主动请战。

"可是，你去了能起什么作用？"王友明不解地问。

"我知道浍河南岸有一处游击支队的地下弹药库，存量很大。我去了可以想办法取回来。设想一下，我军若是得到了足够的弹药补给，那会形成什么样的局面？况且，我见过王司令员，相信他会对我的建议感兴趣的。我恳请您批准。"

"这——万一你有个闪失，我如何向华东局交代？"王友明说着，用目光征求孟海洋和杨怀中的支持。

"王友明同志，我有一个建议。"孟海洋说。

"你说。"王友明耷下眼帘。

"我想陪同林潇苒同志一道去浍河南岸，主要任务是确保她的安全。"

"不可以，已经定下的分工不能改变。这样吧，林潇苒的这个建议对整个战场会起到一定的作用，我同意。出于对她的安全考虑，可以把女子中队交给她。我相信，只有她们能保护好林潇苒，并且有可能把弹药弄回来。这六十多名女队员，个个身手不凡。我相信她们。"

"太好了啊！谢谢您，王友明同志！"林潇苒激动地说。

"你呀，本身就是一个奇女子，做事往往与众不同。说不准，你还会创造出另一个奇迹来。那就这样吧。"

林潇苒忙说："王友明同志，我还有一件小事，恳请您批准。"接着说出郭凤返回的事。

王友明不假思索地说："郭凤身份特殊，她的想法应该同意。这样，她返程的事我来安排，让她在这里等，会有人过来与你联系的。"

"我的这个请求就不记录了吧。"林潇苒问。

"不可以，必须记录下来。因为，这是组织决定。"王友明说着，看着林潇苒记录。

林潇苒写完后，把笔记本递给王友明。他看着说："真不愧为大学生啊，这字隽永、流畅！"看完后，掏出钢笔签上自己的名字。

"各位领导，我出去对郭凤说一下，也算是告别吧。"

"去吧，会议记录由杨怀中同志保管。待会儿，你直接到大门外，有人等你。"王友明说着把会议记录递给杨怀中。

林潇苒在二楼平台上的大厅遇见了郭凤，说："凤姐，王书记同意你离开了。走，进房间说话。"

进了女生宿舍，郭凤突然搂着林潇苒哭了："我不想离开你，别让我走啊！"

"凤姐啊，我也舍不得你离开。可是，老师牺牲前后的情况，组织可能还不知道，让你回去是向组织汇报在武汉发生的情况，以及我离开武汉后所经历的一切。你要知道，老师是我唯一的上线。她牺牲了，我必须与上海的组织取得联系，报告我现在的情况。至于下一步何去何从，我必须服从上海党组织的安排。"

郭凤抬起头，很不情愿地点头："我如何能找到你说的组织？"

"我说，你记住。"林潇苒回忆着赵红英交给她那张花一枝身份的纸上背面写的话，"静安寺，三百二十六号。见到人，先问：'您需要唱片吗？'他会说：'不需要。'你再说：'不是外国的，是《奇冤报》。'他会说：'是张春山的？'你说：'不是，是马连良的。'他会说：'我只要张春山的。'你说：'那就算了。'"说到这里，问郭凤，"都记住了吗？"

郭凤重复了一遍，接着问："然后呢？"

"他若是你要找的同志，会说：'进来试听一下吧。'这样，整个接头才算完整。在这个过程中，哪怕有一句对不上的，你都不要说出自己的身份，就算是遇到了特务，你也不要慌张，说自己就是卖唱片的，因为那一带有很多私下卖唱片的女子。你去之前，一定要多买一些唱片带着，以防不测。"

"放心。大小姐，你答应我，办完了这事，让我回来。"

林潇苒总觉得有什么事隐在心里，愣愣地想着，忽然想起："噢，姐，从敌人那里缴获的那张银票一定要交给组织。他们在上海太困难了。"

"行。大小姐，说句不该说的话，若是见不到你的组织或者你说的组织搬走了，我该怎么办？我的意思是，还有其他的联系方式吗？"

林潇苒的心骤然沉下——联系不上极有可能，因为老师的牺牲，很难判断问题出在哪里。万一老师的上线出了问题，那么，郭凤前往岂不是自投罗网吗？不能让郭凤冒险，绝对不能。可是，自己代替老师前往武汉，一个牺牲了，另一个活着，这让组织如何理解？

想着，林潇苒感到一座无形的大山直落落地压在身上，压得透不过气来。她无力地坐在床沿上，双手捂着脸，心里一片黑暗。

郭凤蹲下来说："大小姐，我有一个办法，你看如何？"

"说。"

"你不是说静安寺那一带有很多卖唱片的女子吗，我找一个合适的人，给她足够的钱，让她去联系。我躲在暗处观察，万一有了情况，我立刻离开。"

"我忽然觉得你还是别去了，万一是老师的上线出了问题，你无论用什么方法都无济于事。唉，可是，一旦失去与上海组织的联系，我的历史就会出现一个空白——就算上海解放了，谁能证明我的身份啊！"

"大小姐，你来这里做了这么多事情，难道还需要证明吗？太奇怪了啊！"

"姐，你不懂。唉，怎么办啊！"

"大小姐，我去！一路走来，经历了这么多生生死死，哪里在乎去见一个人！放心，我绝对不会栽在一个叛徒手里的！还有，你这只是往坏处想了，咱们换个思路，问题如果不是出现在上海呢？那样，一天的愁云不就散了啊！"

林潇苒听着，心里闪出亮光："就是呀，我怎么一门心思地往坏处想啊。那，姐，按照我们说的，你去上海，办完事看情况再定。"说完，不想让王友明久等，起身要走。

郭凤急忙挡着，眼里收着泪水："大小姐，给我带句话——他若是在这次战役中牺牲了，我会一个人在这里待一辈子，守着他一直老去！若是他活着，以后无论转战到何处，都要抽时间给我写信，寄到——双堆集小王村，杨德简收转。"说着，泪水扑簌簌落下。

"姐，我一定转达到！"

林潇苒出了大楼，看见院内有两匹马，心骤然激动。其中一匹黑马慢慢地向她走来。

"黑子啊，你怎么来了啊？"她迎上去，搂着黑马亲吻。

王少君走过来说："总指挥，王书记说吉普车太小，让你骑马。另外，他说到了罗圩子后，通知女子中队在村里等你。"

"少君同志，刚才会议上，王书记纠正了总指挥这个称呼——以后不许这么叫了。"

"那该如何称呼呀？"

"直接喊名字就可以了。那我走了。"

林潇苒上马，看着王少君也上马，以为他回行署，可是大门外面还有三匹马。王少君说："上马，跟着就行了。"

"怎么？你们这是要去哪儿？"林潇苒已经猜出，王少君等人是要护送她。

"我们奉命护送你，到了地方就回来。"

"哎呀，不用，不到二十里的路程，转眼就到，何况一路上都是支前的民工，不会有任何危险。"

"走吧，我们只能听郑团长的。"王少君说着，纵马前行。

林潇苒只好跟着。另外三名战士跟在她后面。

四十一

午夜，风吹着大片的雪花漫天飞舞，野外被无边落雪的嗞嗞声笼罩着。通往南坪集的公路两边到处都是老区的民工，有人围坐在独轮车旁燃起的篝火前取暖，说着感兴趣的事情；有人挤在一起，盖着棉被、大衣，躲避风雪，相互取暖。

路面畅通无阻。

林潇苒紧跟在王少君之后，偶尔忍不住超过去，但王少君很快又追过去，顺便留下一句："你不能在前面。"

过了一会儿，林潇苒看见前面路的东侧移动着几盏提灯，晃悠悠地映出一些忙碌的身影，想看一眼的念头在心里一闪，可飞驰的马儿没有留给她停下来的机会，刚过了十几米，忽听一声熟悉的声音传来："是林潇苒同志吗？"

王少君急忙勒住马，回头说："好像是程政委喊你。"

"是的。"林潇苒说着，跟着王少君掉头回来，到了近前跳下马。她看见灯影中走来一个身影，径直迎上去。

"潇苒啊，我太佩服你了啊！"程雪竹伸手抓住她的手，用力摇晃了几下。

"程政委，说到底是您领导有方，把一个女子中队训练得那么机智勇敢、战斗力那么强。哎，你怎么知道是我啊？"

"王书记他们刚过去，并且向我传达了会议精神，所以，我看着几匹马过来，猜着就是你。"

林潇苒朝两边看了一下，明白了大概，还是随口问了句："你怎么会在这里？"

"天这么冷，雪越下越大，我担心把支前的老乡冻着。这不，沿路搭建了一些帐篷，留给他们休息。"

林潇苒朝南望去，隔着不远亮着一盏提灯，灯影中映出长长的帐篷，不禁问："哪里弄来这么多的帐篷呀？"

"总前委一声令下，各个纵队把他们的帐篷全送来了。估计，天亮之前，帐篷可以连接宿城了。"程雪竹说着，急忙脱下大衣递给林潇苒，同时对王少君严厉呵斥，"你像话吗，自己穿着大衣，让一个女同志冻着！"

王少君委屈地说："我是想给，就是怕她嫌弃。"

"程政委，别怪他，我不冷。你还是穿着吧，这么大的雪，你在野外怎么能没有大衣呢。我没事的，一会儿就到了。"林潇苒态度坚决地不要大衣。

程雪竹拗不过，只好抱着大衣说："听王书记说，你这次过去又有大动作？哎，我真想和你一块去，可是王书记一口拒绝了。"

"我呀，真想留下来帮你搭建帐篷——可是，行动计划已定，不能随意更改。"

"潇苒呀，到了前线要万分小心谨慎，每一步都关乎战士的生命。还有，对赵青她们不能放任。她们个个胆大包天，最好不要让她们与敌人打阵地战。"

林潇苒低下头，难过地说："我已经对不起你和杨队长了。王霞——"

"别说这个了，有时间咱俩说个三天三夜。快走吧。"程雪竹上前拥抱了一下林潇苒。

再次上马，前面的景象与后面截然不同。公路东侧的麦田上，搭建起一眼望不到头的帐篷。每隔三五个帐篷挂着一盏提灯，乍一看有点儿远古街道的韵味。路边依次摆放着独轮车，车上堆着粮食、军鞋之类的军需物资。

林潇苒由衷地佩服程雪竹极强的组织、指挥能力。

到了下公路时，林潇苒对王少君说："你们回去吧，前面就是罗圩子了。"

王少君指着前方说："你看，村边好像有两盏灯，可能是赵青她们在等你。"

"是，一定是。回吧。"林潇苒说着，策马前行。

她走了一半的路程，发现亮灯的地方是村西桥头，灯影中隐约现出一个踱步的身影，于是催马加快了速度。

风雪中听见一片喜悦的呼喊："总指挥来啦——"接着，一群身影随着灯光朝她快速移动。

林潇苒下马，迈着稳健的步伐，踩着厚厚的积雪向前走着。

"总指挥啊，终于又见面了啊！"夏小禅第一个跑过来，拉着她的手蹦跳着。

赵青等所有的队员都拥了过来，激动、亲切的表情如同隔了几个人生。

"哎，你们怎么都把军装换下来了呀？"林潇苒惊讶地问。

赵青说："为了不引人注目，王书记让我们换的。才离开总指挥，大家就想你了。多亏你还想着我们，让我们和你一起行动。"

"大家静一下，我传达行署会议上一个决议，就是之前孟专员宣布的，关于我是基地总指挥的任命不符合组织程序，因此不得再使用。听清楚了没，就是，不许再喊总指挥了。"

四嫂说："那喊你什么？其实，你在我们中队所有人心里就是总指挥，管它什么程序，我们就这么叫了。"

赵青思忖着说："四嫂，既然王书记说了，我们必须服从。郭凤喊你大小姐，不如我们统一喊你大小姐吧。"

"好！"

"这名字好，就喊大小姐！"

一片嬉笑声在风雪中响起。

"同志们啊，我们是革命的队伍，怎么可以这么喊呀。"林潇苒又急又气。

崔鸣凤大声说："是呀，我们是革命的队伍，来自五湖四海，为了一个共同的目标走到了一起。大小姐，这个称呼与习惯上的称呼是有区别的，这是革命的大小姐。你就认了吧。"

"对，认了吧，大小姐！"

"哎呀，真拿你们没办法。不说这个，说正事。"

话音一落，所有人安静下来，等着林潇苒说话。

"我们的任务是，潜过浍河，取出坟地下面的武器。具体如何行动，还需得到王司令员的批准。现在，我们直接去六纵指挥所，面见王司令员。"

"哇，真过瘾啊！总——不是，大小姐，跟着你就是痛快！"柳迎春说。

"小禅，你把黑子送到马棚里，然后跟上来。走吧，大小姐。"赵青整理着有点儿不合适的便装。

夏小禅从林潇苒手里接过缰绳，头在马头上磨蹭了一下。"黑子，听话，我送你去见伙伴。"她说着，纵身上了马，闪电一般地消失在风雪中。

四嫂笑道："这贼，说不定会在前方等着呢。"

赵青清了一下嗓子："姐妹们，此次跟随大小姐一起行动，我只有一个要求：一切行动听指挥！"

"是，队长！"队员们齐声回答。

在赵青的引领下，队伍顺着小河东岸向南行进。走了没多远，夏小禅追了上来，一名女兵小声问："怎么这么慢？"

"我得喂点儿草料。"

"不许说话！"赵青低声呵斥。

六纵指挥所距离罗圩子大约一公里，途中不时遇到站岗的士兵盘问。到了指挥所警戒线之外，一名军人迎上来问："是林潇苒同志吗？"

林潇苒迎上前问："你怎么知道我要来呀？"

"我姓冯，叫我冯参谋好了。你们的王书记刚来过。司令员说你要来，让我在此接应。其余的同志只能在原地待命，你跟我来。"

林潇苒跟着冯参谋进了指挥所，王司令员热情地迎上来，拍了拍林潇苒肩上的雪："王书记说你有些想法。"

"是，司令员。"林潇苒急忙跺了几下脚上的雪，再用帽子拍打身上的雪。

"冯参谋，把参谋长叫来，一起听一下。"王司令员让林潇苒坐在一盆炭火前，亲自为她倒了一杯热水，然后坐在她对面，双手伸向炭火取暖。

参谋长进来，笑呵呵地说："好一个林潇苒，带过来一个团还不算，又来献计献策了呀。"

林潇苒起身向参谋长敬礼："只是有点儿不成熟的想法而已。"

王司令员摆手："客气话不用说，把你的想法说来听听。"

林潇苒在路上早已把整个行动方案想好了，左右看了一下说："可以对着军事布防图说吗？"

王司令员和参谋长对视一下，皆是满眼惊讶。王司令员立即起身，让冯参谋再点亮两盏提灯，然后走到一张挂着"敌我双方兵力布防图"墙前端详。

林潇苒接过冯参谋递来的细木棍，指着说："我对敌军南岸兵力部署大致有所了解。这里——也就是南坪集以东，八十五军二十三师位置，其中一团起义，这个师建制不全，估计不到五千人。眼下，对方为进攻态势，我方为守势。经过几天的激战，双方各有损伤。请允许我武断猜测，我方的伤亡不少于对方。"

王司令员点头："接着说。"

"造成这样战况的主要原因，是因为我方装备落后、弹药不足，很难向敌方发起进攻。说到底，我们的战役目标不是单纯的阻击，而是要歼灭。可是，总这么耗下去，我们弹药补给有限，而对方可以空投。因此，战事拖得越久，对敌方越有利。还有一个不利的因素，宿城北面，邱清泉、李弥、孙元良三个兵团已经攻到符离集，实际上已经形成对我们的反包围。因此，我们必须速胜！鉴于这种情况，我想主动出击，从八十五军防区秘密过河，突然向南坪集以东两师发起攻击！争取在短时间内把对方全部消灭！如果没有弹药，我们不敢轻易这么做。但是，浍河南岸一处地下仓库有大批弹药。只要我们发起攻击，敌人一时间摸不着头脑，趁此机会，迅速取出武器弹药，接着向敌人发起进攻。还有一个有利的因素，就是八十五军是我们正在酝酿起义的队伍，不会对我们造成任何危险，在我们向西进攻的时候，他们放空枪就是了。一旦消灭了南坪集以东的两个师，不但可以缴获大量的武器——哦，我知道八十五军有一个重炮旅——两位首长设想一下——"

王司令员眼里闪动火花："让一一〇师向东撤退，那样，其他师也会跟着后撤——而我们抓紧时间构筑工事，把一个打残了的十二兵团压缩在更小的范围内。"

参谋长兴奋地说："正好，总前委正从东野调两个纵队。他们可是阔气得很呐，有不少重装备，对收缩的敌军会形成更大更有效的杀伤。你这个小丫头，人家说我们司令员是疯子，我看你比他还疯啊！"

王司令员仰面叹息："问题是，这么大的行动需要总前委批准。当然，我想总前委会同意的，只是今夜白白过去了，天一亮，敌人又会发起更猛烈的进攻。"

林潇苒壮了下胆子："司令员，一天下来，我们得耗费多少子弹啊！不如这样——"

王司令员和参谋长冲着林潇苒瞪大眼睛。

"我们先动起来。我的意思是，由我带起义的那个一团过河，因为他们装备精良。过河之后，突然向西侧敌人发起攻击，占领浍河南岸。后面的部队迅速扑上去，先取出武器，然后一起向西进攻。这个时候，您再向总前委汇报，就说游击支队擅自行动，到河南岸取弹药，结果不小心被敌人发现，双方打了起来，为了营救——"

王司令员哈哈大笑："你把我当什么人了，这么做还叫共产党的纵队司令员吗？参谋长，就按这个大学生说的办！打起来后，我再向总前委解释。冯参谋，立刻把新一团团长叫来！"

"是！"冯参谋转身离去。

王司令员示意林潇苒到火盆前坐下说话。

落座后，参谋长颇感好奇地问："林潇苒同志，你一个学音乐的女子，怎么会如此精通军事？更让我惊讶的是，你的一些想法就连我们这些在战场上出生入死的老兵也自愧不如。"

"是，是，我也觉得。"王司令员掏出烟递给参谋长一支。两人先后把头伸向火盆点烟。

"这可能是受我的一位老师，也是我入党介绍人赵教授的影响。"

王司令员一愣："一个教音乐的教授？那这个同志不该教音乐呀，他是谁，我请求上级把他调来。"

林潇苒眼睛湿润，难过地说："调不来了——她牺牲了——"

"啊！"参谋长嘴唇上的烟落下。

"她叫赵红英，毕业于苏联国立柴可夫斯基音乐学院，毕业后参加苏联卫国战争，是一位出色的狙击手。"

"女子——狙击手？"王司令员惋惜地喃喃自语。

"是呀，她今年刚满三十岁。一个月前，组织派她去执行一项任务。临行前组织内部出现了叛徒，她就把去武汉兵站的任务交给了我，然后主动暴露在敌人面前，与特务们同归于尽。"林潇苒说到这里，昂起脸不让泪水落下，可还是没忍住，成串的泪水顺着脸颊流下来。

"哭吧，尽情地哭，把我们心里的泪一块哭出来。"王司令员扭了一下鼻子。

林潇苒哭着说："世上最悲惨的事不是一个生命的结束，而是眼睁睁地看着自己同志的生命即将告终，你却束手无策。"

说到这里，外面传来一个熟悉的声音："报告！"

王司令员意犹未尽，惋惜地说："有时间好好听你说。进来！"

门帘闪开，蔡佳奇拘谨地进来。

林潇苒亲切地迎上前："蔡佳奇同志，我们又见面了。"

蔡佳奇顿时愣住了，片刻，激动地握着林潇苒的手，百感交集："大小姐，新一团的全体官兵都想你啊！你——你——"看得出，他想问"你怎么在这里呀"，眼神里流露出殷切的期待，"原来，司令员让我来是为了见你！"

"怎么，她不该出现在这里？"王司令员笑呵呵地说。

"不是，不是，我当然想见她，就是之前心里想着一定是有作战任务，心里特别渴望——"

王司令员想了一下说："本来想对你说点儿什么，看来不用了。这样吧，我决定把你们新一团交给林潇苒同志指挥。她怎么指挥，你只管执行。如何？"

"那，那太好了！司令员，我说句不该说的话，她可是我们新一团的灵魂啊！只要有她在，我们整个团就有底气！"

参谋长说："既然这样，林潇苒同志，六纵把新一团交给你了。具体如何行动，你找一个地方说去，我们也要召集师长以上人员开会。"

"是，首长！"林潇苒向王司令员和参谋长敬礼。

"我只有一个要求：行动要快，争取天亮之前结束战斗。"王司令员说。

"保证完成任务。"林潇苒说完，给了蔡佳奇一个"快走"的眼神。

两人匆匆离开指挥部。到了外面，蔡佳奇急切地问："大小姐，司令员给的什么任务？"说着，忽然发现面前站着一个女子，顿时发蒙。

林潇苒对赵青说："带着你的人顺着东面的河沟向一一〇师靠近，到了河岸喊话：'黄营长在吗？'听到回答后就说'林潇苒要过河'。你们过河之后，派人过来送信，然后就说是我的意思，让他们把所有的皮划子串联起来，后面有一个团要过河。还有，告诉黄营长，这里发生的一切都不得向上级报告，一切的疑问等我到了之后再解答。"

赵青兴奋地说："放心啊，大小姐！"胳膊一挥，率领女子中队离去。

四十二

离开六纵指挥所，林潇苒对送她的冯参谋说："冯参谋，请你通知新一团，带上所有的装备到六纵指挥部待命。我利用这个时间与蔡团长商量一下行动方案。"

"林潇苒同志，已经通知过了，新一团正往这里赶。"

"呀，谢谢你，冯参谋。"林潇苒由衷地说。

"谢什么，应该的。如果我连这点儿事都做不好，王司令员早让我滚蛋了。指挥部这边也要开会，估计是全纵配合你们发起攻击的事。"

冯参谋与林潇苒握手后离开。蔡佳奇目送他兴奋地说："怎么，要总攻了？"

"我们到那边说。"林潇苒望着不远处的一片空地，边走边说，"听你的语气，好像底气不足呀？"

"是有点儿。不过，在别人面前，我绝对有底气，哪怕明知道会战死，也不会流露出半点儿犹豫。我觉得，以目前的态势，若是没有援兵参与很难收到预想的效果。你看，双方的兵力相差无几，士气我方虽远胜于对方，可在装备、弹药上，一个纵队也比不了对方一个军，这个时候进攻——"

说着，两人来到一片麦田上。林潇苒听着，心渐渐沉重，重新考虑着该怎么说才能提升这位新任团长的底气。假如连他都没有底气，那么如此大的战略构想就很难通过行动实现。

站稳后，她逐句斟酌说道："是这样，总前委从东野调来好几个纵队，还有重武器，预计明天开始对黄维兵团发起总攻。我想，咱们新一团不能再当预备队了，若是在这次战役中没有出色的表现，对今后的发展极为不利。你说是吧？"

"大小姐，新一团上下早就憋了一肚子火，从战士到营长，整天抱怨六纵首长把我们当外人。不说别的，现在连政委、各营指导员都没配置，这算什么呀？"

"上级不是配置了吗？"

"说起这事，我也是一肚子怨言。本来政委、营连政工干部已经来了，听说攻打宿县时俘虏了一些国军，经过整编改建成一个团，因为战事吃紧，从前线实在抽不出人来，王司令员一个电话把新一团的政工干部全调离了。理由是，新一团暂时休整。"

"这样啊，行啦，此次行动，你就拿我当政委吧。"话刚出口，林潇苒意识到不妥，急忙把话引开，"你猜我刚才看见谁了？"

"谁？不会是杨队长吧？他人呢，我和弟兄们有一肚子话要对他说。"

为了增加蔡佳奇对此次行动的信心，林潇苒说："杨队长非常惦记新一团，他过来就是汇报八十五军一一〇师起义的事宜。"

蔡佳奇忍不住惊叫了一声："啊！太不可思议了！噢，你接着说！"

"杨队长建议，让我带领新一团，从一一〇防区过河，配合他们向二十三师、二一六师发起攻击，以此策应正面六纵的进攻，争取在最短的时间内把南坪集以东的敌人全部歼灭，然后将剩余的敌人向东压缩，以便东野的重武器上来可以集中火力予以打击。"

"大小姐，我明白了！这么打，可以说不费吹灰之力！这个杨队长啊，真是我们新一团的贵人，把这么一件露脸的事交给了我们！"

这时远处传来众多杂乱的脚步声。林潇莽看着风雪中有一片黑影向这边移动，感慨地说："终于又见到弟兄们了！"

队伍很快到了近前。蔡佳奇迎上去，大声喊："把火把点起来，看谁来啦！"

有人激动地喊："大小姐来了吧？""肯定是，不然团长不会这么激动！"

也有人说可能是杨队长，这话得到很多人认同，乱哄哄的喊叫声在风雪中此起彼伏。一个火把被点亮，蔡佳奇走到林潇莽面前："我们新一团的灵魂来了啊！"

"哇"的一声，队伍乱了。战士们一下把林潇莽围住，问什么的都有。林潇莽正不知如何应对，几匹马过来，有人斥责："哪个单位的？在这里闹什么？还点了火把，不怕敌军打炮呀？"

喧闹戛然而止。林潇莽听出了说话的声音，便打招呼说："你好啊，范团长。"

"哟，这不是大英雄吗？我说呢，谁能享受到这样的热情！"范团长跳下马，挤着战士向林潇莽走来。

林潇莽小声对蔡佳奇说："蔡团长，立刻召集连以上干部开会，把具体的任务布置下去。我与范团长说点儿事。"

蔡佳奇紧张地说："大小姐，你可不能有外心啊。"

范团长听见了，语气生硬地说："你谁呀你？什么外心？谁又是外人？你给我说清楚了！"

蔡佳奇正想解释，林潇莽急忙用身子挡住，回头叮嘱道："抓紧时间。"

"是！"蔡佳奇不放心地离开。

林潇莽对范团长说："咱们不要影响他们布置任务。走，过去说话。"

范团长听了，扯着林潇莽袖口往外走，到了没人的地方，急吼吼地说："一看他们手上的家伙就知道是新一团的。任务？什么任务？"

"问我干吗，你来不是领任务的吗？"林潇莽心里萌生出一个计划，想把范团长的人带走，不知道为何，她对蔡佳奇总有点儿不放心。

"列队！连以上干部过来接受任务！"邵正杰的声音传来。

林潇莽看了一眼，涌动的人群中认不出哪一个是凤姐心心念念的人。

"我来是听说师长过来开会，特意过来等师长的，若是有任务好提前争取。哎，他们是什么任务？"

"他们呀，要挑选一些兵力过河。"

"过河？偷袭？"范团长压低声音。

"我建议的。今夜要对正面的两个师发起进攻，争取天亮之前解决战斗。这样，一来可以压缩敌军，二来消灭他们，可以得到装备、弹药补给。"

"我的乖乖，这样的好事还不争破脑袋？"

"看你这说的，司令员不是召集师长们开会吗，等新一团在对岸打响后，你们不就过去了吗？"

范团长胳膊往上一架："什么这说的！先过后过能一样吗？夜战是我们的强项，一个冲锋过去，那满地都是好东西！不行，我得和新一团一起过去！"

"别忘了，你是团长，没有命令你敢擅自行动？"

"我，我今天还就擅自了——反正是过河，什么时候过不是过？再说了，我也不算擅自，不是听你说的吗——今夜要把敌人两个师都干掉——上级凭什么处分我？"

林潇苒下了决心："也是呀，司令员原本让我再带一个团过去的，所以让我在这里等着。"

"还等什么等啊，就是我了！本来杨队长许诺的，南岸有一处地下武器库，我正想着如何过去取回来。你可不知道，我多需要弹药啊！那，就这么定了！我回去带人！哎，他们怎么过？算了，管不了这么多，不就是偷渡吗？"

"不是——"

林潇苒还没说完，夏小禅跑过来，声音涨满喜悦："大，大小姐，我见到杨队长了！"

林潇苒猛地抓住夏小禅的胳膊："是吗？他在——那真是天意啊！"

"哎，小丫头，你在哪儿见到的？"范团长急切地问。

"当然是河南岸了。"

范团长双拳举起："我好像明白了，这是一盘大棋啊！对岸又有了一支起义的队伍！她刚才喊你什么？噢，大小姐。那大小姐，就这么说定了，我得回去！"说着，转身上马。

林潇苒说："小心点儿，从东面的小河坡下隐蔽走。这样吧，小禅，你随团长去，负责带路。"

"是！"夏小禅说着，顺手从一名警卫员手中夺过缰绳。没等警卫员发声，她身子一跃上了马背。

范团长愣愣地看着说："你这，你这，这么好的身手啊！"接着，对警卫员斥责，"你个笨蛋，走着回去！"说完，纵马离去。

这时，蔡佳奇、邵正杰、许真诚围过来，逐一和林潇苒握手，各自说着挂念的话。

蔡佳奇略带怨言地说："大小姐，你不该让这个范团长加入，这分明是对我们新一团不信任。"

邵正杰接过话："团长，不可以这么想。这么重要的任务，大小姐首先就想到我们团。不然，我们还在赵村看雪景呢。"

林潇莽谆谆的语气："我们所做的一切都是为了这场战役的胜利，个人的感受不足挂齿。告诉你们一个好消息，你们念叨的杨队长正在河南岸等候呢！"

三个人激动得相互击掌。蔡佳奇兴奋地说："太好了！只要有他在，没有打不垮的敌人！"

许真诚笑着："团长，别忘了，我们团的灵魂是这位大小姐！"

"哎，不许这么喊。"林潇莽急忙制止。

"人家范团长都这么喊，我们怎么不能喊？"许真诚说。

又有几名连长过来，林潇莽看着眼熟，只是叫不出名字。

邵正杰迎着他们问："这么快就动员好了？"

一名连长说："咱们团看见了大小姐，只要她一声令下，什么也不用说，都愿意拼命！"

"行啦，你个马屁精，用你说吗！你们回去准备，五分钟之后出发！"目送几名连长离开，邵正杰吞吞吐吐地问，"郭凤怎么没和你一起来？"

林潇莽沉吟着说："她有别的任务，来之前让我给你带句话——团长、真诚，请你们回避一下好吗？"

见许真诚欲走，蔡佳奇认真的口吻："回什么避，好歹大家生死一场，有什么话也跟我们分享一下。"

邵正杰大方地说："你就说吧，反正都是兄弟。"

"凤姐说，你若在这次战役中牺牲了，她会在这里一个人守候到老死；你若转战到其他战场，只要有空，一定要给她写信，就寄到濉溪县双堆集小王村，杨德简转交。"

邵正杰听了，不禁一阵剧烈的咳嗽。林潇莽知道，他在遏制心中的感动。

蔡佳奇仰面感叹："愿得一红颜，万死不负卿！正杰，为了郭凤，你一定要活着！好啦，该出发了！"

邵正杰整理队伍，然后下达命令："弟兄们，该说的都已经说过了，接下来是检验每个人是真心成为一名革命战士，还是为了偷生而假装投入这支人民的队伍！别的我不想啰唆：凡是畏缩不前的，连以上干部有权执行战场纪律！出发！以营为单位向浍河行动，行进中保持静默！都清楚了吗？"

"清楚了——"一片低沉、浑厚的回音响彻风雪交加的夜空。

一连串的命令声后，上千人的队列分散开来，成"品"字形向河岸移动。

林潇莽跟在蔡佳奇和许真诚身后，半走半跑地追赶队伍。

距离河岸三百多米的地方，雪地上突然出现一片白茫茫移动的影子。蔡佳奇疑惑地说："好像是队伍。"

林潇苒看了一下许真诚，身上也是蒙上一层白雪，欣喜道："天助我们也！"

忽然听见有人低声喊"大小姐"，林潇苒浑身不舒服："可真难听。"

蔡佳奇见林潇苒不搭理，应了一声："别喊了，在这里！"

雪地上几个身影快速到了近前，范团长讨好的语气："林潇苒同志！这位是我们政委——"

政委忙说："别介绍了，反正也看不见。我们把营以上干部都叫来了，听从你的指挥！"

"那我就不客气了，先过河再说。"林潇苒说着率先向河岸走去，其余人跟在左右。

到了河岸，发现河面上有一座浮桥，河对岸站满了身影。

范团长嘟囔了一句："这下热闹了，两个团的人混在一起了。也好，新一团装备好。混在一起，优势互补。我看就不要分开了吧，新团长？"

"我姓蔡，不姓新。"蔡佳奇怼了一句。

"知道，不是跟你套近乎，开句玩笑吗？"范团长呵呵笑，"你这哥们，本来想吃独食的，谁让我命好啊，遇到了！"

"大小姐！"夏小禅在浮桥边低声喊。

林潇苒急忙过去，到了近前刚要训斥，旁边一个身影过来："大——小——姐！终于见面了！"

林潇苒的心怦然一跳，"杨——"一个字刚出来，感觉自己的灵魂扑了上去，拥抱着说："你还好吗？"

"好！大小姐，先让部队过河。小禅，去把黄营长还有几位连长叫过来。我们利用这个时间讲一下怎么个打法，一起制订一个进攻方案。"

"是！"

浮桥上没人，夏小禅身子一闪，转眼到了河对岸。

蔡佳奇、邵正杰和许真诚快步走来，几个人头抵头拥抱在一起。跟着来的范团长等人围着观看。政委说："这感情！哎，哎，杨兄弟，我们处了好几年了，也跟着你打过仗，每次见了也没见你这么热乎！"

杨德简推开蔡佳奇等人，上前在政委肩膀上轻轻打了一拳："别忘了，你这只胳膊若不是我坚持，早就被野猫叼走了！耿政委、老范，那咱们就不客气了，先让部队过河，上岸后一定要保持静默！"

许真诚说："反正两个团都混在一起了，我去指挥过河，你们开会。"

"兄弟，有劳了！"范团长说。

这时，对岸一一〇师黄营长带着几位连长过来。还隔着几步，黄营长就激动地问："刚才说话的是不是范大成？"

范大成团长惊诧问："声音咋这么熟悉？"

黄营长走上前，猛地搂着他呜呜地哭泣："在汝河桥头，还记得你对我喊过的话吗？"

"'黄光辉——黄兄弟——来世再见啊！'让我看一下你！"范大成泣不成声。

站在他们后面的几位连长也都哭了："老营长，我是二连的。""我是三连一排的排长。"

林潇苒从未见过男人哭成了这样，抽吸着鼻子说："范团长、黄营长，时间不允许我们叙旧，静下心来，先听我说。"

"好！好！来来，大家围坐，听大小姐说。"范大成让众人坐下。

林潇苒简明扼要地把作战意图做了介绍，见大家异常激动，等他们情绪稳定后说："鉴于同级两个团还有一个尚未起义的营，我们需要明确一位战场指挥，请大家表态。"

"这不是多此一举吗，我们听你的。"范大成说完，所有人表示赞同。

"杨队长，我的心你最懂。你说呢？"

"既然作战意图已经明确，我建议这个指挥权交由蔡佳奇同志吧。"杨德简说。

"可以的。"耿政委表态，同时用胳膊碰了一下范大成。

蔡佳奇慌忙说："我何德何能啊！要不，这次战役交给杨队长指挥吧。"

"哎，我心里就这么想的。杨队长，时间紧急，你不要推辞了，下命令吧。"黄光辉说。

"对啊，这个指挥非杨队长莫属。"大家几乎异口同声。

杨德简不再推辞，让黄光辉打开地图，指挥所有人围过来。

他打开手电筒照着说："蔡团长！"

"在！"蔡佳奇眼睛盯着光圈下标有"八十五军炮兵营"的位置。

杨德简命令的口吻："新一团在进攻尚未发起时，直扑过去，拿下这个旅！"

蔡佳奇抬起头，商量的口吻："这个旅我是了解的，基本上没有战斗力，拿下它用一个营就足够了。你看——"

"不要看！我不单是拿下他们，主要是拿下所有的大炮和炮弹，包括所有的牵引车，不得有任何损坏！另外，拿下这个旅后，负责阻击有可能反扑的敌军。这个任务非常艰巨，你不可以掉以轻心！"

"是！明白！"蔡佳奇身子往后撤。

范大成急说："杨队长，我有一个连，在过汝河之前是一个炮兵营，因为炮不能带走，全都炸了。这个营缩编成一个连，交给我了。我的意思是让这个连跟过去。"

杨德简想了一下说："那就这样，新一团留下一个连交由范团长指挥。"

"是！"范大成和蔡佳奇同时回应。

林潇苒听着，心里闪出一个念头："建议把炮兵连长叫来，我有点儿想法。"

"对，我们好像又想到一块了。"杨德简对身旁的夏小禅说："喊人去！"

"喊谁呀？"夏小禅问。

范大成说："不用喊了，你让过河的战士往前面传话，说团长叫何胖子过来！"

"哎。"夏小禅跑开，紧接着隐隐传来，"向前传——何胖子，团长叫你！"

林潇苒听着，不禁问："怎么没看见赵青她们呀？"

杨德简指着地图说："这里，东南方向两公里处胡家村，驻扎着十二军下属的一个骑兵旅。我让赵青带着她的人过去了。一旦这里打响，她们的任务是偷马——我不是稀罕马，而是担心这边夺下炮营，骑兵会赶过来。"

所有人大惊失色。黄光辉急了："我说你布置任务时把我支开，原来让一群女人干这么冒险的事！不行，我得带着一个连过去！"

杨德简严肃地说："黄营长，你的一营配合范团长向敌人发起攻击——"

话刚说到这儿，黄光辉急忙拦住："你等一下，我攻击没问题，可总得向师座汇报一下吧。还有，我的营若是暴露了，那——"

"老黄，死人还能说话吗？你们的武器精良，范团长的武器落后且弹药不足，直接冲过去会造成极大的伤亡。你不明白？"

黄光辉拍了一下脑门："对呀，死人怎么开口。那行，我马上执行！然后呢？"

"然后——"

杨德简说到这里，河坡下传来一个声音："团长，你叫我？"

林潇苒一看，来人目光坚毅、体型精瘦，心里嘀咕："怎么叫他胖子呢？"

四十三

范大成对杨德简说："这就是何胖子，你直接下命令吧。"

"何连长，你看这里！"杨德简再次打开手电，光圈锁定一个带有炮火标记的地方，"这里就是八十五军炮兵营阵地，你随新一团迅速把这个阵地拿下来！"

何胖子兴奋得嘴唇颤抖："好！好！我不是在做梦吧？"说着晃了晃头，"他们打炮的时候我知道，是一〇五毫米的榴弹炮啊——若是到了我的手里——"

范大成拍了一下何胖子的脑袋："激动什么呀，听清楚具体任务。"

杨德简指着图上的一个位置："你占领阵地后，首先向这里开炮！"

范大成看着，惊吓地说："怎么可以向这里开炮？这可是——一〇师三二八团的防区！"

"没错，可惜这个团不是我们的人，带不走的。我明白杨队长的意思，是让我们师长好向上司交代。打！"黄营长说。

"你清楚了吗？"杨德简问还在发愣的何胖子。

"清楚了，然后呢？"

手电光圈在图上移动："这里是第十军一个师，可以打，但不要往死里打。这里是十八军军部所在地，胡琏就在这里——你给我把所有的炮弹都打出去，只要干掉这个十八军，这次战役基本上胜利一半。"

"把炮弹都打完了，总攻时怎么办？"何胖子很不情愿的语气。

"放心，弹药有的是！何连长，这是命令！"杨德简说完，回过头来，"夏小禅！"

"在！"

"你跟着何连长！他若舍不得炮弹，你就把所有的炮弹炸了！"杨德简厉声说。

"是！"夏小禅语气坚毅。

范大成忙说："哎哎，军令如山，何胖子不可能抗命的。他若是抗命，我把这个脑袋给你！"看着何胖子不说话，有些恼怒，"你若是这个态度，我撤了你！"

林潇苒看出来了，何胖子不是想抗命，见他盯着另一个炮兵营阵地急促地喘气，说："何连长，范团长在与你说话呢。"

何胖子这才回过神来说："哦哦，我不可能抗命。这张图我得带着。"

"就是给你准备的，上面的距离基本上准确。"杨德简说。

"这都不是问题，打一炮就知道了。那，团长，咱们走吧。"何胖子看着范大成。

"不是他，是我们——新一团。"蔡佳奇说。

"好家伙！你们团若是——"何胖子下面的话咽了下去。

林潇苒听出来了——凭你们的武器，若是换了我们其他团，解决一个炮兵营就一个连足够了——她脑子一闪，忙说："蔡团长，我随你们团一起去！"

蔡佳奇迟疑着："子弹不长眼，你还是留在安全的地方。你是不是对我们不放心？"

范大成也不同意，说："我的意见是，大小姐不能随攻击部队行动。你说呢，杨队长？"

"这一次——这——"杨德简下不了决心。

林潇苒知道，他想说"这一次，我们又想到一起了，可是，这个决定我没有把握啊"。林潇苒向杨德简伸出手，心里说："这一次，假如我回不来，就算是告别吧。"握着他的手，用力地握了几下，把心里不能说出的话通过手指传递过去。

松手的时候，杨德简才稍微用力握了一下，侧过脸对夏小禅说："寸步不离！"

"队长，我懂！"夏小禅轻声说。

"那就行动吧！"杨德简说。

河北岸空无一人，河对岸的树林中密密麻麻站满整装待发的人群。杨德简与黄光辉一起朝浮桥走去。

看着他的背影，林潇苒心里泛起一阵难言的凄楚。她知道战场上什么都可能发生，万一这是最后一眼，此生将会留下难言的遗憾。

何胖子拉着蔡佳奇说："团长，你知道别人为何叫我何胖子吗？"

"不知道。"

"因为我的连是一个营的人，都是炮兵，单兵作战的确不行，所以，他们叫我胖子。这次去打一个和我们一样的炮兵，绝对是一件轻而易举的事。所以——"

"是骡子是马，拉出来才知道。我知道你想说什么，走吧。"蔡佳奇说。

三人走到浮桥上，听见邵正杰低声命令："以营为单位在堤坝下面集合。"

何胖子忙说："我去把胖子连带过来。"

"大小姐，为何打一个炮兵营，要我们一个团都上去？"邵正杰问。

"这就是我跟着你们团的原因。现在什么都不用说，拿下了炮兵营再说这事吧。这个杨德简深谙用人之道。"林潇苒上着河坡说。

河岸上不断传来下达命令的声音。林潇苒走下堤坝，隐约看见麦田上摆放着一排迫击炮，后面站着整齐的国军，黄光辉在训话："同志们，反攻开始了，你们的任务是向西侧敌营纵深实施火力打击。十五分钟后，留下武器跟着我向东撤退，就是逃跑，明白吗？"

有人问："既然参加战斗了，还跑个啥，跟着打就是了。"

"别忘了，我们师还没动，我们不能离开。总之，打了十五分钟，各自逃离。"黄光辉说着，看向林潇苒，"大小姐，给我们说几句呗。"

"不用，我还有任务呢。"林潇苒说着，看见小河沟东岸的士兵一下涌了过来，乱哄哄站在炮兵后面。

黄光辉说："以连为单位，纵队展开，形成进攻队形。我只有一句话，猛打猛冲，直到北岸的大军过河，立刻把武器交给过河的同志，然后回逃。"

有人问："逃到什么地方？"

"朝三二八团防区逃。总之，哪里安全就往哪里逃，不要怕被人说狼狈。"

沟坡下上来一群抬着武器装备的士兵，多半是弹药箱，还有六挺轻机枪、二十多支冲锋枪。有人汇报："营长，你要的武器弹药抬来了。"

黄光辉让送给站在堤坝下面等候进攻的范大成的队伍。

蔡佳奇督促着："大小姐，怎么没看见杨队长？何连长的人都过来了，我们得走了。"

林潇苒这么站着，其实不是想看什么，而是想知道杨德简在攻击发起后会在什么位置，看着整装待发的新一团说："走！我们在前面掌握速度！"

蔡佳奇快速走到队伍前，低声下令："跟我走！"说完，在风雪中往西南方向小跑。

林潇苒与他并肩跑着，问："远处那个亮灯的地方应该就是吧？"

"没错。他们以为身处重兵腹地，不会被偷袭，哪儿会想到，我们一个飞刀过去。大小姐，我有个想法，你看如何？"

紧随其后的邵正杰忙说："我也有。让许真诚带队，我们跟着边走边说？"

"也好。"林潇苒说。

三个人离开队伍，看着浑身挂着一层白雪的战士飞快地向前移动。

"你们先听我说。"蔡佳奇略微喘息地说，"打一个毫无戒备的炮兵营，甚至一个步兵营都绰绰有余，杨队长之所以让一个团去，一定是另有想法。你们觉得呢？"

邵正杰说："其实当时我就想提议，何不两个炮兵营同时拿下？考虑到在打仗上无法与杨队长比，他这么安排一定有道理，可之后越想越觉得不对劲；有一个常识，杨队长肯定不会忽略，就是炮兵阵地这么一开炮，对方的那个营一定会还击。那样，两个炮兵阵地大致相同——两败俱伤！所以，我猜疑，那支女子中队不是去偷马，而是——"

林潇苒脑洞大开，转过身伸手抓住夏小禅，从肺腑发出声音："小禅，说句实话啊！赵青她们究竟干什么去了？"

"我，我不能说，真的不能说啊，大小姐！"

蔡佳奇近了两步："大小姐，她不能说等于说了。还有，这个时候，杨队长已经赶过去了——这怎么可以啊！他们一共才六十多人，如何对付得了一个营啊！杨队长他也太偏心了啊！"

"团长，刻不容缓，我要一个营！"邵正杰不容商量的语气。

"你在这里指挥，我去！这是命令！大小姐，这里交给你了。小禅，你带队！就这样！"蔡佳奇说着，撒腿追赶部队。

林潇苒见夏小禅不知所措，命令道："这是战场，执行命令！"

"是！"夏小禅身子一晃，消失在风雪中。

林潇苒与邵正杰边跑边说："当时杨队长若是这么安排，你和团长会怎么想？"

"我们会觉得有压力，毕竟另一个火炮阵地周围全是尚未受到进攻的敌军，一旦发现有人偷袭，他们一定会疯狂反扑，这样我们很有可能被包围。"

"所以，你要去？"

"是！这种有去无回的任务怎么可以让团长去？"

林潇苒心里不禁滚过一阵惊悸："可我觉得，以杨德简的智慧，不可能让女子中队就这样盲目地送死！我不信，无论如何也不信！"

邵正杰忽然止住脚步："我知道了，她们只是要把那个榴弹炮阵地给炸了。假如当时说了，那范团长肯定不会同意，因为他们太需要炮了；而杨队长不一样，他心里没有武器，只有胜利！"

"是这样啊。做这些事，那些女兵是内行，说不准炸完榴弹炮阵地，不但不会往这边撤退，极有可能真的去偷马了——好啊，这样的事竟然瞒着我！哎呀，快把这个分析报告给团长！"

尽管两人使出全身的力气，追上队伍后还是晚了。许真诚说："团长带着一营的弟兄离开了！"

何胖子过来说："你们一路上密谋什么？怎么什么事都瞒着我？"

听了邵正杰的分析，何胖子气得脱口大骂："败家子啊，一个营的炮说炸就炸了？什么他娘的队长，老子见了非得狠狠地揍他！他娘的，一只羊也是赶，两只羊也是放！不行，我得过去阻止！"

林潇苒厉声说："何连长，注意你的说话方式！你是一个老军人了，该知道战场纪律！"

"什么纪律啊！你知道一门大炮对部队来说有多重要吗！"何胖子指着林潇苒质问。

"那过汝河时，你为何要把自己的炮炸了？我看出来了，你就是一门大炮！听着，你现在什么都不要想，只想着占领前面的炮兵阵地后，如何完成杨队长交给的任务！"

何胖子痛惜地一屁股坐在雪地上，带着哭声："你们真的不知道炮有多重要啊！败家的玩意儿，眼看到手的大炮就不要了——老子恨他一辈子！"

部队停下来了。一名连长过来报告："距离炮兵阵地不足一百米，阵地外围没有任何防范。"

何胖子一下跳起来："那还等什么？冲过去先护住大炮再打！哎，大小姐，刚才是我不对，我认错，现在能不能听我一句？"

"说！"林潇苒带着耿耿于怀的口气，担心他再提出偏离行动意图的要求。

"这炮兵不比步兵——你们知道训练出一个合格的炮手有多难吗？能不杀绝对不要杀。我估摸，这场仗打下来，我们会有很多大炮。因此，若是没有了炮兵，再多的炮也不如一支步枪。"

"这个建议可以接受。正杰，怎么拿下这个炮营又尽量不死人，你得想一个万全之策。”

　　“好吧，我去前面侦察一下。”

　　“我跟你一起去。兄弟，我保证不说话还不行吗？”何胖子恳求着。

　　邵正杰勉强同意，对报告的连长说：“你的任务就是保护大小姐。”

　　“是！”连长应声。

　　“什么话呀，干嘛把我当累赘？”林潇苒说。

　　“您是我们新一团的灵魂，不是累赘，请大小姐不要为难我。”

　　连长话音未落，跑来一位排长：“胡连长，刚才我悄悄上去看了一下，阵地上只有几名士兵躲在大炮下面睡觉。我蹲下看了几分钟，他们都没有动静。连长——”

　　林潇苒忙说：“胡连长，上去抓一个舌头过来。”

　　胡连长似乎忘了自己的任务，回了一个“是”转身跑开。林潇苒对排长说：“还愣着干吗？”

　　林潇苒跟着排长到了炮兵阵地前沿，看见邵正杰正在和何胖子还有几名营连长商量如何突击，忽听有人惊呼：“又有人上去了！”

　　邵正杰恼羞成怒：“何连长！你的人太不像话了！”

　　“正杰，你错怪何连长了，是我让胡连长上去抓个舌头，只有完全了解阵地兵力部署，才能减少不必要的伤亡。”

　　何胖子伸出大拇指：“英明！”

　　“你怎么过来了啊！”邵正杰说。

　　“别担心我，跟你们在一起才是最安全的。我刚才忽然有个想法——待会儿占领阵地后，让所有战士大声喊：‘放下武器，战场起义！’这样可以从心理上瓦解敌人的抵抗情绪。”

　　“好！好！这个口号要比‘缴枪不杀’好！”何胖子说。

　　邵正杰对身边的勤务兵说：“通知所有的连长，把这个口号传下去！”

　　勤务兵刚离开，许真诚警觉地说：“看，阵地上来了许多人，怎么回事？不会是胡连长吧？抓一个舌头带了这么多人，也不怕暴露！”

　　一群人影走到近前，胡连长低声呵斥：“蹲下！不许出声！”

　　原来，炮兵阵地上有一个班站岗，胡连长带一个班过去，对方发现有人过来，一点儿也不惊慌，说了句：“怎么提前来换岗了？”

　　胡连长一听对方是湖北黄冈人，便用家乡话回答：“可能值班的表坏了。要不，老子再回去睡一会儿？”

　　“哎呀，来都来了，还回去干吗？”话音一落，胡连长身后的战士忽然围了上去，低声命令：“我们是解放军！想活命都别出声！”

　　十几名站岗的士兵当即被吓傻了，唯唯诺诺地把肩上的步枪放在地上，纷纷表示"不动"。

就这样，胡连长把他们全部带过来了。

邵正杰问了敌军班长几个问题，班长老实地逐一回答。这个炮兵营共有七百多人，十八门榴弹炮。营部大约二十人。共有三个连，其中一个汽车连。这里只是一连的阵地，另外两个连在五百米之外。三个炮兵阵地形成"品"字形。汽车连在最南面，距离炮兵阵地还有两百多米，共有三十辆牵引车。

由于天气寒冷，所有的连队都以排为单位挖了地坑，地坑上面盖着篷布，晚上所有人躲在地坑里不出来。

邵正杰等人听了，不觉惊出一身冷汗——若是不把情况搞清楚，上来端掉的只是一个炮兵连，被惊动的另外两个连还不知道会做出什么样的反应。

何胖子吓得说话直哆嗦："好险啊！你说若不是大小姐，就我们几个人稀里糊涂地上去，只是看了大炮一眼，回去还被纵队首长给毙了——"

"听着，二营派出两个连去东南方向那个阵地；三营派出两个连去西南方向那个阵地；剩下的两个连由胡连长指挥，拿下汽车连。记住：不许弄坏一辆汽车，轻易不要杀人！何连长，你这个胖子连给我一个排，我负责对付营部。你呢，负责眼前这个阵地。"

邵正杰见何连长频频点头，低声问："都清楚了吗？"

"清楚了！"所有连长同时低声回应。

片刻，前面的队伍分出两拨，一队向东，一队向西。

邵正杰对何胖子说："下命令吧！"

何胖子对就近等候命令的排长们说："一排跟随邵参谋长；剩下的两个排各抽出一个班跟着我；阵地南面有三个地坑，二排负责最东面的地坑，三排负责西面的，围住地坑后大声喊：'放下武器，战场起义！'"说着冲林潇苒挥手，带领战士们冲了上去。

邵正杰对十多名俘虏说："现在给你们一个选择，一是起义，跟着我执行任务；二是各自回家。"

"长官，带我们过来的那位长官是我老乡。我和兄弟们愿意起义。"

林潇苒问："这位兄弟，你什么职务？"

"在下姓崔，是班长。女长官有何吩咐？"崔班长紧张的语气。

"好，从这一刻起，你已经是解放军的一名班长！带着你这个班，跟着我们去解决营部！"

"是！"崔班长喜出望外，说，"我们带路！"

"好！同志们，跟着！"

邵正杰让林潇苒跟在自己身后，之后，队伍跟着崔班长上了炮兵阵地。还没等下去，忽然听见不远处响起一阵"放下武器，战场起义"的呐喊，崔班长疾呼：

"不对呀，这里是营部，前面才是二连！汽车连还在南面啊！"

邵正杰上前对胡连长说："这里交给我，你的人去解决前面的那个连，围住以后不许他们出坑，每一个坑留下一个班看押，剩下的人去解决最南面的汽车连！"

林潇苒脑子一热，预感到这个不起眼的失误有可能给队伍带来难以预料的损失。

四十四

旷野上霎时响起一阵激扬的呐喊声。邵正杰对着盖着帆布的地坑大声喊："里面的人听着，你们已经被包围了！我数十个数，把灯点亮！否则，我只需扔下一枚手雷，你们就永远留在这里了！一、二、三——"

林潇苒大声斥责："邵参谋长，你数这么快，分明是不给他们留活路！我命令你放慢速度，间隔三秒数一下！"

"首长，炮兵阵地已经被我们拿下，总攻马上开始了，要这些俘虏干吗？"邵正杰不悦地大声喊。

林潇苒更严厉的声音："他们没有反抗，按照之前司令员的指示，这个炮兵营只要不反抗，就算战场起义！你用这个办法，分明是想杀死他们！我命令，只要他们不反抗，可以继续睡觉；天亮之后再出来，可以视为战场起义！"

"那留下一个排，只要有人出来，一律射杀，然后往坑里扔手雷！"

忽然坑内传出声音："长官，我是营长赵宏伟！我立刻点灯，你们千万别开枪！"

"快点儿！"邵正杰回应。

"好好！勤务兵，点灯！"

话音刚落，一片亮光从帆布下面映出，将坑顶映出黯淡的橘黄色。

邵正杰二话不说，快速找到了出口，没等林潇苒反应过来，就掀起帐门，只身闯了进去。周围顿时响起一阵惊呼："参谋长——"

林潇苒心一下被惊碎，想跟着进去却被人拦下。

坑底传出邵正杰的声音："干吗这么惊恐，我一个人下来，有什么好担心的！你就是营长？"

"是，在下赵宏伟。请长官训话！"

"我叫邵正杰，几天前还是一团的一名连长，在上面那位女首长的召唤下，一团在战场起义！"

"啊，你们一团不是被共军歼灭了吗？"赵宏伟惊讶的声音。

"随你怎么想，现在说你们的事。上面那位女首长受六纵王司令员委派，负责指挥这次总攻前的突击行动。她刚才说的话想必你们也都听见了。现在给你们两个选择：一是回家，二是战场起义。给你们三分钟的时间考虑。当然，也可以选择与我同归于尽——这，也是我的选择，因为我的几名兄弟死在顽固分子手上，所以才能轮到我这个连长任新一团的参谋长。看，这枚手雷——"

"别别，兄弟，不是，参谋长，我愿意接受战场起义。从现在起，我听你的指挥！"接着，赵宏伟低沉地说，"弟兄们，你们跟了我赵某人多年，我有没有做什么对不起大家的事？"

下面争着回答："营长，什么也别说了，我们认命——起义！"

"同意！"众人齐声回应。

"这位长官，我是副营长。请问，俘虏与起义有什么区别？"

"起义，就是建制不变、职务不变，若是有立功表现的还可以升职。比如，我——起义之前是一名连长，部队改编后，我被任命为团参谋长。至于俘虏——我没当过，还真不知道。"

忽然传来几声偷笑。

"我们上去说话吧。"赵宏伟说。

这时北面突然枪炮声大作，数不清的冲锋号声在隆隆的炮声中时隐时现。旷野上，出现一个"L"形的攻击阵势，从东面连续不断地射出密集的火炮。开始，地面闪出一簇簇火团，接着，火团成为一条火龙，从夜空划过，向西面敌营飞去，落下时，炸成一片烟花。当几十朵烟花争相绽放的时候，火光被飞雪映出变幻着的七彩光芒。

林潇苒只是瞥了一眼，急忙下了地坑，发现坑里所有人都目瞪口呆，于是镇静地说："哪位是赵营长？"

一个中等身材、长着一张娃娃脸的人诚惶上前敬礼："报告长官，在下就是！"

林潇苒回礼，接着伸出手握着赵宏伟发抖的手："我代表中野六纵，欢迎你加入中国人民解放军！"

赵宏伟激动地说："感谢——感谢女——"

"都有了，立正！向长官敬礼！"赵宏伟身边一名军官喊着。林潇苒猜想此人可能是副营长，于是回礼。

"长官，给我们任务吧。"赵宏伟说。

"你和邵参谋长一道，挨个地坑下达起义命令，然后集合待命。"林潇苒说。

这时何胖子跑过来，上气不接下气："大——大——"

"大什么大？直接称呼首长！"邵正杰把话接过去。

"是——报告大——首长，做好了炮击准备，是否开炮？"何胖子喘息着。

"何胖子？你怎么累成这样？"林潇苒感到莫名的担心。

"搬炮弹累的。没事，一会儿就好。"

"可以开炮！"林潇莳下达命令。

何胖子转身便跑。林潇莳随着邵正杰、赵宏伟上了地面。副营长在下面喊："首长，我做点儿什么？"

林潇莳对邵正杰说："你跟赵营长快点儿把地坑里的士兵安抚好，我跟副营长说点儿事。"本想说"副营长去南边汽车连驻地"，担心邵正杰不同意才没说。

目送两人离开，林潇莳对副营长说："你上来。"

副营长慌忙上来，看着南面汽车连驻地发生枪响，急忙说："不能打啊！长官，若把驾驶员都打死了，谁来拉这些大炮啊！"

"过去看一下！"林潇莳身后跟着一排，与副营长快速往南跑，刚过了一个地坑，看见里面的人全被叫出来，有的只穿着单衣，急忙喊了一声，"让他们下去待命！"

副营长大声喊："二连的弟兄们，我和营长已经决定战场起义了！不要怕，我们是一家人了！"喊了两声，接着往南跑。

突然身后传来一阵地动山摇的爆炸声，林潇莳忍不住回头，只见炮兵阵地上生出一条火龙，向东北方向飞去，心里想着，怎么就打一发炮弹？

还没等她移步，三个炮兵阵地十八门炮同时开炮，火光霎时在夜空划出一道岩浆，照亮着地面的麦田，向八十五军三二八团防区飞去。

副营长大声说着什么，林潇莳根本听不见，猜测可能是"快点儿走"之类的话。到了汽车连驻地，战斗已经结束，一个地坑周围横七竖八地躺着国军士兵的尸体。副营长痛惜地喊着："还是被打死了啊！"

借着火炮发出的亮光，看见周围全是逃离的士兵，有的上身只裹着大衣，有的竟然裹着被子，更远的地方散落着三三两两的士兵，趴在雪地上一动不动。

副营长扯着嗓子喊："我一个人过去，把他们都叫回来！"

"好，注意安全啊！"林潇莳大声呼喊。

很多战士围过来，林潇莳想问伤亡的情况，无奈炮声轰隆隆的，一阵接着一阵。忽然有人指向东南方向，夜幕下不断闪烁的剧烈爆炸的亮光令林潇莳心一沉——这是杨德简和女子中队把另一个炮兵阵地给炸了！

"也不知道蔡团长赶到了没有，若是没有，他们仅有六十多人，如何对付有七百多人的一个营的兵力？"她自言自语。

炮口转移了方向，朝着正在爆炸中的方位，三枚炮弹飞了过去。"天啊，那里有自己的人啊！"林潇莳头一蒙，发疯一般往炮兵阵地上跑。周围战士急忙跟着，沿途不时有人惊骇地问："出什么事了？"

林潇莳不想回答，自己耳朵失聪了，说了也白说，只顾拼命跑。上了阵地，看见六门大炮正在装填炮弹，她猛地扑上前，一只脚踏着炮弹。炮兵看着，顿时被吓傻了。

一名排长过来，说着她听不见的话，情急之下，掏出兵力部署图放在地上，划亮一根火柴，指着十八军部所在地，用力点了几下。

火柴灭了。林潇苒伸手夺过火柴，划亮后指着标有"炮兵阵地"的位置，急切地摆手。排长似乎懂了，用手比画着这是同一个方向。

林潇苒这才松了口气，双手合十，向排长拜了拜。这时何胖子气呼呼过来，还没开口看见了林潇苒，立刻明白了，脸上带着笑意，扶着她走下阵地，径直往营部地坑走去。

地坑外面站满了国军官兵，一个个茫然若失、不知所措，见了林潇苒等人过来，慌忙敬礼。林潇苒回礼，被何胖子拖进了地坑。

在一张折叠桌前，何胖子随手拿起一个电话记录本，在上面写着："那个败家子，还是把一个营的炮给炸了！可惜啊！"

林潇苒接过笔写下："没时间说这事，回到你的阵地上！"

何胖子接过笔写下："这么盲目地打，实在浪费啊！我请示，不要这么打了——行不行啊？女菩萨！"

林潇苒也觉得这么打有点儿浪费，沉吟了片刻，艰难地点头。何胖子双手抱拳，拜了又拜，刚要离开，匆忙写下："不要出去，过一会儿耳朵就能听见了。"

林潇苒点头，目送他离开。

跟着进来的战士相互意会地出了地坑，站在门外守候。

林潇苒一个人坐在桌前，心急如焚，担心杨德简和女子中队的安全，静下心想了一会儿，决定带着队伍过去接应。

她刚出了地坑，忽然看见阵地北面一片射击，手雷爆炸声向这边蔓延，直觉告诉她，这是敌人慌不择路的溃退，于是用手势指挥身边战士跟着走。她一边走，一边指挥遇到的战士跟着。

胡连胜过来大声说什么，她听不见，指着战火弥漫的北面。胡连胜忽然明白了，撒腿跑开。

这时阵地上所有的大炮戛然而止，天地依旧嘤嘤作响。许真诚的身影出现了，好像也知道该如何应对，指挥着战士往阵地北面跑去，看样子，是要把溃军挡在炮兵阵地之外。

何胖子带着自己的人也跟了过去。林潇苒看着，心里依旧紧张，担心他为了这十八门大炮战死也不撤退。

出现这种情况是她事先没有预料到的。

很快阻击战打响了，溃军并没有她想象的那么顽强，朝这边跑只是为了溃逃，一旦遇到阻击，因不知道对方实力，便惶然往东逃。不料，刚跑出几百米，迎面遇到阻击，而火力异常强大。

溃军聚集在一起，火光中一眼看不到边。这时北面进攻的部队犹如洪水一般漫了过来，很快形成包围之势。

有人大声喊话："放下武器，不要替蒋介石卖命了！回到人民这一边！解放军优待俘虏！""放下武器！"喊声连成一片，四面此起彼伏。

被围困的国军开始放下武器，一个、两个、三五个，接着，成群结队地走向指定的地方。林潇苒看着，一颗悬着的心才渐渐落下。

人群中走过来几个身影，边走边大声喊："何胖子！"

"团长，我在这里！"伴随着一声回应，一个火把亮起。何胖子举着火把向光辉迎了过去。

两人用力拥抱着，说着林潇苒听不见的话，接着，何胖子把范大成引到林潇苒近前。

她迎上前敬礼，激动地说："我们会师了啊！"

"大小姐，你又立了一大功！仗还没打完，上级命令我们团向东面的十八军驻地发起攻击，一定把他们逼退到刘家村、罗家村以东，然后就地修筑工事，防止他们反扑。胖子，你留下，保护好这些宝贝。"

何胖子急忙拦住："有件事得向你汇报，就是，这个炮兵营算是战场起义！呐，大小姐同意的，建制不变，职务不变。你得向上级说明，说话可得兑现。"

"说你胖，不但胖，还傻——有大小姐在此，哪里轮到我说话？放心好了，她会处理好的！"说着，范大成快速离开。

何胖子举着火把，愣愣地看着林潇苒："团长说，这事你负责。"

林潇苒故意说："共产党何时出尔反尔了？只是，这个炮兵营整建制地过来了，那你不是还得当步兵连长？"

"你真小看我了，只要有大炮，别说让我当步兵，就是当伙夫也心甘情愿！你可不知道，国军的炮兵营长都是炮兵学校毕业的，个个是人才啊！"

正说着，邵正杰和炮兵营正副营长过来，后面跟着许真诚。

林潇苒忙问："汽车连的事解决了？"

副营长邀功的口吻："报告——首长，幸亏我及时赶到，把那些四处逃离的兵都叫回来了。不然，就算不被打死也会被冻死——不过——"

"说。"林潇苒用鼓励的眼神看着他。

"还是被打死二十多人，其中有一名副连长，还有机修排的技师——可惜了啊！"

邵正杰说："这样的损失，责任在我。"

"别争了。何连长留下来协助赵营长做善后工作，主要向官兵交代一下解放军的纪律，对不想留下来的人统计姓名，明天发路费让其回家。"林潇苒说。

"是！"何胖子回应。

林潇苒接着说："刚才范团长告知，上级命令所有部队继续向十八军发起进攻。新一团立刻集结，东进与蔡团长会合，配合兄弟部队作战。"

"我也是这么想的。许营长，集合队伍，五分钟之后出发！"邵正杰兴奋地说。

林潇苒对炮兵营正副营长说："对你们的正式任命，要等我向纵队首长汇报以后才能送达。这期间，营里的工作由你们两人和何连长商量完成。何连长之前也是一名炮兵营长，一年多前随刘邓大军挺进大别山，把炮全部炸毁了。你们利用这个难得的时间，向何连长和他的部队传授一下经验。"

赵宏伟急忙向何连长敬礼："幸会幸会，以后还望老兄多多提携！"

何胖子呵呵地笑着："还提袜子呢。解放军不需要客套，以后我们都是战友了，不用说客气话。"

说话间，许真诚已将队伍集合完毕。林潇苒对何胖子说："我建议，让炮兵营的同志仍然回到地坑睡觉，你们也适当休息一下。明天早上，我过来看望大家。"

正副营长连声说着感谢的话。何胖子恋恋不舍："真想跟着你们走，顺便看一下那个炮兵阵地上还有没有没能修理的大炮。这个败家子，我恨他一辈子！"

"这些话，留着当面跟杨队长说吧。"

队伍离开炮兵营，举着十多个火把，一路向东急行。

旷野中，寒风裹着雪花在落满积雪的麦田上掠过，不时掀起一片积雪，在光秃的麦地上盘旋、飞鸣，一层一层地向前面覆盖着。

北面不时传来零星的枪声，河岸上，原来一一〇师的防区枪声时而密集，时而稀落，打打停停地不断向东扩散。

林潇苒知道，这是自己人打给敌人看的。她似乎看到黄光辉和他手下的士兵，一边放着空枪，一边撤退。撤退中，他们不时扔下手中的武器，装成逃命的样子，慌不择路地顺着河岸、田野逃跑。若是遇到阻击的敌人，他们会说些惊恐的话，迫使守军撤离。

这是一场从未有过的战争，从表面上看，是一方夜袭，另一方被打得猝不及防，因为从战事开端的那一刻一方一直在进攻，理念上已经形成攻防固定的态势。可能连黄维也不会想到，武器落后、弹药匮乏、人数相差无几的解放军敢对不在一个实力水平的国军发起进攻。就是这种差异，蕴藏着诸多变数，一夜之间，解放军消灭了敌人一个军上万人，而且从战场上获得了大量的武器。

她为自己能参加这场突袭感到荣幸。

"好像天亮了！"不知谁喊了一声。

林潇苒望着东天，天际发出明显的亮光，因为还下着雪，那亮光显得肃穆、威严。朦胧的风雪中，隐约出现一支队伍朝着他们的方向过来。

邵正杰惊喜地说："说不定是咱们团长！"

四十五

"是，是团长和一营！"许真诚激动地喊着。队伍发出重逢的喜悦，大家喊叫着，乱哄哄迎了上去。

林潇苒看着，心里不停地往下沉——尽管光线不是很清晰，可风雪中队伍的人数可以一目了然，心里颤颤地说："只有七八十人！可是，蔡佳奇带走的是齐装满员的一个营，共计四百多人，那么，剩下的人去哪儿了？"

"牺牲！"她心里跳出两个蒙上魔鬼面罩的字眼，"不，不会吧？若是这样，杨——和他的女子中队不会全都——"想着，昂起脸，肺腑间喷出哭泣，"也罢，这也是我生命的尽头！呵呵，有什么啊！"她笑着，心与寒夜融为一体，没有悲伤，眼睛却被泪水遮住了视线。

耳边的欢呼声戛然而止。她孤零零地站在雪地上，想着该如何结束此生，接着下意识地摸着手枪，掏出了一半又松手，对自己说："总得看他一眼吧，总得对他说——我喜欢你啊！"两腿一软，跪下来，两只胳膊撑在地上，昂头向着东方，忍声迫使剧烈的悲痛在血脉中激荡。

几个身影跑了过来。

朦胧的风雪中，蔡佳奇一边跑一边号啕大哭："大小姐，你枪毙我吧，我该死啊！"到了近前，扑通一声跪下来，头戳在雪地上，双手拍打着积雪，"我该死！求你毙了我啊！"

邵正杰和许真诚等人追了过来，身后跟着不知就里的全团官兵。邵正杰急忙上前扶蔡佳奇，被他猛地推开，哭喊着："滚开！滚开！"接着，一跃起身对着周围的士兵，转着身子哭骂，"你们都是什么东西啊！是曹振海瞎了眼！是李政瞎了眼！是我瞎了眼！给——"

林潇苒听着，愤然站起来，厉声喝道："蔡佳奇团长，别忘了你的身份！"

蔡佳奇哆嗦着掏出手枪，对着自己的脑门，哀号："大小姐啊，我对不起您！来世再追随——"

没等下面的话喊出来，邵正杰突然伸出胳膊，枪响了。蔡佳奇的帽子被打掉，手枪被扑上来的许真诚夺下。蔡佳奇身子向后一仰倒下。所有人都被吓傻了。

林潇苒一个惊颤，急忙上前蹲下摸他的头，抬起来看着手指，对不敢喘气的邵正杰说："没事，子弹擦破了头皮。"

"哎呀，团长怎么会这样啊，战场上就是胜败！"

"对呀，不就是死了些人吗？"

"不好！会不会是杨队长还有女子中队那些人？"

邵正杰大声斥责："都给我闭嘴！"

林潇苒忙说："许营长，整理队伍，等候命令！"

"是！"许真诚集合队伍，下达"向后转，齐步走"的命令。队伍走了两百多米才停下来。

林潇苒稳定了情绪，严肃地说："站起来说话！"

蔡佳奇发泄完了，沮丧地站起："大小姐，这个团长我不能再当了！还有，我不愿意继续留在新一团，请求上级把我调走，随便哪个部队，随便干什么，哪怕当兵，我也心甘情愿！"

林潇苒不想听这些，说："你脑子太乱了。我问什么，你只如实答就行了！"

"问吧。"

"你遇到杨队长和女子中队的人了吗？"

"遇到了，是这样——"

"他们现在怎么样了啊？"林潇苒急切地问。

"你听我说——"

"你先告诉我——他们是死还是活？"林潇苒哭着问。

"活，活着，不过——"蔡佳奇一着急，一时不知道该如何说。

邵正杰忍不住劝慰："大小姐，还是让他慢慢说吧。"

林潇苒摇晃着手："好，好，你说吧。"

"我们一路跑过来，距离炮兵阵地还有一千多米的时候，听到阵地上连续的爆炸声。从声音上判断，是手雷爆炸的声音。我知道杨队长他们动手了，于是让大家全速赶过去支援。等我们接近阵地时，爆炸声已经停歇，阵地上全是敌人，有人喊：'追上这些偷袭的共军！上峰说了，谁抓住女兵就归谁！弟兄们，他们一定是往西北方向跑了！东面、南面都是我们十八军的部队，他们不敢往这边跑，追过去！'接着，大批的敌人向我们扑了过来。我知道杨队长肯定没朝这边跑，所以为了吸引敌人下令就地阻击——"说到这里，蔡佳奇嗓子发干，不能发声。

邵正杰从腰间取下水壶递过去："你先喝点儿水，歇一下。"

蔡佳奇咕嘟咕嘟地喝水。邵正杰猜测的语气："大小姐，杨队长会不会直接去骑兵旅？"

"我也是这么想的。"

蔡佳奇急忙接着："还真被你们说着了！我刚才说到哪里了？"

"阻击敌人。"邵正杰说。

"不提这事还好，一提起来，我都恨不得端起冲锋枪，冲着新一团这帮狗日的把他们全突突了！"

林潇苒的心猛地一颤——难道新一团有人阵地倒戈？

"刚开始，我们一开火，敌人纷纷逃了回去，接着他们的军官说，'听声音不过一个营的兵力，我们一个团，有什么好怕的？大家听着，一营正面进攻，二营左翼迂回，三营右翼迂回，给他们包饺子'。听了这话，我心里也不踏实，于是下令边打边撤。可是，我们只顾应付正面的敌人，左右两翼的敌人迅速绕到我们背后。我当时判断，若想摆脱困境，唯一的出路就是不怕死地往西面冲。当我下令时，这才发现身边的人已经不多了，问了才知道，从阻击一打响就有人趁机逃跑了！"

随着诉说，林潇苒脑海里呈现出身临其境的画面。

杨德简带领女子中队摧毁敌人炮兵营阵地后，预感到敌人追击的方向，对赵青说："我们往东，去骑兵旅的营地看一下，最好能弄些马出来，然后骑着马返回，敌人想追也追不上。"

他们刚离开，身后很远的地方响起了轰隆隆的大炮声。炮弹落在八十五军三二八团驻地上。杨德简高兴地说："大小姐，他们成功了！太棒了！"

赵青问："为何不把这个炮兵营也拿下，两个炮营一起开炮岂不是更好吗？"

"我也想过，只是这个炮兵营距离十八军很近，我们刚开炮就会遭到十八军的围攻，到时候，只怕连人带炮都得留在这里了。"

接着，西面战场总攻开始，杨德简和女子中队只顾往骑兵旅快速移动，根本没注意到被摧毁的炮兵营阵地上再次响起枪声。直到接近骑兵旅驻地时才发现，那个炮兵营阵地上好像发生了枪战！

"肯定是何连长太贪心了，想跟过来阻止我们炸炮。没事的，他们发现炮被炸后不会恋战的。我们趁着敌人被西面的战事弄得蒙头转向的时候迅速弄些马来。"赵青建议。

杨德简脱下大衣，让赵青和三名中队长蹲下来围在一起，把大衣盖在她们头上，自己蹲在大衣外面说："打开手电筒，看着图听我说！"

大衣下面闪出了亮光，周围队员见了急忙围过去，用身体挡住外溢的亮光。杨德简在人群下面说："看见马厩了吗？"

柳迎春回应："看见了，是地主程厚才的麦场。这个地方我熟悉，我二姑就在这个村子。"

"好，待会儿，带领你的人悄悄摸过去，先潜伏下来，等听见我们偷袭的声音再上去。动作要快，不要贪心，这些马早晚都是我们的，够我们骑的就行了。记住：切不可贪心！"

"明白！"柳迎春回应。

杨德简又说："赵青，看见旅部的位置了吗？"

"一直盯着呢。"

"好！行动时，你负责解决旅部。记住不得恋战、不准开枪，开枪会暴露位置。每人扔出六枚手雷，然后迅速撤离，回到这里准备接应柳迎春她们和马。"

"明白！"

"崔鸣凤，看见距离马厩最近的那个营地了吗？"

"看见了。"

"带领你的人，拉开距离，一起往营地扔手雷。同样，也是扔六枚。扔完后快速撤离，回到这里集结。"杨德简说完，不见回应，追问，"有问题吗？"

"队长，带了这么多手雷，为何不都扔出去呀？"

柳迎春说完，崔鸣凤也跟了一句："就是呀。"

"留一些手雷，以备被敌人追击、阻拦时开路。夜晚最好不要开枪。"

"明白！"所有人异口同声回答。

行动即将开始，杨德简说："我当路标，就站在这里等你们，因为晚上很难找到这里。记住，听到爆炸声之后，我会点一支烟，你们能看见的。"

至于三个女子小队行动的细节，蔡佳奇没有说。可能是杨德简没有亲临，没有对他说。接下来，蔡佳奇描述的再次在她脑子里形成了画面。

这个村子不大，女子中队的队员大多熟悉这里的情况，很快到达各自的攻击目标。先是旅部遭到手雷连续不断的袭击，接着是兵营。爆炸的火光一闪一闪把整个村子照得忽明忽暗，伴随着剧烈、密集的爆炸声，其间夹杂着无数声马的嘶鸣。

片刻，爆炸声停止，整个村子顿时枪声大作。杨德简知道不可能是自己人开枪，多半是敌人在混乱中和队员们相互射击。

最先回来的是赵青带领的小队，接着是柳迎春的小队。队员们在激烈的枪声中围着杨德简说着当时的情景。

"都别说话，我好像听见马蹄声了。"赵青说着，顺手从杨德简手指间夺下香烟，举起来在头顶画着圆圈。

转眼间一大群马冲了过来，队员们纷纷上前拦着，可是马太多，没能拦下来的马直接冲了过去。

混乱中，柳迎春急切地说："队长，不是我贪心，是这些马看见头马被牵走，再加上周围那么大的爆炸声，都惊了——不是我的事啊！"

杨德简大声喊："别管这么多了！上马，原路返回！"

女队员有的已经上马，只有少数手里牵着多根缰绳的队员还站在地上，听见命令，忍痛撒手，放了其他马。

霎时，所有人都上了马，跟着柳迎春骑的头马往西面飞奔。那些受惊的马看见马队纷纷追了上来，在风雪中嘶鸣着像一道巨浪，势不可当地一路向西。

就在快要转弯的时候，杨德简发现被摧毁的炮兵阵地上依然在交战，于是停下来观察。队员们纷纷停下来，那些跟风的马也停下来，相互撕咬、互踢，有的对着风雪嘶鸣。

"坏了，一定是何连长他们被困住了，我们要去营救！都听着，赵青的队伍在前，负责扔手雷；柳迎春、崔鸣凤，你们可以用枪了，跟在赵青后面，借着手雷爆炸的亮光对敌人扫射！记住！我们是骑兵，不与敌人打阵地战，只为何连长他们撕开一个口子，突围！若是敌人继续追赶，我们再折回来！柳迎春，把你的手雷都给我！"

柳迎春把一个肩包递过来。杨德简放在马鞍上，一手按着，率先冲向敌群。

快到近前时，敌人大声欢呼："弟兄们，骑兵旅来增援了啊！"喊声刚落，十几枚手雷扔了过去，敌群顿时血肉横飞。马队飞快地冲向敌人，一排接着一排的手雷犹如一道霹雳，横击在地面。

敌人被炸蒙了，前面的敌人眼看着一道接着一道的爆炸犹如巨浪压了过来，纷纷逃离。

一些没被炸死的人刚从地上爬起来，又被后面的冲锋枪射杀。马队几乎围着敌人形成的包围圈转了一周。等他们回到原点，除了看见躺着的尸体，所有活着的人都逃离了。

在杨德简和女子中队到达之前，蔡佳奇的精神上经历了一段魔鬼般的蹂躏——敌人把他们合围之后，他发现身边的士兵少了一大半，以为是牺牲了，可是三连长周封臣说"不是牺牲，是逃了"。他回了句，"逃就逃吧，只要不投敌就好"。敌人停止了进攻，黑暗中突然亮起许多火把，亮光中站着一群手无寸铁的人影。有人说："都是我们一营的人，不是逃了吗，怎么被捉回来了？"停顿后面有人大声喊："蔡佳奇，我是喊你副营长呢，还是喊你团长？这些人你都认识吧，都是你一营的兄弟呀。现在，他们的生死全握在你一人手上，你若是投降了，我非但饶你们不死，还让你当营长，如何？不然，我把他们全杀了——清楚了吗？"话音刚落，二连长曾怀仁哭喊着："团长，别抵抗了啊！我们跟着你投共不过是为了有一条活路，可是眼前这个情况你也知道，只有迷途知返才有活路啊！团长啊，我们都是当兵的，给谁打仗不是打啊，不管给谁打首先要活着啊！看在兄弟们跟你多年的分上，你投回来吧！"

蔡佳奇怒斥："我们是人不是牲口，怎么可以投来投去的！"

曾怀仁喊着："此时此刻连牲口都不如，就是一个等待腐烂的尸体——听我一句劝，先活命要紧！"

身边的三连长周封臣说："团长，不能再固执了，不然，这里的兄弟全都得死。"接着，身边一片哭劝声。

蔡佳奇想了一下说："想活着的，可以过去，我不阻拦，也不怪罪；想做人的，陪着我一块死！你们也听见了，解放军已经开始反攻了，估计西面的八十五军两个师基本上全军覆灭。我死在这里，解放军会授予我烈士称号！"

身边的人沉默了。有人说："投过去最多能多活几天，不如死个明明白白。我不投降，陪着团长。"接着，不断有人表示愿意留下。

三连长蓦然站起，举起枪哀求："别开枪，我是三连长周封臣，愿意迷途知返。"

"把枪横着举起来，走过来！"俘虏后面的人喊着。

周封臣举着手，托起枪慢慢走了过去，接着不断有人跟着过去，留下来的只有七八十人。

"还有没有？没有，那就不客气了！"

一名排长说："团长，打吧！"

蔡佳奇看着几百个熟悉的面孔说："不能啊，怎么说他们也是我们的兄弟——等敌人把他们带走再打！"

接着出现让他目瞪口呆的一幕——

一直没发声的一位长官说："让投诚的人全都跪下！"接着有人下令让俘虏们跪下。开始所有的俘虏都不肯跪，忽然一梭子子弹打过去，站在最前面的人应声倒下，其中包括三连长。后面的人吓坏了，急忙争着跪下。

那位一直没露面的指挥官说："你们都是叛军，我怎么能要你们！杀了！"

枪声响起，被俘的人纷纷倒下。蔡佳奇愤怒了："打！为兄弟报仇啊！"喊声未落，所有的战士一起开火。打了一会儿，忽然看见骑兵冲了过来，还没等蔡佳奇缓过神来，一排排手雷在敌群中炸开，于是大喊："是杨队长来了啊！先别射击，防止误伤！"

转眼间，敌人被打退了。杨德简在黑暗中大声喊："何胖子！"

蔡佳奇无颜回应，一名排长喊："杨队长，我们是新一团的，在这边！"

死里逃生的战士们纷纷站起来，迎着杨德简跑过去。

蔡佳奇躺在地上，脑子瞬间被抽空了，直到杨德简过来才坐起来，刚想说话，却听见一个女子惊呼："队长，这里死了好多，都是我们的人啊！"一个声音传来："那边地上有亮着的火把，拿过来看一下还有没有活着的。"

火把刚举起来，突然传来几声枪响。尽管杨德简吼了一声："躲开亮光！"一个举着火把的身影还是晃了晃倒下了。

蔡佳奇发疯一般，怪叫一声："冲过去，把开枪的狗日的碎尸万段！"

活下来的一营官兵全都疯了，端着冲锋枪向开暗枪的方向扑了过去，一大片枪管射出的火焰鬼火一般地席卷过去。黑暗中看不见敌人，一营的战士只是拼命地射击，一路跑出了五百多米，蔡佳奇才下令回撤。

当他回到俘虏被枪杀的地方，所有的女队员都在呜呜哭泣。他战战兢兢地问："伤了还是？"

一个搂着尸体的女队员突然站起来，上前狠狠地给了蔡佳奇一个耳光，怒斥："我问你，这些都是你的人，为何全都是跪着死的？"

蔡佳奇哀号："他们全都该死！我也该死，你把我杀了吧！"

杨德简似乎明白了，哽咽着拍了一下蔡佳奇的肩膀："活下来的都是真正的解放军战士！赵青，把她们抬上马背！"

蔡佳奇哭喊："老天啊，她们——"

赵青哭着说："炸炮兵营，我们毫发未损；袭击骑兵旅，我们安然无恙！可是，偏偏遇到你们这群窝囊废，一下牺牲了我们三位姐妹！你是该死，可你的命一文不值！"

"赵青，住口！站在你面前的这些官兵都值得尊重！蔡团长，原谅她过于悲愤！你抓紧时间与两个营会合，看林潇苒同志是什么意见。赵青她们要回去，我得赶回一一〇师，立刻把这里发生的事向廖师长汇报，否则会出大乱子的！"

"杨队长——杨队长——"微弱的声音从死人堆里发出。几名战士急忙过去，把说话的人架了过来。

杨德简关切地说："能活着就好！"

"本来不想说话的，觉得无颜见你，可是有句话不得不说，就是，我们这些想活命的人，没有把一一〇师的情况对敌人说。我们这么做本来心里有亏，怎么能再做出没良心的事啊。我是要死的人了，相信我啊。"那人说着，咯了一口血，闭上眼睛。

又有一个微弱的声音："我——做证——林近堂说的是实话——因为，投过来后，没有说话的机会——"这个人说完话也咽下最后一口气。

四十六

林潇苒听着，心头一颤："夏小禅呢？"

"在我们接近炮兵营阵地时，就看见阵地上发生剧烈的爆炸。夏小禅说了句'我的任务完成了'，说要去办一件更要紧的事。还没等我问什么任务，她撒腿往前跑了。"

"那你再次见到杨队长他们，有没有看见夏小禅？"

"我没注意，因为当时脑子乱糟糟的，根本没想起她。"

蔡佳奇说到这儿，忽听有人大声喊："马，那边好多马！"

林潇苒抬头看着，只见晨曦中的雪地上一堆堆的马群。许真诚过来问："要不要逮些回来，也算新一团首战的收获吧。"

"是你的收获吗？"林潇苒不悦地问，径直向骚动不安的队伍走去。

雪不知道何时停了，原野上一片白茫茫，西面的战事已经结束，大批的俘虏被圈禁在几块麦田上，禁地周围到处冒起白色的炊烟。

浍河北岸，有人群源源不断地向南岸移动，其间有马匹拉动的大炮。东面很远的地方，不时响起交战的枪声。林潇茮知道，这是范大成的那个团在追击溃退的敌军。

来到队列前，林潇茮看见所有的士兵站在寒风里瑟瑟发抖，尤其是一营活下来的战士，一个个失魂落魄的样子。

"弟兄们，"林潇茮难过地说，"此刻，我只能称呼弟兄们。因为，经过昨夜的战斗，证明你们还不是同志！也许，这话太绝情，却是我的心里话！"

队伍中有人大声喊："大小姐，你不能这么一刀把所有人的头都砍了啊！一营发生了丢人的事，可我们二营、三营，昨夜没有一个孬种！我们怎么不是你的同志了？"

邵正杰厉声回应："之前新一团全都是一样的；昨夜，团长带的是一营，换一个营还不是一样啊！"

林潇茮接着说："说句实话，一团起义，多半是你们内心对生的渴望，与信仰、志向无关。"

又有人喊着："也不是，是我们对你的信任！我们拿你当亲人一样，跟着你什么都不怕，可你却这么说，那还不如把新一团解散了，我们各自回家！"

"对，既然她都这么说了，那我们不如回家！"好多声音发出认同。

林潇茮冷静地说："我这么说，就敢这么做！把你们解散了，我去向总前委请罪！我对首长说，就不该盲目地带领你们起义！我更不该带你们过河参加作战！否则，女子中队不可能一下死了三名战士！你们知道吗？就在前天晚上，也是这个女子中队，一举歼灭了三百多名敌特分子，无一伤亡！可是，那些怕死的软骨头，竟然让她们牺牲了！弟兄们，拍拍胸口，问一下自己还是不是个男人！"

队伍中有人哭泣，几个人同时发声："大小姐，我们错了，给我们一个重新做人的机会吧，不要赶我们走！"

林潇茮忍不住哭了，侧脸看了一眼东边硝烟弥漫的天底："我都不知道牺牲的是哪三位——你们让我太伤心了——"

邵正杰抽吸了一下鼻子："弟兄们，我不知道该说什么——就昨夜那个状况，若是换了六纵随便哪个营，一定不是这样的下场！此时此刻，我恍然明白，昨夜行动之前，为何杨队长让我们一个团外带一个加强连去攻打一个炮兵营！因为，他从内心就对我们不放心！他知道，在绝对优势面前，这个团都是英雄好汉；一旦处于对峙的状态，我们就会出现贪生怕死的狗熊！林潇茮同志，请你允许我带这帮弟兄去阵地看一眼吧，看看我们朝夕相处的兄弟最后的样子！"

"不去！不去！那个样子太窝囊了！参谋长，我们绝对不会做他们那样的人！请你跟大小姐求情，别解散新一团！"

邵正杰对一直垂头丧气、浑身发抖的蔡佳奇说："团长，振作起来，不然——李政岂不是白死了啊！我们从河这边过到河对岸，容易吗？一夜之间，大小姐又带着我们回到南岸，怎么就回不去了啊！"

蔡佳奇用可怜巴巴的眼神看着林潇苒："这样好不好，让心里不愿意打仗的弟兄走人，留下来多少是多少——留下一个班，我就当班长。就算是昨夜，一营不是还有三分之一的弟兄愿意拼死吗？"

"好吧。"林潇苒背过脸去。

身后传来蔡佳奇悲壮的声音："弟兄们，我心里有许多话，一时间不知道该从何说起，想来想去，想把昨夜杨队长说过的一句话说给二营、三营的人听。面对三位牺牲的年轻女战士，他说：'我们炸敌人这个炮兵阵地，她们毫发未损；我们捣毁敌人的骑兵旅，安然无恙；可是，为了查看这些跪着死的士兵，看还有没有活着的，却一下牺牲了三名身经百战的优秀战士——我希望，你们永远记住这三名为了我们新一团牺牲的女兵！我希望，她们的英雄气魄和善良的心肠能留存在自己的灵魂殿堂！'我，我一想起她们牺牲时留下的容颜，我——"蔡佳奇泣不成声。

有人高呼："为牺牲的三位姐妹报仇！"

全团战士悲愤激扬，跟着高呼："永远跟着共产党！为人民打天下！"

呼声响彻了寒冷的雪原。

林潇苒被感动了："同志们，友情可以伴随一生，但经不起利益、生死的考验，只有建立在相同信仰上的情意才能至死不渝！记住这个光荣吧！记住这个耻辱吧！为了解放全中国，为了人民的幸福，何时何地都不要忘记！"

"大小姐，我们记住了！"

全团的官兵泪流满面，这时西北方向飞驰过来一支马队，大家不再作声。

林潇苒看着，知道六纵团以下单位没有骑兵，只是在司令员部附近看见十几匹战马，想必是王司令员来了。

"同志们，振作起来，纵队首长来看望大家了！"林潇苒说。

队列自觉地左右看齐，紧张、惶恐，立正以待。

王司令员和杜政委到了近前。邵正杰大声喊："稍息——立正！敬礼！"全团官兵整齐划一地向两位首长敬礼。

邵正杰跑步迎上："报告首长，新一团正在接受林潇苒同志对昨夜战斗的总结！请指示！"

随同来的警卫人员下马后在一侧列队，看似警卫连长的人带着六名战士前往被摧毁的炮兵营阵地。

两位首长走到队列前，亲切地与前排的战士逐一握手，最后走到林潇苒面前，眼里满满的赞许："你不但作战指挥得好，战后总结也非常好。远远听见战士们的呼喊声，政委对我说：'看样子，我们去有点儿多余啊！战士们从心灵发出的呼喊就是最好的说明。'"

林潇苒难过地说："首长，由于我指挥失误，导致一个营遭受重大的损失。我请求组织给我严厉的处分。"

王司令员与杜政委对视一眼说："动手是我的工作，讲话是你的工作。你说吧。"

杜政委走到队列正前方，沉吟了片刻说："一营发生的情况，女子中队的同志向地方领导做了详细汇报。王书记特意跟司令员和我做了交流。我们都认为，造成三百多名战士死亡的责任不在新一团，也不是林潇苒同志指挥有误，而在于我和王司令员。为什么这么说呢？因为，让一支没有组织核心的作战单位上阵，这就是损失的根本原因！同样是一个营的阵地，一个营被攻下来，所有的敌方人员几乎都活着，而且基本上符合战场起义的条件，所以，我们同意这个炮兵营是战场起义。形成这样局面的原因是，整个作战过程是在党的直接领导下。说到蔡佳奇同志带领的一营，在你们尚未到达阵地之前，这里的战斗就已经结束了——如果一营配齐了党的组织，有部分党员参加，结局一定不是这样！至少不会出现三百多名战士集体投降！这样的事，在共产党的队伍中是从来没有过的！今天在我们六纵发生了，理应由我这个当政委的负全部责任！"说着，向士兵鞠躬致歉。

"政委，你不能吃独食！本来，新一团刚宣布那天，你要求立刻建立党组织，是我因为战事吃紧又把人给抽了回来。还有，让新一团执行作战任务也是我同意的，你怎么可以大包大揽？"

杜政委刚想说话被王司令员截住："别说了，这事，你写一份检讨，我签上名字，等候上级处分就是了。"说着，面对队列，"同志们，往西北方向看——河堤上面，看到那面军旗了吗？"

林潇苒望去，晨光下，朔风中，一面鲜艳的军旗迎风飘扬。

有人怯声回应："看见了。"

王司令员深情地说："那面军旗，是女子中队在牺牲的三位队员的灵柩前为你们绣的，上面写着，'中国人民解放军六纵新一团军旗'。这面旗帜就在那里飘扬着，在招呼着你们！"

霎时，全团官兵泪流满面，透过泪光，仰望军旗。

邵正杰哽咽地从肺腑间喊着："新一团，向军旗敬礼！"

战士们流着泪水向远处的军旗敬礼，手迟迟不肯放下。

王司令员说："礼毕！同志们，在那面军旗下面，等待你们的有政委、副政委，各营的教导员、各连的指导员，还有二百多名从老部队抽调来的战士。他们有的是从瑞金出发，经历了二万五千里长征的老兵。走过去，新一团就有了核心！"

蔡佳奇哭着说："首长，请允许我把团长的位置让出来——我不配啊！"

"我让——""我也让——"一时间，所有的营长、连长和排长纷纷表态。

"同志们，错了，大错啊！"杜政委说，"共产党员从来不计较职务，就像我们的林潇莼同志，她不在军队系列，可是却能指挥这么大的一场战役。从某种角度说，是她指挥了六纵，指挥了千军万马！这就是一个共产党员的能量！"

王司令员接着说："等待你们的还有几大锅小米粥、几担子附近老乡送来的肉包子。去吧，同志们，朝着你们的军旗前进吧！"

"是！新一团——我们距离军旗还有一段距离，我们有信心尽快缩短距离，不负人民！不负党！向着军旗，跑步走！"

蔡佳奇抹着泪水，与邵正杰并肩，带着新一团朝着军旗飘扬的地方跑去。

王司令员目送着，感慨地说："政委，我觉得这个团脱胎换骨了，可以投入围歼黄维兵团作战。"

"是，这个团在自己兄弟的血泊中站了起来！"杜政委说。

这时前往阵地查看的连长回来了。王司令员疑惑地望着："怎么你一个人回来，他们留着干什么？"

连长抑制不住内心的喜悦："司令员、政委，在被摧毁的炮兵营阵地不远处，发现许多完好的牵引车，还有几卡车炮弹！"

王司令员大喜："这个杨德简，我得请他喝酒——我心里想到的，他总是能办到！洪连长，你们全都留下，看好了这些宝贝啊！政委，我们和林潇莼同志边走边说。"

林潇莼从连长手中接过缰绳，刚要上马，只见北边的雪地上飞奔来一匹快马。

王司令员看着说："这骑术，不是六纵的，可能是杨德简的部下。政委，这一次缴获了不少战马，我看可以组建一个骑兵团，你看如何？"

"好啊，我猜司令员心里已经有目标了。让我猜一下，是不是范大成那个团？"

"是，你老兄太可怕了，我心里怎么想的，你全都知道。"

王司令员话音刚落，马背上跳下一个身影。林潇莼脱口而出："王少君，这么急，什么事？"

王少君先站稳了，给两位首长敬礼，转向林潇莼说："林潇莼同志，我们在安葬几名牺牲的同志，可是，女子中队的队员非得等你到了以后才肯下葬。程政委让我来找你过去。"

林潇莼"哇"地哭了："谁，谁啊？"说着，双手护在胸前，不敢听的样子。

"四嫂——崔鸣凤——郭红梅——还有，还有此前牺牲没来得及安葬的王霞。

一共四位。”

林潇苒双手捂着脸，想把五脏六腑迸发的哀痛挡在喉咙之下，可是当胸膛实在不能承受时，只能放开地“啊——啊——”号叫，耳边传来王司令员的声音："政委，我们走，让她哭出来吧。"

林潇苒身子一挺，直落落地倒在地上，挨个哭喊每个人的名字。

王少君焦急地说："林潇苒同志，那边还等着你啊！还有，附近好几万民工都在那里等候，万一这个时候开战，会严重影响支前工作开展的！我，我想死的心都有——可是——"一时情绪失控，突然跪了下来，仰面哭喊，"怎么让我还活着啊！看着她们这样走了，活着有何意义啊！"

林潇苒坐起来，很快控制住了情绪。"走！"她看着旁边警卫连长留下的马，问，"怎么不把黑子带来啊？"

"我倒是想的，可是，黑子看见了王霞的尸体，当时就瘫倒了，怎么拉都拉不起来。后来，我们把王霞的棺椁抬走，它却站了起来，晃晃悠悠地跟在后面。"

"黑哥啊，我懂你有多难受啊！少君同志，她们的墓地在什么地方？"

"在枣红马坟墓旁边。唉！有些话真的不能说——在安葬枣红马的时候，四嫂对着坟墓说：'红哥，安息吧，等我死了，一定让家人把我埋在你身边。'在场队员：'不管以后如何生活，这里就是我们女子中队所有队员的安息之所！活着，我们一起战斗；死了，在另一个世界聚集！'"

"也算我一个！"林潇苒上马，双腿连续用力。青灰色的马放开四蹄，在雪地上向北狂奔。

到了河岸，举目望去，一眼望不到边的大军洪流一般地向东推进。林潇苒只好下马，想着如何才能穿过旷野中无边的滚滚洪流。

王少君纵马跟上来："林潇苒同志，我刚才是从西面绕过来的，虽然路远了很多，但马能跑起来。"

"好！"林潇苒再次上马，在河岸树林中不紧不慢地跑着。堤岸下面到处都是部队，有的在整理枪械，有的在吃饭，还有一处正在发放昨夜缴获的武器弹药。

忽然，一阵激动的呼喊传来："看啊，咱们的大小姐！""大小姐，我们在这里啊！"

林潇苒看着一张张熟悉的面孔，大声回应："我有任务，不能下来说话！"她想看一眼女子中队绣制的军旗，遗憾的是，军旗被收起来了。

越走部队越稀少，一直上了公路，总算没有了阻碍，她加快了速度，在公路上纵马飞奔。之前，这条通向宿城的公路挤满了山东支前的民工；这会儿，所有的民工都跟着部队向东转移。也是在这条路上，她和郭凤一起遇见四嫂和她的姐妹们下到冰冷的河水中捕鱼。

一路飞奔，一路飞泪。

很快到了女子中队纵马吸引敌机的地方。远处的麦田上站满黑压压的人群，她知道，女子中队的姐妹在等她——已经失去生命的四位姐妹是否也在等她？

平生第一次有了奔丧的哀凉。

王少君走到她前面，对拥挤的民工大声喊："让开啊，请让开！"

人群中拥过来一支队伍，哀号着让人群让开。从他们发出的声音上，林潇苒知道这是游击支队的同志们。目测了一下，大约四五百人。

人群很快闪出一条通道。林潇苒下马，哭着快步向前跑去，到了河岸近前，一眼看见四口棺椁并排放在雪地上。

赵青和女队员们扭过身，看见林潇苒，哭喊着迎上来。

夏小禅哽咽着说："大小姐，不是我们不顾大局，是她们眼角一直在流泪啊。我们想，一定是想等你看她们最后一眼。"

赵青的眼睛红肿得像熟透的桃子："还有黑子，谁的话也不听，围着王霞横冲直撞的。"

一路上，林潇苒的泪已经流干了，此刻一句话也不说，走近了棺椁。

程雪竹走过来，轻轻拥抱了她一下，让人打开棺椁。

游击支队的同志用身体围出一片空地。四匹战马死也不肯离开。林潇苒看着说："它们也是支队的成员，别让它们离开了。"

最先打开的是四嫂的棺材。林潇苒身子伏在棺材沿上，看见四嫂穿着一身崭新的军装，脸色惨白，安详入睡，只是眼角有渗出的泪。

她伸出手，想抚摸一下四嫂的额头，却被一位长者制止了。她只能轻柔地说："姐姐，放心走啊！你没完成的事情，由我们替你完成！妹妹只想对你说：'我永远不会离开这里！'"

接着，她挨着看了崔鸣凤、郭红梅，最后来到王霞面前。霎时，她说不出话了，心碎了，碎在了王霞身边。

四十七

忽然一声凄楚的马嘶。众人发出一阵惊呼："黑马惊了！"

黑马几下挣脱了控制，嘶鸣着跑了过来。

林潇苒喊着"黑子"迎上来，挡在棺椁前。黑马前蹄刨地，嘶鸣不止。林潇苒伸手搂着马头，静静地与马对视。见马的眼泪成串地落下，林潇苒心底的泪水流出来，哭着说："黑子啊，我的心和你一样啊！可是，人死了必须安葬。从今以后，我与你相依为命好吗？走，我们别妨碍她们入土。"说着搂着马头往回走。黑马听话地走着，嘴唇不停地在林潇苒脸上翕动吹着气。

围观的人群静默地看着，谁也不愿惊扰了人马共悲的静默。

程雪竹下令："起棺——"

八名支队战士一声"起"，把王霞的棺材抬起往河堤上走。林潇苒搂着黑马，陪着它流泪。正当大家以为黑马会安静下来时，意外发生了——一声嘶鸣，黑马把林潇苒甩倒在地，闪电一般地冲了过去。抬棺的人还没来得及反应，只见黑马一头撞在棺椁上。八个人同时随着棺椁倒在地上，王霞的尸身滚了出来。

所有人都被眼前这一幕惊呆了。黑马倒在地上，挣扎了几下还是没能站起来。一个被撞倒在地的战士惊呼："黑马鼻子出血了啊！"

林潇苒脑子形成一个旋转的黑洞。赵青急忙上前把她拉起来问："伤着没有啊？"接着为难地哭着说，"这可怎么办啊？"

程雪竹乱了方寸，走过来焦急地说："潇苒啊，部队已经上去了，一旦打起来，没人抬伤员怎么得了啊！你是指挥过战斗的，你说怎么办，我听你的。实在不行，那就再把她们抬回小王村——"

林潇苒的心沉了下来，想着所有的牺牲都是为了这场战役的胜利——黑子啊，我懂你啊——

她挣脱了赵青的手，迈着沉重的步伐走向棺椁，走近王霞，不顾长者的制止，跪下来，抱起王霞，顿时感觉胸口裂开了一道缝隙，王霞的幽灵已经住进了心中。接着，她让人把棺材扶正，在众人的帮助下，把王霞放进棺椁里。

林潇苒长出一口气，绕过棺椁，走近黑马，没有半点犹豫，掏出手枪指向马头，微微侧过脸去，果断地扣动扳机。

一声枪响，震撼着万人聚集的葬礼现场。林潇苒收回枪，头也不回地顺着河堤往北走，心里哭喊："姐妹们，黑子，不是我无情，是我不敢面对你们啊！为了这场战役的胜利，我们连生命都不惜还会顾及个人感情吗？"

走出了聚集的人群，赵青牵着马从后面追了过来。林潇苒冷若冰霜："从此以后，我不再骑马！你回去吧！"

"是王友明同志病了，程政委让我带你去见他，说有事要说。"

"王书记在哪儿？"

"就在前面的罗圩子。野战医院前移，他在曹振海同志住过的病房休息。大小姐，为了工作，还是骑马吧。"赵青哀求地说。

"不，绝不再骑马！你回去吧，我自己走过去。办完丧事还有更多任务等着你们。"

"不骑马可以，但我必须把你送到王书记那里，这是程政委的命令。"

"好吧。赵青，说实话，恨我吗？我指的是杀死黑马。"

"不恨，但是挺惊讶的。在你没来之前，程政委也为了黑马着急，让战士想办法把黑马弄走，可就是弄不走。看着这马重情重义的，战士们也不忍心下重手，所以才把下葬的事给耽误了。"

"不是你们女子中队不同意下葬，非得等我来吗？"林潇苒责怪的口气。

"大小姐，我们队多半是党员，怎么可以在大战在即时说出这样的理由啊？是程政委让王少君找你来，可能担心你不来才那么说的。不过，幸亏你来了，不然，依程政委做事的风格，根本不可能这么果断。再说了，就算你不开枪，黑马也活不了的。反正，我从心里是佩服你的。"

两人说着话，不觉进了罗圩子，眼前的村子与印象中那个到处忙碌的景象形成巨大的反差——整个村子犹如被遗忘般，没有人迹，也没有牲畜。

"怎么会这么安静啊？"林潇苒惊异地四处看着。

"村里的人都去河南岸了。野战医院没进驻之前，家家户户都养着牛羊、猪狗、鸡鸭等家畜，因为伤员需要营养，村里的老乡主动把家畜宰杀了。唉，除了猫，所有的家畜无一幸免！我发过誓，等这场战役胜利了，就算把自己卖了也要还这个村奉献的牲畜！"

"算我一个！"林潇苒发誓一般的语气。

来到村子中间，林潇苒不禁想起曹振海，说："这不是曹振海同志住过的叫三妮的家吗？"

"是呀，本来他也要随医院转移的，因为王书记突然晕倒了，王少君就近把他送到了这里。曹营长见了，说放心不下，决定先留下等王书记醒了再离开。他这会儿兴许还没走呢。"

进了院子，三妮迎上来，两只机灵的眼睛似乎有话要对赵青说。

"别急呀，三妮。家里有伤员，你怎么可以离开呢？"赵青摸着三妮的头说。

西厢房内，躺着两个正在说话的人，一个是曹振海，另一个是王友明。林潇苒刚要推门进去，听见曹振海的声音急忙止步，示意赵青不要进去。

"王书记，听说你从事地下工作多年，想必失去了许多同志——不说之前了，就说眼前吧，每一秒钟都有自己的同志牺牲，可你都挺过来了，为何牺牲了几名女子中队的战士，就把你击倒了，连她们的安葬都不能参加？唉，看着你这么一位大领导蒙着头痛哭，我猜想，她们之中想必有你的亲人吧？"

一个悲伤的声音哭着说："没有——没有——有——她们都是啊——啊——这个浑蛋杨德简——我反复交代——浑蛋啊！我恨不得把他乱棍打死——"

林潇苒心里一颤，悄然把赵青拉到了大门外。"告诉我，牺牲的队员中是否有王书记的亲人？"

"没有，绝对没有！"赵青断然的语气。

"莫非——"林潇苒想说，"莫非有他的意中人？"

赵青眼睛闪了一下，又默然摇头："也不可能。我想起来了，郭红梅是王书记从路边捡来的。当时也是一个大冬天，王书记从怀远县来南坪集，路上遇到一对要饭的母女，母亲已经死了，身边十四五岁的女孩已经奄奄一息。王书记背着女孩走了几十里，来到小王村，是杨队长的娘把这女孩搂在怀里焐过来的。后来，郭红梅就留在了杨家。不过，若说最伤心的该是杨队长的母亲，王书记只是背了她几十里而已，何况——哎呀，不可能的，听说王书记是有家的人。战士们经常跟郭红梅开玩笑，说她是童养媳。"

"知道了。"林潇苒不想听下去，尽管她对郭红梅印象不深，也不想从任何人口中听到所谓童养媳的另一半是谁。

再次进了院子，林潇苒对三妮说："王书记现在怎么样了？"

三妮瞪着恍惚的眼睛说："我不知道。"

赵青故意大声说："三妮，烧点儿开水，嗓子都冒烟了。"说着，不紧不慢地走向西厢房，"王书记，我把大小姐带来了！"

门开了，曹振海一手捂着小腹一手撑在门框上："快进来，房间里有开水！"

林潇苒眼里润着亲切："曹营长，怎么起来了，小心伤口。"

"大小姐，听说你又打了漂亮仗啊！我——后悔没能参加。"曹振海退着说。

赵青急忙上前扶着他回到床前，帮他慢慢躺下。

王友明坐在床沿上，除了眼圈灰暗、红肿，看不出哀伤。

赵青关切地上前："王书记，怎么啦？"

"没事，可能是低血糖引起的休克，现在已经好了。赵青，非常抱歉，没能参加她们的安葬！怎么样？都下葬了？"

"嗯，因为出现一点儿状况，所以耽误了时间。不过，这会儿该结束了。"

"什么状况？"王友明不动声色地问。

赵青看着林潇苒，不知该如何回答。林潇苒不假思索地说："小霞的那匹黑马，因舍不得主人下葬，闹腾了一会儿。"

王友明不语，沉默了片刻说："老曹，给我一支烟。"

曹振海伸手拿起枕边的一包烟，刚要扔，赵青上前接过，抽出一支递给王友明，帮他点上。

王友明抽着，语气酸楚地说："马且如此，何况人乎！唉，赵青啊，一定要善待王霞的马啊！"

"对不起，王书记，我把黑马打死了。"林潇苒侧过脸，等着王书记发火。

"打死？算了，你做事一定有理由。林潇苒同志，我们出去走走。赵青，曹营长想知道你们昨夜战斗的过程，你陪他聊聊吧。"

"嗯，好的。"赵青送王友明和林潇苒出门。

"让你过来，是想商量一下。我有一个想法。"王友明走着，抽着烟，神色异样、语气深沉。

"王书记，有什么指示请直接下令，我一定全力完成。"林潇苒嘴上说着，心里猜测着这时候什么重要任务需要单独说。

"昨夜的一次行动，一下亡了我三名优秀的女战士，加上前天的王霞——真是让我痛心疾首啊！"

"对不起，责任全在我，请求组织给我严厉的处分！虽然我与她们相处的时间不长，却算得上一见如故，且情同姐妹。她们都是在我具体负责的行动中牺牲了，我说什么已经毫无意义了。就在打死黑马的那一刻，若不是担心延误支前，我真的会对自己打一枪，那样，反而更好受些。"林潇苒用淡淡的语气说着内心的想法。

"不说这事了。对于你这几次的表现，连总前委首长们都大加赞扬，我还能说什么呢？至于这四位女战士的死，你没有责任——只是，她们对我们这个即将解放的地区不能不说是一个重大的损失。听说，华东局初步打算设立宿县行署，管辖五河、怀远、泗县、灵璧，还有萧县、濉溪、砀山——再加上宿县，一共八个县。这么大一片行政区域，在同一时间内成立，需要多少干部呀！更让我感到压力的是，华东局考虑到江南半壁江山即将回到人民手中，同样也需要大批干部，因此才决定组建南下干部班。这么一来，我们这个专区连一名干部都不派，所需干部就地选拔。你想一下，这对我来说有多难？不瞒你说，这个地区本来就是敌占区，地下党员少得掰着手指头都能数过来，仅有的百十来号党员都在杨德简的游击支队里。可以说，此次战役结束，这个支队一百多名党员一下要分成八份，分别派往八个县任职。总的来说，干部问题基本解决了，但是，女干部严重缺少，就指望女子中队这六十多人能撑起这个地区的半边天，谁能想到——"

"王书记，我听出来了，您是想让我留下来——"

王友明连连摆手："我哪有这个权力啊！华东局领导有过明确的指示，你现在负责南下干部的培训，一旦上海解放，你要跟随这批干部进驻上海。还听说，要你继续完成学业，之后担任更重要的工作。我找你就是想商量一下，想让女子中队全体人员提前退出这场战役，然后集中起来进行文化培训。呃，就算是南下培训班的一个编外班吧。由你暂时负责这项工作，你看如何？"

"这——提前让这么一支有着丰富作战经验的队伍退出战役，华东局会同意吗？当然，就我个人而言，我是不想也不愿意退出的。"

"潇苒同志，你我都是党员，没有谁想提前退出一场决定新中国命运的战役。可是，你想过吗？我们流血、牺牲去争取胜利是为什么？不就是为了建设一个人民当家作主的国家吗？女子中队是一支有能力、有纪律、不怕苦、不畏艰难、敢于牺牲的武装力量，可是，万一再牺牲几个、十几个——等这场战役一结束，大军南下，这么一大片解放了的平原竟然看不见女干部的身影，你说，人民会怎么看新政权？至少会让人民以为，所谓新政府只不过换了一个牌子，进进出出的还是清一色的老爷们！我认为，一个新政府，一定要有新气象！没有女性参加的政府，就不能称为人民的政府！也许，我这么做会受到上级的严厉处分，可是，为了一个崭新的政府，就算把职务撤了，我也心甘情愿！"

"那为何不让程雪竹政委具体负责呢？"林潇莓实在不想退出战场，因为战场上有她的新一团，有战友杨德简，还有内心潜滋暗长的爱情种子。

王友明止步，浑身颤抖，脸色苍白，哆哆嗦嗦地抓住麦田边一棵小树，然后蠢笨、绝望地把树干拉到自己面前，额头抵住树干，由于用力过大，脸色变得更加苍白。他抬起沉重的脑袋，突然松手，树干猛地弹了回来，把他击倒在地。

林潇莓惊叫一声"王书记——"挽着他一只胳膊，想把他拉起来。

王友明急忙用手摸了一下额头，掉过脸去，嘴唇掠过一阵寒战，脸上流下一道灰色的泪痕，用力甩开林潇莓的手，绝望地喊着："闪开！"从地上爬起来往南走，突然回过身大声吼着，"你以为培训她们就不是战斗吗？你错了！那可是一场更艰难、更痛苦的战斗！如果在眼前这场冒着硝烟的战役结束之后，她们走上领导岗位，不能开会讲话、不能看文件、不能独立思考，充其量就是村妇当官，误国误民！那么，在这场战役中所有的流血牺牲又有什么意义！你怎么想的我不知道，我只知道，无论如何不能让一帮没有文化的人去领导更多没有文化的农民！大不了，让这些能征善战的女子交了枪回家种地嫁人、烧火做饭、喂鸡养猪、生儿育女！"说完转过身大步往前走。

林潇莓瞬间蒙了，发了片刻呆，大声喊着："王友明同志，我接受这项任务！"

王友明止步，身子慢慢瘫软地坐在地上，双手抱着头，像丢在风中的一团棉絮。

林潇莓到了近前，蹲下来内疚地说："对不起，我刚才一时转不过弯，只想着上前线拼命了。"

王友明可能是在流泪，不愿意抬头，声音充满欣慰："哪里的话，是我心里着急，没有表达好这项工作的重要性。你能答应，我心上的一块石头突然移开了。你先回去，让我一个人享受一下轻松。"

林潇莓知道王友明想擦干泪水再走，于是起身慢慢往回走，转身的同时，发现麦田东面之前聚集的人群不见了，空旷衔接着河堤上几座刚凸起的土堆，不禁暗暗发誓："姐妹们，你们走了，我要把活下来的姐妹培训成合格的干部，以此告慰你们的在天之灵！"

余光中王友明到了近前，林潇莓没有正视："王书记，女子中队文化最高的队员是谁？"

"唉，哪里说得上文化，能认识自己的名字的也不过两三个吧。所以，你的任务很艰巨啊！根据目前的战势，地方的首要任务仍然是支前；这场战役结束后，还有徐州的杜聿明集团；打下了徐州还有蚌埠；解放了蚌埠还有渡江战役。这期间，专区主要的工作就是支前。我估计，怎么也得三四个月的时间。我想让你在这几个月内让女子中队所有队员都成为一名合格的干部。潇苒同志，我是不是有点儿过分了？"

"嗯，不过，我相信她们在这场文化战役中同样是胜利者！"

王友明沉吟着："还有一件事，我不便说话，一切听你的——就是，关于曹振海同志的工作。在你没来之前，他向我打听如何与华东局特工部的领导联系。你说，他会不会是我党的特工？"

"不可能吧？！他若是，就该对你说明自己的身份。还有就是，在一团时，李政、蔡佳奇他们那么渴望与我党取得联系，他对此没有一点儿反应。而且，当我默认了自己党员的身份，按说他就不该对我有所隐瞒——仅凭这一点，他怎么可能是党员呢？"

"也不能这么认定。我也曾隶属过特工部，按照内部规定，就算是回到解放区，都不得暴露身份。"

"天啊，可我的老师没对我说组织有这么一项规定啊！我不但在一团默认了党员身份，见到杨德简之后也毫不保留地告诉他——这可怎么办啊？"林潇苒忧心如焚地看着王友明，发现被寒冷凝结的脸上露出一丝莫名的忧虑，不由得把目光移开。

"你的事已经明了，不可能再从事地下工作，用不着纠结。还是说曹振海吧。假如他是特工部的人，那么，不愿意接受团长职务就可以理解了。可是，总这么闲着也不是事。不如这样，让他协助你培训女子中队，先做点儿力所能及的工作。你的意见呢？"

"王书记，我当然欢迎了，就是觉得别扭——以后我和他如何相处呀？"

"你呀，权当我什么也没说，还当他是之前的那个曹振海就是了。哎，赵青怎么出来了？要不，我们一起去看一下四嫂她们？"

"嗯。"林潇苒应声，冲赵青招手。

赵青飞快地跑了过来，一千多米的距离转眼就到了近前，而且气息平稳。"大小姐，有何吩咐？"

没等林潇苒开口，王友明说："叫你的队员一个不落地到四嫂墓地前集合，有重要任务。"

"是！"赵青再次飞奔而去。

这时，东南方向突然传来铺天盖地的枪炮声，接着，一团团炮弹炸出的硝烟在空中弥漫——新一轮鏖战又开始了。

第七章

四十八

罗圩子往西两公里挨着宿县通往蒙城的公路，距离宿县大约十五公里，距离蒙城约五十公里，附近有两个集镇，一个是南坪集，另一个就是双堆集。

村子西头有一条南北小河，东边一公里外也有一条南北河流。两天前，林潇苒带领女子中队从罗圩子向宿县行进，途中遇到敌机轰炸，王霞为了掩护她牺牲了，枣红马为了她和王霞也死了。那个地方距离罗圩子有七八公里，她以为，枣红马会就地掩埋，还以为四嫂她们同样会安葬在那里，可是，望着赵青朝村西头跑去，这才陡然转过向来，不禁问："王书记，不是说枣红马就地埋的吗？"

"本来是要就地埋的，因为杨德简母亲去看了，说：'红儿是有家的，怎么可以哪里死哪里埋呢，沿着这条河往家里走一段吧，就算是回家啊！'因此，战士们抬着马跟着杨母走，到了一个地方，杨母说就在这里吧。"

"那为何要把四嫂她们与马安葬在一起？"

"这也是杨母的建议，她说，'四嫂、王霞她们都是马背上的侠义女子，怎么能没有马啊。'"王友明说着，只见村子西头出现奔驰的马队，赵青骑着马在前，后面跟着六十多匹各种颜色的战马，犹如一股旋风掠过大地，一路由东南炮火连天的战场向王霞等人的墓地奔驰而去。

"是啊，她们的确是马背上的骑士，却不具备治国理政的才能。还是王书记高瞻远瞩，让她们从马背上下来，脱胎换骨，能成为合格的国家干部。"

"我只是有这么一个强烈的心愿，能否实现，全靠你这位大小姐了啊！"

林潇苒嗔怪地看了他一眼："您可是首长啊，怎么也说出这么俗气的话来。"

"那是你理解有误，我说的这个'大'，是大智慧、大格局；'小'，是年龄小。这最后一个字就不用解释了吧？在我们当地，凡是未婚的女子都被称为姐。你说，这话哪一点俗了？"

"我——您是领导。"林潇苒说着，忽然想起四嫂来，"王书记，四嫂的爱人是做什么工作的？"

"她呀，年龄在女子中队最大，不过，也刚满二十二岁，哪里有爱人，只是有一位意中人而已。两人约好了，等全国解放再结婚。之所以叫四嫂，其实是敌人给她起的诨名。四嫂的嫂不是女嫂，而是扫地的扫，意思是，扫汉奸、恶霸、叛徒，还有顽敌首领。她的真名叫余四妹，参加革命的时间比杨德简还要早，论起来，算是杨德简的师姐，从八岁就跟着杨德简一位大娘习武。抗战时期她就跟着我，多次出生入死，曾经一个人端掉了鬼子一个炮楼；一个人夜闯戒备森严的宿城，血刃伪军师长；还是一个人在大街上刺杀党内的叛徒。她一个人的战斗力抵得上数十人，没想到，竟然倒在了暗枪下。"

林潇苒掩埋哭泣："余——四——妹——四妹姐，潇苒对不起你啊！"

"潇苒，别难过，她们的牺牲不怪你。现在，你知道我为何要不顾上级下达的一切服从战役的死命令了吧？"

"潇苒明白！给我三个月的时间，保证让女子中队所有的战士都具备读报、看文件、写短文的能力！"

"那你大小姐又为宿县地区立下奇功一件啊！走吧，我们去墓地见她们。"

两人朝着墓地方向走去。林潇苒忽然又想起来："我带她们走了，生活问题如何解决？"

"这个好办，等一下。"王友明掏出笔记本写着，之后撕下那页纸递过来。上面写着：

宿县物资站：

　　淮海游击支队——女子中队执行一项特殊任务，所需物资，均应保证供应（优先级别，特、特、特！）。

王友明
一九四八年十一月二十八日于前线

林潇苒看着，眼里溢出由衷的感激："我代表特训班全体人员，感谢组织的支持！"说着敬礼。

"不用客气，大小姐。你这是帮我啊，无论我做什么都是应该的。"

王友明迟疑地说："潇苒呀，本来华东局领导有意任命你为南下支队政委，可是，昨天接到一份由华东局转来的文件，政委一职改成了原海阳县一位组织部长。不知为何，我心里又惊又喜：惊的是，已经定下来的事为何变了；喜的是，上级有可能不想让你走了——你要做好心理准备呀。"

"没什么可准备的，我当然要服从组织决定了。"林潇苒说着不觉到了河堤下，目光之下，忽然看见最北面有一个大坑，旁边躺着黑马的尸体。她急忙跑上去，看见黑马脑袋上的血已经被清洗干净，上面裹着一块红布，马身上盖着一件军大衣，几把铁锹插在大坑边的松土上。

王友明跟上来，诧异的语气："怎么没掩埋呢？"

林潇苒望了一眼东南方向弥漫的硝烟说："可能是前线需要吧，没来得及。"

"不，不会的，我猜出来了，因为这匹马是被你打死的，她们不能确定该不该埋在这里。"王友明猜度的语气。

林潇苒走过去蹲下身，伸出颤抖的手抚摸着马耳朵："它立过战功，且重情重义，埋在这里当之无愧！王书记，我们把它埋了吧。"

王友明犯难地说："就我俩——别说是匹马，就算是个人也抬不动啊！这事，还是留给她们做吧。"

"您怎么不问，我为何要对黑马开枪？"

"还用问吗？前线每一秒都在流血、牺牲，怎么可以为了一匹马耽搁时间啊！不过，说句心里话，不要怪程雪竹同志，就算我当时在场也下不了手——你这种杀伐果断的气魄真不是一般人能有的。"

林潇苒起身，眺望东南天战场上空涌起的一片浓重的烟云，仿佛延伸进了自己的心空，形成巨大的一动不动的乌云，下垂的云脚紧踏着迷离恍惚的心灵，忽然，死一样立着的云烟中，闯入枣红马、黑子，拖着恼人的、低垂的硝烟，威严地飘去。

王友明说了什么，她没听进去，直到收回目光时才听见。"究其原因，就是两个字——惜名！谁都不愿意面对一个'义'字做出制止的举动——那么多的战士不能把一匹马弄走？一个"情义"就能主宰许多人，禁锢了明智和理性，而你却能走出情义的禁锢——这就是我的看法。"

林潇苒想说，"如果王书记在场，一句话就可以把问题解决了，黑马依然会活着"。还没等开口，南面雪原上涌来了马队，像从天上降临似的，闪电一般地冲了过来，她不禁由衷地赞扬道："真像一群天国的女儿啊！"

"那你就是天国的女将军！"王友明欣慰的口吻。

马队到了近前，因为急停，所有的马儿不得不扬起前蹄，整个身子几乎直立，同时发出嘶鸣。队员们纷纷下马、列队。

赵青跑过来报告："王书记、大小姐，女子中队应有六十四名队员，实到六十四人——前来报到！"

林潇苒知道队列中只有六十人，四名队员指的是躺在坟墓中的四嫂、王霞、崔鸣凤、郭红梅。

王友明走到队列前，表情严肃、语气笃定："同志们！我代表宿县区委宣布，即日起，你们女子中队不再隶属淮海游击支队！"

队员们瞠目结舌、惶恐不已。

"你们归属区委直接领导！"

队员们听了，脸上炸出惊喜。

"首先要明确，建制不变，名字改为'宿县地区女子特别中队'，队长还是赵青。区委指派专人负责你们的工作，这个人就是林潇苒同志。从此以后，除了她，没有任何人有权安排、过问你们的工作！"

队员们喜不胜收，相互用笑颜交换着内心的喜悦。

"你们今后的任务由林潇苒同志决定——就是说，全国解放近在眼前，你们何去何从都由她说了算！听明白了吗？"

"明白！"一阵由衷的激情同时发声。

王友明接着说："这期间，林潇苒同志是你们唯一的领导。说句直白的话，假若有人被她取消了队员资格，那么，这个人唯一的归宿就是回家种地、嫁人，做一个一辈子围着锅前、床前、地头转的农家妇女！我——这是当着四名牺牲的烈士说的话，绝不会食言！这一点，你们务必要牢记在心！"说着，又见几匹快马飞奔而来。

王友明看着，对林潇苒说："这支队伍交给你了，你说几句吧。"

林潇苒本来准备了要说的话，看着越来越近的人马说："女子中队第一项工作就是把黑马掩埋了！日后立碑，碑文是'义马黑子'！"

所有的队员都发出哭泣声。赵青看着下马的人有程雪竹、孟海洋、杨怀中等区委的领导，急忙下令："执行命令！"

队伍散开，向黑马的遗体走去。林潇苒刚要移步，被王友明叫住了："潇苒呀，你怎么可以离开？今后，区委所有的大事，你都得参加。别忘了，你是我们专区第一次领导会议的参与者。"

"我想给黑马添些土。"林潇苒说。

"算了，这事由她们去做吧。"

王友明说着，孟海洋下马走过来。林潇苒主动上前打招呼："各位领导，这么忙聚在一起，想必是有什么重要的事情吧。这样吧，我想去给黑马铲几锹土，若是有事需要，我一定竭尽全力。"

"你都说了有重要的事情，怎么可以不一块研究？"孟海洋说。

林潇苒不再坚持，迎着程雪竹一双犹如隔着云层的眼睛说："程政委，原谅我做事鲁莽，没跟你商量就对黑马开枪。"

还没等程雪竹说话，杨怀中称赞的语气："潇苒，'原谅'是哪里的话。雪竹同志对你的杀伐果断大加称赞——若不是你当机立断，只怕会严重影响支前任务。"

孟海洋也想说一下看法，被王友明打断了："孟专员，你传话说有要事商议，先说一下吧。"

孟海洋说："是这样，昨夜六纵几乎歼灭了八十五军两个师，同时，十二军两个团也遭到重创，浍河南岸到处都是国民党士兵的尸体。听说，那一片麦田上落满了乌鸦，还有附近几十个村里的狗都围了过来。我担心这样下去会出现难以预料的场面，所以我们几个得商量一下如何处置。"

"我们牺牲的战士基本上按照之前的办法，都及时妥善掩埋了，可是，这几万具国军的尸体该如何处理？就算掩埋，以目前的民工力量也很难完成。再就是，往哪里埋？如何埋？"杨怀中说。

王友明看着程雪竹问："你的意见呢？"

"我想过了，短时间内实在抽不出人来，还有，最难的是，埋在什么地方？依我判断，没有任何农户会同意让国民党士兵的尸体埋在自家地里，就算是深埋，也没人会同意。所以，我建议把几万具尸体丢进河南岸一条沟里，上面盖些薄土——反正那条排水沟要与不要都没有多大的影响。"

"这个办法好，至少可以节省一半的时间和人力，我同意。"孟海洋表态，接着杨怀中也点头。

"潇苒同志，你什么意见？"王友明掏出烟，递给孟海洋一支，两人就着一根火柴把烟点着。

林潇苒听着，心里第一个反应就是两个字——"虐尸！"要知道，几万具尸体身后连着几万个家庭，几万个家庭连着几十万普通的公民，这是一个庞大的群体，若是知道自己的亲人死后被这样虐待，怨恨从此便在心里生根发芽，而且代代相传。

有些仇恨与政治无关，只是滋生于非人性的行为。

当王友明征求意见时，她不能把心里想的如实说出来，思忖着说："只是有一个担忧——那么多的尸体填进沟里，要知道，那可是一条通往浍河的沟啊！一旦尸体腐烂，遇到春季的大雨，腐烂的液体自然会流进河内，污染下游不说，很可能滋生瘟疫并沿着河流蔓延下去。"

"对呀！这样吧，我们把沟口用土堵起来。"孟海洋说着，挠着后脑勺，自言自语，"这个工程量也蛮大的。再说，去哪里弄这么多土呢？"

王友明沉思良久，把只抽了一半的烟丢下："我的意见是，把所有国民党士兵的尸体集中起来，从游击支队中抽调二十名战士昼夜看守，对袭扰的狗一律射杀！至于以后埋在什么地方，我想起在罗集南面的上万亩洼地，土质很差，一锹下去有一半是砂浆，基本上荒废着。等这场战役结束后，集中所有的民工把洼地整理一下，选择低洼的地方，深挖一米左右，把挖出的砂浆集中起来，修建从双堆集至宿县的公路，筛出来的土用于掩埋尸体。这样一来，那片不毛之地就会改成良田，同时，修出一条阴雨无阻的公路。"

"好！这样最好！咱们王书记就是英明！"程雪竹笑逐颜开。孟海洋和杨怀中同时频频点头，嘴里发出"嗯嗯"的赞叹。

王友明接着说："还有一事，向你们通报。为何要用通报呢？因为，这件事是我个人的决定。今后，无论上级如何追究，也由我一人承担。"

三个人交换着惊异的目光，气氛顿时变得紧张起来。王友明接着说："我已经安排了，让女子中队全体人员退出支前工作，由林潇苒同志负责，对她们进行文化培训，争取在三到四个月时间内，让她们能读书、看报、阅读文件。一句话，就是扫盲！"

孟海洋眼里闪烁着赞叹的喜悦："好啊，多好的一件事啊！不瞒你们说，我心里一直犯愁——眼看长江以北就要解放了，这么广大的地域，一下子上哪儿弄那么多干部，尤其是女干部。王书记，你这个决定太及时了——不可以，这么具有重大意义的决定，你一个人不能独享，我们都该有一份！"

杨怀中激动不已："我绝对不同意这件事是王书记一人决定的！哪怕日后上级追究下来，我们这几个人都受处分，也是心甘情愿的！你们想一下，一下多了六十几名文化型女干部，那对咱们区来说意味着什么！"

程雪竹激动得满脸红涨："我不敢与王书记抢什么，只提出一个要求——允许我参加，在潇苒领导下做一名普通教员！"

王友明遗憾地摇头："我也想啊！可是，别忘了华东局发来的电令！"

程雪竹急了，说："怎么能忘啊！此次战役，关乎全国的解放，所有党员都要到前线去，不得以任何理由不参加支前工作。对在支前中工作懈怠、贪生怕死的党员，无论之前为党做过什么工作，有什么样的贡献，一律予以清理出党的队伍——因为知道，才冒死前往！"

孟海洋拍着胸口说："自从参加革命的这一天，抛头颅、洒热血，脑子里就没有自己，唯有新中国！眼看这一天就要到来，心里反而惶恐不安——意识到，拥有不是目的，建设好才是目的！我们今天做出的这个决定，对宿县专区来说意义重大，就算被组织开除，也只是我们几个，那又有什么可怕的！至少，党在心里，谁也拿不走，我们照样为党的事业、为人民奉献一生！王书记，我发誓——"说着举起拳头。杨怀中和程雪竹也举起拳头，几乎发出同样的话语："为了党的事业，我们愿意承担一切责任，愿意与王友明同志接受组织给予的任何处分！"

林潇苒被三个人的真诚感动了，说："各位领导，为了完成你们的心愿，林潇苒以命奔赴！"

王友明感动地说："谢谢同志们！走吧，前线正需要我们！"

程雪竹走过来，用力拥抱着林潇苒："真的羡慕你啊，大小姐！"接着，冲着堤坝大声喊，"赵青，给王友明同志一匹马，就把郭红梅的马给王书记吧。"

"哎。"赵青跑过去牵马。

程雪竹见杨怀中也上了马，急忙对王友明说："王书记，我们不是一个方向，那我先走了。"

看着程雪竹上了马，林潇苒诧异地问走近的赵青："她什么时候学会骑马的？"

赵青摇头。王友明上了马说："昨天夜里。一个晚上差点儿被摔伤了。总之，一个人发自内心的愿望，就一定能实现！她们也是一样！"说着，策马离开。

望着王友明的背影，林潇苒轻吐一句："集合！"

"是！"

很快，女子中队集合完毕。

林潇苒迈着沉重的步伐走到队列面前："刚才你们都看到了，几位领导为了我们这次任务，举着拳头发誓！至于什么任务，我现在不想说，因为还没想好该怎么说。赵青——"

"在，大小姐！"赵青出列。

林潇苒从衣兜里掏出王友明写的字条，说："这是王书记的手令。你们到了城里，立刻到物资站，每人领取一套棉衣、两套内衣、一套床上用品和洗漱用具。然后在基地等我。"

赵青接过字条，霎时紧张起来，诚惶诚恐的眼神："这，这是——"

"不用问，照我说的办。"

林潇苒说着就要走开，赵青急忙上前："大小姐，给你留一匹马吧，就把四嫂的赤兔留下来——要不，留崔鸣凤的白马？"

"我说过，不再骑马——你们走吧。"林潇苒说着，朝着罗圩子方向走去。很快，身后传来一阵疾驰的马蹄声。

"我要步行走完这十几公里。静心想一下，如何才能在短短的几个月内让女子中队所有的队员脱胎换骨！"

四十九

林潇苒不想走公路，那条通往宿城的路从早晨开始就拥满了来往的独轮车、牛车，还有少量的马车。她想一个人安静地走走，以便看清楚压在心上的重物究竟是什么构成的。有时候，她恍惚觉得自己与杨德简有一个前世约定，而非今生的一见钟情，尽管心里竭力声明——人哪里有前世呀，还不是现实生活中遇见了一个在心里幻想已久的人而已？

可是，有些东西越是否认，越是想根除，反而起到了松土、浇水的作用，以至于像春季的禾苗一样昼夜生长。

直觉一再告诫她，程雪竹与杨德简有着不同寻常的关系。只不过，她不愿意承认是恋情而已。

"唉，想这些东西干嘛，无聊，管他们是什么关系！"她自言自语地说，意识中有了一个微妙的暗示，这事一点儿也不重要——谁才是命中注定的人，不是想出来的，而是老天自有安排；谁是谁命中注定的人，谁是谁生命中的过客，就让时间给出答案吧。

走着，心越发沉重，一大片看不透的阴霾好像生出了巨大的脚，一下又一下踏在心灵上，感觉快要把心踏碎了。她止住脚步，眺望南天，硝烟之上，一道闪电般的悬念炸开，现出一张清晰的脸庞。王友明说："本来，南下政委的职务是你的，可不知道为何换成了海阳县一位组织部长。"

压在心底的巨石真相终于显现出来——就是说，华东局领导在决定下达任命之前，向上海地下党组织了解她的情况，得到的答案可能是"该同志所有的组织关系都无法查找"诸如此类的回答。

林潇苒顿时感到头晕目眩，不得不坐下，双手捂着胸口欲哭无泪。

自己的直接领导牺牲了，剩下的唯一希望就是赵红英的上线。可是，万一这个人也牺牲了，那么，从此以后，自己的身份再没人能证实，自己与党组织永远脱离了啊！

她把头低下，呜呜地哭着："我什么都可以不要，包括生命，可是不能没有组织啊！那样，生命对我来说还有什么意义。"

哭了多久，她不知道，恍惚中听见李政的声音："大小姐啊，我不是党员，一生只活了二十三年，但对我来说，最有意义的是与你生活在一起的不到二十天。这些天，我找到了信仰，找到了生命的方向，找到了爱人——一个人一生得到了这些，就是一个丰满的人生。相比之下，我有的你都有了，还能看见一个崭新的中国！"

林潇苒猛然抬起头，四处看着，从心底发出呼喊："李政，我听见你说话了，你在哪儿啊！我知道你的灵魂一直在我左右，你放心啊，即便永远不能证明我的身份，我依旧是一名党员——组织没了名分，可党魂还在，还有一个活着的载体！我要把党魂嫁接在六十名特别女子中队队员的身上。从此以后，我就是她们，她们就是党员林潇苒！"

内心的忧伤通过声音疏散在雪原中，林潇苒站起来，笃定地沿着河岸走着。

寒风灌满了整条河沟，从岸上被大雪覆盖的麦田上掠过，低矮的树木发出悲鸣。太阳在云层间时隐时现，广袤的雪原在阳光下闪闪发光。天空中，一群南飞的大雁被前面的轰轰枪炮声和弥漫的硝烟吓得掉转方向，在微弱的阳光下划出一个半圆向西飞去。落在最后的两只大雁不知道雁群转弯，仍然向南飞着，为了躲避地面的战火，拼命地向上飞升。

林潇苒看着，心里掠过一阵酸楚，想着自己就是一只孤雁，为了不变的方向，唯一的办法就是提升高度！随着酸楚、不屈的心意即兴哼唱起来。

我是一只孤雁
飞翔在大雪纷纷的天空
没有领航 也没有驿站

只知道朝着出发时选择的方向
无论天寒地冻
无论电闪雷鸣
都不能让我停止飞翔

我是一只孤雁
飞翔在远方的天上
空中没有留下雁群的痕迹
只知道它们要去的地方
高山啊 挡不住我的翅膀
乌云啊 遮不住我的方向
只要党魂不散
我们还会一起飞翔

　　她唱完，心情顿感轻松，于是什么也不想，只想着尽快见到女子中队队员，见到郭凤，告诉她，邵正杰对她的真挚表白。

　　看清即将面对的一切，心里霎时空了，只想着尽快走完余下的十多公里路。

　　从小，林潇苒就没走过远路。她走了大约一小时，回头望去，炮火、硝烟依然不远不近地在原来的位置，心里不免有些恐慌，担心天黑之前也走不到宿城。此刻，她多少有些后悔，为何要发"不再骑马"的誓言？有时候，心中的哀苦往往会拧成一个死结，把生活中的那扇门给关上、系死，以致影响到正常的出入。

　　大约又走了一小时，她实在走不动了，只好坐在沟岸边看着被大雪填埋的河沟，虽然什么也看不到，还是看着发呆，几次想起来继续走，无奈体力几乎耗尽，连站起来的力气都没有。

　　"没想到，王书记交办的任务，第一个困难不是学员，而是来自自身，来自一个情绪拧成的死结。"她喃喃地说。

　　忽然，感觉身下有了微弱的震动，她像溺水的人听见了划船的桨声，惊喜地左右望着：南面除了贴着麦田掠过几只不知名的黑鸟，什么也没有；北面很远的地方出现几个快速移动的黑点——是她们啊！

　　惊喜释放出足以支撑站起来的力量，她全力望着几匹飞快的奔马，心里滋润着无限的温情——这些姐妹，心里时刻牵挂着我啊！

　　人在马背上，到处是风景；走在无人的旷野中，每一步都是酷刑。

　　朔风送来赵青惊喜的喊声："看啊，大小姐！哎——"

　　林潇苒激动地向飞驰而来的她们挥手。

　　转眼之间，四人五马到了近前。赵青跳下马，心疼、责怪的口吻："大小姐，你这是何苦啊！这么远的路，你怎么能走啊你！"说着，从怀中掏出一个毛巾卷，打开后，一股香甜的热气扑面而至。

"啊，烤红薯啊！"林潇苒惊喜地上前，接过一个红薯，大口咬了一口，这才看着夏小禅、柳迎春和秦秋，用眼神传递着亲切。看见还有两个红薯，她把咬了一口的红薯递到夏小禅手上，夏小禅连连摆手："给你的，我怎么可以吃啊！"

林潇苒咽下嘴里的红薯，亲昵地说："想什么呢，让你拿着。"

柳迎春和秦秋偷笑，赵青仿佛意识到了，急忙把捧在手上的红薯裹起来："谁都不能吃，只许你一个人吃！"

林潇苒撒娇的口吻："你这样就是诚心不让我吃——那我也不吃了，就让它凉透了，扔了喂野兔子吧。"

夏小禅舔着嘴唇："队长，要不就吃了吧，待会儿进了城再给大小姐买几个就是了。"

赵青很勉强的样子，再次打开毛巾。还没等她想好怎么个分法，秦秋一把抢了一个，躲开几步，一掰两半，顺手递给柳迎春一半，将另一半送进嘴里吃着，舒服得笑不是笑、喜不是喜，整张脸像被大风吹动的荷花。

夏小禅急忙把手中的红薯交给了林潇苒，眼巴巴地看着赵青手上的红薯，一副馋嘴的样子。

"怎么着，你还敢抢不成？"赵青嗔怪的语气。

"嘿嘿，我哪敢啊，就是想说：你辛苦，多吃一点儿，给我一小口就行了。"

她们说话的时候，秦秋和柳迎春已把一个红薯吃完，过来看赵青如何分。赵青看着林潇苒，想催她快点儿吃，却见她看着四嫂的赤兔马，眼里噙满泪水。

林潇苒慢慢走过去，搂着赤兔马的头，把手上只咬了一口的红薯放到马嘴边。赤兔马嗅了嗅，鼻孔喷出颤巍巍的气息，终究没忍住地叼进嘴里，大方地咀嚼着。

赵青走过去，把手里的红薯递到林潇苒手上："昨夜一宿没睡，早上滴水未进，好歹你也吃一点儿啊！"

林潇苒落泪，蓦然把红薯掰开。赤兔马的嘴巴凑了过来，林潇苒抚摸着它的嘴巴柔声地说："等一下，有点儿烫啊——"

秦秋看着，懊恼地打了自己一个嘴巴。柳迎春懊悔地想说什么，一时又不知该说什么，嘴巴动了动，什么也没说出来，看见自己的马也想凑过来，气恼地说："还真是了，什么人就骑什么马。"

赵青、柳迎春和夏小禅各自抓住自己的马，表情凝重、百感交集。

林潇苒把另一半红薯递给夏小禅说："分开吧，都让它们打打牙祭。"然后，把手上的一半红薯放在赤兔马嘴边，深情地看着马儿吃着。

赵青看着远方，感慨地说："大小姐，我们对你佩服，甚至说是崇拜，就是因为你的心像太阳一样，让人感到特别温暖！我们这些人，心也是热的，就像一堆篝火，一旦点燃了，只顾噼里啪啦烧起来，可一阵风就被吹灭了。"

"就是，赵姐姐说得真好，说到我们心里去了。"夏小禅发自内心的语气。

"哪儿有啊，还太阳呢，连篝火都不是，充其量是一粒火星而已。哎，见到郭凤姐没？"

赵青忽然想起的神色："差点儿忘了，郭凤已经走了，留下一封信。我说要带给你，可王少君那个犟种不给，说郭凤走时交代过，这封信要亲手交给你本人。"

林潇苒心一下空了，从小到大，郭凤从未离开过她，这一下走了，心里感到特别孤独。

"走吧。"

见林潇苒上了马，夏小禅疑惑地说："这赤兔马平日里只认自己主人，谁也甭想骑。来的时候我还担心它会使性子，赵姐说若是不让骑，就把自己的马给大小姐，她来对付赤兔马——没想到，它竟然这么温顺。你们说，它可是看人下菜呀？"

林潇苒走在最前边，不想让赤兔马快跑，是心疼还是出于对四嫂的思念，她说不清，只觉得四嫂的灵魂已经依附在马身上，而她整个灵魂仿佛离开了躯体，与四嫂合骑在赤兔马背上——这是一种神圣、奇妙的感觉。

赵青上来与她并驾齐驱，眼里藏着想说又不敢说的话。林潇苒知道她想问什么，可是不想说，觉得这么一个庄严、神圣的使命不可以只对她一个人说，于是把话题引开："交办的事都办好了？"

"这点儿小事，哪能办不好呀。物资站的领导看了王书记的指示，立刻安排人分头办理，还说了一大堆恭维女子中队的话。只是，他问我具体执行什么任务，我冲了他一句，没看见'特别'两个字吗？本来人家对我那么客气，的确不该冲他，可我的确不知道——"

听着赵青依然拐弯抹角地打听，林潇苒两腿一夹马背："回去再说！"

五匹马放开了四蹄，腾云驾雾一般地一路向北，不到一刻钟便进入城区。林潇苒放慢了速度。五匹马沿着路边小跑着来到基地营区大门。

大门外站着一名持枪的卫兵，正在与一名穿着军装、留着长辫子的队员说话。赵青远远地呵斥："胡小梅，在干什么？"

胡小梅吓得身子一闪，跑进大门，接着传来惊喜的呼喊："大小姐！她们回来了啊！"

赵青到了大门前下马，对门卫厉声地斥责："陈明，知道你喜欢胡小梅，可也不看一下这里是什么地方——你在站岗！在执行任务！如此叽叽咕咕像什么话！你进城才几天，就如此放任！回去把你们排长叫来，我有话对他说！"

"是！赵队长，你误会了。小梅在门口就是等你们的，不可能是想与我说话。

总之，是我不对，下次不敢了。"

"行啦，进去吧。"林潇莓说着进了大门，小声嘱咐，"还把自己当支队的人呀？你的职责就是管好女子中队的队员，其他的无权过问。"

"我知道了，大小姐。"

大楼里，所有的队员一起涌出来，跑着迎上来，脸上忍着许多问候，好像分别多年似的。有人小声嘀咕："我猜大小姐是想一个人走的，果不其然吧。""大小姐也是，那马死了就死了呗，何苦与自己过不去呀——也不知道走了多久。"

"好了，别叽叽喳喳的！列队，听大小姐讲话！"赵青命令的口吻。

队伍转眼之间站好，等着林潇莓说话。

林潇莓看着大楼门前台阶上堆满了物资，想着是不是与南下干部住在同一座楼上。赵青大声报告："大小姐，你下命令吧，这半天快把我们憋死了！"

"好吧，我只说一句：女子中队全体人员将要在这里脱胎换骨！至于具体任务，等安排好住所再说！赵青，随我去后面的营房看一下，找一处安静的地方。"

"是！"赵青惶然地应了一声。

林潇莓对夏小禅说："你负责把物资分一下，平均分配，包括我在内。每个人领完了物资，在这里原地待命！"

"是！"所有队员齐声回答。

拐过了大楼，林潇莓望了一眼西天，发现已是傍晚。一层透明的薄云遮住了太阳，城市的半边天空引人忧伤。南面的上空布满涌动的浓重乌云，云脚像螃蟹的爪子伸向下面泛着灰暗色的碎云中。寒冷的风顺着营房中间的通道，拖着从房顶上吹下的雪花，恼人地扑到脸上，致使林潇莓不得不抬起一只手挡住额头。

"大小姐，你不说，我们也猜出了来这里的任务。"赵青抹去脸上的雪花说。

"赵青，中队有多少党员？"林潇莓把话题绕开。

"二十一名——不，那是前天，现在还剩下十七名。中队有党支部，我是书记——还有四嫂、王霞，是支部委员。"

"剩下的人为何不是党员？"

"这——"赵青有些犹豫，看着林潇莓等待的眼神，说，"主要是大家都没有文化，多次口头申请入党，各方面条件也都够，汇报到了程政委那里，她说口头上不可以，必须写书面申请，还得本人写。我们知道她不是故意刁难，而是想逼着大家认字，可是对我们这些人来说，天下第一难的就是认字。所以，就这么推延了下来。"

"那你们这些党员的入党申请是谁写的？"林潇莓心知肚明，只是让赵青说出来。

"我们入党时，程政委还没来，是杨队长兼任政委。入党申请他先写好念给我们听，再让我们一句一句地背下来，然后找会写字的人代写。实不相瞒，我们所有人的入党申请都是杨队长的娘帮着写的。她的毛笔字可好了。噢，她和你差不多，也是大小姐。不是，我说错了，是说她也是出身大户人家——反正在家都被叫大小姐。我们平常见了都叫她大娘，其实这个'大'是大小姐的'大'，只是别人听不出来，只有我们心里知道。"

林潇苒心里涌入一股甘泉："这娘俩真行，一个动嘴，一个动手，硬是把一帮农家女子培养成让敌人闻风丧胆的革命骑士！有时间，带我去拜见一下这位大——娘。"她说的这个"大"，心里想的也是大小姐的"大"。

两人说着，到了最后一排营房。林潇苒看着东西两侧的营房问："东还是西？"

"这——不住在大楼里？接你之前，我看了一下，三楼全是空的，足够我们住的呀。"

"我们与南下培训队是两个单位，不能住在一起。"

"啊？我更糊涂了，来这里不是要参加培训的吗，怎么成了两个单位了啊？大小姐，我实在受不了啦，什么任务你就告诉我吧。"

"行署决定，要对女子中队进行三至四个月的培训，任务就是扫盲！"

"不是，现在战事如此紧张，一个人恨不得当十个人用，我们怎么可以闲在这里学认字啊！我的意思是，认字当然是一件好事，可怎么着也得等战役结束了吧。不说别的，就说人家南下干部吧，听着还是中央决定的。在这个当口，他们都全体上前线，我们当地人反而离开战场，来这里识字了！我想不通！"

"知道我为何迟迟不说吗？我知道你们就是这个想法，说了反而让我心里添堵！你以为我想待在这里教你们识字吗？你以为自己的想法比王书记还高明、正确吗？有些事情，只有时间才能给出正确的答案！你是队长，又是支部书记，你下决心吧——打完仗，是回家种地，当一个村妇，还是进城为党的事业做更多的工作？说话啊！只要你说了，我绝对不会勉强！我直接重返前线，与新一团的同志们一起奋勇杀敌！"

林潇苒脸色煞白，眼神里流露出一种可怜、失望，像一头走向沙漠的麋鹿，有心给跟在身后的同伴指出一条通向水草丰盈绿地的路，无奈却没有沟通的方式。她知道，脱胎换骨必须发自内心，外来的任何力量都无济于事，就像一个人不能仅靠换一件衣服就改变了自己。假如这支为革命立下战功的女子中队思想不能改变，等到革命胜利的那一天，她们必然像一把锋利的宝剑被搁置，直到被遗忘。

想着，林潇苒的眼泪夺眶而出，用被泪水模糊的眼睛热切地看着赵青被冻得红扑扑的备受蹂躏的脸颊。

赵青从浓密的黑眉毛和结着雪花的弯弯的睫毛下瞟了林潇苒一眼，难过地垂下眼帘，又觉得眼睫毛异常不舒服，用力揉了几下，眼睛周围隐藏的多年梦寐以求的夙愿浸透着不能忘怀的辛酸，声音很轻地说："大小姐，你别难过，我一定会在这里脱胎换骨的！"

林潇苒嘴唇上挂着颤动的欣慰笑容，气恼地问："你干吗要这么说呀！"

"哼，嫌我们累赘啊，想再去战场呼风唤雨——也行，带着我们！"

"行啦，看房子！两个人一间，另外给我一个单间，还有一间办公室、一间教室、一个仓库，还得安排一个做饭的地方。总之，我们是要在这里生活的。"

"好嘞，我把她们都叫回来。"

五十

队员们列队站在大楼前，每人后背的背包打得像做工精良的一块长方形木箱，肩上斜挎着黄色的军用包，腰间系着崭新的挂满弹夹的皮带，脖子上挂着乌黑锃亮的冲锋枪，脚边放着一个装着脸盆的网兜，盆内放着毛巾等洗漱工具。乍一看，像一支远征的队伍。

见队伍后面堆放着六个带着脸盆的打好的背包，林潇苒知道，这是四嫂她们还有她和郭凤的，心里不仅称赞赵青想得周到。

快到队伍近前，赵青小声说："大小姐，你回避一下，主要是不想给你添堵。这些人我是知道的，这么大的事不是三两句话能说好的。"

"好的呀，正好我要去物资站，想要点儿学习用品。你让夏小禅随我一起去。"

"那怎么可以，这点儿小事还用得着你亲自去？嗨，还真给他脸了呢！"赵青不屑的表情。

"谁呀？"林潇苒知道赵青说的是物资站站长，这么问就是想知道这个人的名字，见面好打招呼。

"还能是谁，关明阳呗。你不知道，淮海战役没开打之前，他只是王书记的通信员，每次见了我们连话都不敢说。你若去了，还不吓死他？"

"照我说的做吧。"林潇苒止步。

"那好吧。"赵青说着，走到队列前，"夏小禅！"

"到！"

"出列，把身上所有的东西都放下，陪大小姐出去办事。"

话音刚落，队伍里一片叽喳声："怎么每次都是她啊，我们怎么不能陪着呀？"

"闭嘴！"

赵青脸色苍白，让人感觉像心灵深处扎进了一枚尖利的钝器，疼得难以忍受。她在队列前来回踱步，走了几个来回，抖擞精神，眼睛里闪着坚毅、令人不安的目光，一直等夏小禅牵着两匹马过来，看着林潇苒她们上马，忽然大声问：

"告诉我，你们来到这里，心里都是怎么想的。每个人都要说！"

林潇苒策马前行，出了大门问了一句："小禅，你是怎么想的？"

"我——只要能跟着你，什么都不想。大小姐，我说的是心里话。"夏小禅真诚的表情。

看着天色暗了下来，林潇苒说："你在前面，快一点儿。"

"驾——"夏小禅轻吐一声。她的白马懂事般地跑了起来，林潇苒的马紧随其后。

物资供应站在护城河以北大约一公里的郊区。听夏小禅说，这里以前是国民党的一处仓库。通往仓库的路上被独轮车、牛车堵得水泄不通，以至于她们不得不下马步行。

两人把马拴在路边的树上，挤进各式队伍间。林潇苒发现，每个人的脸上都堆积着焦虑，眼里冒着不耐烦的火星。有人抱怨着："早知道到了这里还得瞎等，干吗拼命赶路。"有人在用手撕扯煎饼，放进嘴里后，顺手从盖得严严实实的弹药箱上抓一把雪淹进嘴里，边嚼边说烦躁的话。

听了一会儿，林潇苒忍不住问："为何不把物资直接送到前线呢？"

这一问，立刻引得众人纷纷围上来，七嘴八舌地说："就是呀！我们走了几百里不就是给前线送弹药的吗，干吗非得在这里领一个收条，然后再送往前线？"

"是谁让你们送到这里的？"林潇苒问。

有人答："这事也不能怪你们，是我们县里的领导说，回去凭物资站的收条才算完成任务。所以，我们不能空着手回去——手里没有收条，如何向县里交代？"

林潇苒眼前出现前线战士在战壕里到处找弹药的场面，脑子里灵光一闪说："我有一个办法，可以省去在这里等待。你们看如何？"

"老天爷啊！我们都在这里等一天一夜了，若有办法，哪怕再多走几十里也愿意！"一位上了年纪的大娘说。

"大娘，你是什么地方的？"

"俺是沂水县的。"大娘身边的一个姑娘说。

"这位妹妹，把你们县的领导叫来好吗？"

"他去前面了，俺去叫他来。"姑娘从人车拥堵的缝隙间往前挤着。这时，隔着十几辆独轮车有位干部模样的人招手："同志，俺是沂源县的副县长，带队的，有什么指示？"说着大声斥责着挡路的民工，挤到了近前。

林潇苒上前握手："县长同志，辛苦了！我叫林潇苒，可以代表宿县行署表态。我有一个建议，你们县不用在这里等了，直接把弹药送到前线。到了之后，不要管哪支部队接收，给了就是，然后让接收人打一张收条——听我说完，你们凭着手里的收条，再到这里置换盖有物资供应站印章的正式收据。这么做的好处是，不用这么多人都挤在这里，你一人把收条集中起来，回到这里办理手续即可。"

"这这，这太好了！"副县长说着，振臂高呼，"沂源县的，不要在这里等了，把物资直接送到前线去啊！"

一呼百应，许多人兴奋不已，动手整理车辆。原本水泄不通的路上，骤然活动了。很远的地方，有人大声呼喊："我们藤县的怎么办啊？"

林潇苒双手围成喇叭状，大声回应："所有物资，不分地域，都可以直接送到前线，让接收人打收条，回来时集中在物资站换正式的收据——请你们相互转告！"

顿时，整条路沸腾了，农民们欢呼着，争相掉转车头，原来落在最后面的人已经动身，像一支势不可当的洪流，向着前线的方向奔腾。

不到二十分钟，通往物资站的路空了出来，林潇苒、夏小禅骑上马很快到了仓库大门前。偌大的院内除了几栋高大的仓库，四处一片静谧。

进了大门，发现三张长条桌前趴着几个酣睡的人。夏小禅策马过去，看见其中一间仓库门边坐着一个靠着墙熟睡的人，当即怒不可遏，端着冲锋枪对着天空连开几枪。

所有酣睡的人骤然惊醒，有的被吓得滑坐在地上，院内一片惊恐。靠着门边睡觉的人一下跳起来，极快地拔出腰间的手枪，还没等举起来，被跳下马背的夏小禅伸手夺下，用枪抵着他的脑袋，咬牙切齿地说："关——明——阳！你该当何罪？外面支前的物资堵了几里路，你们却在这里酣睡！前线在打仗，急需弹药——你真该死啊！"

"小禅，把枪放下！"林潇苒下马，对其他惊恐不已的人说，"没事，你们都过来，彼此认识一下。"

二十多人畏畏缩缩地聚在一起，仿佛闯下弥天大祸，一个个耷拉着脑袋，露出等着处罚的表情。

林潇苒走上前，伸出手："你好，关明阳同志，我叫林潇苒。刚才是小禅太鲁莽了，还请你原谅。"

关明阳还没从惊吓中脱离，双手在衣襟上搓着，一直不敢伸手，嘴唇抖得不能说话，费尽全身力气才说出："我该死——没说的——该死——"说着，看了一下空荡荡的院内，嗷的一声怪叫，"人呢？这——这——人呢——"跌跌撞撞地跑出院门，当即跪下来，双手捂着脸哭号，"我的天啊！这次——只怕死一百次也不够啊！"

夏小禅走过去，狠狠地踢了他一脚："这下知道害怕了？"

"不是怕不怕的事，是死罪啊！刚才出来看，外面还是一眼望不到头的车队，怎么就瞌睡一小会儿就都不见了啊！"

"别哭了，起来吧，你的活都让大小姐一个人完成了！"

关明阳扭过被惊恐蹂躏的泪脸："大——大——总指挥啊！"说着，爬起来小跑过来，"总指挥，上午赵队长来过，说起你许多——你告诉我，支前的人、物资都去哪儿了啊？"

林潇苒对夏小禅说："你告诉他吧。"说着，走向二十多名瑟瑟发抖的人，发现他们的眼睛都是红肿的，也不像困倦至此，像害了眼疾。她看着一个三十多岁、脸上泛着识文断字表情的男子，问："你们的眼睛怎么啦？"

"回首长的话，我们站里所有人已经五天五夜没合过眼了，实在困急了，就用辣椒、大蒜涂抹眼睛——所以都成了这样。刚才——刚才——"

"没事的，这不是你们的错，而是行署安排不周，才让你们劳累过度。"接着，林潇苒把刚才的安排对大家说了一遍。众人感激涕零、称赞不已。

"我估计，支前的那拨人来回需要四个多小时。你们趁着这个空当，放心地睡一觉，准备为他们置换收据。"林潇苒吩咐的语气。

关明阳一天的炸雷全消失了，走过来低垂着头："她们都喊你大小姐，我也不知道该如何称呼，不如就喊你首长吧。"

林潇苒笑道："你还嫌不乱呀。算了，你就跟着她们喊吧，反正就是一个称呼而已。刚才，我让你的人去睡觉，可他们不听我的。你说句话，让他们好好补一觉，养精蓄锐，更好地投入工作才是。"

关明阳急忙过去，低声说："不让你们睡，你们眼里抹着辣椒都能睡；现在大小姐下令让睡了，你们还装什么？"

"不是。我们都听说了前线有一位大小姐，不但带回一个团的国军，还端掉了敌人一个炮兵营——更了不起的是，前天在军营，一下打死几百名敌特分子。你们说话，我们在一边看一会儿不行吗？"那个回答林潇苒的中年人说。

"好好，你们就在这儿待着。"关明阳说完，回头看着夏小禅，脸上露出无奈的表情。

"站长同志，我来——"

没等她说下去，关明阳拘谨地傻笑着："可不敢的——王书记只是让我在这里负责，可没说具体什么职务。大小姐，你就像她们一样，喊我关阳，或者羊倌。"

"阳关？这谁呀，起了这么一个文雅的绰号？嗯，阳关大道通西域，驼铃声声伴远行。"

关明阳满脸通红："放羊的也能写进诗里？"

林潇苒这才明白，是自己理解错了，稍微调整一下表情说："有件事需要你帮忙办。"

"看——这说的，我就是个办事的。有什么事，大小姐只管说。你就是要老蒋的人头，我也去拿——当然，我拿不了的，可是，只要你说，我死也去拿！"

"我怎么听着这话有点儿搪塞的意思呀？"

关明阳傻傻地问："什么糖？什么赛？我听不懂。"

林潇莼笑着："我是说，能办的你办，不好办的也不能打肿脸充胖子。"

"不是，绝对不敢这么想。你说吧，什么事？"

林潇莼把女子中队培训一事简要说了。关明阳听了激动不已，眼里泛着可怜兮兮的期盼："大小姐，这么好的事，为何不让我们参加啊？说句心里话，自从南下干部到了这里培训，我这个难受呀，真的百爪挠心——先不说对革命贡献的大小，至少我从十七岁就跟着王书记打鬼子，身上被子弹穿了好几个窟窿，从未对组织提出任何要求；眼看全国就要胜利了，他们山东的人能南下去工作，为何我们本地的人没有这样的待遇啊？"

林潇莼严肃地说："你这同志思想有问题呀，山东不是已经解放了吗，而我们这个地方正在打仗。为了支援前线，南下干部全体都去了前线——这战役还没胜利，你就计较起来了？这很不好！"

关明阳哀求的语气："大小姐，我不是为自己，而是为了我妹妹明月。她从十二岁就做了组织的地下交通员，几次被鬼子捉住，凭借机灵、勇敢，都死里逃生了。若论资历，她比女子中队任何人都老，为什么不能让她参加啊？我无所谓的，革命胜利了，让我回家种地也绝无怨言。可是，我妹明月怎么办啊？大小姐，我求你把明月收下吧！"

夏小禅不禁动容："我也帮明月说句话——先不说资历了，单从文化上说，她比我们队所有人都强。假如她经过大小姐的培训——不说是培训了，就是在你身边待几个月，从此也就脱胎换骨了。"

"可是我没有权力擅自决定，还是等我见了王书记再说吧。"林潇莼心里已经接受了关明月。

没想到，关明阳失望地摇头说："我太了解王书记了，你若当面提出来，他一定会想到是我要求的，肯定不会同意的。我有一个办法，既不让你出面说情，又让王书记认可，不知道大小姐可肯帮忙？"

"你说。"至此，林潇莼因关明阳的纠缠，对他的印象已经降到了极限。

"你们那么多人总得吃饭吧，总得有个做饭的吧？明月做饭可好吃了。你就说让我找个做饭的，于是我就让明月去了。大小姐，千万别误会，我不是想给明月谋个一官半职，就是想让她整天能跟着你。用王书记的话说，'跟什么人，久而久之就会成为什么人'。她是比农村一般的女孩机灵，可那是上不了台面的——就说女子中队的一帮队员吧，在程政委没来之前，那说话，一听就有一股子土腥味——"

"瞎说什么你，也不看自己什么样子！怎么想起让大小姐亲自出面的，给你脸了是吧？"

关明阳连忙打嘴："算我什么也没说。大小姐，你们需要什么只管说！本地没有的，我让明月去南京买！"

"去南京？那可是国民党的老巢，如何去得？"林潇苒不禁问。她知道有些文化用品在小地方不可能买到。

"南京可是她的专线。对了，上午行署一位至今还没公开身份的领导，让明月送一个女同志去南京，然后再由当地的组织送往上海。你说这么重要的任务她都能完成，更别说买东西了。"

林潇苒心头一热，知道"一个女同志"就是凤姐，忍不住问："知道那个女同志的名字吗？"

关明阳摇头："保密级别很高，不然，无须动用还没公开身份的领导。"

"大小姐，你先说需要什么，兴许本地能弄到。"夏小禅催着。

林潇苒走到长桌前，拿起纸笔写下："油印机：两部；白纸：五百张；学生用的田字格本：三百本；铅笔：五百支；铅笔刀：三百个；油墨：三箱；《唐诗三百首》：六十四本；《古文观止》：六十五本；《鲁迅文集》：六十四本；《康熙字典》或《中华新字典》：六十四本。"

关明阳伸头看着说："本地除了字典、《鲁迅文集》和《唐诗三百首》没有，其他的都有。这事交给明月去办，一定不成问题。"

"你这么有把握？"林潇苒有点儿不放心。

"当然了，她到了南京不是自己一个人，而是靠着一个强大的地下组织。别说这些了，前几天，明月才从南京带回来许多武器弹药，而且是用国民党军车送来的。大小姐，还需要什么只管说。"

林潇苒写下"女同志用的卫生纸"。要解决这个问题，是因为在罗圩子，当时郭凤去了房子后一处四处漏风的用玉米秸围成的厕所，回来说："大小姐，你知道当地女人上厕所用什么吗？"林潇苒说："卫生纸呗。"郭凤摇头说："不是，用硬土块，我看了都不敢相信。"

关明阳看着，脸刷地红了，慌忙点头。

夏小禅看着，好奇地问："什么呀，让你羞臊成这样？"

关明阳眨着眼，忽然想起来："对了，你们怎么吃饭？南下干部培训班是上级拨付专用资金，一切自理。你们不好搭伙。"

林潇苒这才想起："呀，还真忘了。"

关明阳忙说："你们也住在楼里吧？"

"不是，我们看了地方，打算住在院子后面最后一排，还不知道有没有做饭的地方呢。"

"最后一排？知道了，那里之前住的是国民党师部的后勤处，在东墙那边有食堂、饭厅，还有仓库——你们真会选地方。这样，吃的你不用考虑了，这事交给我，保证让你们满意。"

"行，谢谢——关明阳同志！这名字真好！"林潇苒喜悦地说。

"大小姐，你这不是夸我，是夸王书记，我的名字和妹妹的名字都是他给起的。"关明阳傻傻地笑着。

林潇苒刚要走，看着一直站着的二十多名同志，歉意地说："耽误你们宝贵的休息时间了。呐，我们走啦，你们好好睡一觉。"

大家腼腆地笑着："一点儿也不困了。大小姐——"

"一边去！我知道你们想说什么，都给我咽下去！我说，也是说说而已，组织的事由不得我们怎么想。大小姐、小禅，今天若不是你们，我的脑袋真的要搬家了！"

五十一

女子中队的执行力令林潇苒心悦诚服。

从物资站回到营区时，夜幕已经降临。营区的院门紧闭，外面有两个站岗的士兵，见了林潇苒慌忙敬礼。

开门的时候，她问："你们执勤的有多少人？"

"报告，一个班。"陈明说。

"吃饭的问题怎么解决？"

"排长派人送来。"

林潇苒心里想，以后不用送了，就到女子中队的食堂吃吧。这话她没说，想等食堂开伙了再让赵青对他们排长说，因为这里牵扯到伙食费用等琐事，她不该过问。

陈明接过她们的马，送往大楼西北角的马厩。林潇苒走到楼前，忽然想起郭凤留给她的信，不由得手插进衣兜摸了一下，心里说："等等，再等等，等到有一个完全属于自己的时间再看。"

楼后有十二排营房。刚走了一半，忽然冷风中带着一股久违的饭香扑面而来。夏小禅喜出望外："肚子正闹腾呢，这就有吃的了啊？俺们队长做事就是麻利！"

林潇苒疑惑地问："哪儿弄的食材？不会是国民党官兵逃离时遗留下来的吧？"

"怎么会呢。确切地说，这个军营是我们游击支队攻下来的，进来后，前前后后都搜过了，但凡有用的东西都送给了攻城的部队。噢，知道了，赵队长一定把人家南下干部食堂的东西弄过来了！"

她们到了最后一排宿舍，发现所有的房间都亮着灯，不时有进进出出的身影，打水的、扫地的、擦玻璃门窗的、搬动桌椅的，一派欣欣向荣的景象。

经过一扇房门时，胡小梅猛地跳了出来，差点儿把林潇苒撞倒。还没等她看清林潇苒，秦秋冲出门来，刚要伸手抓胡小梅，一眼看见了林潇苒，霎时把鹰隼一般的气势散了一地，高兴地说："死小梅，出来迎接大小姐也这么冒失，差点儿把大小姐给撞倒了——你说你该不该打？"

"是——大小姐，你刚走，我们就想你了。"胡小梅躲着秦秋说。

夏小禅小声斥责："别装了，没有人管你们之间的破事！赵青姐姐呢？"

"在伙房做饭呢。小禅，我们要过年了啊——赵青姐带着十几个人在包饺子呢。我去叫她。"秦秋说着就要走。

"不用，我过去。"听见"包饺子"，林潇苒心里一沉，前方几十万战士在流血、牺牲，而这支浑身硝烟未散、满身血迹的队伍怎么可以在安静的军营吃饺子啊！她只觉内心隐隐作痛。

偌大的饭厅内热气腾腾，十几名队员围着三张桌子，擀面皮、拌肉馅、包饺子，另外两张桌子上摆满了包好的饺子。

众人见了林潇苒，齐声喊着："大小姐！"

赵青急忙放下手中的擀面杖走过来："大小姐，去看一下给你收拾好的房间。"说着，督促的口吻，"动作快一点儿，还说等大小姐一回来就能开饭的。"

"要不先下一锅吧，不然的话，这么多人需要好几锅才能煮出来。"柳迎春说。

"嗯，下吧，熟了后装进大盆里，用布盖起来，上面再盖上棉大衣——凉了就不好吃了。"赵青吩咐完，看着林潇苒没有要走的意思，说，"这些东西都是从前面弄来的，赶明儿让关明阳如数还了就是了。看，这猪肉、鸡蛋，还有油！"

林潇苒发现墙角堆着一堆东西，上面盖着稻草。赵青顺着她的目光说："哦，那是以前国民党官兵留下的红薯，我看着挺好的，就没让清理。"

林潇苒心情复杂地离开，跟着赵青进入宿舍东头第三间。房间靠东墙铺了一张床，上面是崭新的铺盖；靠北窗是一张三抽屉的办公桌，上面放着一盏墨绿色玻璃灯罩的台灯，桌前放着一把藤椅；西墙并排四个木柜，其中三个是文件柜、一个是衣柜。

看着台灯，林潇苒想起在大楼一间办公室里看见过，问："从大楼里拿来的吧？"

"嗯。楼里有好几个这样的台灯，我们拿一个也不过分吧？"

林潇苒坐在藤椅上，感觉非常舒适，对赵青说："很好，只是来了人说话不方便。"

赵青忙说："隔壁就是你的办公室呀，来了人可以在办公室说话——去看看？"

林潇苒起身来到隔壁，室内的布置超出想象——临北墙的窗户，并排放着两张带柜门的三抽屉办公桌，桌面上放着两块玻璃板，中间放着一部电话。

　　"呀，还有电话？可以用吗？"

　　赵青说："可以，刚才试过了，只是行署那边的电话没人接听，只有郑超团长的电话有人接听。"看着林潇苒眉头稍微一皱，说，"就是行署负责警卫的那个郑团长，估计以后就是专区的警察局长了。"

　　"哦，想起来了。"林潇苒说着，看着东西两面墙各靠着两个文件柜，靠近南墙边放着两个花盆木架，上面摆着一盆松柏和一盆茶树。树还活着，只是奄奄一息的状态。

　　"这也是大楼里搬来的吧？"林潇苒略带欢喜地问。

　　"是。"赵青松了口气。

　　到了办公桌前，看着雕刻着龙虎的太师椅，林潇苒想移动一下，没想到椅子很沉，赵青急忙过来帮她调到合适的位置。

　　等林潇苒坐下后，赵青用惴惴不安的眼神看过来："大小姐，我发现你有点儿不高兴，是不是因为饺子呀？"

　　"是，也不全是，感觉头上顶着一座大山一样沉重。"

　　赵青侧脸看着窗外说："我也是，觉得比打仗压力大——打仗时，心里没有一点儿压力，只是满满的豪气，可是让我们这些人识字，真的是难为了你，也难为了我们。你走以后，我对队员说了来这里的任务，队员们当即就炸开了锅，弄得我一时都不知道说什么，只好傻傻地站着，任凭她们说去。到了最后，我说，'也罢，我们这些人哪能与程政委比呀——仗打完了，她就是行署的领导；而我们只会舞枪弄棒，上级发了文件看不懂，一不能读书，二不能看报，有什么资格当这当那的。我们现在回去，趁着现在还在打仗，虽说不让进战壕，至少还能给伤员烧个水、做点儿饭啥的。等战役结束了，估计游击支队就该解散了。他们男队员可以当警察什么的，我们能做什么，只能回家嫁人，像村里所有的大婶、大娘一样'。还没等我说完，她们又来了个一百八十度的转弯，说自己连死都不怕，难道害怕认字吗？而我反而坚定了要走的心思，弄得她们一个个哭着求我不要离开——就这样，她们一个个比我还积极，让干什么就干什么。"

　　林潇苒欣慰地笑着："还是你有办法，我就预感到说服这些人很难，所以躲开了。青姐——"

　　赵青忽地站起："大小姐，这可使不得啊，就喊我赵青吧！你不知道，你在这帮女子的心里位置有多重。你若称呼我'青姐'，会拉低你在她们心里的位置——留着这个位置吧，不为别的，只为了今后的学习。你一定要听我的啊！"

　　"好，队长同志！"

　　赵青这才坐下，内疚地说："今晚，我因为一时大意，犯了一个错误，可事已至此，你看——"

林潇苒知道她说的是饺子，双手合在一起沉思着，片刻，目光凝重说："这事，让我来处理吧！走，先把所有的饺子包好了再说！"

"大小姐，先听我解释——搬完了东西，大家看着半扇猪肉，一个个馋得流口水。柳迎春说了一句：'给大小姐弄点儿吃吧。她可是富贵之身，比不得我们——这些日子没吃没睡的，万一身体有个好歹，谁来教我们识字？'大家一致赞同。接着有人说：'若是烧肉吧，少了不够吃，多了又浪费——弄不好大小姐见我们不吃她也不愿吃，不如包饺子吧。等她回来了，我们就说吃过了。'我听着也没什么不妥的，就让人剁肉馅。这个时候，郑团长打来电话，我去接了，怎么也没想到，柳迎春她们竟然私自做主，让所有人都吃饺子。等我回到伙房，四五把刀在案板上噼里啪啦地剁了起来。我当时觉得不合适，可想着这些天她们出生入死的，吃顿饺子也没啥，就默认了。包饺子时，我越想心里越不是滋味。大小姐，无论你如何处罚，我们都接受。"

林潇苒听着，想起老师说过的一句话："人的意志衰退总是有理由的。"

两人回到食堂，饺子还没包完。大家个个低着头不说话，好像知道了即将发生什么。林潇苒知道，这是她们内心已经在讨伐自己了，只是面对美食不知道何去何从。

林潇苒若无其事地上前说："我也试试。"

赵青心存侥幸地说："哪能让你动手啊。去，把所有人都叫来，二十分钟内结束。"话音刚落，厨房里走出许多队员，聚集在锅灶前。

几十人一起动手，很快就把饺子包好了。

林潇苒拍了一下手说："到外面集合！"

气氛骤然紧张，食堂内只能听见轻轻杂乱的脚步声。

林潇苒最后一个走出去，站在队列前，面对着南方的夜空，看着一片乌云被风吹成奔涌的状态，行云中偶尔闪出一颗孤星，闪耀着暗黄的亮光，一刹那，又被后面的厚云遮挡了。

北风吹着食堂路边的大树，赤裸的树枝发出悲伤的呜咽，几秒钟如同几个战火纷飞的昼夜。她转过身，声音低沉地说："就我的身体来说，这顿饺子太需要了！可是，就我的灵魂来说，这顿饺子如同毒药！它让我忘了战火纷飞的战场，甚至忘了几天前在冰水中为伤员捕鱼的那些女战士，忘了我们为何要离开血与火的战场——忘了被永远埋葬在罗圩子东边的那四位姐妹！"

"呜"的一声，队列中发出一片哭泣声，夹杂着："大小姐，我们错了。""对不起！"

"静一下，听我说完。"等队员忍住哭泣，林潇苒接着说，"也许，你们会觉得，一顿饺子大可不必上纲上线。问题是，这顿饺子出现得不是时候，也不是地方。好比一颗豆粒，假如吸入肺管，有可能会窒息、送命！前线，物资有多紧张，你们不是不知道；路上，不分昼夜地走着成千上万辆独轮车，你们不是没有看见。我就想问一下，当下，组织让我们从前线下来，这是对我们抱有多大的期望啊！我难受，还有一个原因，那就是学习需要征服肉体的需求，像火一样燃烧着体内的习惯，让所学知识在烈火中定型、坚硬！可悲的是，你们见了美食什么都忘了，你们让我有多失望啊。"说着，难过地哭了。

忽然队伍里传出打脸的声音，伴随着哭喊声："大小姐，原谅我们这一次吧。""我们把饺子煮出来，送到前线战地医院。"

这句话正好说到了林潇苒心里。"好主意！关于生活，我只有三个'不'——不渴、不饿、不冷！满足了这些，其余都是多余的！别耽搁了，赶紧动手吧！"

"都给我振作起来，把南下培训队的锅也用上——煮饺子！"赵青大声说。

队伍散开，赵青说："大小姐，回房间休息吧，等弄好了再告诉你。"

"好的呀，反正我笨，也帮不了什么忙。"

林潇苒刚要离开，忽然听见马车过来的声音。身边的夏小禅说："不会是关明阳送东西来了吧？我去看一下。"

只剩下林潇苒和赵青两个人时，赵青自责地说："大小姐，你这第一课就把我们的脑袋打破了，这才有点儿明白，什么叫脱胎换骨。之前，程政委也经常批评我们，可是，她的话在理不入心；你的话不一样，每一句都像刀子，每一刀都刺在心病上。真的。就说今天这件事，换了她，一定先是把我们臭骂一顿，然后来一句'下不为例'的话。"

"队长同志，以后不许说程政委——每个人处事方法不一样，也许换了她会比我处理得更好。"

"大小姐，是送物资的来了。"夜幕里传来夏小禅的声音。

"我去就行了，你回房间休息吧。这个关明阳，嘴碎得很，挺烦人的。"赵青说着，匆匆朝着营房中间的通道走去。

林潇苒回到办公室，坐下后心绪一时难以平静，内心深处总有一种不安在流淌，一时觉得自己的决定带着不近人情的战争气息，一时又觉得女子中队的战士骨子里缺少一种坚守，这么呆坐了一会儿，忽然想起衣兜里还没来得及看的信，于是揉了一下僵硬的脸颊掏出信来读。

大小姐，我要走了，送我去南京的是一位沉稳、聪慧的女子。她叫明月，姓什么没说，是让人看着就放心的女子。走前，她嘱咐说，路上若是有人问起，就说我是她表姐，在上海大众印染厂做工，这次来宿城找一位郭家辉师长，看望二姨。没想到师部转移了，幸好遇到了二姨的贴身丫鬟——其他的话就不用多说了。

大小姐，从小到大，我们从未分开过，就觉得两个人已经长在了一起，不可能分开的。可是，为了你的组织关系，我不得不一人前往上海。本来，上海有我们的家，归去该高兴才是，可是，要离开的这一刻，心一下掉在地上了，每一步都踩着心，疼得寸步难行——没有我在你身边，谁能知道你冷、饿、累、难过——保重啊！我会尽快回来！

林潇苒看着字迹多半被泪水打湿，不禁潜然泪下。

这时有人轻轻敲门，林潇苒急忙用手抹了几下脸上的泪水，双手捂着脸，做出瞌睡的状态，嘴里应了一声："进来！"

门开了，一股肉香袭来，直觉是送饺子来了，意识中只她一个人享用，林潇苒顿时气恼得站起来。

一个叫不出名字的身材瘦高、脸型圆润、神色拘谨的队员端着一个上面盖着菠菜、冒着热气的碗放在桌子上，怯生生地开口："大——大小姐——这是一碗面皮，赵队长让我送来——"

林潇苒瞥了一眼，冷冷地说："怎么，饺子吃不成改成肉馅汤下面皮了？是我一个人独享，还是所有的队员都吃这个？"

"不是——不是——这怎么可能啊——"来人紧张得话不成句。

"就是我一个人独享了？你们这么做，是想让我自己打自己的嘴巴啊！端出去，谁爱吃谁吃！"林潇苒厉声说。

队员不敢把碗放下，又不忍离开，扭头委屈地喊："小禅，还躲着干吗啊！我说不送，你偏让我送！"

夏小禅进来，镇静自若地说："大小姐，打你的脸，我们怎么舍得啊！你听我说，事情是这样的。清洗肉馅盆子的时候，发现盆里沾了一些肉末。一共好几个盆子，就这么洗了太可惜，于是，我用开水先冲了四个肉馅盆子，闻着挺香的。赵青姐说，就用洗盆子的水给大小姐下一碗面皮——这难道也不可以吗？难道说把洗盆子的水泼了才对吗？"

"那，那也不能让我一个人搞特殊啊。"林潇苒心里漫过一股暖意。

"大小姐，你喝点儿洗盆子的水算哪门子特殊啊！来，听话，把面吃了！你不知道，你一个人吃了，等于我们所有人都吃了！"

门外传来众人的请求："是啊，大小姐，吃啊！"

林潇苒鼻子一酸，点头："好吧，我吃！"

端碗的队员破涕而笑，急忙把碗放下，扯了一下夏小禅的衣襟："走啊，伙房那边正等着消息呢。"

"等一下，你叫什么名字？"

"俺叫柴青火，家是萧县那边的。"

夏小禅窃笑："怎么不说原名叫柴火星呢？走吧，让大小姐趁热吃。"

林潇莤忽然想起，这大冷天的，煮好的饺子送到前线战地医院也凉透了，若是再热就不好吃了，更担心伤员们吃了凉的会闹肚子。"我的意思是，不如让饺子冻一夜再送去，你们觉得呢？"

夏小禅与柴青火相视一笑说："大小姐与我们想到一块了。我们一边包一边把饺子放在外面冻着呢。这天冷到了骨头里，转眼就把饺子冻上了。倒不用等明天，等饺子都包好一起送过去。"

"你们吃什么？"林潇莤看着肉汤面问。

"不告诉你！"夏小禅说着，扯着柴青火一根手指匆匆离去。

菠菜一入口，伴随一股肉香，在舌尖上投胎一般，立刻活了起来，炫耀着自身蕴藏的真味，像久别重逢的亲情，直扑呼唤的肠胃。

这是她有生以来，第一次感到食物的魔力。

五十二

营房布局上有个规律——各单位的伙房、食堂建在东墙下，厕所挨着西墙。如此一来，路东一排宿舍距离食堂较近，离厕所自然有点儿远。

女子中队住在路东营房，挨着她们的食堂，隔着一条巷道是另一个单位的食堂。

林潇莤早上起来，天还没亮，发现营房前面走动着一个背着冲锋枪的女队员，急忙走了过去。

女队员浑身冒着寒气，冻得红得有些发青的脸没有了表情，看到林潇莤急忙立正，想说什么，嘴唇动了几下没能发出声音。

林潇莤走近了，用温暖的手想给她焐一下脸。女队员躲开了，眼里溢出羞涩的感激和敬畏："大小姐，怎么起这么早啊？"

"你站了多久了？"

"不知道，反正是最后一班岗。"

"你叫什么名字？"

"俺叫齐本荣，今年十八岁，参加队伍不到一年。"

"我来站一会儿岗，你回去休息。"

"可不能。赵队长她们还在前面的食堂忙着，要不，你过去看一下吧。对了，厕所在最西边呢。听赵队长说，要为你单独在房子后面弄一个厕所，只许你一个人用。"齐本荣指着前一排房子的最东边。

"不需要的，看着也不算远。"林潇莤说着往西走。本以为厕所里面一分为二，哪知很大的空间竟然没有女厕所，而是连通的男厕所。想到整个院内都是空的，她这才硬着头皮进去了。靠门的矮墙上放着一个竹篮，里面装满了硬土块，是女子中队清扫过的。这些硬土块大概就是郭凤说的那样，用来擦屁股的。

"首先要把这个陋习给改了。"她在心里说。

出了厕所，林潇苒绕到前面一排营房，发现路东有人从房间里往外搬桌子。两个人抬一张桌子，显得很吃力、疲惫。她加快速度走过去，还没等伸手，夏小禅一个惊喜，似乎从梦中醒来："大小姐！你怎么过来了？"

"来，给我！"林潇苒伸出手。

夏小禅和胡小梅顿时精力充盈，抬着桌子飞快地走了，边走边喊："赵青，还说给大小姐惊喜呢，人家都起来了！"

隔着一段距离，赵青从食堂出来，快步迎了上来："你怎么起来了？"

"你呀，一夜不睡，也不叫我。"林潇苒心疼地看着赵青说。

赵青对夏小禅说："告诉大家，可以放开手脚干了，待会儿再让大小姐验收。"

"唉。"夏小禅和胡小梅抬着桌子进了食堂。

"你不让看我也知道，是布置教室吧？"

"什么都瞒不住你，只是你想不到我会把教室弄成什么样。哎，有个事，你听了一定高兴。"赵青眼里藏着欢喜。

"战场上又有新进展？"林潇苒想的是杨德简参与的一一〇师起义成功。

"走，带你去看看。"赵青说着要往南面走。

"你说吧，我有点儿急。"林潇苒跟着，猜测是自己想见的人来了——可能是昨夜赵青她们给战地医院送饺子，跟着她们一块来的，因为自己睡了，他才没让叫醒自己。

"不要脸的——不会是你来了吧！"林潇苒心怦然跳着。

眼看走到楼后，林潇苒终于忍不住地问："昨夜去了，都见到谁了呀？"

"王书记、孟专员，还有杨副书记，都见到了。开始，王书记很生气地说：'谁让你们这么做的？忘了你们所肩负的任务了？'孟专员说：'可能是大小姐吧。不然，她们怎么敢这么做？不过，我觉得潇苒同志不会分不清孰轻孰重。'我本来不想说，看领导们生气了，才如实说了。领导们听了之后，都松了一口气。王书记说：'看来，潇苒同志比我们预想的还要优秀，把女子中队交给她，是我们几个人做出的最正确的决定。'哎呀，反正都是夸你的话。你都想不到，领导们每人都吃了一个饺子，还说，等这场战役胜利了，他们来培训班，和大家一起吃饺子。"

眼看到了大楼近前，赵青说着竟然往西北角走去。林潇苒抬头望去，只见一个高高的烟筒在黎明中冒着白色的烟，目光下移，几个醒目的大字赫然出现在吊着蓝色棉被的门槛上方——"澡堂"，内心的失落瞬间消失，高兴地说："呀，真是一个大惊喜啊！谁烧的？"

赵青大声喊着："陈明！怎么样了？水热了吗？"

陈明从炉膛房跑出来，一脸的黑炭，邀功地炫耀说："我做事，你还不知道？

早就热了！大小姐，你们进去看一下吧。"

赵青看着陈明过去撩门帘，脱口而出："滚一边去！"

陈明尴尬地笑着："不是说看一下吗，再说了——把我当什么人了？"

林潇苒笑道："你这脸——好像刚从煤窑里出来似的，快去洗一下吧。"

陈明听了，急忙往大楼那边跑。

两人进了澡堂，瞬间像一头钻进了热烘烘的蒸笼，每一次呼吸都带着潮润。从一个小门进了热水池，一时视线模糊，林潇苒把手伸入池中，感觉一股热气顺着手指直抵心坎，不由得欢喜地说："你怎么知道这边有澡堂的？"

"嗨，上次伏击敌特，我把整个营区看了个遍，当时就想，若有时间，一定要痛快地洗个澡。大小姐，我伺候你洗呗。"

"不好，没带内衣，而且不能搞特殊。待会儿吃了早饭，让所有人都来洗。"

"好！"赵青说着，在蒸汽中摸到林潇苒的胳膊。两人挽着出来，刚走到通道边，只见关明阳骑着一辆三轮车进来，望着这边喊着："大小姐——赵青——我又来了！"

赵青忍住讥讽，小声说："这个人，整天死皮赖脸的，讨厌死了！"

林潇苒听出来了，关明阳在暗恋赵青，目光迎着关明阳直到近前，看见车里装着一个保温桶和一个装炮弹的木箱，问："明阳同志，你那边那么忙，怎么有时间过来？"

"我呀，现在一点儿也不忙了。你这一招——"说着刹住车，一手拍着额头，"孟专员怎么说来着——噢，四两拨千斤，一下把所有的忙都解决了。大小姐，你不知道，我昨天差点儿就没命了。"

赵青瞥过白眼："怎么的，你就好生感谢老祖宗吧！昨天换了我，绝对不会放空枪，肯定把你的狗头给打穿！前线那么需要弹药，你竟然睡大觉！"

"不不，不是，你们不知道，昨天大小姐刚离开，孟专员骑马急匆匆来了，本来是要问罪的，在路上遇见了送弹药的队伍，拦下来问了，说是一位女首长安排的，让先送弹药，然后再打收条。他老人家听了，知道是大小姐的主意，本来想折回的，可还是气不过，赶过来把我大骂一顿，说，幸亏大小姐及时赶到，若是他见了那个场面，非得一枪把我毙——"

"行啦，别啰唆了。这个保温桶若是不保温，以后就不要来了！"赵青说。

关明阳得意的样子："你摸一下，看可有感觉？"

"废话，空的有什么感觉？木箱里是啥东西？"

"油条，保温桶里是豆浆。"

赵青听了，一脸的惊吓："谁让你送的？"

"你这人，大小姐都没说什么，你急什么？告诉你吧，天快亮的时候，杨副书记来了，还给了一张食谱，要我按照食谱上的标准保证供应。杨副书记说，学习是要动脑子的，若是营养跟不上，脑子就不好使。你说这上哪儿说理去，不干活还得吃好、喝好，你们中队托了谁的福？还说，以后生活上的事不用你们操心，过两天再派一个管理员、一个做饭的。这下好了，跟着大小姐，你们都成大小姐了！最让我憋气的是，我说让我来当管理员吧。你们猜杨副书记怎么说？"

"你不够格！"赵青脱口而出。

关明阳瞪着惊愕的眼睛："你怎么知道的？连一个字都不差！是不是杨副书记征求过你的意见，当时你就这么说的？"

"征求我的意见？我不够格。"赵青看着林潇苒说，"我说得没错吧，这人嘴碎，别说对着人了，就算对着一棵树都能说上半天。咱们走吧。"

林潇苒笑着说："明阳同志，把早餐送到食堂吧。"

"好嘞！"关明阳快活地蹬着三轮车嘶嘶当当地走了。

林潇苒想说"关明阳好像对你有意思呀"，话到了嘴边又咽下，心里突然冒出杨德简纵马驰骋的画面。

连日的征战，队员们忍饥挨饿，听说早上有油条和豆浆，一个个喜忧参半，不知道是该高兴还是内疚，不约而同地聚在一起议论着，看着林潇苒和赵青走来，自觉地列队等候。

赵青明显有些不知所措，用纠结的眼神看着林潇苒，传递着——还是你说吧。

林潇苒内心左右摇摆：若是同意吃油条，那么昨晚对饺子的处置显然不当；若是再次拒绝吃油条，显得不近人情，毕竟油条不是战士们想要的，而是专区杨副书记的指示。可是，平心而论，杨怀中这么做显然有些不妥，明显暗示吃顿饺子没有什么大不了的。

气氛由不得她多想，只能硬着头皮把难题当皮球踢给大家说："我想听听你们是什么意见。"

队员们沉默了，相互看着彼此的眼睛，这样过了片刻，终于有人说话了。柴青火大声喊"报告"。

"说说，快说。"赵青好像知道柴青火要说什么。

"我认为，下级要服从上级。既然是上面领导的指示，我们就该服从。"柴青火说话的声音有些底气不足。

"嗯。""嗯嗯，我也这么认为。"许多队员附和。

夏小禅说："我反对！刚才，我忽然想起王友明同志说过的一段话：'共产党人从来不拒绝享受，但是，当劳苦大众都生活在水深火热之中时，任何享受都是堕落！'大家都是看得见的，那些老区人民，冒着寒风、顶着大雪，推着独轮车、牵着毛驴，一步一步地走了几百里；车上有腊肉、腌制的鸡鸭、大米和白面，可是，他们却啃着煎饼、吃着雪，从没有动过半点儿享受的念头！战争就在我们的家园展开，而我们却以动脑子为理由，吃油条、喝豆浆！那——过不了几天，是不是可以大鱼大肉地放开了吃啊！"

队列再次陷入沉默。赵青恍然说："小禅说得对，这不是吃不吃油条的问题，而是我们的心应该放在什么位置。大小姐，刚才我觉得——算了，总之一句话，今后，我们在生活上一定不能超过当地的普通百姓！夏小禅，去把油条、豆浆送到公路边，让过往的老区人民感受一点儿战区人民的心意！"

"是！"夏小禅用眼神带着三名队员离开。

"柳迎春，带着你的人去伙房贴玉米面饼！"

"是！"柳迎春带领六名队员走了。

食堂门前，夏小禅等人推着三轮车，关明阳跟着。他到了林潇苒面前，百感交集地想说什么，赵青嘴边一个"滚"，让他默默离开。

"大小姐，我去炒点儿辣椒白菜。"赵青说着，带着一脸的懊悔要离开。

齐本荣说："队长，教室那边整理出来了。你陪大小姐去看一下吧。"

"哦，差点儿把这事给忘了。大小姐，去验收吧。"赵青竭力调整着紊乱的心绪。

林潇苒劝慰说："别再纠结了，何况你说得非常好。"

"不是，我担心杨副书记知道了会不会怪罪。毕竟，他是分管干部的副书记。"

林潇苒听着，心里不觉沉重。赵青这么想，显然是把心又放错了地方，可是她不想再说什么。

进了食堂，着实让林潇苒大吃一惊——食堂的踪影不见了，整个大厅横排三张书桌，前后共计六排，每张桌子之间留出过道，所有的桌子都配两把木椅，也就是说一排可坐六人。

桌子前面原来是打饭窗口，现在被一块木质的黑板遮挡得严严实实；黑板底部放着两米长、三十公分宽的台阶，伸出黑板的部分宛如特意制作的用来放置黑板擦、粉笔盒的窄窄的台案。黑板下方是用弹药箱垫起来的讲台。因担心木箱发出声音，上面盖了一层木板，木板上铺了红色的地毯。

赵青走过去掀起地毯说："大小姐放心，木板是钉在弹药箱上的，整个讲台就是一个整体。别说你了，柴青火在上面翻了几十个跟头也没发出声音。来，你站上去试一试。"

"不用试，看着就放心。这个关明阳，办事真让人满意。昨夜，他送东西来，有没有纸张、课本和油印机之类的办公用具？"

"有的，都放在宿舍最西头那间宿舍内。待会儿吃完饭我带你过去。"

两人说着话往回走。到了隔壁的食堂门前，赵青说进去干活，让林潇苒先回房间洗漱。

林潇苒独自走着，看见几名队员拿着牙刷争议，有的说是用来刷碗或者其他小物件的，有的说是用来刷瓶子的，见了林潇苒都上来求证。

林潇苒说："等会儿就知道是做什么用的了。"说完，回到房间，拿起牙缸、牙膏和牙刷，到了外面看见又来了许多人，于是，默不作声地把牙膏挤在牙刷上，走到路边的洗漱池前，发现水龙头被冻上了。有人看着，马上去伙房端了大半盆温水。林潇苒舀了一牙缸水，把牙刷伸入牙缸内蘸水，接着伸进嘴里刷牙。

所有人惊叹不已："以前只听说大城市里的人刷牙，原来，牙是这样刷的啊！"

林潇苒做完了示范，让所有人都把刷牙工具拿来，一起刷牙。队员们纷纷回到自己的宿舍，拿来刷牙的工具，动作僵硬地把牙膏挤在牙刷上，伸进嘴里后不知道该刷什么地方，有的胡乱拉扯了几下，不小心把牙龈碰破，满嘴都是血。那些没试的人见了，说："干吗要受这个罪，我可不刷。"

林潇苒严肃地说："开始都这样，每个人洗漱的时候必须刷牙！"

众人听了，面面相觑，一个个很不情愿地拿着牙刷在嘴里乱捣一通。

赵青过来看了，诧异地问："这是做什么？"

"刷——牙——啊——"秦秋嘴上喷着牙膏沫说。

"哦，以前只听说程政委刷过牙，只是没见过。来，让我试一试。"

赵青说着就要接过秦秋手里的牙刷，林潇苒上前用手挡住说："不可以的，一个人只能用自己的牙刷，你回宿舍拿自己的来。"

赵青看见好多队员嘴里都流血了，商量的口吻："大小姐，我看这事还是算了吧。你看看她们，个个像刚啃过死猪头似的。"

"赵队长，刷牙对保护牙齿非常重要，同时也有利于保持口腔卫生。女子中队有许多生活习惯要适应，若是连刷牙都不能接受，那还能接受什么？每个人都必须刷牙！"林潇苒说完，走到水池边，把毛巾放进热水盆里开始洗脸。

赵青说："还愣着干什么，刷！"

林潇苒洗完了脸，拿着牙刷给大家做示范，把刷牙的要领反复说了几遍，才微笑着用鼓励的目光看着每个人。

她的微笑让队员们放松了心情，于是嘻嘻哈哈地取笑，然后相互龇牙咧嘴地让队友看自己的牙是否白了些。

有的队员不想去伙房打水，走到前排宿舍后面的空地上，抓起一把雪在脸上搓着，等雪化在了脸上，双手极快地揉搓脸颊，直搓得脸颊红扑扑的。

忽然一阵电铃声传来，队员们顿时警觉起来，发现响声来自食堂，不由得纷纷跑了过去。林潇苒知道，这是谁不小心按动了开饭的电铃开关，因不知道如何关上，才导致电铃一直响个不停。

队员们聚集在食堂门前，昂头看着震动着发出刺耳声音的电铃，一时不知所措。林潇苒进了食堂，顺着电铃上的电线找到开关，伸手把电铃关了。众人这才露出虚惊一场的表情。

赵青由衷地说："大小姐什么都懂！开饭了！"

队员们自觉地分组而坐，把最前面的一张饭桌留给了赵青和林潇苒。

一大竹筐黄灿灿的玉米面饼被端上来，一面散发着热气，一面烤成金黄色。林潇苒接过一个，慢慢咬了一口，不禁连连点头："太好吃了！"

队员们看着，脸上露出欣慰的笑容。

接着，几盆辣椒炒白菜被端上来，尽管林潇苒不能吃辣，还是强迫自己吃下去。赵青看她额头冒出薄汗，心疼地说："我真是猪脑子——程政委刚来也是不能吃辣的——下次就知道了。大小姐，你喝点儿红薯茶吧。"

林潇苒接过一碗红薯茶，大口喝着，心里对早餐十分满意。

赵青吃着饼说："吃过饭，大家都去洗澡，回来后看大小姐如何安排。"

"洗完了澡，上午不做安排了，各人把换下来的衣服认真地洗一下，到时候我挨个儿检查，若是洗得不干净，我会——"

所有的嘴巴都停止了咀嚼，等着听下面的话。

"我会帮她洗的。"林潇苒认真地说。

"这比骂我们还难受啊！"

这时隐约传来电话铃声，林潇苒掏出手绢擦了一下嘴，对赵青说："我吃好了。"接着快步去办公室。

五十三

林潇苒刚到门口，电话铃声停了。

谁呢？

她坐下来，把所有可能打电话的人想了一遍也不能确定是谁。刚要离开，电话忽然又响了，她抓起电话："您好，我是林潇苒，请问——"

"潇苒同志，我是——"

林潇苒听出是杨德简的声音，顿时泪下，心里哭着说："终于有你的消息了啊！"可是这话没能说出来。她压抑着百感交集，想让声音正常，只听电话里说："大小姐，能听见吗？我不能占用军线时间，只想告诉你，半小时之前，一一〇师起义，已经过来啦！还有——听说你有新的任务，我非常激动！你若能把女子中队带出来，你就是游击支队的恩人！也是我的恩人！挂了，战争正在激烈地进行！"接着，电话里传来嘟嘟的忙音。

林潇苒双手把话筒搂在怀中，呜呜地哭着。

赵青一头扎进来，惊吓地说："大小姐，怎么啦？！"

林潇苒拿电话的手一松，哭着拥抱着赵青："一一〇师——起义成功——"

"啊！成功了啊！"赵青一下把林潇苒推开，一边往外跑一边激动地喊，"姐妹们，一一〇师起义成功了啊！"

这一声喊，把食堂内正在吃饭的队员们都惊动了，纷纷喊叫着冲了过来，围堵在办公室外尽情释放着内心的激动。柴青火索性来了个后空翻，队员们呐喊："不要停，替我翻几个——""替我们大小姐翻几个——她是最早参与的——""翻！再翻！"

柴青火一连翻了几十个后空翻，看得林潇苒目瞪口呆。因担心乐极生悲，她上前赞叹地喊着："好了啊，停，停下。"

柴青火稳稳地站住："大小姐，怎么样？"

"嗯，了不得啊！"林潇苒由衷地称赞道。

夏小禅讥笑："臭显摆，翻个跟头算什么？有本事也到黄维那儿弄一个团过来，就甭说一个师了。"

"我若有那本事，回来第一个把你给收拾了。大小姐，刚才谁来的电话？可是我们队长啊？"

林潇苒忍着内心巨大的幸福，笑问："为啥是他啊？"

夏小禅忙把话接过来："你看，这不是明摆着的吗——两人合伙做生意，赚大了，肯定要在第一时间告诉对方呀。"

赵青深情遐想："我们队长若是能来就好了，那样也不至于让大小姐这么费心。大小姐，这一一〇师的事办完了，我们队长接着做什么？"

夏小禅失落的口吻："队长——想都不要想——前线战斗那么激烈，组织根本不可能派他这么一员大将来教我们识字。"

胡小梅说："听你这话的意思，我们大小姐比不上队长了？我说句大实话，若没大小姐带领一团起义，咱们队长哪有这些作为。"

"嗯嗯，还有我们，若不是遇到了大小姐，估计现在还在照顾伤员呢。"柳迎春说。

"嗨嗨，怎么说着高兴的事，竟然说成这样了——大小姐也是可以随便议论的吗？"赵青说。

"没事，这说明每个人都有长处——就说柴青火刚才的跟头吧，只怕，我这辈子都学不会。正所谓，尺有所短、寸有所长，物有所不足、智有所不明，懂得了这个道理，我们才能怀着满满的自信去学习。赵队长，集合！我们去洗澡！"

林潇苒走进自己的宿舍从柜子里取出崭新的白色内衣，用床单裹着，接着拿起脸盆及洗澡用的香皂、毛巾，出来时发现所有的队员都一脸的迟疑。

赵青好像才缓过神来："还愣着干嘛，回去拿换洗衣服。"

对一群从小在偏僻乡下长大的女孩子来说，压根没有文明生活的意识，洗澡对她们来说是羞于接受的。林潇苒怎么也没想到，洗澡——这么一件正常的事在女子中队这里竟然成了难以接受的羞耻。

列队走在去往澡堂的路上时，林潇苒发现许多队员脸上带着不安，有的竟然羞臊得不敢抬头，有的小声嘀咕："不会是一块洗吧？""哪能呢，若是那样，俺就不洗了——光着屁股，那以后还如何见人？"有人压低声音说。

走在最后的林潇苒小声问赵青："以前是如何洗澡的？"

"冬天没洗过，夏天打一盆凉水擦一下就行了。上澡堂洗澡，只听说城里不正经的人才会去——原以为是用大木盆之类的，哪里会想到在室内弄了一个大水池。"

看来，王书记说的脱胎换骨绝非只限于识字，生活习惯更需要彻底改变。"王友明同志啊，看你给我派了一个什么样的任务啊！"

到了澡堂门前，所有人都止步，好像谁先进去谁就不是正经人。

林潇苒深吸一口气："跟着我——进去！"

换衣间内，四壁靠着木柜，中间摆放着两张窄窄的小木床，看着好像脱衣服用的。木柜大致四十来个，预计一次可以进来一个排的人洗澡。

有人小声说："你们说，那些臭当兵的以前来过吧？""肯定的，要不怎么有一股臭烘烘的味道。"

进来后，所有队员依然列队站着，脸上没有一点儿想洗澡的意思，仿佛就是参观一下而已。

"怎么啦？不就是洗澡吗？"林潇苒想说"难道洗澡比上战场还难吗"，这话没说出来。假如此刻面对的是敌人，她相信这些从血泊中走过来的女孩子不用她说话就会奋不顾身冲上去，把所有的敌人打败。她设身处地替她们着想，打算以身示范，带领他们冲破这一难关，可自己从小洗澡都是郭妈帮着脱衣、伺候，长大以后又是郭凤陪着洗澡，除了她们母女，自己从未当着其他人脱衣。此刻，让她当着这么多人的面脱得一丝不挂，心理上实在难以接受。

可是她十分清楚，羞怯是未来工作上的最大障碍——对于从小在农村长大的女孩子，只有征服了与生俱来的羞怯，才能豁达地直面生活。

"不可以逼她们，首先要以身作则！"她在心里说。

林潇苒不再说话，也不看站在一旁的队员，背对着几十双好像被篝火烤透了的红胀胀的脸庞，双手抖索地解开衣扣，先把棉衣脱下来。一瞬间，她觉得自己有一种无地自容的羞耻，这种令人窒息的羞怯如同一把锋利的刀子，在身上不停地划动着，流出来的不是血，而是人类所有女性共同拥有的贞洁。

当她开始解内衣扣子的时候，手指抖得不听使唤，几次在心里说："还是算了吧，像这种公共浴池不来也罢！"

忽然眼前出现程雪竹的面孔，带着讥讽的笑容："我就说，你一个资本家的大小姐，与我们工农革命者本来就不是一路人。你呀，别在她们面前硬撑了，老实教她们认识几个字得了。等上海解放了，你还回去唱你的歌，当一个新时代的大小姐。"

　　尽管这是幻觉，同样刺痛了林潇苒。她咬着嘴唇、闭上眼睛，脑子一片空白，把上衣脱了，接着就是胸罩、短裤，最后把内裤也脱下来，拿起脸盆、毛巾，头也不回地走进洗浴室。

　　好在整个洗浴间被浓浓的热气弥漫着，似乎形成无形的遮羞布，让她从容地洗浴。她一边洗，一边关注外面的情况——开始没有一点儿声音，过了一会儿，隐约传来纠结的呻吟声，好像在说："宁愿被砍一刀，也不能这样。"

　　期间，有一句话清晰地传来："大小姐的身子太好看了，皮肤那么白，比雪还白——若不是亲眼看见，真不敢相信人的身体可以这样——什么仙女、女妖啊，再怎么着也比不了大小姐。""看了大小姐，我都怀疑自己究竟是不是女人——我——"

　　赵青的呵斥声传来："要脸不，一个个的！大小姐带头了，我们怎么办，不洗肯定是过不去的！"

　　"那你先脱。"夏小禅敢想不敢为的声音。

　　"哎呀，这怎么办啊！我的娘哎。"秦秋哀愁的声音。

　　林潇苒坐在水池台上，感觉水有些烫，只好用毛巾蘸着热水往身上撩。不一会儿，身体适应了，慢慢下了水池，顿时，身体被热水浸泡着，不尽的舒适不停地渗入体内。她在浸泡中想着，无论如何要让所有的队员都享受一下热水赐予人体的舒适。

　　忽然，外面传来一阵惊叫："哇，思弟啊！"

　　"啊，思弟姐你怎么来了啊！"

　　"思弟，你怎么才来啊？呜呜——"

　　一时间，林潇苒猜不出思弟与女子中队是什么关系，听着亲切的声音，好像是战友，只是去了很远的地方执行任务，此时刚回来。

　　"大小姐呢？"一个略带普通话的声音。

　　"唉，我们愁死了！大小姐让我们来洗澡，可是，当着这么多人怎么能脱得下衣服啊！大小姐生气了，一个人当着我们大家的面把衣服脱了，现在在里面洗着呢。思弟，要不等一会儿吧。"

　　室外一阵沉默，接着思弟说："你们可真能做得出来啊，让这么一位了不起的女大学生当着你们所有人的面脱衣服，你们还有一点儿羞耻心吗？"

　　夏小禅歉疚的声音："思弟姐别生气，我们也不想啊，可是，让我们把衣服都脱了，这比杀头还难受。"

"那你们不要洗了，出去后直接回家种地算啦！我来的时候，王书记说，'让你去给她们做饭，确实委屈些。可是，女子中队在这次战役中屡建奇功，眼看全国就要解放了，组织不能丢下她们啊！你虽然为党工作多年，做了许多工作，可比起她们来，毕竟稍微逊色。组织派你去做饭，本身就是对这支队伍的重视，希望你依然能不计较个人得失，为林潇苒同志多分担一些'。我当时听着，心里多羡慕你们啊！可是，你们却是这个样子！难道你们不知道，一个乡下的丫头，成为一名合格的党的干部，其间有着一段不小的距离吗？你们连洗澡这一关都过不了，以后有什么资格进城对那些有文化、有思想的人指手画脚！"

赵青带着懊悔的口吻："思弟，我们错了，可凡事都该有一个过程啊！"

"过程？你身为队长，还好意思说过程？你知道吗，为了你们，专区的领导们都做好了被处分的准备！他们为何要这么做，就是接管城市没有过程，所以才违背上级命令，给了你们提升的时间！我算看透你们了，一个个都是稀泥而已！我这就回去，不伺候了！"

"思弟姐，我们错了，你别生气啊！我们脱，呜呜——"听不出是谁在哭泣。

忽然，一声歇斯底里的呐喊："全体听着——凡是不脱衣服的——就地除名！"尽管声音严重变调，还是能听出是赵青。

林潇苒听着，泪水夺眶而出。她忽地一下站起，想出去当面对思弟说一句感谢的话，想着外面所有的队员都在脱衣服，才克制着慢慢蹲下来。

很快，一个赤裸的身子双手捂着下身，猫着腰进来。雾气浓厚，林潇苒看不清是谁，轻声地说："开始水有些热，先坐在水池边适应一下。"

"管不了是烫是凉，下去再说。"赵青的声音透着羞怯。接着，又进来两个人。

"呀，早知道里面什么也看不见，也不至于惹思弟姐发那么大火。"夏小禅的声音。

浴室门前不停地闪过身影，进来的人越来越多，谁也看不清谁。林潇苒看着一个身影靠近说："思弟是谁呀？"

这人听了，惊叫："哎呀妈呀，大小姐！"说着躲开了。接着，一个身体蹲着移过来："潇苒同志，我是王思弟，王霞的姐姐。"说着，伸过手来。

林潇苒一把握着，将她的手贴在脸上，哭着说："姐姐，对不起啊！"

"唉，战争哪有不死人的。妹妹，你受累了。刚才，我把她们狠狠地骂了一顿，这事就算过去了，以后——哎，对了，与我一起来的还有一人，你的熟人。"

"曹振海？他伤好了吗？"

"好没好我不知道，来的路上没看出来。我们来之前，王书记写了一张字条，内容是，我来当炊事员，曹振海同志来当管理员。至于他管理什么，我猜可能就是司务长之类的工作吧。"

说话间，几名队员围了过来，胸口没入水中，个个伸着脖子倾听。

"姐姐，之前组织安排你做什么工作？"林潇苒问。

"之前呀，在徐州国民党剿总附近开了一家餐馆，其实是组织设在徐州的联络站。我既是老板，也是负责人。昨天接到通知，让我撤离，说有其他任务。嗨，见到王书记才知道，竟然让我给这群不懂事的丫头做饭。你说去哪儿说理呀？"

夏小禅接过话："姐，放心，我们大家轮流做饭，你想干吗就干吗。"

"去，"王思弟撩了夏小禅一脸水，"这是组织交给我的任务，不许你们插手。我这么说，还不是被你们气的？潇苒呀，一路上听了许多关于你的事，我从心里敬仰。还有，告诉你一个秘密，你听了一定会感到欣慰。"

"姐姐，我知道了——一○师起义成功了。"林潇苒说。

"不是，是李连长上午安葬了，地方你也知道的。"王思弟声音低沉地说。

"啊！他不是早就——"林潇苒哽咽着。

"没有，是德简私下让人把李政的遗体抬到了自己家里，直到今早他回来才安葬。"

赵青忍不住问："是安葬在四嫂她们那儿吗？"

"不是，安葬在杨家墓地。"

林潇苒头一蒙，差点儿歪倒，抽泣着："他有什么资格进杨家墓地啊。"说着，脑子里闪过杨家墓地的一座座坟墓、一棵棵松树，还有那个神秘的地下室。"杨——为何要这么做啊！这样，让我今后如何面对啊！不该，真的不该啊！"

林潇苒不由得站起来："姐姐，我先上去了。"说着，心里冒出了一座坟墓，压得透不过气来。

王思弟也站起来说："我也不洗了。你们好生洗一下，洗完上去把你们的衣服也洗了。"

"嗯，知道了。"满池子的人纷纷回应。

穿衣服的时候，林潇苒这才看清王思弟，不禁心里一颤，姐妹俩长相极为相似，不由得难过地说："若是王霞不牺牲——"说着，泪水婆娑。

"妹妹，你能喊我一声姐，不知道我有多欣慰啊！别难受了，还有一事，王书记指示女子培训队要成立党支部，我建议由你任书记，可是王书记说会影响你教学，仍然让赵青任支部书记，而且说，凡是没入党的队员，只要符合条件，都要尽快解决。"

林潇苒心里清楚，王书记之所以不让她来担任支部书记，多半是因为组织还没有确定她党员的身份，想着，不由得感到揪心的难受。

回到宿舍，只见曹振海正在与负责站岗的齐本荣说话。齐本荣见了王思弟，"哇"地一声哭着跑过来。两人搂着哭泣。

"好啦，你去洗澡吧，这里有我们。"王思弟推开齐本荣。

"老曹，以后只能这么称呼你了。"林潇莘上前说。

"本来就是嘛。杨队长给你来电话了？啊，看着——○师齐装归来，心里说不出地高兴，同时想起我们一团。唉，没想到竟然出了这么丢人的事。"

林潇莘知道他指的是"临阵投降"的事，说："这事已经有了定论，你不要耿耿于怀——要相信，经历了那么一场耻辱，新一团会脱胎换骨的。"

"没错，听说这两天表现不错，得到了总前委首长的通令嘉奖。"

"老曹，说句实话，后悔吗？"林潇莘静静地看着他。

"我不后悔，只要能和你在一起，别说丢掉了官职，就算把命丢了也不后悔！"

林潇莘听着，心里好像长出一棵带刺的树苗，满心不舒服，想说点儿什么，碍于王思弟在场忍住了。

"必须明确告诉他，不该这么想，因为，他的想法令我生厌！"林潇莘在心里说。

五十四

上午，队员们都在洗换下来的衣服，有的衣服上沾染着战友的血迹，有的是敌人身上喷溅的，还有的衣服被子弹穿了窟窿。

队员们并没有注意这些，林潇莘看着心里却时而凝重时而心惊胆战，所有的心灵波动像浪一般拍打着心岸——之前，在拿枪的敌人面前，她们从不畏惧、屡建战功，可是，面对内心的空白，她们是否有勇气在心灵上开垦、种下知识的种子？

王思弟把林潇莘的衣服拿走了，说去澡堂那边洗。她争不过，只好回到办公室想着第一课该上什么。

她给队员们订购的书还没来，也不知道能否买到；若是买不到，今后所有的课程都得自己准备。她苦思冥想，在记忆中寻找曾经打动自己心灵的文字。

突然，脑海里划过《为人民服务》，这是她在读大一时，赵红英向她推荐的一篇文章。她当时读着，心骤然被打动，于是一遍又一遍地读，那些闪耀着人类最圣洁的思想的光芒一下把她的内心照亮了。

可以这么说，就是因为读了这篇文章，她才决定加入共产党。

想着，她走向教室，一个人在黑板上默写。

写到一半的时候，蓦然回首，发现教室内坐满了队员，于是下意识地停下来。"同学们，这是我们的第一课，题目是《为人民服务》，作者，毛泽东。这篇文章，诞生于延安时期。一位叫张思德的警卫员牺牲了，他不是死在战场上而是死在炭窑内，死得并不轰轰烈烈，可谓无声无息，然而，我们的领袖却为了纪念他，召开了追悼会，在会上讲了话——就是这篇文章，《为人民服务》！"

教室里异常安静，每个队员都想知道毛主席为一个战士开追悼会，究竟说了什么。一双双渴望的眼睛看着林潇苒，想让她把写的字念出来。

"我知道，你们想听一下，我们的领袖说了什么。可是，你们是否知道，组织把你们集中在这里，同样有一个强烈的期待，就是你们不用借助他人，自己就能把这些闪光的文字收藏在心里，一生铭记。"

接着，林潇苒用纯正的普通话背诵了全文。她背道"人固有一死，或轻于鸿毛，或重于泰山"时，眼里噙满泪水，全体队员脸上也流着热泪。透过泪光，她看到门外站着一个熟悉的身影，以为又是幻觉，下意识地用手背擦了一下眼睛——看清了，杨德简脸上带着欣慰的笑容，眼里含着久别重逢的亲切，对着她微微点头。

有人回过头，接着一声惊喜的呼喊："是队长啊！"

所有的队员几乎一起回头，同时站了起来，欢呼着拥了过去："队长，你怎么来了？是不是有新的战斗任务啊？"

诸如此类的问候，响彻整个课堂。

林潇苒依然站在讲台上，竭力让激动的心平静下来，想着待会儿该说什么，毕竟内心想说的话太多了，一时不知道哪一句话最能表达她自分开后的思念。

队员们陆续往外走，好像知道自己队长的来意，到了门外纷纷与杨德简打了声招呼便不忍地离开，最后只剩下杨德简一人。林潇苒这才快步迎上去，杨德简也大步走过来。两人在两排书桌中间的过道上走到一起。她伸出手，眼里噙满泪水："不好意思——刚才被文章感动了——你——"

杨德简握着她的一只手，声音沙哑："整篇文章都听见了——若不是事情紧急，不会打断你的——你还好吗——上尉！"

"还这么叫呀？"林潇苒抽出手，从衣兜里掏出手绢擦着眼睛，"噢，急事。需要我做什么，杨？"

"坐下说吧。"杨德简就近坐下。

林潇苒把前面的椅子调过来，身子倾过来，心怦然跳着，等着他说话。

"我来，没有经过组织同意，可以说是擅自行动，因为我知道，在这种情况下只能找你。"杨德简说话的时候，露出嘴唇内一个血泡，可能舌头或口腔内还有血泡，以至于嘴唇不由自主地迁就着隐痛，露出了焦虑和哀求的无奈。

"杨——什么事啊，把你急成这样啊？"

"徐州的杜聿明要撤退了，关于撤退的路线——"杨德简说着，急忙从衣兜里掏出一张地图，打开后放在书桌上。两人几乎头挨着头看着。

"潇苒，徐州之敌撤退只有三条路线。第一条路径，就是直奔连云港，然后乘船走海上往南。这条路线几乎可以排除，因为几十万大军和辎重需要的船只不是在短时间内能征集的。第二条路线，是走两淮，经苏中南撤。这条路线水网纵横，况且沿线地区均为我方老区根据地，根本不适宜大兵团行军。向西——从萧县、永城，再转向淮南，这样可以与李延年、刘汝明两个兵团相互对进，逃脱的可能性很大。可是中央军委来电告知，杜聿明撤退选择了向两淮方向。总前委已经对这个方向布下重兵予以阻击。对此，我怎么也不信杜聿明会这么蠢！我的意思是，万一这是杜聿明故意扔出的烟幕弹，然后直接向西撤退，那样的结果只有一种，就是带领三十万大军成功撤回江南。当然，无论杜聿明统领的三个兵团撤到哪里，终究会被消灭，可是对淮海战役来说，就不能称之为完胜。还有就是，这三个兵团都是蒋介石的嫡系，他们的存在等于稳固了蒋介石的地位，不利于激化国民党内部矛盾。所以，我想前往徐州侦察敌情，一旦获得准确情报，能够及时向总前委报告。唉，王友明和其他几位领导一致反对，还说了一些责备的话。"

林潇苒听着，已经猜到了领导们说的话："别忘了，你只是一名游击队支队的队长，竟然质疑起中央军委和总前委的战略部署来了？""别忘了，我们的首要任务是支前，不是想着怎么打仗！"

林潇苒认真地看着地图说："我也相信，杜聿明不会向东，一定是向西！杨，说吧，要我怎么做？"

"我觉得，你的组织关系不在本地，目前还在上海，而且，你现在行动自由，所以，想从你这里借个人。"杨德简眼里含着渴望。

林潇苒本来以为他是让自己来代替他去一趟徐州，没想到只是想借一个人，而这个人她已经猜出来了，就是王霞的姐姐，于是沉下脸来："我一个不在你们组织的外人，岂敢做主！"说完，气恼地起身背对着杨德简。

"唉！"接着，拳头不轻不重地落在桌面的声音。林潇苒听着，感觉这一拳落在她的心上，想着也许他这么做是有苦衷的——担心上级追究下来，她要承担相应的责任。她刚想把心里的话说出来，听见椅子的移动声，不由得转过身，看见一个失望的背影。

"杨——"她想说，"难道说，我是一个不值得你信任的人吗"，话还没说出来，那个身影已经出门了。

门外传来队员紧张、焦急的询问，接着传来杨德简淡淡的回答："不关你们的事，在这里安心学习。"

赵青冲了进来："大小姐，怎么啦啊！我从来没见过队长这么无奈、无助的表情啊！"

林潇苒怒拍桌子："我怎么知道！"说着气咻咻走出教室，在一片惊吓的目光中走过。她想追上杨德简，哭骂他一顿，然后让他把计划说出来，由她来执行这一项特殊的任务，哪怕回来后受到组织给予的最严厉的处分，自己也无怨无悔。

难受的是，她听见了一声马的嘶鸣，委屈的泪水止不住落下，进了宿舍，用力把门关上，用声音传递——谁都不要来烦我！

林潇莽站在后窗前，心就像被一只无形的怪兽叼走了，望着窗外一棵被冰雪包裹的楝树，感到越发空虚、荒凉。

低头的瞬间，一缕头发划过嘴边，她用嘴唇抿入嘴里用力嚼着，哭叫声在肺腑间来回冲撞，到了实在无法承受的时候，回过身倒在床上，那一声马嘶又折回来撞在她心上，眼泪、懊悔、隐隐作痛涌进头脑里，把自尊、爱恋往悬崖边驱赶。

她猛地坐起来，张开嘴大口呼吸，每一次吸入的好像不是气体，而是带着什么锋利的东西扎在心上。

这是怎么啦？

她不得不承认，自己看不得这个男人受半点儿委屈。

她站起来再次望着窗外，对嵌入心灵的爱引入理性：李政牺牲后，她希望他有一处葬身之地，不是因为自己，而是为了慰藉一团官兵的心。难道这个心思被自己爱的人误解了，以为她与李政有恋情，所以才为了她对李政特殊安葬？

"真的是这样吗——林潇莽？你为何对自己深爱的人不能坦荡？如果这样下去，你这一生就走不出自己布下的欺骗陷阱了啊！"

是！是！是！

她闭上眼睛在心里划过三声"是"，接着撕开了人性与生俱来的伪装，承认安葬李政夹杂着一个不敢承认的潜意：战争很快要结束，她与心爱的人就要各奔东西，假如李政没有留下一个坟墓，那么，以后就没有了理由来这里——等同没有机会再次见到杨德简！

当她承认了这一点，又将剖析的刀子对准了爱的另一方：她确认杨德简是爱自己的，只是出于某种原因让他不能或者不敢爱。至于是什么原因，直觉给出了答案，那就是地域差异——可能在对方看来，等这场战役结束之后，她就会像几十万大军一样离开这里，从此天各一方，留下来的只能是一个难忘的记忆，因此，对一个明知道要离开的人说爱，该是多么幼稚、单纯。

这样的诀别对他来说是难以接受的伤害——无论两个人有没有未来，他都想在今后的某一天能再次相逢。为了给这个相逢埋下一粒种子，他才违反总前委的指示，把李政单独安葬了。

"呵，你这个不要脸的，对谁都使阴谋！"想着，她的心霎时从一个黑洞里升了起来，落在温暖的心岸上开出一朵美丽的花儿。

这时有人轻轻叩门，她应了一声："稍等。"

林潇莽急忙走到脸盆架前，随手倒了一盆温水，想把脸上所有的痕迹洗去。

"大小姐，大家都站在门外，你开门，纵然有天大的事，不还有我们吗？"

曹振海的话音刚落，门外传来高低不同的应和："是啊，大小姐，开门啊！"

林潇莽揉着脸颊，想着该如何化解杨德简心中的焦虑。还能如何？自己亲自带着王思弟去一趟徐州！

打定主意后，她把门打开，看见所有的队员都列队在门前，一个个焦虑不安的神色。

"大家解散，赵青和三位中队长，还有王思弟、老曹，我们一起去办公室开个会。"

队列中，不知是谁说了一句："我们就在这里等。"

"对！"许多人应和着。

赵青严厉地命令："都有了！立正！向右转！目标，教室！齐步走！"

队员们极不情愿地按照口令向教室走去。

进了办公室，赵青发现椅子不够，让林潇苒和曹振海坐着，她和柳迎春、夏小禅、柴青火、王思弟并排站在桌前。女子一小队队长四嫂牺牲后，柴青火接替了队长。

"我——"林潇苒不想把内心的话说出来，目的只是给失态找一个让所有人都信服的理由，"唉，你说你们队长——自己不能办的事就往我这边推——"

"不会的，我们队长一向是敢作敢当的人，哪有他不能办的事啊？大小姐，你肯定是误会了。"赵青说。其他三人都认同地"嗯嗯"点头。

"大家安静，听大小姐说。"曹振海说。

"我怎么可能误会啊！他来这里，是想让思弟去徐州探听杜聿明手下的三个兵团撤退的时间、路线。"

不等林潇苒把话说完，王思弟精神抖擞，眼里闪烁着期待的光芒："啊，多简单的一件事啊！别说是去徐州，就是去阎王殿也不是问题！"

"问题是，王书记和其他几位领导都不同意，这是他一个人背着组织的个人行为，你们让我如何是好啊。"林潇苒为难的语气。

赵青等人欲言又止，王思弟忍不住说："既然队长觉得该去，我想一定是有必须去的道理。我觉得，应该去！要不这样，为了不使大小姐为难，我请假——就说身体不舒服，回家休息几天，这样大小姐就不会为难了。"

"对呀！我建议，王思弟一个人不安全，还是让我陪着去吧——反正一个人也是违反组织纪律，不在乎多一个人。"赵青说。

曹振海用疑惑的目光看着林潇苒："我觉得杨队长是不是想得太多了？噢，我没别的意思，只是觉得像这么重大的情报，我们组织层一定会从各个渠道获取的，一旦有了结论应该不会有误——之前，我在那边时就经常听同僚议论，说国防部有这边的人，不然，无论哪次军事行动，咱们这边都好像了如指掌，而且专打行动最薄弱的环节。所以，我觉得王友明书记他们的意见是对的，这事用不着我们地方武装考虑。还有，我们从徐州获取的情报来自最底层，怎么能有来自高层的情报准确？你们说呢？"

见赵青等人欲言又止，林潇苒忽然想起来："赵青，去教室把那张地图拿来。"她记得杨德简走的时候忘了带。

赵青打开门，气恼地呵斥："不是让你们在教室里等吗？回去！胡小梅，把你桌子上的地图拿来。"

"在我这儿。"齐本荣急忙递了过来。

林潇苒接过地图，放在桌上展开，指着徐州城东西两条路线问："老曹，你上过军校，假如三个兵团由你来指挥撤离，你会怎么选择？"

曹振海看着地图，手指顺着一条往东的路往前延伸，进入泗洪县境内，停了下来："前面河湖纵横，加上路面有积雪，步行尚可，若是带着辎重和重炮，几乎是故意让我们追上——除非杜聿明也是廖运周，是咱们的卧底。走西面，三十多万大军可分开走，一路直取萧县，奔向永城，然后转向淮南——"说着，猛地抬起头愣愣地望着林潇苒，"情报上不会是走两淮吧？"

"正是！而且，华东野战军已经在东线做好了阻击准备，所以杨——才这么着急。"林潇苒看着曹振海面部肌肉颤抖，接着说，"中央军委的情报肯定是来自国民党决策层，因此军委没有不信的理由，尤其是在国民党兵败如山倒的时刻，我们的潜伏人员更不会背叛组织传递假情报——唯一的可能是蒋介石已经怀疑这位潜伏人员了，所以才用了反间计，故意让假情报泄露。"

曹振海缓缓站起："你分析得有道理。可是，中央军委和总前委的首长们难道看不出来，走东线就是死路？噢，我明白了，也许杜聿明是想用声东击西的计谋，让我们看出走东路是死路，所以会在西侧阻击。这样的话，他们只能从一条不可能通过的路上冲过去。"

"老曹，我觉得没有这种可能，因为死路就是死路。你相信杜聿明会像当年刘邓大军挺进大别山，丢掉所有家当，炸毁所有的重武器，只留下几十条人命吗？"

"不，绝对不会的！若是那样，杜聿明回到南京只有上军事法庭了。就算我们上了声东击西的当，一共不足百里，追上去就是了。大小姐，这事比天还大！假如杜聿明带着三个兵团回去，等于稳固了老蒋的根基。另外，对渡江作战无形中增加了大麻烦！所以，最好把滞留在徐州的三个兵团就地解决了。话不多说，等一下，我忽然有个想法——我有一个老乡，浙江诸暨人，叫祝学义，在孙元良的十六兵团一二二师任军需官。我可以去找他。听我说，王思弟是从事地下工作多年，可她去了也只能从下级军官那里得到情报，而我可以直接与上层军官接触，得到的情报更快、更准确。林潇苒同志，自从起义之后，我就躺在病床上，没给这边做出任何贡献，为此，心里一直内疚、不安。这次，为了获取情报，就给我这个机会吧！抛开个人意识不说，就这项工作来说，没有比我更合适的了。"

林潇苒沉思片刻说："可以，我陪你一起去！"

"不可以！"在场所有人异口同声。

"老曹，你这么一说，我忽然有了主意——你去见祝学义总得有个理由吧——你见了他就说，李政是你的学弟，战死了，而你我都当了解放军的俘虏，因我想回上海继续求学，你才绕道过来找老乡帮忙的。有了这个理由，半真半假的，想必你那老乡也不会怀疑。"

曹振海眼里闪着犹豫，手开始哆嗦，下意识地端起桌上的一个杯子送到嘴边，由于心思不在杯子上，以致杯口贴在了鼻孔上，脸色变得通红，好像缺氧一样紧张。他抬起汗湿的脑袋，把干裂的嘴唇贴到手背上，嘴唇上掠过一阵寒战："这的确能消除祝学义的怀疑，可是，徐州毕竟是敌人的大本营啊。万一有个不测，我倒是无所谓的，你——"

"对呀，大小姐绝对不能去！"赵青坚定的口吻。

林潇苒严肃地说："就这么定了！赵青，派人去兵站取两套国军的衣服，一套女式上尉，一套男式大尉。"

"大小姐，若是这样，把我带着，不然休怪我向王书记汇报！"赵青口气生硬地说。

林潇苒用惊愕的目光看着赵青："你可以汇报——就算王友明同志站在我面前，也休想阻止我行动！"

赵青的身子忽然瘫软了，一只手护着胸口，脸吓得扭曲着，两只眼睛仿佛看见一枚毒箭向林潇苒飞来，眼睛周围不停地哆嗦，瞬间又恢复了原来的样子，但是悲从心来："大小姐，你若有个闪失，我——不是我一个，而是我们女子中队所有人活着还有什么意义？党给了我们一个新中国，可你却给了我们新的人生。这个时候你去冒险，而我们这些身经百战的人却在这里傻等着——你——用我们的心想一下好吗！"

"是啊，大小姐。"柴青火等人哭了。

"我看这样吧，赵青不能离开，就让小禅跟我们一起去吧，身份是——"

曹振海还没说出来，夏小禅接着："丫鬟呗——正好郭凤姐姐不在，我代替她。"

五十五

听到郭凤的名字，林潇苒心软了，一股忧伤袭上心头，是——假如凤姐在的话，自己怎么可以拒绝呢，于是默然点头。

说到如何去徐州，林潇苒提出一个要求——选择最快的方式。

"最快的方式只有乘坐汽车。大小姐，你给郑团长打个电话，让他想办法弄一辆吉普车，就说去前线用。"赵青说。

电话通了，林潇苒焦急的口吻："郑团长，我是——"

话还没说完，郑超带着受宠若惊的口吻："听出来了。大小姐，有何吩咐？"

林潇苒想好的话却说不出口，迟疑了片刻说："郑团长，长话短说。曹振海同志要去徐州见一位在一二二师当军需官的老乡，想从他那里弄些武器。请你弄一辆吉普车，你看如何？"

"曹振海？噢，想起来了，就是那位负责起义的营长吧？不过——"郑超疑惑的语气。

"没时间与你商量，若是不能解决，我们会想别的办法。"林潇苒挂了电话，冷冷地说，"骑马！"

电话铃响了。猜到是郑超打回来的，林潇苒拿起电话故作冷漠地说："您好，哪位？"

"嗨，你这大小姐脾气，我算领教了！我刚才的意思是，这么重要的事，他一个人怎么可以？要不，算我一个，如何？"

"开什么玩笑啊，整个宿城全靠你守卫呢，怎么可以擅离职守？给句痛快话，车有还是没有？"林潇苒亲切的口吻。

"车当然有了。我猜绝对不是曹营长一个人，你也会去吧？哎哎，宿城防卫没问题，你都立那么多大功了，也给我一个机会，好不好？你说这个时候我弄几卡车弹药，往正在作战的老部队一送——哈，啥功不功的，就是给我一个处分也乐意！"

"郑团长，我理解你的心情，可是，这事你真的不能参与！别说了，抓紧时间把车开过来！事情十万火急！"

"唉，好吧！不过，弹药来了，可不可以给我一些，我的那个团正在前线啊。他们多次派人来问我要弹药，可是我每次都让部下们空手而归。你不知道，我都恨不得把脑袋揪下来给他们当炮弹用！好好，不说了，十分钟之内车就到。"

"报告！"秦秋在门外喊。

"军装来了！"赵青上前开门，惊呼一声，"谁让你带这么多的？"

"我们都想去啊！"秦秋话音一落，门外就响起一片应和声。

"去——去！我都去不了，别说你们了。"赵青说着，接过一捆军装，看了一下桌面，直接放在地上，从上面拿起一套大尉军装，"这是老曹的。"接着把地上的军装拎起来，"让老曹在这里换衣服，大小姐和小禅回自己房间换吧，王思弟到我房间里换。"

"队长，我不用换。守城的那些兵大都认识我，换了反而不好进城了。"王思弟说。

林潇苒从赵青手里接过熟悉的军装，回到自己房间把服装换了，出了门，还以为队员们会围着她央求参加，没想到门前空无一人，顿觉蹊跷。

夏小禅走过来，浑身不自在的样子，红着脸，羞涩地说："怎么这么别扭啊，一点儿也不舒服。哎，她们都去哪儿了？"

林潇茞上前帮夏小禅整理军装，说："从这一刻起，你就是郭凤了——首先要放松心情，保持自然——能做到吗，熊中尉？"

夏小禅恍然说："能，花上尉同志。"

办公室的门开了，曹振海容光焕发地出来："看，露馅了吧？国军不叫同志，而是叫长官。再说了，郭凤从来不称呼'花上尉'，而是叫'大小姐'——记住了。"

"是，长官！"夏小禅敬了一个标准的军礼。

这时赵青走到近前，脸上隐藏着什么："我——我让她们都待在教室里，不然——会烦死的。"说着，看着夏小禅，"怎么看你也不像国军的女军官，干脆换我去算了。"

夏小禅脸色一沉："大胆刁民，小心我一枪把你毙了！"

"呵呵，有点儿意思了。"

赵青说着，一阵马达声传来，接着两辆吉普车停在了营房中间的过道上。郑超跳下车，一路小跑过来。

林潇茞迎上前，问："你怎么亲自来了啊？"

郑超惊愕地打量着林潇茞："这——国民党的军装怎么突然放出光彩来了！我——若是两军对垒，你就是把我打死，我也不忍心向你开枪！"

"好啦，别费心思了，怎么说都不可能让你去的。来，我介绍一下。"

还没等林潇茞介绍，郑超看着曹振海说："这个像——妥妥的一个国民党营长。"

曹振海向郑超敬礼，郑超一摆手说："算了吧，谁受你这个国民党营长的礼啊！哎，兄弟，这次若能搞几车武器来，我郑超就算欠你一个天大的人情。若是日后有机会，我一定加倍偿还。还有，咱们可把丑话说在前面，若是大小姐有个闪失，你就是跑到天涯海角，我也得把你抓回来，把你咔——"说着，伸手做了个抹脖子的动作。

"她若有闪失，你除非到阴曹地府找我——放心吧，没有十成把握，怎么敢让大小姐前往。"

"别说了，我们走吧。"林潇茞说。

"等下，我给你们准备了特别通行证，免得遇到自己的人把你们逮起来。"郑超说着，从上衣兜掏出一个折叠的小本子递过来。

林潇茞打开，只见上面写着"宿县地委行署特别通行证"，下面编号001，不禁用赞许的目光看了过去："行啊，难怪让你来负责保卫。"

"嘁，多此一举，有我在，谁敢阻拦？"夏小禅小声冒出一句。

郑超恍然大悟："嗨，我怎么忘了，所有的卡点都是游击支队的人！"

林潇苒瞟了夏小禅一眼："有总比没有好，说不定有其他用途呢。"

到了车前，曹振海对司机说："兄弟，你就不用去了，我会开车。"

驾驶员看了郑超一眼，得到应许的目光后急忙下车说："油加满了，跑个来回没问题。"

林潇苒急忙上前："老曹，你身上有伤，还是我来吧。"

郑超、赵青等人一听，惊讶不已，瞪着羡慕、赞许的眼睛看着林潇苒上车。

等曹振海、夏小禅和王思弟上车后，林潇苒扭动钥匙，冲着郑超、赵青挥挥手。吉普车缓缓前行几十米后才加快了速度。

出了营区大门，林潇苒凭着直觉往西驶去。

曹振海看着她娴熟地驾车，问："大小姐，你怎么会开车的？"

"我呀，因为老师是地下党，经常用车参加一些秘密活动，正好我家里有一辆车，她建议我学的。我学会后，凤姐也跟着学会了。她的驾车技术比我好。唉，也不知道她现在怎么样了，从时间上算，该到上海了。"

"看我，见了你总觉得哪儿有些不对，怎么就没想起来原来你身边少了一个丫鬟？"

"老曹，别怪我说你，难怪凤姐不爱搭理你，你打心里就没有尊重过她。"

曹振海听着，回头对夏小禅说："我们说话，你装听不见。"

"我知道自己的身份，哪有丫鬟偷听自己大小姐说话的？放心说吧！"夏小禅揶揄地撇嘴笑着。

林潇苒忽然想起："小禅，我们是不是走西铺，再朝濉溪口，然后往萧县方向？"

"回大小姐的话，正是。"夏小禅温柔的声音。

"噗，你这装出来的声音，别说大小姐了，让我都受不了。好好说话。"王思弟温和地说。

"是，二大小姐。"尽管夏小禅是在好好说话，依然掩不住蒸腾的傲气。

吉普车刚出了城区，前面出现一个检查站，夏小禅说："大小姐，别搭理他们，我来说话。"

到了近前，几名执勤的士兵透过车前的挡风玻璃往里看，顿时如临大敌，惊呼："班长，有情况！"

另外两名士兵举着枪指过来："不许动！下车！"

夏小禅一下把车门打开，探出半个身子，笑道："胡言乱语，不许动还如何下车？"

话音未落，附近的帐篷内霎时冲出四名士兵。为首的班长看着夏小禅，大声喊："把枪放下，是自己人！"说着跑到近前，看也不看林潇苒他们，只冲夏小禅讨好地笑着，"好久不见了，你们——"

"一边去，把杆子移开，有急事！"夏小禅指着拦在路上的横杆说。

"是，小禅队长！"班长说。

其他几人看着夏小禅忍不住窃窃私语："小禅穿上这身军装更好看。"

过了检查站，一路上遇到了好多游击支队设下的检查站。过了萧县不到二十公里，车子刚驶入一个叫兆郢的集镇，突然从街道两边冲出几十名便衣拦住车。夏小禅看着，惊异地打开车门："林大队长，你不去支前，跑到这里干吗？"

林队长看着三十岁出头，身材高大，浓眉大眼。他愣愣地看着夏小禅："你，你还问我，你这是干吗？"

夏小禅不耐烦地说："别问这么多，你什么时候过来的？"

"嗨，黄维兵团一过来，杨队长就命令我带领五大队在这里监视徐州敌人的动向。他担心南坪集那边一开打，徐州的敌人从这边赶过去增援，所以让我们在这里监视，一旦敌人出动，命令我们不惜一切代价阻击，尽可能拖延时间。这不，几天都过去了，连个敌人影子都没见着。"

林潇苒下车后思忖着问："这条路上，距离徐州最近的叫什么集镇？"

林队长看着林潇苒，满眼疑窦，转向夏小禅问："这位是？"

夏小禅说："不该打听的事不要打听，你只管回答就是了。"

"距离徐州最近的集镇叫单集，大概离徐州不到两公里吧。"林队长宽大的脸上浮动着猜疑。

"林队长，你带来多少人？"林潇苒问。

"两百多人。"林队长愣怔地回答。

林潇苒命令的口吻："带着你所有人，前往单集待命。有问题吗？"

"不是，杨队长命令我在这里的，你——"林队长脸上泛出难色。

夏小禅不容置疑的口气："林队长，她是谁，你以后会知道的。别说你了，就算是我们队长、政委都得服从她的指挥。"

"可是，单集驻扎着徐州城防派出的一连，我们去了弄不好会打起来，那样岂不是暴露了？"

林潇苒不屑地笑着："一个连不过百十人，而你们在人数上多一倍，万一发生冲突，那就干掉他们！现在的敌军已经成了惊弓之鸟，一击即溃，有什么好担心的？至于杨德简，事后我来向他解释。"

林队长听着，不由得双脚并拢，敬礼："是！首长！"

这时王思弟也下了车："林队长，等你们到了单集，我会派人来联系的。"

林队长惊喜地看着王思弟："呀，你也在啊，看来这次行动非同小可。"说着转向林潇苒，"首长同志，林一笑保证完成任务！"

林潇苒犹豫片刻说："能不打尽量不打，毕竟，你们的首要任务不是占领那个集镇，而是侦察前移，目的还是获取敌军情报。"

"明白了。"林一笑挥手让队员把路让开。

吉普车再次启动，曹振海感慨地说："潇苒，你可能不知道，你身上带着一种天威，谁见了都得臣服！就像刚才，我是说不出那样的话，也不敢想着指挥他们。说起来，我也算得上出身商贾之家，怎么就没有你这样的底气？哎，你是怎么做到的？"

"无我。"林潇苒轻吐。

曹振海重复着"无我"，再也不说话了。林潇苒从车反光镜里看见西面的半边天落日坠入一片淡紫色的霞光中，不由得加快车速。她要在天黑之前进入徐州城，见到曹振海的老乡祝学义。

公路两侧生长着粗壮的柳树，柳枝上结着一层冰霜，静默在风中一动不动，在夕阳的照射下闪着刺眼的光芒。路边布满低矮的灌木，上面挂着一层天鹅绒般的冰雪，风偶尔把附在上面的积雪吹落，在夕阳的照射下映出了变幻的色彩。不远处隐约出现一片房屋，有的烟囱冒着斜烟。麦田上，几只受冻的乌鸦艰难地挪动着，发出呱呱的叫声。

"前面就是单集。"王思弟说。

"也不知道会不会遇到敌人的哨卡。"夏小禅带着几分忧虑说。

"放心，我已经有了主意。"曹振海说。

转眼间，吉普车到了集镇西口，果然发现有敌军设下的关卡。林潇苒直接开过去，按了几声喇叭。几名士兵耗子一般从一处低矮的草庵里钻了出来，其中一人挥舞着红旗。

林潇苒把车头抵在栏杆前，打开车窗，霸气地说："把路让开！"

一名士兵过来，看着林潇苒结结巴巴地说："长长长官——请请——出出——"

曹振海打开车门，威严地走近士兵："有电话吗？"

"有——有的——"结巴士兵说。

"我要给城里打个电话。"曹振海不屑地看着士兵。

"可可可——"

还没说出来"可是"，另一名士兵胆怯地说："报告长官，这里的电话只能通到连长那里，要打到城里只有连长那里有一部电话。"

"那你带我去。"曹振海命令的口吻。

结巴士兵抬手指着，还没发出声，之前那个回答的士兵说："连部就在街中间，一个十字路口前面，门的两边有站岗的——一看就知道了。"

曹振海示意说话的士兵把栏杆抬起来，头也不回地上车。

几名士兵急忙把栏杆抬起来，林潇苒驾车过去说："直接走不合适，不如去连部给祝学义打个电话。若是他有什么变动，咱们再另想办法。"

"还是你想得周到。"曹振海说。

到了连部门前，林潇苒停下车。门内慌忙跑出一位身穿中尉军服、养得肥胖的军官，四十来岁，一看就是个老兵油子。

曹振海打开车窗，漫不经心地问："你是连长？"

这人脸上带着诚惶诚恐："报告长官，在下左右朋——鄙人贱姓左，名右朋——"

"呵呵，好名字，左右都是朋友啊。"曹振海说着下了车。林潇苒跟着下来，夏小禅也下去，车里只留下王思弟一人。

左右朋看着林潇苒，霎时窒息的样子，为了给林潇苒让路，后退着，差点儿倒在台阶上。他稳定了一下慌乱的情绪，伸手示意进门。

室内中间摆放着一张铺着墨绿色毛毯的八仙桌，几张麻将牌落在桌下。左右朋用身体挡着，大声喊："来人，上茶——最好的！长官请坐！"

夏小禅走到一张椅子前，从衣兜里掏出手绢垫在座椅上："大小姐。"

林潇苒过去款款坐下："曹营长，先歇会儿吧。从武汉一路过来，差点儿把命丢了，歇会儿吧。"

"大小姐，我还是先打个电话再歇吧。"曹振海说着，对表面战战兢兢、心里藏着算计的左右朋说，"给我要一二二师的电话，找祝学义接听。"

两名勤务兵从侧门过来，忙着沏茶。

左右朋点头哈腰地说："是是，长官。电话在卧室，我进去打。"

"去吧。"曹振海掏出烟，悠然地抽着。

卧室传出左右朋打电话的声音，可说了什么听不太清。夏小禅在左右朋进卧室的时候很随意地靠了过去，装着查看房间设施的样子，伫立在房门边。

左右朋出来后歉意地说："长官，您要找的祝学义不在师部。我让他们告知，可是——他们说没空。"

曹振海大怒："岂有此理！我来打！"

左右朋慌忙说"睡觉的地方太脏"，吩咐士兵把电话拿出来。

林潇苒猜想卧室内藏了人，用目光示意夏小禅过来，暗示她做好战斗准备。

士兵从卧室取出电话机拿到曹振海面前。曹振海要通了一二二师部，口气生硬地说："我是曹参谋，联勤总部的。你对祝学义说，他要的物资不给了！什么玩意儿！"骂完，直接把电话挂了，对林潇苒说，"喝点儿水，我们回去！他娘的，惹恼了老子，我把那些物资全送给共军！"

"长官息怒，喝茶，喝茶。"左右朋端着茶，恭恭敬敬地放在曹振海面前。

林潇苒知道曹振海在等对方来电，看着左右朋问："看你也是个有资历的人，年龄也不小了，怎么才是个连长呀？"

"回长官的话，我呢，说句丢人的话，抗战时期，为了混口饭吃，当了几年皇协军。这小鬼子投降了，我们团被国军收编了。总之，还是为了这张嘴。敢问长官，从武汉过来，可是要经过共军防区的，你们是如何过来的？"

"关你什么事！"夏小禅脱口而出。

林潇苒看得出，夏小禅根本没把连部几个草包放在眼里，随时都可以把他们制服，于是说："曹营长，别跟你老乡置气。咱们既然来了，物资送不送再酌情考虑，面还是要见的。走吧，进城。"

左右朋有心挽留，看着夏小禅的气势不敢多言。正当林潇苒出门的时候，电话响了。

五十六

听着电话铃声，林潇苒猜大概是祝学义打过来的。

果然，身后传来左右朋奴颜媚骨的声音："哦呀，祝长官啊！卑职我终于等来你的电话了。长官稍候！几位长官请留步，你们要找的长官来电话了！"

林潇苒转身，见曹振海已经从左右朋手里接过电话。虽然听不见对方说话，却能猜出祝学义问了些"你怎么来了"诸如此类的话。曹振海伤感又无奈的口吻："一言难尽，见面再说吧。不用，我直接进城找你。嗯，嗯。"说着示意左右朋接电话。

左右朋接过电话，一口一个"是"，最后说："长官放心，卑职一定小心伺候！"放下电话，神采飞扬地请林潇苒等人入座，接着对着卧室笑呵呵地说，"你们出来吧，长官们都不是外人。"

原以为里面藏有伏兵，没想到走出来的是三位浓妆艳抹的风尘女子，眼里都晃动着蛇鼠一般的胆怯和茫然的觊觎。

林潇苒的眼睛犹如苍穹，只感觉几粒粉尘从眼前飘过。

三个女人走近左右朋，其中一个操着变味的本地方言："左连长，可否请你的朋友陪我们打几圈呀？"另一个妖艳的女人看着林潇苒，不禁连连咂舌："哦呦，天下竟然会有这么俊的女长官。"

曹振海见夏小禅要发火，猛地拍了一下桌面："左连长，前方在打仗，你却在这里玩女人！我看你这个脑袋不用共军砍，上峰知道了也不能容忍！"

左右朋尴尬地笑着，冲着几个女人挥手："去后院，找张连副他们玩去。"

一个女人不屑地说："他那个穷鬼，只会吃白食。要不，你还是让我们回城里吧。"

"别给脸不要——"左右朋声音不高，却充满杀气。三个女人这才一脸怨气地从后门离开。

曹振海掏出烟来抽，左右朋讪讪地笑着："长官可能还不太了解徐州这边的情况，所到之处都在打仗，可是，哪一场不失败？别的不说，就说宿县吧，像一把钳子拦腰卡在了京浦线上，以致南北各两个兵团隔着几十里硬是不能碰面，更不用说被围在双堆集的黄维了。兄弟我只不过是一个芝麻大的连长，活一天是一天，活一天就得快活一天，还管他什么上司下司的。"

"也不能这么悲观，听说徐州方面正朝南撤，到了江南还是有好日子过的。"曹振海认可的语气。

左右朋指着自己的鼻子说："像我这样的人还想去江南？别人怎么想的我不知道，反正我是不想。就像现在，把我的一个连放在城外，一旦共军攻城，我连一条看门狗都不是——之所以把我放在这里，无非是起到报丧的作用。再说了，撤退哪那么容易？那黄百韬十几万兵想撤到徐州都难，更甭说往江南撤了。长官，休怪在下多嘴——眼下徐州就是一个死地，所有人都想往外跑，你怎么会往里钻呀？"

从左右朋与曹振海的对话中，林潇苒知道，这个连就是一个摆设，一旦林一笑的五大队过来，不费吹灰之力就可以拿下单集；如果处置得当，有可能让这个左右朋成为暗哨。

大约过了二十分钟，门外响起马达声。卫兵进来报告："连长，外面停了一辆吉普车。"

"一定是祝长官到了！"左右朋说。

曹振海随着左右朋往外走，对林潇苒轻声说："你就不用出去了。"

林潇苒点头，透过窗户看见从吉普车上下来两位三十岁左右的军官，一位是少校军衔，另一位是大尉军衔。

曹振海迎上少校："学义兄。"

祝学义上下打量一下曹振海，久别重逢的亲切："没想到，今生还能见到振海老弟！"指着另一位大尉说，"来来，我介绍一下，这位也是同乡，诸暨人，魏北征——这位——"

魏北征不等祝学义介绍，上前与曹振海握手："振海兄，虽然从未谋面，可我对你久仰——时常听学义兄说起你，没想到今日终于相见了！咱们上车，进城找个说话的地方，痛痛快快地一醉方休。"

曹振海回头看了一眼："我还有两位随行。"

"那好啊！"祝学义说着，眼里溢出猜测——家眷，还是红颜？

"学义兄，玩笑了。她是我学弟的恋人，只因学弟殉国，才随我一起来徐州找你帮忙的。"

林潇苒听着，向夏小禅使了一个眼神，对王思弟说："这位姐姐，我们只能把你带到这里了，剩下的路自己走吧。"

王思弟还没来得及说话，门前一暗，魏北征一声惊讶："这不是步云楼的王掌柜吗？我说这两天没见了，原来到这里来了！"

王思弟莞尔一笑："魏长官呀！好巧，怎么到哪里都能遇见你呀。"

祝学义也觉得蹊跷："哎，你来这里干吗？步云楼怎么能没有你！"

"唉，前几日，我妹被你们的炮弹给炸死了——这不回来的路上正好遇到这位长官，求他捎个脚——"

曹振海半开玩笑的口气："你怎么只说一半话，下半句——"

"长官放心，说话算话，进城后请你在步云楼吃饭，哪能食言啊。"王思弟说着，看着林潇苒，"呐，你不能丢下我了。"

祝学义看了林潇苒一眼，霎时愣住了，眼睛发直，露出梦呓般的痴笑，时而紧咬嘴唇，时而嘴唇翕动着想说什么，最后将嘴唇抿起来，好像舌头缩进喉咙下面，连续干咽了几次，灵魂好像被对面的容颜摄走，终于忍不住喃喃自语："此女只应天上有，不知为何在人间？"

林潇苒被祝学义看得有些羞怯，主动上前伸出手。

祝学义诚惶诚恐地握着手说："幸会！幸会！"

林潇苒抽出手："祝长官，多有打扰了。"

"哪里，哪里，在下若能为大小姐效劳，此乃三生有幸啊！"祝学义脸色红润、神色慌乱。

看着祝学义，林潇苒总觉得此人方正的脸上布满轻浮，不免有些担心——通过此人，很难完成侦察任务。

魏北征这才上前伸出手："这位上尉大小姐，是我见到过的最高贵、最出众的女子。鄙人魏北征，一二二师直属工兵营长——愿意为大小姐效犬马之劳。"

忽然后院传来一阵混乱的打斗声，夹杂着"饶命"的求饶声。林潇苒听着，意识到是林一笑带着他的五大队袭击了后院的兵营，脑子不禁嗡地一下——麻烦了，突如其来的袭击会导致祝学义无法返回，以至于影响最重要的侦察任务！

左右朋大惊失色，惶惶地看着身边一名勤务兵："怎么回事？去看一下！"说着，从腰间拔出手枪。

还没等他举起枪，大门伸进两支枪管，一个熟悉的声音响起："不想死，就别动！"

紧接着，跳进来两个身影，一个是胡小梅，另一个是秦秋。赵青持枪进来，抵着左右朋，夺下他的手枪，一抬眼，不由得倒吸一口气，眼神顿时慌乱起来。

林潇苒低声质问："怎么回事，是你们的领导放我们走了，干嘛还追过来？"

一句话点醒了赵青等人。秦秋机警地说："没错，是答应放你们走的，可你们却偷了我们的吉普车！你们这种不守信誉的人，就得抓回去交给人民审判！"

赵青也镇静了，用枪指着曹振海，讥讽的语气："怎么着？还想回去继续当你的营长，再与人民为敌？"

"我——谁的营长也不当！来这里就是找同乡，借道回上海而已！"曹振海理直气壮地说。

忽然后门被撞开，柳迎春端着冲锋枪闯进来。还没等她有所反应，赵青厉声呵斥："出去，干好你的事，这里不用你们管！"

柳迎春一眼过后，吓得不成样子，脑袋缩进肩膀里，身体缩着靠在门上，脸朝前方看着，两只眼睛不停地在惊颤的眼窝里转动，片刻，委屈地申辩："不是没开枪吗，干吗这么凶？"说完退了回去。

林潇苒用余光注视着祝学义和魏北征的反应，想着他们若是反抗，当即示意赵青把他们当俘虏押走，然后她和曹振海再进城，依然可以执行侦察任务。她口气生硬地说："不就是一辆车吗，你们拿回去就是了，干吗如此大动干戈？我奉劝各位，这里不是双堆集！我们只要打一个电话，城里的援兵十几分钟就到！"

赵青冷笑："不怕死的打电话试试看！你信不信，仅凭你说这话，我就可以当是顽抗，把你们都打死！"

左右朋连忙求饶："别别，我们不会顽抗的——这都到什么时候了，还敢冥顽不化——"说着走到林潇苒面前，双手拜着，"长官，好汉不吃眼前亏啊——我后院一个连的弟兄，就这么一声不响地都被活捉了，可想对方的实力。再说了，你们不是被，被那个了吗？"

魏北征镇静自若地说："有句话说得好，叫'来得早不如来得巧'——在这里能遇见女共军也算一种缘分。学义兄，我们总算解脱了。"说着，指了指配枪，"是我自己缴，还是你们亲手下？"

胡小梅上前，极快地下了两人的枪，接着用手枪点着曹振海的脑门，恨恨地说："你的良心被狗吃了吧？你受伤被俘，我们不但给你医治，为了给你增加营养还破冰下河给你捉鱼！你喝鱼汤时怎么说的，啊，都忘了吧？哼，伤还没有好，转回头来又投靠蒋介石了——这下，你被俘虏两次，还有什么话可说？"

"你胡说！我说过的话绝对不会失言，怎么可能再替蒋介石卖命？"

"捉了现形还嘴硬！队长，这种人干脆一枪毙了吧？"

曹振海装出害怕的样子，哆嗦着从衣兜里掏出"特别通行证"递给赵青："你看，这是你们领导给的通行证，临走的时候我都如实报告了，说先到徐州找一位同乡，然后让他想法帮我去上海——至于这车，不是偷的，是从路边捡的！"

左右朋听到"女子中队"时，脸色突变，眼里露出侥幸、惊惧，虽然努力装作若无其事，但身体不受支配，两腿不停颤抖，眼神躲闪着，祈求上天保佑。

赵青上前，用枪抵住他的腹部："去年出城，你打了我一枪。这才想起来？"

"在下该死！我，我那时——"

"算了，我不计较，但现在就看你如何表现了。你的事待会儿再说。"赵青说着，转向曹振海，"你的证件有效，我不为难你，你们走吧。"

曹振海忙说："这位同乡也得走。"

"放肆，这里的所有人都是俘虏，要么就地枪决，要么被押走——再敢多言，连你们一起带走！"

后院再次传来柳迎春的报告声，她进来后表情已经恢复了，说："队长，五队的人来了，请示下一步行动。"

"让他们进来，分散隐蔽待命。"赵青说着，目光从林潇苒眼睛上划过，好像询问："这么做可以吗？"

突然电话铃响了，左右朋奴颜婢膝地看着赵青："您接吧，我听您的。"

"你接电话，该怎么说就怎么说。"赵青满不在乎的语气。

左右朋拿起电话，咳嗽了几声："长官，卑职正准备打电话呢，您就打来了。没有没有，绝对没有，卑职在这里恪尽职守，不敢玩，玩的。长官放心，这里什么事都没有。是，是。"放下电话，脸上带着邀功的笑意。

赵青对通话内容一点儿也不感兴趣，对着曹振海不耐烦地说："还不走！"

曹振海这才内疚地对祝学义说："学义兄，是兄弟连累了你。不过，别担心，他们蛮人道的，愿意留下的可以，想回家的也不拦着，还发路费。我若不是为了学弟的嘱托，还真在那边干了。唉，我的一个副营长竟然被人家提拔使用，当团长了。他叫蔡佳奇。你若是遇见了，代我问声好。我走了。"

"等下，这位女长官，在下有话要说。"祝学义按捺不住内心的激动。

"说。"赵青一脸的不屑。

祝学义为了掩饰情绪，眯缝着火星四散而颤抖的眼睛，疑惑地打量了一下林潇苒，眼里好像闪出一朵鲜艳夺目的花儿："老弟，你的意思我好像有些明白，换了我也会做出和你一样的选择。我和你不一样，在党国这边早已了无牵挂，今天能有一个重生的机会，内心对你充满无限感激——这些话不是一言半语能说尽的，日后若能相见，同烛共剪，恕我让你失望了。"说完，对着曹振海深鞠一躬，接着对赵青说，"长官，现在徐州城人心惶惶，大家都有一个可怜的心愿，只要能活着，别的都可以忽略不计，我也不例外。本来，我可以直接跟着你走，或者为贵军效力，或者回家另谋生路，可我毕竟混到了少校这个位置，就这么白丁一个过去了，自己都觉得寒酸。我的意思是，是否能让我回去弄个投名状，不指望图个一官半职，只想让自己觉得有些价值。不知是否允许？"

赵青没听明白，刚想问却被魏北征打断："长官，少校的意思是，自己在一二二师负责军需供应，让他回去带几车武器弹药过来投诚。眼下两军对垒，正好派上用场。"

胡小梅脱口而出:"这点儿小伎俩就能金蝉脱壳?"

林潇苒本来想把祝学义丢下让赵青带走,然后进城另想办法完成侦察任务,听了祝学义的请求,当即改变了主意,用嘲讽的口吻说:"少校,不必自作多情,因为她们根本就没有这么大的胸襟让你回去。"

赵青恍然说:"你小看我们女子中队了——别说就两个俘虏,就是一个团、一个师放了也挽救不了被消灭的命运!你不是知识分子吗,那我就让你看一下共产党的胸襟——你们俩都可以回去!"

魏北征激动地说:"谢谢长官,我回去可以把工兵营带来参加你们的队伍吗?"

赵青笑着说:"你是不是觉得,几天前,几个军、几个师过来我们欢迎,你的一个营就会嫌弃?哪能呢。我代表解放军欢迎你的工兵营!至于用什么样的方式出城,全靠你们自己。"

"没问题!没问题!哥,昨天王副师长不是说让你把不能带走的武器全部处理了吗?正好,我带着工兵营出城销毁武器,然后直接过来。"

祝学义点头:"我们想到一起了。"说着,用忧虑的眼神看了赵青一眼,"你们是不是马上撤离?"

"不会的,这里依旧由这位左连长负责。只不过,他的兵多半被带走,然后换上五大队的人。"

赵青还没说完,胡小梅警觉地说:"队长,万一他带来的人不是投诚,而是来对付我们的呢?"

"那就打一仗再说呗。你们走吧。"

赵青有心和林潇苒单独说话,林潇苒用眼神回应——放心,这样挺好。

出了门,祝学义看着曹振海开来的车,迟疑地对魏北征说:"北征,女子中队为了这车追到这里了,不好再开走。"

王思弟忙说:"我不用坐车了,剩下点儿路走着就可以了。"

林潇苒想着,自己带来的车万一被守城的士兵认出不是徐州驻军的车号,势必会引起麻烦,于是说:"魏营长,不如你留下来给这位队长介绍一下工兵营的情况,等我们进城后让少校回来接你。这样一来,人家对你不是更放心吗?你说是不是,女长官?"

赵青好像与林潇苒想到一块了,说:"怎么着都行,只是这辆车是我们队的,你不能带走。"

"行啊,哥,你们先走,我在这里聆听队长的教诲。"

祝学义上了车,示意曹振海开车。林潇苒主动上了驾驶位,祝学义看着,不由得目瞪口呆。

五十七

从单集到徐州西城门大约三公里，林潇苒一边驾车一边想着入城后可能发生的种种意外：一是在入城时经过哨卡遇到严格的盘查，因为出城时车内只有两人，回来时车内却是四人，还有两位女兵；二是获取情报后如何传递出去；三是祝学义准备往城外运送武器弹药，能否顺利出城。还有一点至关重要，就是如何才能获得敌人撤退的准确路线。

坐在副驾驶位置上的祝学义直勾勾地看着前方的路面，一副苦思冥想的状态。

林潇苒眼看距离城门不足千米，放慢了车速。"少校，若是遇到检查，我该如何回答？"

"噢，没事，有我呢，你什么都不用说。"祝学义猛然回过神来。

车到了城门下，前面的栏杆没有一点儿动静。林潇苒按了一下喇叭。左边哨所走出一名哨兵："按什么你？呦呵，呵呵，女兵啊！呵呵，站了大半年岗了，第一次看见女兵，还是上尉！"

林潇苒看他一副谄媚的嘴脸，当即沉下脸来："步兵条例没学过？见到长官为何不敬礼？"

"是，长官！"哨兵急忙敬礼。

林潇苒回礼，微笑道："没看见是一二二师的车吗？"

祝学义这才露出不耐烦的口吻："理他作甚！还不把栏杆抬起来！"

"是！"哨兵冲着一旁的两名士兵挥手。栏杆抬起后，林潇苒启动车缓缓进了城门，随之悄然松了一口气："怎么走？"

"呃，"祝学义转过头来，"振海，先去我的住所如何？"

"进了你的一亩三分地，一切听祝兄的安排。呵呵，咱们的大小姐不管什么时候都这么霸气——就算祝兄不出城接应，我估计也能进来。"

"呵，听你这口气好像不是来找我，而是共军派来的暗探。"

曹振海意识到自己说漏了嘴，"呵呵"地笑着，正想着如何回答，林潇苒立刻接道："这徐州城内有什么好刺探的，一切尽在人家掌控之中。"

"也是呀，现在双方实力都摆在了明处，就看鹿死谁手了。反正，我觉得国军必败——自从黄百韬部被歼灭后，胜败已经决定了。哎，前面往右。"

在祝学义的指挥下，车子很快停在了云龙山附近一片居民区内的一条通道尽头。下车后，林潇苒等人跟着祝学义进了一处四合院。祝学义随口喊："刘嫂，来客人了！"

正房内走出一个不到三十岁，看上去不像当地人更不像保姆的女人。

林潇苒很随和地上前打招呼："刘嫂，多有打扰了。"

"呀，这位长官一看就是出身名门的大家闺秀。你能来，整个宅院立刻变成了人间仙境呢。请进吧。"

室内简朴、整洁，近乎一尘不染，靠近窗户摆放着一盆茁壮翠绿的兰花，客厅内放着两组沙发，茶几上摆放着两个烟灰缸。林潇苒等人落座后，刘嫂开始沏茶，那种优雅缓慢的动作，释放着不急于离开的潜意。

祝学义从茶几上拿起烟，准备说事的样子。林潇苒忽然想起什么似的："凤姐，你不是——刘嫂，卫生间可以用吗？"

"噢，可以，当然可以的呀。"刘嫂放下茶壶，对夏小禅说，"大小姐，随我来。"

夏小禅会意地看了林潇苒一眼，跟着刘嫂出门。林潇苒刚想说话，霎时意识到，若是刘嫂有问题，这个房间肯定不安全，于是，伸出手指在茶几上写着："出去说话。"

祝学义一愣，刚要说话，林潇苒伸出指头指了一下嘴唇，默然摇头。紧接着，刘嫂进来，用毛巾擦着手："听这位大小姐的口音不像当地人呀。"

"彼此，刘嫂是哪里人呀？"

"我只是一个落难的下人而已，不值入耳。"刘嫂往茶壶内倒开水。

夏小禅进来，一脸苦苦哀求的样子："大小姐，不是说晚上到步云楼吃饭的吗？我饿了，哪有心思喝茶呀。"

"一点儿不懂礼数，都是我把你惯坏了。"林潇苒说着站起来，"刘嫂，不好意思，白白浪费了一壶好茶——改天再来品尝。"

曹振海面带愠色："就说不要带她出来，你就是不听。学义兄，你看？"

"哎呀，不就是一壶茶吗，还看什么看，走吧。"祝学义站起来往外走，上了车，看着刘嫂出来相送，把想说的话先咽了下去。

林潇苒对曹振海说："让少校开车，你坐前面。"

直到车子出了胡同，祝学义这才忍不住问："大小姐，你怎么会认为刘嫂有问题？"

"直觉。"林潇苒说。

夏小禅接道："少校，你可知道这个刘嫂会武功？"

"不可能！照这么说，你也是位练家子了？"

"是。刚才进卫生间时，我故意装作滑倒，靠在刘嫂身上，明显感觉到一股内力。"夏小禅说。

祝学义思忖着："这么看来，她是军统的人了？不会吧，我只不过是个小小的军需官，犯得着军统如此看重？呀，如果刘嫂是军统的人，那王副师长也是了？"

"学义兄的意思是，刘嫂是王副师长介绍的？"曹振海问。

"是呀。孟良崮战役后，王副师长说，他一位好友是七十四师参谋长，战死后留下一位姨太太，生活没有着落，先到我这里当用人。我当时什么也没想就同意了。天哪！"

"怎么啦？"曹振海警觉地问。

"之前，王副师长说要我处理带不走的弹药，莫不是有意试探吧？"

林潇苒问："少校，有句话不该问——你之前可曾倒卖过武器弹药？"

"这几乎是公开的秘密了，哪有军需官不倒腾这个的？不过，所得的钱都给了师长，我只不过是个跑腿的，顺便扣点儿零花钱而已。原来，我早被军统盯上了。那那，武器怎么办呀？"说着，猛地拍了一下方向盘，"不行！我绝不能言而无信！"说着话，车子停在了步云楼饭店前，"你们稍等，我去要一个包间，然后你们再上去。我得赶紧把魏营长接过来好好商议一下，如何对付这个狗特务！"

林潇苒看了曹振海一眼说："你还是陪着祝少校一起去吧，我们去要个包间就是了，这点儿小事不用你费心了。"说着下了车，目送吉普车离去，侧目向街上望去，这才发现夜幕已经降临。

整条街上行人稀少，寒冷的风吹着被冰冻上的树叶，纸屑沿着街边移动，她小声问："小禅，饭店的同志认识你吗？"

夏小禅摇头说："以前每次来都是思弟姐接待，现在——"

"没事，反正我们是来吃饭的，再说思弟一会儿就到了。"林潇苒说着，率先进了饭店大门。

迎宾问："哪个包间的？"

"没有预订，还有包间吗？"夏小禅接过话。

迎宾刚想摇头，从柜台里走出一个五十多岁的男人，一脸商人的笑容："有的，看着你们是稀客，怎么着也不能把你们拒之门外。"

夏小禅愣了一下，似曾相识的眼神："您是老板？"

"不敢当，随我来吧。"老板躬身示意夏小禅上楼。

林潇苒跟着老板上了三楼，走进一间类似办公室的房间，诧异地说："我们是来吃饭的，还有三位呢。这里不合适吧？"

"你们稍坐一会儿，我看能否腾出包间来。"老板说着，笑容可掬地退了出去，随手把门轻轻关上。

夏小禅警觉的目光在室内扫视了一遍，忽然想起来说："这个老板之前是个菜贩子，经常给饭店送菜。莫非，他也是自己的同志？"

"小禅，不知道怎么回事，我有一种不好的预感，只是一时半会儿还不清楚这种预感来自何处。"林潇苒坐在沙发上说。

"大小姐，你怎么发现那个刘嫂有问题的？"夏小禅拖过一把椅子坐在对面问。

"在上海从事地下工作一年多，我习惯从一个人的眼神窥视内心——这位刘嫂搭眼一看就是内心极为丰富的人，加上姣好的容颜，不可能屈就做用人。另外，她的眼睛里隐藏着常人很难发现的揣度和窥探，所以，我认定她是保密局的人。"林潇苒说着，深吸一口凉气，"组织把王思弟调走，多半是她的身份已经暴露——坏了！"

夏小禅看着林潇苒惊骇地站起，不禁紧张地问："怎么啦？"

林潇苒懊恼地拍着自己的脑门："我真的好蠢啊！左连长的办公室内走出来的三个风尘女人也是保密局的人——当时就觉得哪里不对劲，可受主观影响没有多想。更要命的是，我们习惯了与敌人面对面厮杀，连续的胜利滋生出轻敌的意识，所以才导致以弱克强的鲁莽行为。走，这里不能久留！我们一定要阻止王思弟到这里来，否则，后果不堪设想！"

夏小禅打开门，发现门外站着两名身穿厨师服的身强力壮、年龄二十四五岁的男子，其中一人用身体挡在门口："对不起两位，我们老板说了，要你们在这里稍候。"

"我——"

夏小禅话还没出口，林潇苒急忙接过话茬："不是说没有包间吗，我们不给你们添麻烦了。"

"我们只听老板的。"俩人异口同声。

"那请你们老板过来好吗？"林潇苒央求的语气。

夏小禅把林潇苒往身后一拉，冷冷地说："我不管你们是什么人，挡我的路只有一个下场——"说着，一拳打在左边男子的头上，他来不及躲闪应声倒下。

另一人后撤一步，从腰间抽出一把匕首，义愤地说："我不管你们是什么人，若想走出去只能踏着我们的尸体！"

"嗬，跟我玩刀！"夏小禅嗖地一下从背后拔出一把短刀，挥手一扬，刀飞了出去。男子头上落下一缕头发，刀插在对面的门上颤巍巍地晃动。男子抹了一下头顶，看着手掌的头发，脸上没有一丝惊吓："你可以把我们杀了，去向剿总邀功领赏，但只要还给我们留一口气，就休想走出去！"

林潇苒急得连续拍打着墙："话都说到这个份上了，为何还要难为我们啊！我们真的有事，再晚就来不及了啊！"说着，头抵在门上呜呜地哭泣。

"大小姐，管不了这么多了！"话刚出口，夏小禅大打出手，一阵拳脚过后，两名男子倒在地上，可依然视死如归的不屈样子。

"小禅，进来吧，现在只能听天由命了。"林潇苒把夏小禅拉进门里。两人相拥而泣。

夏小禅大声哭着说："怎么办啊，这些人怎么会这样啊！"说着推开林潇苒，在她耳边低声而笃定地说，"假如思弟姐进来，那么这个新来的老板就暴露了！"

林潇苒沉思片刻说："这个时候去阻拦思弟，无疑多一分暴露的风险——我们谁都不怕牺牲，可是，侦察任务由谁来完成？我猜想，如果老板是我们的同志，这会儿一定是与上级联系。所以，我们必须静下心来，等候上级指示。"

这时门开了，老板像换了个人似的，表情好似被吊在十字架上的耶稣："林潇苒同志，我是华东局特工部的关小川，也是这个联络站的新任负责人；刚才与上级取得联系，得到的指示是——不惜一切代价保证你的安全！时间紧迫，我说的每句话你务必记住：一、立刻离开；二、不得再与王思弟同志有任何联系；三、你们攻下了单集，已被敌人掌握，不得再与单集联系！至于你要做的事，上级已经知道，表示认可，并且指示徐州地下组织予以全力配合。"说着，从怀中掏出一包烟，"出了门直接去找城防三团的赵大光，他是我们的人，这包烟是唤醒他的证物。走吧。"

林潇苒接过烟，感觉只有半包，心急如焚："可是——"

"没有可是，我代表的是华东特工部，你必须服从命令！你们出门的时候，要像进来的时候一样，自然、高贵！"

林潇苒心里翻腾着一万句话，可惜来不及说，只能闷在心里，对老板敬礼后离开。

刚走到过道，老板在身后喊："哎，你们就两个人，在办公室用餐不是一样吗？"

林潇苒内心翻江倒海，一时不知道该如何回应，伸手碰了一下夏小禅，让她说话。

"你想钱想疯了啊，若是再来人，是不是要到你卧室里用餐？"夏小禅气恼的口吻，扶着林潇苒下楼梯，经过大厅时，余怒未消地小声说，"一看这老板就不怀好意。"

"你哪儿那么多话，怎么说也是我们自己进来的，又没人拉我们进来。"林潇苒放松表情说。

出门时，碰到络绎不绝的客人进来，大多是军人。

门外不远处，停着几十辆人力车。林潇苒招了一下手，排在前面的人力车急忙奔了过来，到了近前问："两位长官，去哪里？"

"城防三团。"林潇苒说。

"那很远的，长官。"车夫举起一个手指头，"一个大洋。"

林潇苒脑子一蒙，自己出门从来不带钱，于是看了夏小禅一眼，发现她眼里也泛出囊中羞涩的尴尬，只好装出要掏钱的样子，猛然说："呀，我的包忘在店里了——去，找老板把包要回来。"

夏小禅会意地折回去。林潇苒与车夫闲聊："怎么这么贵呀，你可真敢要。"

"现在兵荒马乱的，老百姓轻易不敢出门，说不定哪颗炮弹飞过来，小命就没了——我们挣的是卖命钱。再说了，凡是到这个饭店吃饭的，都不在乎钱。"

"不对吧，你是不是看我们是女兵，才漫天要价？"林潇苒说。其实，她想问三团的具体位置，话到嘴边立刻警觉地意识到，这里是敌占区，保密局的人无处不在，因此，话到嘴边又改口了。

这时夏小禅出来，手里拎着一个精致的女式皮包。林潇苒看着，心里涌出一股温暖——有自己的同志在身边真好！她接过包，打开后发现包里不但有几十枚银圆，另外还有五根金条，忍住感激，轻吐一句："还好，没少。走吧。"

上车刚要离开，她猛然发现祝学义的车开了过来，于是忙喊："车夫，停一下，我好像看见一个熟人，稍等几分钟。"

"好嘞。"车夫停下车。

林潇苒凑近夏小禅耳边说："你过去一下，看他究竟和那个女人一起过来没有？"因担心车夫怀疑，她言语里充满了醋意。

"大小姐放心，我远远看一下，绝对不会让他们发现的。"夏小禅说着跳下去，若无其事地往前走。

林潇苒坐在车里，心里祈祷——但愿王思弟没在车上。她冷静地想了一下，王思弟不可能与祝学义同车进城，那样的话，还不至于威胁到新的联络站，现在最紧迫的是怎么才能找到她。看来，这件事只有交给夏小禅了，去三团接头的任务由自己来完成。她想着，心怦怦地跳："王霞为了掩护我牺牲了，若是再牺牲了思弟，我此生就掉进一个无底的深渊中！"

夏小禅回来后说："大小姐，只有他们两个人，没看见那个女人。你放心好了。"

林潇苒恨恨地说："有她在，我终究放心不下。我决定了，你不要跟着回去，就留在附近等着，防止她半道过来！"

"不可以！"夏小禅脱口而出。

"你若是还认我这个主子就听我的，否则——此生恩断义绝！"

"大小姐，你不可以，不可以这样逼我啊！丢下你，这样的事，我怎么敢做啊！你若是有个三长两短的，我回家如何见老爷啊！"夏小禅哭着说。

林潇苒拍着胸口："你怎么不替我想一下啊，用你的心替我想想啊——你想让我今后的每一天都生不如死啊！如果你真的能狠下这个心，那我们从此就成为路人！我对天发誓！"

"大小姐，我听你的。万一我遇不到她呢？"

"没有万一！你一定要守在附近，我相信你有这个能力！行啦，车夫，咱们走。"林潇苒说。

车夫抬起车把，缓缓走着。夏小禅跟着车一边抹着眼泪，一边警觉地看着街边，一直跟了上百米，才瘫软地蹲下来，手撑着地望着。

第八章

五十八

一路上，车夫不紧不慢地跑着，穿过灰暗的夜色，二十多分钟后终于停在了一处大门附近，说："长官，到了。"

林潇苒拿出一块银圆给了车夫，径直向大门走去。

大门上方亮着两盏白炽灯，散光中映出右边黑底白字的牌子，上面写着"徐州警备司令员部三团"。正当她想着如何进门时，一个卫兵上前拦住她："长官，请出示证件。"

林潇苒没有任何证件，知道解释反而会引起更多的怀疑，索性把内心所有的焦虑、惶恐都化成脾气，气恼地发泄出来："一个破团部，还要什么证件！滚开！"

卫兵稍作迟疑，坚持着："没有证件，不准进入！"

林潇苒猛地抬起手打了对方一个嘴巴："放肆！叫赵大光出来见我！"

卫兵摸了一下脸，把肩上的枪端在手上。林潇苒大怒，瞬间拔出手枪对天鸣枪。两个卫兵大惊失色，一个把枪丢在地上，另一个进门卫室打电话。

营区内忽地跑出来一群乱哄哄的官兵，有的端着长枪，有的挥动着手枪，喊声混成一体，什么也听不清。

一个上尉愣愣地看着林潇苒："谁开的枪？"

林潇苒不屑地说："赵大光怎么带的兵，竟然对我动枪！"

上尉狠狠地瞪了卫兵一眼："混账东西！"

"不是我开的，是她开的！"卫兵喊着。

"谁让你用枪指着我！我朝天上开算客气，若不是我表哥在这里当团长，我那一枪就打在你脑袋上了！"

上尉一听，踢了卫兵一脚："怎么说她都是长官，你怎么可以用枪指着她？"

这时门卫室电话响了，上尉上前接听说："团长，没事的，都是误会。来人是位女上尉，称呼你表哥。不是，她说的。噢，是。"

上尉出来，恭恭敬敬地说："您请——不是，是团座有请。"

院内不大，中间是篮球场，四周都是营房。所有的营房门上方都亮着一盏白炽灯，灯影下站满想看热闹又不敢上前的士兵。

上尉冲士兵喊着："没事，枪走火了，有什么好看的，该干吗干吗！"

坐北朝南的一排营房的最东边，从室内斜射出一道亮光，映出门口一个身材高大的身影。林潇苒担心自己认错了人，隔着二十多米气恼地说："赵大光，一个破团长摆什么臭架子！若不是你四叔让我捎点儿东西，谁稀罕来啊！"

灯影中的人急忙迎了上来："哎呀，你怎么才来啊！前几天四叔就来电话了，说你要来——左等右等也不见人影。"

认准了人，林潇苒暗自松了口气，因为赵大光逆光站着，看不清面孔，只好放软了口气，对上尉说："麻烦你替我安慰一下那位兄弟，都是我不好，来的时候被车夫讹了一个大洋，把气都撒到自己人头上了。"

赵大光呵呵地笑着："和小时候一样，你还是那么小气。呵呵，待会儿我给你两个大洋。二子，去吧，照她说的做。"

"是。"二子转身走了。

进了办公室，赵大光转过身。林潇苒看见一张面如雕塑、冷凝严肃的面孔。

"你什么人？四叔是谁？他托你带来什么东西？"厚厚的嘴唇间连续蹦出一连串的疑问。

林潇苒小心翼翼地从衣兜里掏出半包烟。赵大光一看，眼里溢出亮光，急忙接过来，手指颤抖地打开，只看了一眼，眼睛潮润，脸上起了一层鸡皮疙瘩："终于等来了啊！同志！"说着，情绪失控地上前用力拥抱着林潇苒。

林潇苒知道这个拥抱是一个游子对组织的热切，默然地接受着。

"噢，对不起，忘了你是女同志了，对不起！"赵大光抹了一下眼角，尴尬地请林潇苒坐下，然后急吼吼坐在对面，抽出一根烟，像个瘾君子一样一把拿起火柴，把烟点着，深深地吸了一口，好像再不吸一口就会丧命，然后舍不得吐出，在肺部闷着。

"赵团长，这烟有什么特别的吗？"林潇苒疑惑地问。她觉得以这样的联络方式唤醒一个潜伏的同志有点儿过于简单了。

赵大光这才吐出一口烟："你不知道，不是这烟有什么区别——无论什么样的烟都一样——关键是烟盒里有几根烟。我在上军校时就参加了组织，离开军校时，组织给我的任务就是长期潜伏，直到有人拿着半包烟，里面装着七根半香烟找到我，就是唤醒的信号。"

"呀，这个方式看似简单，却深藏玄机。"林潇苒说。

"组织给我什么任务？"赵大光猛抽几口烟。

林潇苒整理一下思绪，把这次来徐州的目的、过程仔细说给赵大光听。

赵大光聚精会神，生怕漏掉一个字，其间几次想打断还是忍住了，听到最后才略微紧张地说："原来，单集的事是你们干的。"

林潇苒惊骇地说："你怎么会知道的？"

"司令员部在一小时前下了命令，让三团午夜前往单集，说共军已经占领了单集，命令我们去围剿。"赵大光说着，眼里聚着思忖的光。

林潇苒脱口而出："那我们得想办法通知他们啊，不然，赵青她们会有危险的！"

赵大光摇头："知道这个行动的只有我一人，她们若是提前撤离，我就暴露了。当然，我不怕暴露，只是，你说组织要我配合你完成侦察的任务，怎么可以因小失大！"

林潇苒严肃地说："就算你暴露了，也可以随时撤退，总不能让那些出生入死的同志牺牲在黎明之前吧？我的意见是，你想办法通知赵青，然后撤离！"

"林潇苒同志，你没有权力代表上级给我下达这样的命令！你刚才说过，中央军委明确了杜聿明撤退的路线，而你觉得这是来自高层情报的失误。组织对你的判断给予肯定，所以才起用我全力配合你完成侦察任务，怎么可以随意改变工作重心？"

"那你就可以让自己的同志牺牲吗？假如是这样，对不起，我去通知他们撤离！至于徐州的敌人往哪里撤，都逃不掉被歼灭的下场！"林潇苒愤然站起来。

"我理解你的心情。你也说过，敌人都是机械化的交通工具，往西就是一马平川，我军靠两条腿如何能追得上？你还说，若是放走了杜聿明三十万人马，淮海战役就算不上全胜，充其量只是把敌人赶跑而已，可为了解救赵青她们放走三十万敌军，孰轻孰重，你应该能掂量出来的！"

林潇苒瘫软地坐下，双手捂着脸，泪止不住地流。

"林潇苒同志，你是不是小看赵青和五大队的实力了？虽然我来徐州时间不长，但是和杨德简的女子中队、游击队支队都有过多次交手，每一次都被他们打得头破血流。有一次，这边派出了一个师，非但没能动他们一根毫毛，还被端了宿城的一处弹药库，接着又被打了伏击。我竟然被自己人的子弹打中了，险些丧命。何况，这一次又是夜间。凭我的直觉，能把他们赶走就不错了。"

赵大光起身往脸盆里倒了热水，拧了一条湿毛巾，还没递到林潇苒手上，门外响起二子的报告声："团座，参谋长和副团长来看你了。"

"进来嘛。"赵大光说着把毛巾拿在手上，一副委屈无奈的表情看着进来的参谋长，怪罪的口吻："干嘛，看我的笑话？"

林潇苒侧过脸去，不想让来人看见自己，只听一个操着河南方言的声音："听说团长表妹来了，而且——呵呵，果真，果真。哎，表妹不会是在门外受委屈了吧？这好办呀，我把那两个有眼无珠的浑蛋扭过来，让表妹出出气就是了。"

"去，一边去。正好有事跟你们说呢——两小时后，有作战任务。你们准备一下，多带些弹药。"

"什么任务？这城外打得天昏地暗的，难不成是让我们守城的部队去送死？"另一个声音响起。应该是副团长。

"现在不能说，让你准备就赶紧去。反正，我们的原则是，能打就放几枪——明知道是送死，谁爱上谁上。去吧。"

门再次关上，林潇苒没有接赵大光递过来的毛巾："也许——"

话还没说出来，二子又报告说："团长，外面又来了一位女中尉，说是来接大小姐回去的。"

赵大光惊诧地看着林潇苒，眼里释放着——怎么还有一位呀？

林潇苒听着，心骤然颤抖着，来不及多想，急切地说："把我们送到一个安全的地方！"

赵大光穿上呢子大衣，取下书柜上的手枪，喊着："二子，备车。"

"是。"二子回应。

"我们直接去门外等。"

林潇苒说着，急匆匆往外走，没走几步被两个身影拦住。"怎么啦？这就要走啊？"参谋长的声音。

"是呀，有人来接我了。"林潇苒说。

赵大光走过来说："两位费心了，我送送表妹。"

一辆吉普车开了过来，赵大光对开车的二子说："大门外等候。"

林潇苒快步走到门外，一眼看见夏小禅背着灯光伫立着，心顿时抽搐着——小禅啊，究竟有没有找到王思弟啊？

到了近前，林潇苒看着夏小禅的眼睛，心刹那间碎了。她不敢出声，看着夏小禅眼睛里闪着憋气无奈、冷酷不安的凶光，意识到王思弟一定是出事了。门口聚集着营长、连长什么的，致使林潇苒不能说话。她的身子晃了一下，用弯曲的手指捋着散落在脸颊上的长发，抬起无力的胳膊，用颤抖的手拉开车门，恐怖和焦急像绳索一样拖着身子，心像一只夜莺冲破胸膛飞向寒冷的夜空。

怎么上车的，她已经没有意识，坐下后整个人被空虚、荒凉吞噬。她把脑袋缩进肩膀里，身体蜷缩着，双手护在胸口上。

夏小禅上了车，两只眼睛好像从地狱的窗口露出来，目不转睛地直盯着她，片刻，嘴角颤抖，两行泪水滚落下来。

赵大光上了车，对二子说："去我的宅院。"

路上，车内死一般的寂静。林潇苒握着夏小禅的一只手，感到一阵浸骨的凉意，像前不久握过李政的手，没有一丝反应，只有凉意。

哀伤一旦超过体能的承受，理智就会复苏。林潇苒用力握紧夏小禅的手，传递着——无论发生了什么事，我都不会怪你的，因为你是一个从血海中冲杀过来的人，绝对不会因为怕死而丢下自己的姐妹！

过了多久，林潇苒没有意识，只听赵大光说："到了，下车吧。二子，把车开回去，若是有事我给你打电话。"说着，下了车，过来打开车后门，似乎知道了有不幸的事发生，扶着战战兢兢的林潇苒下车。夏小禅跟着跳下车。

进了一处四合院，夏小禅骤然挣脱了悲哀，小声说："检查一下，看看室内是否安装了窃听器。"

赵大光说："不会吧，这个地方我都很少来。"

"听我的！"夏小禅冷冷地说。

进了门，三个人分头查看可能隐藏窃听器的地方。该找的地方都找遍了，没有发现异常。就在林潇苒的目光从墙壁上掠过时，她忽然发现挂在北墙的书法作品上出现一个米粒大小的洞，急忙气呼呼地说："我不想住在这里，什么地方呀，一股臭味。"

赵大光顺着林潇苒的目光看着字画上的洞，轻轻摇头。夏小禅上前，轻轻掀起字画，墙壁上赫然露出一个纽扣大小的窃听器。

赵大光倒吸一口气，急切地喘着粗气，一脸的后怕，接着拿起一个杯子摔在地上，吼着："你可真难伺候！"

林潇苒给夏小禅递了一个眼神，接着喊："你敢对我摔东西，我让你——"后面的"摔"字还没出口，只见夏小禅胳膊一扬，一只杯子准确地砸在窃听器上。为了安全起见，夏小禅连续投了三个杯子，都砸在窃听器上。

赵大光上前查看，点了点头。

接着，三人分头把三间房子都检查了一遍，最后才都松了口气。

林潇苒一把拉住夏小禅："说！"

夏小禅努力克制地说："你走以后，我一个人在街边溜达，没过多久，那个在老板门前被我打伤的同志靠近质问我为何不走，我如实说了。他说：'老板早就知道你留下的意图，命令你立刻离开。'我说：'思弟姐若是进了饭店，什么后果你们该清楚——那样会让你们都暴露！'他说：'王思弟若是不进饭店，暴露的就是你们！你们怎么不想一下，几个人一起进城，怎么进了城同时消失？这个行为虽然不会影响饭店的安全，可你们所有人都处在危险之中！只有思弟一个人进了饭店，才能让敌人相信，她只是半道上搭车，与你们毫无联系。老板还说，就算我们这个站的人全部牺牲了，也要保证你们侦察小组的安全！这是组织的命令！'说完，他就走了。"

林潇苒听着，心里抱有一线希望："就是说，你没见到思弟？"

"若没见到倒好了。我上了一辆人力车，到了没人的地方，车停下了。原来思弟姐装扮成了车夫。"

"啊，她人呢？"林潇苒激动地握着夏小禅的手。

"我们说了一会儿话，她想了一下说：'咱们必须把祝学义家里的特务除了。'我说：'现在哪有这个闲心？'思弟姐说：'这么做主要是为了保护祝学义，这个人对咱们很重要。万一他被敌人抓起来，还不知道会不会把知道的都招供了。你不是说，大小姐怀疑祝学义家里有窃听器吗？我们说些保护他的话给窃听者听，然后再把这个特务处决了。这样的话，敌人就不会再怀疑祝学义了。听我的。'"

林潇苒忍不住问："你们去了？"

"能不去吗？到了祝学义的家，思弟姐敲门，我站在她身后。因为天黑，那个叫刘嫂的特务没看清我，问思弟姐找谁。思弟姐说来取东西的，刘嫂问取什么，思弟姐说进去说吧。刘嫂这才让我们进去。按照事先约定的，思弟姐一个人进去说话，我在门外准备随时出手。刘嫂再次问取什么东西，思弟姐说要见祝学义本人。刘嫂说不在家。思弟姐说：'告诉我，他去哪儿了？'刘嫂生气地回道：'你什么人这么说话，给我出去！'思弟姐说：'既然你不说，那留着你也没用了。'刘嫂呵呵笑着说：'小贼女，你找死呀？'思弟姐说：'我再问你一遍，祝学义去哪儿了？你若不说，那就别怪本姑娘乱杀无辜了。'说完，闪身到了门外。刘嫂拉开茶几下面的抽屉，拿出一把手枪。还没等她打开保险，我一刀飞了过去，正好扎在她喉咙上。她在地上挣扎了几下，竟然朝我们开枪。"

林潇苒惊吓地说："呀，你怎么不再补上一刀啊？"

"是思弟姐不让她死，说万一家里没安窃听器，也好给敌人留个活口。后来我跟着思弟姐钻了几个胡同才到大街上。我让思弟姐跟我走，她说组织已经有了安排，她只能去步云楼。大小姐，"夏小禅泣不成声，"我都给她下跪了也没用。呜呜。"

林潇苒搂着夏小禅，轻轻拍着她的后背说："别难受，我相信老板会有办法的。"

忽然外面传来激烈的枪声，林潇苒嗖地一下站起："赵团长，快打电话问一下哪里开枪！"

赵大光起身去卧室打电话，出来时脸上的肌肉不停地颤抖，野性布满眼睛周围，怀着锥心的痛楚，一只手臂撑着墙，斜着身子，低声地冒出一句："步云楼饭店。"

夏小禅反而镇静了："大小姐，侦察小组有没有我都不重要，我去帮他们！"说着，单手按着茶几，双脚一弹，身体越过茶几就要往外冲。

赵大光呵斥道："站住！这里是徐州，城内驻扎着几十万敌军！你再能打，去了只能是送死！"

林潇苒艰难地站起来："老板他们掩护我们不惜一切，为了什么，你该懂得啊！后面不知道还有多少鬼门关，我需要你啊，小禅！"

五十九

城内的枪声戛然而止，林潇苒坐在沙发上，脑子里出现连续的幻觉：步云楼突然被敌特包围，拥入大批军警，所有包间前来就餐的达官贵人乱成一团。一些自恃有一定职务的军官呵斥："这是饭店，你们到这里干什么？"

为首的军警上前："报告长官，我们奉命前来捉拿共党嫌疑分子，请原谅！"然后命令手下先把饭店老板控制起来。

老板被捉住，依着商人的身份，装出吃惊的表情询问什么事。军警让他把之前的饭店掌柜交出来。老板说没看见她来。为首的军警命令饭店所有人排着队离开，通过门口的严格排查，陆续走出店门。

那么，曹振海、祝学义和魏北征进了饭店后发现她和夏小禅已经离去，是否还会留下来？

以自己对曹振海的了解，他预感到危险，因此不会留下。

这样就好。

那么，为何发生了枪战？原因只有一个，那就是，为了向敌人证实王思弟进城与同行的人没关系，她必须现身。

也许——也许——也许——

也许为了进一步迷惑敌人，王思弟会故意让敌人活捉，以便供出些虚假的情报。

之所以做出这样的推断，是因为王思弟先前带着夏小禅去祝学义家把女特工给打伤了，这样，女特工的亲眼所见可以佐证王思弟的口供。

这样就好，只要王思弟能活着，无论关在什么地方，都要把她营救出来！

"林潇苒同志，你在想什么？"赵大光问。

"赵团长，你在敌营潜伏这么多年，是否发展了党员？"林潇苒见他稍微犹豫，解释说，"一一〇师起义之前，我也在师部，当时竟然召开了党委会。因此，我想你不至于始终一个人孤身潜伏吧？"

"之前在郑州时，组织曾与我联系过，明确指示可以发展党员。同时指示，在没有明确起用之前，不得暴露他们的身份，所以——"

夏小禅气恼地质问："你这是什么话？你已经被起用了，当然包括他们了！难道你还想让他们都被我们的人打死？"

赵大光恍然说："就是，可能我潜伏的时间太长了，满脑子都是谨慎：以前没有接到组织明确的指示，那么多年都没发展过，只是把一些对国民党不满、失望的营、连军官当成无话不说的兄弟相处；后来，得到组织许可后，我一次就发展了十六名党员。这些党员，我把他们安排在同一个连队了。这个连队随时可以派上用场。"

林潇苒脑子划过一道亮光："你们马上要去围剿赵青和五大队，可有什么计划？"

"我正为这事犯愁呢！为了减少同志的伤亡，我不能把全团都派上去；若是派自己的这个连上去，他们肯定不会朝自己的同志开枪。可是，女子中队和五大队的同志我是领教过的，上去一个连肯定是有去无回。眼看徐州就要解放了，那么多同志却死在自己人手上，我实在于心不忍；若是派其他的连队上去又怕伤了五大队的人。我真的不知道该怎么办了啊！"赵大光靠在墙上，眼睛望着房顶。

林潇苒灵机一动："这样，出发前组建一个打头阵的敢死队，把那些顽固分子都纳进去，对他们说，凡是打头阵的人，每人奖励二十个大洋。我相信国军的顽固分子有一个通病——爱钱！"

赵大光眼睛一亮，瞬间暗淡了："他们还有一个通病——不见兔子不撒鹰。问题是，我根本拿不出这么多钱呀。"

"这好办，你有大一点儿的公文包吗？"林潇苒问。

"包是有，关键是没有钱。"

林潇苒把老板给的钱包打开，哗啦一下把几十枚银圆还有金条倒在茶几上。

赵大光惊讶地看着："你怎么带了这么多的钱。哦，你的意思我明白了，包里垫一些书本之类的东西，当着全团官兵的面，把包打开让他们看——这个办法好！林潇苒同志，你脑子转得真快。"

夏小禅不屑地说："这对咱们大小姐来说算什么。"

赵大光去书房拿书，林潇苒看夏小禅眼里藏着主意，说："有什么想法，说出来听听。"

"大小姐，我想随赵团长的队伍一起出发。"

"然后呢？"林潇苒问。

"然后我悄悄去见赵青姐，把这边的情况告诉她，好让她们干净、彻底地把敢死队消灭！"

"然后呢？"

夏小禅皱眉："然后撤退呗——总得给赵团长留个说法吧。"

赵大光欣喜地说："哎呀，这个办法好啊，我看就这么办吧！"

林潇苒严肃地问："赵大光同志，你的这个团准备何时起义？你不会说等上级指示吧？恕我直言，你这个同志思想有点儿保守——既然组织唤醒了你，这就是指示！别的不说，单就一个团脱离敌人的大本营，这可是难得的起义时机！你知道新一团和一一〇师起义有多危险吗？我建议，利用这次机会，你宣布起义！听我说完，我的意思是那种秘而不宣的起义——有一种可能，就是当你占领了单集之后，上面会命令你团就地驻防。"

赵大光恍然点头："嗯，有这种可能。这样也好，万一走漏了风声，我们马上撤离。这个事，我听你的！"

"另外，你占领单集后，国军上面不可能只听你的报告，可以肯定地说，至少会派一名城防副司令员或参谋长前去视察。"

赵大光连连点头，接着表情凝固："若是发现死的都是我的人，岂不露馅了？"

"我正要说这个事。假如敢死队由一百人组成，这些人不能留一个活口！在他们进攻的时候，你把自己的那个连跟在敢死队后面，发现有活着的，当即解决掉，就算被人发现了，也有话说，因为五大队的服装与你们一样。你的上级不傻，发现被打死的人几乎与你的人减少的数量同等，同样会引起怀疑。最好的办法就是，让五大队派一百多名队员补充进来。你大可放心，敌人绝对不会相信一个弹坑里会落下两枚炸弹。最关键的是我们的队伍进来，你们的人反而不会轻易反悔。"

"嗯，你说得没错。就在前几天，参谋长和副团长还暗示说，现在有路子的人都找好了出路，一旦共军打进来，马上起义。还说要学张克霞、廖运周。我这人过于谨慎，就没搭茬。林潇苒同志，我不是恭维你，听了你的话，我有一种醍醐灌顶的感觉，心里一下轻松了许多。我向你保证，这以后，我完全服从你的指挥。咱们走吧。"

"小禅跟你去，我得留下！"

"不可以，绝对不可以！大小姐，若是赵青只看见我而没看见你，那她还不一刀把我劈成两半？还有——"

林潇苒深思熟虑的口吻："我留下来不是想一个人单独行动，而是，窃听器失灵了，敌特分子肯定会过来查看动静，若是发现没有我，赵团长外出行动竟然带着表妹，他们会怎么想？"

夏小禅更加担心："那样你不更危险啊！要不，我留下，你去！"

"我若有你那功夫，你想去我都不让。"林潇苒话音刚落，书房电话响了。

赵大光去接电话，回来说："参谋长打来的，说司令员部问何时行动。"

"去吧。"林潇苒眼里藏着别离，"小禅，我决不离开这里！明天上午，若有可能，你坐赵团长的车回来。"

"大小姐，我也留下一句话——你若有个好歹，我一头撞死！"夏小禅说着，举手发誓。

赵大光拎起沉甸甸装着书和银圆、金条的皮包，临出门时忽然想起："对了，下午我去司令员部开会，听说我军的布防有了变动，大概有五个纵队分别向宿县、灵璧、固镇运动，其中有一个纵队向宿县以北区域运动，对徐州形成一个扇形围堵态势。"

"五个纵队——有地图吗？"林潇苒问。

"有，在书房东墙上。不过，不是军事布防图，只是一张普通的徐州地区的地图。"

"嗯，我知道了。"林潇苒想站起来送行，不料猛地头发蒙，担心被夏小禅发现，顺手拉过搭在沙发扶手上的大衣盖在身上，装出想睡一会儿的样子。

夏小禅急忙过来脱下大衣，盖在她身上："大小姐，一定要保重啊！"

"知道了，去吧。"林潇苒说着，慢慢起身，跟在夏小禅身后出了房间。

关上院门，林潇苒知道自己因过于哀伤、紧张以及大脑高度运行造成了低血糖、缺氧，此刻最要紧的是补充能量。她在院子里巡视了一下，发现西南角貌似有一间厨房，走过去发现上着锁，鼻子凑在门缝间嗅了一下，没有一点儿烟火的气味，只好回到室内，进了书房，希望能发现饼干之类的。令人失望的是，什么也没发现。她转身之际，猛然发现房门一侧立着一个多用柜，里面几瓶红酒赫然入目。

"管不了那么多了，必须喝点儿，不然待会儿思维失去了支撑。"她自言自语说着，到了柜子前，拿起半瓶红酒，看着一个杯子上洇出些许浅浅的酒色，只好将酒拿到了客厅，用茶杯把红酒倒出来，像饮水一样，一气把半杯酒喝下去。

她从不饮酒，预感到会出状况，急忙靠在沙发上，盖着两件大衣闭目养神。殊不知，歪打正着，让她躲过一场劫难。

⁂

林潇苒不知不觉睡着了，睡梦中被一阵异样的声音惊醒。她自知没有力量对付不速之客，从鼻孔出来的酒气给了提醒——装醉。

门是从里面插上的。她微微睁开眼睛，发现一个刀尖伸了进来，把门闩一点点拨动着，于是紧闭眼睛，装成熟睡的样子。

门开了，一个男人从嗓子深处发出微弱的声音："一股酒气——这个表妹喝醉了。"

另一个猥琐的声音："这女人真漂亮。妈的，若是能睡一下，死了也值得，要不——"

"闭嘴，找死呀，她可是一个带兵的女人！你动了她，不是逼着这个团造反吗？走吧，报告站长，这个女人肯定没问题。"

"凭什么这么说？"

"我们与共党打了这么多年交道，见过有一个醉酒的吗？"

"那这门怎么办？"

"别管了，一个喝醉的人，不关门是常有的事。"

接着传来轻轻的关门声。林潇苒再次睁开眼睛，发现门合上了，外面死一样的沉寂，这才缓缓吐出一口惊气，心里说："多亏这半瓶酒啊！否则，说不定自己会被特务带走，接受审问。"

忽然外面传来隐约的枪声，林潇苒猛然坐起来，看手表已是凌晨两点。根据声音的方向，她推断是单集一带——赵大光的一个团与赵青和五大队交上火了！对此，她一点儿也不担心，因为夏小禅跟着，一切都会按照事先计划好的进展。

她站起来，想看一下单集在地图上的位置，潜意识中有一个强烈的意念在萌动。

进了书房，她打开灯，走向挂在东墙上的地图，还没等找到单集的位置，猛然想起赵大光临出门时说的一句话，"大概有五个纵队分别向宿县、灵璧、固镇运动，其中有一个纵队向宿县以北区域运动，对徐州形成一个扇形围堵态势"，于是把目光从徐州西边向东搜寻。

"宿县以北，应该是这里。"她心里说着，从桌面上拿起彩笔在徐州城外大约二十公里的地方画了一个圈，接着分别在宿县、灵璧、固镇的位置上画上圈，凝神静气地看着。刹那间，意识中萌动的念头突然明朗了——这样侦察敌人的撤退路线有意义吗？

她被这句质问吓了一跳——地图上明显展现了我军指挥员的行动意图，就是故意给敌人留下向西撤退的缺口。

这个定论刚冒出来，她急忙摇头，不，不是的，主要的原因还是兵力不够，若是再有三个纵队，一定会布防在西面，对徐州形成合围之势。

现在的问题是，徐州的敌人什么时候撤退？节点是黄维被歼灭前还是后？之前的可能不大，因为杜聿明不敢也不能顶着见死不救的罪名撤退，那样，以蒋介石的为人一定会把徐蚌会战的失败责任推给他，因此他不敢这么做，就算是蒋介石也下不了这个决心——放弃十几万的一个兵团不救，以致在一场战役中损失五十多万人，只逃出二十多万人？这个责任没人能背得起。

那么，在黄维被歼灭之后再突围？

不，不可能！黄维一旦被歼灭，徐州战场的兵力对比就形成了六十万对三十万。试想一下，之前国民党八十万，我军只是六十万都形成了围、堵、钳、夹的态势，更别说兵力翻转过来了。

想着，林潇苒心里一颤——杜聿明可能会在黄维兵团濒临被歼灭的时候伺机突围，顺便做做样子，让国民党上层看见这样一个局面——不是没去解救黄维，是去救了，结果没救出，自己险些没出来。

想到这里，林潇苒精神抖擞，最有效的侦察不是看见了什么、听见了什么，而是走进对方最高决策者的思维系统。

"杨——我已经走进杜聿明的思维系统了啊！"她看着地图，温情、欣慰地说。

接下来的行动有了明确的方向，那就是迟滞敌人向西撤退的时间。从地图上，林潇苒得出结论：只要能拖延敌人四到六小时，我军布防在徐州以东的五个纵队就能追上来。届时，就算杜聿明想跑也不容易了。

那么，根据战势的变化，我军会对被困在双堆集的黄维兵团进行最后的总攻。一旦黄维的问题解决了，战场上就出现六十万对三十万的态势。

如此一来，淮海战役将全歼国民党六十万人！

长江以北再无战事！

林潇苒心潮澎湃，看着桌上的电话略微迟疑。她想给单集驻军打电话，让赵大光来接她，犹豫了一会儿还是放弃了——这个时候，千万不能节外生枝啊！

这时外面的枪声停了下来，她知道有赵青在不会出意外，剩下的就是耐心等待。就在她刚要走出书房时，隐约听见院门发出微弱的声音，心里不由得紧张起来，顺手关了灯，悄悄拔出手枪，心里盘算着怎么办——打，还是静观其变？

特务来过了，又返回来，一定是来者不善——打！干掉他们，然后离开这里再说！

"呀，门怎么没关啊？大小姐！"夏小禅惊吓的声音。

林潇苒一颗悬着的心陡然落下，怦怦地跳着，拉开灯，心有余悸地走出来："吓死我了！"

夏小禅愣了一下，猛地扑过来拥抱着林潇苒，半哭半笑地说："谁吓谁呀！院门没关，房门也开着，人也不在——只有两件大衣——我——我——"

林潇苒推开她："好啦，快说单集什么情况？"

夏小禅眼里蓄积的惊吓尚未褪去："还能有什么情况，一切都按你说的进行了。哎，大半夜的，你为何把门都敞着啊？"

林潇苒不想说，担心给夏小禅心里增加负担，随口搪塞："只顾想事情了，忘了。"

"你你，难怪赵青说，你身边不可以没有人。你没看见她见到我的样子，就像一个发疯的鬼一样，双手抓住我，恨不得一口把我吃了——"

林潇苒没等夏小禅说完，返身进了书房，从墙上取下地图："走！我们去单集！"

"啊，那城里的事怎么办啊？思弟姐，还有曹营长他们——"

"赵团长的车走了没有？"林潇苒问。

"没有，来的时候赵团长说，让二子亲眼看见你再回去。"

"走，到单集再说！"林潇苒拿起一件大衣递给夏小禅，自己披上另一件大衣，急匆匆出门。

六十

吉普车出了城门检查站，远远看见夜色里一片火光，林潇苒惊诧地问夏小禅："战斗不是结束了吗，为何还有这么大的火光？"

"其实战斗根本就没在集镇上展开。赵青姐和五大队听了你的指示，就出了集镇，在东边路两侧设下埋伏，一百多名敢死队员刚进了伏击口袋，不到十分钟就被全部消灭了，接着，我们按照计划往回撤。赵团长的人一边开枪一边往镇里冲，吓得镇上的人都逃离了。我们到了集镇西面不远处等候消息。大约过了一小时，二子开车过来，说起义的事已经定下来了，让我们现在过去。赵青姐说她先一个人过去，让我上车，回城保护你。至于他们怎么谈的，我就不知道了。这火可能是故意放给城里的敌人看的。"说着，夏小禅忽然想起来，"看我，见了大小姐什么都忘了。来的时候，我饿得心慌，想着你也一定饿了，就打算随便进街边一户人家，找点儿吃的。二子说城里有一处夜里专门做当兵生意的饭店，就去买了吃的，放在后备厢里。我吃了一个，可好吃了。"

二子把车停下，到后备厢取来两个卷饼。林潇苒接过，急忙咬了一口。卷饼松软，带着温热，里面卷着土豆丝、咸菜还有鸡蛋。她咀嚼着："嗯嗯，好吃！"

一个卷饼刚吃完，吉普车突然停了下来。还没等林潇苒看清前面发生了什么事，夏小禅打开门伸出半个身子："我是夏小禅，把路让开。"

"噢，女子中队的，放行。"一个声音在路边的灌木丛中传来。

车灯中，两名身穿国军服装的士兵把横在路上的木头移开。

夏小禅缩回来："五大队哨兵。"

吉普车到了之前来过的左右朋的门前停下。林潇苒下车，听见室内传来赵青发火的声音："既然起义了，就得服从我们的决定！"

门卫报告："团长，有人来了！"

"知道，不就是二子回来了吗，让他在外面待命！"赵大光口气生硬，充满了火药味。

"不是。"

林潇苒冲卫兵摆手，一脚跨入门内。八仙桌前一边坐着赵青和林一笑，另一边坐着赵大光和两位校级军官，身后还站着三名上尉。校级军官是参谋长和副团长，上尉是营长。

赵青原本冰冷的面容骤然炸出惊喜，忽地站起身迎上来，眼里含着转世相逢的悲喜："大小姐，你可来了啊！"

赵大光和身边的人同时站起来，除他外，所有人都愣在原地，瞪着猜度、惊诧的眼睛。

赵大光喉头痉挛："她——你们见过的，其实不是我表妹，是组织派来唤醒我的同志。"

"啊？"几名军官相互看着，似乎不相信自己的耳朵，低语着，"原来，团长是共——这怎么可能啊——"

赵大光向林潇苒介绍："这位是参谋长吕建辉，这位是副团长——"

赵青把话拦住说："赵大光同志，以后再介绍吧。正好，大小姐来了，我们之间的争议就由她来定夺吧。"

"怎么啦，都是一家人了，还有什么可争议的？"林潇苒说。

赵大光主动说："林潇苒同志，情况是这样的。赵队长提出，把五大队分派到三团的每个连、排。我和参谋长等人商量了一下，认为这么做不妥。一来呢，三团的一百多人刚被五队的人打死，而且这些人都是从全团各连、排挑选出来的，先不说别的，就是阿猫阿狗在一起时间长了也有感情，何况人呢。若是这么快就把人插进来，只怕彼此之间有隔阂。二来呢，商议起义的时候，我向弟兄们做过保证，保证原来的建制。如果按照赵队长说的做，那我的承诺不就成了欺骗吗？这事你看该如何办吧。我先表达，一切服从组织，大不了让思想有顾虑的人离开就是了！"

后一句话让林潇苒很不舒服，话里藏着威胁。从内心说，她赞同赵青的建议，因为有新一团血的教训，绝对不能再让那种悲剧在三团发生。可是，她分明意识到，赵大光的话不是威胁，而是代表参谋长等人的意见。在这种情况下，若是旗帜鲜明地说"解放军的队伍，必须把支部建在连上，绝对不允许任何作战单元脱离党的领导"，这么一来，矛盾就会进一步激化，甚至到了无法控制的程度。若想稳妥解决这个问题，首先要让三团的官兵看清目前的情形，看到生的希望，只有这样才能打消他们内心潜在的为了活命随时可以重新选择的想法。

略作沉思后，林潇苒说："凡事都有主次，有件急事要和大家商量。"

吕建辉不屑地说："在这个问题解决之前，我们也不好商量的，因为商量好了也没法执行。你说是不是？"

赵青当即回怼："你说得没错，我们的事用不着与你们商量！大小姐，我建议咱们的人撤离，把单集让给他们就是了！"

赵大光急了："不是，咱们还是先听一下林潇苒同志说的事再说吧。"

站在后面的矮个营长怪腔怪调地说："那你们当官的在一起商量吧，我们三个营长回去待命。"

林潇苒当即沉下脸，对着赵大光呵斥："你这个团长是怎么当的？本来，没想让你带三团过来，可你说看在和弟兄们相处一场的情分上给他们一条生路，我这才答应了。我现在郑重声明，人民解放军从来不勉强任何一个人，别觉得你们有一千多人就了不起了！没有你们，人民解放军照样把黄百韬兵团悉数歼灭！没有你们，黄维兵团同样改变不了被歼灭的下场！你们现在可以做出选择，是回城还是刀兵相见，我们都坦然面对！"

一席话说得赵大光羞惭无比，对着说话的营长申斥："金营长，带着你的二营走吧，想去哪儿就去哪儿！"

金营长傲气泄了一地："我也没说什么啊，你就是让我把营长的位置让出来我也不会离开你的，就是刚才——好好，这位首长，刚才是我不对，请你原谅！"

赵大光从金营长的态度中汲取了底气："林潇苒同志，什么事你说吧，我无条件服从。"

"把三团连级以上的军官都叫来，先跟大家见个面，把该说的说开，好让他们心如明镜。"

赵大光用疑惑的目光看着吕建辉，发现他也是一头雾水，只好对站在门边的副官说："还愣着干吗，快去召集人。"

副团长迟疑的口吻："对他们有什么好说的，我们做出了决定，下面执行就行了呗。"

林潇苒用审视的目光看着说："敢死队一百多人，知道为何瞬间被歼灭了吗？我来告诉你，因为你的兵心里一片漆黑！"

副团长唯唯诺诺："是是，长官说得对。不过，一下这么多人，房间里好像有点儿——"

林潇苒让人把八仙桌、椅子都搬出去，接着把地图挂在东墙上。赵大光等人见了，急忙走上前查看，一时看不出地图上有什么值得说的，于是各怀猜疑地等着看地图上究竟隐藏了什么奥秘。

不一会儿，陆续有人进来，其中一个尖嘴猴腮的连长用调戏的语调说："把我们这些当连长的都叫来，不会是来个一锅端吧？"

见赵青怒目而视，没等她说话，林潇苒笑道："这位连长警惕性蛮高的，还带来一支冲锋枪，小心别走火了呀。"

金营长上前踢了这个连长一脚："滚出去，还带着长枪了嗨！"话音刚落，副官过来下了他的冲锋枪。其他连长看着，收敛了许多。

所有的连长到齐后，站满了房间，最前面的赵大光等人距离林潇苒只有一两步。

林潇苒刚要说话，不料吕建辉突然大声喊："立正！"

唰的一声，三十多名军官立正。吕建辉接着喊："长官，遵照你的命令，三团起义的连以上军官集合完毕，请您指示！"

林潇苒从容还礼："稍息。"

"嚯，这礼敬的，又好看，又标准！"人群中发出赞许声。

林潇苒侧着身子，伸手扶在地图上："首先，我代表组织，欢迎你们弃暗投明，回到人民的阵营！夜这么深，之所以把你们请过来，主要是想在你们心里点亮一盏灯，以便看清自己的前方，是不是想要去的方向。那么，这盏灯是什么制成的，就是挂在墙上你们最熟悉的地图。大家请看。"

接下来，林潇苒把徐州附近的敌我双方兵力布置、战事做了简要的说明，最后指着地图上我军五个纵队最新变动说："种种迹象表明，徐州之敌要撤，可是解放军是不会同意的。蒋介石集团总是这样，本来能实现的目的从来都是很不情愿。就拿东北来说吧，半年前若是撤退，解放军拿他真没办法。他败就败在优柔寡断，进也不是，退又不甘，直到后来不得不撤反而又撤不了。同理，徐州之敌在一个月前若是撤了，那么黄百韬的兵团就不会被歼灭，而是直接向连云港进发，占领该处后接应徐州之敌。可惜呀，这个兵团非但不撤，反而向徐州靠拢。结果呢？全军覆灭。眼下，杜聿明又犯了同样的错误，他想撤，可是又怕背上见死不救的罪名，于是乎，想解救黄维，可是又做不到，想撤又患得患失，只等着黄维被歼灭之后再撤。可是，一旦黄维被歼灭，中野、华野腾不出手，杜聿明又怎么能走得脱？所以，杜聿明要把徐州的三十万兵移至一个既不担见死不救罪名又可以走得了的地方。那么，这个地方在哪里？"说着，目光从所有人脸上扫过。

吕建辉恍然大悟："我明白了！往西，到达永城一带——对上面可以说是为了解救黄维，实质上是为自己撤退做准备——他娘的，难怪国军屡战屡败！哎，长官，你是怎么知道这些的？"

"了解敌方的军事企图，首先要了解对方的最高决策者，只有了解了这个人的格局、人品、性格，才能走进这个人的思维系统，然后替他考虑，所得出的结论要比肉眼可见的情报还要精准。"林潇苒说。

副团长情不自禁地赞叹："妙啊，妙啊，我这个黄埔生自愧不如！请问，既然你们知道了，为何不在西面布防？"

"因为我们不能坏了杜聿明的计划。你们看，徐州之东，我军布防了五个纵队，让敌人误以为我们已经知道了他突围的方向，所以才能放心大胆地往西撤。再看从徐州城往萧县、永城方向六七十公里，一旦敌人向西撤退，五个纵队，还有驻守在萧县以北的几个纵队直扑过来，杜聿明想走也难了。"

所有的连长、营长都情绪激昂。有人喊："请问长官，我们的任务是什么，不会是让我们这一千人阻击城里的三十万大军吧？"

"呵呵，你愿意，我们的上级还不愿意呢。我们，不包括三团的官兵，女子中队、五大队，就是要负责炸毁徐州通往永城之间的五座桥梁，以此迟滞敌人四到五小时！"

"啊？就是炸桥啊，那太容易了！"

副团长伸出胳膊制止着："大家静一下，听我说。"接着转向林潇苒，"长官，你刚才说不包括我们三团，这是什么意思？"

"我的意思是，三团起义不在我们这次行动计划内，既然起义了，那就按照我军对待起义部队的政策对待三团。至于你们现在的职务是否不变，这由上级领导根据个人表现、素质、能力予以任命。就像前不久，黄维兵团一个团起义，一位副营长被破格提拔为团长，一位连长被提升为参谋长。因此，起义之后，职位不是你想的那样，整建制地换上军装了事。"

赵大光急了："至于什么职务我不在乎，只是我们怎么办？总不能你们打着，我们干瞪眼地看着！"

"对啊，不让我们参加，决不答应！"

室内一下炸开了。

副团长吼着："吵什么，听我和团长、参谋长说！长官，我好像有点儿明白了，之前赵队长可没这么说。你这么说，可是听了我们不同意五大队进来生气了，对我们三团失望了？"

"没有的事。一团起义后，也是主动要求参战，可到了战场后，因一时的兵力变化，有的兵竟然又投了回去。结果，被十八军下面的人强迫那三百多人跪下，用机枪扫射。所以，上级命令，所有起义部队都不得在没有完善编制前分配作战任务。"

吕建辉把话抢过去："赵青喊你大小姐，我也这么喊了。大小姐，你是一个了不起的长官，我们从心里佩服你！这样吧，不是有句话，叫'将在外，君命有所不受'吗？你先让三团参加任务，回去后该怎么着就怎么着。如何？还有，开始赵青说的我们听着有点儿别扭，听了你的话，我们愿意和五大队混编。哎呀，算了，我们都听五大队的，你看这样行不行？团长，你倒是说句话啊！"

赵大光把帽子脱下，用手指撕扯帽檐，像是夙愿都渗入了帽檐，脸上的肌肉不停地颤抖，欲言又止的嘴唇哆嗦着，露出内心有那么多的话一时说不出来的窘迫。

副团长等不及了："团长，我说句心里话，之前多次劝你为弟兄们找一条活路，你都不予回应，今天才知道，你根本就信不过我啊！现在大家都有一个感觉，就是终于从死人堆里爬出来了！刚开始，听赵队长说要我们留在这里，心里就不舒服——城里的国军把我们当野狗扔了出来，这边又把我们当替死鬼阻击国军，怎么着都是一个死，所以失望至极。刚才听了这位长官的一席话，心里真的像有了一盏灯啊！若是连一座桥都不敢炸，还算什么起义？这'起'倒是'起'了，'义'却没有了啊！我们团一定要留下来与女子中队、五大队共进退，否则，有何颜面穿上解放军的军装？"

赵大光把帽子摔在地上："我是党员，怎么可以与组织讨价还价！"

吕建辉昂头，原地转了转，欲哭无泪的眼睛看着林潇苒："你不是说一团叛军向十八军下跪过吗？我今天什么也不顾了，给你——给贵党下跪！"说着，扑通一声跪了下来，百感交集地喊，"就这么让我们离开，与俘虏有什么两样，请给三团留下起义的尊严啊！我求您了！"

这个举动让林潇苒着实意外，她本想只留下赵大光和他那个被党组织控制的连，其余的人全部让赵青带走送到六纵，后面的事由六纵处置，而这一跪让她犹豫了。这时有人喊着："是不是要我们全都跪下啊？"

赵青急忙说："大家别激动，我来劝一下大小姐。"说着，转过身用恳求的语气说，"大小姐，人非圣贤孰能无过？你就为了三团的弟兄犯一次错误吧！"

林潇苒有了台阶，斥责道："你也为难我啊？"

"不是，我想犯这个错，可惜没资格啊！再说了，六纵的首长那么看重你，一定会原谅你的。我不一样啊。"赵青说着，对所有人以宣布的口吻，"就这么定了！"

吕建辉一跃而起，向赵青敬礼："赵队长，今后我绝对服从你了！"其他人立即大声应和："我们也是！"

林潇苒伸手示意："静一下，既然赵队长这么说了，我也只好错一次了。接下来，每位连长回去后传达这次会议的内容，准备接受改编。对一些不愿留下的人绝对不能勉强，报上名来，找赵团长领回家的路费；若是费用不够，可以到萧县找县委领取。"

"这就散了啊，我们还没听够呢。"站在前面的一位营长说。

副团长说："不散，万一大小姐后悔了，你哭都没有眼泪！"

一句话提醒了众人，大家一哄而散。

六十一

军官们刚离去，女子中队的队员们呼啦一下涌进来，犹如经历了一场生死别离，一张张笑盈盈的脸上挂着欣慰的泪珠。林潇苒看着，知道夏小禅没有把王思弟的事告诉赵青，脑子里突然划过一道闪电——当务之急是主动出击，营救王思弟，即使她已经牺牲了，也得把她接过来！这么做不是出于个人感情，而是为了女子中队的集体荣誉！

她对赵大光说："三团有会理发的吗？"

赵大光一愣，眼里释放出——这个时候，谁还有心情理发？

"有还是没有？"林潇苒冷静地追问。

"有当然有，团部就有，每个营、连都有。"

"把所有会理发的兵叫过来！"林潇苒声音异样，充满了誓死一战的决心。

赵青和所有的队员霎时紧张起来，只有夏小禅恍然间惊吓到："大小姐，我们可以，你不能！"

赵大光还以为林潇苒为了炸桥让女队员把长发剃了，迟疑地说："林潇苒同志，不是说只是炸桥吗？就算遇到危险，只要我还有一口气，绝对不会让一个女战士受到伤害！"

林潇苒看副官也离开了，知道去喊理发员了，这才平静一下心情，用冷静、不可置疑的语气说："赵团长，立刻给司令员部打电话，就说要回城搬运炊具和物资，以保证全团明天一早正常开饭。"

"好的。"赵大光满眼疑惑地过去打电话。

林潇苒冲赵青等人招了下手，从后门出去。队员们跟着来到一处四合院内。

"赵青！"

"在！"赵青声音里充满豪气。

"挑十名战士，随我一起进城。"林潇苒不想说去干什么，担心说出来赵青会拼了命地取而代之。

夏小禅刚要说话，林潇苒伸手扭了她一把，低声说："你若是怕了，那就别跟着了。"

"我——我——我——"夏小禅"哇"一声哭了，"我何曾怕过啊，我——"

林潇苒忙说："好啦，赵青，算上她一个吧。"

"大小姐，我想带人跟你一块去，你就答应我吧。"赵青哀求。

这时林一笑过来，惊讶地问："什么任务还哭了？"

夏小禅一下站起来："滚一边去！我们商议事，你过来干吗？"

林潇苒忙说："林队长，来得正好。我待会儿要带一些人进城，这里就交给你和赵青了。记住，徐州之敌向西撤退，如果我不能按时回来，你们的任务就是炸毁通往永城沿途的每一座桥梁，保证迟滞敌人四到六小时！届时，无论有没有大部队上来，你们必须撤退！"

"没问题，倒是你不该这个时候再进城。"林一笑说，"你不是说了吗，已经进入了敌人首脑的思维系统——就不用再冒这么大的危险进城了吧？"

赵大光过来："林潇苒同志，说好了，司令员部同意进城，还说天一亮司令员部长官会过来犒赏三团。"

"赵大光同志，我离开后，这里就交给你们三位了。你们一定要记住，绝对不能让三团置于危险之中，对刚过来的官兵来说，个人安全才能稳定军心！"

"我懂了。"

赵大光还没说完，副官带着多名肩背挎包的士兵到了近前："长官，理发兵全都叫来了。"

赵青这才想起，随手拉着身边的女队员。其他人看了，立刻往她面前挤，一时乱成一团。

林潇苒看着说："安静，我看已经差不多了。我点到名字的，马上进室内理发：齐本荣、柴青火、胡小梅、夏小禅、唐娟、周芷荣、王琴、柳迎春、秦秋、杨瑞霞。"

夏小禅冷冷地说："我先来，为了节约时间，我——剃光头！"说着，随手抓住一个理发兵的胳膊往临街的房门走去。

"啊，干吗要剃光啊，不就是怕被发现身份吗？"被点名的女队员惊呼着、嘀咕着。

"不愿意剃的就不要去了。"

赵青话音刚落，被点到名的队员纷纷上前，有的说"就你了"，有的说"跟我来"。

院内还剩下十名理发员，林潇苒问："哪位帮我剃发？"

赵青和队员们齐声反对："大小姐，你不可以！"

"再说你已经进城了，还有了一个身份——谁剃，你都不能剃！"赵青上前抓住林潇苒的两只胳膊。

"别耽搁时间了。"林潇苒轻轻拿开赵青的手，对一个想上前又不敢的理发兵说，"来吧！"

林潇苒进了前厅，发现十名队员竟然没有一个剃发。每个理发兵身后各站着一名队员，一副不知所措的样子。她走近夏小禅，发现她脸上挂满泪痕，沉思片刻说："好吧，你们不用去了，我让林队长从五队挑选十个男兵跟我进城！"

几个队员同时发出哭喊："剃啊，还等什么啊！"

林潇苒接过跟进来的理发兵手里的一块黑布，围在胸前："兄弟，快一点儿。"

室内霎时静了下来，只能听见剃头剪子发出咯吱咯吱的声音。

林潇苒之所以宁愿让女队员剃头也要带她们进城营救王思弟，是因为她们的名气太大，一旦被发现注定会惊动全城。重要的一点，这些女队员不但武功高超，而且配合默契，换成其他男兵，她首先心里就不踏实。

不一会儿，林潇苒感到整个脑袋像被泼了一层冷水，寒气直接穿过头颅，在大脑中游荡。围堵在门外的赵青、林一笑、赵大光还有留下来的女队员，目光集中向林潇苒投来，似乎迷失在梦中，只是瞪着眼睛，就这么一直看着。

"怎么啦，吓着你们了吧？"林潇苒淡然地说。

"我的天啊，原来没有头发的大小姐更像天上的女子啊！"赵青好像终于能呼吸了，费尽所有的力气才能发声。

其他的女队员也剃光了头发，大家相互看着，有的哭，有的笑，有的看着对方自己先羞得无地自容。

柴青火气恼地说："这是怎么回事啊，为何大小姐剃了发反而更好看了，而我们怎么就成了这副尼姑的模样了？老天爷为何这么偏心啊？"

"好啦！带够弹药，尽可能多带些手雷——进城！"林潇苒戴上棉帽，接着对赵大光说，"从你发展的党员中，挑选一个跟我们一起行动。"

赵大光恍然，欲言又止，终于忍不住说："林潇苒同志，我有话要单独跟你说。"说完径直地走到门外。

林潇苒跟出去，低声说："赵大光同志，别问了，你知道就行了。"

"可是让我们这些男同志晾在一边，让你们女同志冒险——这分明是对我们的能力不信任！我不同意！"

"请保留你的意见，做好你分内的工作！你应该明白，这里才是我们这支伍的主场！"

"那好吧，我服从组织决定。"

"派谁和我们一起行动？"

"我是最合适的人。"赵大光底气不足的语气。

"不可以。实在没有合适的人，就让二子跟着吧。"林潇苒说。

"他自然是要去的，那就带上崔副官吧，他是我最早发展的党员，而且对城里非常熟悉。"见林潇苒点头，赵大光冲着室内喊，"崔副官，随林潇苒同志一起行动！"

"是！"崔副官高兴地跳了几下，激动地向林潇苒敬礼，之后对赵大光说，"团长放心，我在，林潇苒同志就在！"

赵大光指着门外街边停的一溜卡车，对崔副官说："再喊两名党员负责开车。林潇苒同志，多去一辆车更安全些。"

"去四辆吧，回来的时候多带些武器弹药。再多叫一名自己的人，我和二子一辆车。"崔副官说。

一阵忙碌后，理完发的队员先后走出来，好像忘了剃发的事，个个精神抖擞，让没能参加的队员羡慕不已。

赵青走近林潇苒："大小姐，看你这阵势，不知道怎么的，心里惶惶不安啊！能告诉我究竟是什么任务吗？"

"没事的，就是想把王思弟接出来。放心吧！"林潇苒说着，上前轻轻拥抱了一下赵青。

从街对面走过来几个身影。汽车兵上前向林潇苒敬礼，想说什么，一时却不知道该怎么说。

赵大光挥手："啥也不用说了，一切听从林潇苒同志指挥。"

"是！团长！"

队员们上了一辆带篷的车。

林潇苒对夏小禅说："上车后，把进城的任务告诉大家。"

"嗯。"夏小禅点头。

林潇苒和崔副官上了吉普车，刚要启动，从后面车上跳下一个身影，到了近前打开车门。林潇苒似乎知道了她的来意，叫着她的名字："柴青火！"

"大小姐，本以为夏小禅会陪着你，她竟然上了我们的车，我这才跳下来——你身边不能没有人啊。"

崔副官扭过头："这个同志，我不是人啊？"

"你，就你？我一个人可以打你十个，信不信？"

"好好，我信，也不能不信。二子，开车。"崔副官笑着说。

吉普车启动后，林潇苒把营救王思弟的事对柴青火说了。柴青火听着，一副肝肠寸断的哀伤样子，哭着说："难怪大小姐把头剃了——我都恨不得把头割下来去换思弟姐。"

"别哭！我刚才说的是最坏的打算，只希望思弟还活着，是被特务关在什么地方。"

柴青火咬牙切齿："就算思弟姐被关进天牢，我们也得把她救出来！否则——呜呜——"

"怎么又哭了啊！"林潇苒伸出胳膊，搂着柴青火的脖子。

几公里的路程不觉走完了，城门外的守军好像接到通知，冲着吉普车挥手："是警备三团的吗？"

崔副官打着哈欠："兄弟们，辛苦啊，回来拉物资。"

士兵把路障移开，吉普车从容过了哨卡。

崔副官问："去哪儿？"

"咱们去宪兵队，女子中队的车跟着我们；让后面的两辆车回营房，下面装武器弹药，上面装生活用品。"

崔副官下车后，林潇苒问："二子同志，宪兵队有多少人？"

"首长，我觉得咱们的人不可能被关在宪兵队，多半是关在保密局那边了。"

"我知道，去宪兵队是把队长抓出来，让他带我们去，不然的话，进保密局要费一番周折。"

崔副官回来后，听二子把林潇苒刚才的话说了，思忖着说："是个好主意，不过，我觉得不能直接去抓人，还是找一个理由。"

"理由？"林潇苒看着柴青火，后悔地说，"唉，该留一个没有剃发的。"

崔副官恍然说："有了！我们的军需官是自己人，回去把他绑了送过去就是了。那个宪兵队对保密局可是忠心耿耿，一听说抓了咱们的人，一定会亲自送过去领赏的。"

"好！"

二子听了，启动车掉头。崔副官从车窗伸出胳膊示意后面的车跟着。

两辆车刚进了三团营区大门，站岗的士兵上前报告："崔副官，刚进来两辆卡车——""可是从车里下来很多人，听说话的声音好像都是女人。"

林潇苒立刻明白了，趁自己上车的时候，赵青她们悄悄上了后面的卡车，心里非但没有怪罪，反而感到一阵温暖，于是对跑过来的夏小禅说："让赵青来见我。"

"大小姐，来都来了，还是不要赶她们回去了吧？"

"我知道，进去说话。"

二子把车直接开到团部。林潇苒下车对崔副官说："赵青她们来了，不用再让军需官参与了。"

进了办公室，林潇苒脑子里飞快运转着，不一会儿，一个行动方案形成。

赵青一头闯了进来，像一头哀伤的母狮，在追逐一个看不见的幽灵，眼睛里燃烧着懊恼点燃的烈火，嘴唇启动的同时，眼泪夺眶而出："你这么做，比杀了我还难受！"

"嗨，我不怪你，你反倒先发制人了。"

"是，用脑子，我们中队加起来也比不了你；可是，论行动——你这辈子不行，下辈子也不行！"

"行啦！离天亮不到两小时，把所有的话忍住。"

"不是，我们现在立刻派人到步云楼看一下情况，然后再做决定才是啊。"赵青态度恢复了。

"不可以，那样会打草惊蛇。我问你，徐州城里谁最了解步云楼发生的枪战？"

见赵青一时蒙了，崔副官说："肯定是宪兵队和保密局的人了。"

林潇苒看着赵青恍然的神色说："我们先派人——不用，直接给宪兵队打电话，就说进城的路上发现两名负伤的女子中队的人，被带回三团驻地了，让他们派人来押走。等宪兵队的人来，不管是谁，也不管有多少人，统统拿下，但是不能开枪；问出步云楼发生的情况后，一个不留。记住，把他们的衣服换成三团士兵的服装，将他们抬到车上运到单集。这么做的目的是尽可能不让三团暴露。"

赵青听着频频点头，嘴里发出"嗯嗯嗯"的声音。

见崔副官拿起电话，林潇苒忽然说："别，先给赵团长打电话，由他向宪兵队报告更稳妥。"

"可是，万一团长听不出来我们的用意，或者说错了——"崔副官放下电话，眼里溢出担忧。

"放心，怎么说他也是潜伏十多年的老地下党了。这种话，他一听就明白了。"林潇苒说。

崔副官再次拿起电话，拨通了单集三团驻地电话："团长。"

林潇苒走近了，听见一声低沉的回应："说。"

"是这样，我们在进城路上拐弯的时候，车灯照到麦田里有两个身影。你在听吗？"

"啰唆什么！"

"我们停下车追过去一看，原来是两个受伤的女人，穿着国军的服装。当时没多想，把她们抬到车上了，回来一看，差点儿被吓死了——其中一个竟然是女子中队的队长。当时她还想反抗，只因伤势太重被我们制服了。团长，你看这事该怎么办？"

"让我想一下。"电话里传来赵大光思虑的声音。

"团长，我们还得装物资，哪有时间看押她们。时间长了，万一她们死了，咱们也不好交代呀。我的意思是，直接交给宪兵队算了。"

"你可真是多管闲事——晚上步云楼刚被端了，这大半夜的，女子中队的队长也冒出来了，说不准步云楼枪战幕后就有她们。我觉得还是交给保密局吧。"

"哎呀，保密局那些人生性多疑，说不定连我们一起带了去问七问八的，这不是耽搁事吗？再说了，抓共党不是我们的事，是宪兵队的事。"

"行吧，怎么着都行，我刚睡着又被吵醒。这事，我知道了，你看着办吧。"

"团长，这事该你对宪兵队说，我不想多事。我的意思是，让宪兵队派人来咱们团驻地，把人带走了事。"

"你小子，算了，抓紧运物资吧。我通知宪兵队。"

电话挂了，崔副官缓缓吐出一口气。

林潇苒看着赵青说："立刻回仓库埋伏。"

赵青点头，对夏小禅说："你留下！"

崔副官从书柜里拿出一张徐州城防图，展开了放在桌上，指着说："保密局在市内共有三处秘密据点，这里，这里，这里。我估计，假如王思弟他们还活着，极有可能被关押在这里——云龙山西山坡上这处防守严密的据点。若要强攻，肯定会造成伤亡。"

林潇苒问："你去过吗？"

"没有。组织给我的具体任务是全面掌握保密局的秘密据点。由于这个地方是独立的建筑，加上周围布满了暗堡和铁丝网，没有保密局的通行证是不能进入的。我了解的这些情况，还是从宪兵队一个小队长那里打听出来的。"

说着电话响了，崔副官拿起电话说："团长。"

"团什么长，我是宪兵队的周志平。"

"哦，周队长，有何吩咐？"

"我听你们团长说，捉到两个女子中队的人，是真的吗？"

"什么真的假的，我也不知道，反正我看着像通缉令上的那个叫赵青的女共匪——若不是因为她受伤，我这条小命早没了。"

"崔副官，恭喜，你立功了！等着，我亲自带人过去，你可要给我看好了！"

"哎，周队长，你可要多带些人来，万一路上遇到麻烦，我可不负责任的。"

"知道了。既然女匪首来了，肯定来的不止一两个。你等会儿。"电话挂了。

夏小禅不等林潇苒说话："我去通知赵姐。"

"崔副官，你估计周志平会带多少人？"

"可能是一个小队，三十来人吧。没事，这里是我们的地盘。对了，若是来两个小队呢？"

"全部干掉！我们换上宪兵队的服装，开着他们的车，趁乱直扑保密局据点！无论我们的同志是死是活，都不能放走保密局的人！"林潇苒冷冷地说。

六十二

仓库前，赵青指挥三团士兵往卡车上装弹药。林潇苒走过来问："都是些什么？"

"子弹、三十挺轻机枪、十挺重机枪，还有掷弹筒、手雷——都是好物件！"赵青抹着额头上的汗说。

林潇苒没看见其他队员，问："她们呢？"

"柳迎春的人在门外警戒，柴青火她们在另一处仓库往车里装炸药——可惜没有炮弹。"赵青说着，看着崔副官，"你们怎么会有这么多武器？"

"每次军事行动，大多放些空枪，然后虚报损失，尽可能多向上面要一些武器，久而久之就储存了这么多。"

看着车已经装满，林潇苒说："赵青，把三个小队长叫到办公室，商议一下行动方案。"

赵青对夏小禅说："你没听见呀？"

"我——不是你说的，让我寸步不离的？"夏小禅顶了一句，还是转身离开了。

赵青跟在林潇苒身后，乞求而悲凉地说："也不知道思弟现在怎么样了。大小姐，你估计呢？"

"估计有什么用啊，待会儿抓住了宪兵队长不就清楚了？"

两人说着话进了办公室，夏小禅、柳迎春和柴青火三个小队长也进来了。林潇苒让她们围过来，指着地图上三处画了圈的地方问："这三个地方能找到吗？"

夏小禅指着云龙山处的圈说："这里我知道，还有——"

赵青不等她说下去，制止道："其他的地方不用你操心了。这里，我知道。你们呢，这个地方找不到吗？"

见柳迎春和柴青火懊恼地瞪着眼睛，崔副官说："我可以带路。"

"你不能去，这里还需要你。这样吧，让二子开车带她们去。"

"大小姐，她们只能去一个，你身边得留人。这事我做主了，柴青火留在大小姐身边。"赵青说。

"我和你一起行动，有你在还不放心？"林潇苒说。

"大小姐，这事待会儿再说，先布置任务吧。"赵青把嘴边的话咽下，换了这一句。

林潇莀胸有成竹地说："一共有两套方案。如果思弟还在，被关在保密局，我们不分开行动，让宪兵队长向保密局报告，请示抓住的赵青怎么办。我估计，保密局只能做出两种选择：一是让宪兵队送过去——这样我们可以押着宪兵队长周志平去保密局；二是保密局派人来带——如果是这种情况，赵青再带一名队员由他们押走，让宪兵队长以护送的名义跟着。总之，我们的任务是救人。假如思弟已经不在了，那么我们再实施分散计划。目的不只是报仇，而是配合曹振海和祝学义，完成智取弹药的任务。同志们，这场战役打到这个份上，弹药是胜负的主要因素了，我们一定要尽可能地多获取一些弹药！"

赵青眼里蓄满泪："大小姐，我们明白，和你的心也是一样的——你是怎么想的，我们就会怎么做！"

林潇莀听出来，这话是说："弹药当然重要，可此仇不报，此恨难消！"

崔副官忍不住提醒："宪兵队的人该到了。"

"找合适的地点设伏。记住：人多，毫不犹豫射击；人少，尽可能悄无声息。只需留下周志平一个活口，其余人一个不留！告诉队员们，不要担心城里的敌人多，这里存在着一个全局与局部的关系——全局优势再大，对局部也没有太大的影响。一句话，放开手脚、干净利落！"

"明白！"赵青等人信心满满地回答。赵青刚要离开，对柴青火命令的口吻："你留下，陪着大小姐就在这里等候！我把周志平带过来让大小姐亲自审问！"

"哎！哎！"林潇莀下面的话还没说出来，赵青等人急匆匆离开。

崔副官临走时劝慰："你在场，她们反而放不开手脚。"

柴青火殷勤地让林潇莀坐在椅子上，先是把门关上，接着倒了一杯开水端过来："嘿嘿，大小姐，您是帅呀，哪能随便出来呀。"

林潇莀知道说什么也没用，索性低头想这个时候曹振海和祝学义会在哪里。有一点可以断定，就是在步云楼发生枪战时他们不在，因为饭店本来就没有空闲的包间，加上老板见了他们肯定会拒之门外的。这样就有两种可能：一是保密局的人虽然对他们产生怀疑，可为了放长线钓大鱼，欲擒故纵；二是在枪战之后立刻将他们逮捕，防止节外生枝。

无论是哪种情况，他们都不会有致命的危险：没被捕，一旦保密局被端了，所谓的线也就断了；被捕了，也会被赵青她们解救出来，只可惜智取弹药的计划就此画上句号。

外面传来汽车的马达声，林潇莀站起来，想出去看一下来了几辆车。柴青火似乎看出了她的心思，说："大小姐，我帮你看，可是你不能让我为难。"

"行呀，去吧。"

柴青火犹豫、为难的神色："大小姐，别让我分心！你可要一诺千金啊！"

"啰唆什么，快去快回。"林潇苒坐下。

见柴青火离开，林潇苒急忙起身走到窗前，看见从大门外连续开进来四辆箱式巡逻车，心里推算着，这样的车在上海见过，一辆最多乘坐十二人。四辆车其中有一辆应该是空的，留给"在押"要犯。如果不坐满，三辆车里不到三十人。

"这就放心了！"林潇苒悄然回到座位上，端起热水喝着。

外面传来崔副官的声音："周队长，这么慢，我的物资都装好了。"

"大半夜的，装什么物资？"操着河南口音的质疑声传来。

"你这话说的，这大半夜的，你们都在城里享福，我们三团却出城打仗，死了许多弟兄不说，娘的，还不让我们回来——不回来拉物资，你送吃的？"崔副官满腹牢骚的语气。

"你冲我啰唆什么，又不是我让你们去的。人呢？"周志平问。

"关在后面的仓库里，也不知死了没有。"

"哼，她若是死了，老子就得把你带走，不然，我没法向徐州站交代。都下车，跟着崔副官去带人！哎，你们团长办公室怎么还亮着灯，该不是回来了不愿意见我吧？"

林潇苒听着，灵机一动，快步走到门前，一把拉开了门，怒气冲冲地喊："混账的副官，我要的汤怎么还没来啊？"

室外霎时死一样安静，几秒钟后才听见周志平诧异的声音："女人呀？听声音还不是本地人？呐，你们去仓库带人，我倒要见识一下究竟什么样的女人有如此大的口气！"

"哎！哎！先去仓库，你要的人在仓库里！"崔副官惊异的声音。

"喊，连你都能逮住的人，还有什么好担心的？若不是老子担心路上出事，怎么可能带这么多人？你带我的人去仓库，我去团长办公室坐会儿——把人带上车再过来喊我。"

"是。"一个陌生的声音回应。散落的灯影中，一群人向营房后面的仓库走去。

林潇苒敞着门回到座位上，猜着柴青火就在附近，一定会听懂她的暗示，所以才没有先于周志平现身。她根据周志平下车的位置，数着步子，数到一百四十的时候，突然端起桌面上的一个水杯，朝门口扔过去，怒骂："你就是一头蠢猪！"

一个身影一闪，躲过了茶杯，进来一个身材矮胖、一脸赘肉的中年男人，还没站稳，就被门外进来的柴青火用一把匕首抵在耳根下面，一个低沉、充满仇恨的声音在周志平耳边响起："不请自来啊！"

周志平开始一愣，听出是女人的声音，瞬间镇静了许多："原来是个陷阱，不过，我可是带了二十多个弟兄来的。"说着伸手要掏枪。柴青火持刀的手腕一转，刀子直扎在还没摸到枪的那只胳膊上，见周志平想用另一只胳膊反抗，刀子闪出一道血光，稳稳地扎在他的手心上。

周志平看着从手心穿过的刀尖，当即吓得瘫软地坐在地上，两只胳膊都像触电似的，哀求道："姑奶奶，饶命啊，你要我做什么都行。"

血流在地上，周志平看着，左手顾不了右手，右手自顾不暇，索性跪着向林潇茗磕头："在下有眼无珠，多有冒犯了——让我过来，肯定有吩咐——什么事，只管说，我一定照办！"

话音未落，赵青手里拎着一个俘虏的衣领进来。俘虏已经被吓得魂不附体，主动跪下不住地磕头。

"告诉你的头儿，你的人呢？"赵青说着，用凶狠的目光看着柴青火，释放着——看我如何处罚你！

俘虏嘴边像被冻僵了："都——都——都——都都都了——"

赵青讥笑道："还'都都'了！大小姐，我看这个'都都'肯定要比这个队长老实，留着队长没啥用！"

周志平扭过头一看，胳膊突然能动了，双手扑地，连声求饶："赵队长，这个人只是一个小队长，能知道什么呀？留我一条狗命吧，肯定要比他有用！"

林潇茗想了一下说："赵青，你把这个小队长带到外面审问，我在这里审问队长。看谁说实话，不说实话的人就不用留着了。"

"是！"

赵青再次拎着小队长的衣领，把这个浑身像打摆子的人拖了出去。

"傍晚，你参加了步云楼的行动？"林潇茗不动声色地问。

"参，参加了，不过，我们宪兵队只是负责外围。我对天发誓，我们队所有人一枪未开，更不要说打死人——那都是保密局徐州站的人干的！"

"怎么知道步云楼有我们的人？"

"这个，不知道呀，我只是接到保密局通知，要我带着宪兵队配合他们行动。至于如何发现的，他们也不会对我们说呀。"

"我方死了多少人？男多少？女多少？叫什么名字？"

"男的四个，其中有一个是老板；女的两个，其中一个叫王思弟。"

林潇茗的心好像被突如其来的獠牙咬了去，一阵凄惨的哭叫在血脉中沉浮，有几次差点儿冲破了喉咙，看着面前瑟瑟发抖的周志平才压了回去，心在獠牙中咀嚼着，呼吸越发困难，憋得喘不过气来，一时忘了该问什么。

"你怎么知道她叫王思弟？"柴青火蹲下来，一个颤抖的后背对着林潇茗。

"是保密局徐州站的副站长吴群说的。有一个女人躺着不动，他上前看了一下就骂手下，说谁让你们把王思弟打死的，这下潜伏在城里的共党就没线索了——还说——"

"够了！给徐州站打电话，说赵青和她的手下已经在你手上，而且伤势很重，问如何处置。"林潇苒忍着内心锥刺般剧痛，一字一句地说。

"遵命，我遵命！"周志平艰难地从地上站起来，踉跄了几下险些栽倒，被柴青火伸手抓着后背的衣服才站稳了，他走到办公桌前，肩膀扭动了几下没能抬起来。柴青火上前拿起电话摇了几下，拿起来贴近周志平嘴边。

"喂，我，给我要保密局徐州站，我是宪兵队的。"周志平说着话，眼睛一直窥视近前一手拿送话器一手匕首的柴青火。

一阵短暂的呼叫后，送话器中传来一声极度困倦、不耐烦的声音："哪——里？"

"我，是我，宪兵队的老周。"

"这么长时间？是他们认错了吧？我们站长就说，那些女匪岂能被杂牌部队的兵捕获？"

"不是，还真是赵青，可能是伤势过重才被抓到的，人就在这里。你请示一下站长，是先关在我这里还是直接送过去？"

对方似乎被惊醒："还真是啊？那不用请示了，你把人直接送过来，我确认一下再报告站长。"

"那送哪儿？我的意思是送到站里还是其他的地方？"说着，周志平用眼神请示——这样说可以吧？

"送云龙山吧，我这就赶过去。"对方挂了电话。

周志平预感到自己的大限到了，悲苦地笑了一下："我知道，怎么做都难免一死，可还是照你们说的做了——不求饶命，但求死得利落。"

林潇苒冷凝的眼神："以你过去所犯下的罪过，就算死个十次也不为过。但是，我们共产党从来不做卸磨杀驴的事。你走吧，到附近医院包扎伤口。我要提醒你，徐州之敌正在谋划撤退，若是还对国民党抱有幻想，你不妨出去之后向保密局报告——我不在乎！"

"长官，我也不傻，您让我这么做只是为了声东击西——接下来要做什么事，我不敢猜，但我这条命是您给的，绝对做不出拿您给我的命去做对不起您的事。"

"行了，你可以走了！"林潇苒挥手。

周志平感动得涕泪俱下，缓慢地转过身，晃晃悠悠地往外走。

柴青火瞪着决不饶恕的眼神看着林潇苒，持刀的手抖索着。林潇苒等周志平出了门，小声说："他失血过多，走不出百步，犯不着补刀。"

这时，赵青、崔副官、夏小禅等人进来，眼里都蓄着疑惑——怎么把这个恶贯满盈的宪兵队长放走了？

柴青火想解释又忍住，说："那我去送一下吧。"

"什么意思啊？"赵青满眼疑窦。

"没什么，他想死个利落，我偏不让——行啦，说正事。"林潇苒抖擞精神。

"我先说一下大家的集体决议！大小姐，好歹我也是队长，自从认识了你，从来都是唯命是从，可此刻，你必须听一下女子中队集体的决定！"

林潇苒看着赵青决绝的态度，已经猜出了个大概，就是让自己带着弹药出城，捣毁保密局的任务由她指挥女子中队完成。

崔副官忍不住说："算我一个，支持赵队长的决定——大小姐，请你带着四辆弹药车出城！"

林潇苒知道拗不过众人，思忖着说："好吧，把三团的军需官叫来，我有事交办。"

夏小禅刚出门，柴青火进来说："大小姐真的是料事如神，那个恶魔只走了八十多步就倒下了。"

赵青深吐一口气："大小姐，让军需官来干吗？他强烈要求随车出城！"

"就这么收场，那三团不就暴露了吗？我有一个预感，有三团在单集，说不定会有意外惊喜。"

话音刚落，不到三十岁的军需官老白走了进来，愣愣地看着林潇苒说："就是你啊？"

"白同志，情况紧急，我需要你留下来，一是配合赵青她们的行动，二是掩护三团不至于暴露——你愿意留下来吗？"

老白双腿并拢，立正的姿势："坚决服从组织！"

林潇苒转问："崔副官，从这里出城大约多长时间？"

"一刻钟。"

林潇苒对老白下达命令："一刻钟后，你把库房剩下的弹药给炸了，然后报告城防司令员部，说宪兵队的人刚走，女子中队的人就来了，发现她们的人不在直接把仓库给炸了；请他们快派人增援！然后，你化装潜伏下来，等候徐州解放！"

崔副官担忧道："那样的话，赵青她们出城就难了啊。"

夏小禅说："不是，那样出城更容易。你想一下，十五分钟后，我们已经完成了捣毁保密局的任务，会惊动全城。守城的敌人倾巢出动，满城堵截我们，可他们却不知道，我们开的是宪兵队的车，穿的也是宪兵队的衣服，到了城门前谁敢阻拦？"

崔副官恍然大悟："呀，太神奇了！这连自己的人都想不到，更别说敌人了——大小姐，你太厉害了！"

赵青欣慰地说："这下知道了吧，我们为何如此保护大小姐——只要有她在，我们什么都不怕！行动吧！"

林潇苒忽然想起："等一下，你们完成任务之后如何撤离？"

赵青说："我们约定了会合的地点，一起出城。"

"很好！到了城门，只说出城检查三团拉走的物资——一旦遭到阻止，毫不犹豫强行突围！"

"大小姐，放心吧，来硬的是我们的强项。"柳迎春说。

"还有，你们捣毁保密局据点时，若是发现被关押的有我们的人，不可以同车带走，告诉他们各自潜伏，等候解放！假如遇到曹振海、祝学义，一定要装着不认识，更不能放他们出来！"

"为何？"赵青等人异口同声。

"因为你们不过问，敌人就会把他们当成自己人。那样，他们出来以后注定会带来一个惊喜！"

"噢！"众人恍然回应。

林潇苒这才出了办公室。四辆满载弹药的车已经在院内等候，宪兵队的巡逻车排在最后。

崔副官上了第一辆车，让林潇苒和柴青火乘坐吉普车跟在其后。

第一辆车启动，林潇苒乘坐的车紧随其后。路上，她不时地看着手表。分针指向凌晨五点零六分，第一辆车到了城门前。守城的士兵上来与崔副官说了句话，路障被移开。大约过了五分钟，城里突然传来剧烈的爆炸声，火光映红了半个城市。

六十三

爆炸声逐渐消失，眼看单集已经在夜色中影影绰绰，却没听见城里传来的枪声，林潇苒一颗悬着的心终于放下了。

"我就知道她们是不会动枪的。"柴青火说。

车灯照在路面上，两边的夜色呈现出由近至远、渐次模糊的混沌。过了哨卡，十几名哨兵挡在前面。崔副官的车停下，对上前的哨兵说："是自己人。"

"哎呀，你们可回来了！团长他们正准备进城去呢！"哨兵说。

汽车再次启动，还没进集镇，只见整条路上都是列队的一眼看不到尽头的整装待发的官兵。崔副官还没等车停稳便跳了下去，朝迎上来的赵团长、林一笑等人跑过去。

赵大光一把抓住崔副官的双肩："林潇苒她们呢？"

林一笑说："看他这表情，她们都回来啦！我就劝你沉住气，你偏不听，还要带着所有人进城，幸亏没去！"

赵团长吼叫："你有完没完啊！崔副官，说话啊！"

林潇苒急忙下车，走过来说："团长，干嘛发火？"

赵大光身子一软蹲了下去，机能耗尽似的："我的娘啊，你们终于回来了啊！这么干等，简直比上绞刑架还难受啊！"说着，猛然抬头往林潇苒身后看着，忽地一下站起来，惊呼，"她们呢？"

"哎哟，你别这么一惊一乍的——只要大小姐没事，她们就不用担心了。"

林一笑过来，哭笑不得的语气："咱们这个团长，长着一颗娘们心。"

柴青火斥责："怎么说话的？就你给我们赵青队长提鞋都不够格，更别说大小姐了！啥人哪！"

"不是，不是，你们都是女神，我怎么敢说你们？哎，怎么没一起呀？"林一笑的声音僵硬了。

"赵团长，解散，让大家回去安心睡觉！"林潇苒说。

还没等赵大光发话，吕建辉大声喊着："都有了——立正！向我们的指路明灯林潇苒长官敬礼！"

唰的一声，满条街都是军礼。

林潇苒还礼说："同志们，我们此次进城，打死了宪兵队两个小队，包括宪兵队长周志平，带回了四卡车弹药。另外，赵青带领女子中队，分别摧毁保密局驻徐州站三处据点。我估计，这会儿已经完成任务开始撤离。同志们，徐州之敌已成为惊弓之鸟，不堪一击！徐州很快就要回到人民的怀抱了！"

官兵拼命用掌声表达内心对获得新生的感激和对女子中队的崇高敬意，吕建辉下令"各单位带回"，可是队伍依然不动。有人低声说："我们要亲眼看见女子中队回来！"林潇苒断然的语气："服从命令！"队伍这才陆续而有序地消失在街道两边的民宅内。

林潇苒对赵大光、副团长、吕建辉和林一笑说："这四车弹药要立刻送到宿县，交给郑超团长，然后从我们的兵站装些生活物资过来！"

吕建辉急忙摇头："我们怎么可以向组织伸手呢！干脆，连车一起送过去得了！"

林潇苒说："不可以，我们运物资过来，一是官兵补给的需要，二是应付明天上面来人检查。"

"喔，对对，还是大小姐想得周到。"赵大光等人回应。

"那林队长，你负责送弹药吧。"

"是。"林一笑应声上车。

林潇苒上前嘱咐："一定要在天亮之前赶回来，如果时间来不及，可以先让萧县的同志把物资准备好，你们把车牌留下来即可。"

"好，放心吧。"林一笑上车，对后面的司机说，"跟着。"

"林潇苒同志，外面太冷了，回房间说话。"赵大光的情绪这才稳定下来。

进了房间，林潇苒把进城后的过程详细说了，直听得几人目瞪口呆。

吕建辉惊叹不已："你们这次行动，让我等想都不敢想啊——惊心动魄，一切尽在掌控之中！难怪这一年多来，徐州地区被游击支队搅得翻江倒海！一个女子中队就有这么强大的战力，就不用说杨德简手下的特工队了。"

林潇苒头一次听说"特工队"，想问又觉得不妥。这时，柴青火端着一碗疙瘩汤进来，林潇苒刚接过，门外惊呼："有车队过来了！"

林潇苒急忙出门，只见从徐州方向飞快地驶来四辆车，眼睛不禁潮润，心里默默地说："姐妹们，你们终于回来了，这种等待真的很煎熬啊！"接着，一个问题冒了出来，这四辆巡逻车如何处置？还能怎么办，直接送回宿县交给郑超！

"刚才好像没听见枪声，说明她们出城很顺利。"赵大光喃喃自语。

"青火，怎么没看见你们的马啊？"林潇苒问。

"马都在西南方向大约一公里处一个叫孟礼村的村子里。村里有一家地主，是我们争取过来的——表面上替敌人做事，实际上是替我们工作。大小姐，怎么问这个？"

"村里可以住宿吗？"林潇苒想着让队员们都回村待命，好好休息一下，准备随时出击。

"当然可以。我们每次进徐州城都把马留在那里，从来没出过意外。"柴青火说。

说话间，巡逻车到了近前。赵青跳下车直奔过来："大小姐，你没事吧？"

"我怎么会有事啊。走，到房间里说话。"林潇苒说着，深切地拥抱一下赵青，"真为你们担心啊。"

柳迎春从后面的车跑下来："我也得抱一下。"

见林潇苒展开怀抱，赵青却挡住了："一边去，浑身是血，别弄脏了大小姐！"

队员们都拥过来，欣喜地争着想对林潇苒说些什么。一些剃了头的队员不时发出埋怨："不就是这么点事儿嘛，至于把头发都剃了吗？这，这回去如何见人啊！大小姐，你说怎么办啊？"

看着队员们个个神采飞扬，林潇苒欣喜地脱下帽子："我还不是一样啊！"好在夜色很浓，看不清她的光头。

"快戴上，别冻着了！"赵青说着，对站在身边一句话也不说的赵团长说，"怎么不说话呀？"

"唉，我等有什么脸说话。这样吧，你们进房间说话，我让人烧一锅羊肉汤犒劳你们。"吕建辉把话接过去。

队员们暗自高兴，却都看着林潇苒不敢表现出来。"好啊，谢谢参谋长。"林潇苒说。"哇——"队员们这才高兴地回应。

赵青想起来说："大小姐，有两名被关押的同志已经被摧残得不成样子，我担心她们没有能力潜伏，就带回来了。"

林潇苒又惊又喜："怎么不早说啊，快把这两名同志送进房间里暖和一下！"

队员们一阵忙乱，从最前面的巡逻车扶下一个单薄的身影。林潇苒快步走上前，仿佛看见了自己的老师，哽咽地说："同志，让你受苦了啊！"

　　因为光线暗淡，林潇苒看不清对方的容貌，只看到一张模糊颤抖的脸的轮廓，闻到一股刺鼻的气味。

　　"我不是做梦吧？听特务们私下议论，天亮之前要把关押的同志统统处决了。难道我已经不在了啊，是灵魂遇见了自己的同志？"声音虽然微弱，却带着丝丝心血。

　　林潇苒一下拥抱住她："不是梦，是灵与肉的相逢啊！"

　　"大小姐——"夏小禅大概想说"她身上有伤，或者衣衫上全是血迹"之类的话，话到了嘴边又咽下了。

　　林潇苒背过身，缓缓蹲下："我背你啊。"

　　"怎么能让你背呢，我来！"赵青一下把林潇苒推开，拦腰把看不清的女同志抱起来——从动作上可以看出，当时上车也是这样抱的。

　　"天啊，不过只有六七十斤重。"赵青走着，回头对夏小禅说，"把车里另一个同志也抱进房子里——注意呀，她的腿可能被打断了。"

　　夏小禅等人上车，抬着另一位受伤的女同志放在柳迎春的背上。

　　进了室内，白炽灯光下映出一个衣衫单薄、三十来岁的女子，浑身上下浸透血污、身材瘦弱、头发粘连，面容几乎只剩下骷髅。尽管外形已经失去最基本的活力，但是一双凹入眼眶的眼睛却释放着高远的睿智和不尽的柔情。

　　林潇苒哭泣着说："同志，我仿佛看见了我的老师，想起她牺牲前的样子，可是，你比她还要凄惨。"

　　"别哭啊，看着你们的着装——能说一下情况吗？别怪我啊，坚持了这么久，经受了特务们百般折磨和层出不穷的阴谋，已经对生不敢抱有幻想了。从你们的神态、表情，我可以认定是自己的同志，可是，哪有这么好的事啊！请告诉我，你们的单位、任务？为何要冒这么大的风险救我们出来？"

　　另一个女同志忍住伤痛说："大姐啊，我相信她们是自己的同志——从她们身上，不单单感受到血脉相连的情义，仅凭她们对特务们出手，就可以认定是自己人！她叫朱红丽，是徐州高校地下党的总负责人。"

　　林潇苒听着，脑子好像被电击穿，空白了几秒钟才愣怔地问："等一下，你说她叫什么？朱——红——丽？"

　　"是呀，你听说过？"

　　林潇苒感觉头皮发出吱吱的声音，直视着朱红丽："您认识王友明吗？"

　　朱红丽无力地闭上眼睛："他不在了。"

　　"什么意思！啊，什么意思啊？"林潇苒有点儿怀疑朱红丽的身份了——王友明是她的丈夫啊，此刻正在淮海战场指挥几百万民工支援前线，怎么能说不在了啊！

另一名受伤的女子说："两年前，她接受一项任务，去指定的地方接应从上海来的同志，一见面才知道，来的人不是别人，而是自己的丈夫王友明。可是，还没来得及说话，特务们就冲了过来。她为了掩护丈夫，猛地把他推到了桥下，接着边开枪吸引特务。她被捕了，可王友明不会水，即便没被特务抓住也不可能生还。"

赵青等人惊讶不已："不会是重名了吧？不过，我们都不知道王书记的妻子叫什么。大小姐，你是怎么知道的？"

林潇苒仿佛没听见，对木然的朱红丽说："他脖子上有一道浅浅的刀伤。"

朱红丽猛地睁开眼睛，骷髅般的黑洞里渗出一道亮光："他没死啊！你最后一次见他是什么时候啊？"

"几天前。"林潇苒泪如泉涌，"他现在负责围歼黄维兵团的支前工作。大姐，难道他不知道你被捕了？"

朱红丽默然摇头："那种情况下，我都以为他不在了，他也会这么认为的。再说，徐州保密局内部没有我们的同志，若不是你们把我救了，他到死都会认为我已经死在了饮马桥上。"说着，看了一眼桌上已经凉透的疙瘩汤。

夏小禅忙说："我去热一下。"

另一位被营救的女子说："不用，再拿一个碗，冲上热水即可。那些狗特务，每天只给一个窝窝头，一桶凉水，几天也不换。"说着，看着疙瘩汤不停地舔着嘴唇。

赵大光忽然想起："羊肉汤该开锅了，要不用热汤冲一下？"

"嗯，我去。"夏小禅端着碗离开。

朱红丽看着狱友，发出微弱的气息："在一起关了这么久，还不知道你的情况呢。"

"我叫廖子青，一九四六年入党，在郑州党的一处联络站从事地下工作，一年前被捕。不久郑州被我们解放，保密局就把我押到了徐州。唉，每天听着隆隆的炮声，知道自己活不到亲眼看见徐州的解放，没想到——"说着，廖子青泣不成声。

这时，夏小禅端着一盆冒着热气、散发着浓浓肉香的汤进来。赵青从一名队员手中接过几个碗，往碗里装汤。

桌上的电话响了，赵大光上前拿起电话："我是赵大光，什么？"声音带着惊讶，"不对呀，我的人回来了，没发现什么共军——怎么可能把我的弹药库给炸了？"

林潇苒端着碗，送到朱红丽嘴边，耳语着："没事的，趁热喝。"

朱红丽抿了一小口汤，凹陷的眼窝里滚下一串混浊的泪珠，接着摇头，把泪珠甩落，露出朝圣的虔诚，从肺腑间发出微弱的声音："是你们给了我第二次生命啊！"

"大姐啊，可惜我们知道得太晚，不然早就把你救出来了。"林潇苒耳语道。

赵大光声音更大："司令员啊，你不能把我丢在城外啊！昨夜一仗，子弹几乎打光了，而且游击支队的五大队就在萧县，说来就来。嗯，嗯。"听了片刻，接着说，"天亮之后，你就算不来也得派参谋长或者副司令员来看一下吧？不瞒你说，现在全团上下都是人心惶惶的，这兵实在难带啊！"又听了一会儿，说，"我说呢，宪兵队的人怎么向西去了？他们过哨卡时大声嚷着，去追女子中队。嗯，嗯。不过一定要快啊，不然，共军来了，我人再多，没有子弹如何应对？"

赵大光放下电话说："情况要比我们预计得好！城防司令员说，炸三团弹药库不是目的，共军是用声东击西的办法吸引注意力，然后攻打保密局营救被关押的共党要犯。总之，林潇苒同志，你的计谋让敌人到了最后也没能识破。还有，司令员部天亮之后就给我们送弹药。我让上面派人来慰问驻防官兵，司令员说在城里共军都如入无人之境，城外可想而知。"

廖子青喝完了一碗汤，忽然想起："昨天救我们时，为何不把三名傍晚被关进来身穿国军制服的同志一起救了呀？"

夏小禅微笑说："这是大小姐的又一个计谋。"

赵青说："小禅，把当时的情况说一下，让大小姐听听有没有留下什么破绽。"

"进了那处简直像地狱一样的院子，我带着一个人往里走，留下两名队员把守门的特务给解决了，之后，所到之处见了特务就上前一刀毙命。到了地下室，里面的人以为是送犯人的，迷迷糊糊地打开铁门，还没等看清进来的是什么人，就去见阎王了。过第二道门时，发现两名女特务正在跟被关在铁栅栏内的曹振海和另外两名军官说话，我脑子一闪，想着该留一个活口报信，于是亮出了匕首，没想到两个女特务当即吓傻了，浑身哆嗦着求饶命。我说饶你们也行，把所有的牢门都打开。两个女特务看着守卫室内几名看守都死在刀下，慌乱点头。这时，曹振海趁着特务去开门，低声问：'谁让你们来的？他们根本没有证据，我不能离开！'这时，一个女特务过来说：'门都打开了。'我对曹振海说：'你不是被我军俘虏过的一个狗屁营长吗，怎么啦，不认识了？你还喝过我们下河抓的鱼煮的汤呢。'曹振海哀求说：'放了我吧，我可以给你很多钱。'我说：'我们只能放你一次，哪能有第二次？再说了，又不是我们关了你。你呀，就死心塌地效忠你的党国吧。'后来，我们把十几名同志放了出去，对他们说我们还有任务，让他们暂且隐蔽，徐州不久就要解放了。整个过程就是这样。"

林潇苒用赞赏的目光看着夏小禅说："不错，这个结果比预想得还好！"说完，发现朱红丽有话想说，急忙说，"大姐，你们得离开了，去宿县养伤。我们还有任务。"

"好！"朱红丽伸出手，静静地握着林潇苒的手，"我看见了这些女同志的身手，想必你们在执行一项特殊的任务。黎明就在眼前，一定要保护好自己和你的战友啊！"

"放心，大姐！见到王书记，请让他放心，我会一个不少地把女子中队队员带回去的！"

赵青和柳迎春架着廖子青，林潇苒看着，关心问："大姐，你的腿？"

"没事的。下午那些畜生为了解闷，把我拉去坐老虎凳。几个人打赌，看我能扛几块砖。呵呵，看着她们一刀一个，心里真解恨啊。"

出了门，林潇苒对柳迎春说："你负责把四辆巡逻车和两位大姐送回去，要亲手交给郑团长，再骑马回来。"

"大小姐放心！"

朱红丽回头看着林潇苒，问柳迎春："你们怎么都称呼她大小姐呀？"

"上车，大姐，路上再说。"

四辆巡逻车缓缓向西驶去，林潇苒目送到一处拐弯处，视线被房屋挡住，这才转过身来，看见灰白的东天闪烁着稀疏的晨星，风从北面的房檐上吹来，夹带着零星的雪花。徐州城外，一团雾气在田野上奔腾，像一条没有岸边的河流，一边是苍凉的大地，一边是凉爽迷人的初霞。

六十四

军情瞬息万变。

就在林潇苒带着女子中队要去孟礼村休息时，徐州东南方向传来隆隆的枪炮声。她骤然一惊："敌人开始撤退了！"

赵青侧耳听着说："没有重炮，都是些掷弹筒和坦克炮发出的声音。密集的枪声好像是咱们的阻击部队发出的。大小姐，莫非敌人真的要往草沟、五河方向撤？"

"绝对不可能！我说过，除非杜聿明是我们的卧底！走，回去！"林潇苒倦意全无，精神振奋地往集镇上走。

这时从集镇西飞快跑来一个身影，夏小禅望了一眼说："好像是崔副官。"

林潇苒和队员们小跑着迎上去。很快，崔副官气喘吁吁地到了近前："林潇苒——同志——有情况——"

"废话，我们都听见了！有什么情况直接说！"夏小禅斥责。

"刚才——枪炮声一响——徐州方向一下涌出许多敌人，怕是他们一边在徐州东佯攻，一边向西撤退——可是，几座桥上还没来得及安放炸药。林一笑队长还没回来，赵团长让我来问怎么办。"

林潇苒急切地问："你们是否给城防司令员部打过电话了？"

"打了，司令员部长官们都不在，接电话的人说全城正在组织撤退。当官的都忙着自己家人和财产什么的，根本没人指挥。"

"好，快回去！"林潇苒带头往三团驻地跑。

全体官兵已经集结在窄窄的街道上，赵大光在队伍前来回踱步。张望中的吕建辉看见了林潇苒，惊呼："大小姐，你可来了！情况万分紧急！我的意思是往西撤，遇到桥就把它炸了，然后继续往前走——反正敌人再多，一时半会儿也追不上。"

"你给我闭嘴！"赵大光吼了一声，对林潇苒说，"下命令吧！"

林潇苒往东瞭望，路面上快速行驶着几十辆卡车。假如按照吕建辉的建议，不等三团撤退到西边一公里的桥上，就会被敌人追上，如此一来，若想炸桥势必付出巨大的代价，于是当即下令："五大队出列！"

赵大光怪叫一声："你不可以，我不同意！整个团刚刚改编过，无论什么情况都不能分开！"

赵青面带愠色："你也给我闭嘴，否则对你不客气！"

从长长的队列走出三百多名五大队的队员，站在林潇苒面前。三团士兵很不情愿地让出地方。

林潇苒沉着冷静："五大队全体同志！"

"在！"战士们激情饱满，发出洪亮的声音。

"从这一刻起，接受赵大光同志指挥！"

"是！"

"你们的任务是在街道两边与敌人展开巷战，掩护参谋长和三团向西撤退，直到听见炸桥的声音才可以撤离！"

"是！"战士们满怀信心地回答。

"赵青！"

"在！"赵青和女子中队的队员们齐声回答。

"你们的任务是炸桥！不仅仅是一座，而是从这里到永城之间的五座桥全部炸了！"

"明白！你呢？"赵青问。

"我和五大队的同志在一起！你们安放好炸药后，在路上连续引爆三包炸药，我们听见后即刻撤离！"林潇苒严厉的语气。

"是！夏小禅、柴青火、柳迎春，还有秦秋，你们四人留下！大小姐若是有个好歹，你们知道该怎么做！我——也知道该怎么做！"

吕建辉恍然说："我可以参与炸桥，我干过工兵，还会开车——那辆炸药车总得有人开吧？”

"同意！副团长带着三团向西撤离！"

一营长突然大声喊："分明是不信任我们啊！既然是这样，那老子单干了！一营弟兄，你们怕死吗？"

"不怕！不怕！"几百张嘴发出呐喊。接着，另外两个营长也喊着："决不撤离！"一瞬间，整条街炸开了。

林潇苒要的就是这个结果，但嘴上并不同意，指挥五大队到街道最东头设伏。赵大光走着，埋怨的口吻："林潇苒同志，对你这样的命令，我保留意见。"

林潇苒没有解释，对五大队的一名中队队长说："带一个班去集镇东头设置路障，一旦敌人强行通过，你们立刻回撤！"

两天来，集镇上发生了多次枪战，镇上的人几乎全部逃离。赵大光看着街道两边说："差不多了吧？"看见林潇苒点头，大声命令，"同志们，以排为单位，迅速在街道两边隐蔽。没有命令，不许开枪！"

五大队的战士分散开，转眼之间消失在街道两侧。林潇苒回头看着，见三团的士兵也开始隐蔽，忧心忡忡地问："赵团长，你就对他们如此放心？"

"放心！倒不是他们的觉悟，而是大势所趋、活命所致。这个时候，只要当营长、连长的不反水，当兵的不敢擅自行动，顶多当逃兵而已。"

"那好，你把营长、连长都叫来，我有话说。"

"那——我可不可以说，在我的一再劝说下，你同意他们留下来打阻击？"

"可以。"林潇苒说着，眼睛盯着前方。

夏小禅靠近了说："大小姐，我过去看一下，有什么情况立刻回来报告。"

"去吧！记住，无论如何不能开枪——人说狗急了还跳墙呢，何况是一支逃跑的部队。"

"我明白！"夏小禅说着，小跑离开。

柴青火说："大小姐，还是进屋吧。"

"没事的，等打起来再说。"

不一会儿，赵大光带着几十名军官过来。一营长满脸的内疚，想说什么，好像找不到合适的语言，看着林潇苒"嘿嘿"地傻笑。

"弟兄们，我没有不信任三团的意思，是不想让你们在编入正规部队之前受到一点儿伤害——既然你们决心与五大队并肩作战，我表示欢迎。"

所有的军官都笑逐颜开、欣喜不已。

赵大光说："严肃点儿，听林潇苒同志下达命令！"

林潇苒指着东面路上源源不断的车队说："你们看，敌人像不像一条长蛇？"

"是。"有人回应。

"我们只要打蛇头，后面的敌人再多，一时半会儿也反应不过来，不可能在短时间内形成战斗力。等他们做好了进攻的部署后，我们早就撤了。把你们叫来不为别的，而是明确一条纪律：听到撤退的命令，任何人不得恋战，迅速向西撤离！"

"是！谨遵长官命令！"营长们纷纷回应。

"好！你们回去后，把这个命令传递给每个战士——可以吗？"林潇苒殷切的目光从每位军官脸上掠过。

"没问题！"几十张嘴同时发声。

这时，行驶在车队最前面的两辆吉普车停在了路障前。晨光里四野宁静，一声怒骂传了过来："瞎眼的东西！没看见车队过来？为何不把路障移开？"

五大队一中队队长回答："报告长官，我们是城防司令员部下属的三团，在这里负责警戒。上面有令，任何人不得向西——"

"去你妈的！没接到命令？徐州不要了，我们都向西撤退！还不把路障移开？"

"长官，请允许我向团长报告，不然，团长会毙了我的。"

"再啰唆，老子一枪毙了你！"

"嗨！你若开枪，那说明你们真的有问题。开枪吧，只要你敢开枪，我们三团手里拿的也不是烧火棍！"

忽然，林潇苒听见熟悉的声音，"曹营长息怒，跟当兵的发什么火"，忍不住脱口而出："祝学义！"她来不及多想，对眼前的军官们说，"立刻回到你们的指挥位置，没有命令，不得开枪！"

众人应声散开。

柴青火急了："大小姐，敌人就在眼前，你不能站在街上啊！"

林潇苒看着那四个身影，其中有两名斜挎冲锋枪的人在霞光中向集镇走来，猜到其中一个是祝学义，挎枪的是卫兵，因此顾不得搭理柴青火。

秦秋忍不住说："催什么催？有我们三人在，大小姐在哪里都安全！"

"好吧，进屋。你们看见了吗，那四个人。待会儿他们进来后，你们先把两名卫兵干掉！"

左边有一处店铺，里面只剩下一个长条柜台和几个货架。林潇苒走进柜台，柴青火站在她身边，秦秋和柳迎春分站在门内两侧。

赵大光走进来说："他们找的是团长，怎么把我晾一边了？"

林潇苒内心多少有些紧张，隐约担心，万一干掉了卫兵，只怕引起被堵在路上的敌人怀疑。万一双方开火，岂不把中队长和夏小禅和一班的战士置于危险之中了？如果不抢先下手，等敌人进来发现情况异常，一旦开枪——正在左右为难的时候，透过敞开的店门，看见身后跟着两名持枪卫兵的祝学义和趾高气扬的大尉出现在街上，显然，是朝着团部的位置走。她轻声对赵大光说："大声喊：'什么人？进来说话，再往前走就开枪了！'"

赵大光喊完话，街上的大尉大声骂道："他娘的！整条街上看不见一个人，原来都躲起来了！"前一句还有三分底气，后面一句声音明显发抖；再看祝学义，神色也慌乱了。

赵大光走到门前，厉声呵斥："小小的尉官，见了本团长还敢口出狂言！"

骂人的大尉见了，先是一愣，接着敬礼："报告长官，在下十六兵团四十军一二二师特务营长章进财，奉命向永城方向行进！因为——"

不等章进财说完，赵大光打断他："我怎么没接到上面的命令？"

"长官不信？你看这一路，车队从这里已经排到城门口了——我一个小小的营长岂敢擅自行动？"

林潇苒大声说："怪事！这么大的行动，你们城防司令员部不通知，可我们保密局为何也不通知？"

祝学义听着一愣，思忖着贴近章进财耳边说着什么。

赵大光呵斥："大家都是党国的军人，有什么话不能公开？"

章进财眨了几下眼说："祝上校说，早上忙得连口水都没喝，想进去喝口水。"

林潇苒不动声色地道："赵团长，让他们进来吧。"

祝学义忙说："章营长，既然长官放行了，还不继续赶路？这位长官，可否让你的人把路让开？"

赵大光回头用目光请示，见林潇苒点头，朝着对面的房子喊着："去一个人传令，把哨卡撤了！"

对面的房门开了，走出两名五大队的战士。

赵大光冲章进财挥手："走吧，难道还等着领赏不成？"

章进财带着两名士兵转身往前走，同时冲着赵大光身后的店门喊着："祝长官，喝了水就在门前等着，免得跑散了。"

"知道了。"祝学义应声，看着林潇苒犹如见到了救星，"我就知道你们不会悄无声息地撤退！"

"曹振海同志呢？"林潇苒急迫地问。

"在的。凌晨，你的人把我们救了出来。我刚回到师部，就接到通知，说召开紧急会议，就让曹振海跟着魏北征去工兵营。到了作战室，师长问我昨晚去哪里。听这话，师部还不知道我被保密局抓走的事，我就说和两位老乡喝酒去了。师长说：'我们要放弃徐州了，时间紧急，我们兵团先向东佯攻，然后再向西撤离，你就不要参加会议了，抓紧时间把所有的弹药装车，然后直接向西缓慢开进。不然的话，一旦全城向西撤退，只怕会挤成一团，谁也走不了。'我听了，心里惊喜，有心想带着炮兵营一起走，到了单集见到你们再做打算，忍不住说了句：'那炮兵营就不要跟着了吧？'参谋长忙说：'反正向东只是做做样子，就让炮兵营跟着后勤一起先出城吧。为了安全起见，把师部特务营交给老祝。'大概情况就这样。我带着车队刚到街上，忽然看见街边停着许多兵车，魏北征走过来说，'接到上峰命令，让工兵营先出城'。"

林潇苒脑子飞快运转着——先放特务营过来，全部歼灭，然后一部分人先撤退，让后面的敌人误以为是被击溃的，这样，让祝学义的物资车队通过。至于炮兵营？

"大小姐，没时间犹豫了啊！我的意思是，可否把特务营解决掉？那样，我带着三十多车弹药直接转向宿县——这也是曹振海的意见。"

林潇苒没有直接回答，问："工兵营是否能起义？"

"能是能，但是魏北征的人手不够，若是能给他一个连的支持，起义不是问题。"

"好，我给他一个营！还有，我要炮兵营，一定要的！老祝你只要顺其自然即可！"

话音刚落，哨卡上的一个班的战士回来了。林潇苒看着问："这么快？他们呢？"

祝学义忙说："我到外面站着。"

班长说："我们接到命令直接走人，气得那个营长大喊大叫的，估计路障已经移开了。"

林潇苒对班长说："沿街通知各营、连，把特务营全部放进来。西面各单位听见东边的枪声之后开火。记住，不要把车炸毁，因为后面的物资已经掌控在我们手里——炮兵营过后，阻击十分钟向西撤离。"

赵大光听着说："还是我去通知吧——这么多内容，担心他记不住。"

班长急眼了："我能记住！"

夏小禅看着秦秋说："我们一起去吧！"

林潇苒点头，对赵大光简短地告知了后面的行动计划。

赵大光听着，眼里放出亮光："我带五大队解决炮兵营！"

"可以，不过尽可能不要开枪，因为炮兵太珍贵了！"林潇苒说。

"赵团长，敌人的车队进街口了。"有人过来报告。

柴青火担心地过来说："大小姐，我们去后院吧。"

"不可以！"林潇苒语气坚定。

"那就休怪我们无礼！"柳迎春也走过来，目光无坚不摧。

"你敢！"林潇苒厉声说。

"为了你——我们没有不敢的！"柴青火大声喊叫。

"好，好好，仗着会功夫，就可以这么欺负我！"林潇苒知道，柴青火和柳迎春的战斗力抵得过一个班，自己留在这里反而影响她们作战，于是装着生气的样子，"我可以听你们的，但是你们要放开手脚，尽快把这个营干掉！"

这时门外传来章进财的声音："祝长官，坐我的车吧？"

"不用，我坐自己的车。"

林潇苒这才转身往后院走。

后院有很多杂物，院内堆着几堆柴草，空地上生长着多年的果树。柴青火四处查看了一番，刚要离开，忽然警觉起来，悄悄打开冲锋枪保险。

"怎么啦？"林潇苒问。

"噢，是她们。"柴青火说着打开后门，林潇苒这才听见一阵轻微的马蹄声，不由得恼怒起来，气冲冲推开柴青火，看见二十多匹熟悉的马顺着集镇边一条河沟慢步走来。

柴青火招手，赵青等人策马过来。林潇苒沉下脸问："你怎么可以随意改变作战部署？"

赵青下了马，尴尬地笑着："桥那边留几个人就行了呗。大小姐，我们就是过来看一下——哎，都是她们闹着要过来看一下，谁想到被你逮个正着。"

其他队员纷纷下马，不敢直视林潇苒，四处观望着。

"既然来了，那就留下吧。"

林潇苒把整个部署说给赵青听。赵青和队员们振奋不已，坚决要求参加战斗。

"桥那边都准备好了吗？"林潇苒问。

"早准备好了，因为不知道这里的情况，才没放信号。"几名队员抢着回答。

忽然街上枪声大作，接着整条街上都响起激烈的枪声。赵青胳膊一挥："柴青火留下，其余人跟我上！"

林潇苒看着队员们一个个像刚成年的母狮，跟着赵青冲过后院的门，忽然想起："怎么没见夏小禅和秦秋回来呀？"

柴青火眼里藏着笑："她俩——鬼精，一定是瞄准了那个浑蛋营长。这边枪声一响，最先被干掉的就是营长——别说她们了，换了我也不会回来的。"

"极好！街西有她们在，会给三团的官兵增加必胜的信心。"林潇苒说着，猛然发现东边野地里到处都是逃散的国军，有的向南，更多的向北，不由得感慨地说："国民党焉能不败！"

"也难怪，路上的都是些非战斗人员，哪有听见枪响不逃命的道理。"柴青火说。

第九章

六十五

战斗进行了不到十分钟便戛然而止。柴青火愣了一下说:"大小姐在这儿别动,我先去看一下。"

话音未落,赵青从左边一个巷道里端着还冒青烟的冲锋枪过来,意犹未尽地说:"收工!大小姐,可以过去了!"

柴青火随口一问:"不是有一个营吗,怎么会这么快?"

"嘁,就没给他们还击的时间。开始我们只是从窗口、门后射击,打了一会儿,连一个活人也没看见,于是,所有隐蔽的队员都冲出来,对着蒙着篷布的卡车一阵扫射,把车篷打得像筛子一样,直到赵团长对天鸣枪,这才停止射击。"

三人说着话,急匆匆出了店门。门前的一辆卡车车篷被打得烂掉了下半截,鲜血顺着车厢缝隙不住地往下流。透过烂掉的篷布,林潇苒看见车内挤满了各种姿势的尸体,偶尔传出一息尚存的士兵的哀求声:"投降啊——我投降啊——"

林潇苒对赵青、柴青火命令:"沿街通知,不得向投降的俘虏开枪!"

赵大光和祝学义从东面小跑过来,西面飞快地跑来副团长和三位营长,在他们身后陆续跟着各连的连长。

最先到达的副团长脸上爆满胜利的骄傲:"大小姐,这哪里是打仗啊,简直就是当街行刑!太不可思议了!"

三位营长像得了状元般,争着对林潇苒说着战斗的经过。

赵大光好像头一次参加战斗似的,兴奋地说:"林潇苒同志,你看我们三团如何?打得不错吧?"

林潇苒看着集镇东边混乱的场面,顾不得分享三团军官们发自内心的喜悦,对脸色煞白的祝学义说:"老祝,立刻过去控制场面,就说'特务营遇到了小股共军的阻击,已经把共军消灭了,正在清理战场,马上就可以通过'。"

祝学义显然没经历过如此惨烈的战斗场面,整个人被吓得魂魄四散,冲着林潇苒茫然地点头。

赵大光看着,忍不住说:"你这样哪儿行啊!林潇苒同志,我陪着他一起过去,顺便用敌人的电台向他们上司汇报,就说在单集遇到了小股共军——不会影响部队通行的。"

"好的！副团长、三位营长，立刻把敌人的尸体抬到街后面的空地上，动作要快；对刚捕获的俘虏，一律放掉，不得带走！"

"是！"副团长、三位营长应声回答，一些连长也跟着喊："是！"

一营长抬腿踢了一位连长一脚："你他娘的什么级别不知道啊，赶紧的！"

连长嬉笑着："不是，这仗打的——那边站着一眼望不到头的国军，这边像杀鸡宰羊一般，结果是打的打、死的死、看的看——日后说出去人家都不信！"

赵青笑道："这个小破连长总结得还真像回事。大小姐，接下来怎么办？"

"赵青！"林潇苒望着东边的敌人，思忖着喊了一声。

"在呢。大小姐别有任何顾虑，有什么任务就直接说吧。"

"待会儿三团的人全部撤离，五大队的人也要撤到桥西，准备解决一二二师的一个炮兵营，因此这里——"

赵青沉思片刻："大小姐，我只有一个要求。"

"说，只要不让我也跟着他们一起撤，我什么都答应——否则，我宁可放弃一个炮兵营！"林潇苒用不容商量的口气说。

"一个炮兵营啊，拉过去打黄维岂不是如虎添翼？大小姐，我同意了！"赵青郑重表态。

柴青火窃笑，对秦秋低语："我怎么听着，她是头啊？"

赵青讪然一笑："怎么的？在大小姐的安全上，我就是头，有什么不对的吗？你们俩记住了，从这一刻起，对大小姐寸步不离！"

"赵青，从兵力对比上看，我们只有六十人，而敌人一眼望不到头。可是，对方大多是非战斗人员，而我们是有着极强战斗力的一个中队，这在局部上就形成了绝对优势，因此——"

赵青打住了说："大小姐啊，我的思想工作就不用做了，我和队友只要和你在一起，就没有任何顾虑——跟着你打了这么多仗，哪一仗不是按照你的思路进行？其实，我想说——"

"我知道你想说什么，免了吧！看，又有人过来了，好像是——"

林潇苒还没说出来，柴青火惊喜地说："老曹！呵呵，这老夫子可真行！"

这时整条街被清理干净，三团的士兵列队在街道两边待命，副团长和三位营长跑步过来请示："大小姐，按照你的命令，一切处置完毕！"

"全体上车，开过桥，在一公里处待命！"林潇苒说。

"那这里怎么办，要不——"

林潇苒不等副团长说完，厉声道："执行命令！"

"是！"副团长和三位营长敬礼后离开，边走边大声呼喊，"全体上车，准备出发！"

伴随着呼喊声，士兵们纷纷上车。

三团的卡车加上刚缴获的二十多辆车，基本上满足了"全体上车"的要求。就在整条街上的卡车开始启动的时候，赵大光、曹振海和魏北征来到林潇苒近前。

　　曹振海先向赵青等人点头："大恩不言谢。"接着转向林潇苒，"大小姐，我听说你想把炮兵营一起带走？这个，我不同意——你们先听我说——刚才通过无线对讲机，城里的敌人已经知道了这里的情况，派出了一个师的骑兵正向这里包抄。另外，东边佯攻的几个兵团也从城外绕道过来。因此，我们绝对不能贪多。我的意见是，只带走祝学义掌控的三十车弹药，以及魏北征掌控的一个工兵营，其他的想都不能想！"

　　"我同意老曹同志的意见！"赵大光表态。

　　林潇苒满脸充血，抑制不住地激动："你们知道双堆集那边打得有多难吗？一个营的炮力可以减少多少战士的伤亡啊！我决心已定，命令——按原计划执行！至于我和女子中队，就算全部牺牲了，只要能留下一个炮兵营，就值得！"

　　"那好，我留下来！"曹振海说。

　　赵青闷着一口气，发疯地吼着："大小姐，你不能跟着我们去阻击敌人的骑兵！理由只有一个：你去了只能是我们所有队员精神、心理上的负担！你应该知道，在短兵相接的时候，稍有分神就可能丧命！这还不是最主要的，你想过吗，没有你在场的桥头会是什么状况？你就这么相信那个赵大光吗？你信，我不信！因为他没有足够的定力，没有杀伐果断的气度，就连手下的参谋长和副团长都不听他的，更别说迫使敌人的一个工兵营、一个炮兵营起义了！结果只能依靠五大队！你别忘了三团不是我们的老部队，只不过是横在墙头上的一个雷，炸哪边还不一定呢！到了那时，五大队就成了一支孤军，这会是什么后果？"

　　林潇苒心里落下一枚炸雷，结果很可能是——五大队的同志全部牺牲，桥被以三团为主的几股敌人守住，然后向自己的长官邀功请赏。

　　那么，自己和女子中队为了炸桥会不惜一切——到了那个时候，就算她们全都牺牲了，之前付出的一切也以惨败而告终！

　　"没时间了啊！"赵青一脚踢在脚边的一个木箱上。

　　林潇苒仿佛从噩梦中清醒，忘了刚才自己说过的话，断然说："赵青，不要管那些骑兵，留在街上准备袭击车队！"

　　"是！"赵青眼里喷出泪珠，应了一声。

　　"魏营长，你的车跟在炮兵营后面，到了赵青伏击的地方停下来，让司机打开发动机盖。你去后面让司机下来帮忙，最好把后面的司机也叫来帮着修车。等司机到了，赵青冲出来把司机干掉，你我立刻驾车追上炮兵营！"林潇苒说着，目光释放出——剩下的事你是内行！

　　队员们听了如释重负。赵青欣喜地说："我呀，还不想大动干戈了呢！我要让敌人看着一条街不敢上前，一听见炸桥的声音直接走人！"

林潇苒欣慰地笑着，忽然见夏小禅、柳迎春从西面纵马过来，后面跟着几匹空马，不禁由衷地说："她好像猜到我之前的心思了。"

曹振海一开始听赵青说的那番话，脸色变得很难看，接下来听林潇苒的计谋，气色逐渐平息，说："好吧，我执行就是了。"

听曹振海这么说，魏北征这才从腰间掏出一把信号枪，对天鸣放。

赵青也察觉到了魏北征糟糕的情绪，昂头看着天空钻出一道蓝色的烟雾，在高空绽放出一道蓝色的、花一般绚丽的火焰，装出小女生的好奇，向他伸手："太好玩了，把信号枪送给我呗。"

"嗯，我把子弹给你装上，要什么颜色的？"魏北征有点儿受宠若惊，将信号枪递给她。

"哎呀，枪都给了，把子弹都给了呗。"

队员们相互看着，秦秋悄然地吐了一下舌头，柴青火跺着脚说："完了，脚气犯了。"夏小禅看着东面说："动了。"

魏北征忙说："那，我过去了。"说完撒开了腿迎着车队跑了过去。

见柳迎春忍着笑，赵青的目光锁定她："笑个鬼啊！你没看见那个姓魏的脸色有多难看，好像我那些话掀翻了他家祖坟似的。"

柴青火看着赵青手里的信号枪："真的好玩，给我吧。"

轰一下，所有的队员都笑了。

林潇苒瞭望着东南方向田野上散乱的骑兵说："还不少呢。赵青，不得不承认，每次遇到关键的时刻，你总是比我清醒。知道吗，你那番话如同在我心里扔下了一枚手雷。"

赵青看着街口说："我们进屋——夏小禅的人到街北，其余人到街南。"

"留下两名剃过头的和我一起站在街边，给祝学义、曹振海他们增加信心！"林潇苒话音一落，忽的一下，柴青火、胡小梅、夏小禅、唐娟、周芷荣、王琴、柳迎春、秦秋、杨瑞霞都站了过来。

赵青看着，刚要制止，这时第一辆车已经过了街口，只好作罢。九名队员手持冲锋枪，英姿飒爽地并肩站在林潇苒身后，每个人眼里都蕴含着充满希望的自信。

第一辆车到了近前，祝学义从车窗探出头来，眼里溢满激动、惊叹："辛苦了啊！"

林潇苒若无其事地摆手，示意快走。接下来，连续二十多辆盖着帆布的弹药车开了过去。她看着，内心百感交集——从上海一路到达武汉，就是要为中野筹备弹药，历经生死，今天终于实现了！

这批车过后，隔着几十米距离，一个车队缓缓过来，是魏北征的工兵营。其中一辆吉普车开过来时，缓慢地靠边停下。魏北征下车对第一辆车说了句什么，然后站在街边逐辆朝车打手势——走！快走！

工兵营的车队很长，有的卡车上装着搭建浮桥的跳板，还有一些物资盖着帆布，看着很重要。

大约过了三十辆车，后面再次空出几十米距离。魏北征点了一支烟做出没有火的动作，等第一辆炮车开过来，急忙招手："齐营长，带火了没？"

炮车停下，一个宽头大耳、三十来岁的上尉打开车门说："北征兄，怎么不走，还有心思抽烟？"

"烟瘾上来了，又没带火。快点儿，把火给我！"魏北征急火火地说。

齐营长一边递出一盒火柴，一边看着街道另一边的林潇苒等人，诧异地说："这兵好俊俏啊！哦，明白了，你是想拐一个当勤务兵吧？哎，帮我也拐一个。"

魏北征急忙把话岔开："怎么不坐自己的吉普车？"

"你不懂，万一遇到共军，最先打的就是吉普车。我劝你也别坐，学我。"

"走吧你！"魏北征点着烟说。

齐营长上前冲林潇苒等人招手说，"兄弟，跟我干，有赏钱"，这才上车离开。接着，后面的炮车开过来，车窗打开，露出一张亲切、熟悉的面容，冲着林潇苒，抑制不住内心的激动："大冷的天，你们辛苦了！哎，这位抽烟的兄弟，炮车后面是六辆炮弹车，你这烟就别抽了。"

林潇苒的泪水差点儿落下，轻轻举起手，缓慢地摆动。

炮车一辆接着一辆呼啸而过，林潇苒在心里数着，一共有十八门裹着炮衣的榴弹炮，最后是六辆盖着帆布的卡车。从发动机发出的声音推断，后六辆车装的是炮弹。

这时，赵青悄然走近说："南边的骑兵离我们很近了，怎么办？"

"不要理睬。我决定取消之前的计划，改为——干掉后面两到三名驾驶员，之后迅速向西撤离。若是骑兵追上来，我们就在桥头予以阻击，然后炸桥！"

"好！"赵青返回室内。

这时，魏北征的吉普车开到了街上，停下后急忙向后面的车招手，从林潇苒身边路过时轻声说："这是一二二师的直属医院，没有任何战斗力。"

第一辆卡车缓慢停下，魏北征快速地迎上去说着什么。不一会儿，从驾驶室下来一个驾驶员。魏北征走向第二辆车，说了一些话，接着动手强拉硬拽把驾驶员拖了下来。

"可以呀，这个魏北征。"夏小禅赞许的语气。

"还不是赵姐几句暖心话焐的。"柴青火笑着说。

就在魏北征走到街口时，南边田野上漫过大批骑兵，先头的一股朝着停滞的车队、后面的那群朝着街口不紧不慢地涌了过来。

林潇苒只觉得脑子里喷出一股热血，急迫说："不必隐蔽了！我、夏小禅她们去接应魏营长！赵青和室内的所有人准备手雷，在我们撤退时掩护！"

赵青等人端着冲锋枪从几扇门内冲出来："大小姐，让我——"

林潇苒眼里喷出火焰："执行命令！"说着，拔出手枪快步向前走去。

柴青火、夏小禅等人迅速走到前面，身边传来赵青颤抖的声音："准备手雷，掩护大小姐！"

林潇苒不由得回头望了一眼，只见队员们纷纷从腰间掏出手雷，沿着街边上贴墙向前迅速移动。

林潇苒与敌人几乎同时到达魏北征近前。走在最前面的一名军官大声喊："哪部分的？"

"保密局，徐蚌会战督察队！你们是哪部分的？"林潇苒霸气地质问。

"我们是十六兵团直属骑兵旅的，奉命过来守护单集西边的大桥！"

"我只知道你们十六兵团这个时候应该在徐州以东佯攻，守护大桥是警备三团的任务，谁让你们擅自行动的？"林潇苒说着，对魏北征和两名司机呵斥，"还不尽快把你的车修好——耽误西进，脑袋不想要了？"

本来被眼前的状况吓得不知所措的魏北征，恍然点头哈腰："是——是——"说着，推着两名满脸怨气的驾驶员朝街口小跑着。

夏小禅发现后面的骑兵围了上来，形成一个扇形的攻击状态，厉声呵斥："见到长官为何不下马？"

佩戴少校军衔的军官不屑地笑了笑："听声音像个娘们，老子是旅长。"

夏小禅大怒："这是保密局少校督察！因为身份——所有人，把帽子摘了！"

"是！"队员们脱下帽子，亮出雪亮的脑袋。

夏小禅戴上帽子："再不下马，格杀勿论！"

眼前的骑兵都看傻了，纷纷下马。旅长左右看着，目光与夏小禅对视的瞬间也慌忙下马，还没等说话，街口响起了两声枪响。林潇苒回头，看见魏北征跪在吉普车旁举着双手，霎时明白了赵青的用意，惊呼："不好，共军的小股部队又摸上来了！你——派些人跟着我们过去消灭共军！后面的车装着弹药，一旦爆炸，整条街就会被炸成一堆废墟——没有三五个小时是过不去的！"

旅长回头喊着："一连随这位长官过去！"

林潇苒对那个应声的连长说："你的人从街口进去，我的人从后面包抄——一定要把他们彻底消灭了！"

"是！长官！"

林潇苒对夏小禅说："夏队长，行动！"说着，和队员们在敌人的众目睽睽下走下公路，从麦田里迅速向街道奔去。

战场的态势往往不按预定进展。

林潇苒和队员在南街宅院与赵青会合时还不见任何动静，隔着一扇敞开的门问："赵青，为何不开枪？"

"敌人不敢上来，距离太远。"赵青懊恼地说。

林潇苒对身边的夏小禅说："让几名队员在院子里放枪。"话音刚落，扎在院内的队员纷纷朝天上开枪。

林潇苒冲着还在跪着的魏北征招手，却看见他倒在地上，双手合成一个喇叭状，接着突然放开，做出爆炸的手势，当即明白了，对夏小禅说："送几个手雷过去，想必这个工兵营长想利用车做点儿什么。"

夏小禅恍然说："干这活，我是内行。"说着，一个跟头翻了过去。

赵青对身边的队员做了一个手势，队员们闪身到了街上，奋力朝敌人投掷手雷。一阵剧烈的爆炸，引来一阵密集的枪声。林潇苒出了门，看见街口外弥漫着浓烟。

夏小禅趴在地上，不停地往车底安放手雷，动作娴熟，有条不紊。魏北征用一根细线系在被打死的驾驶员的腰带上。两人用了不到一分钟的时间就布下了绊雷。

林潇苒命令："全体撤离！"

院外，柴青火已经把马牵来，挨着墙根站立。

魏北征看着说："我怎么办啊？"

赵青眉头一皱："你不会骑马？"

"我哪里会啊！"

赵青对夏小禅、柴青火说："让他趴在马背上——两人负责把他带走。"

"笨猪，爬上去！若想活命，就得牢牢地抓住马鞍！"

队员们纷纷上马。林潇苒看着魏北征笨拙地趴在马背上才上马。

六十六

过了集镇，林潇苒远远地看见桥头东侧出现一片黑压压的身影，心猛地一颤，对赵青说："不好！三团有可能反水了！"

赵青看着，低声命令："展开进攻队形！无论前面发生什么状况，必须保护大小姐冲过去！"

"是！"所有队员回应着，马队由之前的纵队变换为横队。

魏北征扭过头看着西边问："怎么啦，不是说已经起义了吗？"

林潇苒靠近说："魏营长，过了桥，立刻重新在桥下安放炸药。我怀疑参谋长主动要求炸桥是另有图谋。"

"这个没问题——只是，他们若成心反水，肯定与下面的营长、连长做了密谋，我们很难当着他们的面实施。"

林潇苒把目光移向桥头西面，见同样有许多身影，于是说："从站立的位置上看，桥西是我们的人，桥东是准备反水的叛军——两边都不愿意开第一枪，三团有可能还没到撕破伪装的程度。大家镇静，没有我的命令不许开枪！"

　　赵青懊恼地说："我当时对那个参谋长就不放心，可惜这个念头只是一闪而过。大小姐，他们人虽然多，但大多是贪生怕死之辈，谅他们在没有看见大批敌人出现时也不敢与我们死拼！"

　　林潇苒心急如焚，别的不太担心，最怕的是赵大光、曹振海和五大队的同志被控制住了，若真的是这样，那女子中队有可能全部葬送在自己手上！

　　军情到了这个份上，所有的后悔都于事无补，唯有以命奔赴，别无选择！

　　魏北征在说什么，她没听见，问："工兵营起义的事对部下说了吗？"

　　"只是对营长、连长们说了——可是，若是三团反水，我的兵是没有战斗力的。"魏北征额头上的汗都下来了。

　　"别怕，你现在的样子很像被我们俘虏的。你到了桥头，只管喊叫放你下来。小禅，可以让这匹马自己驮着魏营长过桥吗？"

　　"没问题的，可是过了桥马会一直往前跑，下去只能靠他自己了。"

　　"只要能过了桥，我能下的。"魏北征说。

　　"魏营长，过了桥若是发现祝学义、曹振海等人被控制了，你就说自己是被我们抓住的，然后设法让他们知道，我已经取消了起义计划。"林潇苒声音苍凉、悲愤。

　　赵青心疼地看着林潇苒说："大小姐，也许情况没你想得那么糟糕，其他人我不敢说，至少我们游击支队的人是不可能被控制的，就算剩下一个、有一口气也会与敌人死拼到底。还有，就算三团有这个贼心也没这个贼胆敢对五大队开枪！"

　　听了这话，林潇苒憋闷的内心透出一口气，回头看了一眼小镇，安静得犹如沉睡一般，问道："敌人怎么没有动静呀？"

　　"那些马背上的兵痞，遇见巷战如同遇到坟墓一般，早被吓得魂飞魄散——估计像蜗牛一样，慢慢向前爬呢。"夏小禅镇静自若。

　　距离桥东不到一百米，目测总人数不到两个营。就是说，党组织控制的一个连，还有其他差不多一个营的人，没有跟过来。林潇苒顿时轻松了许多。

　　这时队列中跑出两个身影，一个是吕建辉，另一个是副团长。两人到了近前，表情极不自然，正想着该怎么说，林潇苒若无其事地先开口："让你们担心了吧？"

　　魏北征突然喊叫："不是说优待俘虏吗，快把我放下来！"

　　夏小禅做出生气的样子，先踢了魏北征一脚，接着一巴掌拍在马屁股上，只见马忽地一下往桥上跑去，站在桥头的士兵见了纷纷躲开。夏小禅气恼地喊："还想跑啊！柴青火，随我一起去把他抓过来！"

柴青火答应一声，从马鞍中抽出马刀挥舞着："我砍了你！"夏小禅也抽出马刀。两把马刀在阳光下闪着刺眼的光芒，吓得路边的士兵慌乱地往麦田上或退或跑。转眼之间，三匹马冲过桥面。紧接着，魏北征从马背上落下。

对岸的人慌乱了，几名士兵上来要拦住魏北征的马，其中就有崔副官。林潇苒见状，一颗悬着的心终于落下——只要自己的同志不被控制，谅有心反水的人不敢轻举妄动。

副团长目光躲着林潇苒，望着前面的集镇，一副表忠心的腔调："大小姐没事就好——刚才看见从东南方向来了黑压压的马队，我还以为你们一时半会儿脱不开身呢，所以——不顾赵团长等人的反对，执意在这里接应你们。"

"是呀，你们若是再不过来，我俩就带人冲过去接应了。"吕建辉说。

"噢，你说的那些骑兵呀——不是敌人，是我们支队长赶过来增援的。"林潇苒说。

吕建辉和副团长面面相觑，好似赌徒押错了宝，想着如何反悔。

林潇苒不等两人细想，说："走吧，准备炸桥。"

吕建辉惶然问："大小姐，不等他们了？"

赵青接过话："支队长命令我们立刻炸桥，他们听见爆炸声即刻向南撤离。走吧，两位长官。"

吕建辉眯缝着慌乱的眼睛，疑惑地瞭望着集镇，喃喃自语："怎么听不见动静呢？"见林潇苒不搭理，扭过脸看着路边被风摇曳的树枝，谢绝了副团长递过来的烟，整个内脏都在颤抖似的，好像刚被打捞上岸的落水狗，浑身瑟瑟发抖，"我——我——我——"

林潇苒不想撕下吕建辉的伪装，决定给他一个台阶，避免不必要的冲突，说："你想过去增援啊？"

"就是，就是啊！你看我们这么多的人闲着，让他们打阻击，日后也无颜见面呀。"吕建辉迫不及待地说。

"也行吧，反正路上的敌人都没啥战斗力，你们去了，杨队长他们岂不更安全吗？呐，这桥先不炸，等你们——咱们一起撤退。"

吕建辉像小鬼投胎一样，急忙转身，嗓子充血般喊着："弟兄们，大小姐同意了，让我们过去增援啊！"

那些本来心怀鬼胎的官兵顿时像决堤的洪水，骤然向集镇涌去。

副团长见状，一边喊，一边头也不回地跟着跑。林潇苒看着，轻轻吐出一口气。赵青脱口而出："阳关大道不走，非得走奈何桥。大小姐啊，好险啊。"

这时崔副官跑过来，脸上划出几道汗迹，说话有些口吃："大小姐——同志——刚才差点儿打起来了啊——我不让他们过桥，他们不听，还用枪指着我，说这里他说了算！我真没想到，他们竟然如此反复无常。"

"赵团长呢？"林潇苒惊觉地问。按说这个场面应该有他出面制止，除非——

"团长和曹振海还有五大队的人都在车队最前面。他们以商量事为由，把炮兵营连以上的干部都叫到前面去了，可能是想把当官的先控制起来。本来要连工兵营的军官一起叫走的，不知道什么原因，曹振海没同意。"

"呵，这个赵团长，一时间聪明了啊！"赵青问，"夏小禅和柴青火去哪儿了？"

"她俩组织武器和人员准备对东岸进行打击。"

这时，魏北征在腰上系好绳子，在十多名士兵的拉拽下缓缓地往桥下落，到了放炸药的地方，一番查看后，冲着林潇苒喊："果真是啊，炸药引线的末端里面裹着的是土！"

赵青气急喊："马小红，你该当何罪啊！"

手持绳子的马小红早已吓得蹲在桥边发呆，听见喊声，哇的一声哭了："当时，他让我们在上面拉着绳子，谁知道他——"

"这事不怪马小红，怪我——总算有惊无险。走吧，过去，准备炸桥！"林潇苒刚移步，忽然集镇里传来一声剧烈的爆炸声——绊雷终于响了！

队员们忽地一下从拉绳子的人身边走过。林潇苒低头对桥下说："小心啊，魏营长同志！"

魏北征上了桥，微笑看着林潇苒说："别忘了，我起义的时间比那个参谋长还短，你就这么相信我？"

"一个人的行为是由品质决定的，那些反复无常的人首先是人格上有了缺陷——我相信你的人格，与时间没关系。"

魏北征上了桥说："在保密局监狱，听曹振海说起你来，简直就像从天上落下的一支雪莲，当时还以为他——算了，不说了，所有人撤离吧！"

大家匆忙离开。距离桥头大约三十米，魏北征还让撤，而他自己离桥头不足十米。所有人都为他担心起来。

魏北征点了一根烟，抽了一口，才把烟头伸向导火索，只见一片火苗冒出蓝焰向大桥跳动着。魏北征起身，头也不回不紧不慢地走着，在距离林潇苒等人十来米的时候，大地骤然颤抖，大桥拔地而起，在脱离桥墩的瞬间像巨大的烟花一样绽放开来，成块的混凝土、碎石冲天散开，片刻落在水里、岸边、麦田上，距离人群最近的地方只有两米。

赵青看着滚到脚边的一块石头，惊愕地看着魏北征说："神哪你。"

伴随着一声惊天撼地的爆炸声，炮兵营、工兵营的官兵顿时呼天抢地地乱作一团。林潇苒看着并不担心，毕竟群龙再乱，只要为首的不乱就翻不起大浪。

混乱的人群中快速跑过来一个身影，赵青忍不住责怪说："这个林一笑，让他天不亮就赶回来，为何这么晚？"

"走。"林潇苒对魏北征说，接着让夏小禅和崔副官严密注视对岸情况，对混乱的官兵不要有任何解释。

炮兵营有的军官认识魏北征，迎上来问："桥怎么炸了？"

"我怎么知道？大家不要慌，我去前面与祝长官商量一下，看是走还是在原地等候。"

魏北征说完，反而让官兵越发恐慌，从众人的表情上，林潇苒看出听天由命的无奈。

林一笑跑到近前，气喘吁吁地说："对不起，大小姐！"见赵青刚要发火，急忙摆手，"听我说完！"

林一笑把四车弹药送到了宿县，郑超见了先是惊喜，瞬间冷静下来，说这么多武器弹药，自己不敢擅自做主，要请示总前委，于是带着他去了总前委驻地杨家台子。到了杨家台子，郑超去见首长，林一笑只能在外面干着急地等。郑超大约过了半小时才出来，说首长很高兴，命令自己亲自去单集把女子中队和起义的三团火速接回，以免遭到敌人的反扑。另外，派一名报务员携带一部电台随行——所以才来晚了。

林潇苒听着，内心无比激动："太好了，郑团长呢？"

"在最前面的帐篷里，与曹振海、祝学义还有几位军官说话。我担心你们就急着赶过来了。"

赵青看着林一笑，脸像一朵花儿盛开："对不起，错怪你了。"

"嗨，我懂。"林一笑好像收到一份人间没有的奖赏，脸上露出腼腆的笑容。

三人急匆匆来到车队前，正赶上郑超、曹振海从帐篷里走出来。林潇苒迎上去招呼："郑团长、老曹！"

"大小姐，刚到时听说你还在单集，真是急得浑身冒冷汗——怎么样，有伤亡吗？"

"没有。先不说这些，炮兵营的长官呢？"林潇苒说着，径直进了帐篷。

祝学义一双焦虑的眼睛盯着林潇苒，似乎发现了异样。林潇苒送过一个"没事"的眼神，对祝学义说："老祝，辛苦了！"

"没有。来，我为你们介绍一下。"祝学义把几名面无表情的军官逐一介绍了。

林潇苒依次与他们握手，接着对坐在折叠桌前的报务员说："给总前委发报。"

"是。"一位二十岁、南方面孔的同志说。

"总前委：目前徐州之敌已经开始向西撤退，通往永城的路上秩序混乱，严重拥堵，加之单集的桥被我们炸毁，预计四小时内不能通行。我方人员，包括一二二师一个工兵营、一个炮兵营、三十多车的弹药，均已撤到桥西。另外，已经起义的警备三团部分官兵在炸桥前反水，未造成我方伤亡。请首长放心，我们有能力把人员、物资完好运回。请指示。徐州特别行动组：赵青、赵大光、曹振海。"

"哎，怎么不署你的名字啊？这可不行！我的意见是，只署你一个人的名字就可以了。"曹振海说完，众人跟着一起反对。

报务员用目光请示林潇苒。

"照我说的发！"林潇苒不容商量的口气。

"是！"报务员回应。

林潇苒对炮兵营的六名军官说："人各有志，共产党从来不强迫任何人！话不必多说，炮已经是我们的了，谁也改变不了！你们只有两个选择，一是把所有的武器留下，天高任鸟飞；二是留下来加入中国人民解放军，继续履行一名军人的使命！你们别怪我说话不好听，就在刚刚，三团起义过的部分官兵对国民党心存侥幸，试图从我们这里捞取一点儿功劳，结果失败了。我们也没有因为他们出尔反尔予以歼灭，而是放他们走自己的路。他们以为，身后有杜聿明三十万人马就可以顺利逃窜，可是，他们没有看见的是——我们六个纵队已经在前面等候。何去何从，你们自己决定。"

六名军官开始还一脸的不屑，听着听着，脸上的冷漠开始变化，到了最后，相互交换一下眼神。穿上校军装的人终于表态："我们接受了。"

"可以，但是在路上你们暂时还不能回到部队！这与信任无关，而是出于我方的规程！"

祝学义当即表态："这个没什么，我本来是主动起义的，对这样的安排完全理解。几位兄弟，我和你们同乘一辆车。"

"不，你们仍然乘坐自己的车，只是要走在车队前面！"林潇苒说。

"噢，这样可以。"军官们纷纷点头。

就在林潇苒说话的时候，电台一直嘀嗒地响着。这时，报务员起身报告："总前委来电。"

"念。"林潇苒没有接电文。

"甚喜！甚慰！祝贺同志们取得了重大的胜利！林潇苒同志为何没署名？切切回电告之。刘邓。"

见众人全神贯注聆听下文，报务员说："没有了。"

曹振海喃喃地说："天呐，字字千金啊！哎，我就说你该署名的。"

林潇苒心里流过一股泉水，对报务员说："首长，我好着呢！林潇苒。"

帐外，夏小禅报告："请大小姐出来一下！"

林潇苒出了帐篷，用目光询问——什么情况？

"大批敌人涌到河边，那些骑兵顺着河岸往南去了。我估计他们想从南面的桥上迂回过来，堵截我们。"

"知道了。"林潇苒回到帐篷内，若无其事地笑着说，"敌人已经到了桥头。魏营长，你立功的时候到了。要不，我们带着弹药和炮兵营走，你留下架桥？"

魏北征呵呵笑着："桥可是我炸的，你还要我架桥——除非大小姐愿意帮忙一起架。"

林潇苒看着祝学义说："老祝，我们该走啦。你看走之前要不要对炮兵营和工兵营说点儿什么？"

魏北征接过话："不用说了，这些当兵的哪有不听长官的命令？"

炮兵营长说："魏营长说得有道理——车子一动，当兵的什么也不想，管你往哪里开。嗯，这位长官，我看出来了，连如雷贯耳的刘邓都知道你的名字，看来你的身份非同一般。我的意思是，还是让我们回到自己的部队吧，那样不会引起下面官兵的怀疑。你放心，在路上，前后都是你的人，我的大炮几乎没有任何作用。还有，我们也知道往西是逃不出去的，与其在路上被打死，还不如带着弟兄们走你给的一条生路。"

"好！"林潇苒觉得他说的是心里话。

郑超长舒一口气："那出发！正好，总前委距离这里不远，我们直接过去！"

所有人都表示同意。祝学义率先出了帐篷说："大小姐坐我的车吧，有许多话想对你说。"

"过后交流，我得和女子中队在一起——骑马。"

魏北征和炮兵营长一起出来，商量的语气："我的车被炸了，不介意我坐你的车吧？"

"这是什么话，都是一家人了——在桥那边是，今后也是——以后还需祝长官多多提携。"

"哎，魏营长，你还是先跟部下打声招呼吧，不然他们心里没底。"祝学义嘱咐的语气。

曹振海过来说："大小姐，我有重要的事要对你说。我们坐郑团长的车吧。"

"回去再说。"

若不是刚才拒绝了祝学义，林潇苒会接受的。她转而对夏小禅说："通知队员，准备撤离！"

几名士兵收起了帐篷。祝学义站在路边大声喊："全体——准备出发！"

一些在路边抽烟、闲聊的士兵纷纷上车，其间有人大声喊："桥被炸了，后面的部队上不来，我们这么点人孤军前行，万一遇到共军怎么办？"

"我教你一招——投降保命！"魏北征笑呵呵地说。一阵嬉笑声过后，魏北征接着说："一群笨蛋！桥都被共军炸了，后面的人还有活路吗？趁着能跑不赶紧跑还等待何时？"

一番话让官兵们抢着上了车。

不到十分钟，车队出发了。一辆接着一辆的军车从林潇苒面前经过。当魏北征、炮兵营长和祝学义乘坐的车驶过时，林潇苒庄严敬礼。

炮兵营的车队全部过去，跟着是三团起义的士兵们乘坐的卡车。赵大光本想停下说些什么，林潇苒摆手示意——快跟上！

当最后一辆车驶过后，夏小禅她们骑着马缓缓过来。林潇苒看着马背上英姿飒爽的女队员，心里闪过一个接一个惊战后怕——在整个过程中，自己几次做出错误的决定，若不是赵青及时制止，此刻，她和队员们已经走在黄泉路上了！

想着，泪水夺眶而出。

广袤的麦田分外妖娆，太阳时而从贝壳状的薄云中钻出来，怅然若失地洒下一层清爽的阳光。河东岸，停滞着一眼望不到头的敌人的车队。

往南奔驰的骑兵已经钻进了一片树林，公路两边的田野上不断有密集的步兵向河岸涌来。

"大小姐，假如我们不来，这会儿，只怕敌人已经过萧县了。"赵青在她身边感慨地说。

"也许——我们不来，也有人会来！"林潇苒想起了杨德简。

六十七

"大小姐，我知道你担心敌人会从南面的桥上逃窜——只要你决定了，我们立刻赶过去把桥炸了！"赵青说。

"对呀！大小姐，我们不能眼睁睁地看着敌人逃走啊！"队员们纷纷说着类似的话。

林潇苒站在大雪覆盖的麦田上，看着河对岸聚集的人越来越多。一些急于逃命的地方官员和家眷们拎着沉甸甸的包裹、扛着箱子，沿着河岸向南行走——他们也知道十多公里外还有一座桥。她答非所问："南面那座桥可以通往永城吗？"

"可以，只是要绕道濉溪口。"赵青说。

河的两岸，寒风在结了一层被风吹破的冰雪上盘旋、悲鸣。一些尚未结冻的雪花在风中滚动着，在午后的阳光下闪烁着波浪状的银光——那些人在这样的环境中徒步逃亡，无异于自投罗网。

"这个时候赶过去，岂不正好遇到敌人的骑兵？听着，从现在起，我们不再是作战队伍，而是一支归营的队伍！赵青，留下两名队员在附近村里潜伏，一旦敌人完全撤出徐州，立刻进城把思弟接回家！"

所有的队员都要求留下。几番争执后，赵青让夏小禅和秦秋留下。林潇苒用忧虑的目光看着她俩，嘱咐说："一定要有耐心，等敌人全部撤离了再进城。"

夏小禅说："大小姐，眼下徐州乱成了一锅粥，所有人都想着逃命，没有人会在意我们的。"

"你若这样，那就别留下了！"林潇苒严厉起来。

"别，我听你的就是了。"夏小禅低下头。

林潇苒难过地说："这次行动虽然达到了战略目的，可终究是擅自行动——导致多名同志牺牲在黎明之前，这是一个严重的过失——你们若是再感情用事，万一有个闪失，我还有什么颜面活着！"

赵青的泪水夺眶而出："大小姐，为了不再发生意外，我也留下吧。"

林潇苒犹豫片刻点头："好吧，你们打算潜伏在哪个村子？"

赵青向西南一个村庄指了一下："大约一公里外的李家台子。"

"不好，那里是敌人撤退途经的区域。你们最好选择东北方向，即便没有熟悉的落脚点，也不至于对安全造成威胁。"林潇苒眺望着河西岸的北方。

"嗯，夏小禅、秦秋，上马！"赵青说着率先上马。接着，三人三马向北方奔去。

"我们——上马！"林潇苒上了马，对柴青火说，"你在前，走最近的路——回营房。"

马背上，林潇苒的脑子像一个蜂巢，想着马上能见到杨德简，顿感不尽的甜蜜；忽而想到郭凤，心里不免被一阵嗡嗡扑打的翅膀撞得心惊胆战。最让她受不了的是王思弟的死，霎时间，几百只蜂刺在心上扎着——

如何？如何！如何——

一路走来，林潇苒无心观望沿途，只觉得越来越冷，到达县城时不禁战栗起来，总觉得有一个不祥的东西在营房等着。临近营房时，天色已晚，一层白雾从城市西边的地平线上弥漫开来，在空中肆意扩散，以至于西半空变成了灰色。南面，战斗还在进行，隆隆的炮声犹如天上扔下的无数声惊雷，声声叠加、持续传来。循声远眺，南天下涌起了层层重叠的浓烟，下面一刻不停地升腾，到了一定的高度便一动不动地立在那里，下垂的硝烟聚集在一起寻找着上升的通道。东西两侧，硝烟在地面飘移，与白雾融合，呈现出迷离恍惚的姿态，在北风的吹动下，拖着懒散的灰白色尾巴，在旷野上空无奈地飘去。

到了营房大门，王少君急忙迎上来，脸上凝结着祈祷留下的虔诚："你们终于回来了啊！"说着，看遍了所有人，好像中邪一般突然惊叫起来，"赵青、夏小禅呢？还有——啊！她们呢？"

"滚一边去！她们在执行任务！"柴青火忍着内心的感动，斥责说。

"我的天啊，吓死我了！哦，对了，大小姐，半小时前王书记和程政委来了，见你们还没回来又走了；临走时说，等你回来后立刻去行署。"

柴青火忽地一下跳下马，满脸炸出有难同当的义气："是让大小姐一个人去，还是要我们都去？”

"好像只是让大小姐去。"王少君眼里泛出——你连队长都不是，王书记怎么可能让你去？

林潇苒释怀的语气："该来的总是要来的。王少君，烧锅炉，让大家洗个澡。"

"早就烧好了。程政委还让关明月烧了一大锅羊肉汤，估计这个时候已经烧好了。"

林潇苒心头一喜："明月回来了啊！真是太好了！你有没有看见她带东西回来？"

"她带了很多书之类的，至于什么书我没看。总之，很多很多。"

"青火，你带着大家先吃饭，然后洗澡。我去见王书记。"林潇苒说着，策马离开。

一路上，她内心忐忑不安，不知道上级对她擅自调动女子中队会做出怎样的处理。"无论什么处分，绝对不能连累杨德简！"她在心里发誓。

进入行署大院，只见郑超像迎接天神一般跑出来："我们的女英雄回来啦！"到了近前，伸手接过缰绳，激动不已，"你知道谁在等你吗？"

林潇苒下马，疑惑地问："不是王书记吗？"

"当然会有他了！是华东局负责组织工作的白俊，还有特工部的陈静！我无意间听了几句，上级是专门为你而来。大小姐，你肯定要担任更重要的职务了！先恭喜你！"

满天的乌云顷刻散尽，林潇苒舒心地笑着："还以为要处分我呢——吓坏了。"

"处分？凭什么？你们女子中队在奔袭徐州过程中的种种表现被总前委通报表扬了，谁敢说个'不'字！哎呀，我真后悔没跟着你们一道去！"

两人说着话，来到王友明办公室门前。郑超轻轻叩门，得到回应后说："王书记，林潇苒同志来了。"

"快进来！"

随着亲切、期待的声音，门开了。

程雪竹脸色严肃、目光纠结地站在门口："可回来了啊！你——你——"她惊愕地看着林潇苒帽子周围，到了嘴边的话说不出来。

"噢，为了进城的需要，我和十名队员把头发剃了。"林潇苒羞涩地笑着。

王友明对站在门外的郑超说："你去忙吧。"

郑超随手把门带上离开。

王友明百感交集地看着林潇苒，眼里蓄满泪："可以把帽子摘下来吗？"

林潇苒的脸一下红到脖子："还是不要了吧。"

王友明不再勉强，看着一位四十来岁的中年男士说："林潇苒，这位是华东局负责组织工作的白俊同志。"

白俊迎上来伸出手，握着林潇苒的手："林潇苒同志，我代表华东局，对你和女子中队的全体人员表示最热烈的祝贺！祝贺你们在进入徐州的行动中所取得的胜利！你们不但从敌人那里获取了大量的武器弹药，还营救了我们在狱中的十六名同志！要知道，我们组织为了营救这批同志，已经付出重大的代价都没成功！这十六名同志，是我们党的宝贵财富，是多少武器弹药都无法相比的！这次功劳，华东局会对所有参加的同志予以奖励！来，我来介绍。"他指着身边的二十六七岁的女士说，"这位可是大名鼎鼎的陈静——受华东局委派负责上海我党地下组织工作。"

　　林潇苒看着陈静，一下想起了赵红英，鼻子一酸，哽咽地说："就是说，您是上海党组织的最高领导？您认识——或者听说过赵红英吗？"

　　"认识啊，在莫斯科就认识了，只是回国后，因为组织纪律不允许联系，虽然同在一座城市却不能相认。"

　　"那那，就是说，我终于能回到组织怀抱了？"林潇苒喜极而泣。

　　"坐下说吧。"白俊把话题引开。

　　林潇苒坐在两位领导对面。王友明显得有些精神恍惚，端起一杯凉茶慢慢喝着。

　　白俊与陈静用眼神交换了一下说："林潇苒同志，我们今天来就是谈你的党员的身份。在你策划了一团起义之后，华东局党委对你极为重视，派人去上海了解你的组织关系。对于上海地下党组织的活动情况，我先向你做个介绍。为了党组织的安全，上海的党组织分为四个层面，第一层就是以陈静为核心的领导层，接下来是各区的机关，区以下是各支部，支部以下是党小组。赵红英是音乐学院的党小组负责人。她去武汉唤醒潜伏在黄维兵团物资处的余万成同志为华野筹集军火，是华东局领导的决定，陈静同志亲自安排。由于赵红英同志的上一级支部出了叛徒，她在动身之前就被保密局盯上了。有一点上级不清楚，赵红英临行前牺牲了，你为何替她去了武汉？"

　　林潇苒听着，全身的血直往上涌，嗖地站起："组织怀疑我啊——是吗？是不是！"

　　"潇苒，冷静！接受组织调查是每个党员的义务！坐下，如实回答问题。"王友明压抑着从心底迸发的同情、理解。

　　"好——好！我回答——事情是这样的，那是几号，我一时想不起来了。记得是星期天晚上，我在家里忽然收到老师紧急召见的信号，于是和家里的用人郭凤开车去接头的地点，车子在巷道口忽然看到老师的身影。"

　　林潇苒把赵红英牺牲前后所发生的一切，以及在船上遇到赖一天和一团起义细节如实报告后，已经委屈、伤心得泣不成声，呜呜地哭泣："知道没有人可以为我证明身份，可组织不该怀疑我啊。"

陈静缓慢地伸出手，轻轻地把林潇苒的帽子摘了下来，双手捧着她的脸，百感交集地说："林潇苒，换一个位置好吗？此刻，你是我，我是你，那你该怎么做？"

"我，我不知道啊！我怎么可能是您呢。"

陈静松开手说："赵红英牺牲之后，我通过电台通知了武汉兵站的余万成同志，就是化名马山河的副站长——上海出了问题，暂停派人协助，一切见机行事。本来，组织交给赵红英的调令上藏有密码，内容是活动在鄂北一支游击队的联系方式。为了安全，组织没有告诉赵红英，只有余万成知道。假如不是出现内奸，赵红英抵达武汉之后，具体任务就是负责与鄂北游击队联系。那样，余万成就可以一直潜伏下去，不至于趁为十二兵团送弹药之际主动要求亲自押送。行动之前，恰巧一位参谋想说服他倒卖一些武器，给自己留下一条后路。余万成假装同意，要亲自见一下买家。因为他知道，但凡购买大批武器的买主多半是我党的地下组织。就这样，余万成见了几个买主后终于遇到了鄂北游击队的同志。两人经过商量，认为他的机会只有一次，所以决定尽可能地多搞一点儿。游击队的同志建议余万成先往十二兵团少量地运送，把路线告诉游击队，让其半道截获。接下来以安全为由，请求兵团派重兵护送大量的武器弹药。果真，这个计划让兵团上下觉得天衣无缝，于是派来十八军一个特务营押送。余万成再次以安全为由，直接给特务营换了装备，而且要求亲自护送。就这样，一大批武器弹药全部被鄂北游击队截获。潇苒呀，知道说服余万成倒卖武器的参谋是谁吗？"

林潇苒惊呼："曹振海？原来他也是同志啊！可是——"

"曹振海同志在任何场合都没暴露自己的身份，这是一名特工该有的素质。那么，说到你——不能认定为特工，只是一名在白区工作的地下党员——把赵红英给你的那块银圆拿出来吧。"陈静说着，从一个公文包内取出一枚银圆。

林潇苒看着，惊喜问："怎么会在你这里啊！"接过来仔细看着，确切地点头，"嗯，就是这枚！"

"林潇苒同志，这不是你的。"

林潇苒第一次感受到五雷轰顶的滋味，瞬间吓哭了："是不是——我没有了老师给的银圆，组织就不会认我啊？呜呜。"她双手捂着脸哭泣。

陈静的话在耳畔掠过："林潇苒同志，华东局社会部一共制作了十二枚这样的银圆。从表面看，银圆上有一个小圆孔，可放在放大镜下会发现小孔不是圆的，而是七棱角状。之所以这么做，就是担心在敌后工作的同志成为孤雁啊！你别哭，冷静想一下银圆放哪儿了？"

林潇苒哭着说："我本来是放在内衣里的，就在曹营长和李政他们成功起义的时候，我被一团的团长邱忠林——反抗的时候，他撕扯了我的内衣，幸亏杨德简及时赶到。他打死了邱忠林，帮我解开了绳子，接着带我逃离了。我们逃到了不远处坟场下面的地下室，这时我才发现银圆不见了。我当时急着去找，因为那地方已经被换防的敌人占领了，杨德简同志不同意我去。我当时以为已经见到组织了，信物也随之失去作用。我，怎么办啊？"

"是啊，怎么办啊！"陈静神色凝重，愣愣地看着白俊。

白俊发了一会儿呆，终于说："信物是神圣的，任何人都不能例外！林潇苒同志，自从你从武汉出发，一路走来，有曹振海同志证明——你不但对党赤胆忠诚，而且足智多谋，具有高超的组织和领导能力，用他的话说：'没有你，仅凭他一个，不可能策划一团战场起义；没有你，不可能在一夜之间夺取两个炮兵营！'"

林潇苒听着，意识里隐隐冒出一个疑惑，怎么觉得他们好像见过曹振海似的？她抬起泪眼，想问又忍住了。

陈静看出了她的心思说："我们收到王友明同志的报告，立刻派人来与曹振海接头，确认了他的身份，然后考虑了他以后的工作。刚才的那枚银圆就是曹振海同志的信物。特工部考虑到江南尚未解放，决定让他以被俘释放人员的身份回到江南继续潜伏。听说他随你一起参与徐州行动了？"

"是。"林潇苒想到自己今后几乎不能再为党工作了，哀伤地说，"就是说，女子中队的事我也不能过问了？"

王友明郑重回答："我以宿县行署书记的身份向组织表明行署的态度。"因为过于激动一时不能发声，稳定了一下情绪才继续说，"白首长刚才说的都是发生在部队上的事，我说一下地方上的——没有林潇苒同志，潜伏在宿城的敌特分子的暴乱就会成功；没有林潇苒同志，那些老区的支前民工就会遭受敌机的肆意狂轰滥炸；没有林潇苒同志，就不能有女子中队此次徐州取得的巨大胜利；没有林潇苒同志，被关在徐州保密局大牢的十六名党员——其中包括我妻子，已经走在去见马克思的路上了！"

白俊哀叹一声："是啊，你在淮海战役中做出的贡献有目共睹，而且远远超过了在座的我们这些党员，可是啊可是，我们不可以因为这些贡献就舍弃凝结在信物上的权威！"

林潇苒犹如听见了上帝最后的宣判，伏在茶几上失声恸哭。

"林潇苒同志，我代表行署宣布——女子中队干训班仍然由你来负责！"王友明庄重的声音在耳边响起。

六十八

林潇苒的心里胀满可怜、孤独、被遗弃和绝望的残忍，她就像一个历经千辛万苦、九死一生的孩子推开家门，却被母亲拒之门外那么难受，心灵失去了依傍，精神也变得空虚而又荒凉。

此刻能做的只有哭泣。

一个柔软、带着浓烈硝烟气息的身体贴在后背上，一声哽咽在耳边响起："潇苒啊，别这样——首长们还有话要说呢！"

刹那间，她心里潜存的对程雪竹莫名的排斥消失了，侧过脸刚要说话，门外传来郑超低声的劝阻："赵青队长，首长正在和林潇苒谈事——你不能进去！"

"别拦着，否则对你不客气！"赵青怒吼的声音。

白俊说："赵青，女子中队的头儿吧？"

王友明对程雪竹说："你去看一下。"

"她那脾气——我也拦不住的。"

程雪竹为难地站起来，还没移步，门一下被撞开。赵青浑身是血地闯进来，犹如冤死的灵魂直面上帝："你们要处理大小姐是吧？那就先拿我赵青开刀！无论是什么样的处分——哪怕砍头，先从我开始！毕竟，我是队长，而她只不过是一名教员！"

所有人都被赵青的样子震慑了。程雪竹"啊"的一声扑过去："你受伤了啊！"

"我，我是受伤了——就算身上被子弹穿出一百个窟窿，也无所谓！可是，伤在心里啊！不，不是伤，而是心被你们摘去了啊！"赵青说着，泪水顺着颤抖的脸颊哗然落下。

林潇苒嗖地站起："徐州解放了？赵青——回答我！"

赵青号啕大哭："你还有心关心徐州是否解放——又有谁能解放你啊！"

林潇苒大怒："你终究还是没听我的命令！告诉我，夏小禅她们怎么样了？"说着，心里做出一个决断——若是夏小禅和秦秋有个好歹，自己绝不苟活！

"她们能有什么事，若是有，我还能回来吗？我身上的血是思弟的。"

林潇苒长舒一口气："就是说，你们进城的时候，敌人还在撤退中？"见赵青点头，又问，"那其他几位牺牲的同志呢？"

"一并带回来了——思弟留在我们那里，四名同志在大楼前的车上。大小姐，我不是故意违抗你的命令，是我们的人一旦进城，难免一番混战。我担心思弟他们的遗体被自己的同志当成一般的死难者给处理了，所以才趁着敌人还在城里闯了进去。王书记，你们究竟要如何处理大小姐啊？"

"赵青，听清楚了，组织绝对不会处分一位功勋卓著的同志！倒是你，竟敢在首长们面前如此撒野——必须要处分！"

白俊眼里充满赏识："情有可原啊。赵青同志，你的任务完成得很好，快回去换身衣服——至于你的大小姐，我们还有事要商量。"

赵青破涕而笑，满脸羞怯地连连鞠躬，转身离开。

陈静感慨地说："潇苒同志，真的羡慕你啊！一个大学生，具备如此高的非权力影响，不是一般人能达到的！下面说一下你最关切的事吧！"

"上海的叛徒抓到了？"林潇苒脱口而出。

随着陈静的诉说，林潇苒脑子里呈现出活动的画面。

　　华东局决定唤醒武汉的余万成，交由上海地下组织执行。陈静接受任务后，为了确保安全，采用双线传递指令的方式进行。一条线，由陈静的秘书直接向区负责人传递，再由区负责人向区域支部下达指令，而这条线上传达的内容只是要赵红英去武汉执行任务，内容是到了武汉后再接受指令。另一条线是，由陈静派一名通信员，用银圆联络方式与赵红英见面，传达到了武汉之后要唤醒余万成的任务。论级别，赵红英在党内的职务几乎与陈静平级。华东局为了上海党组织的安全，安排了很多高级别的同志在各个层级工作，目的是组织一旦遇到危险，这些高级别的同志能独当一面。

　　赵红英接到第二条命令后，就在准备出发前发现情况异常。她知道这个时候不能主动与组织取得联系，正当一筹莫展时想起了林潇苒，于是当机立断，把唤醒任务交给了林潇苒。

　　赵红英牺牲后，引起组织的高度重视，当即切断了两条线上所有人的联系。陈静的秘书和那位通信员分别被限制在秘密的房间内等候事情的结果。同时，对区和片上的负责人采取监视的方式，观察是否有异常行为。

　　二十天过去了，并没有发现被监控的人员有任何异常，直到三天前，在负责给赵红英传递任务的片区负责人马家祥住所发生异常——一位年轻的女子上门推销商品。过了一会儿，几名保密局的暗探涌了上去，室内随之发生打斗。

　　负责监视的我方地下党侦察员初步判断，前去联系的人十之八九是尚未接到通知的赵红英直接领导的同志——因为从报纸上看见了赵红英牺牲的消息，遂主动与党组织取得联系。在这之前，陈静考虑过潜伏在音乐学院的同志，因为赵红英的牺牲，这些同志与组织失去了联系，因此没有了联系的渠道。也就是说，这些同志与林潇苒共存一个难题——无法证明自己的身份。

　　监视的同志当即采取行动。为了安全起见，他们决定在外面突然袭击，这样可以让马家祥现出原形，又可以解救前来联络的同志。令他们吃惊的是，进去的几名特务全被击毙，马家祥胸前也插了一把匕首。这名女子身上多处受伤，看见有人上前时正要举枪射击，我们的同志情急之下喊出："我们是赵红英的同志！"女子愣了一下，举枪的手落下，随即昏了过去。

林潇苒听到这里，忍不住失声哭喊："郭凤！是凤姐啊！她怎么样了啊！"

陈静说："郭凤没事，幸亏附近有我们的同志开的私家诊所，她只是失血过多才昏迷的。等她醒来后，我去见了她，才知道你们后来发生的事。"说着，她从公文包里取出一张银票，"这是你让她交给党组织的巨款。"

林潇苒看着，百感交集："我险些害了凤姐。"

"潇苒同志，放心呀，郭凤同志伤愈之后即可回来——这不是组织的安排，而是她个人的坚持。白俊同志，我要说的就是这些，下面该你表态了。"

白俊正襟危坐、神色凝重："潇苒同志，对你党员身份，华东局党委给出了指示：由你写一份入党申请书，重新入党——希望你能理解。"

陈静解释的口吻："这不是对你一人，而是对所有与组织失去联系又不能证明身份的党员同志，经过组织考察后一律采用的方式。"

王友明激动地说："潇苒啊，我愿意做你的入党介绍人！"

"还有我！"程雪竹兴奋地表态。

"啊，起死回生啊——感谢党组织的理解、接纳！"林潇苒心里高兴不起来，就是说，在她入党介绍人一栏里，再也没了赵红英！这是她不能接受的！

陈静突然想起："还有一件事。王友明同志，我想从女子中队里带几名同志去上海工作。本来没有这个打算的，是潇苒同志带队潜入徐州城，直接捣毁了保密局所有的据点，这给我带来极大的震撼！在上海，有我们许多被捕的同志，我决定成立一支特工队，用以营救狱中的同志。正好，白俊同志也在，算是代表华东局的态度吧。"

"这个——我没意见。不过，女子中队现在归林潇苒同志负责，我们总得听一下她的意见吧。"

林潇苒听出来，这是要把自己当挡箭牌，只能硬着头皮说："我可以说吗？"

"当然可以，我都想把你一块调走的。"陈静目光炯炯。

林潇苒的心猛地一沉，之所以没想把她调回上海，多半是自己现在已经不是党员了，想着，心意沉沉地说："女子中队，论战斗力，可以说万里挑一。可是，眼看全国就要解放，个人具备的战斗力几乎没有了用武之地。这些队员都是身经百战的英雄，为了新中国的解放抛头颅、洒热血，矢志不渝。然而，她们共有一个弱点，就是没有文化，几乎是文盲。组织要她们去上海，也相信她们会发挥自己的特长，可是她们一旦离开了土生土长的土地，个人战斗力注定会受到局限。不说别的，她们到了上海，犹如鱼落浅滩——因为不识字，一个人出了门只怕回来的路都找不到。没错，她们在这片从小长大的平原上的确取得过许多战绩，但大都取自马背。上海能骑马吗？出于对党忠诚、对女子队员负责的原则，我不主张让她们走，至少现在不可以。如果组织真的需要，那恳请给我三个月时间。届时，让她们基本上脱盲！这一点，我保证！"

陈静沉吟着："这些问题，我还真没想到。潇苒同志，我接受你的建议——只是，你要对自己的承诺负责啊！"

"是！"林潇苒起身敬礼。

陈静低下头，忍着伤感："我从你身上看见了红英姐姐的影子——遗憾的是，我只有同志，没有学生。我是你老师在莫斯科音乐学院的校友，若是不嫌弃——"

"啊，是吗？我愿意当您的学生！"

陈静展开怀抱，拥抱着林潇苒，贴近耳朵亲切地说："老师给你上的第一堂课就两个字——'无我'！"

"无——我——"林潇苒懵懂地重复着，想说——红英老师也对我说过的啊！

"在新中国的事业中，一个真正的共产党员，只有做到事事无我，才能把我融入事事；若是事事有我，反倒把我排斥在事事之外！别为了身份的事纠结，只要党魂不散，无论身在何处，依旧是工农大众的先锋！"

"老师，谢谢您的教诲！潇苒一定牢记在心！"

这时，郑超在门外拘谨地问："王书记，女子中队的人都来了，站在楼前——有些没戴帽子，头发都剃光了——一个个哭的，让人看着忍不住落泪。"

"老师，我出去跟她们说几句话。"林潇苒说。

陈静沉下脸："等一下。你是不是觉得自己很了不起啊——有这么多同志关心你，有的还愿意献出人头？"

林潇苒懵懂地感觉到赵青她们这么做有些不妥，只是还看不清是哪里出了问题，看着陈静犀利的目光一时不知道该如何回答，只好说："请老师明示。"

"一级组织，私情太重，不是一件好事！你首先要提醒自己，革命者是需要情义，但不是私情！还有，为了战斗，竟然把头发都剃了！你这是削足适履知道吗？究其根源，还是把'我的情绪'当成行动的指南！一次行动的成功，不能证明是对的！还有，'大小姐'这个称谓我听不习惯，革命的队伍中有这个称谓吗？回去后，该做的第一件事就是正名！"

"是，老师。"林潇苒羞愧地低下头，感到无地自容。

白俊打岔的口吻："这身份变了，整个人一下变了——之前说起林潇苒，左一个'优秀'，右一个'难得'——人家认了你这个老师，反而把学生说得一无是处了？"

王友明惶然地说："两位首长，该检讨的是我。其实，我对'大小姐'这个称呼也觉得不妥，可不知道怎么回事，就是舍不得说她们。刚才，陈静首长对潇苒说的一番话，也让我受益匪浅。请两位首长放心，今后，我一定按照无我的境界要求自己，也要求身边的同志！"

陈静优雅笑着："干吗呀王友明同志，我是对自己的学生说话，你可别往工作上说。潇苒，去吧，安心在这里当扫盲班的班长，顺便给我物色十名同志。"

"保证的！"林潇苒一时激动，脱口而出。

王友明说："两位首长，我去见一下队员们——有些话还是得说清楚。雪竹，你向白俊同志汇报一下行署各部门的人事安排。"

"去吧！"白俊移步与林潇苒握手。

他们出了办公大楼，只见寒风中站立着女子中队全体队员。赵青大声喊："立正！"接着跑步迎上前，"报告王书记，女子中队全体队员在此等候大小姐！"

王友明没有搭理，径直走到队伍前，表情严厉，目光犀利："同志们，我代表行署来给女子中队说几句话：一、从这一刻起，不允许任何人称呼林潇苒同志'大小姐'，这是一条严肃的纪律，任何人不得违反！二、林潇苒同志因丢失组织交给的极其重要的信物，因此，暂时不能被组织认可——说白了，她的党员身份不被认可。"

"啊？""什么意思？不承认大小姐是党员了？这怎么可以！"许多人发出同样的疑问。

王友明沉默着，目光在人群中搜寻，最终锁定："夏小禅同志。"

"到！"夏小禅豁出去的语气。

"你是一名党员，对上级的决定置若罔闻——我代表宿县行署党委，对你的行为给予口头警告。如果再犯，一定给予更加严厉的党纪处分！对于刚才故意挑衅纪律的其他同志，暂时不予追究，但若有再犯，一样给予党纪处分！现在，我郑重宣布一下林潇苒同志的职务。我代表宿县行署宣布：'宿县女干部扫盲班'正式成立，任命林潇苒同志为扫盲班总负责人，兼职教员。以后，同学们可以称呼林潇苒同志为教员或老师。除林潇苒为教员之外，另有王友明、程雪竹、杨德简和曹振海同志为兼职教员，负责具体教学事宜。全体教员由林潇苒同志统一安排，任何人不得以工作为由不按时授课。三、关于王思弟同志的遗体，由行署择日安葬。四、对不能完成扫盲任务的学员，组织部门不予承认干部身份。以上四点，不日由行署下达正式文件。我的话讲完了。林潇苒同志，行署把这些学员交给你了，希望你尽心尽责，不要让一个学员掉队。"

"是！王书记！"林潇苒目送王友明离开，声音凝重、心意沉沉，"从现在起，忘记过去所有的一切，潜心做一名学员，努力完成党——交给的任务！"

"知道了。"有人哽咽。

"赵青，咱们回去。"林潇苒说完，泪水倒流地率先向大门走去。身后，所有的队员都没上马，牵着马默然地跟着走。

培训基地宿舍最西间门外守卫着一个身影，身后敞开的室内弥散着青烟。林潇苒知道青烟深处是王思弟的遗体，快步跑上去，心里哭喊："思弟啊，我对不起你！"

王思弟躺在一张干净的床上，身体已经被清洗过，衣服也是崭新的，看上去犹如睡着了一般。

林潇苒跪在床前，把脸贴在她胸前，霎时，脑子被一张无形的网过滤了，把在行署大院倾注在意识里的荣辱功名、所有的得失以及悲欢离合全部过滤了，心灵的苍穹隐隐飘来一阵悠扬的歌声。

冰雪覆盖着中原大地，
战马洒下一路血迹。
蜿蜒的浍河之南炮声隆隆，
声声送别年轻的英灵。
那里是你的家乡，
也是共和国的奠基。

青烟弥漫在你身边，
一颗静止的心温暖着另一个跳动的心灵。
从此以后，
每一次呼吸都有你的血脉，
每一步行走都是你未了的远方。
生与死之间，
隔着祭火，
燃烧的是你我的信念！

六十九

苍穹之上传来的歌声震撼着心灵，林潇苒知道，这是老师的灵魂以音符的方式传递对自己的思念、安慰。她用心聆听着，让每一个音节都镌刻在心灵上。

门外传来众人与程雪竹打招呼的声音。为了不惊扰心空回荡的旋律，林潇苒默然站起，面无表情地出门，依稀听见程雪竹在与她说话，还是默然走开，回到自己的宿舍把门关上，拿出纸笔记录下这首旋律悠长、曲调委婉、带着心灵脉搏的歌曲。

写出来后，她不敢看上一眼，因为赵红英的声音还在反复地吟唱。她担心看了白纸黑字记录的曲子有可能隐去老师的声音，于是打开后窗，仰望着那高不可攀、寒星闪烁的夜空。

视线中，一棵赤裸的不知名的大树向上伸出无数枝干，好像天空投下的阴影。歌声反复传来，带着深蓝夜幕的空灵，回旋在心坎上，唤醒了被哀伤和失落拘谨的爱情。

忽然，心灵的某一处亮起一堆篝火，一个熟悉的身影策马而至，站在篝火边向她招手。顷刻间歌声戛然而止，她气恼地轻声骂道："你这个不要脸的，把老师惊扰了啊。"

她走到篝火边，杨德简拘谨地靠近了："潇苒啊，你把身份给弄丢了，却把我的心掠走了——心从来都是赤裸的，不需要外在的身份。"

尽管这是自己的幻觉，林潇苒还是被感动了。她望着夜空上的一颗孤星在云隙中闪耀，心里骤然明亮了，流着泪水说："你在哪儿啊，我想你啊！"

外面传来一阵马达声，伴随着众多哭泣声，她知道，是程雪竹把王思弟的遗体带走了。

过了一会儿，赵青在门外怯声说："老师，开门——我们想见你啊！"

"赵青，让我一个人静一会儿。你安抚一下队员们——不，学员们。"

"怎么会这样啊，怎么能这样啊。呜呜。"赵青哭着用头有节奏地撞着木门，接着，外面一阵隐忍的哭泣声。

林潇苒听着，心里泛起一股怨气——真的糊涂了，战友之间的私情与同志之间的友情，难道有着严格的区别？

忽然有人惊呼："队长，你终于来了啊！"

赵青索性哭喊着："组织怎么会这样啊——不就是一块破银圆吗，丢了有什么大不了的！难道一个深入敌营、九死一生，为了这场战役做出这么大贡献的大活人，还抵不上一块银圆吗？如果一个信物就可以决定党员的身份，我都想回家种地了！"

"赵青同志，这样的话你以后不许说！你说得不对！那不是一块银圆，而是身份的载体！如同一个人，有血肉之躯，有灵魂，共为一体！潇苒党员的载体没有了，可我相信，她的党魂还在，而且比任何人都绚丽！再说了，上级已经有了解决的办法，就是重新入党！散开，都散开，我有话要与潇苒单独说！"

"你进去说就是了，干吗要赶我们走？"赵青顶撞的语气，接着叩门，"大小姐——"

下面的话还没说出来，夏小禅惊呼："你犯纪律了！"

"哎呀！这次从徐州回来，不知道招惹了何方鬼神，一步一个坎地落下来，还让人活不？"赵青气恼地拍门，"大小姐，再不开门，休怪我撞了啊！"

林潇苒知道，这是一个说到做到的主儿，急忙应声："你敢！"说着，快步走到门前，顺手把门闩拔开，不想与赵青撞了个满怀，幸亏赵青眼疾手快，上前双手抓住了自己的双肩，这才没有跌倒。

夏小禅大声地喊着："让我们最后喊一声——来，一二三！"门前顿时响起一阵发自心灵的呼喊："大——小——姐！"

赵青哽咽地说："是啊！无论你丢了什么，永远是我们女子中队心里的大小姐！队长，还不进去说话呀？"

林潇苒不愿意让杨德简看见自己削发的样子，严肃地说："列队！我也最后一次以大小姐的称呼对你们说——"

赵青立刻喊道："全体都有！立正！"接着，走到队伍最前面肃然站立。

林潇苒迟疑片刻说："记得刚来这里的时候，我对你们说，来这里就是为了脱胎换骨。此刻，我忽然意识到，这句话也适应我本人！尽管这个过程很痛苦，但是，为了新中国的未来，我们必须承受所有，直到你们摘掉文盲的帽子，做一个名副其实的党的领导干部。下面，尽快吃饭、休息，准备迎接明天的课程。"说完看了杨德简一眼，默默向宿舍中间的通道走去。

身后一片静谧，林潇苒只能听见自己的心跳，走了一会儿，快到主楼时才听见身后缓慢轻微的嗒嗒马蹄声。

走到大门时，卫兵敬礼："大小姐！"

还没等她说话，身后传来杨德简的训斥："告诉所有的门卫，以后不许再喊'大小姐'，一律改称'林老师'！"

"是！队长！"两名门卫齐声回答。

出了大门，林潇苒顺着路边走，杨德简牵着马跟了上来。听他清了几次嗓子还是没说话，她只好说："你怎么有空来，前线那么忙。"

"是——王书记让我来的。"

"噢，为了工作呀，那就说吧。"林潇苒若有所思的语气。

"呃，也不是为了工作，是想——"

"想什么，说呀！"林潇苒心里说——若是想来些劝慰的话，那就不必了。

"我——之前，听王书记说，组织已经决定让他去徐州工作，可能是副书记、市长吧。"

"呀，恭喜他啊！"林潇苒抑制住内心的喜悦，"那你呢，不会是？"她不相信一个二十多岁的支队长能担任专区领导，在她心里，他充其量当个县长而已。

"他向上级推荐我担任行署区委书记。"

"呵，呵呵原来是报喜呀！那——祝贺你呀，杨大书记。"她心里说的可不是书记，而是"不要脸"的。

"唉，我说这些不是报喜，而是另有所求。"他这话是从嗓子深处冒出来的。

"求我？"林潇苒指着自己的鼻子，忽然心猛地一颤——莫不是求婚吧？

"凭我怎么敢向组织明目张胆提出个人的心愿，是王书记待我既像长辈又像兄长，因此才私下建议，让我问一下你，可否带我一起去上海？他听陈静首长说，要你挑选十名干部去上海工作，所以动了这个念头。"

林潇苒的心快要跳出嗓子眼了，声音颤抖地说："你要知道，去上海只是一般的干部，不可能给你一个区委书记的头衔，这个——你想清楚了吗？"

"这个不用想，只要你同意带着我一起走，别说职务了，就算当个办事员我也愿意！"

　　林潇莛再也按捺不住内心的柔情，双手抓住杨德简的胳膊："我怎么舍得让你做出这么大的牺牲啊！你去上海，想都不要想！"

　　杨德简本想拥抱的胳膊骤然软了下来，仰面朝着夜空，发出苦涩的声音："我知道了！对不起，是我痴心妄想了！"

　　林潇莛的心猛地一抽，脱口而出："不要脸的！就你这理解能力，还想当地方大员呢。呸，给我当学员都不要！"

　　杨德简愣了一下说："啥，啥意思？莫非，莫非——"

　　林潇莛知道"莫非"后面是——你愿意留下？她动容地说："你以为，我背得动这片浸透战友、勇士鲜血的土地吗？就算没有你，我也离不开啊！既然你向往大都市的生活，那我成全你就是了。不过我声明，你不可以进干部扫盲班当教员。"

　　杨德简激动不已，突然身体一弹，原地做了个后空翻，不料落地时脚下一滑，重重地摔倒了。

　　林潇莛忍不住取笑："就你这样，怎么能做我学员的师父？"

　　杨德简急忙站起来："没注意，路面有冰。那——我想——"说着上前一步，胸口剧烈地起伏。

　　林潇莛担心拥抱的时候把自己的帽子碰掉了，无论如何不能让恋人看见自己削发的样子，急忙退了两步："想什么呢？哎，围歼黄维兵团什么时候结束？"

　　"今夜发起总攻，预计明天上午就可以结束。哦，差点儿忘了。"说着，杨德简从怀里掏出一把勃朗宁手枪，"这把枪，你替我保管着。"

　　"喊，不就是一把手枪吗，我不稀罕。"林潇莛心里想，今天从徐州一下弄来几十车弹药，一把枪算什么，也能拿出来当定情信信物？

　　"这可不是一把普通的枪，它跟着陈司令员出生入死多年，对我来说比命还珍贵。"

　　"是吗？"林潇莛虔诚地接过枪，紧紧贴在胸口上，"陈司令员怎么舍得把自己的配枪交给你呢？"

　　"不是。今天，你们从徐州缴获了大批弹药，总前委几位首长高兴得无以言表，对我们淮海游击支队大加赞赏。陈司令员高兴地问我要什么样的奖励，见我看了一眼他腰间的配枪，一下捂着枪。这把枪是在井冈山时林彪从敌人的一个师长那里缴获的，本来要献给主席，可是主席说到了他拿枪的时候红军早就不存在了。陈司令急忙上前抢过来，此后这把枪一直陪着他。

　　"后来政委和刘司令员说，几千发炮弹可以大大地缩短围歼黄维兵团的时间，可以减少许多战士的牺牲，最重要的是可以腾出兵力来围歼杜聿明西撤的三个兵团。这么看来，这笔买卖总前委还是大赚。于是就把这把枪就给了我，还写了字据，证明是总前委奖励的。"

杨德简说到这里，眼里迷恋着遐想。

"怎么不说了？"林潇苒期待的语气。

"后来，六纵的王司令员来了。"

"那这么一把珍贵的枪，你为何自己不带着？"林潇苒心早已沉醉了——当一个男人把比生命还重要的信物交出去的时候，如同交出人生的全部。

"我——之前，我的世界只有一个目标，就是为了新中国奋不顾身，一往直前；而这场战役在我的世界里打出一个天平，一边是你，另一边是这把枪！没有了枪，我会死！没了你——我也活不下去！"

林潇苒双手捂着眼睛，泪水顺着手指流下："可是，我已经不是你刚认识的那个大小姐了啊！在即将到来的新中国的土地上，你可是国家地方大员，而我只是一个普通的老百姓——哪儿有重量与这把枪平衡啊！"

"潇苒啊，你还不了解我。两年来，我带领游击支队战斗在到处都是敌军的淮北平原上，几次险些丧命。这期间，有数不清的同志、战友死在我面前。远的不说，就双堆集这场战役，每一秒都有人献出生命！在这片渗透鲜血的土地上，活着就是一缕阳光，哪里敢藏私纳阴——考虑个人名利啊！假如组织让我选择，我会毫不犹豫地完成母亲的心愿，在双堆集建一所学校，一辈子教书育人！"

林潇苒背过身，仰面望着夜空，一瞬间敞开了心扉，与整个夜空融为一体，轻吐一声："这也是我想要的人生。"

忽然一双胳膊从身后把她搂住，一颗跳动的心不断地穿透后背，一声声落在她火焰喷发的心口上。

两个人就这么久久地站着，感受着彼此的心跳。

远处传来一声呼喊："队长，王书记打来电话，让你立刻赶到前线，总攻马上开始！"

杨德简触电一般地松开胳膊，应声："知道了！"牵过马纵身上马。

在他举手之际，林潇苒忍不住说："杨——我心里没有天平，只有一颗心！你要小心啊，别把我的心弄丢了！"

"潇苒！潇苒！我走啦！"杨德简说着，一声"驾"，胯下的马一下蹿了出去，一阵马蹄声后，瞬间消失在夜幕中。

她望着在惨淡的月光下显得凄迷的路，感觉心脱离了胸膛，在路上、在月下、在寒风里、在旷野中，追随着一马一人。"大小姐，老曹回来啦！"耳边传来赵青缠绵的声音。声音里藏着祝福、羡慕，也多少带着嫉妒。

"怎么还不改称呼啊！"

"这不是私下里吗，又没人听见。不知怎么啦，我就觉得这么喊心里才舒服。"赵青努力克制内心复杂的情愫。

两人慢步往回走。快到大门时，赵青终于忍不住说："你要提防程政委，尤其是别在她面前提起队长。"

"为何呀？"林潇苒心里清楚，对女人来说，横刀夺爱不共戴天，之所以这么问，就是想知道，在她之前，杨德简与程雪竹的关系在哪个阶段。

"一直以来，在程政委的感觉里，队长只能也只配属于她。虽然中队所有的女兵都喜欢——我也不怕你笑话——我们都有自知之明，只是敬仰的那种喜欢，不像有些人，自认为是从城里来的知识分子，根本不把我们这些土生土长的乡下丫头放在眼里。殊不知，在我们眼里——算了，她是领导，不说也罢。"

进了大门，林潇苒说："那你告诉我，队长对她是什么感觉？"

"这个不好说，队长的心那么深，哪儿会让我们这些当徒弟的看透？但凭我的感觉，怎么说呢，我若是队长，选夏小禅也不会——哎呀，我怎么如此胡言乱语。总之，那个人报复心极强。本来，按照队长的建议，中队长应该是夏小禅的，可是程政委死活都不同意，不知怎么回事，她看中了我！其实，我心里非但不感激，反而对她怀有说不出的敌意——怎么的，在她眼里，我的长相比夏小禅安全？你说气人不？"

林潇苒忍不住窃笑，不料被赵青发现了，说："笑什么呀你，我可是掏心掏肺地为你好。"

话音未落，忽然从路两边的景观树丛中"哇"的一声蹿出全体队员，一阵发自内心的喜悦后，乱乍乍的喊叫声响彻整个军营："师母！""师娘！"

林潇苒又羞又气，低声斥责："中邪了啊！"

队员们围着林潇苒欣喜若狂地相互推搡着，用肢体表达不尽的欢喜。

柴青火连声制止："哎哎，安静啊安静，看我的。"说着，忽地一下做了个后空翻，落地时故意倒在地上，引得众人发出更大的欢笑声。

林潇苒气恼地推了一下赵青："你这队长怎么当的，连我也敢跟踪！"

夏小禅笑嘻嘻地说："师母，你别介意，其实队长一来，我们就猜出他的心思，担心你看不上他，所以——秦秋她们才从后墙翻了出去。"

秦秋急了："怎么是我呢，分明是你带的头，我们才跟着翻过去的。师娘，你们说的话，我们可全听见了啊！哎呀，之前发生的那点儿事算啥啊，这会儿，我们心里除了高兴，什么也没有了。"

这时，宿舍西侧走出一个身影："我说大小姐们，羊肉汤都热两遍了，你们要不吃，那我可先吃了。"曹振海的声音传来。

队员们霎时鸦雀无声，好像自己的隐私被外人窥视，一时间羞臊得不敢出声。

夏小禅贴近林潇苒耳边说："我发现，这个老曹回来之后好像变了一个人，见了谁都笑得合不拢嘴。"

林潇苒忍不住冒出一句："你们去吃饭，我得找他算账！"

七十

晚饭很丰盛：羊肉汤，撕面饼。

每张餐桌上都摆放一大盆热气腾腾的羊肉汤，还有一盆撕面饼。队员们列队进了餐厅，有序地八人一桌坐下，所有人的眼睛都隐藏着对食物的欲望。

曹振海见林潇苒、赵青进来，招呼着："潇苒、赵青，咱们和关明月另开一桌吧。噢，还有夏小禅、秦秋。"

"不好，还是每一桌挤一个吧。"

"哎呀，又不是没有桌子，干吗呢？"关明月说着，上前拉着赵青走到另一桌。柴青火见赵青不悦，担心关明月下不了台，急忙起身："赵同学，我提醒你注意了，吃饭的事可归明月管。"

关明月趁机占了柴青火空出的位置，说："我自己都不知道归谁管呢，哪里敢管这么多事儿。"

"嗨嗨，你这人。"

见柴青火脸上泛出好心没好报的愠色，林潇苒说："美味当前，不享用还有心思争座位。"

话音一落，所有人唰地一下站起来，纷纷动起手，有的往碗里装汤，有的拿起饼吃着，有的把筷子伸进汤盆里夹羊肉。一时间，碗筷的摩擦声，姐妹间的斥责声，伴随着热气散发的羊肉醇香，爆满整个大厅。

见赵青装满一碗羊肉汤放在林潇苒面前，夏小禅伸出手来："赵姐，我来。"

赵青坐下，贴近林潇苒耳边小声说："不知道为何，我就是不喜欢明月——两只眼睛像一对鬼火似的，看着让人心里不舒服；一张嘴棱角分明，说起话来喋喋不休。哎，是不是在白区工作过的人都这样啊？"

夏小禅嚼着饼，听到这句一下噎着了。赵青恍然朝她头上拍了一下："想什么呢？大——老师——我的意思你明白。"

林潇苒明白，赵青暗指程雪竹。

汤的确鲜美，可林潇苒无心品尝，全部的心思都被各种互不兼容的感觉耗尽了，勉强地喝了一碗汤、吃了半块饼，起身道："你们慢点儿吃。"

队员们见了，纷纷喊着："老师，怎么吃这么点儿啊？"

关明月急忙走过来："老师，是不是羊肉有膻味？要不，我再给你做一碗清淡的肉丝面吧？"

林潇苒看着她，果真像赵青说的那样，一双眼睛不停地晃动，每一次晃动好像都在变换窥视的角度，忙客气地说："味道很好，只是我吃好了，谢谢！"

林潇苒回到办公室，发现程雪竹正端坐在桌旁，不禁惊诧："程政委，怎么不去餐厅呢？"

"我在行署那边吃过了，过来就是想看看你。潇苒，坐吧，我说几句话就得上前线。"

林潇苒坐在了她对面。白炽灯下，程雪竹眼眶湿润，露出大哭一场后的克制，泪水模糊的眼睛里嵌着冷酷、不甘和怨恨的散光。在与林潇苒目光相遇的瞬间，她的身子突然晃了一下，用弯曲的手指捋着鬓角垂下的头发，翕动着鼻翼，想说什么一时不知道该怎么说，眼角周围布满凤愿被人掠走的哀痛，胳膊好像麻木了，无力地放在桌上，手指握着，好像手心里尚存一线希望不敢松开，手背时而哆嗦时而绷紧，拖累得把脑袋缩进肩膀里，身体缩成了一团，两只幽怨的眼睛再次直视："潇苒——"

"怎么啦？"一种不祥之兆袭上林潇苒心头。

程雪竹脸颊上的肌肉仿佛冻僵了，心灵深处的感受被面部的冰冷阻断，以至于被折磨得不停地盘算，改变着到了嘴边的话："我真的羡慕你啊！"声音忧郁、低沉，透着欲哭无泪的辛酸。

噢，知道了，是因为杨德简啊！林潇苒心里说，可是自己又能说什么呢？将心比心，倘若坐在对面的这个人把杨德简掳走了，自己一定是世间最难过的人。

程雪竹用洁白的牙齿咬着冰冷、有些发紫的嘴唇，忽然咳嗽起来。

林潇苒起身倒了一杯热水轻轻放在她面前说："虽然我不懂你的心情，还是为你难过——需要我做点儿什么吗？"

程雪竹骤然一惊："看我，就是因为你的事感到难过，来了本想劝慰你的，反倒让你安慰我了——若是换了我，被组织不要了，可能就此失去活下去的勇气了。"

林潇苒听出来这话言不由衷，还是表现出感激的样子："我没事的——组织不是说可以重新入党的吗？你说，我的入党申请该交给谁？"

"过几天，学习班要成立党支部，你的申请交给支部吧。哎，我也觉得有点儿别扭——一直以来，你在赵青她们心里可谓至高无上，现在得向她们递交申请书，的确为难你了。"

"是有点儿。不过，没关系的。"林潇苒悄然松了口气，总算没有提起杨德简来。

"噢，对了，我来是想征求你的意见。华东局的白俊同志找我谈过，说组织考虑让我担任宿县行署组织部长。"

"呀，恭喜你啊！"林潇苒发自内心地说。

"有什么好恭喜的，这么一来，我只怕这辈子都离不开这座小县城了。真的羡慕你啊，用不了多久，上海解放了，你可以重新回去。我真想在这里当一名学员，几个月后跟着你去上海工作。"

"那你干吗不向组织申请呢？"林潇苒明知道她说的是假话，故意将了一军。

程雪竹摇头："说了也没用，你的老师好像对我没感觉。你打算带哪几位去上海？"

"没想过。"林潇苒想着，以我目前的身份，有什么资格决定干部的去留？

"不想不行啊。我是管干部的，这些学员都得放到合适的位置上。你决定带走的人，我就不考虑她们的工作了。这样吧，你现在就定下来，我心里好有数。"

"程政委，哪有一个群众决定党员工作的？至于让谁去上海，还是由行署定吧。"

程雪竹站起身，似乎想要的就是这个结果："你呀，潇苒，把这个难题推给我了。那，好吧。"说完离开座位，忽然想起似的，"告诉你一个好消息——杜聿明带领三个兵团占领了永城。奇怪的是，他们非但不继续向西撤退，反而掉过头向濉溪口扑了过来，看样子想解救黄维。"

林潇苒喜出望外："嗬，一定是老蒋一厢情愿——救黄维，这怎么可能啊！我还一直担心他会跑了呢。战场上，对手的失误往往胜过千军万马的拼杀！我真想跟你一块去前线，亲眼看到黄维兵团覆灭！"

"我替你看吧。"程雪竹冲着林潇苒摆了一下手，走了出去。

林潇苒跟着送了几步，发现宿舍门口有几个走动的身影，猜着与程雪竹的话已被偷听，顿时打消了再送一程的念头，刚想把偷听的人叫回来训斥，想起自己的身份，只好把到嘴边的话咽下，转身进了门，慢慢把门关上。

还没等她坐下，曹振海敲门。

"老曹，这里也是你的办公室，客气什么。"她心意沉沉地说。本来，她有许多话想对曹振海说，看着他神清气爽的表情，反倒什么也不想说了，默然从抽屉里拿出纸笔，做出要写点儿什么的样子。

"潇苒，我想解释——"曹振海吞吐地说。

"不用，我理解。"她嘴上这么说，心里的怨气却逐渐递增——什么人呐，我都亮出了自己的身份，你为何还对我隐瞒？假如你当时亮出了自己的身份，我会把信物拿出来，然后交给你带给组织——就算我牺牲了，组织也会承认我是一名共产党员！更可气的是，起义成功之后，你仍然瞒着所有人，直到见了华东局的领导来才拿出信物！

真可悲！宁信物，不信人！

"潇苒，我之所以那么做，是组织让我潜伏的时候定下的纪律——在任何情况下都不允许亮明自己的身份，哪怕周围全是自己的同志也不允许，因为下一步的工作有可能是继续潜伏。"

"老曹，我没有怪你的意思。真的！我有点儿累了，你先回房休息。"林潇苒心里说，"我已经失去了党员的身份，你不该对我说这些的。"

"潇苒，明天就要开课了，我们还是商量一下课程安排吧。"曹振海近乎哀求的口气。

林潇苒想了片刻说："我教学员拼音，你教算术。这些学员，经过几个月的学习，至少要会使用工具书和最基础的加减乘除。识字，我觉得每天会读写五个字，争取学习结束能熟练认识五百个字左右。你看这样如何？"

"好的，那你去休息吧。我按照你说的制定一个教学大纲，明天交给你审阅。"

"不用客气，一切听你的！"林潇苒说着转身离开。

推开宿舍的门，她刚要开灯，身后传来怯怯的喊声："老师。"

林潇苒没有防备，被吓了一跳，听出了是关明月，客气地说："有事呀？"

"您吩咐我从南京买的字典、唐诗啥的都买回来了，您要不要看一下？"关明月邀功的口吻。

"你辛苦了，让曹营长看吧。"林潇苒抑制不住地心灰意冷。

曹振海跟来说："关明月，把买回来的东西搬到食堂，今晚就发了。"

"好的！"接着，关明月底气十足地喊，"赵青，曹营长让你们把我从南京买回来的字典、书本还有写字本啥的都搬到餐厅。"连喊了几声，不见答应，接着喊夏小禅等人。

"听见了，叫魂啊你！"柴青火低声斥责。

"哎哟，我冒死才买回这些东西，不领情就算了，竟然对我使性子，你们爱领不领！"关明月气咻咻地进了办公室，低声对曹振海说着什么。

林潇苒轻轻关了门，手拉着电灯开关线却不想开了，因为内心的黑暗太厚，室内的暗反而有了外溢的感觉。她摸黑走到床边，和衣躺下，瞬间，泪水顺着眼角哗然流下，万般委屈在血脉中拥堵，哽咽地轻声说："老师，您在哪儿啊？您是我的入党介绍人，使我成为一名共产党员，可是，党现在不要我了，还让我重新入党，我不愿意有人代替你做我的入党介绍人啊！您说我该怎么办啊？"

这时，远方突然传来隆隆的炮声，门边的窗户不停地被闪电一样的强光照射。林潇苒骤然坐起来，想着围歼黄维兵团的总攻开始了！

她忍不住走到门前打开门，发现餐厅亮着灯，隐约传出曹振海喊队员的名字，左右看了一下，整个宿舍空荡荡的，只有南天的炮火闪出的亮光在营区绽放。一瞬间，内心的黑暗仿佛被炮火照亮，她不由得信步走出房门，想去前楼上看一下正在被炮火洗礼的战场。

前楼大门前站着两名卫兵，见了林潇苒慌忙敬礼："首长好！"

"喊我老师就好。我想上楼看一下，可以吗？"

"老师请！需要我们做什么？"

"不用，只是想看一下战场情景。"

一个卫兵急忙把楼内的灯打开，林潇苒让他关了——灯光会暗淡远处的景色。

她上了三楼，站在平台上眺望着十几里外的战场，不由得想起了一团的起义官兵，为他们担心，同时，期待他们在战场上有令首长们满意的表现。

"邵正杰、蔡佳奇、许真诚，你们一定要保重啊！我在这里答应你们，等这场战役胜利了，去看望你们，看望全团的战士！"接着，她不禁想起长眠地下的李政，心里一阵说不出的难受，感觉自己像一个溺水的人，汹涌的波涛中有个身影向她游来了，心灵感应出是李政，想回避，可是无论怎么躲避还是被发现了。他慢慢靠近。

她迎上去，哭着说："李政，别恨我啊！"

李政举起胳膊，身子沉下水面，忽地冒了出来，面部扭曲得几乎认不出来，怒吼："给我一个理由！"

林潇苒心如刀绞，炮火的闪光犹如利剑，不停地刺进胸膛。她背过身子，身体失去了控制，缓缓地倒在平台上，眼泪、愧疚、痛苦涌进大脑，肆无忌惮地吞噬着，意识被一个黑洞吸入，脖子上仿佛有一只手紧紧卡住，让她喘不过气来。到了必须面对的时候了，林潇苒斩钉截铁的语气："李政，我们之间没有过爱，就算有也只在你自己心里。我对你愧疚是因为未能组织好起义，让你死在了自己的阵地上，还有就是，后悔在河边没有给你一个同志之间的拥抱！至于我爱上了他，这与你的生死没有关系，这是一种前世相约的灵魂挚爱！"说着，觉得心灵有了活力，只是有无数枚尖利的蜂针不停地扎在心上，疼得她用双手捂着胸口。

必须要想清楚，爱情的滋生、存活、生长与生活的环境之间到底有着怎样的关系；必须要想清楚，爱情究竟需要哪些过程以及周期；必须要想清楚，忠贞对爱情而言是土壤还是岩石。

在她说起对李政的愧疚时，老师在心里说着："爱情是经不起理性、逻辑过滤的，最初的种子是对外表的欣赏、仰慕，过了这一关才是灵魂的契合。可是，灵魂构成极为复杂，有时候，守着同一盏灯看见的却不是同一个地方。何况，你与李政初见面守候的并不是同一盏灯——你守候的是人类最光明的灯，而他只是在黑暗中向往着光明。因此，他无法走进你的心灵。你与杨德简就不一样了，彼此的感情拥有同一片土地，最关键是一见倾心。潇苒啊，因为你遇见了爱才懂李政，因为懂才为他难受。"

听了老师的话，林潇苒试图引入理性审视爱情，结论是，就算自己没有遇见杨德简也不会接受李政的，因为在他的身上缺少一种一见倾心的感觉。

她望着夜空冷静地说："李政，我不欠你的！我之所以难受，是因为幸福！"

有人说世上最美的爱情是遗憾，刚刚驱赶了李政，不想程雪竹扑上心头，哀伤地说："假如不是你介入，他最终会选择我！你才来几天啊，就伸手夺走了我的爱！你是幸福了，可想过我了吗？就算全国解放了，那有谁能解放我啊！一个女人没有信仰等于没有灵魂，若是没有爱情那灵魂又何以安放啊！你的条件那么好，这场战役结束之后可以回到上海，在那里一定会遇到比他还优秀的人。请你发一下慈悲，给我留下一条活路吧！"

林潇苒一阵刺痛，在心里说："爱不是你说得这么简单，如果能舍弃，我从一开始就不搭理他了。我每次想起他的时候，总是觉得对不起您！可是，我已经没有力量左右自己了，心里只有一个意念：没有他，我的生命会变成一潭死水！"

是！就是这样！

世上有一种男人，周身释放着一种魔咒，让女人失去理性，如同时光，生于时光、死于时光，却令人一刻也不能离开。

"姐姐，请您原谅啊！"林潇苒发自内心地说了一声。

南面的炮声更加激烈了。无数炮弹在夜幕上划出一道道流光，相互交织；连续不断的爆炸点重叠、扩大。火光中依稀可见不明物飞起，带着火光向高空抛掷。

自己的精神世界里何尝不是一场残酷的战争？

"没办法啊，我被爱情打败了，甘愿做个俘虏吧！"她慢慢地坐起来，陡然发现三楼平台上站着许多身影，不由得气恼地站起来："什么鬼毛病啊，总是偷偷摸摸的！"

身影一动不动，她走近时，猛然发现每个队员脸上都布满泪水，不由得被感动了："我没事的。"

夏小禅哭着说："还说没事，一个在敌营纵横驰骋的大小姐，竟然一个人躺在平台上——这哪有天理啊！"

顿时，所有的队员哭成一团。

"姐妹们，这是干吗啊！在双堆集，我们的亲人、战士们正在与拿枪的敌人浴血奋战，而我刚才只不过也在与精神的敌人展开一场厮杀！要知道，面对拿枪的敌人，我们从来没败过，可是，在未来的日子里，我们需要与来自精神上各类看不见的敌人作战，而且是一场永无休止的战争！眼下，摆在我面前的敌人就是如何完成行署交给我的扫盲任务，而你们面前的敌人是文盲！我有信心完成任务！好啦，都别哭了！谁去把南下支队的手风琴拿来，我为前线的将士、为你们演奏一首为思弟写的歌！"

七十一

一九四九年十二月十五日午夜，这是林潇苒终生难忘的时刻，当她用手风琴演奏完为王思弟写的曲子，从夜幕深处传来的隆隆炮声戛然而止。三楼平台上所有人都屏住呼吸，开始大家以为是琴声的掩盖，停了一会儿，赵青突然发出一声尖叫："胜利了！"

队员们脱离了刚才被音乐牵引的情感，忽地一下由原来的坐姿跳了起来，欢呼着、呐喊着："思弟啊，王霞、四嫂、鸣凤、红梅，十二兵团被消灭了！"

"哎，你们在哪儿啊！"

楼下传来曹振海激动的喊声："我就是想通知你们，十二兵团被歼灭了啊！你们是怎么知道的？"

夏小禅喜极而泣："我们，我们看见的啊！大小姐，我要再违反一次纪律，去双堆集看一下——不是，是去四嫂她们坟前大哭一场！"

赵青大声呵斥："不许去！你们忘了大小姐刚才说过的——时刻要与看不见的敌人作战！我们不能这个耳朵听，那个耳朵扔！"

说话间，曹振海走上平台："大家听我说，刚才接到王书记打来的电话，说南下干部培训队已经返程，指示我们要尽地主之谊，帮着他们烧水、做饭，好让他们有到家的感觉。"

"啊，还让我们做饭啊？"柴青火叫苦的声音。

"还等什么？夏小禅，带着你的人负责做饭；柴青火的人负责烧水；秦秋的人负责打扫楼内外的卫生！半小时后，我检查！"赵青接着转向林潇苒，"老师，您回宿舍备课！"

林潇苒想说"多少也干点儿什么呀"，话到了嘴边，心里冒出一句——自己又能干什么呢？

"好，听你的。"林潇苒说。

赵青冲着楼下大声喊："王少君！"

下面有人答应："他今晚在行署值班。赵队长，有何吩咐？"

"你们谁会烧锅炉？"赵青问。

"我们都会。放心吧，保证让南下的同志们洗上一个热水澡。"

夏小禅取笑道："姐，真暖心啊！那些山东汉子若是知道热水里有你的心情，只怕洗到天亮也不肯出来。"

"欠打的丫头，快走啊，还愣着干吗！"赵青像赶鸭子一样挥动着胳膊。

秦秋忽然惊呼："我的天，满地都是火把啊！战役不是结束了吗？"

林潇苒向南眺望，公路上亮起一眼望不到尽头的车灯，在夜幕下像一条前行的巨龙，忽高忽低地向着城里方向移动。原野上，到处都是移动的火把，像从天边烧过的野火。

"大小姐，这是为何？"赵青问。

"这是中野、华野的胜利之师赶过去围歼杜聿明西窜的三个兵团啊，太壮观了！"林潇苒热血沸腾，考虑到队员们还有任务，不得不离开。

下楼时，曹振海跟着说："也不知道咱们的新一团现在怎么样了？"

"怎么，后悔了？"林潇苒问。

"多少有一点儿吧。不过，从徐州弄回来那么多弹药，总算没让组织失望。潇苒，组织当时让我打入物资处时就明确了任务——在任何时候，都要想着为中野弄一批弹药！我的上级说话的表情始终在眼前出现，当时，他用期待的眼神看着我说：'刘邓大军从大别山出来，几乎到了赤手空拳的地步，若是近期不能补给武器弹药，根本不具备与美械装备的国军作战的实力。组织动用了潜伏在国民党军队的上层关系，才把你调到物资处，希望你立刻行动起来！'"

"噢，之前你在哪支部队？"

"我在南京联勤总部。你也看出来了，我只会动嘴，基本上不会打仗。物资处原有的人被撤换后，若不是遇到你，我只怕要遗憾终生了！潇苒呀，从某种角度说，是你给了我第二次政治生命！"

"老曹，这话像刀子一样啊！"走在营区通道上，林潇苒难过地说。

回到宿舍，她和衣躺下，扯过被子盖在身上，枕着曹振海的话渐渐入睡。

睡梦中，她被一阵号声惊醒，嘀嘀嗒嗒悦耳的号声告诉她，这是南下干部培训队的起床声。

"啊，以后就按照他们的作息时间吧。"她欣慰地说。

赵青等人都出来一看究竟。曹振海说："这是起床号。"

赵青疑惑地说："他们凌晨三点多才回来，我们做的饭一点儿没动，更不要说洗澡了。一个个像昏头鸭子一样，迷迷糊糊地进了房间就往床上一躺，怎么喊都没用。按说该多睡一会儿的，怎么就起来了？"

曹振海思忖的语气："这就是差距！赵青，吹哨子，集合！我有话说！"

赵青困惑地说："哪有啊！"说着，大声呼喊，"起床！都起来！"连喊了几声也不见动静，只好挨着门敲。

二十分钟后，队员们才打着哈欠，叨叨咕咕地聚拢。

林潇苒已经洗漱完毕，换了一身干净的衣服，满脑子想的只有两个字——"纪律"。她承认，在战场上，每个队员都充满了灵气，许多时候，尤其在生死攸关的时刻，几乎不等指挥，凭着对战场上的感悟就可以做出正确的选择，主动发起攻击。然而，一旦脱离了战场，她们基因形成的劣根便肆意地左右行为。

这大概就是王书记最担心的。

想着，林潇苒心里冒出一个大胆的设想——可否让这个地方性的培训机构与华东局举办的干部培训队合并？这倒不是想占用更多的教育资源，而是想增进学员们的整体意识。

林潇苒进了宿舍，外面曹振海在训话，说了什么她一句没听进去，凭着一颗对组织的忠诚之心，给地委写下一份简短的报告。

地委行署：

鉴于女子中队长期缺乏整体意识，我建议行署女子干部培训班与南下干部培训队合并，以便在潜移默化中形成整体意识！因为，在未来的工作中，她们每个人输出的不是个人战斗力，而是把上级意识渗透到每个人的行动上。很难相信，一个缺乏整体意识的人能带领一个整体！

建议人：教员林潇苒

写完后，她将纸折叠好装进衣兜，出了门对还在训话的曹振海说："我有点儿事，要去一趟行署。"说着，在一众惊异的目光注视下离开。

到了前楼，看见几百名训练有素的军人在操场上跑步，她不由得肃然起敬，越发觉得自己的建议是对的。

走进马厩，她就近牵过一匹白马骑上去，一路小跑地出了营门。

清晨，整个城市半梦半醒，沿街一些早点铺子已经开门。从门内往外散发的热气在寒风的追逐中瞬间消失，空气中鸡汤或骨头汤的鲜美味道在空荡荡的街上弥散。忽然，从胡同口走过来一群挑着担子的男女，一头挑着上面盖着大衣之类保暖物品的东西，透过大衣冒出微弱的热气，另一头挑着盖着盖子的木桶，大概是刚出锅的汤或稀饭。走在后面的人大声喊着："兄弟们，再快一点儿，路过的大军们太辛苦了，一场恶仗刚打完，连口气都来不及喘就直接奔赴另一个战场。咱们辛苦一点儿，好让战士们喝一口热乎的再赶路！"

林潇苒不由得勒住缰绳伫立，让挑着担子的人群先过。走了没多远，街上的行人逐渐多了起来，有的从城外回来，或挑着空担子，或拉着平板车，车上装满盛食物的笸箩以及木桶之类的炊具，还有成群结队往城外送食物的杂乱人群。

能看得见肢体上的疲劳，却看不见精神上的懈怠。

林潇苒看着，不禁感到一阵惭愧——在这样一个不眠之夜，整个地区的人都在忙碌，而自己却在后半夜进入了梦乡。她无颜坐在马背上，下来牵着马带着敬畏的虔诚小心翼翼地沿着街边走着。

进了行署大门，远远看见程雪竹在与郑超说着什么，本来不想让他们看见自己，可是还没等转弯，马蹄声把她推了出去。

"潇苒啊，正说着你呢，这么巧就来了啊！"程雪竹亲切地喊着。

林潇苒只能走过去，想找一个掩饰的理由，瞬间意识到，她要给王书记的报告，程雪竹一定会知道的，那样反而弄巧成拙，暴露出内心对这位行署组织部长的芥蒂。

"那你先说，有何指示？"林潇苒恭维的口吻。

"是这样，郑局长有个想法，把赵青她们的冲锋枪、手雷统统收缴了，然后每人配发一把手枪。我个人认为，赵青她们眼下的任务就是学习，不太可能再有作战任务。再说，冲锋枪携带也不方便。你说呢，潇苒？"

"我没意见。"

声音刚落，程雪竹接过话头："那好，就按潇苒的意见办吧。"

林潇苒听着，一句话闷在心里——怎么就成了我的意见了啊？不过，女子中队的确不需要冲锋枪了，于是从衣兜掏出报告："程政委，我有一个想法，请行署审阅。"

程雪竹接过展开看着，眼里霎时露出喜悦："呀，这个建议太好了，只是我一个人做不了主啊！这样吧，先放在我这里，等见了王书记他们再议一下，然后再向华东局打报告。"

林潇苒听着，心一下凉了，这一放、一等、再议，无异于当面拒绝，只好淡然地点头："那好吧，我回去了。"

程雪竹似乎还有话要说，可林潇苒不想听了，转身上马离开。一路走着，她的心里感到一阵莫名的失落，根源好像在头顶一片看不透的阴霾里。

回到营房，学员都叽叽喳喳地忙于洗漱。林潇苒对迎上前的曹振海说："刚才出去溜达了一下，看见满大街都是慰问的人群，场面真是令人振奋。"

"我猜你可能去路边了，想看一眼新一团是否路过。"

"嗯，想看他们，还是忍住了。"林潇苒说着，进了宿舍，后悔自己不该自作多情地写报告。

"潇苒，有一个问题，我不知道该怎么办。"曹振海跟过来站在门外说。

"什么问题？"林潇苒走出来，用目光示意到办公室说。

"就是做饭的问题。"曹振海跟着她走。

"不是关明月做吗？"

"我也是这么认为的，可她说，程政委只是说让她做一顿，没说让她长期做；还说，若是让她当火头军，她立马走人。"

"那就让她走吧！"林潇苒脱口而出。

"我这就去对她说。"曹振海未进门便直接离开了。

这时赵青从宿舍出来，不悦地看着曹振海进了关明月的宿舍，满眼疑惑："可是为了做饭的事？"

"是呀。赵青，我们去看一下，早餐做点儿什么。"

两人一起朝伙房走去。赵青忍不住说："唉，若是思弟在就好了。也不知道王书记怎么想的，竟然把这么一个拐棍精弄到这里来瞎搅和。"

林潇苒无语，依稀感觉这次从徐州回来一切都有些说不出的别扭，难道仅仅是来了一个关明月？好像是，又好像不是。

伙房内乱得不能再乱了，昨晚用过的餐具都丢在餐桌上，看着像突然发生了不得不逃离的急事，让人不由得想起"杯盘狼藉"这几个字。

"这，这都怪我，还以为她会收拾呢，没想到这个人一声不吭地撂下了。"赵青说着，动手收拾乱七八糟的餐具。

到处弥漫着羊肉的膻味，林潇苒强忍着呼吸进了后厨，看了几乎要崩溃：大锅里还剩下一点儿汤，一夜之间把整个锅蚀染上一层斑驳的铁锈，锅沿上、灶台上，到处都是结块的羊油和白菜叶、粉条。

她看着，心里萌生一个念头——若是这样，真的待不下去了！

曹振海进来，眼睛溜了一圈，嘴唇紧紧地抿着，好像一块骨头卡在了嘴里，想吐又吐不出来，想咽又咽不下去，只能用脚狠狠地踢了一下门边的木桶，吼了一声："老子不干了！"

赵青被吓着了，放下装满碗的盆过来，看着林潇苒，再看看曹振海，冰冷、红艳的嘴里喷出一口气来，一夜的不眠让她的眼睛周围布满黑紫色的褶皱，脸颊像秋天的树叶子，残留着淡淡的红晕，眼睛里流露出一种从来没有过的可怜："都是我的错，你们别生气。大小姐，你就原谅我这一次吧。"

曹振海脱口而出："你也只是一名学员，这与你有什么关系？潇苒，我的意见，立刻请行署另外派人来，不然的话——"

林潇苒从他的眼里看出没说出的话——不然，离开这里！

这时关明月进来，脸上藏着颐指气使："林老师，程部长要你接电话。"

赵青瞪着疑惑的眼睛问："谁？"

"就是程政委，她现在是行署组织部长了。"关明月卖弄的口吻。

从关明月的表情上，林潇苒看出她有了靠山，想着她不离开也行，反正不能让学员们做饭。

"老曹，我们一起去吧。"

进了办公室，她拿起桌上的电话说："您好，我是林潇苒。"

电话里传来程雪竹为难的声音："潇苒呀，我先悄悄地告诉你上级刚定下的一个有关行署人事的变动。"

林潇苒听着，怦然心动，昨晚，杨德简说王书记要到徐州工作，华东局决定由他来接替王友明的职务，没想到一夜之间就成为现实。

"你在听吗？"

"嗯，在的。"林潇苒强忍着内心的激动。

"华东局决定把王友明同志调到徐州任市长了。这下好了，以后我们这边缺少什么物资就可以直接向徐州伸手了，毕竟徐州是座大城市。你说是不？"

"嗯嗯嗯，是呀。那——"林潇苒想问由谁来接替王书记，尽管已经知道了，可还是想听程雪竹亲口说出来。

"就知道你会高兴。哎，有件小事，还得你配合呀。"

"有什么指示，您只管吩咐。"林潇苒因为心里溢满了幸福，明知道对方要说的是关明月去留的事，潜意识里滋生着——有我的"不要脸"的当行署专员，才不愿意也不能给他添麻烦啊！

"刚才明月给我打电话，说老曹要赶她走。我问了具体的情况——从原则上说，老曹做得对，我完全认同。可是，明月是关明阳的妹妹，明阳同志又是王友明同志的通信员——假如王书记不走，我不可能管这事；现在王友明同志离开了，我不得不管了。我的意思是，学员也不多她一个，索性就留下来吧。不为别的，只是不想让她再哭哭啼啼地去找王书记——当然，王书记原则性极强，不可能顾及个人的感情——那样一来，是不是有点人走茶凉的意思呀？所以，我想把她留下来。你的意思呢？"

"我，我听组织的！"林潇苒发自内心地说，"只是，学习班没有炊事员是不可以的。当然，学员们可以轮流做饭，可这样毕竟会影响她们的学习。"

"这个好办。我们现在缺的是有文化的干部，不缺一般性的工作人员。我立刻派两名炊事员过去，另外再派一名伙食管理员，专职负责买菜。"

"好的呀，这就没问题了。"

在林潇苒与程雪竹通电话时，曹振海一直站在一边听，等电话结束，疑惑地看着林潇苒，忍不住说："此一时彼一时呀，食堂里的你和此刻的你判若两人。"

林潇苒忍着内心的喜悦："是吗？噢，看我，这么大的事，得罪人的事都让你做了，而我却做了好人。对不起呀，老曹同志！"

"哎，不知怎么搞的，我忽然嗅到一股熟悉的味道。"曹振海若有所思地说。

林潇苒听出来了，这个"熟悉的味道"指的是在国民党内部盛行的任人唯亲、买官卖官的混杂风气，心不由得沉重了。

"我知道你的难处，没事，只要不影响工作，怎么着都行！"曹振海安慰的语气。

这时，赵青、夏小禅进来，一脸的讳莫如深："大小姐，刚才关明月偷偷对小禅说，上级对我们这些学员定了级别，说是——"对夏小禅说，"你说吧。"

夏小禅接着说："明月说是程部长在电话里亲口说的，咱们这些学员只要能拿到毕业证，一律定为行政十八级。我问多少级是什么意思，她说十八级可以当副县长。天啊，我们这些人怎么可以当县太爷啊！"

林潇苒与曹振海对视一下，看见他的眼里布满阴云，心意沉沉地说："如果你们在这里只是为了当官，我才懒得做老师！记住了，在这里学文化，只有一个用途——就是为新中国奉献能量！"

这时外面响起一阵号声，曹振海说："这是上课的号声。看看人家，再看看我们，一大早都做了什么！也不知道接替王书记的是谁，一旦明确了，我申请调离，哪怕去乡下当个乡长。"

"嘁，少了你这个曹屠夫，我们就得吃带毛猪了？只要大小姐在，谁爱走不走！"夏小禅气咻咻地说着，转身离开。

赵青赔罪地笑着："曹营长，甭跟她一般见识！人家都上课了，我看咱们也上课算了——一顿饭不吃是常有的事。"

"老曹，第一堂课你来上吧？"林潇苒说。

"我可没这个分量，还是你来吧。哎，上什么内容？"

"先从队员的姓氏、名字开始，然后是全区的地名、行政名——本来想从拼音开始的，现在看来时间不允许。我的目标是让每个学员都会默写行署辖区内所有的县、乡名称，另外默写《为人民服务》这篇文章。"

曹振海质疑的眼神："够呛。好吧，按你说的，我来负责教她们加减乘除运算方法。"

赵青嬉笑着："曹营长，不走啦？还是舍不得我们吧？"

"拉倒吧，我是心疼你们的大小姐，不然，刚才就直接回新一团了！"曹振海说着，揉了揉肚子，"你们去上课吧，我得出去弄点儿吃的。潇苒，待会儿课间回办公室一趟，我给你带些好吃的。"

"好的呀！"林潇苒撒娇地笑着，从抽屉里拿出一盒粉笔对赵青说，"把学员带进教室，我们开课！"

赵青高兴得身子一弹，跳出了门外。

七十二

队员们列队站在教室门前，林潇苒走近了问："怎么不进去呢？"

赵青激动地出列，向林潇苒肃然敬礼："老师，以后我们每次进教室都要列队敬礼！"说着面向队员，"稍息，立正，敬礼！"

队员们把内心所有的感受都汇聚在敬礼的动作上。林潇苒看着，竟然忘了还礼："嗯，这种仪式挺别致的。"说完，转身进了教室。

"都有了，列队进入教室！"赵青发出口令。

站在铺着红地毯的讲台上，看了一眼漆黑锃亮的黑板，耳边传来队员们入座时方凳发出的轻微移动声，林潇苒在黑板上飞快地写出"王友明"三个字，回身看着正襟危坐、眼睛里溢满渴望的队员，轻声问："有谁认识黑板上这三个字？"

教室内鸦雀无声。

静，有时候是美妙的，然而此刻却让林潇苒心里感到沉重。等了足足一分钟，还是没有回答，她不得不用低沉的嗓音指着读："王——友——明。"

再看队员，一个个面红耳赤，眼里释放着质疑——我们的王书记怎么可以由这么简单的三个字代替？

"同学们，王友明同志在担任宿县行署主要负责人之前，只是一位和你我没有任何区别的人，因为名字这三个字前面多了几个字，才成为领导者。那么，多出的那几个字是什么呢，就是大家都知道的'地委书记'。也就是说，若没有文字的承载，王友明永远只是一位寻常百姓——这就是组织为你们办这期学习班的意义所在！"

接下来，林潇苒仔细讲述了文字对一名领导者来说如同茶杯与水，有多大的容量才能承载多少水。她要求每节课认识一个人名，并且会默写、使用。每天四节语文课，就是四个人名。

"同学们，能做到吗？"林潇苒殷切的目光从每个人脸上扫过。

"能，保证完成任务！"赵青率先说。

"那么，我再问——每天四节课，每节课认识三个字，每天要认识几个字？"

队员们一阵慌乱，个个开始掰着手指头默算，有人说十个，有人说九个，只有夏小禅一个人回答正确。

"看，这么一个简单的问题都把大家难住了，这怎么得了啊！为了解决这个问题，曹振海老师负责教授算术。我希望同学们要像上语文课一样重视。下面，我教大家写'王友明'三个字。"

一节课结束的时候，学员们基本能默写黑板上的三个字了。外面传来军号声时，林潇苒说："以后，我们严格按照南下干部培训班的作息时间进行——下课！"

学员们意犹未尽，只有少数人出去"缓口气"，多数人坐在桌前，在练习簿上用铅笔一笔一画地写着。

曹振海悄然进来，欣慰地说："潇苒老师，我正愁着如何上好第一课呢，你却帮我上了。"

"你——"林潇苒想问，"不是说好了一人半天的吗，你不会想插着上课吧。"

"不是，是行署派的炊事员和生活管理员来了，你去见一面吧。"

"呀，这程政委，果真雷厉风行啊。"林潇苒说着，跟着曹振海出了教室，远远看见办公室门前几名学员围着一个人欢喜地说着什么。

原来，负责军营警卫的王少君被派来担任培训班的生活管理员。

王少君迎着林潇苒跑过来，一副欣喜若狂的样子："大——大老师——王少君向您报到！"

"嗨！你呀，欢迎！"林潇苒说着，看着办公室门边站着一男一女两个年轻人，主动上前打招呼，"欢迎你们！"

男的二十四五岁，个子不高，长得方头大脸，一眼就能看出有几分厨师的样子。他不敢直视林潇苒，目光躲闪着，脸憋得通红。站在身边的女子见此急忙说："同志，他叫吴小五，我是他妹妹。之前在火车站附近开了一家饭店，这阵子两边一打仗，把饭店给炸了。昨夜去给路过的解放军送饭，大家都夸我们送的汤好喝。有一位首长问是啥汤，我说是嗮汤。他听了又问，'我问你这是什么汤，这么好喝'，我回他说：'嗮汤呀。'听得几位首长哭笑不得，最后还是一位女军官说：'这个汤的名字就叫嗮汤。'几位首长哈哈大笑。后来，女军官问了我一些情况，我说了。她让我们送完了汤去行署找她。我问她叫什么，有人告诉我说是行署的程部长。"

吴小五终于冒出一句："你说这么多，就说程部长让来的不就完了吗？"

"说了半天，你叫什么名字？"曹振海笑着问。

"俺叫吴小妹，今年十九岁。俺认得字。"

曹振海用惊喜的目光看了林潇苒一眼："嘀，告诉我，认识多少字？"

"很多吧，就这么跟你说吧，菜谱上的字全认得，所有的蔬菜、鸡鱼肉鹅的字全都认识。开饭店不认识字怎么可以呀？"

此言一出，原本脸上带着优越感的几位学员霎时无地自容，找各种借口离开。

曹振海对王少君说："正好，你是管伙食的，这里的房子多，你负责安排一下吧。我有事与潇苒老师商量。"

"好咧。吴师傅，跟我来吧。"王少君伸手向西面指着。

进了办公室，曹振海表情骤然凝重："潇苒，知道今天是什么日子吗？"

"今天，十二月十五号呀，黄维兵团被歼灭的日子。"林潇苒猜测的目光。

曹振海咳嗽了几声："今天是李政牺牲的第七天。"

"哦，你还记着呢。"一股悲酸涌上林潇苒的心头。

"我这条命是李政兄弟用命换下的——至死难忘啊！我想让你去祭拜一下，为自己，也为我。在我们老家有个风俗，叫烧头七。我刚才问了王少君，当地也有这个风俗——我真想立刻就走，可是实在走不开啊！"

林潇苒眼里溢出泪水："我去，我不该忘了的。谢谢您，曹营长！"

"谢什么啊。刚才，我到街上买了一些草纸，你带过去在李政坟前烧了，也算替我尽一点儿救命之恩的谢意。"说着，曹振海把桌上一个军备背包递了过来。

林潇苒接过的同时，泪水夺眶而出，踏着前楼传过来的军号声出了办公室。

在马厩，林潇苒不想再骑早上骑过的白马，冥冥之中感觉这匹马附带着不祥之兆，没想到刚要移步的时候白马用嘴巴轻轻蹭了她一下，心不由得颤抖，伸手解开缰绳，牵着它走出营门。

街道上一下空了，之前满眼成群结队、忙碌奔走的身影都不见了，只留下一街的寒风没有方向地吹着。

出了城区，通往南坪集的路似乎不复熟悉的样子——之前的路面也有积雪，眼前的路面却没了雪痕，好像一条凹凸不平被冰封的河流，在上午的阳光下发出刺眼的光芒。

白马走了几步，四肢不停地颤抖，有几次差点儿滑倒。林潇莤急忙下马，看着光滑的路面，很难想象昨晚那么多车炮是如何通过的。

下了公路，麦田也变了——以前麦田上也有雪，厚薄不均地覆盖着整个大地，马踏上去只是浅浅地陷没了蹄子，基本上不影响奔跑；可是现在，整个原野犹如覆盖了一层厚厚的冰，马蹄走在上面，像被针扎的一样，没有一次能安稳着落。

冰面上到处散落着火把留下的灰烬，星星点点地像天空深处崩裂的星体，散下不尽的陨石。偶尔看见残留的积雪，上面也被踩平了，印出大小不等的脚印。这是通向胜利的脚印，同时也通向生命的终点。

沿着几十万大军留下的痕迹，林潇莤牵着马慢慢走着，内心在不知不觉中净化。

白马挣着缰绳，不愿意再往南走。林潇莤朝着马拉扯的方向看去，发现东面有一条河流，河的两边生长着灌木，恍然猜出了马要往东的意思，不禁搂着马脖子亲昵地说："你要走河堤是吗，就不怕从堤岸上滑倒摔下去吗？"

白马轻轻抖了一下脖子，林潇莤松开说："好呀，听你的。有本事，你在前面走，看谁先到河堤？"说着，松开了缰绳。

白马向东走着，先抬起前面的一个蹄子，轻轻落下试着，然后再抬起后腿，落稳后再走。小心谨慎的动作看得林潇莤瞠目结舌。

林潇莤跟着马走了一会儿，终于到了河堤。河堤上果然没被踏过，至少小树林间没有人走过。

白马进了树林，站在积雪上，鼻子喷着热气，歪过头来看林潇莤。

"呵，亲爱的，你是我哪辈子的情人啊！"林潇莤温情地轻吻一下马的鼻子，接着上了马。

白马走在树林里，蹄子落在积雪中，一些断了的枯枝翘出了雪面，让林潇莤感到格外放心。

马穿梭在树林中，速度越来越快。

旷野空荡荡的，阳光均匀地落下，在冰面上反射过来。成群的乌鸦从南面飞过来，有的落下来，迎着北风蜷曲着身子，好像在等另一群同伴，又好像进食过多以致不能远飞。

寒风吹动着树梢，发出嗖嗖的声音。林潇莤不由得想起成千上万刚死去的士兵，敌人的、自己的同志——人一旦失去了生命，灵魂不分阵营，在大自然中平等地寻找着相同的归宿。

不知不觉到了王霞的墓地，林潇苒下马，看着河堤上几座坟墓，泪水潸然落下。她不假思索地从背包里掏出草纸，心里不由得一沉——没带火柴呀！

她懊恼地想把草纸装回包里，忽然发现包里有两盒火柴，心里说："老曹啊，你真像个大哥。"

林潇苒先在四嫂坟前蹲下，发自内心地说："四嫂啊，我来看你们了！我相信，人是有灵魂的！在你们目睹十二兵团被歼灭的过程中，我带着你的姐妹去了徐州，在那里为这边的战役尽了一些绵薄之力。我对你说呀，昨天，组织因为我丢了信物，不要我了，我心里难过得要死。今天看见你们躺在这里，把一切都舍弃了，心里有说不尽的惭愧。四嫂啊，你们放心，从此以后不会再有任何事情能让我沮丧。"

说着，林潇苒把草纸点着，火光中隐约映出四嫂的容颜，笑着说："你这些话，我们不想听，怎么不说你与队长的事呢。"

"什么队长，就是一个不要脸的。"林潇苒幸福地笑着，自言自语。

"怎么不要脸，说给我们听听。"

恍惚间，听见了王霞娇羞的声音，林潇苒吓了一跳，猛然扭过头看着王霞的坟墓，鼻子一酸，哭着说："见到你姐了吗，都怪我啊！"一声悲戚冲破喉咙，跪着移到王霞的坟前，把头戳在地上，失声地哭泣。

一场恸哭之后，林潇苒感到周身被抽空了，自参战以来滋生的所有感受都随着泪水落在了王霞的坟前。她抬起头，透过泪水对坟墓说："以后，我要替你活着，活在这片生你养你的土地上，还要照顾好你的师父、你的父母。"说完，起身牵着白马顺着河岸往前走。

路过六纵王司令员住过的指挥室，林潇苒心里萌生想去看一眼的念头。她望着远处的指挥所，判断需要走过一段很长的被冰面覆盖的麦田，回头看了一眼白马，担心它会摔倒，左右看了一下，发现一条土路上铺满了麦草、高粱秸，猜测可能是昨夜老乡们担心路滑，特意为奔赴新的战场的队伍铺下的，犹豫了片刻，骑上马朝不远处的小村庄走去。

进了村子，迎接她的是远古一般的安静，家家户户闭着门，房前屋后均不见人影，连大小牲畜也无影无踪。想来，这个村子里所有的家畜都奉献给需要营养的伤员了。

正当她想把马拴在一家门前时，从院子里走出一位耄耋老人，操着她听不懂的方言说着什么。

"老爷爷，村里的人都去哪儿了？"她大声问。

老人往南一指说了句什么，林潇苒没听清。这时过来几个孩子，一个稍大点七八岁的女孩说："有的跟着队伍走了，剩下的都去南面埋死人了——那里好多好多的死人，听大人说，两天都埋不完。"

林潇苒向南眺望，不远处的小王庄已经没有了村子的轮廓，只是一堆连着一堆的废墟，有几处还冒着青烟。之前，村子前后生长着大小不等的树木，几乎把村子合围起来，此刻没有一棵树。

林潇苒问："知道埋的都是什么人吗？"

"都是坏人。"女孩说。

"小妹妹，我把马拴在这里可以吗？"

女孩说外面太冷，马会冻着的，让林潇苒把马牵到隔壁的院子里。

老人听着，脸上挂着慈祥的微笑。林潇苒把马拴好，抄近路踩着冰面，朝着指挥所的方向走去。

到了地方，令她大失所望，指挥所好像被洗劫过的，除了一片凹陷的坑，所有可以燃烧的东西都不见了。地坑旁边堆起一圈冻土，几只冻得瑟瑟发抖的乌鸦呱呱叫了几声，惊吓着很不情愿地飞走了。林潇苒丢下满眼的遗憾向南走去。冰面上隐约露出弹片，有的完全暴露在冰面上，闪着暗蓝的光。她内心怦然一动——说不定，丢的那枚银圆信物还在呢！她加快步伐，朝着浍河边走去。

路过一道战壕，发现向阳的土坝上用弹壳镶嵌着一条标语，尽管有的笔画已经残缺，还是能看出标语的意思："一切为了胜利，一切唯有胜利！"读着，林潇苒心里激情澎湃，不由得向标语敬礼。

冻结的大地银光闪闪，冰面上偶尔露出翠绿，尽管叶子已经死去，但是富有生命力的麦子根须扎进土壤中，吮吸着大地的温度和养分，等待着春天来临。那时，冻土就会蓬松，麦子就会从松软的土壤中直起身来，不久就会出现一望无际的麦浪。

想着那样的画面，林潇苒内心充满了温情——只要有土地在，人类就有希望！

到了浍河边，她站在堤坝上，发现河面结了一层凹凸不平的冰，凭直觉可以从冰面上走过去，但不敢冒险，看着不远处有一个浮桥，便踩着贴近岸边的冰走了过去。

到了南岸，仿佛走进梦中，那段深入敌营的时光一下从四周合围上来，郭凤的身影恍惚不定地出现在眼前，刚想细看，人影就不见了。

来到一团的驻扎地，邱忠林的身影仿佛从地下蹿了出来，露出狰狞的面孔拦住去路："把我的银子交出来！"

林潇苒晃了一下头，幻觉消失，接着蹲下来，低头在冰面上一寸一寸地寻找。就这样找了一会儿，林潇苒忽然听到李政的声音："你来不是看我的，而是找信物的啊？"

她猛然抬起头，看着远处隐隐约约的一片松树，心颤抖着："对不起啊，我——当然是来看你的啊！"嗖地一下站起，目光锁定阳光下的那片松林，一路小跑地奔了过去。

　　她到了墓地前，看着一堆冰冻的新坟，身不由己地跪下，双手抚摸着坟土，忽然发现，来时路上淤积在心底的悲伤已经耗尽了，心里只是一片空旷，想说点儿什么，总也找不到合适的言语。

　　"是你怪罪我了吗？"她黯然地说。想要烧纸时，这才发现曹振海交给她的草纸全在四嫂坟前烧了，连包也忘记带了。

　　"李政，原谅我啊——世上总有一种不能言说的遗憾。"

　　风突然大了起来，把堆积在松叶上的积雪吹落下来，有的落在坟头，有的落在胸前、头上。她下意识地伸出双手，接了少许雪花，双手合在一起，让融化了的雪水顺着手指滴落在坟前，心里说："李政啊，就当是我的泪啊！"

　　刚要起身的瞬间，忽然发现田野上走来一个身影，仔细看，是围着白色围巾的女人——谁呢？

　　好像是朝这里来的。

　　林潇苒心里一颤，今天是李政的头七，莫非是来祭拜的？那，又是什么人会来呢？

　　忽然，她心头一热——莫非是杨德简的母亲，自己未来的婆婆！

第十章

七十三

一种从未有过的紧张袭上心头——要见婆婆了啊！极度的紧张抖出一个惶恐，接着，另一个念头像一堵墙直立在眼前——这坟里只是自己的战友，当时出于对一团官兵的慰藉才向组织提出安葬的要求，怎么也没想到杨德简会选在了自家墓地，这时候与杨母在坟前见面，会让老人家怎么想？说不定会误以为坟里埋的是她的恋人。天啊！这可如何是好啊！

这样荒唐的事前无古人、后无来者啊！不说别的，若婆婆问："你的恋人刚去世，怎么就能接受我儿子？"

那该怎么回答？当然，以老人家的修养不会这么问的，但是，面对着坟墓总得说点儿什么吧？两人同时面对坟墓，哪怕什么也不说也等于什么都说了。

再说——她揉了一下脸上被风干的泪痕，越发觉得紧皱，还有一眼能看出的光头——这么一副尊荣如何直面未来的婆婆？

林潇茞慌张地揉着冻得红扑扑、麻酥酥的脸颊，手指触碰到浓密眉毛上结出的白霜，眼睛眨了几下，霜水渗入眼帘，感觉到一丝微弱的胀痛，意识到在王霞坟前过度的哀伤、哭泣导致眼睛已经红肿了。"不可以见的！"她在心里呐喊一声，抬头看着四周，空旷的原野一望无际——杨母看见一个离开祖坟的身影，一定会喊她。如果自己装聋作哑，执意离开，结果比相见还要糟糕。

情急之下，霍然想起坟后面就是地下室入口，顿时像一个陷入地狱的灵魂发现一丝亮光，她匍匐着从坟边过去，双手扯住地道口边的衰草丛中一根小拇指般粗的绳索，用力把盖子打开。

洞内虽然暗淡，却透着一股温热。脚下的空间到处浸透着不能忘怀的记忆。她双脚踩在梯子上举着双手，小心翼翼地把盖子移至洞口上。为了不让洞内过于黑暗，她把绳子折了几下，卡在盖子与洞口的边缘处，从缝隙射下一道半圆的光。

林潇茞慢慢地转过身，面对着即将到来的未来婆婆，双手合十："老人家，晚辈不是不想见您，实在有诸多的难言之隐，望您原谅啊！"

过了一会儿，隐约听见脚步声，心一下被温暖渗透，感觉胸腔被越来越近的脚步声震开了，心怦怦地跳着，顺着半圆的光飞了出去。她双手捂着胸口，憋着一口紧张的气息，片刻才缓慢地吐了出来。

一个声音传来，带着知识女性特有的音质："孩子，今天是你的头七，大妈来看你了啊！听我儿子说，你叫李政。李政啊——"声音哽咽，"你这么年轻，就为国捐躯了，实在令人怜惜啊！我问儿子你是哪里人，他说不知道。我说：'那得想办法知道啊，不然，他的父母、家人都不知道他已经不在了。'儿子说：'既然当亲人安葬在杨家墓地，就一定会让他家里的人过来看他的。'李政啊，当时儿子要把你安葬在这里，大妈是不同意的，尽管你是起义过来的。可是，儿子说：'纪律不允许单独安葬，若要安葬只能在自家的墓地。'我说：'起义的官兵牺牲的不止一个，为何要单独安葬他呢？'儿子说：'之所以这么做，就是为了慰藉另一个人。'我问是什么人，儿子说可能是你的恋人。孩子，从这一点上说，你是幸运的，有这么一位能让我儿子为你违背纪律的恋人。"

听着这些话，林潇苒内心五味杂陈，说不出是感激还是后悔，若是知道后来发生安葬在杨家祖坟的事，自己不会向任何人提出单独安葬李政的要求，以至于此刻成为走向杨家一道挥之不去的阴影。

一股淡淡的烧纸散发的气味传来，林潇苒深吸了一口，想细细品尝祭拜散发的真味。

"唉，怎么会是这样啊，自己在杨母的心里只是一个对亡人痴情的恋人。不要脸的，都怪你，没影的话也对母亲说——让我有何面目去见老人家啊！"她把所有的纠结、困惑，全都打包算在了杨德简的头上。

"哼，这么说来，你当初之所以这么做，原来是把我拒于感情之外啊！没良心的，难道不知道，就在这个地下室，我已经爱上你了？这下好了，你现在才对我敞开心扉，可大妈早已把我当成外人，你说怎么办吧？"林潇苒在心里抱怨着。

忽然，杨母的声音变得惊异、亲切："友明，你怎么来了啊！"

林潇苒的心顿时紧张起来，屏住呼吸、侧耳倾听。

"大姐，我来向您辞行。"

"呀，怎么啦，好重的心事呀！是不是我儿子出了什么事啊？负伤了？还是？友明，快说！"

"大姐，想哪儿去了，德简这些天都在后方，怎么可能受伤？"

"那你——哎，你刚才说什么来着，辞行？这从何说起呀？"

"我要离开了，去徐州主持工作。"

"这是好事啊，怎么看你的脸色好像被贬往塞外似的，还真把我给吓着了。哎，你怎么走着来的，车呢？"

"我骑马过来的。这地结了一层冰，担心把马摔坏了，这段路就自己走过来了。"王友明的声音带着莫名的纠结。

"不对，你那么忙，就算要离开，可哪有时间来向我辞行，是不是想说——把我儿子也带走呀？"

"哎，大姐啊，我当然想把德简带走了，可惜我做不了主——我——"

"嗨，这么大一个领导，说话怎么吞吞吐吐的，有话直说！"

"好吧，那我就直说了。本来，组织找我谈话时，征求地委书记人选，我推荐了德简。组织也是这么考虑的。没想到，今天上级通知，让我重新推荐一位地委书记。我问了原因，说是有人向华东局反映了德简的问题，而且问题很严重。"

"啥？问题很严重？哎，别人不了解他，你还不了解吗？他除了打仗，能有什么问题？我不信！"

"工作方面的事，我当然了解；可是，生活方面的事，我不敢说。"

"这是什么话，他的生活就是工作。噢，知道了，你说的是他和程雪竹两人的事吧？程雪竹怎么想的我不知道，可我儿子根本没往感情方面想——这事，我问过他。年轻人的感情，组织也要管？"

"大姐，我就直说了吧。检举信上说，德简与程雪竹恋爱多年，两人感情一直很好，前不久，德简移情别恋——同时玩弄两位女同志的感情，甚至到了肢体接触的地步。"

"这——程雪竹也能算一个啊！那么，另一个女孩子是谁？"

"大妈，是我，林潇苒。"她靠着梯子在心里说。

王友明欣慰的声音传来："呵呵，是一位大家闺秀，一位大学生，一位绝代的江南佳丽啊！"

"哟，这可是我头一次听你说如此夸赞的话！听你这么一说，我恨不得马上去见一面这位未来的儿媳妇呢。哎，想办法让我见一面呗，哪怕偷偷地看一眼也行啊！"

"大姐，这事虽小，却不该我做。我今天来还有一个想法想与你商量一下。"王友明纠结的口吻。

"什么意思？我就是一农村老太太，如何受得起和你这么大一位领导商量？"

"这事必须与你商量。前些天，在考虑德简工作的时候，我与他商量过。自从参加革命工作以来，我凡事都以工作为重，个人生活、情感方面的事不考虑，可是，对德简与林潇苒两人，不知为何，我的想法总是不能单纯。其实，按照最初的设想，我不想向华东局建议让德简担任区委书记的职务，而是想让他跟着林潇苒一同回上海。他当时有些为难，说自己与林潇苒的事还没明确。我一听就急了，说：'立刻明确了，白俊在等着汇报。'大姐，你不知道，德简去约会，竟然让我坐立不安——一会儿担心他羞于开口，一会儿担心他被拒绝。毕竟两个人从小生活在完全不同的生活环境中，而且人家还是大学生。德简虽然满腹经纶，却从来没进过校门，以至于入党时填写学历他不知道如何填，还是我建议填写'自幼在家读书'，相当于初中毕业。你说，两个人在学历上差距这么大，就算林潇苒同意了，万一她父母不同意怎么办？"

"哎呀，别急我了，把想说的话全部说出来吧。"

"大姐，不是因为举报导致德简行署书记的事搁浅了吗，我的意思是不如暂时对德简的工作不予安排，让他跟我去徐州，等林潇苒的培训工作结束，上海也该解放了，届时两人一起回上海工作，你看如何？"

"啊，有这样的好事还商量啥啊，我同意！至于我，哪儿也不去，就守着这片老林地！"

"看，我就说得商量嘛——你不跟着走，那让德简如何离开？"

一阵沉默。过了一会儿，杨母态度决绝地说："无论什么社会，土地与生命同等重要！有土地没有生命，再多的土地都得荒芜；有生命没有土地，再多的人也无法生存！我从小生活在商贾之家，一直以为财富是命中注定，自从嫁到杨家，才深切感悟到土地是人类命运之本！眼下，两军打得天昏地暗、尸骨如山，还不是为了脚下的土地啊！从这一点说，我不主张儿子离开这片浸透祖祖辈辈血汗的土地的！王书记，这就是我的意见！"

听着，林潇苒意识里弥漫着浓烈的烟火，心里不由得反驳："老人家，当初你离开富裕的生活，还不是奔着爱情，把人生的一切全都抛弃了？怎么轮到晚辈，爱情就得为土地让路？再说了，土地不单是人类赖以生存的资源，同时还孕育着人类的文明！大城市是文明发展的象征，这与土地的重要性并不冲突啊！"

王友明的声音传来："大姐，恕我直言，你的这个看法涉及社会分工，我一时半会儿无法说服你。我想说的是，德简救过我的命，林潇苒又救过我妻子的命啊！如果说，我除了革命的事业，还有一点儿割舍不下的私心，就是想让这对优秀的年轻人永不分开！"

"哎，你误解我了不是？你能看上的人绝非一般的优秀，我这个当妈的怎么会成为孩子们幸福的绊脚石呢？我同意他们去上海，只是不想跟着走。你呀，别为他人犯愁，幸福是他们的，难题也是他们的，要相信他们有办法面对该面对的一切。我的意思是，顺其自然。"

王友明如释重负："顺其自然！如果德简不走，行署如何安排他的工作，我就爱莫能助了。只是，由程雪竹担任组织部长，德简的日子是不会好过的。"

"呵呵，古往今来，女追男，大体都遵循一个规律——缘分一旦没了，就注定结仇！不就是职务吗，她不给德简，反倒成全了我的心愿。"

声音逐渐消失。

林潇苒下了梯子，站在地隧间莫名地毛骨悚然，一步也不敢往前走，心里想着看一眼曾经待过的地方。因为恐怖持续地从地隧深处涌来，加上前面一片黢黑，使双腿不停地颤抖，她只好靠在石壁上，慢慢蹲下来等候杨母和王友明走远。

忽然，内心深处游离着一个奇怪的意识，就是王友明说的"肢体亲密接触"，这显然指的是昨晚她与杨德简拥抱，可当时程雪竹并不在，她怎么会知道呢？

一定是有人通风报信，这个人不会是女子中队的人，十之八九是关明月。

程雪竹得知后，立刻向华东局负责组织工作的白俊做了汇报。汇报的内容可想而知——说这些年杨德简是如何追求她的，她看在一起出生入死的情分上接受了，可没想到杨德简这个人道德败坏，完全丧失了一名共产党员应有的操守，同时玩弄两位异性，等等诸如此类的诋毁。

于是，白俊做出决定，取消杨德简作为行署书记的提名。

不然，怎么会这般的电闪雷鸣——一天之内，天空布满乌云。接着，另一个可怕的念头像一条巨蟒缠绕在心头——战争年代，敌人就在对面，看得清清楚楚，不用想他们的灵魂构成，只要想着如何消灭灵魂的载体即可；革命胜利之后，那些拿枪的敌人消失了，整个社会都是自己的同志，于是，潜伏在个人灵魂深处对人性有害的隐形敌人就可以肆无忌惮地袭击周围的同志。

就像关明月，为了讨好程雪竹，竟然把正常的男女恋情作为情报支付，以此优化个人的生活空间。

再如程雪竹，身为党的高层干部，也会被一厢情愿的恋情左右，因为得不到，便不择手段予以公报私仇！她怎么不想想，自己扮演成一个受害者，本身也要付出被抛弃的污名化代价？殊不知，一个人的尊严、名誉更为珍贵。

眼下，全国还没解放，新中国尚未成立，同志之间的矛盾就以如此卑劣的行径输出；等全国解放以后，若是每个人都把灵魂深处被战争禁锢的妖魔任意放纵出来，新中国又新在哪里啊？

这是一个摆在全国、全党、人民面前的生死攸关的大问题啊！

烈士的血可以让一个战壕里的战友无畏，而名利也可以成倍地放大无畏，去伤害自己的同志，甚至身边最亲近的人。

信仰可以让人视死如归，却不能在和平的环境中净化灵魂。

想着，林潇茜双手扶着石壁慢慢站起来，内心对杨德简被取消行署书记一事感到无足轻重，乃至对他们的爱情前路也不再感到纠结，正如杨母说的那样——他们有足够的理智处理生活中发生的任何困难。

现在，这个"不要脸"的心情怎么样？未来，落在程雪竹手里还会遭到什么样的报复？在这里当行署副专员？下去当县委书记？再不济，当个乡长算到家了吧？

"呵呵，"她开心地笑了，"也好啊！我丢失了信物，组织一下把我拒之门外；你呢，为了爱情，虽然当不了大官，至少还有一顶带'长'的乌纱帽呢。何况，你还在组织的怀抱中。"

"管它呢，嫁狗随狗吧。"她轻吐一口气，双手抓住木梯一步步上蹬，然后用头慢慢地把洞口的盖子顶起来，警惕的目光透过窄窄的缝隙向外面扫了一圈，确信四周没有人才把盖子掀起来。

出了洞口，发现明晃晃的田野上两个移动的身影越走越远，心里漫过一阵五味杂陈，伤感地低下头看着一堆燃烧过的灰烬，还有挨着地面被融雪浸透而不能烧透的草纸，抽泣着说："李政啊，是我把你带到这个地方送进这座坟墓的——我虽然活着，也总觉得活在坟墓中——不然，你也能像成千上万的其他国民党士兵一样，不是被集体掩埋就是成为解放军的俘虏。以我对你的了解，被俘的可能性不大。总之啊，这里是你的归宿，也是我无法离开的土地。现在，我走啦。"

林潇苒离开墓地，沿着田边积满半沟雪的河边拴马的村子走去。

林潇苒先前遇到的那个老人坐在马跟前，嘴里扺着一根长长的旱烟杆，两只眯缝的眼睛对着白马，好似在用目光与马交换着彼此的寂寞。他的脚边放着一个藤条编制的草筐，里面装着盖着筐底泛着青色的干草。这是夏天晒干的青草，上好的喂马草料。

林潇苒感激地对老人双手拜了拜，轻声说："老人家，我下次来一定给你带些礼物——几包上好的香烟吧！"

老人听不见，脸上泛出纯真的羞涩，连忙摆手，想起身却因力不从心而作罢，留恋的目光扑在马的眼睛上。

林潇苒猜想，老人年轻的时候一定从事过与马结伴的营生，不然，那混沌的眼睛何来穿透人心的温馨？

她牵过马，一步三回头地出了院门。白马待她上马后莫名地原地转了一圈，发出一声低声的嘶鸣，向村外走去。

出了村庄，见远处的路上驶来一辆吉普车——莫非是来接王书记的？不对，明明听见王书记说骑马来的，再说路这么滑，吉普车很难行驶，怎么会再让车来接应？

是杨德简？

更不可能，别说路滑，就算春光明媚，他也不会乘车的。

那车里究竟是什么人呢？

七十四

吉普车在结了一层冰的土路上越来越快。林潇苒预感到车里的人是来找她的，于是策马沿着路上的积雪迎了上去。

很快吉普车停在了面前，车门一开，跳下一个矫健的身影。

"小禅，你怎么来了啊？"林潇苒惊呼起来。

"大小姐，你猜谁来了？"夏小禅强忍内心的激动，上前抓住缰绳。

林潇苒心里说："是不要脸的呗！"

林潇苒下马，从夏小禅的表情上看出，车里不是她猜想的人，心不由得一热："凤姐回来了！"

夏小禅摇头，贴近了轻声说："王书记的夫人——朱红丽大姐。"

啊？她是来接王书记的呀！

林潇苒想着该如何告诉夏小禅，王书记可能在杨德简家。

驾驶员下车，看了一眼车轮上的防滑链走过来，对林潇苒说："首长请你上车说话。"

林潇苒脑子里闪出一张瘦得近乎成骷髅的脸，心里疑惑——她应该在医院休养，为何要乘车到这里来？

车门打开，看见的还是那张瘦得不成样子的脸，只是眼里有了忧虑的亮光。

"大姐，是来找王书记的吗？"

"不，找你——上来说话。"朱红丽伸出一只皮包骨的手。

林潇苒握着她的手，一点儿不敢用力，担心把她的骨头握疼了，伸出的手只不过是个姿势而已。

她上了车，侧脸看着眼里蓄满话的朱红丽，迟疑地说："大姐啊，你身体这么弱，有事打个电话让我去医院就行了，干吗要赶到这里啊？"

"不说这些。组织给了新的任务，本来是要直接送我去徐州的，可我有些话不说，走了也不安心啊！"朱红丽始终握着林潇苒的手。

林潇苒脑子里飞快地运转，猜她想说的是关于杨德简任职一事，劝慰地笑着："大姐，我没事。哎，你身体需要静养，怎么可以接受新的任务？"

"白俊同志说，在徐州一样可以休养。不说我的事了，我这么急着找你就是想让你跟我一起去徐州。"

"我——"林潇苒想说，"我的身份不允许接受党组织指定的任务，跟你走又能做什么呢。"

"我知道你想说什么。你呢，就目前的状况，去哪儿都不用经过任何人同意，现在唯一牵挂你的人只有上海的陈静同志。在她临行前，我把自己的想法汇报了，陈静同志原则上同意，但留下一句话，关键是你的态度。我是这么想的，你去了徐州，先做我的助手，等上海解放后你再回去。至于组织问题，大姐在一周内给你解决。"

"大姐，是不是有人要赶我走啊？"林潇苒想起了程雪竹。

"谁有这么大的胆子！你在这场战役中立下的功劳令华东局领导大为震惊，连总前委的首长都为你说话，说：'信物丢了算啥子吗？仅凭在淮海战场上的表现就是一个优秀的党员！'但毕竟首长是军队的领导，不能对华东局直接下命令。"

"大姐啊，你看这片土地，每一寸都渗透了我们同志的血——成千上万的战士把命丢在这里，我这算什么呀！再说了，我即便跟着走也得让杨德简知道。主要是，我答应过赵青她们，一定要摘掉她们文盲的帽子，怎么可以一走了之啊！"

"有些话我不能说，有些事是你想象不到的，你就听大姐一句吧！"朱红丽眼里蓄满泪水，哀求地看着她等待回答。

林潇苒心软了，沉吟了片刻说："大姐，您说的事我已经知道了。"

"你，你怎么可能啊！我说句肺腑之言，假如能把你面临的一切都抹去，我愿意舍弃所有，从此做一个家庭主妇！你就听大姐的吧！"

到了非说不可的地步，林潇苒坦言了在墓地上听到的话。朱红丽听了，态度并没有改变："我说的不是这些啊！因为，来自组织的任何决定都不至于对你构成实质的伤害，而来自个人狭隘心灵的记恨才是你防不胜防的。走吧，离开这个是非之地！另外，你知道杨德简现在的职务吗？"

林潇苒默默摇头。

"他现在归新成立的西宿县委领导，就是说，在县委的领导下从事支前工作。你知道西宿县的县委书记是谁吗？是林一笑！当然，我们是党员，不在乎职务高低，可我们也是有血有肉的凡人啊！听我说，潇苒，你离开了，杨德简的政治环境也会得到改善，这对他下一步的具体职务是大有裨益的。"

林潇苒愤然了："她不就是一个组织部长吗，凭什么能一手遮天？"

"你啊，面对拿枪的敌人，可谓足智多谋、能征善战，可是，对内部矛盾单纯得像个孩子。你怎么不想一下，王友明不了解杨德简吗，可在对待杨德简的事情上是那么的无奈！"

林潇苒忽然明白了，能够遮天的不是程雪竹，而是一直在地委选用干部的白俊！这些天来，程雪竹一直跟在白俊身边！想着她那张稳重、理性的脸，不分昼夜地出现在一个男人面前，纵然是块石头也会被说出花来。林潇苒沉思片刻说："大姐，谢谢您这么关心我，可是，我是不会离开这片土地的！"

朱红丽痛苦地摇着头，一串泪水落在林潇苒的手背上。

"你不明白，这次的干部任用一旦公布，未来很长一段时间都不可能调整。我这么说不是强调职务有多重要，而是像杨德简这么优秀的人应该得到重用！你知道吗，当我爱人听说林一笑当了县委书记，气得把茶杯摔在地上，说：'十个林一笑也比不上杨德简一根手指头！如此任用干部会误国误民的！'潇苒啊，丢掉任性，面对现实，就算不为自己着想，也要替所爱的人想一下吧。"

"大姐，我问你，假如为了王书记的职务，您愿意舍弃爱情吗？"

"这，这没有可比性啊！我们是共赴生死的战友、夫妻，你们才认识几天啊！"

"认识时间长短与爱情没关系。比如，那个人认识杨德简几年了，到头来还不是恨不得置曾经爱过的人于死地而后快吗？大姐，你换一个思路。比如，等上海解放了，我和他一起回去。嗯？"

朱红丽一愣，眼里恍然溢出笑意："对啊！啊，你这个鬼丫头，原来早想好退路了啊！嗯，这样我就放心了。那好吧，我得走了。"

"大姐，您到徐州担任什么职务，不会是市委书记吧？"

"我哪有那么大的能力，不过，担子还是挺重的，市委宣传部长。怎么样？你愿意跟着走吗？"

"不去。我现在什么都不想，只想摘掉培训班所有学员的文盲帽子。您慢走，改天我和那个倒霉蛋去徐州找您。"林潇苒打开车门，跳下车。

"我可记住了，到时，我亲自做几样拿手的菜，好生答谢你们的救命之恩！"

"大姐这么说就见外了。"林潇苒挥手。

夏小禅走过来，轻声说："大小姐，郑团长让我护送首长到徐州，不然，我可不愿意坐车，忒不习惯了。"说着，朝王霞她们的墓地瞥了一眼，眼睛盯着林潇苒依依不舍地缓慢上车。

吉普车不能原地掉头，只能继续往前开，一直到了村头才转过来。

林潇苒一直在原地站着。车到了近前，朱红丽从车窗露出半张脸，目光涌来无限的不舍和期待。

林潇苒目送着吉普车直到上了公路，这才牵上马，心事重重地走着。踩着沟边草地上的积雪，心中泛起涌动的思念："杨，我想你了！"瞬间，潸然泪下。

她上了马，信马由缰地在树丛中走着，任由从积雪中伸出的荆棘在腿脚上划过。忽然，深深的忧虑从茫茫四野向她聚拢——在这片刚刚解放的土地上，政权的形成应该有个严谨的程序，怎么可以凭着少数人的主观意识来定夺？那么，严谨程序从何而来？不说别的地方，就说淮海战役所属区域吧，经过一场前所未有的战役，一下解放了这么大一片土地，导致权力真空，假如不能及时建立新的政权，那些潜在的敌对势力就会死灰复燃，导致更加严重的社会混乱。因此，从这一点说，简化政权形成的过程是必要的。

所有的简化都需要付出代价！

"杨——你我现在的境遇权当是为了新政权形成而支付的代价。"这么想着，林潇苒心里豁然开朗，双腿一抖，马儿加快了速度。

走着走着，林潇苒的心里又开始躁动不安，有那么多的话要对杨德简说——不，不是说，而是问。她想问清楚他与程雪竹之间究竟有没有发生过超越同志之间的恋情，如果有，那么，她对程雪竹的行为可以原谅；如果没有，那么，程雪竹的行为就不可以原谅，哪怕自己反映到华东局也在所不惜。因为，个人的行为一旦在某一件事情上越过了底线，说明这个人的人格有了重大的缺失，而这种缺失损害的不单是某人某事，而是会长期影响党的工作。

在战场上很容易看清敌人，可是，在内部很难看清人格上、意识中潜在的敌人。如果不能勇于与这类潜在的敌人针锋相对，长此以往地任由其泛滥，我们未来伟大的事业可能不会被拿枪的敌人打倒，而是会被潜伏在灵魂深处的恶魔慢慢蚕食，最终不攻自破！

"我要问清楚！"林潇苒冲着原野呐喊，接着侧转马头。她依稀记得公路不远处有一座小桥，河另一边的麦田上可能没被踩踏，那样，马儿可以在上面驰骋。

走了没多远，白马几次险些滑倒，林潇苒下了马走在前面，小心翼翼地寻着有积雪的地方。

上了公路，状况明显好走了。为了不让马摔着，她选择了河堤上的树林，尽管不好走，至少马是安全的。走了没多远，终于遇见了记忆中的小桥，抬头眺望，广袤的原野上白雪皑皑，几乎看不见被踩踏的踪迹，她禁不住搂着马脖子说："看，多美的雪原啊，看你的了！"

马儿喷了几下热气，算是回答。

再次上马，体内荡起柔情，思念如同长出了翅膀，在茫茫雪原上空飞翔。她骑在马背上，快速通过小桥，下了土路。白马好像懂得她的心思，开始在雪地上小跑，接着越跑越快，像一道疾风吹起的雪团，从雪地上滑过。

要尽快找到杨德简！林潇苒虽然不知道明确的目的地，但对部队大体的位置是清楚的。杜聿明率领的三个兵团，在永城接到蒋介石解救黄维兵团的命令，应该向西铺方向进攻，而我军乐意他们靠过来。如此一来，敌军借着机动的优势，进攻的速度应该很快。她只要往西北方向走，就一定能找到战场！

奔驰了一个多小时，终于发现了部队和忙碌的支前民工的身影。林潇苒低头的瞬间，发现白马浑身散发着热气，担心它突然停下来着凉，不得不放慢速度。

再往前，部队越来越多，民工更多，所到的村子几乎人满为患。奇怪的是，整个原野安静无声，没听见一声枪炮声，这与双堆集那场战役形成极大的反差。

可能是剃发的原因，走在人群中竟然没有引起任何人注目，这与之前，每当她骑马走过，一下把四周的目光全都吸引过来的境遇有着天壤之别。

"呵，在人们眼里，我就是一个普通的路过的战士。嗯，蛮不错的。"她轻声说着。有一个问题不得不面对，在这人海茫茫的天地间，如何能找到这个"不要脸的"，毕竟他身份变了，不可能待在支前指挥部。再说，她从心里不想见行署的任何人。想了一下，她决定先找到新一团，然后让他们帮着找杨德简。

想着新一团，林潇苒犹如想起了家人，一股暖意流上心头。再次遇见几名行走的、谈笑风生的军人，林潇苒忍不住下马，犹豫着是否装出男声，正在犹豫之际，一个声音传来："同志，你等一下！"

林潇苒循声送去目光，不由得喜出望外，犹如遇见了亲人，脱口而出："范团长啊！"

范大成左手握拳，直击右掌："还真是你啊，大小姐！哎，各位团长，这就是大名鼎鼎的军中女诸葛啊！"

几位团长一下愣住了，看着林潇苒，不敢相信似的，相互交换着惊诧、欣喜的目光。林潇苒知道他们看出了自己的变化，羞涩地笑着说："让你们见笑了。这次去徐州，为了执行任务，把头发剃了——把你们吓着了吧？"

几位团长包括范大成在内，反而拘谨地纷纷说着类似的话："没有，你这样更显得超凡脱俗。"

一个不认识的团长说："你们这说的啥话，这叫圣洁！"

林潇苒急忙把话题岔开："我想看望一下新一团。"

"噢，他们还在前面，离这里大约两公里，属于前沿了。"范大成说。

"你们是去王司令员那里开会吗？"林潇苒想着既然团长们都来了，想必新一团的团长也会来的。

"不是，我们到师部开会。要不这样吧，六纵的指挥部就在前面这个村子里，你去见一下王司令员，让他用电话通知——你还不知道吧，蔡佳奇团长牺牲了。"

林潇苒听着，鼻子一酸，潸然泪下："什么时候的事啊？"

"在攻打小王庄的时候，老蔡亲自带着突击队上去了，结果——全部阵亡。现在，邵正杰担任新一团团长。"

林潇苒抹了一下泪水："那我走了。"

"哎，别呀，听师长说王司令员一直念叨你，若是知道你来了，我没通知首长，那是什么下场？"

"那好吧。"

路上，林潇苒忍不住问："这里为何这么安静啊？"

一个团长抢着说："你来得不巧，上午还打得天崩地裂，中午接到中央军委命令：为了配合平津战役，防止傅作义集团从海上撤退，要求暂不对杜聿明集团做出歼灭行动。"

"噢，是这样啊！这场战役，两边呼应，真是旷古绝尘的大智慧啊！"林潇苒由衷赞叹。

范大成说："看，这领悟，远在我们这些当团长的之上啊！刚开始，听到这个命令，我们都急得嗷嗷叫，说什么怪话的都有，还是王司令员把我们痛骂了一顿才安分下来。人家刚听了，一下说到位了，比我们六纵的政委讲得还要透彻。唉，你们说臊不臊啊？"

"那是，不然如何能南征北战，所到之处，无不屡建奇功？"一个团长由衷地说。

"什么呀，我都是小打小闹，你们才是了不起的英雄啊！"

"话不能这么说，不说别的，就说你的徐州之行，不但迟滞了杜聿明逃窜六个多小时，更重要的是弄回来大批弹药。哎，你带回来的那个重炮兵营就在我们师，可把师长乐坏了，好几天见了我们都笑眯眯的。就在昨天，炮兵营首次参战，一顿炮弹打了出去，立刻把洪水一般漫过来的敌人给炸得漫天乱飞。那阵势，我头一次看见，真过瘾啊！"

说着话，不觉进了村。到了一处大户人家的院门前，范大成说"我先进去报告一声，说不定司令员一高兴赏我一些弹药呢"，惹来几位团长的讥笑。

范大成进去没多久，院内就传来王司令员亲切的呼喊："潇苒，潇苒同志！"

林潇苒刚应了一声，王司令员和政委已走出院门，看着几位团长问："你们怎么来了？"

范大成急忙解释："司令员，我们是去师部开会，路上遇到了林潇苒同志。大家觉得您见了她肯定高兴，说不定会赏点儿什么——他们担心我独吞了，所以才跟着的。"

政委点着范大成："你呀，就是一个讨债鬼！看在潇苒的情分上，给你们师一批弹药——走吧，快走吧。"

几位团长喜不胜收，忍着喜悦纷纷与林潇苒道别。

这场面犹如一汪温泉，浸泡着林潇苒孤独的心灵。

七十五

走进院门，里面是一处宽敞的四合院。王司令员引着林潇苒进入面南双扇厚重的朱砂红房门。冲着门摆放着两张八仙桌，几把雕花老式椅子分列两侧，桌上放着一个保温瓶和两个茶杯，像是专用的饭桌。

"潇苒是个懂军事的，来，看一下目前敌我双方的态势。"王司令员伸手向西侧的房间示意。

"司令员取笑我呢。"林潇苒羞怯地笑着。

西间正中间摆放着战势沙盘，上面密密麻麻地插满了红蓝两色小旗。林潇苒俯身仔细看着，不禁诧异地问："怎么少了一个兵团啊？孙元良的十六兵团逃脱了？"

政委由衷地赞叹："果真是内行！厉害！"

林潇苒顾不上许多，看着王司令员，眼里的质疑不断增强。

"怎么可能让一个兵团跑掉，是昨晚被我们全部吃掉了！早上，据被俘的十六兵团一个军长交代：昨夜孙元良下达突围命令后直接关了电台，切断与外界的一切联系，主要担心上面随时会改变计划。你还别说，这家伙的预感很准，当杜聿明改变行动路线时怎么也联系不上他，只好率领另外两个兵团向陈官庄一带攻击前进。如此一来，孙元良手下的两个军共计四万人就成了一支孤军。遗憾的是，孙元良却逃脱了！"

"噢！那敌人剩下的两个军不到三十万，我军至少该有六十万吧？"林潇苒脸上洋溢着胜券在握的微笑。

"又说对了！"王司令员接着说，"接下来的仗不是动枪动炮，而是让各师、各团各显其能，展开对敌人的心理战。你的那个新一团想了一个好主意，打算送肉包子过去，让国民党的士兵品尝一下解放军的肉包子的味道，让那些被饿得半死的士兵什么都不想，只想吃个肉包子。"

"嗯，真是一个好主意。"话音刚落，外面传来一阵密集的枪声，林潇苒一愣，"敌人开始突围了？"

"这次你判断有误，这是对空射击。三十万人仓促逃离，后勤给养根本无法保障，蒋介石只能用空投的方式予以补给。前沿的战士为了给空投设置难度，在空投区域外用重机枪对空射击，迫使敌军不敢低空投放。这样一来，大量的空投物资就落在我军阵地上，几乎形成各方一半。"王司令员说着，看了一下手表。

"司令员，我不耽搁您的时间了，想去新一团看一下。"

"你呀，想看谁，我和政委都知道，别急嘛，我还有话没说。"王司令员斟酌地说道，"你的事，我都听说了，怎么说呢，一句话，爱莫能助啊！"

"没事，刚开始无法接受，觉得一下变成了没娘的孩子，现在想通了。"

王司令员声音低沉："为了你的事，我专门去总前委找了政委，想请他出面给华东局说一下，能否具体情况具体对待。政委沉思片刻说：'这个话不可以说。地下工作有着严格的程序、严格的纪律，没有'具体'二字。你若是见了潇苒同志，可以转告：一个真正的共产党人，要经得起各种考验！说到不公、委屈，党内还有谁比我们的主席遭受的委屈、不公多吗？在瑞金，他甚至遭受到了迫害！就是因为有着坚定的信仰，最终，没有什么力量能把他打倒！假如，主席当时精神被摧毁了，我们党、军队就没有今天的胜利！真正的信物不在体外，而是在灵魂深处！告诉潇苒同志，她丢失的只是组织关系，并未从组织的心中离开！'"

林潇苒听着，顿时泪如雨下，一只手撑在墙上，伫立在窗前哭泣。

片刻，外面传来一声"报告"，接着一声："司令员、政委，杨德简同志到了。"

这一声，仿佛不是耳朵听见的，而是直接撞在了心上，林潇苒不禁慢慢转过身，只见政委向司令员伸手示意，意思是——这里留给他们吧。

两位首长刚出门，外面传来杨德简沙哑的声音："首长，什么任务？"

王司令员诧异的声音："你在搞什么，如此狼狈？"

"挖战壕。我觉得新一团挖的战壕不太理想，就领着一些民工帮他们重新修整了一遍。这——身上不就是泥土吗？没事，不影响执行任务。"

政委问："你这个支队长不当了，接下来是什么职务？"

"林一笑书记的意思，想让我担任双堆区委书记。不过，还需上报行署领导。两位首长，别管我什么身份，在首长这里我就是一个兵。说吧，什么任务？"

王司令员关切的声音："看你这双原本拿枪的手还不习惯一把铁锹呀，都磨出血泡来了。哎，不过算一下总账，你还是大赢家啊，丢了一项行署的乌纱帽，换得一位绝代佳丽，难怪能如此坦荡。"

"首长，不要取笑我了——不坦荡又能怎样，反正到了无话可说的地步，索性听天由命吧。"

政委说："司令员，这些话不该说给你我听，还是让他进去说吧。"

"噢，原来啊——"杨德简没有说出来，但林潇苒却听出来了——原来，上级来人调查了啊！

林潇苒不想在六纵指挥所谈论个人感情，稳了一下情绪，擦干脸上的泪水，淡定地走出来。

杨德简一愣，刚送进嘴唇的烟掉下来。一夜之间，他已经弄得疲惫不堪，浑身上下，连茂密的头发间也藏着一些颗粒的泥土，就像劳累过度的苦役，缺少睡眠，也缺少食物，一直不停地干着力不能及的重活。

"你——怎么来了？"

在他说这句话的时候，暗淡的眼神像一头陷入危险之中的野兽，窥视着逃生的方向，上身略微发抖，以至于让林潇苒能感受到他心脏的跳动，不禁难过地在心里说："怎么了啊，我不是来追问什么的，你别这样啊，我看着难受！"

杨德简很快镇静下来，眼里的惶恐不见了，闪烁出绝望的光："潇苒，我们到外面说话吧。"说着，送去恳切的目光，"司令员，借我一匹马，我送送她。"

王司令员想说什么，被政委打断："什么借不借的，只是你这个'送'字是什么意思？我和司令员的意思是，趁着难得有一段闲暇，我们一起吃顿饭，如何？"

林潇苒理解这个"送"字，主要是想有个独处空间，说些彼此想说的话，于是说："培训班还有那么多事，我不能耽搁太久。"

"好吧。"王司令员让参谋把自己的马牵来。

告别了王司令员和政委，林潇苒牵着马默默地走着，杨德简心事重重地跟着。路上不断有人经过，给说话造成障碍。

"走麦田吧。"林潇苒说。

下了公路，两人可以并肩行走。林潇苒侧过脸来："说吧。"

"唉——"杨德简仰天哀叹，"有些话说不清。"

"有些事对组织说不清，难道对我也说不清吗？"林潇苒的眼泪夺眶而出，透过模糊的泪水，关切地看着他强健有力、稳健地踏在雪地上的双脚，不知为何，心室闯入一个模糊的幽灵——莫非他与程雪竹真的有过一段恋情？如果是这样，说明组织对他的处理是对的，那么，自己对他的感情该何去何从？

"我来，就是要听真话！"她这么说，心里想的是——假如你是被冤枉的，我会不惜一切为你证明！因为，程雪竹不只是此次事件的当事人，更重要的她是党组织的一位领导干部！我决不允许这种不良的事情在组织内发生！

"那就从昨天深夜孟海洋找我谈话说起吧。他是军人，说话不会拐弯抹角，一见面就质问：'白俊同志打来电话，要我代表组织找你谈话，主要是要你对组织说清楚，现在是不是与林潇苒恋爱。'我说是，他突然打了我一拳，气咻咻地骂道：'什么玩意儿啊，你怎么可以干出这种道德败坏的事？你知道吗，程雪竹把你告了，说你道德败坏，玩弄多名女同志的感情。白俊要求你向组织坦白，否则，组织会予以严肃的处理。'我说：'我拿党性向组织保证，与程雪竹没一点儿超出同志之间的感情。'没想到，他听了更生气，骂我：'胡说八道！人家可是有证据的，你还抵赖！我可警告你啊，再这么欺瞒组织，谁也救不了你！'

"我的忍耐到了极点，说：'我知道程雪竹的证据——在宿县解放前两天，游击支队为了配合中野攻城，提前分散进城，然后各自隐蔽。本来我不想让她参加，可她说自己是政委，一定要参加，建议我们假扮夫妻进城。我当时没多想就同意了。进了城，她要求与我同住一室，我也没在意。就这样，两天晚上，我与她的确住在一起，难道这也算证据吗？'孟海洋根本听不进去，说：'我就不信，孤男寡女同居一室什么事也没发生？你说没有，女方说有，谁来证实？难道人家一个黄花大闺女会把屎盆子往自己头上扣？'他帮我出了很多主意，我都没采纳。"

"什么主意？"林潇苒随口一问。

"既然没采纳，还说它干吗。潇苒，我知道男女之间的事就算到了阎王面前也说不清，但我与程雪竹之间是清白的。我不否认她心里有想法，只是从来没有表白过。假如她表白了，我会明确拒绝，就绝对不会出现这种让我百口莫辩的事。一大早，王友明同志找到了我，说组织对我的工作有了调整，还竭力劝我跟他去徐州。我想，若是这样跟着走了，那上级会如何看待王友明同志？别的不说，会说他无原则地袒护部下，那对他今后工作注定造成负面影响；而我本人，难道换了一个地方这身脏水就会被风干？不可能！"

"你不去是对的。不过，我就想不通了，既然你们没有可能，她这么做目的何在啊？没错，她是报复你了，可同时也弄了自己一身污点，像她那么一个睿智的知识女性怎么会做出如此愚蠢的事啊？你比我了解她，说来听听。"

"这个问题我不好说，因为是当事人，不妨用王友明同志的话回答你吧。他说程雪竹这么做也不能说是翻脸无情，而是置之于死地而后生。她的目的就是要把我彻底打残，然后再伸出拯救的手。"

林潇苒蒙了："什么意思？意思是，她对你还没死心？以为我也是个世俗女子，看着你被打残，因此把你舍弃了？你们怎么会这么幼稚啊？"

"谁呀？不是我这么想的，是王友明同志。不过，我觉得他说得有几分道理。有一个过去你不了解——程雪竹从南京撤离后，为了安全起见，一直住在我家里。你别用这种眼神。是王友明同志安排的，理由是，为了掩护女子中队，由我妈当教头。在外人看来，这么多女孩子都是来习武的，没有人会把她们与威震四方的女子中队联系起来。有了她们，也就不多程雪竹一个了。在这样的生活环境中，女子中队的女孩子私下里都说三道四的，好像程雪竹来是我命中注定一样，久而久之，她可能也有了这种想法。"

"呸，不要脸，还她可能，难道说你心里没有？"林潇苒喷出一口恶气。

"哎呀，我真的没有！说句，说句不要脸的话吧，在你之前，我从来没对任何一个女子动过心。天知道怎么回事，见了你第一面就动了心——每次看一眼，那种感觉就往心里钻一次。"

"喊，原来你是这么一个多情的人啊，早知道，我就不理你了。"林潇苒嘴上这么说，心里却有种说不出的踏实，因为她在见到杨德简的第一眼心里莫名地冒出一句——这人一定是我上辈子的什么人，不然，为何会一见倾心啊！

"潇苒，我心里有许多话想对你说，千言万语化成一句——如果你走了，从此不再回来，我终生守候！"

林潇苒鼻子发酸，但竭力忍住不让泪水流出来，侧过脸说："谁信呀！不是说有人在等着拯救吗，我就不能理解，你有什么好的，让一个女子不惜先把你毁了，然后再聚拢起来接着爱！你呀，就是一个骗子，说不定还祸害过其他女孩，只是不敢承认而已。"

杨德简剧烈咳嗽，身子往后一仰，直挺挺地倒在雪地上，两只无奈、委屈的眼睛直视引人忧伤的天空。

林潇苒蹲下身，心中满满的幸福："看，被我说中了吧，竟然耍赖了呢。"

"我终于明白了！潇苒啊，你就是我人间的一片苦海，死活都游不到头啊！"

"呵，这么快就后悔了？反正你不怕的，岸边始终站着一个要拯救你的人。"

说着，林潇苒随手抓起一把雪放在杨德简脸上。没想到，他一点儿不惊，反而用双手捂着脸，然后一下坐直了，用雪在脸上搓着说："正好，今天没洗脸。"

雪化在脸上，化成水落下，地面上很快出现点点带着尘土的黑黄色的污点。林潇苒心里涌起一阵难以控制的爱意，伸手捧起一团雪在手心搓着，情意绵绵地说："真想把这把雪放进你心里，像洗脸一样，把过去的、不属于我的所有东西都洗掉。"

"潇苒，我的心本来就很干净，有了你会更加干净！"杨德简的脸被雪洗得泛着血色，内心涌起的真情在脸颊上形成微小密集的沙粒。

林潇苒看着他，忍不住把嘴凑上去，在冰冷的嘴唇上轻轻吻了一下，接着好像被自己的行为吓着了，猛地跳起来涨红了脸，气恼地说："不要脸！为何不躲？"

"嗨呀，怎么着都有理！"杨德简说着，跃起身左右看着。

林潇苒知道他想干吗，急忙跃上马背："走喽，安心当你的区委书记吧！"看杨德简也想上马，温柔地说，"别送了。放心呀，我会竭尽全力教好你的女弟子。

有些事，装在心里就是事，放下了也就不是事了。"说完，狠心策马前行。

大约走了一里远，她回头瞭望，离开的原野上仍然伫立着一马一人。霎时，一股不能遏制的力量让她掉转马头，双腿用力夹住马，从肺腑喷出一声："驾——"

白马好像懂得她的心情，放开四蹄在雪地上飞奔。

远处人马合一，在皑皑的雪原上好像一团火球腾空飞了过来。

林潇苒看着，忍不住哭着喊："老天做证啊，对面马背上的男人就是我林潇苒的生命，只要一息尚存就不离不弃！"

两匹马快接近的时候，林潇苒放慢了速度，眼里婆娑落泪。还没等她看清，一双有力的手臂伸过来，把她抱到另一匹马的背上。杨德简胯下的枣红马没有防备，被突如其来的力量撞倒，两人一马同时倒在雪地上。

林潇苒失去了知觉，不是身体上的撞击，而是来自灵魂上的狂风暴雨把她腾空举起。两人在雪地上拥抱着、滚动着、亲吻。

激情过去，杨德简坐着，林潇苒躺在他怀中，耳朵贴在咚咚作响的胸膛上，隐约听见跳动的心声夹杂着一个声音："我把命交给你了。""别说话，别说。"那个声音接着说，"让我好好听一下一个男人的心跳。"

"潇苒，我愿意跟你走。"

"我不想走，哪儿也不去！"林潇苒昂起脸，"我见到——"她想说见到杨德简的妈妈，话刚到嘴边，心中发出一个莫名的声音——你傻啊！这个时候怎么可以说去祭拜李政？

"我见到朱红丽大姐了，她劝我去徐州。"林潇苒为自己的虚伪感到难受。

"这对革命的夫妻，总是把你我当孩子，只有将我们带在身边才放心。我是不会去的，至于你嘛，可以考虑一下。"

"为何？"

"不为何，就是觉得等上海解放了，你还是要回校完成学业，待在那里不一样。"

林潇苒坐起来，眼里泛着审视的目光："虚伪！你是担心程雪竹会报复我，是吧？你是不是心里有鬼啊？"

"乱说，我心里只有——不对，怎么又掉到你设的陷阱里了？"

林潇苒正色道："回答我，为何不去找白俊同志申诉清白？"

杨德简的表情瞬间凝重，缓慢掏出烟来，摸了几下衣兜发现没带火柴，下意识地咬了一下烟头，接着吐了出去："怎么申诉？让我在上级领导面前说，自己对程雪竹没一点儿好感，更谈不上感情？你觉得这么说合适吗？"

"合适，只要是实情！"

"实情？两个人之间的事，上级会相信谁？就算相信了我，结果怎么样？我被洗白了，那么另一个人就被抹黑了！一个女子一旦被抹黑，这辈子就完了！你忍心这么做吗？我的原则是，当一个灾难落下来时，男人必须挺身而出！这里没有对错，而是取决于一个男人的本性！再说，她暗恋我是发自内心的，既然我不能接受，从某种角度看就是伤害。我伤害了一个女人，却不愿意承担半点儿责任，这种事，我做不出来！"

"可，可她这么做，不但伤害了你一个，无形中也株连我了啊！"话刚出口，林潇苒觉得有什么地方不妥——株连到自己什么了，不就是自己爱着的人受到降级处罚吗？

"潇苒，我自从遇见你才知道爱一个人是什么滋味。假如这个时候你离开了，我都不知道怎么活下去。从这一点看，人间爱的滋味是相同的。毋庸置疑，这些年，我在她心里已经出不来了，突然之间她发现心里的人不再属于自己，这个滋味别说一个女子，就算一个男人也不能承受。你想呀，在这种情况下，怎么忍心撇开感情因素，就事论事地论黑白？"

林潇苒听着，顿感面前的这个男人高大起来，想说点儿认可的话，一时不知道怎么说，嘴角一挑："不要脸！说来说去，你心里还是有她！"

杨德简苦笑："怎么看你也不像一个大学生啊！"

"是！我不是，她是！那你干吗不去向她负荆请罪？接着，她会回心转意，利用职权，直接提拔你当县长！"

"别说，真是个升官的妙计啊！那我试试？"杨德简说着，慌忙向后挪动。

林潇苒脸上泛出坏笑："放心，我今天忘了带枪。讨厌的家伙！我走了——回去好生把枪擦一下，等你当了县长，我送你一颗子弹，来个锦上添花。"说完，一跃而起，极快地跨上马背，头也不回地飞奔而去。

七十六

爱情犹如一条河流，流经生命的每一个过程都不断地接收、变幻，形成千姿百态的支流，很难看出哪一条支流会滋养或留下泥沙、石块。

但愿程雪竹倾泻下来的仇恨和不择手段的报复，不久会变成富饶的浅滩。

一路上，林潇苒满脑子都是诸如此类的爱情感悟。

走了一个多小时，天空突然飘下零星小雪，接着，一阵难挨的饥饿开始发作，更让人不安的是，白马行进的速度也慢了下来。林潇苒放眼望去，四周被一圈错落有致的村落围合，最近的一个村子上空弥漫着数不尽的炊烟。她在双堆集附近看见过这种场景，那是村子里的家家户户在为参战的将士赶制食物。

"咱们何不去蹭一口呢。"林潇苒轻轻拍了一下马背说，接着双腿用力，给马"快些"的催促。

白马抖了一下脖子，朝着不远处的村庄飞快地跑了起来。

接近时，发现村庄西头不断有牛车、马车还有人力平板车混成的长长队伍向西行进。她知道，这是往前线运送食物。

　　几十万大军要吃饭，需要多少后勤支撑，实在难以想象。这就是领袖说的"人民战争吧"？

　　想想被围困的国民党三十万人，在这冰天雪地中，撤退时所带的物资本来就少，就算尚有少量的粮食，又去哪儿找到做饭的木材？这寒冷的天，持续的大雪，对敌军来说不亚于致命的火炮；反观解放军，战场之外几十里都是源源不断的力量补给。

　　两军对比，胜负已定。江北的敌人很快被肃清，江南解放也就指日可待。

　　想着，不尽的激情在风雪中荡漾。

　　上了一条土路，运送食物的当地乡亲见了林潇苒，不断地打招呼："同志，你是去我们村吗？"

　　林潇苒亲切地问："大叔，前面是什么村呀？"

　　几位拉着平板车的老乡相互看着，林潇苒这才发现他们的年龄都不大，急忙笑道："噢，原来都是大哥呀！"

　　一个中年汉子拘谨地笑着："同志，我们村蒸包子的任务上午就完成了，这些都是超额的——不用催的。"

　　"您误会了，我是路过的，饿了，想进村找点儿吃的。"林潇苒下马。

　　几位村民争着动手，掀开两床厚厚的棉被，打开一个高粱秸秆编制的篓子上面的盖子，顿时，一股热气蒸腾散发，伴随着一阵诱人的肉香。

　　"都别动，你们的手拿的包子，人家能吃吗？没听出这是一位女同志吗？"

　　争抢的人立刻收手，用殷勤的目光示意林潇苒自己动手。

　　林潇苒内心感动，走上前拿起两个冒着热气的包子，举着晃了一下："谢谢各位大哥。"

　　她很想趁热咬一口，可当着众人只能克制，要上马的时候，一位拉车的大哥腼腆地"哎"了一声，旁边有人取笑道："又想问你未过门的媳妇了？"

　　那人嘿嘿地笑了一下，手不停地摸着后脑勺，眼里露出想问又不好意思的羞怯。那眼神实在让林潇苒怜悯，说："这位大哥，有话就说嘛。说不定，我认识你要找的人呢；就算不认识，我也会帮你打听到的。"

　　那人脸一下红到了脖颈，越发地说不出话了。

　　旁边的人说："田牛，看你这出息，每次出门都带一包好吃的，可每次都当公粮交了！看你这样，就算见了赵青你也不敢吭一声！换了我，早就不在家里待了，直接去参加游击支队，说不定早就当上新郎官了！"

　　林潇苒惊呆了，愣愣地打量着田牛，脑子里闪过赵青英姿飒爽的容颜，无论如何不能认可这就是她未来的丈夫。

说话的老乡似乎看出了端倪，小声说："说不定，这位同志也是女子中队的，不然——"

林潇苒这才缓过神来，慌忙说："没错，我认识赵青。"说着，回头看着不远处的村落，"这就是赵村了？"

几位老乡顾不得回答，兴高采烈、眉飞色舞，催促着田牛把东西拿出来。

田牛一时手足无措，还是身边的人帮他从车里拿出一个粗布缝制的棉包，鼓囊囊的。当保温包送到林潇苒手上，有人催着田牛说些话让她带给赵青。

"不用了，我，我把想说的话都写在信上了，她见了包就知道的。"

包很沉，而林潇苒的心更沉，看着憨厚的田牛，预感到这份情意不可能被赵青接受。她一只胳膊搂着包，对低着头的田牛说："我一定亲自交给赵青。各位大哥，我得赶路了。"说着，把包放在马背上。

因为另一只手拿着包子，她一时无法上马，索性把包取下来搂在怀中，正要移步，田牛突然快步上前："我先拿着。"看得出来，田牛是一位有心的老实人。

上了马，林潇苒接过包，温情地说："各位大哥，等这场战役胜利了，我会陪赵青一起来的。"说完，给马一个走的肢体提示。

马儿下了被车辙、行人踩踏得光滑的乡间土路，在大雪覆盖的田野上不快不慢地走着。

林潇苒忍不住咬了一口包子，嘴唇感到冷热各半。不知道为何，饥饿感消失了。她咀嚼着可口的肉包子，泪水不禁溢出眼帘，咽下的食物不断地发出无奈的哀叹，又是一桩令人无奈的爱情悲剧啊！

两个包子吃完，林潇苒的心情更加沉重。之前，对这场战争只局限于胜负的意识范畴，从来没想过胜负之后会带来怎样的悲欢离合，而这种悲欢不仅局限于失败的群体，同时还包括胜利的一方。

就像田牛与赵青，面对战争，他们同仇敌忾、生死共赴，一旦胜利了，如同一场洪水过后，浮在上面的物质随波逐流，去了很远的地方，留下来的那部分生活开始搁浅，直到浅为泥滩，再也不会与曾经互为一体的那股流水相逢。

可以预知，假如没有国共两党的对决，赵青无疑会成为田牛的媳妇，从此过着男耕女织的田园生活。社会的分裂将赵青的命运向另一条支流送去，从此汇入一条激扬澎湃的大江大河，而田牛还在原地守着枯竭的河滩。

爱的内质不受知识、金钱、修养和社会层次控制——带来的幸福感大体相同，造成的不幸各有各的辛酸。

当赵青说出"不合适"的那个瞬间，绝对不会体恤他内心该有多么痛苦；然而，让赵青牺牲自己与田牛相伴一生，这对赵青来说则是人生最残酷的折磨。

还有啊，那些死在战争中的士兵，哪位亡灵后面没有被揉碎的心？

想着，林潇苒悲从心来，搂着淡淡温热的包忍声哭泣。

人间啊，无论什么样的社会制度，总会被一个亘古不变的法则支配着！

雪渐渐大了起来，最初的小雪花不见了，感觉在茫茫的天空中堆积成厚不可测的雪山，却因不堪重负层层叠叠地坠落，在半空中被风撕成碎片纷纷落下来。

从小生活在南方，很少见到雪，此刻，看着大片的雪拥挤着飘然落下，林潇苒的心里蒙上一层恐慌——这天莫不是要塌了吧？

合围在周边的村落不见了，雪把天地融为一体，骑在马背上犹如行走在天宫，分不清方向，要去的宿城仿佛成了不可抵达的天境。她俯下身，慌兮兮地对白马说："我迷路了啊，只能靠你了！"

马抖擞了一下，撒开四蹄在大雪中飞奔起来。越走，雪越大，以至于睁不开眼睛。又过了十几分钟，大雪中夹杂着一种不祥的预感不断地从眼睛周围向心里渗透，林潇苒越发担心——若是走错了方向，自己尚不至于被冻死，但疲惫不堪的马一旦停下来，只怕再也走不回去了。

"算了，只能在途经的村落过夜了，不是为自己，而是为了你。"她俯身对白马说，于是勒紧缰绳放慢速度，凭着感觉寻找乡村公路。白马不听她的指挥，在靠近公路时不愿上路，反而加快了速度。

"这样不行啊！雪这么大，走在田野上即便遇到村庄，我们也看不见啊！"她哀求地对马说。

忽然，纷纷扬扬的大雪中传来一声马嘶，林潇苒心头一震——这里怎么会有马鸣啊？

瞬间，她才感到身体早已被寒冷穿透，浑身哆嗦不停，感觉马的嘶鸣好像从后面传来，于是勒住缰绳向后面观望。大雪中，隐约看见一个黑影快速地向她奔来，心一下被惶恐击中——万一遇到逃兵如何应对？

没等她想好对策，一匹枣红马窜到了她前面，接着，前蹄立起，原地掉过头来，一个亲切的声音传来："潇苒——"

林潇苒不敢相信地问："是你吗？"看清了杨德简的面孔，激动得恨不能一下扑过去，搂着他大哭一场，可是她把内心的柔情压了回去，装出责怪的样子，"你怎么追来了？"

"我一直远远地跟着，本想跟进城再返回的，看着雪地上的马蹄印，猜你的马走不动了。"

林潇苒想下马，无奈双腿被冻得不听使唤，再也装不下去，哇的一声哭了："是啊，刚才恨死你了，这么大的雪竟然把我一个人丢在大雪中——我怎么没发现你呢？"

"让你发现，我这个支队长岂不空有虚名？你下来，换我的马。"杨德简说着，摸了一下马头，"你骑的是秦秋的白狐，按说没问题的，可能是在雪地上走的时间太长，耗尽了体力。下来，换我的马。哎，你抱的是什么？"

"是田牛托我捎给赵青的东西——我的腿都冻僵了。"

话音刚落，杨德简上前把她抱下来说："没事，活动一下。你主要是内心恐慌导致的。来，跟着我跳一会儿。我翻一下跟头，你原地跳一下。"

"哎呀，翻什么翻啊！天都被大雪压垮了，你还有心情翻跟头？"林潇苒把包放在雪地上。

杨德简的脸上露出复杂的表情。林潇苒知道这种表情的内质，一半是对田牛的怜悯，一半是替赵青犯难。她不想陷入这个一言难尽的话题，把话题岔开："杨——附近是哪个村？我想找户人家暖和一下，喝点儿热水，顺便让白狐歇息一下，等恢复体力再走。"还有一句话没能说出——我舍不得离开你。

杨德简摇头："这雪一时半会儿停不下来，用不了一小时天就黑了，那样路就更难走了。"

"那就不走呗，你若有事，自己回去就是了。"

"我现在就是一名民工中队长，这么大的雪回到前线也无事可做，主要是担心你的女子培训班的那些人。要知道，你是她们的灵魂，下这么大的雪不见你回来，她们一定会出来找你的。"

一句话点醒了林潇苒，心犹如被点燃了一般，忙"嗯嗯"点头。

"可是，我骑你的马，那你怎么回去？再说了，这马也不是你的呀。"

"你这人有点儿忘恩负义呀，这马曾经驮过你我的，没看它见了你那么亲？"

"不是啊，红哥不是已经——"林潇苒实在不忍心说出一个"死"字。

"我有两匹同样的马，上次死在敌机下的是这匹马的哥哥，所以，她们都喊它'红哥'。这是弟弟，驮过你我的。上次去看王司令员，被他扣下了。"

"啊，我说见了它怎么这么亲啊！可是，你不是给了司令员了吗？"林潇苒说着，上前搂着马头，用手撩着鬃毛上的积雪。

"王司令员看上了，我能不给吗？正好，等回去见了王司令员，我就说被你讹去了，不信他会找你要。说心里话，这马跟着我出生入死，实在舍不得离开。来，上马。"杨德简说着，不等林潇苒反应，一下把她抱起来，趁机在她嘴唇上亲吻了一下，接着将她送到马背上。

林潇苒俯身也想亲吻他一下，此时杨德简弯腰捡起棉布包，从马鞍中掏出一根背包带，把包捆在马鞍后面说："你捎去的不是礼物，而是不尽的烦恼。唉，女子中队的这些女孩，几乎每个人都面临这样的苦恼，想起来就替她们犯愁。"

"嗐，自己正在十八层地狱受苦，还有心情分担别人的忧愁。"林潇苒说着，看着一脸不舍、浑身是雪的杨德简，"哎，不许骑白狐！"这话明面上听起来是心疼马，内心深处却是不想让自己的爱人骑另一个女子的马。

"不会的，我把它送到赵庄交给赵青的父亲。他可是伺候马的好手。"

"然后呢？"林潇苒瞪着隐忍的眼睛，心里说，"等马伺候好了，你再舒舒服服地骑？"

"然后，走着回去。"

林潇苒心软了，无奈地说："你若是急着回去，在村里找一匹马就是了，再不济，找一头驴也行呀。"

杨德简噗地笑了："我想走着，主要是陪着你在路上，你到了，我也就到了。这样不好吗？"

林潇苒被感动了，"嗯"了几声差点儿妥协，看着白马，不由得想起一张清秀妩媚的脸，还有窈窕的身子，心一下硬了。"嗯，一起在路上，不许骗我！不要脸的，我走啦！"说完，她策马前行，走了几步，回过身来，"杨——替我看望一下新一团的同志们！"

杨德简胳膊一扬，一个拳头大的雪团穿过飘落的雪花，直直地向她飞来。林潇苒下意识地双腿一夹，马儿瞬间向前跃起，雪团落在马腿上。

"不用担心，马知道该怎么走的！"身后传来杨德简带着生死离别的呼喊声。

风雪中，马儿越跑越快了，让林潇苒觉得人和马好像在雪上飞行一样，飘然、稳健。果真，马儿非常熟悉地形，到了一道沟壑前转向一侧，放慢了速度，上了公路后速度更慢，等过了一座小桥，又重新回到田野中一路狂奔。

大雪不停地打在脸上，眼睛几乎不能睁开。为了减少风带来的阻力，她俯身搂着马脖子，把行走完全交给了身下的枣红马。

面部避免了风雪的摧残，一缕牵挂萦绕在心头，林潇苒想象着在风雪中行走的杨德简，开始后悔——这么大的雪，不该让他步行，尽管没有危险，毕竟要承受风雪带来的艰辛。

女人啊，心境原来这么窄，自己爱上的男人非但不能让任何人染指，哪怕别的女人用过的物件也不允许触碰。这样想来，她理解了程雪竹的报复——若是换了自己，极有可能拔枪相向，然后同赴黄泉。

人性的爱，如同一把利剑，握在自己手中的时候，可以为所爱的人斩尽生活中一切的恶魔；一旦落在别人的手中，第一个死在剑下的就是自己。

爱情啊，原来这么可怕！

一路胡思乱想着，忽然感觉马蹄落下有了坚硬感，抬起头，发现已经进入城区，马儿顺着厚厚积雪的街边缓慢地走着。

街上的雪很深，马儿每一步行走，前蹄都在雪中划出一道沟痕。田野上那种在雪上飞的感觉消失了，马儿每一步都是小心翼翼的。林潇苒担心马儿滑倒，勒住缰绳翻身下马。

双脚被寒冷夺去了知觉，她双手扶住马鞍，不停地在地上活动着。

忽然一声惊喜的呼喊传来："大小姐！看啊，前面一定是她！"

林潇苒循声望去，前面不远处的街道上，一支马队正飞快地向她奔来，心里不由得一热，轻吐一声："不要脸的，还是你了解自己的弟子——我若不回来，她们一直会在风雪中寻找的！"

夏小禅第一个冲到近前，勒住缰绳时，由于雪下面一层冻冰，马儿瞬间滑倒了。人和马在雪地上转了几下。后面的赵青见了大声呵斥："看见了人还这么急？慢点儿停，都慢点儿，下不来再往前走走。小禅，装什么啊，这么厚的雪能摔多重！"

林潇苒惊吓得愣了一下，看着夏小禅一动不动地卧在雪地上，惊叫一声扑了过去。

还没等她到近前，夏小禅一跃而起，搂着林潇苒跳着："你把我们吓死了啊！哎，这——"

林潇苒看夏小禅盯着枣红马，又见队员们纷纷下马围了上来，笑道："这什么这，路上捡的。"

赵青上前，笑脸上挂满泪花："大小姐，我——"接着，哽咽得说不下去。

其他队员也都露出悲喜交加的表情，看着枣红马，骤然把心中所有的焦虑全都交给了"明白"。

秦秋终于忍不住了，问："我的白狐呢？"

"猪脑子呀！"

柳迎春给秦秋递了一个眼神，秦秋连声地"哦哦哦"。

"大小姐，你这带的是什么？"赵青看着马背上的棉包问。

"嗯，回去再说吧。"

柴青火恍然大悟："肯定是好吃的！哎，还等什么啊！"说着，不由分说，动手解背包带。其他人一下围了上去，许多双手很快就把带子解了下来。

"哎！哎！"林潇苒想制止，"哎"了几声也说不出理由。

夏小禅欢喜地说："大小姐带了这么多东西，不是给我们又能给谁呀？"

棉包被打开了，队员们顿时发出一阵欢呼："肉包子啊！"接着开始抢夺。

"哦呦，还有鸡蛋呢！哎，咱们师傅还没忘了我们。"秦秋一把拿了四个鸡蛋，顺手递了过来。赵青接过递给林潇苒。

林潇苒哪里吃得下，默然摇头。赵青用手指在鸡蛋上一弹，极快地把蛋壳剥了，一口咬下一半，咀嚼着："好久没吃上煮鸡蛋了。"

听着赵青享受的声音，林潇苒心里有一种说不出的难受。

"还有花生米呐！哎呀，师傅啊，这些好东西怎么弄来的呀？"齐本荣感激地向西拜着，接着举起一封信，愣愣地看着林潇苒。众人顿时安静下来，满眼疑惑地看着林潇苒。

林潇苒知道她们不认识字，勉强地笑着："这人，有什么话不当面说，多此一举。"说着，上前把信拿过来，装进衣兜里，"回去！"

赵青眼睛眨了一下："哎，大家可想听一下师傅在信里说了什么？"

"想！太想了！"队员们欢呼雀跃。

林潇苒故作正色："私人信件，怎么可以公开？走吧，回去！"

"咦！"学员们发出一阵失望的唏嘘。

七十七

见曹振海徘徊在距离军营大门二十多米的路边，林潇苒急忙下马，随手把缰绳递给赵青，快步走过去："老曹，对不起，让你和大家担心了。"

曹振海上下打量一下："能不担心吗，按时间早该回来了——怎么会这么久啊？"

队员们纷纷下马，各自牵着马进了营门。曹振海迟疑地站着，好像有话要说。"老曹，我都快冻僵了，有话回去说。"林潇苒径直离开。

推开宿舍门的一刻，林潇苒惊呆了——室内摆放着一个闷着暗火的烤火盆，扑面而至的热度让人感觉到火盆已经放了很久了。

"是谁放的呀？"她感动得冒出一句。

身后传来关明月的声音："我弄的，可是受了程部长的旨意。"

"噢，部长可说有什么事呀？来，进来说话。"

关明月慌忙上前帮林潇苒脱下棉袄，用力把雪抖落。林潇苒取出衣柜里的军大衣穿上，然后换了一双棉鞋，还没等站起来，关明月就拿起沾满冰雪的鞋子到门口用手拍着。

"哎，放下，我自己来。"林潇苒不想接受她的关心，恰好赵青等人来到门前，小声嘀咕地说着什么。夏小禅大声喊："明月，曹老师找你有事。"

关明月不屑地撇嘴："我算什么虫儿，谁会找我啊？"

林潇苒知道夏小禅不是饶人的茬，忙说："赵青一个人进来，其他人各自回宿舍。我有事与赵青说。"

关明月放下鞋子，忍着厌烦离开。

还没等赵青进来，夏小禅、柴青火等人争先恐后地拥了进来，感觉每个人身上都带着袭人的寒冷，一下把室内的温暖瓜分了。

"干吗啊你们，都出去！"林潇苒大声喊着。

夏小禅装着被谁撞了一下，附在林潇苒耳边低声说："赵姐让你去办公室，有急事。"说着直起身，目光在拥挤的人群中扫了一下，恍然地走到洗脸盆架前，用手试了一下盆里的水，惊喜地说，"太好了，热水呀，我先洗一下脸。"

本来温暖、温馨的室内骤然乱哄哄的，让林潇苒心里感到莫名的不爽。

秦秋和几名队员围着烤火盆，相互挤着烤手，好像被谁挤了一下，再次撞在林潇苒身上，没承想，林潇苒的帽子随着身体的倾斜掉下来。

林潇苒有些羞恼，嗖地一下站起，还没等发火，看见所有的人好像灵魂抽离般瞪着痴呆的目光看她，气恼地说："干吗呀，光头的又不是我一个，有什么大惊小怪的啊！"

柴青火下意识地脱掉帽子，好像在用对等的方式来表示歉意。不料，众人看了哄然大笑起来。秦秋笑着说："你这光头，看上去就是一个刚进尼姑庵的要饭女人，也敢与大小姐比！这大小姐脱了帽子，就一天国下凡的仙女！"

赵青挤过来，斥责："闹什么呀，屋里的热乎气都被你们闹没了，还闹！大小姐，下午程部长来过，带来一些文件。咱们去办公室说话。"

林潇苒只好戴上帽子，从众人闪开的空当出去。到了办公室门前，见柳迎春站在一个方凳前，听她小声说："刚打的一盆冷水，里面放了一些雪块。"

"嗯，出去吧。"赵青冷冷地应了一声。

柳迎春随手把门关上。赵青对林潇苒说："大小姐，赶紧用冷水洗一下。"

林潇苒看着赵青肃然的表情，满心疑惑，想着，宿舍里多暖和啊，干吗要来冰冷的办公室？看着赵青一脸的严肃、执拗，她不情愿地把手伸进带着冰雪的盆中。

赵青走近了小声解释："你在雪地里走了这么久，若是猛地太暖和了，脸、耳朵还有手一定会冻伤的。我并非小人之心，不敢猜是否有人使坏，可明月是知道的。"

林潇苒听着，心里五味杂陈，难道说程雪竹是在用关心的方式报复情敌？她不敢也不愿意相信。

乍暖又寒，林潇苒不禁打着牙颤，把军大衣紧紧裹在身上。

"来，忍着点儿，用冷水把脸洗透，等一会儿就没事了。"赵青把林潇苒拉到冰冷的水盆前，用眼神鼓励着不要再耽搁。

有一点，林潇苒深信不疑，就是赵青和夏小禅对自己不会有半点儿伤害之心。

室内冷飕飕的，水冷得彻骨，林潇苒出于对面前一同出生入死的姐妹的信任，毫不犹豫地把手伸进水中，双手不停地搓着。

"把帽子摘了，脸和耳朵都得洗透，直到有了感觉才可以。"赵青说着，主动把林潇苒的帽子脱了，从盆里拿出带着冰雪的湿毛巾轻微拧了一下，然后直接放在光亮的头上，极快地擦着。

开始，林潇苒只感觉头皮麻酥，耳朵没有一点儿知觉，这才意识到，伏在马背上的一个多小时，风雪已经从帽檐下渗入，包裹在耳朵周围。

"好狠毒的女人啊！"林潇苒在心里暗暗说。

"你慢慢搓手，我负责耳朵、脸。放心呀，大小姐，再坚持一会儿，保证不会冻伤的。"赵青说话的声音像一位母亲。

林潇苒把手浸在水中，相互轻轻地揉搓着，接着，一个疑问在心里游荡——自己去祭拜李政，程雪竹不该知道的，怎么就过来了呢？原因只有一个，是关明月告知的。假如自己上午回来，程雪竹不会送上火盆，到了下午，下雪了，而且还下得多年未有的大，这才触动了程雪竹内心报复的幽灵——给她准备一个热烘烘的环境。

好在有赵青、夏小禅等姐妹，一眼识破了"温暖"的伎俩，及时让自己躲开了一场温柔的摧残。

二十分钟过后，林潇苒感到耳朵发热，脸也开始有了知觉，说："可以了吧？"

"再坚持五分钟。"赵青丢下毛巾，双手不停揉着林潇苒的耳朵、脖颈。

"哎。"林潇苒想说，"你帮我避免了冻伤，就不怕程雪竹记恨？"话未出口，心里有了答案——让她离开温室的不止一个人，而是乱哄哄的一场闹，就算程雪竹的计谋落空，也无法认定谁是与之作对的人。

"痛吗？"赵青问。

"不是，我想说——保温包里的信不是我的，而是你的。"

赵青的手抖了一下，似乎猜到了，说："师傅也真会多管闲事，那个人明知道我对他的心思，干吗让你带来！这个狗皮膏药，知道我不识字，还写！"

"拿来，我帮你念一下。怎么，对我也不放心？"

"对你有什么不放心的，只是不看也知道他写的什么狗屁话！"

"也许人家对你绝望了，想说点儿别的什么呢。你去拿来吧。"

赵青很不情愿地转身。门一开，外面传来几声急切的询问："队长，大小姐没事吧？"

"都围在这里干吗，回去！小禅，待会儿把晚饭送过来。"赵青斥责地说，好像把田牛带来的烦恼都分摊给站在门外的姐妹们。

"我警告你，大小姐若是伤着，看我怎么收拾你！"柴青火咬牙切齿的声音。

赵青刚离开，夏小禅哧溜一下进来，转身对门外的人说："散了吧，找关明月说话去，说不定又能听见什么好消息呢。你们的心意，我代劳了。"说完，退着进来，到了放冷水盆的凳子前将盆端起来："大小姐洗一下脚，不然有你难受的。"

"脚没事吧？"

"洗，一定要洗！刚才看了你的棉鞋，都冻成了冰疙瘩，不洗一定会被冻伤的。"夏小禅执意的语气。

"那好吧，我洗。"

"你不行的，关键不是洗，而是要用手慢慢地搓。"夏小禅把水盆放在林潇苒面前，蹲下来昂着脸，用请求的目光督促着。

"哪儿能让你洗呀！"

赵青进来，看着蹲着的夏小禅，犹豫片刻说："大小姐，让她洗——权当是替师傅尽孝心。"

夏小禅扭过身说："哎，听这话，你不是徒弟？我这么做与师傅没关系的！"说完，起身硬是把林潇苒按着坐下，极快地脱掉她的鞋子，把双脚按在冷水中。

奇怪的是，林潇苒并没有不适的感觉，这才意识到双脚早已被冻麻了。

"唉，真是知人知面不知心——怎么就能狠下心来？"夏小禅揉搓着林潇苒的脚趾头，伤感地说。

"小禅，别瞎说。你出去吧，我来洗。"赵青说着蹲下来。

夏小禅斜过眼："我听一下又能怎么样啊？"

"你——师傅写给大小姐的信，你也想听？"

"蒙，接着蒙！别忘了，我们这两天都在干什么？我——本小队长，已经超额完成了大小姐布置的学习任务，不但认识了行署几位领导的名字，还把女子中队所有人的名字都认识了。那信上明明写着'赵青'，还跟我装。"

林潇苒听着，心中惊喜："小禅，太不可思议了啊！哎，赵青，你不会连自己的名字都不认识吧？"

赵青又气又羞："我是认识的，只是那字写得像狗爪子，一时没认出来。刚才从你衣兜里掏出来，才看出是自己的名字。小禅，你个烂蹄子，滚！"

"可以，你不怕我出了门就说？"夏小禅戏弄、挑衅的眼神。

"喊，你也是一个有故事的人——你能说，我也可以。"赵青有些服软，说，"大小姐，念吧，反正这个人说什么都与我无关。"

夏小禅用督促的眼神等着，见林潇苒还在犹豫，手指捏了一下她的脚指头。林潇苒的腿哆嗦了一下："哎呀，我念——"

站在身边的赵青突然用腿把夏小禅推坐在地上："大胆！一边待着，我来！"说着，双手伸进水中，手指轻柔地在脚面上搓着。

林潇苒抽出信，惊讶地说："这字写得挺好的，是他本人写的吗？"

"他这个人，除了读了几年的私塾，什么也不是。"赵青不屑的语气。

林潇苒先浏览了一遍，发现没什么太私密的内容，才用缓慢的语速念起来。

小青，这一年多，你始终没回家，我想见你，堪比登天。纵然你不愿意见我，至少得回来看一眼爹娘吧？他们可是思女望眼欲穿。你一个人在外闹革命，两家人整天都为你提心吊胆，只要听说哪里又打仗了，我们就像被勒着脖子吊在房梁上，真的喘不过气来啊！

也许，在你们那里，战斗已经结束了；可在家里，到处都是躲藏的魔鬼，让我们生不如死。每当这个时候，我就对自己说，无论如何要见你一面，把你安好的状态告知父母。

可是，你知道要找到你有多难吗？

明知道你们队伍不好找，就算找到了你们所在的村子，也难以相见。有几次，明明看着你们进了村，可是到村里一打听，都说没见着。

你知道的，我不善说话，问了几句，人家说没有，我又不敢追问，更不敢在村里到处打听，担心被村里的人误解我是探子，万一被捉了，你的颜面往哪儿搁，只能心如刀绞地离开，然后，躲在很远的地方，等待你们出现。还记得你们去宿城的那次吗？你们的人下午进了半铺，我躲在半铺东面的河沟边的树林里，正是夏天，蚊子成堆围着我叮咬，一巴掌打上去，手掌心全是血。即便这样，我仍然不愿离开，直到天快亮的时候，忽然发现一支骑马的队伍向宿城飞奔。

看着，犹如一支天兵天将，威武之势撼天动地，转瞬消失。远远地听着马蹄声，我低头看着自己被蚊虫叮得重重叠叠的疙瘩，心里飞出比蚊虫还多、还贪婪的自卑——一个男儿啊，窝囊到了只能喂蚊虫的地步，有什么资格看你一眼？

记得，早几年，你劝我参加革命，不然，婚约从此解除。我当时答应了。可是，当我把这个想法告诉爹娘后，他们勃然大怒，说："日本人是秋天的蚂蚱，对此，稍微明是非的人都看得出。但是，赶走了日本鬼子，天下一定是政府的，绝对没有共产党的立锥之地。小青既然执迷不悟，那就由着她好了。至于你，一个读过六年私塾的读书人，理应为国家、为政府效力。"爹还说："一旦宿城光复了，他会卖了几十亩地，为我在县城捐一个公差，也算是为田家光宗耀祖。"

说句心里话，当时，我笃定地认为，天下非国民党莫属，至于你参加的队伍——心里只有同情、尊敬——没有胜利的可能。

可是，对于你，我没有半点儿舍弃的念头，心里只有一个不可动摇的信念——生是我的人，死是我的鬼！

谁让在一次跑反中，我们家的人把你弄丢了呢。

后来，知道你被杨村一户人家收留了，我求爹去把你领回来，没想到，爹回来了，你却不愿意回来。

这话说起来太长，留日后见面再说吧。

话题再回到现在，爹承兑诺言，花钱为我在县府捐了一个职务，就是书写告示之类的职务。一天，县长让我写一份告示，稿子上面赫然写着你的名字——游击支队女子中队长赵青。而且，悬赏十万大洋。不知怎么了，对你一下顶礼膜拜。一个女子，能让政府出重金悬赏，自身的价值非金子能替代。

从那一刻起，我开始对政府产生怀疑。一介女子，尚能搅得一方政府、十一万军警惶惶不安，那北方的千军万马呢？

写完了对你的悬赏告示，我决然辞职回家。

当时，心里只有一个目的：无论如何要找到你，参加你的队伍，从此将生死置之度外！可是啊，我找了你整整一年，始终不见你的踪迹。

时间就在寻找中一天天、一月月度过，不知不觉一年多过去了。

小青，我心里有许多话要对你说。你是知道的，我从小嘴笨，不会说话，尤其不敢向外人打听你的名字。每次听出哪里发生了战斗，我就会赶过去，等到了地方，你们早就离开了。今天，家里住了解放军，无意中听见他们说起女子中队，说起几十个人闯进了重兵盘踞的徐州城，袭击了国民党特务总部，还俘虏了一个团的敌人，缴获了大批弹药。还听说，其中有一个炮兵营。

你知道，我听了这些心里是什么滋味吗？

万箭穿心啊！

我到了你家，给你爹娘跪下，号啕大哭。他们以为你出事了，吓得魂不守舍、欲哭无泪。像这种惊吓，对二老来说已经不是第一次了。

你爹说："可是又打仗了啊？你别担心，小青功夫那么好，不会有事的。"

我想说："小青好着呢，只是我的媳妇不在了啊！这不怪天，不怪地，不怪任何人，都是我误判了时局，没有听小青的忠告，以至于渐行渐远！"

小青，我知道中国尚有半壁江山没有解放，这里的战争结束后，你有可能随着大军南下，继续在战火硝烟中浴血奋战。

此时此刻，我斗胆对你说："放心地去战斗吧，爹娘由我孝敬！有一天，你胜利归来，我会退出你的生活；万一你负伤回来，不能行走，我就是你的胳膊、你的腿；万一你不再回来，我独守你的坟过完此生。"

田牛

一九四八年十二月四日

读完最后一个字，林潇苒才发现自己流泪了。她抽吸了一下，透过泪水发现赵青已是满脸泪水。

夏小禅昂头看着屋顶，防止泪水落下，忽然起身，走到后窗前，对着黑夜，从肺腑中发出："就这，就这么把自己交给这个识文断字的投机分子了？姐啊，你不会忘了吧，祖上三代给田家当牛做马，哪一代不是在饥寒交迫中死去？又有哪个男人活到六十岁？你不会忘了吧，日本鬼子扫荡的时候，田家人坐着马车，让你爹和你哥跟着伺候，把你和你娘扔在了途中！你不会忘了吧，国民党拉壮丁，本来是逼着田牛去的，是他们家出了两斗高粱让你哥去顶替，至今生死不明！姐啊，田家的人欠你们的债比野地上的草都多，你可不能心软啊！我问你，假如蒋家王朝不败落，田牛会给你写这封信吗？不会的，绝对不会的！我们女子中队，自成立以来，前后死了七名姐妹！你问一下她们的灵魂，会同意吗？反正，我是坚决反对的！"

赵青低声说："谁说同意了啊，发什么火呀！"

这时门外传来秦秋的声音："开饭喽！"

林潇苒把脚从赵青手中抽回，活动了一下："有感觉了呀！看，看看！"说着，双脚灵活地扭动着。

七十八

晚饭后，林潇苒在办公室听赵青说着其他队员的家事，忽然桌上的电话响了。赵青一把抓起："我是赵青。"电话另一边传来："我是杨怀中。""杨专员，请指示。"

孟海洋提升为地委书记后，杨怀中被任命为行署专员，这个时候来电话一定是有任务下达。林潇苒开始时能听见电话里的声音，忽然却听不见了，只见赵青一脸严肃的表情，最后说了一声："请行署放心，女子中队保证完成任务！"说完放下电话，没等林潇苒问，急切地说，"到你宿舍说吧。"

"什么任务？说嘛！"

林潇苒见赵青急匆匆离开，只能跟出来，进了自己的宿舍。赵青从外面极快地把门关上，扣上链，隔着门用不容商量的口吻说："大小姐，对不起！火车站堆积了大批从山东运来的物资，城里的人都上路清除积雪了。杨专员让我们女子中队配合南下大队去车站装车。你刚被冻了一场，这个时候出去会被二次冻伤的，而且后果非常严重！"

"赵青，开门！这么重要的任务，我怎么可以不参加啊！"

门外传来关明月惊诧的询问："队长，发生什么事了？你怎么可以这么对待大小姐啊！"

赵青严厉的口吻："你在门外守着，我去给杨专员打电话！若是让大小姐出来，休怪我对你不客气！"

"我知道的。"关明月惊慌的声音。

林潇苒心里充满了感激，同时也意识到，赵青的这个举动会触怒程雪竹。为使赵青免遭报复，她恳切地说："明月，把门开了，我有话说。"

"赵青的脾气谁不了解，我可不敢违拗她。"

关明月话音刚落，夏小禅、柴青火等人围过来，乱哄哄地问怎么回事。关明月苦歪歪地说："我怎么知道啊，你们去问队长。"

这时，曹振海拿着一把锁过来："夏小禅，把门锁上，这是杨专员的命令！"

林潇苒听见了上锁的声音，知道自己说什么也没用了，想着赵青借助杨专员的"命令"，这才稍微安下心来。

但愿吧，程雪竹不会为此记恨赵青。门外响起一阵嘀嘀嗒嗒的紧急集合军号声，每一声都直击心灵，霎时，林潇苒的脑海中出现漫天的大雪，风雪中，队员们在搬运从山东运来的支前物资，不由得激情澎湃，气恼地用脚踹了几下门。

从来没有过感激与怨恨相融相济的感觉，如同激流中行船遇到了强劲的朔风，进不能，退不得，只能在原地打转，最终搁浅。这时后窗传来动静，林潇莘急忙过去打开窗户，只见窗外被一张餐桌封堵上。

"赵青！我真的生气了啊！"林潇莘用力推着餐桌，回应她的是一阵用木棍顶住桌面的声音。哪怕只用几根木棒，上面抵住桌面，下面抵在围墙根，想从室内推倒餐桌几乎是不可能的。

窗外操作的人有很多，谁也不出声，让林潇莘有话都不知道该对谁说。很快声音消失了，她再次用力推了一下桌面，竟然纹丝不动。"完啦，我被彻底囚禁了！"她头抵着桌面无奈地说。

风雪从桌子两侧发出的怪异声音向室内渗透，既然不能出去，只能把窗户关上，与沉寂、孤独相守。

内心的急躁与室内的寒冷很快让林潇莘不得不安静下来，在书桌前呆坐着，大脑中不断闪出在宿城通往陈官庄的路上——

风雪之下，一路都是除雪的人，还有走走停停运送物资的车队。这场大雪在解放军面前没能构成威胁，因为他们身后是支前民工源源不断、声声不息的支援和温暖，而对于杜聿明集团三十万人可谓是灭顶之灾——雪这么大，天又这么冷，没有烟火，也没有补给，在这样的恶劣环境中就算没有战役又能支撑几天？

她又不由得想起在围歼黄维兵团的战斗期间——

因徐州还没解放，大量的物资只能靠山东老乡推着独轮车、赶着牛驴绕过徐州，源源不断地送往前线。短短几天过去，支前的人力线不见了，取而代之的是一列列火车。相信随着战事的发展，人民军队的作战能力会以压倒性的优势碾压长江以南的国民党军队！

上海解放指日可待！

胜利的喜悦刚跃上心头，另一种忧虑悄然萌生——随着全国的解放，生活在没有硝烟下的芸芸众生又将迎来什么样的困惑、烦恼和忧愁？

生命最初的那一刻，自私的基因便潜伏在混沌的血肉中，与肉体一起成活。步入生活后，习惯地从个人在社会中获取的成就、地位、财富中汲取养料，以超越学识、理性、道德成长的速度逐渐占领精神的最高位置，让行为朝着大众利益的相反方向一路狂奔，有的甚至把个人的攫取视为能力的剩余价值。

这一现象不分党派、民族、国籍、制度。

其实，人类的善良、无私和美德没有泯灭，世代更迭、繁衍不息，只是因为贫穷限制了私欲的壮大，让善良、无私和美德登上了精神高地。

人类啊！

不要鄙视生活在社会底层的芸芸众生，是他们用一生的勤劳、苦难维系、滋养着社会最干净的土壤。

不是吗，面对可能威胁生命的敌人，她相信程雪竹会舍生忘死地与战友们并肩战斗，可是，一旦摆脱了生命的危险，那些潜伏在精神深处的欲望就会把挡在前面的一切视为敌人，予以彻底地铲除。

反观自己，明知道程雪竹是爱杨德简的，却不能罢手。假如这个时候有人试图把爱之魂灵的杨德简夺走，自己会做出怎样的反应？

林潇苒不敢想。

夜静到了极致，持续不断的沙沙落雪声好似地球运转与气流产生的摩擦声。室内越发寒冷，放在门后洗脸盆内的大半盆水结了一层凹凸的厚冰，林潇苒实在无法承受寒冷的侵蚀，上床盖着被子靠着床头任思绪信马由缰。

过了很久，体内的能量几乎被寒冷和高度运行的思维耗尽，不知不觉进入梦乡。梦中，她在上海熟悉的码头遇见了郭凤……

她醒来时，发现从后窗涌入明晃晃的亮光，透过玻璃看见窗外依然下着大雪，看了一下手表，已是早上七点十分，懵懂地意识到，昨夜挡着窗户的桌子不可能自行掉下来，就算掉下去也不会悄然无声。"呀，她们回来了啊！"她一跃而起，快步走到门前。门很轻松地被打开了。她探出头，看见营房门前两个扫雪的身影，不禁跑过去。两人同时转过身来，让林潇苒目瞪口呆：一位是程雪竹，另一位是陈静！

她揉了一下眼睛，惊诧地说："不，不会吧？"她想说："不是在梦里吧？"

风吹着雪倾斜地飘到陈静脸上，她的眉毛上沾上一层雪花，一侧的脸颊垂下几缕结了冰雪的鬓发，眼里露出怜爱的温馨："不像话，你的学员都去劳动，你一个人在房间里睡大觉。"

林潇苒委屈地说"我——我——"想说"我也不想啊"，可是说不出口，心底涌上一股隔世重逢的酸甜苦辣，忍不住扑上前拥抱着陈静，哭着说："我想你啊，老师！"

"我也想你啊！"陈静抚摸着林潇苒的后背，"不知为何，见到了你就像见到了我最亲的姐妹红英。"

耳边传来程雪竹的声音："首长，可能她们师生各方面都太像了吧。"

陈静推开林潇苒，眼睛像磁铁一般看着她："不是像，简直是一个模具定型的。"

"老师，您什么时候来的？"

还没等陈静回答，程雪竹接过话："首长昨天上午就来了。"

林潇苒一跺脚："那为何不告诉我啊！"

"这不来了吗——不骂你偷懒，竟然怪罪起我来了。"

这时曹振海从办公室出来，走近了说："首长、程部长，这雪一直下，如何能扫干净，还是去办公室说话吧！"

陈静说："哪里是扫雪，分明是被冻得没有办法，找个方式抵御寒冷罢了。"

"办公室里的火盆生起来了，赶紧进去暖和一下吧。"曹振海上前接过陈静手里的扫帚说，"关明月去买撒汤了，喝上一碗，保证浑身暖暖的。"

林潇苒引领着她们进了办公室。因火盆刚刚生火，室内弥漫着呛人的烟气，陈静用手捂着鼻子说："这烟，比冷还受不了。"

程雪竹急忙把火盆端出去。林潇苒让陈静坐在自己的座位上，问："老师，有何任务？"

曹振海见陈静不语，忙说："你们说事，我去伙房看一下。"

"别——"陈静咳嗽了一下，"这项任务，你应该知道。"

程雪竹进来，搬过两把椅子。

林潇苒见了忙说："程部长，您坐这儿。"说着，上前拉着她坐在陈静对面，自己坐办公桌一头。

等曹振海落座后，陈静用眼神示意程雪竹先说。

"是这样，这次首长来是要从女子中队挑选十一名精干的队员，执行一项特殊的任务。具体的内容请首长指示。"

陈静说："根据目前形势，全党、全军的重心任务是渡江战役。为了配合我军顺利渡江，华东局特委决定在渡江战役打响之前，向踞守长江的国民党部队内安插一批特工，负责获取敌方情报。考虑到各方面因素，决定从女子中队挑选十一名队员，扮成已经被围困在陈官庄之敌的女话务员，随溃逃的少量国军打入敌营。这支溃逃的部队由我们潜伏的同志指挥。你的任务——"说着，看着林潇苒，"在十天之内，把十一名队员训练成合格的接线员。怎么样，潇苒同志？"

林潇苒倒吸一口凉气，神色凝重："老师，我觉得这样不妥！"

"潇苒！"程雪竹低声斥责的语气。

"说下去。"陈静眉毛一挑。

"我在一团待过几天，对国民党军队的话务兵多少有些了解。他们所有的女兵，无一例外都是从各个女子中学挑选的，经过短期培训才下部队，而游击支队的女兵几乎是文盲，先不说能否胜任报务工作，只怕刚一进入敌营就会暴露。还有，女子中队的特长是格斗，只有在绝对安全的环境中潜伏下来，去执行对国民党特务的制裁任务才是她们的优势。我的意见是，能否把她们安插到敌营中有可能起义的部队，当发现特务有可能威胁到我方潜伏同志的安全时果断出手，把威胁消灭在萌芽状态，这样远比一个接线员起的作用大，而且发挥了她们的特长。至于需要报务员，完全可以从解放了的城市在女子学校挑选一些进步青年，去执行这项特殊的任务。"

陈静沉默了，眼睛望着窗外。室内死一般寂静。这时，门外传来关明月怯弱的声音："程部长，早点买来了。"

陈静眉头一展："待会儿。"接着用征求的目光看着程雪竹，"你的意见呢？"

程雪竹毫不迟疑："我赞同潇苒的建议。"

"你呢？"陈静转向曹振海。

"我也认为让女子中队的人去完成这项任务有点儿大材小用。准确地说，话务员的工作对她们自身能力也是一种挑战——虽说她们个个身怀绝技，却仅限于搏击而不适合长期潜伏。另外，在最近的多次行动中，她们是取得了巨大的胜利，可恕我直言，是因为她们有一位出色的指挥官。"

程雪竹连连点头说："用王友明同志的话说：'女子中队有了潇苒的参与，等于有了充满智慧的灵魂。'首长，我斗胆说一句，若是派遣她们去江南执行任务，可否考虑一个带队的人？当然，潇苒在这边肩负着培训干部的艰巨任务，如果首长相信，我愿意随同她们一起过江。"

林潇苒听着，心里不禁打了一个冷战——程雪竹明知道自己刚被任命为行署组织部长，怎么可能被调走？这么说的目的就是想把她林潇苒挤走，从此与杨德简隔江相望。

"你不能动，潇苒也不能离开。我是知道的，你们行署最缺少的就是女干部。按照华东局领导的想法，一旦女子中队的人被抽离，组织立刻从其他地方抽调一些女同志充实进来，以此保证你们区干部队伍在结构上的需要。潇苒，你认为女队员中谁能担当起特别行动队的领导？"

"赵青、夏小禅都可以胜任。老师，我有一个不成熟的建议，可否从起义或投诚的国军中选拔十几名女兵？据我了解，她们大多数人在国民党队伍中备受凌辱，怀有刻骨的仇恨。我愿意用十天的时间对她们的觉醒给予帮助，如果成功，将大大降低潜伏所支付的自身代价。"

陈静沉思片刻，默然摇头："太冒险了啊，万一变节，后果不堪设想！算了，我回去后汇报，另行选配合适的人员。至于组建女子特别行动队，今天就可以定下来。你们考虑一下人员名单，下午报给我。"说着站起身，"我还要赶往徐州，有些事要与王友明同志商量。"

"首长，好歹也吃了早点再走啊！"程雪竹恳求的语气。

"我带了一些糕点，饿不着的。"陈静话锋一转，"雪竹，我这个学生的组织问题，你要抓紧时间解决了。不然，许多工作不便于安排啊。"

"首长请放心，我一个星期内保证把潇苒同志的组织问题解决了！"程雪竹严肃地敬礼。

送走了陈静，林潇苒和程雪竹并肩往回走。

"潇苒，你说我挨批评亏不亏呀？你也是入过党的人，难道是组织主动求你入的啊？"

林潇苒听着，心里暖暖的："对不起，程部长！我到了办公室，第一件事就是写入党申请。"

"少来，我俩还这长那长的，以后没人的时候，你喊我雪竹姐，我喊你潇苒。听见了吗？"程雪竹斜过关切、欣赏的目光。

"行，雪竹姐姐。"林潇苒忽然觉得，自己之前是不是错怪这位姐姐了。

曹振海跟在后面，支支吾吾地说："我可不可以做潇苒的入党介绍人？"

林潇苒没说话，程雪竹接过话头："当然可以了。嗯，我算一个，再加上孟海洋书记。潇苒，怎么样，你这个党员的质量可是蛮高的。"

林潇苒有点儿受宠若惊："哪能劳驾孟书记呀，有你这位组织部长，我已经是高配了。"

"看，这人，说好的，转脸就变了，我是姐！还高配呢，你是怕一旦上海解放了，我上门打扰吧？"

说着话，三人进了办公室。刚落座，关明月胳膊上挂着一个布口袋，端着一盆冒着热气的汤进来："首长怎么走了？"

程雪竹起身迎上："干了一夜的活，又累、又饿、又冷。噢，不冷，还出汗了。我们边吃边说。明月，没你的事了，回去睡一会儿吧。"

关明月心领神会："我出去了，有事叫我呀。"

程雪竹端了一碗汤递过来，林潇苒双手接着，忍不住喝了一口，频频点头："真称得上天下第一汤啊！"

"喊，你是饿了，什么天下第一，只不过是胡辣汤而已。"

布袋里装的是锅贴肉包。曹振海拿起一个，囫囵地送进嘴里。程雪竹讥笑："这吃相太传神了。来，潇苒。"说着，递了一个包子过来。

林潇苒接过，一口咬掉一半。"雪竹姐，我看你怎么吃？"

"还能怎么吃，学你呗。"程雪竹咬了一口，嚼着说，"先说一件小事。我打算把关明月暂调到支前指挥部，那里需要一个脑子灵光的人。怎么样，二位教官？"

曹振海嘴里嚼着，稍微愣了一下，马上举手表示同意。林潇苒心里掠过一丝疑惑，来不及思索说："只是——会影响她学习的。"

"我想过这个问题，包括即将被抽调的人员，我们得给她们一个学历证件。我的意思是，先发一个培训班结业证书，注明小学文化，这样便于组织对她们的使用；至于真实的文化，我相信她们会在战斗和工作中补上来的。你说呢，潇苒妹妹？"

"嗯，应该没问题吧。"

"那我们商量一下选哪些人过江。"程雪竹把半碗汤喝下，掏出手绢擦嘴。

"我看，不如就让上次大闹徐州的那些人去吧。"曹振海说。

程雪竹笑道："你的意思是剃了头的？"

"是的。不过，赵青是一定要去的，没有她等于群龙无首。"曹振海说着，观察林潇苒的表情。

林潇苒不舍地默念："齐本荣、柴青火、胡小梅、夏小禅、唐娟、周芷荣、王琴、柳迎春、秦秋、杨瑞霞，再加上赵青。唉，心好痛啊！"泪水婆娑落下。

程雪竹眼圈红了，伤感地说："你我是从敌占区过来的，知道危险无处不在。可是，为了全国的胜利，我们只能义无反顾！说句心里话，我多想与她们一起跨过长江，并肩战斗啊！可是，个人的心愿只能服从组织，这也是没有办法的事。"

林潇苒的神色渐渐坚毅："姐姐，我知道为何把我落下，原因出在身份上。我恳请尽快把我的组织问题解决了，然后，去江南与她们会合！好吗，姐姐？"

"好，我三日之内把你的组织问题解决了！届时，我们一道前往！"

林潇苒嘴唇翕动，绕过桌子拥抱着程雪竹，真诚、热烈。

七十九

"好了，抓紧时间写入党申请吧，我这就去徐州向首长报告过江人员名单，说不定能在半道上赶上呢。"程雪竹轻轻拍着林潇苒的后背。

"好的，等你从徐州回来，我就把申请书给你送去。"

林潇苒话音一落，曹振海接道："应该是呈送。"

"对，对，呈送。"林潇苒点头，送程雪竹出门。

曹振海先出了门，林潇苒跟着。三人在风雪中从一排紧闭的房门前走过。

到了营房中间的通道，程雪竹上了吉普车。曹振海遗憾地说："真舍不得这十二金钗啊！"

林潇苒听着，心里一阵难受——不知道这一别何时才能相见啊！

"潇苒，是否把她们喊起来，说几句临别的话呢？"

"还是让她们再睡一会儿吧。"

"我的意思是，她们这一去不知道是否还能再见面。"曹振海伤感地背过身去。

"好吧，我去喊赵青，让她通知名单上的人。"

正说着，只见关明月走了过来，曹振海说："你先去教室，我让这个机灵鬼去喊人。"

林潇苒点头，一步一泪地向教室走去。

进了教室，她看着空荡荡的座位，霎时，整个心都空了。之前，每次走进这间教室，心里风起云涌、山高水长。这一刻，内心什么也没有了。人的内心世界原来要靠外部的环境来折射、充实，与自己灵魂相契的才是阳光、四季。

她不知道，没有了赵青、夏小禅等人的女子中队会成为什么样的群体，至少，这个中队在她心里已经离开了。

正在她发呆的时候，赵青急匆匆进来，看着林潇苒，落满雪花的温柔脸颊一下僵硬了，浓密的黑眉毛和沾着白霜的弯弯睫毛下闪耀着不祥的惊惧："大小姐，出什么事了啊？"

"没有。刚才，华东局来了一位首长，要派你和夏小禅等人去执行一项任务。"

"嗨，吓死我了，还以为我师父出事了呢。嗐，执行任务，对我们来说是做梦都想的事，犯得着发愁吗大小姐？噢，我知道了，八成没有你吧？"

这时，夏小禅、柳迎春、秦秋进来，一脸埋怨。门外的胡小梅抱怨着："不会是又让我们当装卸工吧，那活是我们这些人干的吗？早知道这样，昨夜就不那么卖命了。真是的，还使上瘾了呢！"

"都给我滚进来，有好事！"赵青斥责着。

门外叽叽喳喳的队员争先恐后地进来，齐刷刷地看着林潇苒。

还没等林潇苒开口，曹振海挎着一个包进来："潇苒，你说吧。"

"还是你说吧。"林潇苒这么说的原因是，曹振海是名正言顺的党员身份。

"好吧。同志们，组织有一项重要的任务，需要你们去完成。具体什么任务，去什么地方，等你们见了首长自然会知道的。我和潇苒只是通知你们做好准备而已。"

"啊？"夏小禅等人瞪着惊诧的眼睛，相互看着。

"潇苒，我知道你和赵青她们情同姐妹。为了纪念这段时间结下的战斗情谊，我想给你们照一张相，一解思念之苦。"曹振海说着，从挎包内取出照相机。

赵青等人无不欢喜。林潇苒诧异道："老曹，你怎么会有照相机呢？"

"这还是上次去徐州，从祝学义那里讹来的。来，大家站成两排。"曹振海指着。

林潇苒被推到了中间，前排赵青、夏小禅、柴青火、胡小梅分列左右，后排有齐本荣、唐娟、周芷荣、王琴、柳迎春、秦秋、杨瑞霞。

曹振海站在队列前，举起相机的那一刻犹豫了："大小姐，你还是别照了吧？"

"为何？大小姐不照，那我们也不照了！"赵青不悦地说。

曹振海这才说："注意了，都不要眨眼。"话音未落，灯光一闪，接着"哎呀"一声，"我对这玩意儿不太熟悉，再来一张吧。"接着，照相机又闪了一下光。

"好了没？"赵青有些不放心的语气。

"我，我有一个建议，请你们理解。对一个女孩子来说，一生可能都不会削发，所以想请你们摘下帽子拍——"曹振海话还没说完，林潇苒周围响起一片反对声。

"这样吧，你们怕我看见，就让潇苒帮你们照吧。"

"谁也不行！"赵青态度生硬，带着"你怎么可以如此荒唐"的语气。

"好吧。唉，我替你们感到遗憾。哎，别动，我再说一句：这事要绝对保密，对任何人都不许说！这是纪律！"曹振海严肃的神情。

"是！"队员们齐声回答。

"潇苒，让她们几个回宿舍休息，免得惊动其他队员。"曹振海收拾着相机说。

林潇苒心里虽然还有许多话想对赵青等人说，可也觉得曹振海说得有道理，只能忍不住地与即将出发的这几个姐妹一一拥抱，用目光传递——我会尽快与你们会合的。

"一个一个地回去。"曹振海说，"收拾收拾，去——江南！"

谁也不愿意先走。赵青垂下眼帘，觉得睫毛上的雪水渗入眼睛，颤动了几下，脸上露出恍惚、不安。从小到大，她从来没离开过这片土地，忽然之间要带着众多姐妹远走高飞，离开宿城，离开这块浸透着那么多的苦，还有姐妹鲜血、埋葬了生命的地方，甚至不知道这一去能否再回来，鼻子一酸，泪流满脸："大小姐，没有你在，我心里有说不出的慌乱啊！"

夏小禅也哭了："我也是啊！"

"好啦，首长说了，让程部长尽快把潇苒的组织问题解决了，然后去与你们会合。别再耽搁时间了，若是惊动了大家，你们的秘密行动有可能泄露。"

"泄个鬼啊！女子中队共有一颗心，何来的泄密？"柴青火气恼地说。

"上级对我们的情况十分了解，去江南执行任务怎么会少了大小姐啊！走吧，我们要相信组织！"秦秋流着泪说。

赵青刚要移步，忽然想起："什么时候出发？"

"估计，下午或者夜里。"林潇苒说。

队员们依依不舍地离开。林潇苒站在门前用目光相送，直到看着她们各自进了自己的宿舍。

"潇苒，你也回去休息吧。我去对关明月传达程部长的指示。"曹振海说着，径直离开了。

偌大的教室只剩下自己，林潇苒在课桌间的通道踱步，说不清为什么，意识的某一个角落，隐藏着模糊、怪异的警觉。很快，她看清了这个怪异的面目——之前没发现曹振海有照相机，为什么忽然之间有了，还为十一名即将过江的队员拍照？

尽管理性不断地警告，曹振海是我党潜伏在敌营的同志，而且是策划一团起义的主要组织者，对他不应该有丝毫的怀疑，但是这张照片是要送照相馆冲洗的，万一遇到敌特分子——

这样想着，心怦怦地跳个不停。

不可以！哪怕有万分之一的危险，也要坚决杜绝！

她毅然出了教室，直奔曹振海的宿舍，轻轻叩门："老曹，我有事与你商量。"

室内传出："好的，去办公室说吧。"

林潇苒本来就没打算进去，说："带上相机，我想单独拍一张留作纪念。"

进了办公室，林潇苒斟酌着该如何把难以启齿的想法说出来，假如得不到曹振海的理解，两人出生入死的关系从此就断裂了。可是，为了十一名姐妹的安全，就算与曹振海关系断裂也在所不辞！

很快，曹振海拎着相机进来："潇苒，我还是想给你拍一张脱帽的照片；可能你现在觉得有点儿别扭，可我敢说，若干年之后，你所有的照片都比不上这一张珍贵！"

"这我相信。曹营长，我们有过生死与共的一段时光。对于你，我从内心觉得既是大哥也是同志，因此，心里有话就不想隐瞒，若是有不妥的地方还需多加原谅啊。"

"什么话，这么严肃？"曹振海惊愕道。

"我想——请你把刚才的照片销毁！"

"为何？"曹振海张口结舌。

"可能是我太敏感了，就是觉得，赵青她们是要深入虎穴的，临行之前拍了照片，这本身就不符合地下工作的最基本的原则。因此，我担心在冲洗照片的时候，万一遇到敌特分子，那是什么后果？"

曹振海恍然大悟，用力拍了一下额头："哎呀，我怎么没想到啊！潇苒啊，多亏你及时提醒！"说着，手指哆嗦着打开相机，取出胶卷，哗啦抖了一下，接着迎亮看着，"一曝而光！你看一下！"

"嗨，曝光了还看什么。"林潇苒悄然松了一口气。

曹振海掏出火柴，把胶卷点燃："潇苒，若没有生死的过往，你不可能提醒我的啊！算了，这个相机我也不要了，索性让关明月代我还给祝学义。那我去把相机交给她了。"说着匆匆离开。室内留下一股难闻的焚烧橡胶的气味。

林潇苒回到宿舍，端坐在桌前准备写入党申请。展开信纸的一瞬，两年前写的那份入党申请历历在目，想着当时的心境，想着赵红英老师的音容笑貌，泪水潸然落下。很快，她几乎一字不差地把之前写下的入党申请复制到纸上，刚把纸折叠好，门外传来赵青的声音："大小姐，干嘛呢？"

"你怎么不休息一会儿呀？"林潇苒把申请书放进抽屉里，起身打开房门。

赵青进来，随手把门关上，眼里隐藏着忧虑。

"坐下说话。"林潇苒把赵青让到椅子上坐下，自己坐在床头，一副倾听的样子。

"有件事本来不想说的，可是我要离开了，实在放心不下。"

这话超出了林潇苒的思维，原以为赵青想问此次执行什么任务、需要多久之类的问题，没想到是放不下的心事，脑子飞快地搜寻，恍然明白，大概是关于她和田牛的婚事吧。

"赵青，你的事就是我的事，相信我！"

"我哪有什么事啊，如今的我只有两件事，一是组织，二是你大小姐。一个是我的天，一个是我的地。真的。多余的话就不说了，想说，你要防着点儿关明月啊！"

"你是不是知道，明月也要离开了？"林潇苒这么说，心里想的是，"防她干吗，就算她是程雪竹的亲信，对我又能怎么样呢"。

"不知道你有没有发现，近几天，她与曹振海的接触有点儿不正常。"

林潇苒哑然一笑："不会吧？曹营长这个人，我还是了解的，不可能在这个时候考虑个人问题。再说，就算两人有实质上的感情发展，并不违反纪律。"

"哎呀，若是这样，我才懒得上心！我也豁出去了，说出来任由你打骂。女子中队所有人都看得出来，老曹是暗恋你的——你敢说一点儿都不知道？"

"嗯，多少知道一点儿吧。不过，他怎么想都与我没关系——怎么又与关明月扯到一起了？"

"你先告诉我，曹营长会喜欢上关明月吗？"见林潇苒摇头，赵青接着说，"既然不喜欢，为何两人经常在下课后脸对脸地坐在一起嘀嘀咕咕的？"

林潇苒恍然想起，一天晚上，熄灯号响了很久，自己从办公室出来，忽然看见关明月从曹振海的宿舍出来，当时懵懂地觉得，可能是关明月在学习上遇到了难题才去请教的。

"这有什么不放心的？"

"你想，程雪竹喜欢谁？那可不是一般的喜欢，是要命的那种。为此，她不惜把喜欢的人毁了——可别以为是报复，而是那种毁到让对方放弃然后再收归自己的狠辣。说句得罪你的话，我巴不得师傅再毁一次，毁到了回家务农的地步。那样，你这个大小姐不稀罕，那位身居高位的人也从骨头里拔出来，而我愿意舍弃用生死换得的一切！我这么说只是想让你明白——扎在肉里的刺能拔出来，长在骨头里的东西到死也无法舍弃！"

"哎哎，那个人有什么好的，至于吗？"林潇苒嘴上这么说，心里却弥漫着重重叠叠的幸福。

"哎呀，我说话你别打岔，弄得我尽说些胡话。我想说的是，曹营长喜欢你，因为隔着一个人；而程雪竹喜欢一个人，中间隔着你。这样一来，两人自然会往一处想，都想把你和师傅分开。你说是不是这道理？"赵青见林潇苒还思忖的神色，一下急了，"这么跟你说吧，曹营长与关明月在一起能说什么？无非是说'程部长拿你当心腹，你不能白了这份心意，也要替她分忧解难呀。她喜欢谁，你又不是不知道'，我猜关明月会说'知道也帮不上什么忙呀'，老曹会说'哎呀'，反正说了好多之后，最后说：'你要设法让大小姐主动放弃，那么一来，这个人非程部长莫属。'再之后，说了九百上千句后，才绕到具体的行动上，让关明月到我师傅身边制造一个桃色事件，让你彻底放弃。"

林潇苒听得头直发蒙："不会的！我不信一个女子愿意用自己的清白替他人做这种事！"

"这就是我最不放心的！你别拿自己的品质来衡量别人，好吗？我对关明月再了解不过，她这个人，名利重于名声！反过来说吧，你觉得一个女子的名声与我师傅那样的男人炸在一起是败坏吗？若是那样，像程雪竹那样一个知识女干部会拿自己的名声来当炸弹吗？大小姐呀，我的话你可以不信，只求你记住一件事，当有一天听到关于我师傅的桃色新闻，你一定不要相信！我知道此去江南九死一生，唯有放不下的就是你中了他人的圈套啊！若是那样，我死都不能闭上眼睛！"

林潇苒抽吸着："赵青——"她想说"今生能有你这位姐妹，潇苒死而无憾"，可是，话到了嘴边觉得不能表达内心涌动的血脉所迸发的情绪，喃喃地说："你这么一说，我恍然明白了这个时候为何要让关明月去前线。原来，曹营长的计谋通过关明月传递正中另一个人的下怀。赵青，放心吧，我与他相爱的时间虽然不长，可在我这里，这份感情已经侵入骨髓，无论什么样的风波也吹不散骨头！"

这时门外传来关明月的声音："潇苒老师。"

赵青鼻子喷出厌烦，起身去开门。林潇苒知道关明月是来辞行的，也跟着过去。

门开了，关明月鬼灵精怪的眼神一跳："队长也在呀？刚才看见你们好多人去了教室，是不是有什么任务呀？"

"曹营长要给我们这些削发的人照相，哪有什么任务。"赵青说。

"不会吧，拿我当傻子了不是？算了，不该打听的不打听。潇苒老师，我要去前线了，可有什么要交代的？"

"大小姐能有什么交代的，该交代的有人已经交代过了！"

听着赵青严厉、警告的语气，林潇苒急忙扯了一把她的胳膊，把话接过来："这么大的雪，你怎么去呀？"

"行署那边有车。老师，那我走啦。"关明月眼里泛出对赵青的不屑，脸上浮现出对林潇苒的敬畏。

看着风雪中渐行渐远的背影，林潇苒心里有种说不出的滋味——战争还在进行，可同一个战壕内的战友在内心为了各自的需求已经悄然展开一场没有硝烟的对垒，可悲的是，这样的内耗会伴随着政权的归属在众多人的精神世界风起云涌、绵绵无期。

忽然，大雪中传来一阵悠扬的军号声，南下支队结束了休息。林潇茳看了一下时间，对赵青说："让她们起床，早饭后，我教你们如何查字典——一旦掌握了这个工具，等于搭建了通往知识的桥梁。"

八十

傍晚，两位身穿便衣的中年男人手持陈静的手令把赵青、夏小禅等十一名队员带走了，余下的队员一下乱了方寸，围着林潇茳询问为何把她们留下来。

马小红急得一拳把办公室的门打了一个洞，对着林潇茳怒吼："女子中队何时分开过啊！这个学习班，不参加也没什么大不了的，我要去找她们！"

林潇茳上前，看到马小红手背流血了，心疼得双手握着："你去哪儿找啊？"

"哼，反正我不会让她们单独去打杜聿明！"马小红嘴唇翕动，把想说的话咽下。其他的队员纷纷落泪，说着如何找上级说女子中队不能分开的理由。

林潇茳理解她们的心情，却说不出劝慰的话，因为自己的心也被掏空了。

更让队员们不能接受的是，夜幕刚降临，一辆卡车再次开进营区，从车上下来程雪竹，还有二十名年龄在二十岁至三十岁之间的女同志。

队员们见了，呼啦一下把程雪竹围住，哭着哀求参加赵青等人的行动。

程雪竹开始还耐着性子解释，发现越解释队员们情绪越激动，索性严厉呵斥："谁把你们惯成这个样子？你们的组织性呢，党性呢？难道说，你们参加革命只是为了搭帮结伙？不想在学习班待了是吧，想走的现在就可以走！组织的大门永远开着，欢迎进来，也可以出去！太不像话了！"说着，看着一旁沉默的林潇茳，第一次发火，"潇茳！看你怎么教育的学生！字没认识几个，资产阶级的义气却学了不少！"

林潇茳愣了一下："部长同志，你难道心里就那么坦然？"

"你——算了！反正培训班是你的事，我不多嘴了！车上二十名同志是经过行署党委研究定下来的，我只负责把她们带来，剩下的事全交给你了！"说着，对车上的人大声斥责，"还不下车，等什么呢！"面带愠色地离开。

曹振海走过来，轻声说："你干吗要那么说？她对你发火，多半是给车上的人看的——连我这么愚钝的人都看出来了，你还看不出？"

"我就是不能接受把战友情说成是资产阶级的义气！"林潇茳丢下一句，"你安排吧！"大步离开。进了办公室，她余怒未消地把门重重关上。

外面隐约传来曹振海的声音："闹啊，怎么不闹了？可是想在程部长面前展示，潇茳同志没有赵青有能力，缺乏管控能力？"

"放屁！我们是觉得，没有大小姐的带领，赵青她们会吃亏的！"马小红大声吼着。

接着，几名队员哭着说："我们去不去都无所谓，只想让大小姐参加，没有了大小姐，等于没有了魂啊！"

忽然，办公室的电话响了。林潇莘不敢怠慢，急忙接听，刚拿起电话，程雪竹哽咽的哭泣声传来："妹妹——"

"姐，我，对不起啊，刚才因为心里五味杂陈的，才当众顶了一句。"后悔如钝箭从林潇莘胸前穿心而过，"你在哪儿啊？"

"我在前楼。"程雪竹哭泣的声音。

"那好，我过去说话。"林潇莘想放下电话。

"别，就在电话里说吧。其实，我憋着一肚子怨气，不然，怎么能对你说那样的话啊！"

"姐姐，遇到什么事了，可以对我说吗？"

"我带来的这些学员，有几个根本不具备资格，有的连党员都不是，无奈，她们是一些人的亲戚，非得送她们来——至于是谁送来的，我不说你也能猜到。本来行署党委会上定下的学员条件很严格：一是参加革命工作两年以上的，二是在支前工作中有突出贡献的女干部，三是年龄在二十五岁以下的。在选拔人员时，我是严格按照这三项规定通知的各县，没想到，有几个县的领导竟然把自己的亲戚报了上来。我在这里战斗这么多年，一眼就看出名单上的人不符合条件。我把这事向领导反映时，没想到却听见一句'这事我知道'，这也就算了，对方还随手给了我一张增额名单，上面的人有的显然不是当地的！妹妹，这事换了你会怎么办啊？你告诉姐！"

"这这，怎么会发生这样的事啊？这哪里像共产党人的行为？换了我，毫不犹豫地向上级组织汇报！"林潇莘怒不可遏，"姐，我陪你去一趟徐州，向老师如实汇报！"

"我也是这么想的，可是首长带着赵青她们已经离开了徐州。"

"那直接打电话向华东局的白俊同志汇报！"

"我不是没想过，可是顾虑重重啊！因为，各解放区普遍存在女干部严重缺乏的情况。这一点，白俊同志再清楚不过。何况，有些人的亲戚的确参加了支前工作，只要行署回复，'因符合条件的女干部有限，只能适当放宽条件'，那样，我以后的工作就没法干了。唉，跟你说这些，权当倒一下心中的苦水吧。妹，对这批干部，你一定要尽心啊，把后来的二十名学员都当成女子中队的人。"

"姐姐放心。"

"还有，赵青走了，你打算让谁当队长？"

"这事该你做主的。"林潇莘心里的人选是马小红。

"那就马小红吧。她这个人心直口快，脾气一上来，天王老子也不放在眼里。用她来对付那些皇亲国戚，省了你许多麻烦。"

"嗯，我听姐的。另外，我有个想法。"林潇苒想把田牛调过来当教员，可是不便开口。

"什么想法，只要在我职权范围内，我都答应。"

"我需要一名教员。"林潇苒脱口而出。

"什么？你是我姐好了！我这个组织部长目前还是光杆司令员呢！还有，行署一夜之间成立了七八个县，有的县只要两三个人，这个时候，我上哪儿给你弄人啊！你怎么忍心开口的呢！"

"就知道你会这么说。我有一个想法，想从社会上招一个，可否？"

"喊，社会上若有能用的人，还等着你一个外地人招？早被我用上了！你说吧，怎么招，用什么方式？"

"那是姐让我说的——田牛认识吧？"

"田——噢，想起来了，你说的这个人是赵青的未婚夫吧？"

"是。看来，姐对他是了解的。你就说是否同意吧？"

"唉，你可真敢想啊！是赵青建议的？"

"怎么可能呀，赵青对他一点儿感觉都没有。再说，赵青若是没离开，我才不会这么想。"

程雪竹沉吟着："田牛的家庭背景可是难以逾越的障碍呀。你想过没有？"

"姐，说到家庭背景，你我都存在着障碍——"

没等林潇苒说完，程雪竹说："他怎么可以跟你我比呀？我懂你的意思，不过，你实在要用，我也不反对，只是不可以给他干部身份，当一般的工作人员而已，等学习班结束——可以让他去学校教书，如何？"

"这些我都不操心，只要他来当教员。"

"行吧，这事你自己办吧。唉，说了一会儿话，心里好受多了。潇苒，我得到下面县里去了，你多保重。"

"嗯，姐！"林潇苒放下电话。

曹振海进来："谁的电话，这么久？"

"程部长。哎，你手里拿的是什么？"

"新学员的花名册，是一位叫刘敏的同志交给我的。潇苒，你是不是按照花名册上的名字逐一叫来认识一下？"

林潇苒眼里溢出——有这个必要吗？

曹振海解释："我随便与刘敏聊了几句。你猜，她有怎样的背景？"

"管这么多干吗！哎！"

林潇苒想说正事，曹振海接过话头："她舅舅是杨怀中！还有这个——"把名单送到林潇苒面前，"这个叫陈莲的女子三十多岁了，是两个孩子的母亲，就因为杨怀中一次在她家养病。你说，这么干与那边有什么区别！还有——"

"这是我们能管的事吗？"林潇苒义愤填膺，冲了一句。

曹振海无奈摇头："也是。反正我觉得，这个培训班已经不是昨天的了——一点儿兴趣也没有。"

"那我问你，几天之内，一下解放了这么大的区域，一边要打仗，一边要管理。打仗需要人，治理也需要人——面对这个矛盾，你怎么办？算了，不说这些与我们工作无关的话题，现在有一个急需落实的问题——赵青走了，谁来接替她担任队长的职务？"

"这也不是我们该考虑的，爱谁谁。"

"老曹，连我这个党外人士都不得不参与，别忘了你的身份！我劝你一句，一江春水滚滚东流，怎么可能清澈见底？你对一位甘冒生死掩护、帮助地下党的同志都这种态度，那我想起用一个成分不好、对革命丝毫没有贡献的人来当教员，在你这里是不可能通过了？"

"我没听明白，什么成分、教员的？"

听林潇苒把聘请田牛来当教员的事说了，曹振海非但不反对，态度还一百八十度大转弯："这么做就对了！田牛来是人尽其才，与那些——算了，说着又绕回来了。那，队长由谁来担任？"

林潇苒顾忌马小红刚骂了曹振海，担心直接说出来会扑在他心火上，借助程雪竹说事："这事本来该程部长管的，可她说让曹营长定夺。她只有一个要求，就是这个人必须具备过人的魄力，有种天不怕地不怕的气势——"下面"镇得住皇亲国戚的话"没说出来。

曹振海嬉笑道："好啦，你别拐弯抹角了，不就是想用马小红吗，就她了！"

林潇苒惊诧地说："你这人的眼睛像一把刀子，太可怕了！"

"瞎说。那你找马小红谈吧。"曹振海耷拉着眼皮说。

"我不去，你是党员，谈人事任命名正言顺。"林潇苒起身离开，回到宿舍想清净一会儿。

没过多久，一声"报告"破门而入。林潇苒听出是马小红的声音，急忙把门打开："小红，有事吗？""有。""那进来说吧。"

马小红进来，笔直站立："大小姐，我不会说话，说错了请你原谅！"

"坐下，什么事这么严肃？"

马小红执意站着，说："以前，有赵青、小禅她们在，我想偎你也偎不上，就是觉得，你是我们这些人心中的一盏灯，说不说心里都一样亮。现在，她们走了，心里不知道有多暗呢——我——"说着流出泪水，极快地用手抹了一下，"我想说，赵青她们对你的心一点儿也没带走，都留在我们这些人心里了。刚才，曹营长找我说组织让我当队长。哼，组织，不就是那个陷害我们师傅的人吗？她给的这个队长，我不稀罕！"说完，不等林潇苒说话，转身离开。

林潇苒看着地上的泪痕，心泪如雨，大声呵斥："回来！"接着追了出去，到了门前，一下愣住了，只见外面站着留下来的所有队员，一个个如雨打的梨花，一时间，虽然有许多话要说可是什么也说不出来，对赵青等人的挂念如同狂风骤雨从心灵吹过，身不由己地靠着门框潸然泪下。

　　世界在这一瞬间消失了，只剩无边的思念。

　　远处的通道上，伫立着新来的学员。她们不知道究竟发生了什么事让这群叱咤风云的女兵如此伤感，一个个不敢说话，也不敢移动，像雕塑一般成为风雪中的一道风景。

　　忽然，一个熟悉的声音传来："发生了什么事，我不知道；只知道，赵青同志在的时候，从来没让你们的大小姐这么难过！"

　　林潇苒一愣，发现郑超不知何时站在了办公室旁边，猛然一惊，心里闪过一缕惊颤——局长怎么来了？她急忙擦拭泪水迎上去，经过马小红身边时，气恼地推了一下："都是你，让我们在局长面前出丑！"

　　马小红一把拉住林潇苒："我听你的。"

　　林潇苒心里一暖，拥抱着马小红："带着你的人安排好新来的学员。一小时后在教室集合。"

　　马小红点头转身而去。

　　林潇苒到了郑超近前，不好意思地说："局长同志，您怎么来了啊？"

　　"郑局长，有事到办公室说吧。"曹振海显然也是刚知道郑超来，慌忙从自己的宿舍出来。

　　"听程部长说，潇苒同志要调一名教员。正好，我要去前线，顺便带她过去，然后再一道回来。"郑超说。

　　"呵，办事效率这么高。"曹振海恭维的语气。

　　郑超笑道："你只说对了一半，主要是我想为大小姐效力。大小姐，走吧。"

　　直觉告诉林潇苒，郑超的话一半玩笑一半掩饰，心里顿感一阵不安，主要担心赵青她们在路上遇到了麻烦。

　　在大家的注视下，她跟郑超上了吉普车，发现没有司机，越发紧张起来："郑局长，什么事？"

　　郑超启动车，瞥了一眼："厉害！不过，我哪里知道什么事，是你的老师让我来接你。"

　　"去徐州？"

　　"行署。她刚到。"说着话，吉普车冲出了营区大门，先是朝着行署相反的方向，过了两个路口才转弯，从另外一条路驶向行署。

　　进了行署大门，吉普车没有在办公楼前停下，而是从东侧绕到一排矮房子前停下。

郑超说："左边第二道门，我就不进去了。"

林潇苒确信赵青她们出事了，不然，陈静不会用这样的方式约见她。

门紧闭着，林潇苒紧张地上前轻轻叩门。

"潇苒，进来。"室内传来陈静的声音。

房间里只有陈静一人。林潇苒迎上去，眼里游动着殊死一搏的幽灵："老师，她们出事了？"

陈静一愣，片刻摇头："不是。来，坐下。"

林潇苒长舒一口气，坐在茶几一侧的沙发上，屏住呼吸。

"我们潜伏的同志传出一个消息：老蒋给保密局下了诛杀令，对在淮海战役中起义的国民党高级将领予以惩戒，目的是杀一儆百。昨天，徐州公安局逮捕了一名从北平过来的特务。根据特务交代，当天到达宿城后，按照收音机传出的接头暗号，与潜伏在宿城的特务见面，并且口头传达了诛杀廖运周师长的命令。他们接头的地点在城西一所小学附近。可惜，当时来接头的特务经过伪装，而且脸上围着灰色的围巾。但是，有一点暴露了一些线索，这个特务穿着解放军制服。我想，制服也是一种伪装。"

林潇苒脱口而出："不！老师，这不是伪装！而是这个人本身就潜伏在我们队伍中，而且就在城里！"

"理由？"

"一、若是潜伏在民间的特务，不敢也不便存放解放军的制服。二、如果这个特务是潜伏的身穿制服的人员，收到接头信号后，不敢也不方便去商店买便衣。三、这个特务之所以用围巾遮挡着脸，不是怕被城里的人发现，而是担心同伙看清他的容貌，防止被出卖。"

陈静听了，频频点头："这就进一步缩小了范围。"

"老师，不可以对驻城所有穿制服的人进行全面排查，这样会打草惊蛇的。"

"你有什么办法？"

"这件事，除了我还有其他人知道吗？"见陈静摇头，林潇苒起身溜达，思索了一会儿说，"其实我们逮捕了接头的特务，已经挫败了对方的阴谋，接下来围捕逃脱的那个特务的地点不在城里，而在前线。那么，什么人能有机会接近廖师长呢？支前民工，还有，还有——"说到这里，林潇苒心惊肉跳。

"还有就是你从徐州接收的那些起义的军人。"陈静淡淡地说。

"是——是！老师，特务在接头的时间上有没有撒谎？"

"重要的任务都交代了，没有必要在时间上撒谎。潇苒，你的意思是严密注视这几天前往陈官庄的人员？"

林潇苒的脑子好像瞬间炸了，停止了脚步，前后踉跄几下。

陈静急忙上前，双手抓住林潇苒的胳膊："有线索了？"

"没有，没有，只是觉得惊诧——今天，培训班一名女学员去了前线，她应该不会——"

"把话说清楚！这个人是谁？为何去前线？是谁批准的？"陈静好似发现了猎物的踪迹。

"她叫关明月，淮海战役前一直从事南京至宿城的交通工作。她去前线是程雪竹提出的，理由是便于行署与支前总指挥部的联系。"

好像有一把隐形的匕首在陈静胸前扎了一刀，她忍住剧痛，松开抓着林潇苒的双手，胳膊无力地垂下。

"老师，程雪竹不会的。这可能是一个巧合啊！"

陈静眼里射出锐利的光："问题是，行署与前线的电话畅通无阻，她的这个理由完全不成立！潇苒，只怕这会儿，有人已经把保密局刺杀廖师长的命令传达到执行特务那里了。你负责在城里清查，需要动手的时候，带着你的人行动，包括城里的兵，不必请示任何人；我即刻去廖师长那里。记住，对任何人都不得泄露一个字！至于我们见面，你有的是理由！"说完，急匆匆离开。

八十一

一瞬间，房间好像在旋转，而且越转越快，渐渐脱离地面，在迷茫的空中飘逸。很快，身体开始坠落，最终落在一处深不可测的黑暗的空洞，洞内冒着飕飕的冷气，让她惊恐不已。

她下意识地脱下帽子，嘴唇伸向帽檐，用牙齿咬着细软的绒毛，嚼着，阴冷的洞穴深处不时闪过一个个名字：程雪竹？关明月？祝学义？赵大光？魏北征？

每次一个名字闪过，她都会扯下咬住的绒毛，最后，一个名字躲在了黑暗中，她知道是谁，可是却不敢正视。

"这怎么可能啊，他有着多年的党龄，长期潜伏在敌营尚且没有变节，怎么可能在胜利的曙光已经到来的时候背叛革命？"

一声呐喊从喉咙直往上冲，林潇苒浑身瘫软，不能控制地退着，退到沙发的那一刻瘫倒下来，坐在地上，靠着沙发边沿，眼泪、痛苦遍布全身的肌肤，第一次体会出肌肤也能流泪的滋味。

"潇苒同志——"

门外传来郑超的声音，如同一道闪电从头顶劈下来，林潇苒一下跳起来，仿佛发现自己错怪了之前那个让她窒息的名字，心里闪过——他怎么会知道我要起用田牛的事？

只有一个可能，就是程雪竹结束与自己的通话之后，立刻跟郑超通话，告知有机会去前线了，林潇苒想要一个教员。

门开了，她知道无法掩饰脸上的表情，索性不再克制，委屈地轻吐一声："你怎么没陪着首长啊？"

郑超紧张地进来，反手关上门："发生什么事了？"

"没有，老师让我去徐州，我不同意，她就骂了起来。"

"嗨，吓死我了——我说怎么回事，首长走了，对任何人也没打声招呼。"

"哎，"林潇莽直视郑超的眼睛，"你为何告我的黑状？"

郑超愣了一下，懵懂地说："我？怎么可能告你的黑状啊！别说你没有什么可告的，就算有，我也舍不得啊！你这话从何说起？"

"装，再装！那我问你，老师怎么知道我要让田牛当教员？"

"这，这，肯定不是我！"郑超指着房顶，手指抖索。

"你发誓也没用。这件事，我只对程姐说过，她此刻还在下面县里。你说，老师是怎么知道的？是不是你见老师来了，马上给程姐打电话，她让你把这件事向老师汇报？"

郑超双手揉着脸："你不能冤枉我啊！"

"别以为自己是公安局长就可以胡说八道！我用田牛这事，用得着向她汇报吗？"

郑超气得捶胸顿足："你冤枉死我了！事情是这样的，行署总机班有位女同志，早些天对我说，想去你那里学习。我说她的学历是初中，人家只收有贡献的没有文凭的女干部。她说那也不想再当接线员了。是她听了你和程部长的通话，马上给我打电话，说她想去当教员。我当时还严肃批评了她，不该窃听领导们的通话。她说别人的电话从来没听过，只有培训班的电话偷着听只言片语。后来首长来了，让我去接你，交代不要说她了，随便找个理由。我当时也没多想，就把田牛的事说了。你若不相信，把王淑萍叫来，一问便知。"

林潇莽听着，无力地坐下，心里哭喊着："不是郑超，只有你，曹振海啊，你到底是什么人啊？"

郑超如释重负地蹲在林潇莽面前："潇莽啊，这事是谁告的状很明显，原因嘛，大家心照不宣。你也不要太往心里去。我大胆地说一句，老师批评你，也许有一定的道理，毕竟她站在高位，同时也是对自己学生的爱护。如我这等人，犯了再大的错误也享受不了挨骂的待遇。你说是不是？哎，我有个冒昧的建议，你接受首长的批评，至于教员嘛——"

"王淑萍？"林潇莽脱口而出。

"嘿嘿。"郑超满面羞涩。

"这事归程姐管，只要她同意，我无所谓。"林潇莽说着，心里掠过一丝遗憾——有时候，一个人的命运竟然被一件与这个人毫不相干的、微不足道的事情改变了。

林潇苒不怀疑王淑萍有嫌疑，因为行署的工作人员都是经过王友明精挑细选的，她之所以要进培训班，那是因为培训班的学员结业证上附带"行政十八级"光环，而接线员几乎没发展的空间。

郑超激动不已，半蹲半跪，双手合十，拜了又拜："大小姐，你的大恩，我此生不忘！"

"去去，你拜错了，该拜的是程部长！看你哪里像一个公安局长！"

"你这说的，什么长也是人啊！要不，你先见一下王淑萍吧？"

"不见，心里烦着呢。你去忙吧，让我一个人静一下。"林潇苒想支开这位已经排除嫌疑的郑超。

"好的。那我把车留下，你什么时候回去自己开吧。"郑超面带按捺不住的喜悦，后退着到了门前，这才转身打开门离开。

林潇苒起身，习惯性地在室内踱步，剧烈的情感波动被理性的大堤拦截，开始启动逻辑程序对整个事件进行梳理。

首先可以肯定，敌人启动暗杀起义将领的计划，是在获悉廖运周部起义之后。那个时候，宿城内的特务基本上在偷袭南下支队那次行动中被消灭，即便侥幸残存少数漏网之鱼，也与上级失联，不具备接收任务的条件，即便是接收了也没有执行的实力。这一点，保密局决策层是清楚的。

由此，暗杀任务只能交给保密局徐州站。可是，徐州特务若想在几十万大军中取一位将军的人头，几乎是不可能的。办法只有一个，那就是派出一支部队渗透，然后寻找机会对廖运周实施突然袭击。具体的办法，一是用小股部队采取自杀的袭击，二是用——

想着，林潇苒心头一颤，嘴唇蹦出两个字："炮击！"

从徐州拉出来一个炮团啊！只要获取廖运周的方位，十几门榴弹炮齐发，死伤的绝非廖运周一人！

林潇苒吓出一身冷汗，地震发生一般夺路而逃，出了门，左右看了一下，发现办公楼后面有一扇门，直奔过去。进了楼，遇到一位不认识的工作人员，她不由分说，上前抓住人家的衣领："我是林潇苒！告诉我，总机班在哪里？"

对方显然熟悉林潇苒的名字，脸上发抖地向上指着："三楼，左边第六间就是。"

林潇苒飞快地上楼，到了三楼，发现是公安局的办公区域，对过道的人大声喊："让郑局长去总机班！"

所有的人都不知所措，眼睁睁看着林潇苒到了总机班门前，用肩膀把门撞开。她厉声呵斥："我是林潇苒！所有人立刻离开！"

六名坐在转换机上的女子被吓蒙了，只有其中一名女子立刻镇静下来，大声说："大家服从命令！"

"你叫王淑萍？"林潇苒对说话的女子问道。

女子敬礼："是！首长！"

"你留下，其余人立刻离开！"

这时，郑超脸色煞白地闯了进来："潇苒！什么事？"

"没时间给你解释，让所有人离开！"林潇苒一路奔跑，已是气喘吁吁，焦急地用眼光驱赶着室内呆若木鸡的话务员。

郑超呵斥道："出去！"话务员们这才慌乱地往外跑。

见郑超上前给王淑萍使眼色，林潇苒说："局长，十万火急，你在门外守着，让她留下！"

"是！"郑超离开，随手把门关上。

林潇苒镇静地说："王淑萍，别紧张，立刻拨通前线六纵王司令员。"

王淑萍坐下，极快地操作几下，用标准的普通话说："前总，我是行署，请接通六纵王司令员的电话。"接着把耳麦递到林潇苒手上。

耳机里传来熟悉的声音："我是王进山。"

"司令员，我是林潇苒，请通知廖师长：师部所有人员立刻转移！刻不容缓！"

"为何？"

"等你下了命令，我再向你汇报！司令员，这么大的事，我怎么敢随便说！"

林潇苒刚说完，耳机里传来："通知廖师长：师部所有人员立刻转移，不要携带任何东西！紧急疏散！"

王司令员接着说："潇苒，说吧，发生什么事了？"

"根据所掌握的敌情，保密局对廖师长下达了暗杀令，具体执行的敌人，只能是从徐州投诚的那个炮兵营，所以——"

王司令员惊诧地说："好你个丫头！我好歹也是一个纵队司令员，你怎么一点儿不关心？若是一顿炮弹朝我飞过来——我的脑袋还不如一个师长？"

"人家点名要的是廖师长，再说，凭你的智慧，还用转移吗？司令员现在直接派人去把那个炮兵营给控制了，什么事都不会发生！"

"哎，既然这样，何必让老廖他们火急火燎地转移？"

"我是想让敌人输得口服心服嘛。我的意思是，你立刻部署兵力，等他们开炮时突然上前把所有的人生擒了——绝对不能给他们掉转炮口的机会。另外，南京国防部肯定会将炮击的情况告诉被围困的杜聿明，让他们趁机发动突围。您下令前线部队，加大阻击力度，一定不要受我方纵深炮火干扰。"

"你这个鬼丫头，做事的风格就是让我舒服。好，就按你说的办。但是，如果判断有误，我可饶不了你！"说完，王司令员挂了电话。

林潇苒脑子一蒙，顾不得多想，对王淑萍说："给培训班打电话，说，程部长让马小红到行署谈话。"

电话接通，王淑萍说："培训班吗？您是哪位？"

电话里传来："我是曹振海，你是哪里？"

"我是行署，程部长要马小红过来谈话。"

"知道了。"

林潇苒听着，内心翻江倒海，一边宁愿自己判断有误，接受组织给予的最严厉的处罚，一边期待这个曾经生死与共的叛徒早点儿现出原形。

她打开门，看见郑超站在几米外的过道里，周身释放着不容进犯的神圣，心里弥散着不尽的内疚——怎么说他也是公安局长，这样的事理应让他知晓，无奈，老师有过明确的指示。

"郑局长，我——"

不等林潇苒说完，郑超理解的语气："没事的，我理解——这么大的事，上级自有安排。不过，你的举动让我猜出了所发生的事情。潇苒，要不，你还是回后面休息，有什么情况，让王淑萍汇报。"

"什么意思？你不是说，这个人现在交给我了吗？"

"我在你面前，什么也瞒不住——就是这个意思。"

"那行吧，对王淑萍说，在大门前等马小红，然后将她送到后面见我。还有，给我准备一台吉普车，加满油。"

"好嘞！哎，潇苒，我给你换一间有电话的休息室吧。"郑超说着，快步走到总机室隔壁，推开门说，"各位，回到你们的岗位"，又把王淑萍叫来。

过道越来越多的人出入，大多是想知道刚才究竟发生什么事。林潇苒对他们逐一投去歉意的目光，快步下楼。还没等她回到原来的房间，郑超追了上来，打开另一个房间的门："潇苒，这可是最高规格的休息室。"

"我还是不进那间了，让王淑萍接完马小红后等电话。"林潇苒进门时对郑超说，"你的地盘被我搅和了，替我解释一下吧。"

"懂你的意思。"郑超挥手离开。

林潇苒进了室内，靠着门，让自己静下心来。可是，思绪的空间硝烟弥漫、地雷密布，让她寸步难行。她浑身瘫软地走到沙发前坐下，昂头哀叹："老师啊，怎么会发生这样的事啊！"

她喊的老师不是陈静，而是赵红英。记得在她入党不久，组织内部出现了叛徒，幸亏被赵红英及时发现、处置，避免了组织遭受更大的损失。林潇苒当时很困惑，一个人怎么能背叛自己的信仰呢？

赵红英说："信仰是有生命的，需要呼吸、更新，不断地补给营养。但凡有生命的物质都离不开物理环境和意识环境。首先，人体是信仰的载体，如果一个人被生理需求控制，首先被舍弃的就是信仰。这种情况往往发生在物质、色情引诱的条件下，这不能称为叛变，而是变节。一个信仰无损的人一旦失去自由，身体遭受摧残，面对生死取舍，一些意志不坚定的人大多会背叛组织，选择生存。"

老师的这番话为林潇苒的思维搭建了清晰的逻辑框架，第一个进入逻辑推理的是关明月。

从物理环境和意识环境上分析，关明月都没有变节的条件。那么，她为何一反常态地离开培训班，冒雪前往两军对垒的前线？假如，此行起到了替保密局传递指令的作用，背后只有一种可能：她在南京从事地下工作时曾经被捕过，为了活命或者经不起肉体的摧残而屈服。

一个谜团解开后，紧跟着另一个更大的谜团：无论关明月想要做什么，都不能随心所欲，就像这次突然去前线，没有程雪竹的同意，几乎是不可能的，除非她冒着暴露的风险，一去不复返。

这时门外响起王淑萍的声音："报告！马小红到了！"

"小红，进来。"林潇苒急忙站起身。

与此同时，门开了。马小红看着林潇苒，嘴唇无声地翕动。林潇苒对门外的王淑萍说："你去忙吧。"

"大小姐，不是说程政委找我吗？"马小红环视着室内。

林潇苒双手搭在马小红肩上："小红，事情紧急，不能细说。你立刻去前线，务必把关明月抓到这里来！"

"抓？抓啊！为什么啊？不是，对自己人——"马小红眼里冒出惊恐的火焰。

林潇苒厉声说："不要追问！记住，见到她的第一时间，问她照相机在哪里，如果她说还给别人了，你直接把她押回来；若是还在她手上，你一定要缴了，连同她人一起送到这里来。再就是，路上遇到人问询，不管是谁，你的回答一律是'去前线找田牛'。此事十万火急，外面有一辆吉普车，立刻出发！"

马小红犹如一团燃烧的火焰，紧紧抿着嘴唇，唰地敬礼，转身离开。

林潇苒小心翼翼地把门关上，头抵着门，感觉室内隐藏着说不清的幽灵，发出讥笑："太轻狂了啊，摘了一枚油菜花就开起染房来了！若是推断都是错的，看你如何收场！哈哈——"

她抬起头，心里呐喊："我巴不得所做的一切都是错的！至于如何收场，那是组织的事！"

再次回到沙发前，林潇苒脑力透支，已不能对尚未解开的谜团进一步分析，像一个得了疾病的人，斜靠在沙发上，心急如焚地等待真相的来临。

大约过了半小时，一阵急促的叩门声袭来："首长，你的电话！"

林潇苒浑身触电一般地弹起，飞快地冲到门前一把拉开门，猛地推开挡在外面的王淑萍，箭一般地冲进左边敞开的门，扑向桌上的电话。她颤抖地拿起电话，声音哆嗦着："我，林潇苒！"

"潇苒啊——"电话里传来陈静欣慰的声音。

"啊——"林潇苒听出了胜利的语气，心骤然安稳了，"老师，我在听呢。"

"你指挥得好啊，不然，我和廖师长还有师部所有的同志都会葬身炮火之中。十分钟前，投诚的一个炮兵营，在大雪的掩护下，对廖师长的指挥所进行了密集炮击，几乎把整个村子从原地抹去。让敌人没想到的是，我方无一人伤亡！"

"太好了，老师！您不知道做出决定之后，我是怎么过来的——每次呼吸都是惊颤！老师，您何时回来啊？"

"说不准。此刻，王司令员正在指挥围捕参与炮击的所有人员，争取全部活捉。雪太大，视线模糊，他们穿着我们的服装，不好辨认呀。不过，王司令员有办法——命令包围圈内所有人原地不动，违者就地处决！"

"老师，祝学义等人的驻地要仔细搜查，最关键的是相机。"

"想到了，相机已在我这里。潇苒，听说你派人把一个叫关明月的学员带走了？"

"是，老师。"

"这个学员有重大嫌疑，到了你那儿之后，要严加看管。另外，我让郑局长立刻拘捕曹振海。之所以没让你参与，担心你有顾虑。"

"怎么会呢。老师，关明月到了之后，我可不可以先审讯？"

"可以，不然，我会让郑超直接把她逮捕了。好了，你的任务完成了，而且，我非常满意。"陈静把电话挂了。

八十二

关明月被马小红推进门来，被冻红的脸上凝结着大祸临头的恐惧，看着林潇苒，眼里闪着惶惑的猜疑、冷酷和令人不安的凶光："老师，我做错什么了？"

林潇苒对马小红说："曹振海已被逮捕，你立刻赶回去把大家集中到教室，等正式通知。"

马小红浑身一抖，一脸的惊愕，眼里溢出想问又忍住的疑惑："是！那——"看了一眼张口结舌、伸长脖子发出气息倒流的关明月。

"去吧。"林潇苒起身，送马小红到门外，低声问，"路上还顺利吧？"

"顺利。她开始态度嚣张，我给了她一巴掌后才老实。大小姐，曹振海被逮捕了？"

"先回去吧。"林潇苒伸手抹去马小红睫毛上的雪花。

关明月精神近乎失常，双手抓住头发，好像在抵御另一只隐形的魔爪，嘴巴颤抖，鼻翼翕动，眼睛瞪得明显凸起，嗓子深处发出"上上——上当了，该死——该死"断续、模糊的声音，看见林潇苒进来，双腿一软跪了下来，额头重重地叩在地上，哭喊着："大小姐，救我啊，救我啊——"

"起来，把事情说清楚。"林潇苒收回伸出的手，不想拉关明月起来，回到沙发上，见她依然叩头、求饶，"不想对我说是吧，那我只能把你交给郑局长了！"

关明月跪着："别别，我怎么能不愿意对你说啊！"

"那就起来，坐到旁边的沙发上，把整个事情的来龙去脉一点儿不落地说清楚。"

"我不坐，我跪着说。"关明月跪着向林潇苒面前的茶几移动。

林潇苒恼怒，拍了一下茶几："别忘了，你现在还是一名共产党员！你可以如此亵渎党员的身份，可我不能！"说着站起来，刚要移步，关明月恍然一愣，立刻站起，大口呼吸："对不起，我被吓蒙了！"说完，踉跄地走了几步，把半个臀部搭在沙发边沿上，眼里露出可怜、委屈的神情。

"老师，您问吧。"

"我什么也不想问，你想说什么就说什么。"

"我现在脑子乱哄哄的，也不知道该从何说起。那，如果曹振海是奸细，我这次去前线，就稀里糊涂地替特务传递了情报。大小姐，我年龄虽小，可也有三年党龄了啊，我怎么可能干出背叛革命的事啊！这一点，您无论如何也要相信！我这么说不是为了求得组织的宽大，而是事实啊！"

关明月的诉说颠三倒四，听到最后，一条行为轨迹出现在林潇苒面前。

在林潇苒带领夏小禅等人前往徐州的那天晚上，程雪竹带着关明月来到了培训班驻地，本来只是想把关明月送来，却发现整个宿舍空无一人。关明月说："程政委，你回去吧，我来了正好留守。"程雪竹说："你一个人留下，我不放心。干脆，今晚也留下来陪你。"

程雪竹住进了林潇苒的宿舍，关明月随意挑了一间紧挨着的宿舍。

睡前两人闲聊，说着说着，程雪竹伤心地哭了起来。关明月知道程雪竹的泪水为谁流，想劝，实在找不到合适的话，只能不时说几句责怪杨德简的话。

程雪竹哭了一会儿，忽然说："明月，我求你一件事。"

关明月被吓住了，说："政委，明月何德何能，哪里担得起一个'求'字。您若有事，就算是上刀山下火海也在所不辞！"

"若是有一天，我死了，你去哀求杨大妈，允许把我葬在杨家坟地——毕竟，她说过认我当女儿的。"

"政委，你大人有大命，只怕我死了骨头烂了你还活得好好的呢。"

程雪竹突然抓住关明月的手，眼里蒙上一层泪水："这炮火连天的谁说得准，你就说答应还是不答应吧？"关明月看着面前哀凉的眼神，下意识地点头。

程雪竹长舒一口气："终于可以了——你去睡吧，明天早上别喊我，我想多睡一会儿。"

"唉。"关明月离开，进了隔壁之前郭凤的卧室，躺下后越想越觉得不对，一闭眼睛，那双哀凉的眼睛总是在面前晃动，接着那句托付的话像魔鬼一样袭上心头，不禁吓得一下坐起，一种不祥的预感迫使她飞快地穿衣、下床。

当她蹑手蹑脚地到了程雪竹休息的房门前，听到室内传来滴答的水珠声，忍不住轻声呼喊："政委——"若是程雪竹答应，关明月想好的回答是"我害怕，想跟你一起睡"。

可是连喊了几声不见回应，回答她的仍然是滴答的水珠声。关明月推了一下门，门竟然开了，于是提高了声音："政委！"霎时感觉头皮发麻，慌忙拉开灯，扑入眼帘的是床边放着的洗脸盆，上面伸出一只赤裸的胳膊，胳膊上一道伤口突突冒着鲜血，顺着手指一滴接着一滴地落下。

关明月哇的一声惊叫扑上前，抱起脸色煞白、两眼紧闭、已经昏迷的程雪竹，惊呼了几声不见回应，猛然放下她，跑进隔壁办公室打电话。放下电话，关明月跑回来，解开程雪竹的鞋带，紧紧地扎在伤口上面的胳膊上。

后来郑超带人来了，把程雪竹接走了。到了医院不久，华东局的白俊也来了，问了一些情况，对惶恐的郑超说："前线在打仗，不必惊动更多的人。等雪竹同志醒了，我与她谈谈。"

至于程雪竹何时醒来，白俊与她谈了什么，关明月一点儿也不知道，只得到郑超一句警告："这件事，不得向任何人说起。"

两天后，关明月从哥哥关明阳那里听到消息：王友明同志调离了，接替行署书记的不是杨德简，换成了孟海洋。她猜测，这一变故可能与白俊与程雪竹的谈话有关。听哥哥说，有人向华东局反映了杨队长生活作风问题，才导致了这个结局。显然，哥哥不知道程雪竹自杀的事。她甚至猜疑，这件事连行署主要领导们都不知道。

两天后，林潇苒和队员们载誉而归。关明月表面上像往常一样，装着什么事都没发生，但骨子里对林潇苒有了莫名的怨恨，只不过不敢有半点儿流露而已。

那天，曹振海没有和队员们一起回来，关明月听她们私下议论，埋怨大小姐应该带大家一起去见总前委的首长，这么大面子不该被曹振海一人独享。说者无心，听者有意，凭关明月的直觉，这位在敌营潜伏多年的营长总比连党员都不是的林潇苒在行署领导们心目中的分量重，于是想，既然自己在培训班是个外人，应该找一个替自己说话的人。

熄灯号过后，关明月想着饭前饭后尽管献尽了殷勤，还是遭到队员们的冷漠对待，躺在床上辗转反侧，久久不能入睡。

忽然外面传来一个队员的声音："曹营长，怎么才回来？"

"你站岗呀？"一个陌生的操着南方口音的人问。

"是。你吃饭了没？"

"吃了。这几天你们太辛苦了，你去睡吧，今晚我负责站岗。"

"那怎么可以，赵队长知道了还不骂死我？"

"去吧，明天我负责向赵青解释。"

"那我走啦，谢谢曹营长！"

关明月听着，下意识地穿衣服，自责地想："我怎么这么笨啊，若是主动向赵青说今晚的岗自己一个人站了，那该是什么效果？"

她悄悄出门，左右扫了一眼，只见营房通道边、半轮月光下隐约晃动着一个身影，于是快步走了过去。

"谁呀？"身影不动了。

关明月发出惊异："你是谁？"

一道强烈的手电光射了过来，关明月装着害怕的样子，用手挡住眼睛，另一只手做出摸枪的动作。

"不要动！我是曹振海，你是什么人？"声音伴随着脚步，人到了近前，不由分说抓住了关明月摸枪的手腕。

"哎哟，疼，疼，对不起！曹营长，我是新来的关明月啊。"扭动中，她故意失足，让前胸撞在曹振海胸前。

曹振海急忙松手，手电筒落在地上："呀，对不起！失礼了！"

关明月一只手揉着被抓疼的手腕，似娇似怨、似惊似喜："曹营长啊，怎么可以让你站岗啊！"

"关明月——关明阳的妹妹！早知道你要来了！哎，你这是？噢噢，去吧。"曹振海反倒有些紧张了。

关明月为了掩饰，只能先去一趟厕所："曹营长，那边儿有点黑，你的手电筒借用一下。"

曹振海弯腰捡起，递了过来。

关明月走着，不禁为自己刚才的表现感到满意，想着："这个人，我吃定了！"

进了厕所站了几分钟，猜想着，这个时候故意留给曹振海的触碰已经开始往体内钻了。哼，男人这东西有时候刀枪不入，却顶不住女人一个手指头。

出了厕所，让她惊异的是，一排空荡的宿舍前站着一个身影。她知道这是曹振海在献殷勤，于是小跑过去，到了近前，把手电筒递到曹振海手上，双手拍着心口："吓死了！你说怪不怪呀，面对张牙舞爪的敌人我一点儿也不怕，为何怕鬼呢？"

这个夜晚，关明月一直陪着曹振海站岗。两人有说不完的话。

昨天，林潇苒上了一节课离开，曹振海上课时在黑板上写了一行字，"春夏秋冬、天南地北"，然后说："这是你们上午的学习任务。每个人就在教室里默写，下午考试。"说完就离开了。过了一会儿，他回来说："关明月，有你的电话。"

关明月急忙出去，进了办公室拿起电话，听见的却是忙音。

曹振海一脸的惆怅，对关明月说："坐下，陪我说会儿话。"

关明月坐下，曹振海唉声叹气："明月，我心里太难受了。"

"怎么啦，你有什么好难受的？"

"你说，潇苒那么优秀，怎么就会看上杨德简那么一个轻浮的男人！"

"曹营长，你莫非也喜欢上了啊？"

"你说呢？我和她出生入死，策划国军一个团起义，这种感情已经超越了男女之间的感情，还有这次去徐州，若不是潇苒，我已经变成野鬼了。"

"营长啊，听我一句劝吧，感情这个东西是双方的，一个人怎么着都没有用。你看——"关明月想说："你在徐州被捕，解救你的并不是林潇苒一人，还有另外几个人，你为何对她们没有半点儿感激之情呢？"

这话没说出口，但眼神里释放出来了。

"我还不知道这个道理？关键是，杨德简不是表面上的文武双全、文质彬彬的谦谦君子。他倚仗一副好皮囊，对谁都不专情。至于他与程政委的感情，我不说也罢，单说在同一时间内与三位优秀的异性同志保持暧昧关系，这哪有一点儿共产党人的品质！"

关明月头一蒙："三位？还有谁？怎么会呢！"

"你们当然不知道了。就在廖运周的一一〇师起义之后，杨德简去我养伤的村子看望，陪他一同来的还有一个长相绝佳的女军官。杨德简介绍说：'这位叫秦慧雁，廖师长的秘书。'当时，我一眼看出两人的关系非同一般。说了一会儿话，两人就离开了。我忍不住下床想送一下，到了门前，猛然看见两人牵手走出院子。"

"啊？"关明月一声惊呼，愤然站起。

"坐坐，明月，听我说。"

"坐什么坐啊！我要去见程部长，把这事告诉她，也让她看清杨德简是一个什么货色，根本不值得她为这个人寻死觅活！"

曹振海起身，思忖着："口说无凭呀！想一下，让我想一下。"

"去哪里拿证据呀？"

"我倒是有一个办法，只是脱不开身。不然——"

关明月忍不住说："我能，只要能拿到证据，我豁出去了！不为别的，只为程部长解除内心的痛苦！你说！"

"听说前线采取了围而不攻的态势，这雪下个不停，这给同在前线的一对情人制造了难得的约会机会。我可以肯定地说，这个时候，杨德简和秦慧雁肯定在一起——只要有一张两个人在一起的照片，林潇苒看了会怎么想？"

关明月好像发现了期待已久的猎物，按捺不住说："我去！"

曹振海摇头道："你去当然可以，不过我没有权力让你去呀。"

"这不用你操心，可我没有相机，就算有了也不会用啊！"

"我有一个相机，你可以拿去用。问题是，只怕你不能及时发现他们的行踪。我有一个主意，你先找到秦慧雁的驻地，之后找到杨德简，对他说在来的路上遇见一一〇师秦秘书，让你转告他，有要紧的事说。等杨德简说一个见面的地点，你给一一〇师打电话，告诉秦慧雁说杨德简找她有事。"

关明月愣了一下，眼里犹豫不决。

曹振海失望地说："算了，活该程部长被一个浪荡的男人玩弄，咱们不操这个闲心了！再说，无论是你还是我，都不能脱身！"

关明月还在发呆，脑子里不时出现一只滴血的胳膊，那滴答的滴血声再次撞击在耳膜上。她咬住嘴唇，眼前出现程雪竹那张煞白、奄奄一息的可怜绝望的脸，一个声音从天外传来——那是她第二天去医院，看见一双含恨的眼睛，尽管程雪竹什么也没说——此刻才懂了，她当时在心里说："谁让你多事啊，你不知道世上有一种活叫生不如死！"

想着，关明月心一横："我去！"说完，一头扎进风雪中，直奔行署而去，见到程雪竹，把曹振海的话说给她听。

程雪竹听了半信半疑，说："这个人怎么会变成这个样子？不过，曹振海说的那个秦慧雁我见过，论容颜虽然比林潇苒稍微逊色，可也是人间少见的绝佳女子。凭我的感觉，杨德简并没有接受她，怎么可能手牵手了？"

"部长，你何时见过她？"

"就在一一〇师起义成功的当天，杨德简找到我说，起义部队中有位女同志，想找个地方洗澡。我当时还取笑说直接带去他家不就行了，杨德简说：'一个女同志，怎么可以随便往家里带？'我问：'这个时候，谁有时间进城？'他说：'你可以把她带到我家里。'听他这么说，我猜这个女同志十之八九喜欢上了杨德简，不然不会提出这样的要求；而杨德简不愿意自己带她回家，肯定是不想过多地接触，我这才答应了。没想到，一见到秦慧雁，我心里直冒凉气，怎么又是一位绝代佳人啊！庆幸的是杨德简与她保持了距离。我把秦慧雁带到杨家，杨母见了很是喜欢，忙前忙后的。我看了心里很不舒服，借口说有事走了。路上，我莫名地后悔了，干吗要避开，于是在外面绕了一会儿又回去了。杨母在烧水，秦慧雁蹲在锅灶前听她说话。她们见了我感到诧异。我说也没什么大事，好久没洗澡了，也想沾一下客人的光。"

关明月听了，疑惑地说："那只能说明刚开始，不能代表后来。反正，我对曹营长深信不疑。"

程雪竹想了片刻说："有道理！这个浑蛋，把我一生毁了还嫌不够，竟然想把潇苒也毁了！别看潇苒聪明伶俐、足智多谋，但在感情上就是一张白纸，我绝不能让潇苒像我一样生不如死！明月，你去吧，先别管这么多，拿到证据后好让潇苒早一点儿看清杨德简的真面目。"

关明月回到营房，把程雪竹的决定说了。曹振海回到宿舍拿来一个挎包，失望地说："相机好像有点儿问题，你到了前线先找到从徐州起义过来的一个叫祝学义的人，让他修理一下。记住，自己千万别动，以免弄坏了零件，一时半会儿不好配。"

离开营房，关明月乘坐程雪竹准备好的吉普车，一路上都有民工除雪，很顺利地抵达陈官庄。她没有直接去支前总指挥部，而是先打听到了徐州起义部队的住址，让车送她去了一个叫许家圩的村子，见到祝学义，把来意说了。

祝学义问："什么问题？"

"不知道呀，曹营长说坏了，让你修理一下。"

祝学义接过相机说："哎呀，不知道里面是否有胶卷，这么打开了会曝光的。这样，你稍等，我找个避光的地方再打开。"说着进了里间，把门关上，过了一会儿出来说，"问题不大，回去后对曹营长说，没事了。"

"啥意思？"关明月傻傻地问。

"相机没事了，还能有啥意思？"祝学义说着，脸上泛着有事要办的表情，关明月这才离开。

林潇苒听到这里，心里好像圈禁着数不清的牛鬼蛇神，不知道哪一个野兽更凶更猛，欣慰的是，整条敌特的传递信息链完整地浮现出来了。

"大小姐，会枪毙我吗？"关明月的情绪已安定下来，脸上只剩下绝望的悲凉。

林潇苒说不出话来，忽然听见上方传来嘀嗒的钟摆声。她仰头看着沙发背后山墙上挂着的古色古香的摆钟，仿佛每一声嘀嗒声都伴着一滴鲜血落下，一滴接着一滴落在胸前，穿过肌肤，落在心上。

"程雪竹啊，只知道你被爱情折磨，却不知道到了这种舍命的地步！"

关明月哀求："大小姐，你别哭啊，明月是自作自受啊！"

"明月，待会儿接受组织审讯时，不要把雪竹姐扯进来，只说感觉在培训班受歧视，才向程部长提出想离开。不这么说，就算组织不追究雪竹姐的过失，她自己也会自裁的。"

"我怎么都无所谓了，可是曹振海那个狗特务会说的呀。"

"他——只是一个十恶不赦的叛徒，谁能证明他的话？"

关明月跪着，头杵着地声泪俱下："大小姐，我死后也会报答您的啊！"

这时有人轻轻叩门。

八十三

"明月，去开门。"林潇苒刚想起身又止住。

关明月抬起一张被屈辱、绝望撕扯的泪脸，摸索着鬓角垂下的一缕头发，眼里闪过一丝不敢相信的疑惑："我？"

门再次被敲响。

"去呀！"林潇苒大声说。

关明月缓慢地爬起来，身体摇晃着，好像头上悬着一把随时会掉下的利剑，脚步凌乱地走到门前，带着迎接死神的面孔，重重低下头来，下意识地伸出双手打开门。

郑超看了她一眼，感觉好像被一堵墙挡住了去路，眼里释放出——不该是这样啊。

林潇苒站起身说："明月，回避一下，我有话对郑局长说。"

"唉。"关明月嘴上应着，却不敢移动脚步。

"到门外等着，不许走远了！"郑超终于发话了。

关明月低着头，手扶住门框，如履薄冰地走了出去。

郑超快步走到林潇苒近前，急火火地说："你赶紧去看一下程部长吧！她好像什么都知道了，进了大楼，谁也不搭理，那脸色像枯黄色的灯笼，简直变成另外一个人了！"

"我不合适吧？"

"没有比你更合适的人了！陈静首长把这次破获敌特的任务交给了你，这表明你是受到上级委托的！潇苒啊，不能耽搁了——人命关天啊！"

一句话提醒了林潇苒："她在哪儿？"

"办公室！跟我来！"郑超转身朝外竞走一般。林潇苒小跑跟着，余光中闪过关明月靠墙站立的身影，也顾不得说话。

两人一口气上了三楼。郑超指着过道中间那扇门，喘息着说："我就不过去了！"

林潇苒快步走到门前，轻轻推了一下没能推开，心骤然窜到喉头："姐，我是潇苒！"

门内没有反应，林潇苒急了，第一反应是让郑超过来把门暴力撞开，刚想抬起胳膊向站在楼梯口的郑超招手，意识中冒出一个警示——被公安局长撞开门，然后呢？

她的胳膊没能抬起来，于是发出生气的语气："姐，多大的官呀，这么大的架子？有一件事要核实，说完就走！"

"不必了。我累了，谁都不想见。"房门内隐约传出声音。

"喊，好像我多想见你似的！那你告诉我，关明月说自己在培训班受到排挤，所以才申请调离的，你只说一声'是'还是'不是'，完了我立马走。还姐呢，你够格吗？"

室内一阵沉默，接着传来脚步声。

门开了，程雪竹一下把林潇茜拉进来，随着关上门，给了她一个白眼："这么大的事，怎么可以大呼小叫的？"

林潇茜甩开程雪竹的手，径直地走到办公桌前，一眼看见上面放着一把打开保险的手枪，还有一张写了一半的信，顶格称谓只有一个字——"君"，后面是三个感叹号。没等看清正文，程雪竹急忙上前把她拉到沙发边，双手按着她的肩膀，两人一同坐下去。

林潇茜装出气恼的样子："哎呀，我都快被气死了！你说这个关明月，好好地怎么就要离开？这不，被曹振海利用了！"

程雪竹身体移开，侧脸问："怎么？这事怪我呗？"

"不怪你怪谁？噢，她说受排挤，分明是说我管理不到位？你也是，任人唯亲，不讲原则，滥用职权！气死我了。"

"别乱扣帽子——还不如直接说，我是曹振海的同伙呢。妹妹，关明月还说什么了？"

"她有什么好说的，离开的原因是在培训班受到歧视，要求离开。在她离开时，曹振海让她把相机带给祝学义。姐，你说她这个行为该如何定性？"

"这个不好说。不过，万幸的是陈静首长及时赶过来，阻止了一场阴谋，避免了难以设想的严重后果。"

"哎，姐，你不公平！这次摧毁了敌特的行动，我可是立了头功的！"

程雪竹之前那副僵死的面容露出生机："你英明，你伟大，行了吧，一点儿也不谦虚。"

"我在姐面前干吗要谦虚。哎，对关明月究竟怎么办啊？"

程雪竹紧皱眉头："这样的惊天大案岂是你我能决定的？你呀，该问你的老师。"

"你还不如让我问党中央呢，明月够格吗？姐，我说句心里话，明月这事可大可小，我们一念之差有可能会让她人头落地，也有可能当成组织内部问题处理。说句实话，这事若是落在赵青、小禅她们身上，我豁出命也会力保。可是，对这个机灵古怪的明月我却不能豁出去，所以才来向你借力。"

"潇茜，我的意思是，你还是先给首长打个电话。"

不等程雪竹说完，林潇茜打断她："你这不是伸着头往绳套里钻吗？现在战事这么吃紧，明着在打，暗战更加激烈，首长们哪有时间考虑这些小事？不然，像这次与敌特组织对抗，怎么可能交给我呀！"

"哎，我发现天大的事到了你这里都是云淡风轻的。也是，换了我，无论如何都不敢给前线打这样的电话，简直是无法无天。"

"姐，你再这样，那——别怪我把明月交给郑超了，管他如何定性。"

程雪竹做了几次深呼吸："好吧，这事我听你的！"

"什么人呢，说了半天等于没说。姐，要不把郑超叫过来，咱们一起商量一下，如何？"

程雪竹点头，刚要站起，郑超进来了："不用商量了，你们的话我都听见了。"

"哎，你怎么可以偷听我们姐妹的私房话呀？"程雪竹面带愠色。

"没听出是私房话，说的都是工作上的事。程部长，我完全认同潇苒的观点，不能因为关明月被敌特利用了，就把她推到敌人那边去。其实，刚才潇苒让关明月给我开门，我就意识到了。"

"坐下说。"程雪竹亲切地伸手示意郑超坐下。

"哪有心思坐呀。你们直接说吧，对关明月该采取什么措施，总不能让她一直靠墙站着吧？"

"潇苒，你说吧。"程雪竹眼里释放出——只有你说最合适。

"先关禁闭，然后提交行署党委会——让孟书记和杨专员花些心思。"

"嗯，我同意。"程雪竹点头。

林潇苒起身："那没什么事了，我得赶回去，还不知道培训班会乱成什么样呢。"

郑超急忙说："那可不行，审讯曹振海你俩都得参加。"

林潇苒本想一口回绝，话到了嘴边，忽然意识到，有程雪竹在场，曹振海大概不便提起他给关明月出谋划策的全部内容，于是说："什么事呀？不过，还真想知道这个人是何时叛变的。部长大人，怎么着也得给局长一点儿面子呀。"

"你一个教师都参加，我还有什么好说的。"

三个人到了一楼，郑超对等候多时的王少君说："去，对关明月宣布——禁闭！"王少君疑惑地重复："局长，是禁闭？""你耳朵不好使？"郑超瞪了王少君一眼。"好使！好使！"一丝喜悦跃上王少君的眉梢。

三个人乘坐吉普车驶向三监狱。

这所监狱是国民党早年修建的，高墙电网，戒备森严。进了第一道防卫岗，程雪竹四处观望着，触景生情的口吻："潇苒，别看这里戒备森严，一年前——算了，不说也罢。"

林潇苒听出来，一年前，她和杨德简带人从这里营救出被捕的同志。

下车后，郑超让林潇苒和程雪竹稍等，一个人迎着两名监狱管理的领导走去。程雪竹侧脸看着高墙说："潇苒，你来这里的意思我明白，只是——狗急了还跳墙呢，就不担心曹振海胡言乱语？"

"不担心，因为你担心的那些胡言乱语与敌特组织没有半点儿联系，随他说去。但是，凭我对这个人的了解，面对你我，不至于烂到了连一点儿人格也不要的程度。"

"但愿吧。"程雪竹音色颤抖。

这时，一个三十来岁穿着军装、胸前别着带有"三监狱"字样牌子的人跑步到了近前，激动、亲切地向程雪竹敬礼："政委，好久没见到你了啊！"

程雪竹眼里泛出疑惑："胡正良，你什么时候到这里来了？我怎么不知道？"

"宿城被攻破的时候，部队向杨队长要人，他手一划拉，把我们整个中队都交出去了！"

"这个人，这么大的事好歹也该说一声——我还以为你们都光荣了呢。"

"哎呀，这也不能怪队长，那时候多乱呀，连喘气的工夫都没有。噢，看我，见了老领导连正事都忘了。特务已经带到，郑局长请你们过去！"

尽管林潇苒做好了见曹振海的心理准备，走向审讯室短短的路上，心里还是翻腾着难以承受的隐痛。

进门的那一刻，看见受审的位置上，一把特制的高背木椅上蜷曲着一个浑身绑满了绳索的人，林潇苒心里泛出极度的厌烦："把椅子拿走，换一个方凳！"

胡正良愣了一下，看着郑超，一时不知所措。

郑超低声斥责："执行命令！"

与此同时，曹振海身体一颤，慢慢扭过脸来，瞬间又蜷曲了。

胡正良指挥两名战士给曹振海松绑，另一名战士把木椅搬走。

林潇苒上前说："你们到外面去！"战士们顺从地离开。

曹振海双腿发抖，头低得不能再低。林潇苒伸出手来说："看在你没有出卖我和李政、邵正杰的分上，今生，第一次也是最后一次握手。"

曹振海颤抖着上身，后背好像靠在一部剧烈振动的机器上，发出憋闷的抽泣，抖落串串涕泪，胳膊抬了几次才伸出手来。

林潇苒握着，瞬间唤醒了潜入心灵的冰冷——那是李政遗体留下的记忆。她握着，轻轻用力，一股冷泪从心底直往上涌，担心泪水流出来，急忙缩回手，走到审问桌前，看着曹振海坐在方凳上。

程雪竹过来说："我记录，潇苒主审。"

郑超示意林潇苒坐中间、程雪竹坐右边，自己坐到了左边说："开始吧。"

林潇苒思忖了片刻说："这是一次预审，所以不按正规程序。郑局长、程部长，可以吗？"

"可以。""同意。"两人先后回答。

"曹振海，你愿意如实回答提问吗？"林潇苒和蔼的声音。

"人之将死，其言也善。你问吧。"

"你什么时候加入国民党特务组织的？"

"徐州的那次行动，被捕之后。"

"徐州——"这个答案已在林潇苒的猜测中，可她还是不敢相信——被捕的时间那么短，还不到一个夜晚，怎么就能背叛组织了呢？

"说一下过程。"

曹振海抹了一把脸上的泪水说："我并非一个贪生怕死的人，可是，他们的手段真是惨无人道。"

曹振海交代，当时，他和祝学义、魏北征被带到保密局秘密据点后，特务们并没有对他们进行严刑拷打，而是先把一个二十多岁的地下党带进来，什么话也不说，一拥而上地把这个人按在地上，扒下裤子。四个人扯开两腿，把生殖器割了下来。那个人竟然一声不吭，昏死了过去。

那人被抬走后，特务手持血淋淋的刀对曹振海说："不想与你啰唆，给你两个选择：一是替我们做一件事——听清楚了，就是一件事；二是像刚才那个共党一样。不过，对你们还是要区别对待——那个人抬出去直接喂狗，而你们呢，就不喂狗了，因为三条狼狗一个人就够吃了。"

听到这里，曹振海不禁浑身瑟瑟发抖。

特务接着说："别害怕，我不杀你，而且把你放了，让你回到共军那里当一名太监。"说完，挥刀指向祝学义和魏北征，"不对，不是一个太监，而是三个。"

祝学义被吓得说不出话。特务递上一杯酒说："别怕，喝点儿酒兴许能止痛。"

"长官，我们真的与共军没有任何关系啊！"魏北征哀求。

"管你有没有关系，不为党国做事就该骗了！"

"说吧，要我们做什么事？"祝学义看见一线生机，哆哆嗦嗦地说。

手持血刀的人冲着一个特务头一歪，那人离开，片刻进来一个四十来岁佩戴少将军衔、戴着墨镜的瘦高男人。曹振海看着，猜这个人可能是保密局徐州站的负责人。

少将掏出烟，先是递给屏住呼吸的曹振海，看他摇头，便把手里的烟丢在血泊中，用脚尖踩了一下说："我不想知道你来徐州的目的，也不想知道你是不是共党，只想让你为我做一件事。上面下了死令，如果不能完成，国防部要我的人头。我为了活命，必须打破常规。"说着，看了一下手表，"时间有限，我直接把话挑明，就是要廖运周的人头！若是没人能要他的人头，我和手下的弟兄都得人头落地！你既然是从前线来的，而且来的还不止一个，来干什么，我可以帮你，但条件是必须替我把活干了！给你三分钟考虑！"

曹振海悬着的心落下来，只要不出卖林潇苒和女子中队，一切还有考虑的余地。

"一分钟了。"少将看着手表说，"又不是让你去刺杀共党高级将领，那廖运周只不过是个师长，就算他是共党的卧底，不是也阻击过刘邓大军吗？你杀了他，从某种角度说是替死在他枪下的共军报仇，这有什么好犹豫的。两分钟了——"

祝学义哀求："振海兄，你又不是共党，只不过是被共军俘虏过，干吗要为了一个廖运周牺牲我等的性命啊！"

曹振海呵斥："问题是，我是军人，不想参加任何特务组织，一旦答应了，今天要我杀廖运周，指不定明天要我杀谁呢。你想过吗？"

少将说："不要他想，我来告诉你——保密局与你们三人只有一次合作，一旦完成了这次合作，从此谁也不认识谁。"

"我凭什么相信你？"曹振海质问。

"呵呵，你还有别的选择吗？"少将说着转身欲走。

祝学义的声音带出了胆汁："长官，他不干，我俩干！"

"你？"少将转过身来，眼里溢出质疑。

"我见过和他一起来徐州的其他人，大概知道他们的来意，一是探听我军撤离的路线，二是想从我这里搞些军火回去。因此，他不同意也没关系，只要长官批准我弄几车军火，作为见面礼，一定能得到他们的信任。"

少将频频点头："好！我不但给你足够的军火，还可以送一个炮兵营。有了这个炮兵营，别说一个廖运周，就是十个、一百个也会被炮火炸成灰！至于如何全身而退，我会有一个万全之策。"

少将说完转身离开，决然的步履释放出曹振海已经失去了利用价值。留下的特务要对曹振海动手，祝学义说："先别动手，让我劝一下再说。"

之后，在祝学义、魏北征的轮番劝说下，曹振海动摇了。曹振海屈服时，少将并没有现身，而是让行刑的特务让曹振海签字画押。

林潇苒听到这里，不想再问了，曹振海誓死也没出卖女子中队的那点坚守，犹如浅浅的泪泉，在心里慢慢流淌。

"潇苒——"程雪竹用胳膊肘轻轻碰了她一下。

"呃——"一时间，林潇苒想不起该问什么了。

这时胡正良悄悄进来，俯身对程雪竹说："孟书记和一位首长来了，要见林潇苒。"

林潇苒肃然站起，说道："姐，陪我一道。"

"这——"程雪竹身不由己地站起来。

出了审讯室，看见陈静和孟海洋站在篮球场一侧说话，林潇苒鼓励的语气："姐，老师肯定是来骂我的，没你什么事。"

程雪竹停在几米之外，林潇苒上前敬礼："老师！孟书记！"说着，侧身冲着进退两难的程雪竹说，"程部长，培训班出了叛徒，也有你一份责任！"

陈静笑道："鬼丫头，跟老师也用计谋。雪竹同志，过来吧。"

程雪竹急忙跑过来，竟然忘了敬礼，拘谨地说："首长好！"

陈静点了点头，从衣兜里掏出一张照片。林潇苒走近，只看了一眼，心炸了一般，说不清是惊骇还是后怕，伸出哆嗦的手摸着照片上那些熟悉的容颜，嘴唇抖动着："我该死啊！老师，你毙了我吧！"说着，悔恨的泪水夺眶而出。

陈静收回照片说："这还不是最可怕的，我审问完祝学义后，冷汗湿透了内衣。保密局制订了一套与被围困的杜聿明集团相互配合的完整行动计划——先是炮击廖运周师部，第二个目标是六纵的王司令员所在的指挥部，第三个目标是两军对垒的前沿阵地，最后是炮火向后延伸，引导敌军突围。如果不是潇苒处置果断，我这会儿已经成为一个身负重罪的死人了。"

"老师，对不起，是我脑子里没有防范意识，才使得敌特乘虚而入。我——"

"好啦，淮海战役不只是刀枪剑戟的战场，还有更复杂、惨烈的暗战！在这两个同时展开的战场上，我们都大获全胜！下面，我代表华东局特工部宣布：一、鉴于林潇苒在淮海战役各个阶段表现突出，决定恢复党员身份！"

林潇苒听着，巨大的喜悦阻止了呼吸，周身血液急速涌上心头，不禁双手捧在胸前，陈静的声音犹如暖风一般从耳畔飘过。

"二、鉴于北平即将和平解放，淮海战役接近尾声，我党、我军下一个作战任务是渡江战役。特委决定：为配合我军渡江，成立江南特遣支队，由赵青任队长，林潇苒任政委——"

林潇苒隐约听见了，可是体内被激荡的喜悦消耗殆尽，无力做出反应。

"潇苒，怎么了啊！"程雪竹上前推了她一下。林潇苒缓过气来，吃力地说："老师——我请求——"话未出口犹豫了，毕竟江南还是敌占区，一旦踏入，生死难料。

陈静说："我知道你想说把女子中队的人全部带走，这还用说吗？特委已经做出了决定，除了你的女子中队，还要从敌占区抽调一些经验丰富的特工人员。"

"老师，我们什么时候出发？"

"立刻！"陈静命令的口吻。